伤歌行

锺文音 著

Wen-Yin Chung

新星出版社 NEW STAR PRESS

目 录
CONTENTS

序曲一　　南方的十字
序曲二　　在原乡，她站成了一条弧线

卷·壹　　她们醒来歌唱

有一本书等着被翻开 / 003
春宵吟 / 007
宝岛香蕉姑娘 / 011
墓仔埔也敢去 / 017
望春风 / 024
男性的纯情 / 027
送君情泪 / 031
阮的故乡南都 / 033
心酸酸 / 037
恰想也是你一人 / 041
我比谁都爱你 / 047
惜别海岸 / 049
流浪到台北 / 054
希望一点真情意 / 062
可怜彼个小姑娘 / 066
港都夜雨 / 068
艰苦相思 / 070
慈母泪痕 / 073
雨水落抹离 / 078
寄语夜雾里 / 080
旧皮箱的流浪儿 / 085
可怜恋花再会吧 / 089

妈妈我也真勇健 / 092

望呀望 等呀等 / 100

你着忍耐 / 104

何时再相会 / 106

补破网 / 112

心所爱的人 / 120

无情之梦 / 122

台北发的末班车 / 125

雨夜之花蕊 / 131

假情假爱 / 143

中山北路行七摆 / 146

离别的月台票 / 162

素兰小姐要出嫁 / 164

苦海女神龙 / 175

台北红玫瑰 / 178

谁人不思起故乡 / 184

南都夜曲 / 190

孤女的愿望 / 199

青春悲喜曲 / 203

乡村小姑娘 / 206

妈妈请你也保重 / 208

安平追想曲 / 210

港边惜别 / 219

四季红 / 220

春花梦露 / 228

命运青红灯 / 235

相思一年年 / 241

杯底不可饲金鱼 / 243

海海人生 / 249

三声无奈 / 251

长崎蝴蝶姑娘 / 253

心内事谁人知 / 259

命运的锁链 / 266

搅海大梦 / 267

河边春梦 / 274

从海上归来的莉露 / 281

幸福在这里 / 285

秋风女人心 / 289

我比谁都爱你 / 305

卷·贰　女渡海者

【编号1：刘妈妈】海上来的女人　盛夏之死 / 311

【编号2：锺桂花】以我自信　毫无阻碍 / 317

【编号3：舒菲亚】上帝的羔羊　覆辙的命运 / 320

【编号4：舒蓝曦】如鹿渴慕溪水 / 350

【编号5：渡海新娘们】失语新娘的夜哀愁 / 360

【编号6：阮氏凤】鱼露之乡　伤痕之河 / 365

【编号7：锺小娜】不彻底的女渡海者 / 369

卷·叁　查某世纪

从夕霞走来，这一切存在过 /375

后　记　重返我心中的岛屿野性

——织就三部曲"百衲被"/431

遮蔽的天空 /432

附录　锺文音岛屿二部曲《短歌行》评介／上田哲二／434

去日苦多的百姓史书写——怅青春之短，为土地与亡灵的深情弹奏

序曲一　南方的十字

　　你的名字我曾仰望，但我将在无名的国度寂寞度日，在末日的黄昏游荡。渡海者啊，留下骨头、灰烬、妈祖或十字架，泪水与海水划开盐和蔗糖的苦路。所幸有个书写者，她写理想的失落，人亵渎神的荣耀，迷路的亚当，伤心的夏娃，际遇的鬼祟，愤怒的愤怒，无知的无知，念珠咒语与救赎。廖氏花叶执说人间就是苦，苦才是人间。冰冷无男人气味的床，被欢迎的是梦魇，油火的阴影，吐出子宫的蠕动婴孩……譬如朝露，去日苦多，游离的故事，没有湛蓝的海洋呼唤，没有紫丁香爬满的围篱，只有墨水还记得记忆它。

　　西螺老街给予虎妹童年的抚慰，她常没有鞋子可穿地赤着脚，徒步从二仑乡行至西螺老街，一个小小孩，怀抱着什么样的梦想，赤脚徒步一个小时来到有着巴洛克氛围的镇上老街。也许，她只为了看一眼美丽房子里住着什么人，或者卖什么东西。长成少女的她，没有嫁到镇上。成为少妇的她眼中世界依然是无尽的苦力与劳力所串连成的日与夜，刺眼的风沙，刺痛她心的鄙视目光。虎妹决定离开这里，南方的十字，穿行腥红的西螺大桥，她头也不回地往北而去。她的世界跟着晚风逐渐辽阔起来，她甚至看见火金姑闪烁着性交的愉悦尾火。虎妹逐渐遗忘了童年时在这座开通大典的大桥上受到七爷八爷的惊吓与嚎哭……她天真地以为离开南方即是远离贫穷，她曾去车衣服，曾加入工潮，盖高速公路……此刻她已是孩子的母亲了。穿行一夜的岛屿，仍是木麻黄省道绵延前方，一车的孩子等着在南北的流浪里长出心智与建立日后爱恨的存在。

　　旧的世界只剩下孩童盯得牢牢的目光

黄昏的木麻黄　烈风里的木麻黄

我认识你　从我开始懂得哭泣以来

梦想曾驻足　梦想又离去

这是我出生与哀愁的国度　我重返此地

忆起幼年失落的红色洋娃娃

我不知她是如何逃脱此地

或许问问诗人聂鲁达，他说屠杀者使岛屿荒芜，在拷问的历史之中。人世的孩童看到他们的微笑被粉碎被破坏。他们的立场细弱如鹿，朝着自己不明了的死亡行去。我为你脱下脚镣，我为你卸下重担，以我合法的书写，一遍又一遍；我与你一起同眠，我与你一起腐朽，以我合法的凝视，一回又一回。直至朽地开出新芽，直到恶土长出新血。百年百合，百年相思。

序曲二　在原乡，她站成了一条弧线

　　小娜的眼睛迷离，她的心迷惘，在日落前她身陷高大树林里，竟顿时无法移动脚程，仿佛听见无数的灵在此交谈，各种口音交错。日本音、外省腔、诏安客语、闽语……在密密的树林里飘忽而过。

　　南方了无春雨，南方自成一种生活格调与无格调，游走昔日庄园盛景与古迹及祖坟间，她想这其实许多只是自我记忆的不舍离去且擅自想要僭越历史的幻影。

　　也许她应该学学人类学家列维－施特劳斯那般地难忘深刻行过的土地旅程，他自离开里约热内卢后便在心头种上了一颗芭蕉树，而她自悠悠离乡，也在心头种上了一株相思树，六月开满黄花的相思树，总是铺着如绒的黄地毯来迎接游子。油亮亮宽齿叶的芭蕉树，记忆如雨滴答滴答地落在芭蕉叶上，扰她心神。有时候她想，所有的魔力其实是自我幻想所召唤而来的，她疑惑着究竟自己还存不存在在那个魅惑魍魉的土地里，还是她早已无能为力述说些什么？

　　从田野闲走与历史图片里，她闻到大庄园曾有的华丽气味，那时从大片玫瑰园里所开出的车都是崭亮豪华的，于今从木瓜树林里走出的人非老即小，开出的车子都老旧得像是要解体。

　　老厝从玫瑰园变成了凋零木瓜村。

　　她没有经历过庄园生活，她出生时，三合院不仅萧条且分家了。

　　此时她站在已成荒原的出生地，她站成了一条弧线，日照已然落在她的身后，她不知道自己就这样地伫望了多久，她只感到自己像是一个外星接收体：无数的往事景幕一片片地流逝，许多听闻过的传奇不断地滑过她的耳朵。

从许多人的长篇人生裁减出的段落，等待着被拼贴完成的碎片，她俯身一一拾起。她凝视着这些人生的局部碎片，忽然明白，原来拼贴碎片有时不是为了全貌，而是为了再现碎片的各种局部线条。

　　她从渡海沉船浮起双手，一路偷盗耳语的碎片，一路打捞狼被驯服成羊的骨骸。断骸残尸泄露了所有故事，而这些故事再也拼不回它原有的图案了，但她却与那些逃无可逃的目光对上了……

【锺氏】

锺郎（先祖）

廖氏 ←

锺上善

期货阿嬷（博笅阿嬷）

呷昏阿嬷

爱水阿嬷 → 锺良 → 锺珍

仙丽（呷菜阿嬷）

锺渔观

蜜娘 → 锺石（廖 瓣）（宝莲）

西娘 → 锺鼓（廖花叶）→ 锺伯夷（伊娜）→ 锺绍安・锺国・锺央

　　　　　　　　　　　　　　　　　　锺（古）弦

　　　　　　　　锺若现（虎妹）→ 德赫・芳显・小龙・小娜

┌ 锺琴（私生女赵云阔）
├ 锺声（咏美）→ 罔市（*送人）
├ 锺磬　　　　　 锺大头（*走失）
│　　　　　　　 锺秋节
│　　　　　　　 锺秋妍
├ 锺流（蔡瓜）→ 锺耀・锺毁・锺情・锺森・龙仔・锺南（阮氏凤）
　　　　　　　　桂花・锺心・锺诚・锺声
　　　　　　　　　　　　　　　　　　　↑
　　　　　　　　　　　　　　　　　　锺志明

◎姐妹关系：咏美・咏雪・咏姿・咏莲

【舒氏】

舒公（廖氏）

舒三贵 ←

廖超 → 舒义孝（张简之静）→ 舒菲亚・舒蓝曦
　　　　【玲芬*又名『淑桦』】→ 舒君军・舒阿犹（*约翰）・舒雅各

廖娴（继室）→ 阿霞（刘中校）→ 刘雨树（*养子）・刘台生・刘昇

虎妹（锺若隐）

→ 桃妹
→ 兔妹
→ 马妞
→ 清 和 盟 仔

◎廖对（*别名『如红』）→ 廖超
◎张简振富（廖如燕）→ 张简之静（义孝・佐君）

卷·壹　她们醒来歌唱

感性的女报信者，
带着伤痕奔赴述说的路途……

0

圣母沙尘暴驾临了。

圣婴热浪也在前方。

尖厝仑是她的村庄。

名字由来她们从未去探索过，她们无视历史，也不畏惧历史。不为任何历史洪流存在的她们，一如墓志铭不因石头而改变其内涵。每个女人都是夏娃，世界以她始，以她终。在之前和之后，在永不回归的时间，许许多多的她是第一人也是最后一人，感性的女报信者，带着伤痕奔赴述说的路途。

有一本书等着被翻开

1

岛屿南方的日子开始在他们都还很年轻的时候，时间流逝还没有清楚的刻痕，物件稀有，感情也稀有。番界不远，蓼落炽盛。南方的日子不好过，起先是苦热蛮雨、恶寒酷旱让他们烦躁，还有疾疫缠绵、神出鬼没的山民、溪流、石块、芦苇、焚风、湿气、暴雨、波涛、森林……有不明白起于何处却又难以击退的孤寂，足以吞没肉身的许多事物都让他们敬畏。他们的腰际多插有刀，开路防身，刀柄上饰有鬼头，鬼头好腥，刀力无穷，开疆者手染红血，行人至此断肝肠。

辽阔无尽的平原山野给予他们人生幻想，舞天舞地，冶游山海，四处风光。只是一到黄昏，日落地平线深锁他们滚烫的目光，另一端的家园已然化成雾中风景，凝结成一封封家书，家书从没寄至这鬼界之岛，黑水染字，只余相思。连问鹦鹉思乡否？都说思乡。罗汉脚岂知日后荒岛上的这山这水，日后他们再也行不出它的天它的地。

偶尔被急流送到沿岸的渔舟捎来了乡音，渔舟里的漳洲人下船就说，晕死了，这辈子没搭过船，生目珠（生目珠：从来、从出生以来）没见过海洋啊。太平洋的蓝眼睛，原来如此深沉，如此辽阔。诏安客山城久居，没闻过腥臊，没见过大蓝，没尝过海味。当捕鱼者钓起第一尾鱼第一尾虾时，他们望着阳光下鱼鳞摇曳出的水滴与虾绽出如艳宝石的颜色时，他们想，奔赴此岛是对的吧，他们直接生吃活吞生猛虾鱼，很多年后他们发秃齿摇了才知道阿本仔（阿本仔：日本人）叫此沙西米。恶土前方有海洋汹涌，虽然他们不懂海，不懂蓝下还有多蓝，一如他们都还鲜嫩不懂女人，但他们目目相觑，知道双手双足是碇锚于此了。下渔船的人有的飞快赤足奔向海，有的弯身捧起一把沙，有的把脸浸在水里，再仰起头时脸上如画了黑线，尽是海藻护肤。万事待命名，跟着山民唤，或有竹叫竹围，有圳名公圳，有丘称仑，有房为厝。

舒家人又爱又惧的蓝眼珠人曾经悄悄站立在这片寸草不生的岛屿沿岸恶地，说是恶地，这实是污蔑。实则欧洲人早已带走他们要的东西，欧洲人在此岛的遗迹不在建筑，而在岛民的脸上。锺家某房太祖婆的脸白皙至看得见血管流动，那种近乎透明的白啊，他们不曾见。直到后辈子孙寻访旧史方知血缘被红洋番"透"过，透者混也，透即掺杂。不是白得看得见血管，要不就是黑如生番。

黑白混色谱系日渐在海的烘焙下已失去了原有色度。东印度公司扬帆的舰上夹杂着欧洲各国的逃亡者、偷渡者、失意客、囚犯，他们被这家以糖为暴发户的公司分送至地球恶土上的许多角落，有人发现了哈得逊河，有人发现了金矿，有人发现了航线，有人发现了森林，有人发现了新大陆，有人发现了爱情……日耳曼人和某少女，那一夜发生了什么事？强行，或者柔顺？无人知晓，但他们都知晓异乡人要靠幻想与非法求生。捉摸不定的血统，解析出的成份却不怎么光彩。他们起初以为人生要有未来，必须不让"过去"靠近，但直至几代过去了，才发现这一切都是徒劳。她们唱起祖婆在雷雨降下的阴暗闺房之歌，那奇异的声调，不识字的这一代女子一直都没搞懂祖婆唱的歌词，她们记得了声调，最后才知道原来是"身穿花红长洋装，风吹金发思情郎，想郎船何往，音信全无通，伊是行船堵风浪？放阮情难忘，心情无地讲，相思寄着海边风……"有人羞怯一笑，对着行过的金发传教士，心想原来是放阮情难忘，而不是放阮众人摸，情难忘与众人摸，闽语同音，意义竟是天差地远。蓝眼睛，自此成了锺家某一房的显形与隐形封印。蓝色河流愈流愈淡，不断被海洋与山城子民的红血刷淡了她的色泽，但光度却愈刷愈亮，那锺家后代目光常焚烧他者。小心和别人的眼睛对望，小心以爱之名的骗徒，是锺家查某祖（查某祖：女性祖先）流传给后辈女人的祖训之一。

2

随着渔船来的汉子伫立海洋时,其中的锺郎遇见蓝眼睛白皮肤少女时心生荡漾,他尾随她的脚步来到了更远的异乡部落,锺郎在山猪的叫声里听见了体内的春雷巨响,诏安从此成了后代陌生的追想曲。他们不知身世来处,常笑厌恶客人。就像被山民掳去的汉婴,日久将视汉为仇。思乡锺郎的挣扎与相思随夜而来,寂寞松动了坚强。晚上,锺郎弹着古琴,让老音呓语在新筑的墙,悲伤的琴音使整座平原的稻米与甘蔗加速生长,白日眼见稻穗满满,眼见甘蔗渗出糖的气味,他们遗忘了生活如此艰苦,遗忘了夜晚那去而复返的噬心相思。在这样的南方生活,要懂得收摄与解放,开疆辟土者从来都有奇异的人格,不安逸的南方,恰好是他们流血流汗的湿乐园。黄昏时光,走向海洋的汉子,甩动着如尾的辫子跃入水中凉快。

那时他们还不认得这里的许多生物。当锄头往土地上一掘时,他们期待挖出黄金般的沉船古物,或者像大陆那些沉湮几代人的古墓宝物。但这些传说还不曾发生在这块他们眼中的新大陆,他们掘起了泥土,跪下去闻着新土新地的气味,几乎是流泪的。汉子跪地此举,惹得来送便当的女人家以为土地会咬人,使他们的汉子臣服了。

她们走近,发现土地爬出许多生物,煽动湿黏的翅膀后,它们顿然飞上枝头。那时她们都仰头,但已未见,仅凭寻声遥想一整个盛夏。蝉声嘶鸣在最初一刻的夏宴中,村中人才臆想到这是落脚这座岛屿第一次听闻蝉声,蝉声让夏日烈阳的幻觉变浓了,蝉声仿如让日头拉长了影子,朝庄稼汉头顶猛地射去,炎热气候晒伤了屋子的色泽,晒褪了如深海的蓝衫,白褐色鸟粪沾黏在红砖上,四处热尘纷飞,汗水淋漓,这激昂的分贝燃烧着温度,让汉子们卷起裤管,坐宴溪水里,大口啖着生平在此的第一个收成,焚风过后的西瓜,甜蜜如夜晚的高潮,他们忘了黑水沟的那些黑风黑浪,直认此岛一方是新天堂。他们的妈祖跟着飘洋过海,妈祖在岸上笑着,黑黑的脸仿佛也十分炽热,黑檀木光亮圣洁,照亮整间矮厝。

在西娘的回忆里,彼时台湾厝,窗子小如瓦片,惊怕土匪来。

直到蝉声嘶鸣在最后一刻的秋决后,村中人感受到季风的冷冽,婆子们学织棉衣抵风,入瓮酿酒,夜晚到来,从溪口一路灌进薄屋的烈风,使他们迫不及待地打开尚未酿透的酒瓮,那时他们心想,难道自己要老死在此?失望弥漫在他们如恶兆般的夜之苍穹下,他们失眠,他们俯仰在一张张轮廓深邃、陌生而美丽的脸庞之上,黑发如瀑如森林,他们循女人的黑水沟一路挺进,喉头发出蒸汽似的热空气,如火山扩散的熔浆,直至热汗驱逐了冷风。颓然倒下的汉子们,在黑暗的霉味里,闻悉丰收也目睹灾难,往后迎接他们的不再是蝉声,而是黑水沟里被吐出的绵延啼声。那些高低不匀的啼声啊,才是把他们的命运牢牢钉在岛屿的骨血十字架。命运的轨道已然偏离,命运要弹回原样近乎不可能,日子只能往前奔去。

3

番婆好牵成,唐山公娶唐山妈。成年平埔女儿住笼仔,此番语称猫邻里,即姑娘房。野性查某祖,若有喜爱的男子行经,她即可在房前吹口簧琴示爱。她喜欢就让他住一夜,不喜欢就把他丢出去,再选另一个她喜爱的人。

这野性逐渐被他者驯服而消失,她们丧失了本能天赋,直到她们的肉身埋到了地底才看见命运的掌纹,爱情线上多轨而单薄,婚姻线单一而分岔,但什么都来不及了,她们注定和一个男人终老,即使意念里不知攀爬过多少高峰巨柱。孩子无法塞回子宫去,时间无法重返。年华老去的女人们懊恼什么叫爱情什么是人生都不明白,日子已然过了大半。她们想,如果早知道时光会一去经年,她们不应该闭上眼睛,她们应该在微光中牢牢地盯住每一个时刻,每一个细微的表情,每一个扭曲而即将涣散的夜欲。岛屿的深渊是没有永恒这种抚慰人的神话的,只有戳痛人生的时时刻刻。在命运的天空下,她们并不哀伤,只是突然想大声呐喊,已百年了啊,该死啊,竟已百年了,时间像鳟鱼游海,快速地冲刷而去。

这座美丽岛,生养梦想,即使流犯至此,亦不再闻脚镣的声响,他们只看见一片黄金稻穗。曾经连续多日多月的大旱灾早使得脚下的土地龟裂,连草都枯萎。有人想起他们心中的贞节妈,到廖家请出贞节妈神主牌。将神主牌置于旱地中央,对天乞雨。天空移来乌云,如日蚀,黑光蒙地。他们听见雨,雨先落在贞节妈的神主牌上,滴滴落落,如泣如诉,接着云块绽开缝隙露出蓝色光芒,劈下一道闪电雷光。大雨倾盆,伫立旱地的农人微笑着用手用脸用嘴去承接雨水,快意雨水。贞节妈一生干燥,如注之雨倒像是哭诉她一生荒瘠的泪水。贞节妈终于潮湿了,在三合院廊下观雨落下的女人则这样地想。众农民集资给廖家人,好让他们着手整修廖贞节妈那已渐残破荒芜的坟墓与墓碑。水利会向地主乡绅提议修建贞节牌坊,贞节高高悬挂,摆荡在亘古寂寞阴风里。(后代少女小娜日日穿过廖妈贞节牌坊下,感到自己极为不贞不洁,后来她都绕过贞节牌坊,一脚跳过崁柱,宁愿走玉米田小径,冒着掉落沟圳的危险。那是一个她无法想象的世界,但那个世界却在她的心中,徘徊不去。)

春宵吟

4

嘉庆、光绪、大正、昭和这种字眼在当代的台湾人眼中已经渐渐消失了它们本身所具的时间象限,年轻人见到这类字眼将迷航在无所知的年代里。

那个年代到处有以"仑""墘""塘""厝"命名之地。

一到这小村路口,往下看见的是芒草旁的石敢当,抬眼风光是茄苳树芒果树杨桃树和龙眼树,一排头歪向东北长的木麻黄。风送来屎尿臊味,欲落未落的茅厕木门外盘旋着苍蝇,阳光撒落在长了草的村庄屋顶红瓦上,他们想自己这个肉体有一天也会和这祖上盖的老房子一样,终有一天埋到地底后,头上也会长草。那么多年了,这村庄日渐有先人被埋到地底,春风草长,那时还没有火化这件事,树葬海葬未闻。土地包容一切生息,包括人生尽头。

尖厝仑是她们的村庄,注生娘娘与死神同住于此,土地公婆守候出入口。她们以为台湾很大很大,大到一生也走不完看不尽。她们大部分人都没有离开云嘉祖厝,除了结婚那一天之外。有时候她们光是离开村庄到邻近的镇上就要花上好几个小时,到大城市那可是要一天一夜,于是当男人说起台湾这块番薯时,女人以为台湾就是所谓的世界,此即是天地尽头,即是一切。

小村日夜是以身体为节奏,疲惫后好入梦,她们觉得梦很可怕,醒来后,她们的肚子不断地大了,孩子开始争相挤出下体的黑暗岩壁,人间啼哭。光阴以日晷、沙漏、线香、烛刻、香印、鸡啼、腹鸣来告知她们该打开灶门好炊烟了,或者抬头看一眼太阳,日久,每个持家的女人都有属于自己的计时器。就像她们的人生从来都不是那么精准,糊里糊涂就随手把人生翻了页。

那时查埔祖(查埔祖:男性祖先)起的家厝,窗小、门小、梁低。野草四长,土匪打劫,六亲不认。公妈神主牌还没出现在杨枝净水菩萨的案上,因为公妈都还年轻,还没想到死亡,更没想到自己有一天会化成了一小片木板,上有三魂七魄。

男渡海者正生猛,也以为自己有朝一日会攒钱离开这岛,生命荒瘠里的外遇之岛,他们熬过瘴疠热尘烈风,熬过不同族群的厮杀,还熬过双人枕头的吵闹不休,熬过异族屈辱,最终他们还是留下来了,且这一留,百年已过。

古早苦日子,卵葩乎人挂(割)去也无知啊,男人哈烟说。死神如影随形,虎列剌、百斯笃、赤痢、疽疮、发疹窒扶斯、格鲁布……这些奇异的日语是当时他们耳熟能详的死神代号,每一个疾病都会将他们与所爱或所恨分离。霍乱、鼠疫、痢疾、天花、斑疹、伤寒、白喉……他们在死神渐渐遗忘他们时,偶尔忆起某日为了哪只老鼠是谁抓到的吵得面红耳赤而感到玩味,一只老鼠换得一毛,谁也不想让出这珍贵的一毛。锺家渔观古早有一阵子被叫三毛,因为他每回换到的钱都是刚刚好三毛。这些往事说来不到百年,但众人回忆起来却像是很久远的事了。

5

落户于此,那时没有外省称谓,当然也没有本省不本省的,唐山过台湾来的后代子孙烙印血缘地名在门上,他们口中的假黎、山番是当地居民。那时各省口音交错,有人叫祖母为婆婆,第一个婆字三声,第二个婆字二声,婆婆也有叫奶奶的,或者叫姥姥、阿婆、阿嬷。锺家在闽客械斗与长居闽南村落几代后而逐渐失去了母语,仅有些称谓还是客语,但泰半已操闽南语。他们叫祖母阿妈、祖妈与公妈。孩子们也都喜欢这样的叫法,说是带了点乡野气味。阿妈已转音成阿嬷。锺家查某祖们喜欢被人叫伊(伊:他,她,那个人。称自己和对方以外的某个人。)阿嬷,即使她们早已是太祖婆了。

许多很老的老人到现在都还记得锺家那爱赌博(博筊)又爱呷昏(呷昏:抽烟)的阿嬷,她本来是个标准的美人胚子,结果被阿本仔抓去关在矮牢里后,久了不能站直,出来后竟成了个驼子,野孩子在背后学她𱆀孤(𱆀孤:驼背),常惹得锺家祖上善拿棍子打人。被打的野孩子就是在庙埕述说往事的老人了。呷(呷:

台语中"吃"的意思）菜阿嬷曾偷偷夜里对男人上善说伊就是前世因为在佛前礼敬姿势不够谦卑，故日后有驼背之果。上善原本在宽衣解带，听了倏地又穿上外衣，扯开门帘竟至离开呷菜阿嬷的房间，丢了一句话给她说，我不懂因，也不懂果，但如是因如是果，你也别出口。男人讨厌是非，不管是或非，女人少说他人为妙。这是唯一一次温顺的呷菜阿嬷惹她的男人不悦，她那夜一人躺在红眠床，望着床的双鱼雕花，明白有些话是不能说的，尤其关乎因缘。但她常忍不住说起自己看见的未来画面，有一回她就说着当铁鸟飞上天，铁线会说话，女人就逐渐自由了。大家闷声吃饭，习惯呷菜阿嬷常吐出怪语。直到有一天当锺家装起村里的第一部电话，在摩西摩西里，才恍然想起呷菜阿嬷说的铁线就是这个玩意啊。而铁鸟就更不用说了，美军轰炸台湾时，村人都恨死那在天上朝地球乱射子弹的铁鸟了。

村里的人曾绘声绘影说庄里也有个查埔（查埔：男人、男性的）郎男人因为抗日被抓去关，这个姓廖的，关了六七年出来，胡须都长到胸前了。大家都觉得说的人也未免太夸张了，还有人说这有什么啦，接着压低音量又说，锺家呷昏阿嬷走出牢房时阴毛都长到膝盖了。不管胡须或阴毛，锺家人称呷昏阿嬷的高祖蹲过牢房却是真有其事。

有时听到这个传言的查某（查某：女人，女性的）娴（娴：丫鬟、婢）仔阿素会很生气地回嘴说，你们在四妈宫前脏嘴，也不怕晚上被鬼压床。查埔郎男人们听了面面相觑噤了声，仿佛看见前方有个老妪驼背的角度恍然像是一张椅子似的缓慢前来。

6

呷昏阿嬷一点也不昏，她嗜抽阿（鸦）片，曾名列阿片重度瘾者，彼时控管，吸食者得领执照，她名留烟鬼簿。但此不稀奇，百人里有六人和阿片难分难舍，烟鬼处处。她觉得世间花以罂粟为美为烈，她的那双天足行过烟叶田，那双烟黄的手摸着烟叶如抚触情人肌肤，她偷种大麻，收成时目光炽烈如少女在约会。她常叼着烟说一点也搞不懂为何要禁止这些大快其心之物，她不认为大麻的危害甚过于酒色财气。真正危险的不是东西是心，是使用者。呷昏阿嬷这个言论固然可喜，但扯上唯心就是漫无边际的自我认定，总之呷昏阿嬷因为烟而被抓去关已成她生命的事实。知道呷昏阿嬷往昔的人则多接受她吞云吐雾的模样，她的手指染得酸菜黄，指甲更是像姜一般。

她可是从小种烟的人，对于烟叶比稻米还熟悉。所以在稻米收割后的休耕秋日，她建议男人上善也种烟叶以利营收，实则是有些私心。有一天阿本仔官员来了，旁边还跟着个台湾通译官，他们越过晒得金黄的稻埕，笔直朝她而来。看伊那个狗德行，呷昏阿嬷用那染得酸菜黄的手指作狗模样状，旁边齐坐在板凳上绣花的姑娘们也都笑了。

阿本仔官直接就把呷昏阿嬷戴上手铐，旁人纷纷走避，原地者或仅能惊状发呆，过后他们回神，只见呷昏阿嬷的背影硬挺挺地像个汉子，随着日影移动下，最后只见一丁点如萤火虫的光消失在红瓦砖厝的尽头。

呷昏阿嬷在此之前曾经以系于腰间的银锡制的烟管筒攻击一位日本兵，在阳光反射下，阿本仔兵一度以为眼前这个阿嬷擎出了匕首，阿本仔兵往胯下找枪时，因一时心急，并未在呷昏阿嬷劈下第一记时掏出手枪，挨了一记疼，阿本仔兵也才看清原来是支烟管筒，这说来可真是差点要了呷昏阿嬷的老命，那是她第一次被抓去关，原因是袭军。

直到有一天呷昏阿嬷的娘家来了消息，说是希望呷昏阿嬷能够多给娘家晚辈们一些物资，外头厝孙女要结婚了。彼时一个人一个礼拜分到四两猪肉，四两肉，一丁点四两肉，一张嘴就可以囫囵入肚！有人结婚，齐凑肉票，帮忙热闹。带消息到狱中给呷昏阿嬷的人是她的侄子，知道呷昏阿嬷的烟盒里存有许多肉票，用私烟换肉票，她是首肯。（此肉票是猪肉券，回想起这件事时，此村庄已经不知养过多少猪，吃过不知多少盖过蓝色章的猪肉皮了，那些猪油猪肉猪皮，每一寸都滋养着三寸舌根的幸福想望。）干你三妹勒，日子伫难过，查埔郎挂在嘴边的话在猪仔满村跑的日子就少听到了。

那时，人们经过锺家客厅时，都会伫足瞥一眼钉挂在锺家厅堂的那张华丽虎皮。

锺家客厅悬挂的这张虎皮是祖上传下来的，打猎的勇者没有留其名。鹿皮则是从鹿港嫁到锺家人称期货阿嬷的嫁妆。梅花鹿的鹿皮上还连着鹿头，目光炯炯如生，盯着锺家爱人恨人，人生人死。鹿眼随着时间竟也蒙上了一层水光，汪汪水渍下犹如一轮明月，常让跨在阴阳两界的呷菜阿嬷伫足鹿眼下良久，陷入沉思，仿佛她穿越那明珠可以抵达另一个世界。鹿死亡时比活着时更有力量，就像锺家先祖离开人间比留在人间时更有故事性。

将虎皮与鹿头完好保存的人是村人赖日照，日照这项技术使他日后成为动物园的技术人员，专门将珍贵动物制成标本。日照的身体总是飘着福尔马林药水味，他的女人总不让他碰，使得他愈是遁隐到动物的死亡世界。那个世界安静而永恒，肉身时序被他按下停止键。

宝岛香蕉姑娘

7

这座小村从来就没有人注意过她的存在，她的四周任何一个地名都可以覆盖过她的存在。风华的西螺掩盖了她的姿色，赤贫的口湖挤掉了她予人的悲情，海口台西的悍强压过她的草莽气息，麦寮的麦色高过她的稻田绿光，虎尾的甘蔗超越她的龙眼甜蜜……她是一座默默无闻的小村，但曾经她是几百口人的庇荫。二仑的尖厝仑，听起来不痛不痒，难以留下深刻印象之地。物产不丰，水源不足，狂风肆虐，地牛翻身，海水倒灌。洪患让坟墓下陷，消失在水光中的先人名字。

先人里，唯独呷菜阿嬷越过了历史无情与洪患的无名宿命。

这里是先有四阿嬷，然后才有四妈宫的。四妈宫是妈祖分身，来到小镇后被称四妈。小村被男人建构与命名，多年后，他们才在小村的四个方位上各安置了诸神，石敢当、土地公土地婆、万应公、虎爷。那时的村民百姓多善尽人间与天庭大小事，尤其是每年的妈祖节庆全镇沸腾，而年底送神仪式也是庄里小孩目光紧盯之事。神来人间，善恶立判，烧马烧甲，供神返天庭用。许多欠锺家钱的村人都尽量挨过每年年底二十二日尾牙之后，当年人们还信守与天的誓约，与人的承诺，过了这一天就不讨债了，新岁将至，庄家也碍于情面，于是大伙又可喘口气先度个好年，等待时来运转。他们就是为了温饱与发财梦才来这恶土恶地的，他们看天面耕耘，也看人面交谊，生活简单，四界有机会。

锺家当时的祖上有四个女人，因每个女人的婚礼都颇隆重，遂使得每个女人都认为自己才是名媒正娶进入锺家的主。祖上来到台湾没几年更因权势而快速地累积了更多财富，但财富来得快也去得快。初迁至台湾的人多家族单薄。

因锺家祖上兄弟共有三人齐来此岛，再加上锺家祖上娶了四个太太，同时为了让一起渡海来的牌位能有香火祭拜而兴建了宗祠，这可说是祖上为了他自己与自己心爱的女人所盖的最后陵寝。

最早的两个阿嬷是持家女人，爱水（水：台语中"漂亮"的意思）阿嬷是成天只爱作女红，绣花片是她的绝活，棉衣搁着不同的香花，含笑茉莉玫瑰夜合玉兰树兰，循着香气而来的锺家男人看见她美丽巧手与灵秀瞳孔，一时目光就被钉住了。而呷菜阿嬷就是替人向观世音菩萨求情买命的老祖上，她和爱水阿嬷感情最好，是柔软的温暖女人。另外的两个阿嬷都很特立独行，呷菜阿嬷总要爱水阿嬷到冥界别喝忘魂水，这样一切都会记得。打扮很不一样的期货阿嬷，是村子里第一个不穿蓝染布的女人，她穿祖父带回来的西洋装，戴着英格兰帽子，看起来很帅气英挺，她是祖父的得力助手，最会做生意，当时她已经在做期货了，所以她被叫作期货阿嬷。期货阿嬷在这个大宅院是特立独行的，她谁也不理的，是个体户。另一个是呷昏阿嬷，她首开女人自由先锋，从她起先一直未嫁，直等到老小姐。看来是没什么禁忌的女人，锺家人觉得她抽起烟和打起牌的狠样，简直就像个大姐头啊。

许多人是很久之后才知道呷昏阿嬷和爱水阿嬷两人竟是亲姐妹，两人差十来岁，祖父当年看上的人是才十岁的爱水阿嬷，但她当时年纪太小，连初经都还没来。再加上爱水阿嬷上头还有个高龄姐姐未嫁，爱水阿嬷当然也绝不能出嫁。爱水阿嬷的父亲就要锺家祖上先娶了爱水阿嬷的姐姐再说，祖上为了能娶到美丽的爱水阿嬷就一口答应了，娶再多的老婆对有钱有势的他一点也不算什么。

娶了已被称为老小姐的二十岁呷昏阿嬷后，他还等了爱水阿嬷四年，爱水阿嬷来了第一次初经后，她的父亲才答应了这门婚事，还把女儿的红血当成宝似的展示。等待爱水阿嬷的这四年，这锺家祖上也没闲着，他又娶了个呷菜阿嬷。呷菜阿嬷是晚辈叫的，帮人买命的观音妈义女，终生茹素，故称呷菜阿嬷。呷菜阿嬷在娘家时被叫阿丽，"丽"和福佬话"雷"同音，许多福佬邻人总爱笑少女的她是"打雷水查某"，少女身短暂，过了十来岁就老成。嫁入锺家后随着子孙降世，自此长年茹素的她成了定格的呷菜阿嬷。

听说男人上善当年是在一间尼姑庵遇到她的，过年上善去庙里行春，见到仙丽，她正好来庙里斋僧，上善见她宛如见到花仙子，但他却带给花仙子浑身的肉味，花仙子就此走入红尘。按后来呷菜阿嬷的说法是，丈夫是她的冤亲债主。是冤多还是亲多？孙子这般问着。都一样啊，反正都是感情债，亲家冤家都是家，正债负债都是债，呷菜阿嬷常这样说。

有人甚至认为呷菜阿嬷是四妈宫的妈祖再世，她的脸仙气逼人，但比一般人黝黑，遂有人暗地觉得她是黑面妈，拥有灵力的海神之女。三月疯妈祖（农历三月妈祖诞辰，出现的拜妈祖热潮）时，仙丽几乎是活菩萨的代言人，带领家族上上下下百人祭祀，沿途迎接妈祖绕境，妈祖轮庄出巡，庇佑因为传染病而死亡的生灵。有人想这锺家祖上迎娶了四个妈也没什么，光是西螺一地的妈祖也有好几个呢。对妈祖当地也有绕口令：大妈爱呷鸡、二妈爱冤家（吵架）、三妈爱潦窥（溪）……妈祖从彰化来到西螺时，得横越暴雨后湍急的浊水溪，抬轿者总是相安无事。仙丽自己就很爱河水，脱下缠过的小脚，泡在冰凉的河水里是她私自的享受。

仙丽也有祖父从大陆携来的私佛，那尊自己族姓供奉的私佛是她父亲要她继承的，认为她有佛性，佛祖会欢喜。

呷菜阿嬷一直到死前都还在想一件事，如果当初她没有去福兴宫斋僧，且动了妇人之仁的一念，她的命运就会不同了。她年轻时被叫作细姬，台语小只。姬在日文里听起来却像是"喜妹"，她倒喜欢这个音译的"喜"字，人生喜少伤多，她的爱美天性更增添这种岁月无情的伤感。

这里是她生长的小村，她曾经看着它一砖一瓦平地起。一种仙气逼人的美，仿佛不属于人间。那时村子烧砖的窑正兴，她看着窑里灯火辉煌，以为人生处处光亮。未料接踵几年却闹起饥荒，窑里的观音土不再形塑成器皿，而化成了盘中餐。吃观音土的孩子，手脚瘦弱，肚子却涨得像是窑炉，最后消化不良的肚子剧烈闹疼，横竖闹疼闹饿都难受，时间早晚而已。观音饼不是观音菩萨赏赐的，而是来自地狱的食物，一丁点面粉却混着大量的土，因为长得太美而免于吃这类观音土，少女仙丽的母亲特别腾出食物给她，认定她会嫁给大户人家，这样本钱加利息一定可以从她身上讨回。未料呷菜阿嬷却给锺家当小妾，虽说衣食无缺，但却大大伤了呷菜阿嬷母亲的面子。

8

爱水阿嬷的木雕花化妆台上有一铜镜，照出一张美人像。

她常穿着男人从海外带回的一种棉袜的袜套，棉袜是昂贵之物，都是男人上善从日本或上海带回来的。爱水阿嬷在上衣外多会套件云肩，云肩由一片或数片绣花缝合而成，中间洞口即是头颈处，头颈从洞口穿过后，绣花布自然往肩外放射，呈现如花朵或云朵的式样，将整个人妆点出无比的华丽。如意云朵、柳叶、桃花、莲花瓣……取件给主子的贴身丫鬟们总幻想着自己套上这些饰物的模样，刹那就仿佛获得了这美好的一切转移。

　　爱水阿嬷的衣装打扮总是面面俱到，比如她在额上也还是系着绣花精致的眉勒，眉勒摆放在四方铜盒上，许多丫鬟最爱帮她取物件，取物件前总是爱不释手地先自行在镜前把赏一番。她们总说这爱水阿嬷的刺绣手艺，无人可比。不仅眉勒，就是系在衣服上的腰带也是精致异常，尤其是布料末端，留有一大块绣色，绣面多是鸳鸯粉荷或龙凤轩昂，末端缀有流苏或铜铃，丫鬟只消听到这声音，就知道主子来了，不敢偷懒，这也是一种善意的提醒吧。

　　至于三寸金莲绣花鞋美则美矣，但见者不多，这绣花鞋不若眉勒饰物总是要戴到夺人眼目方休，绣花鞋和肚兜等物的美则要躲藏。唯爱水阿嬷的男人也就是锺家查埔祖锺上善当然是这肚兜美的对望者，唯男人不提这些小物，他们尽管把头埋向那又叫做抹胸、抹肚的肚兜片上。贴身丫鬟倒是嘴闲不住，偷偷咬舌根说过，这爱水阿嬷的菱形肚兜啊，就像一幅画，其中有一幅，在肚脐位置绣着许多人物，花台楼阁前，人物栩栩如生。洗过那件肚兜的丫鬟不知人物是谁，直到有一回锺家为爱水阿嬷祝寿，请来泉州戏班，戏曲演出杜丽娘，贴身丫鬟喃喃自语吐出，原来爱可生可死，她到老都记得了杜丽娘与主子爱水娘娘的那件美丽肚兜。但这丫鬟一生都没有机会体会什么是爱，那种爱生爱死的东西，她至死都弄不明白。因为她的一生早就被锺上善给定下了，她是锺家的一个秘密，她没有出嫁，死在锺家，陪葬物是那件绣有杜丽娘的肚兜，她成了一缕被遗忘的幽魂。（爱水阿嬷的眉勒经过时移，最后只剩一物留予后世。后代小娜见了曾说，哇，这多像我们静坐时，绑在额头上的抗议布条。至于云肩，小娜以为那就是现代版的巨型甜甜圈。）

　　丫鬟大多被叫查某娴，她们和长工都能借着气味或声音判断来的主子何人。铜铃摇晃或发上步摇，加上簪花各异，花香不一，发上耳际插着含笑花、玉兰花、茉莉花……一身的天然香气，连丫鬟们也都竞起仿效。爱水阿嬷不插这种天然花朵，她插用细薄丝绸绕线而成的缠花，在丝绸缠花上喷了香粉，那味道只她独有。一直到老，爱水阿嬷的头发都是乌黑油亮，肥厚的庭院芦荟定期会出现被切的伤口,那是爱水阿嬷的美丽秘密,梳子沾上芦荟汁液后,往头发梳上一百下。

但老了毕竟没用了,她无法自己洗头后,难以忍受自己身上的馊油味,就很少再出门了,许多村人有时还以为她死了。爱水阿嬷不再水当当后,就把自己关了起来。晚年,她常想起无缘的爱子,在六岁时死于急性肺炎的爱子临终前唤了她一声阿母,这画面一直抓着她不放,成了暗夜哭泣的催魂咒。那时候死个孩子像是岛上台风般,女人总得习惯。

那么期货阿嬷呢?听她走路的声音就知道是她来了。期货阿嬷孩提时就没缠过足,粤籍客家人不缠足,她移步的声音大,大脚大音,辨别极易。

我一生四处为客,缠足就限制了自己的移动能力。期货阿嬷在镇上聊天时对一些女伴说。你可以不缠,我不缠就差点被我阿依(阿依:母亲)打死呢。另一个阿嬷说。月光下,就常见我一个人洗着小脚,那臭啊,绝不可让旁人闻到,又有一阿嬷接着说。女人们摇头失笑,那年代女人将薯榔煮沸,绞染成蓝布衫。用指甲花当染发剂、用白粉涂脸、用玫瑰花瓣充当香料、用油勤刷如云发丝。锺家女人的美,具体体现在这爱水阿嬷身上。

至于期货阿嬷,她很中性,晨昏时光,她总是很享受地坐在亭仔脚的长板凳上,望着前方的水稻田,和呷昏阿嬷慢慢地吸着长杆烟斗,冬日时她依然习惯在亭仔脚缓缓抽着烟,只是怀中多了一个小火炉。

9

早升格成"祖"的她们,还是习惯被村人叫成阿嬷,毕竟她们当阿嬷的时光最长。老是抽着水烟的阿嬷被叫做呷昏阿嬷或阿片阿嬷,她尼古丁吸了太多,痰都是黑色的,眼睛也愈发成褐色了。她的身上总是袭着一股男人似的烟味儿,丫鬟特别喜欢腻着她,像挨着一个她们生命中尚未来到的男人似的紧挨着,丫鬟说闻着这味道整个人都清醒了。呷昏阿嬷抽水烟时姿态撩人,躺在烟床上像是一座绽开的野生花园,她那浸满欲望的神色极其媚眼且顶真,任何人都不忍要禁她烟,好像剥夺了她这份快乐就是欲她死。在清朝时,呷昏阿嬷日子过得还惬意;阿本仔年代,她却被抓去关,出来后瘦了一大圈,像是一个得肺痨的人,男人上善看了摇头说,一沾染这种东西,就成废人了,你们要多向仙丽学习啊。

10

　　呷菜阿嬷身上有檀香味,到老都香汗淋漓,有人说是因为她前世今生以花香供佛菩萨之故。被称作呷菜阿嬷的上善查埔祖爱妾仙丽,她在当年几乎是全村岁寿延长与否的掌管者。她仍是以穿蓝染衣服多,不过私下她对装扮有自己的一套想法,许多人都记得她颈上常换戴不同的饰品,玛瑙贝壳项链和玉佩是她最喜欢的饰物,后来有一回她的丫鬟忍不住问她为何喜欢玛瑙贝壳,她说因为玉饰寻常,但玛瑙贝壳在小村里却是独一无二。

　　这玛瑙贝壳啊,是我父亲有一年跟随山民呼颂去外海捕鱼时从深海里拾回的,自从他给了我配戴之后,原本体弱多病的我身体就逐渐变好了,有人说这是海神妈祖在庇佑我,仙丽说。有一回呼颂就偷偷地跟她说,这玛瑙贝壳啊,很稀有呢,这可以增加女人的生殖力。生殖力?丫鬟不懂。仙丽摸着她的肚皮说,就是让你多生子啦。丫鬟听了也发出嗤嗤笑声说,太太,那以后我嫁人了,你这玛瑙贝壳项链也让我戴一戴。仙丽听了啧啧啧,才几岁就思春了。仙丽又说,那时候呼颂还送给我父亲一副鲨鱼齿骨串成的项链,我父亲后来就成了很勇猛的渔夫,常和山胞下海,是当时汉人里少见的可以潜水的人。敬鬼神,爱神秘力量也就成了家父影响我的事物了。

　　呷菜阿嬷的梳妆台上有一张父亲的小小肖像,锺家上下都知道那是仙丽最宝贝的东西,丫鬟都是每日细心拂尘。呷菜阿嬷一直很相信事物本身的力量,比如颜色本身就有,但锺家人都只是听听。有一回她劝要搭火车去嘉义回娘家的某个丫鬟不要穿那件橘色麻布料洋装,丫鬟却不听,仍执意穿着那件橘色麻布料洋装上路。后来听说,起先是她喝茶时整个茶杯水泼烫了自己的手脚,接着是火车停驶,改搭客运的她却碰上客运故障,煞车不灵,害她整个人撞上了铁杆,鼻梁整个歪掉,牙齿撞断两颗。

　　这名丫鬟后来就被叫作歪鼻查某娴。

　　许多锺家老人都记得歪鼻查某娴,因为她一直留在锺家,没嫁掉。她后来死心塌地跟着呷菜阿嬷读经修佛,再也不想嫁人了。但许多后代听了这个故事仍都抱着疑惑,一件橘色麻衣裳能带来什么灾害?还不是那名丫鬟自己不小心罢了。

　　有人说可能当年穿麻料衣就是个禁忌吧。旁人接腔道,唉,穿什么橘色衣啊,还是麻的，那时没有女人敢穿这种颜色的，不出事才怪，这颜色让人不安吧。

　　这村庄人谈起呷菜阿嬷，总环绕着许多传奇色彩。有人说，别人的命她都能下地府买了，那预知其他事对她也就没有什么难的嘛。但呷菜阿嬷没有活成长寿婆婆，也没见到未来世界已经不需要鲨鱼齿贝或者玛瑙贝壳就可以拥有科技魔法了。

　　仙丽和上善是锺家后代最喜欢的祖妈和祖公，这对祖妈祖公只活了一个孩子叫渔观。渔观从小不明白为何母亲对他特别严厉，他曾经很怨母亲。一直到自己有了孩子后才与母亲和解，理解那是母亲的菩萨心，为了公平起见，宁可对己出的孩子严厉。那是锺家还有四个女人持家的古早年代，阿本仔还没来，锺家刚落脚云林营生，男人的辫子还在头上。那时的二仑之地，还充满着各种地域口音，潮州音、广东腔、客家话、闽南语……锺家祖上娶过四房太太成了早年镇上人记忆他的奇特方式。百年前锺家曾有许多女眷与女佣，这些女人的口音腔调也大相迳庭，语言与口音不是女子彼此隔阂的主因，男人与嫉妒才是疏离她们感情的内幕。表面人丁旺盛，实则败坏的蛀虫已然侵蚀梁柱。

墓仔埔也敢去

11

　　有天祖父上善从大街上归来，他忽然对着家人叹了口深沉大气说，我们总是要落叶归根的，但看来我们要老死在这座岛了，异乡变故乡，日久他乡是故乡，原来是这样啊。

　　那时帮佣的妇人与男人家眷都从他们手上的工作里停摆了几秒，望向祖上说话的厅堂暗处。大家都不明白为何他要把老死在此不断地挂在嘴上，这位老爷看见了什么样的未来？隔天，上善开始大兴土木，说要盖祠堂。他的儿媳妇们都劝他说，大官啊！我们落脚这里才多久，都还没有死过人呢。

　　现在没有死过人，不代表明天或以后不会死人啊。你看，这片荒山已是坟茔处处，望之不尽。阿祖这样说时，这些家眷们才想起自己的孤独，看祖上背后的荒山，早已露出的一片空地，山色虽说不上翠绿青葱，但树林之姿在午后也有风光可言，树林里已兴起栉比鳞次的坟冢，写着个体生命曾有的死亡记事。灰灰的水泥拱起一方之地，或半圆或长方，墓碑是观音石，以金线或黑墨镂刻亡者姓氏，字刻几房几子，主墓下方左右各立皇天后土，这可说是从别处迁来此的二仑人所建坟墓的特有制式，突起的石碑在山野中渗出一种无尽的荒凉。

　　童年的锺琴常随呷菜阿嬷去山上的观音庙做早课，跟着呷菜阿嬷读诵《度人经》，呷菜阿嬷说，听经十遍，枯骨更生，皆起成人。但孩子心老想玩，坐不住，她就一个人兜转到外头晃，她倒不怕墓地，还常一个人坐在墓地旁，吃着呷菜阿嬷给她的素饭团。她四处看着墓志铭，觉得意义颇堪玩味，有的墓碑刻着"无"字，连名字都不刻上去，这意味着什么呢？呷菜阿嬷做完早课的一个段落后，会出来寻她，然后祖孙一起闲晃。郊山靠海，大部分的墓碑在长年潮湿下，都有了裂缝，湿土下昆虫唧唧，在墓穴周围爬蠕着一种宛如泪水般的爱抚。

　　锺琴一直记得和呷菜阿嬷逛墓园的往事时光。呷菜阿嬷又说，阿琴长大若不嫁，迟早要住到姑娘庙。姑娘庙，有很多姑娘吗？那很热闹啊，锺琴问。对啊，不过可都是亡魂。啊，女鬼？死亡时都还是未婚的女子身份，为了让她们魂魄好过，于是以姑娘称之，且还用庙来供奉。锺琴听了忙说，那我千万不要住到那里了，太可怕了。

　　当她们祖孙俩将逛墓园的事回家说给大家听时，祖上家眷们似都明白了，原来要有墓园才能称为家啊，大伙自此毕竟是要在二仑长住了。既然要永远当个追忆人与追墓人的姿态，因此兴建宗祠已不只是悼亡形式了，反而更是念生之所，提醒大伙都得在此好好度日。墓里埋的再也不只是枯骨，而是即将埋藏着血缘记忆的遗址。为此家眷们跟着祖上一起寻找死亡所带来的颜色，闻着记忆所飘来的气味。但其实却反而更增添生之激情，好像死神是好朋友似的。就这样，祠堂盖了起来，而且空荡荡了许久，白墙上挂的照片大都是画像或是从海上跟着漂流来的大头照翻拍的对岸老祖宗。

　　他们来岛上很久了，家乡有些新移民初来这里也都由祖上接风与安排，初来者日渐地也习惯了岛上的溽热气候与海岛生活，久而久之也开始有亲人过世此地，也学着当地人在坟上的相框外围圈起悼亡花。

　　呷菜阿嬷更时髦，还将从大陆携来的祖宗容颜烧在磁砖上，比永恒还永恒的存在。

12

钟家确实到很多年之后才在尖厝仑办起第一次葬礼,钟家人得以活得久些,说来全拜仙丽所赐,专门帮短命人持其一生善恶业果向慈悲观音大士说情,应允后,她即持着令牌到地府向阎王买命。

村里有许多短寿者的命都是她买来的,时间被她延长了。

那时候呷菜阿嬷教孙女钟琴进入天界和菩萨问讯对话的言语,呷菜阿嬷说的是天语,钟琴记得说天语的呷菜阿嬷总是在连续吐出一长串的言语后会打嗝,和天语的音波可以悬接上的人,通常都会有奇特的感应,比如冒热汗,发抖,或者想要流泪,耳朵有刺感,唱歌不辍。钟琴睁开眼睛,被阿嬷一问,却什么反应也没有。后来听呷菜阿嬷叹了口气说,唉,这强求不得。

那些天语像是一串散落的珠子,分开没意思,串起来却是有形有状。呷菜阿嬷说,这是天庭通行证。之后呷菜阿嬷是让钟琴认识了天与地的世界,那些有山脉般高大的天人们就在他们的四周飘荡,只是人们见不到。钟琴听着想象着瘦小的自己穿过他们时,就像小蚂蚁遇大兵般。

那时候台湾都市只有零星几座高楼,所以天人就被呷菜阿嬷形容成山脉。

暖冬的午后,钟家子孙想象着呷菜阿嬷在阴暗的餐桌前,是如何地说唱着天语歌,她的筷子停在半空中,着魔似的表情引领子孙们抵达一个不曾抵达之地,倾听着法螺音、锣鼓钹铃声、缨络琉璃。买命其实买的是对时间的停格,终止让时间往前滚动,时间的毁灭性让他们格外敬畏。钟家在钟声出生后的那几年就开始计划盖一座大祠堂,这座大祠堂且供奉着从彼岸渡海来台的先祖钟郎。

钟家启动新祠堂破土仪式时,正好是日本人大力兴建铁路时期。当时因有乡绅反对建铁路,说是这条铁龙会破坏风水,以致于此地错过了搭上铁龙奔向财富新时代。

那时候呷菜阿嬷看着尖厝仑的旷野之地,曾叹气说,你们迟早会遗弃这里的。她劝夫婿别盖祠堂,因为这里不是久留之地,不会再超过三代的,你应该往北走,往北发展;或者往南发展,别待在这没有前途之地。

钟上善正家大业大,哪里听得进去。他想女人家多虑了,往北有什么好,往南也不怎么样,他就喜欢尖厝仑,想要过镇上的文明生活就到西螺,三轮车车程也不过三十来分钟,他喜欢这片纯朴之地,他喜欢看着田地冒出新绿的植物,他喜欢泥土的气味,少了这一气味,人生仿佛不实在。就像祖上锺郎喜欢看海闻海,海浪是他温柔与暴烈的感受来源;一如风雨是上善的耳与目,风雨牵动他的喜与愁。

锺家祠堂完工后,锺声已上小学堂,他的妹妹锺琴出生的满月酒就和祠堂入厝仪式一起办,锺家稻埕十分热闹,私酿农家酒把每个人的心都烘得暖暖的。

究竟会看风水的上善是否选错了呢?他曾有那么一晌其实是懊恼自己没听仙丽的话。他看着这祠堂,终年领受着从西北方海口一路刮削上来的东北季风,风沙夜夜闯入小村,挟着沙暴飞上了远从对岸来的老祖宗容颜,那些框着黑木框的照片成排,被风吹得霹雳啪啦响,远看像是一群黑白舞踏合唱团。

当时从内地一路飞过浊水溪的沙尘暴是很惊人的,呷菜阿嬷记得当时西螺镇上最有钱的商行老街最后都因为飞沙而把商机给飞掉了。在街上停五分钟的车子看起来像是停了五个小时,停五个小时看起来像是蒙尘了五年。米商油行林立的大街上所装饰的盆栽终年一片灰脸。隔海的沙漠之沙在遥远海岛落脚,真不可思议,呷菜阿嬷说这种遥远的不可思议的旅程就好像她下地府去见阎王买命打通关般。

13

这个村里开始有买命这件事是这样来的。

很多年前,在锺声的祖父上善跟着他的祖上来到尖厝仓时,家里早已为上善买好了一口棺,但是那一口棺却不是上善先用上,也忘了后来是谁先用了那口棺。

后来才知道是仙丽为男人上善买了命,于是仙丽能够延长寿命的能力开始逐渐广为人知,因此后来这个长年吃斋被村民称为呷菜阿嬷的仙丽开始替人买命。那年仙丽已升格当嬷,属高龄女乩童了。仙丽有一天经过一处庙宇门口,顿时就开了天眼,她看见许多的非人类在人们身躯的四周幽浮。所谓突然其实还是有征兆,有一次她在好心地骑脚踏车载了村里某个即将临盆的妇人疾驶的路途上遇见了家里厅堂的观音妈竟走下神桌,一路跟着她的脚踏车来到妇人生产的医院,拦下仙丽说,你和我有缘,你要度人,为神做事。观音妈定要收仙丽当乩女，说她天生有灵体，负有天命，要她吃斋念佛，为将来度众生作准备。自此她就成了一次可为人买至少三年寿命的女乩。

锺琴赶在祠堂完工那年降生，几年后也成了呷菜阿嬷的得力小助手，好时出生，和佛有缘。呷菜阿嬷被想要买命的对方委任后，就会告诉锺琴不能再到处乱跑了，因为她要孙女帮伊顾好天门。接受买命委任后，紧接着呷菜阿嬷就会沐浴更衣洒净施咒，然后躺进神桌下，等待灵识进入另一个时空之旅。神桌下就是呷菜阿嬷的坛城，地下地面空中，都是一个无形的立体坛城，邪魔不能侵，但是就怕猫跳过，所以才要阿琴帮她看守着。呷菜阿嬷说伊只和阎王及菩萨打交道，不和鬼做生意，买不买得成命，则要看对方造化，也要看他是否是有缘人。没买成命的，若不是生善道，那就是要堕入阴司阎罗王的管辖领域了，一旦阎罗王要来插手管的命就不会买成的，地狱畜生恶鬼，随业力往三道受苦。

怎么和鬼做生意？

这可多的呢，你看镇上那个盲眼算命师，你真以为他算得准啊，其实是他有养小鬼，小鬼在他的耳边告诉他来算命者的一切啊。

小鬼可以养？锺家儿孙们听了莫不面面相觑。

没错，刚出意外而过身的人，灵魂还在肉体旁飘荡，因意外过世时若无人去招魂，魂魄就被他们附身或者收附，再无超脱，这就成了养小鬼。

无月光的夜晚大伙听了极为害怕，总是抱成一团尖叫，很小的孩子有时候还会被捉弄哭了。但怕归怕，一旦晚上到来，孙子们又是央求呷菜阿嬷说故事，或者说说买命者的传奇，毕竟这是乡野上唯一的娱乐。另外一个娱乐是孩子会玩着暂时停止呼吸的游戏，僵尸额上要贴符，被僵尸追到时要停止呼吸。憋久了当然就露馅，大吐一口气来。孩子乱写的符纸满天飞，在游戏散后，飞到田埂、沟渠、沙地、河床、屋顶……乍见会冷不防以为这村庄被下符了。

顽皮的锺琴常趁呷菜阿嬷不在时，手指往案上朱砂盒一按，在眉间处点红朱砂。长大的锺琴日后出家，却成了不折不扣的法师，诵经送终，习以为常。那些夜晚哭嚎的受惊孩子经锺琴在胸前胸后轻拍、念咒就好了，甚至吃鱼时被鱼刺哽喉，除了吞饭外，也能以化骨符解危。呷菜阿嬷的买命和锺琴的诵经念咒除了助人外，还有个相似点是绝不能收钱。每年七夕，索讨爱情符桃花降斩情咒者多，呷菜阿嬷总对锺琴说，怪了，怎么都没有人向我索取如何增长智慧的咒语？

孙子们第一次听见这"鬼"字从善良的呷菜阿嬷口中被吐出时，纷纷尖叫。锺琴好奇地追着阿嬷问，如果和鬼要做生意那得怎么做？她听了用蒲扇拍拍阿琴的头笑说，你看你，还是要走鬼的黑道却不走菩萨的白道，你怎不问我如何行菩萨事，却问起鬼事来了。但挨不过阿琴，呷菜阿嬷还是约略说了些。她摇着扇子说，业火烧干，上出为鬼，鬼实和人同，鬼形和人似，也是样貌各异，各有变化。贪食怪鬼、贪色魃鬼、贪惑魅鬼、贪恨蛊毒鬼、贪忆疠鬼、贪傲饿鬼、贪罔魇鬼、贪明魍魉鬼、贪成役使鬼、贪党传送鬼……，鬼业尽，酬其宿债。物怪之鬼成枭类，风魅之鬼成异类，畜魅之鬼成狐类，虫蛊之鬼成毒类，衰疠之鬼成蛔类，受气之鬼成食类，绵幽之鬼成服类，和精之鬼成应类，明灵之鬼成诸类，依人之鬼成循类……阿琴听得一愣一愣的，很不明白。呷菜阿嬷笑着说，还想再听啊。阿琴睁着疲惫双眼仍猛点头。

鬼就是从还没投胎的亡者四十九天中被勾招出来的，灵识飘飘荡荡，有的道士就将之附在神像，所以你看乩童好像很厉害是吧。像是村里不是也有人看我买命后也跟着打延寿旗吗，但他们都非正途，有的还跑去刚往生者的住处，取得往生者的眼泪，将眼泪往自己眼睛一抹，就开天眼了，可以看见来问的人的过去种种和所想的心事和疑惑等等。将亡者眼泪往生者眼睛一抹竟就开了天眼，呷菜阿嬷总予锺琴童年许多奇幻场景。（这锺琴长大后在历经一次重大的感情创伤后，出家为尼，成了锺家第一个出家人，那时女生削发断念者少，岛上出家人随处都有山林可栖。）

锺琴常随呷菜阿嬷仙境游踪，曾遇锺离权（即：汉锺离）仙翁下凡而口吐圣诗。呷菜阿嬷是菩萨心肠，因为她去买命甫归来的那些日子，地狱景象总会残存在她的脑中数周才离去，这或许也是造成呷菜阿嬷生前多病之因。她说，我刚刚进入地府，见到死去的人挤在锅内，十分难过，而被拜托买命的灵则用薄布遮住脸对我说，我在这里苦不堪言，快救我！都是这些场景，所以阿嬷很累啊，呷菜阿嬷对孙儿们说。其实人生不是到老才会死，该死的时候就会死，坟堆都是少年冢。锺琴问，什么是该死的时候？呷菜阿嬷说，就是有另外的角色在等你去配他的戏的时候。但是没有人愿意如此相信这件事，毕竟那是另一个时空，但人只相信看得见的东西，其实看不见的东西更可贵，更有力量。呷菜阿嬷常对没买成命的人十分愧疚，好像她成了命运的宣判官，买命者只消看她冒着汗双唇紧闭地出现眼前，也就知道结果了。而对于帮他买到命的人，呷菜阿嬷总是欣喜无限，为对方庆贺，并不断叮咛对方生命苦短，好生修行去，时光对于世人是很重要的，适切利用也才不枉我费尽心力为你买到的命。

生命苦短，人间五百年只是天王一日。呷菜阿嬷说。天王活多久？锺琴好奇又问。呷菜阿嬷说，五百年吧。锺琴算着数字，五百年乘以五百年，人间不就过了两万五千年，这太漫长了吧。时间也是一种感觉，其实才一刹那而已，呷菜阿嬷说。

为对方买到命的情境，呷菜阿嬷说这真是美妙，感觉周遭有一朵朵一团团如云的灵围绕我身，有时直冲而上，有时又四周而散，忽高忽低，形成各种花朵般的绽放。茫茫奇幻，欲仙欲死。风景幻化，树林楼阁、奇石花卉、莲池莲座、雪山狮座中有仙鹤遨游其间，奇禽怪兽到处游荡，又有深浅不同的曲折佳境迎前，回转铜山银洞间，金光如瀑，霞光万道，彩虹现前，云气氤氲弥漫，乐音绕梁……听得锺琴恍似跟着游历蓬莱仙境。

但毕竟呷菜阿嬷游历仙境少，历劫重重多。

锺家儿孙记忆里的呷菜阿嬷总是平躺的时间比站的时间还长。

她若不是为了众生买命而躺在神桌下竟日，要不就是回神后生了病，说是代受他人在地狱之苦。地狱有多远？它在哪里？好不好玩？地狱有钟吗？时间怎么算？儿孙们总是东问西问着，其中以锺声和锺琴为最。

仔仔啊，阿琴啊，呷菜阿嬷叫所有的男孙都一律是仔仔。

我说天之将降劫难，必定有其安排，时间是酝酿关键，达到某程度将会不断显现，也就是业果逐渐成熟。业果？儿孙们没听过这个词，他们听过芒果、苹果、梅子果……所以也跟着以为这个词是一种吃了会对身体不好的水果。呷菜阿嬷说话很文言文腔调，她是少数上学堂的女子呢。唉，以后你们就会明白我说的业果是什么。说时她深深地看着锺声与锺琴，然后又环视这锺家的一切，看着彩妆新颜的三合院新房子，望着屋翼凤尾擎天的祖祠，她却又叹了口气，语重心长地说你们迟早会遗弃这里的。

没人听明白这话，也没人听懂这个暗示。唯独锺琴有些感触，她以为祖母所说的是繁华终将荒芜，盛世有朝落幕。她不知道呷菜阿嬷当时看见的未来画面是血腥、斗争、噬杀、天灾、人祸、饥荒、求生、移动……种种而导致的遗弃此地。

呷菜阿嬷对买命人印象最深的是隔壁舒家的义孝，她当时就已经看见买命人义孝未来将取他人之命，但她仍帮他买命。她说，我和义孝有缘，而他和那个要被他杀死的人也有缘啊，是缘都得了，不论好坏。

呷菜阿嬷常神游，她的神游是在神前表演歌舞。呷菜阿嬷也常游鬼廊，她入冥府，游鬼魂廊地。仙丽是第一代的女游者，游天游地，可惜却游不出男人上善的手掌心。

望春风

14

每到过年前就是呷菜阿嬷最忙碌的时节，不仅许多人的寿命拖不过年关，还有许多人为病人祈福来求她为他们买命，还有是她忙自己该忙的事，比如诵经持咒，还有行善等。还有就是呷菜阿嬷常拿着剪刀盯着报纸和餐厅广告包装，手里剪着字。村人趋前一看发现她剪下的是"佛"字，呷菜阿嬷虔诚至连佛字都不能被乱弃。过节过年她就有得忙啦，报纸印的念佛法会甚多，还有许多饭馆推出的佛跳墙，那个印在菜单或包装上的"佛"字，可让她眼和手忙，后来更推动孩孙们见到此字要剪下，收集到一定的量，她会拿到寺里以特殊仪式火化。孩孙嗤之以鼻时，她说，以前有个人求我为他买命，大家都想这人行善铺路造桥，买命应该可成，结果却没买成，一个月后就魂归西天。恁记得否？孩孙点头。呷菜阿嬷继续剪着报纸印的佛字边说着，那善人以前烧毁过佛经和佛像呢。那叫珍妮佛的人怎么办？突然有人开腔问呷菜阿嬷，这人就是少年锺声。来锺家走动的锺声同学们闻言都笑开了，交头接耳说，对啊，我们的英文名字写成中文就有很多佛，像你不是叫胡佛吗？又是轰然大笑声传来。呷菜阿嬷停下剪刀把手放在耳朵上问，你说什么真什么福？（很多年后这些少年早已老成，甚至有的人出国喝过洋墨水，当他们之中有人听到有人叫珍妮佛时，都不禁想起遥远故乡童梦里的锺家呷菜阿嬷。）

关于呷菜阿嬷替人买命的事与她的搅海大梦同样烙在许多人的脑海里，她那些数说不尽的神话与独有的琐事仪式。神话，让呷菜阿嬷成了她随机教示乡下歹子的活善书；地狱与仙界游踪，呷菜阿嬷的旅行上达天堂下抵地府，她是最佳导游，为锺家人种下移动的基因。

镇上的四妈宫后方商街有纸糊店与棉被行，这些地方有时会见到呷菜阿嬷的身影，呷菜阿嬷的纸糊技术也是她和神鬼沟通的媒介，自她还是少女仙丽时即被纸糊店里活灵活现的大士爷、大士山、金童玉女、七娘妈、顺风耳、千里眼、亭灯座、水灯、纸幡、四骑山、神六将、风伯、雨师、土地公婆吸引着。纸糊店阿财师独门掌艺糊出的六兽山让少女仙丽神往，六兽山有青龙、白虎、朱雀、玄武、腾蛇……她的后代里以锺鼓和锺琴对神鬼符咒最感兴趣，她常带他们去看这些神庙与佛器商街。其他日子或许来得还不勤，七月则近乎天天来镇上的宫庙帮忙法事，锺家习惯每年鬼月不见呷菜阿嬷踪影，七月初一开地狱七月三十闭地狱的这两日呷菜阿嬷更是如入神境鬼界。

阿嬷，若下了地狱那么得过多久才能出狱？锺琴问。傻阿琴，地狱是你无法想象的，呷菜阿嬷摇扇笑说。呷菜阿嬷在少女时在天井撞见来家里作客的男人上善，当时上善正好就着天光在读着《西游记》，她和丫鬟匆匆进屋，她看到了那本书的书皮。她想这男人好眼熟呢，好像前辈子就认识似的，读书样子的男人好看，她很喜欢。后来她嫁给上善时，就直接接收了那本《西游记》，那是她很喜欢的书。也因为书里写玄奘在恒河遇婆罗门外道，被外道所缚，将以火烧之前，玄奘读诵《心经》而使恒河瞬间天地变色，飞沙走石，降伏外道。呷菜阿嬷因此也爱读诵《心经》，甚至常抄经，赞助印经，发放庙宇。

后代人来到锺家大厅都可以见到这幅裱框起来的呷菜阿嬷墨宝。孩子们喜欢听呷菜阿嬷读经，虽然听起来很像是外星人。天龙、药叉、健达缚、阿素洛、揭路荼、紧捺洛、莫呼落伽、人、非人等，一切大众……孩子们绕着呷菜阿嬷问，你念的是什么意思啊？好奇怪的字词。经书的语言是那个年代所能想象的最遥远的异邦语，也是彼时在没有火星文和各种奇音译文的语言新天地。健达缚是干达婆，天国举办音乐会，都是由他奏乐。阿素洛就是阿修罗，是战斗之神。揭路荼是一种有着金色大翅膀的金翅鸟，紧捺洛他的头上长了一只角，是能歌善舞的半神半人。莫呼落伽是一条大蟒蛇。呷菜阿嬷解释着，偶尔会以手脚来生动比划着。这些奇异长相的神鬼鸟兽，带给孩子们很多想象的刺激，也带孩子们进入了一个辽阔未知的广漠天地。那即是他们彼时的魔戒，魔法天地。

15

　　尖厝仑墓地在有了呷菜阿嬷和一些相继也推出各种奇门遁甲的道士后，村人进入买命时期，新墓有一段时日确实没有增加太多。

　　第一波的墓地潮是发生在锺声出生前的岛上动荡与械斗时期，当时南方来了大量的外来移民者，包括邻人舒家都是属于那个时期来到台湾的，也因此不知不觉移入了一些疾病或者外来物种而导致岛上一时适应不良，传染病扩大，死伤不少人。疫情控制后，锺声出生了，当时虽还寒怆，但城市都心慢慢成形。

　　孤行黄昏墓地，常带给锺声和锺琴兄妹一种无边的荒凉感，锺声对妹妹说，我这个臭皮囊还能在世上行走多久呢？被延长的命我得付出什么样的代价来偿还呢？

　　也许最多就只能延长到第三十九年吧，因为听说九是个难关，九是即将跨越每十年大流年的边界烽火地带，九不是天长地久，相反的，九像是一个老成的家伙，让人讨厌它的通透提醒。跨过九，就是一个大跳跃的开始。十九和二十不过差一，感觉却像是差了十年。

　　至今锺琴仍依稀记得哥哥锺声在高中忽然昏迷的那夜，呷菜阿嬷是如何着急地沐浴净口，交代好为她日夜看守的媳妇该准备哪些素牲礼以及多少蔬果后，她就穿着白衣，爬进了神桌底下，她这一躺就躺了三天三夜，她像是死亡般，如神桌的木头般纹风不动。她看见神桌底的一角正有一只蜘蛛结着网，透明的网如行星图，她想呷菜阿嬷去的地方大约是这张图的放大版吧。

　　西娘母亲说，呷菜阿嬷进入了神殿和观音妈打交道。历经三天三夜，呷菜阿嬷醒来，摇头，流泪。母亲也哭了，只有锺声纳闷着这画面，不知呷菜阿嬷发生何事，但至少他知道自己的命是没有被成交。呷菜阿嬷说菩萨圣示日沉星起，岁月悠悠即逝，挡在前面障碍多，续做功业消业障，广度六道四生，拔擢水陆以普济之。西娘听了叹口气说，这就是说锺声业障深嘛。隔天就看见祖厝广场摆起圆桌，摆满供品，说是要做梁皇水陆宝忏，深爱三王子的西娘要为爱子延寿。人们总是祝福出生却不喜死亡，也因为这样村人对于呷菜阿嬷能向菩萨买命的神通很感激。但呷菜阿嬷总摇头说，其实死亡不可怕，但她眼看众人为失爱哭泣，她因此不忍心不为他们买命，但买得成买不成，完全得看个人因缘。

　　锺琴有时候会想，哥哥锺声并非没福报，她天真地想应该是天神们意见各持两派，锺声许是特别的人，有任务在身的人，但天神们又觉得锺声的任务是不是需要由他来执行，他们开始有疑虑，因为说哥哥若是活下来将要经历很特别的人生，未必这对他就是好事，也许人生是离开比较快乐。但也不要这么早离开啊，这么优秀的孩子啊，西娘急起来了。呷菜阿嬷旋即安慰媳妇说，别惊怕，别惊怕，水陆法会后，障碍就会被搬开。

　　呷菜阿嬷进入她那神秘的时间与空间之旅后，锺琴看见她在神桌下的表情似乎很痛苦，一直冒着冷汗，像是在打一场难打的战，她当时想这可能是呷菜阿嬷买命史上最难打的一场战吧。又是三天三夜，她灵魂回窍的那一刻，锺琴弯身好奇又关心地盯着她看，却没料到她会突然张开眼睛，一阵香气飘来，锺琴的身体忽然被莫名的气冲开，一惊往后弹起，撞到神桌正头顶发疼时，呷菜阿嬷伸手抚摸她的脸说，成了成了，爱孙，不会分离了。

　　锺琴清楚记得呷菜阿嬷说的是，不分离了。

　　她不说不会死了，说的是不分离了。

　　生离大过于死别。

　　生死旷野，一切景象仍历历如昨。自此之后锺家的孩子都一直戴着呷菜阿嬷当年从对岸携来台湾的几块沁玉。这是咱本家祖上给我的，但最早听说是祖上从某个富商人家因家道中落钱银紧缩而流落出来的，老玉贴在阿嬷身上已久，也保护了我多年，现在我将它送给我的爱孙。呷菜阿嬷把玉一一挂到孩孙颈上，玉冰凉地贴着孩孙的胸，小孩都唧唧地笑了。如果有向菩萨买到命，是夜锺家人就会一起在凉亭吃茶食，延命之夜，朗月高悬，似乎无限美好。

　　他们没有看见在旁窥伺的死神。

男性的纯情

16

　　关于呷菜阿嬷上天入地的买命史，最为村人称奇的当属她为锺声与舒义孝买命，但买来的命都让他们的生命走向一条不光彩的路。

　　时间如梦，距离锺声的肖像可能被挂在祖祠已被拖延了如此长久的时间了。

当年他生了场大病,被诊断罹患癌症时,医生说只能再活三年,结果三年后走掉的是其爱犬小黄。它过世的时间,是在距离他买命成功之后的第三年,爱犬替主人先去见了阎罗王。他那替人买命的呷菜阿嬷对他说,小黄实在是太忠心了。

　　离乡赴日的那些年锺声常想起小黄,它曾经给他很简单的幸福,类似古早年代的朴素东西。隔壁义孝也曾被舒家母亲带来拜托呷菜阿嬷延岁寿,那是呷菜阿嬷最后一次华丽的演出。那时锺声刚回国,他记得少年义孝曾说,他感到十分孤独,当呷菜阿嬷为他从生死簿除名后,他却曾经一度迷失,找不到活下去的价值,在这个星球上,少年锺声曾想过,万一他的爱犬下一世进入了人道,从此有了新的人类化身,而作为主人的他却反入了畜生道,这不就又是两条平行线?

　　他为自己这种想法感到悲伤,忽然深受呷菜阿嬷轮回说的影响。毕竟他的生命是个奇迹,有过奇迹者,总是离神秘很近,虽然他并不迷信,也还没找到心中的神性。但总是会再重逢,这种信念是呷菜阿嬷所坚定的。

　　至于化身走入什么道?不得而知。呷菜阿嬷说,成为人至少要守五戒十善。杀盗淫妄酒为五戒,锺声心想自己怎么可能守得了五戒?光是酒就使他破戒了。至于淫妄,学艺术的他也常幻想女人如梨的丰臀了。呷菜阿嬷说,连意淫都算,于是年少时他曾想,那自己岂不是要进入畜生道了。但另一个锺家爱赌博爱抽烟的呷昏阿嬷却在边叼烟边打牌时,对孙子说,你那个呷菜阿嬷讲那些疯话了,人心不自由,呷菜也不开悟。(那是锺声和锺琴第一次听见开悟这个字眼。)

17

　　锺家某些女眷与阿嬷们也都偷偷去买过命,除了爱水阿嬷靠的是呷菜阿嬷帮忙向观音妈买来的外,听说其余两个阿嬷都是自行到宫庙向不知名的道士买的,她们不好意思请求呷菜阿嬷帮忙买命,毕竟女人嫉妒心重,谁要将情敌的寿命延长,不都恨不得情敌早死吗,哪有还帮情敌买命的。她们俩以为宫庙的庙公功力好,因为呷昏阿嬷和期货阿嬷以为自己被延长了寿命,却不知她们的生死簿里原本就是长寿婆。具有赌性坚强的一面,每一次都从鬼门关被救了出来,她们俩竟忽忽就活过了一整个世纪。不过期货阿嬷希望延长寿命却不是为了男人上善,她另有私心。

爱水阿嬷则被延长了三年，但那三年说来对她也不好受，因为那三年里男人上善再也没有来到她的房里温存。说也奇怪，上善等了她那么多年，晚年却弃她如敝屣。爱水阿嬷生的病据说是女人病，谣传下体还会溢出气味，也不能盖被。爱水阿嬷被有些晚辈叫成了水当当阿嬷，她爱面子，绝不让人去探望她的丑相，除了呷菜阿嬷外，就只有丫鬟每天照三餐去服侍她。丫鬟大约是不想照顾生病的人，于是她总是传言一些奇怪的阴森画面，说是爱水阿嬷阴毛一直长，像玉米的穗须不断拉长到地底。祖厝外的泥砖房地是用泥土不断捣实的真正泥地，当丫鬟说爱水阿嬷的阴毛落至泥地时，好似阴毛会钉根在泥地，于是泥地四处窜生黑物。（所有的乡野传说都把女人的阴毛想象成黑森林般不断加长……）

爱水阿嬷最后是在黑森林的传言里过世的。

她像是睡美人一般躺在黑森林，等待王子救援，但男人却遗忘了美丽如水的她。查某生查某人病，查埔郎就不碰的，乡下妇人闲嗑牙时总是这么说的。

爱水阿嬷生病那年，是童年锺声正对女体好奇之龄，而爱水阿嬷当时也才刚初老，十四岁就嫁人的她，和媳妇一起怀孕是常有的事。爱水阿嬷是锺声在人世凝视的第一张脸，爱水阿嬷的美丽锺声是印象深刻的，不仅如此，他的母亲忙着喂养才初生不久的弟弟锺馨时，锺声喝的就是爱水阿嬷的乳汁，甜美芬芳的奶水从爱水阿嬷的乳蕊喷出时，他就狠狠地咬住不放，直到爱水阿嬷摸抚他的小蛋蛋，他才满足地松口，眷恋地深深躺进丰满的安静的港湾，让这双善巧的纤手如筏桨般轻轻滑过肌肤。

锺声喝的不是西娘母亲的奶水，而是爱水阿嬷的奶水，她的胸脯圆润光滑如玉盘。

于是当爱水阿嬷呻吟终日，孤独地躺在她自己的房间时，锺声是那么地想靠近她，他想看看不覆盖棉被的下体长什么模样，有回他抓着丫鬟问，丫鬟笑得合不拢嘴说，臭小子，你别贼兮兮的。

长大后，锺声想起爱水阿嬷情色顿失而有了哀怜感，爱水阿嬷美丽的肖像挂在那群老祖宗系列里，总像是个意外，那么清秀干净，她的脸高悬祖祠，美丽持稳。

至于锺家祖上上善，当时呷菜阿嬷帮男人多买了五年的命。为什么只有买五年？贪心的上善曾问过呷菜阿嬷，呷菜阿嬷只笑而不答，真被她的男人问烦了，她就说观音菩萨就只点头让她帮丈夫买五年的岁寿。

直到呷菜阿嬷过世答案才揭晓，因为呷菜阿嬷断气前对着带点哀伤的她的男人微笑，那一抹微笑很奇异，祖上还没弄懂这抹微笑的背后意涵，紧接着祖上还在想着日后就没有人可以管他时，（他忘了自己的五年期限也将至了），他怃然地就在呷菜阿嬷的房里倒地不起，亲族赶紧往他鼻下一探，竟没了气，走人了。

　　吃斋念佛的阿嬷原来也是很有心机的啊，她可不要风流男人独自快活人间，遂将上善的死期和自己同年月日。村里人很动容于他们同年同月同日死，还立了碑纪念。

　　当时上善原是不答应呷菜阿嬷去当菜姑和女乩的，后来有人拿了呷菜阿嬷的命盘给他看，他才答应了。因为命盘解若她不当乩女，将活不过三十九岁。当时呷菜阿嬷是祖上的四房，四房还没娶进，呷菜阿嬷以为她和男人的爱情会是唯一的，即使怀有灵体抵达天听的女人也是对爱情盲目的。

　　于是呷菜阿嬷抢先在三十九岁来临前赶紧先为自己买了三年命，结果这一买竟买过了期，说是阎罗王忘了她的寿终之龄，让她一买竟买了三十年。呷菜阿嬷直到六十九岁生日前才往生，是名符其实的老祖母了，得以和列祖列宗一样地光荣老去，和她的男人同时挂在祠堂内。

　　只有锺琴深谙人性，她知道祖父可一点都不想和他的女人一起死，他还有很长的人生风流欲待品尝呢。年轻的肉体，那种生鲜气味，那种欢愉，祖父从来都没有过过瘾，锺家祖上当年有的是银子与权柄，他可以有很多女人，但唯独他没有办法用钱与权来替自己买命。

　　呷菜阿嬷过世时，锺声刚上高中，那时正好是暑假，暑假从家里后方的芒果林一路骑脚踏车骑到村里的锺家祠堂时，锺声突然掉下了莫名的泪。那些年他还常想起呷菜阿嬷和爱水阿嬷，时间愈久愈怀念她身上的一抹香气以及传说中不断往地心窜长的阴毛，孤独地处在黑森林阴郁而死的睡美人，白皙的肌肤如月光，终年不点灯的爱水阿嬷房间却透着如银盆般的晶亮，村人总说爱水阿嬷和呷菜阿嬷有了菩萨作伴，因此她们不要臭男人，风流男人了。然实情是锺声不懂女人心思，呷菜阿嬷早安排和爱人同生死，别人重生，呷菜阿嬷重死。

18

　　上善撒手时，他的女人期货阿嬷仍野心勃勃地做着期货发财梦，每天就见她看着西洋钟、打着精明的算盘，估算着远航的稻米、黄豆、布匹、香料、干货来到岛屿时，价格攀升的情况。有一年期货阿嬷生平第一次搭上飞机去了东岸后山，一去经年，再回到西半部都是为了送终。有村人欠债逃去了后山，带回期货阿嬷的消息是她仍然在做期货生意，有了爱人，爱人是查某人。末了，村民才有如梦中醒转似地敲着自己的额头说，怪不得这查某一天到晚穿西米劳，原来是查埔郎心。

少女锺琴知道期货阿嬷当然是女人身，只是她爱上的也是女人罢了，当时蕾丝边这个词还没被吐出，查某爱查某，从未听闻。

那时男人的辫子早已落地多年，早渐渐适应另一个四脚仔横行的天下，嘴里阿依巫ㄟ欧。来去的陌生人，映在他们的前方。陌生的语言成了母语，他们的生活逐渐异化。一生娶多个女人的事也被视为落伍而逐渐消失匿迹了。祖上四个阿嬷，成了遥远的恍惚伤怀，老旧的一派风光。这一派风光，直到百年世纪忽然来到，老村民看见坐在轮椅上被推出来的某个阿嬷时，忽然瞬间遥想起那个失落的年代，属于旧情调的一派风光。

后人在祖祠案上的许多神主牌上依然无法辨识那旧日一派风光里的女人名字，只见"显祖妣锺氏妈神主牌位"，他们已广称为锺氏妈。

听说三魂七魄里有一魂一魄还附身在这些未被移位过的牌位上，常常有八字轻的村民或者孩童走过锺家祖祠时，总看见陷落在廊下的光。那些光有如排卵鱼汛，卵圆形的光从来不懂快感，从来不知为何她们陷落此村，前方的世界漂浮着上亿的卵子之光，它们既不争吵也不厮杀，只是闪闪发着磷光，在黑海般的小村深夜，她们是覆盖在男人太阳下的女阴。

送君情泪

19

田里的男人正目睹着前方的日本村飞官迈出家园，他们想飞官模样好英俊啊。修飞机的日本飞官一早话别他美丽的妻子，他要驱车前往嘉义水上机场了。

他说你只要抬头就看得见我。

那时整个天空都被蝉鸣震得一片白云也无，骚蝉奔出地底，为了揉抚体内交配的欲望。她望着蓝静天空，耳膜却喧闹，连丈夫说什么都听不见。

想念我就看天空，你只要抬头就看得见我，日本技师扬声重复说了一次。

脑子正想着蝉出土是为了交配的她对着丈夫微笑着。丈夫离去后，她又想蝉交配过后就要死了，这时她突然感到有点伤意袭来。

后来千鹤一直养成了抬头望天空的习惯，她看见飞机，就忆起往事如烟。

战争末期，虎尾的隐密性成了日军前进所，无数的飞机技师修复的是一去不回的送死机，无数的飞机技师往来云林与嘉义两地。

年轻的千鹤一直没有离开虎尾，即使日本战败。她没有回到日本，她挂在一棵树上，随风飘荡骨血枯萎。很多年后，住在这里的眷村孩子们操着父亲的乡音尖叫着看见鬼，他们拍的照片多了一个日本女人和一排的日本兵。在眷村旁边种菜的锺家阿珍婆看着照片说，这是千鹤啊，美丽的千鹤，挂在树上的千鹤啊。

孩子一路尖叫，像一群飞蚁似的在小路乱窜，钉在原地的多做吐舌鬼魅状，彼此吓自己地嬉闹着。不知谁因尖叫而松了手，把那照片给摜到了地上，照片在一阵风中翻飞，阿珍见状追着照片，她追到了眷村密密树林，拐了一个弯就像是秘密花园似的偌大眷村，将阿珍锁在一个旧忆时空，她听不见相思与樟树林外的孩子在打着篮球，也听不见成排紧挨在一起的女人在炒菜的锅铲炉火声。她蹲在地上拾起照片，死盯着那一排日本兵的脸孔，企图寻找一张她无法忘怀的青年肖像。

那个就着小窗写家书的青年，发信地址虎尾，收信地址大坂。他写着这一封最后的家书，紧握着和人界沟通的最后时刻。

她在青年身后，坐在床沿上，晃荡着双腿，紧咬着双唇。她不知他在写些什么，她不识字，但她识得这个介于男孩与男人的背影是伤心的，他以伤心的姿态正埋首写着家书，他示意她坐着，还给了她一把扇子扇风。她把玩着扇子，扇面彩绘着一座金色寺庙，她觉得好绮丽啊，她打开来扇风一下，又合扇一会，开开合合地把玩，舍不得用力扇，唯恐把纸扇给扇破了。青年写好家书，递给她，拜托她明日将其寄出。然后青年忽然窣窣落泪，把锺家某房所生的阿珍吓了一跳，慢慢地她才伸出手拍着男人的肩膀。竟夜无语也有语，静默的双唇，温情的肢体。天还黑着，有人来敲门，要阿珍离开了。阿珍随着一群女孩坐上卡车，女孩

032

们的脸孔多是苍白或者展露一种疼痛似的扭曲，有人抱着肚子冒汗，有人望着倒退的相思林发呆。阿珍望着远去的窗下那盏烛火，手里紧握着他转交的信，她提醒自己明日要记得寄出。她不知道这信是诀别书，青年明日即是死日。

十八岁的男孩子将为天皇打圣战，他们不是天生热爱飞翔的，他们甚至恐惧飞翔，但他们知道荣誉，也开始认知什么叫一去不回的人生。他们的飞航训练里教官只教他们如何起飞，却没有教他们如何降落。他们年轻的生命里只能起飞，没有抵达，直到油料用尽，直到身毁形灭。

出任务前，他们的床边被送来一个比他们还要年轻几岁的乡下女生，两个还没有开展的人生，两具新鲜的肉体，该如何开始一段不会结果的遭逢？他们的爱情一样只能开始，没有结束。

十几岁的少女不知道那晚为何会被载到她们口中的日本兵村落，阿珍知道那个神秘的广大荒地里躲藏着飞羚机，她在四周的田中央看见过铁鸟来去，铁鸟转动的声音使她必须放下手中的菜，将手蒙在耳朵旁。铁鸟卷起的强风还会掀起她的裙子，露出她那空荡荡如瘦小鸟仔的双脚。很多年后，她才知道自己的多桑（多桑：父亲。日文中父亲的音译）收了中介马夫的钱，她想多桑无情，竟把自己的女儿给送去慰安。多桑生前嘴硬，有时见她做事笨时就嚷说，去隔壁庄是你的幸运，没被送去外岛。多桑临终，忽露忏悔相，她终明白忏悔常需以死亡为底才能召唤出来。激烈咳嗽痛苦万分的多桑以模糊不清的唇语要阿珍仔原谅阿爸的傻行。

其实少女阿珍没有损失，她多了一夜的独特记忆，这夜的记忆植入她的人生梦境，自此停格成一个美好神秘的哀愁象征。

阮的故乡南都

20

美军轰炸糖厂和碾米厂后，锺家西娘在断垣残壁里想起婆婆呷菜阿嬷说的生死循业，历尽沧桑。西娘哀叹四万元兑换一元的落难时期，储藏的钞票顿时成了不值钱的薄纸。在败坏前，她要赶着时间拍下一切，她可不希望落魄大团圆。某日她召集所有家眷与仅存的几个长工女婢到稻埕，从镇上来的摄影师已经站在前方，所有的人对着摄影师前的黑布好奇地望着、笑着。

摄影师按下快门，留住了一张大合照，那时媳妇咏美和花叶手中各抱着孩子，而西娘坐在家眷中央，那是她唯一的一张照片。拍了这张照片后，西娘感到很心安，照片洗出来时，每个人都盯着影中人看，他们发现摄影不但不会摄取人的灵魂，相反地还留住了年轻的身影。西娘眯着眼睛望着年华不再的自己，她想后代可以凭这张照片想念她的形象吧。

但死神并没有快马加鞭地催促她上路，相反地，死神追踪的是她的爱子锤声与锤磬，但当时她并不知道。直到爱子相继走了，她才发现原来那张照片留住的身影不是她，而是她的孩子。她的死期在历经恐怖大屠杀后，得再过好几年才兑现，且是在她毫无心理准备的情形下。

21

情形是这样的，当时西娘眼前一黑，天空往前倾斜时，她瞬间闪过的是死去多年的爱子锤声的脸庞，他对自己微笑着，然后逐渐缩小，弹回至她的子宫。她身上的蓝色细麻纱衫衣衫裤沾满了灰土，脸上的白粉香气吸引土里的虫啃噬。她额上的刺绣绒布眉勒贴着泥地，这打从她转成少妇就跟在额上的眉勒这会要脏掉了，当她要试图用手去推开泥土时，她发现竟动弹不得。她在内心惊喊了一声，没想到自己竟然以这种倒头栽的姿态离开人世，这让她活得如此漫长的人世，在经历所有从产道活下来又从人生隧道死去孩子们的离别苦痛后，她对此人世已毫无眷恋的蔑厌，她静待船渡冥方。彼岸花开，红如啼血，铺成红毯，这时西娘知道她要往那血毯踩踏上去了，曼珠沙华在黄泉遍野燃烧，火光照岸，生死不相见的都遭逢了，引魂花的奇异香气，她已闻悉。母子原如彼岸花叶，花开不见叶，见叶不开花，现在花叶异时并开，她想她将死在旷野，秋风拂过，她这一生常与爱生离，一闻秋风就知诀别。

人生是重新丢入火炉的剑，再次还原于无，再次历经苦痛，一切将消失于无形，一回又一回，这是为了什么？西娘此时忽感莫名，此刻竟无一人在侧，泥土的味道不断地掩埋她的鼻息，呼吸里所幸还有回忆。

22

　　意识模糊里，西娘在黑暗中听见了四周锣鼓喧天，看见自己坐在轿里，穿越深草树荒小径，越过干涸溪水，上了两端高立有饕餮雕头的石桥后，她的凤霞红妆晃啊晃的，一股浓烈的稻谷混着水泥的气息飘进，她将轿子布幔拉开一隅，看见自己正被抬往一间刚翻新的三合院。当时她知道这间三合院将牢牢系住自己的一生，只是她不知道这三合院将埋藏她近百年的岁月。

　　几十樽盘果糖，厅面大九件，房内小九件，金饰八大件八小件，七桶齐全……数字圆满。阿母还打了个纯金小棺材给她带走，说是金子不变心，男人靠不住。四月初十，她接受当妾，和锺渔观文定（文定：定婚）。结婚前一日，挽面人在白日吉时来到西娘闺房，替她开面。女子未出嫁前，一切身体的毛都不属于自己可以管辖，头毛眉毛脸毛手毛脚毛阴毛……，这些女人的毛都必须保持原璧如初生般。不过西娘其实以前就偷偷拔过眉毛，她觉得自己的两道横眉很凶很烈，如不祥黑鸟翼，她常偷拔之，却见愈拔愈烈，如南方沙尘不尽。

　　母亲在少女西娘耳边交代她待会挽面时可不能喊痛，然后支开所有人，独留挽面妇人和西娘，西娘感觉那个时刻静谧如禅，如拈花微笑。挽面人像是在为佛像开光似的仔细，她的脸在挽面妇人左右巧手一转一拉下，十几年来跟着的微细汗毛如羽绞落。挽面人收了大红包和贴了喜字的几束面线与大饼离去，西娘就一个人待在房里了。开面后得不见天日，西娘至隔日上轿前都静静待在房里，她第一次感觉光阴流年如斯滑过，她揽镜自照，陌生镜中人。

　　西娘家不收锺渔观聘金，西娘阿母认为当妾再收锺家聘金就成了贪财，母亲完全是因为女儿深爱渔观之故才同意让她当妾的，虽然西娘阿母仍因此气得三天无法下饭，日日在斋堂坐成了一尊雕像。西娘当时每日探望，照送三餐，西娘阿母仍坐定如石。很多年后当西娘因为丧子而把自己关在房里三天三夜时，她想起母亲，那时伤心的她在房间里想些什么？想女儿的任性？或羡慕她竟然有爱情？且还自由选择夫婿？还是想女儿自此不在身边了而神伤？还是女儿是一己的镜面，照出了幽禁女人身体的几世囚笼？她意念着母亲，接着反问自己，她此时神伤什么？她自嫁来锺家后，时光都消失去哪了？所眷所爱终究何意？她深度感到光阴之神捉弄人心的可怖可叹。

　　当年西娘的阿母气归气，但在渔观保证西娘无可撼动的地位后，也只好让女儿嫁了。出嫁时由母亲为她盖上大红绸缎头纱,从红色头纱内望着母亲,西娘想,她要到另一个家了,难道女人一生只能这样?这头纱是用来遮羞吗?还是为了神秘?她记得读史书时提过这头纱原是为了遮风避沙的,仪式穿过时光,竟演变成女人必要的贞节装扮。西娘开风气之先,她是自由恋爱的,且不管对方已有妻小。渔观那些妻小实则对她也构不成威胁,大某精神忧郁长年待在房里已不管事,妾蜜娘已往深山古刹出家,另一小妾来自风月,不知为何突然因病过世,于是这眼前锺家天地就是她的了。娘家给的嫁妆足足有三十箱,共花了八百圆(当时公务员薪水一个月不过二十圆)。嫁妆里自然少不了产子衣,还有最让西娘感到迷惘的两套白绫丝绸内裤,她问母亲为何要两套白色内裤?母亲笑言,一件是你结婚时穿上,初夜后放置床边。另一件是直至你在锺家往生后,后辈女眷为你换上,此为有始有终。

西娘拎着白内裤看,仿佛它们是命运,她必须握好它们。

三天后宴请亲友,六天后西娘回娘家。母亲说,你的初夜落红内裤你舅仔探房后已携回了,你的婆婆们都很先进,都说她们毋须见证落红与否,这样看来,阿母倒是真落伍。西娘听了一直笑,原来穿这白内裤是此意,唉,阿母啊,古人真是耍心机啊。(但她觉得有始有终的意涵美,另一件白内裤倒是一直留在嫁妆箱里。)西娘的陪嫁丫鬟一直陪她住在锺家六年才愿意离开西娘远嫁,西娘对习俗一向不在意。她是孤女囝(囝:孩童),也就是唯一的女孩,父亲做许多大宗生意,祖父是乡绅,经济一直很好。当时待嫁的女人都会自己做钩花刺绣,女红。棉被绣龙纹,后来被日本警察没收,当时结婚不能有金子,金子也会被没收。她读过公学校,参加过日本女青年会,村子里的人都很敬重她,知道她当妾是因为伟大的爱情,虽然他们从来不知道什么叫做爱情,但都知道她可是一位真正的千金小姐。

当时她在书院读很多汉书,书院是早年她的祖父和当地士绅盖的,为了解决漳泉械斗,聪明的士绅知道唯有从孩提时就作伙玩耍,作伙读册,才能长出根生的感情,书院让漳泉囝仔作伙读册,幼时亲昵惯了,长大就不打了。

西娘后来才读些日本书,央父亲从日本带回许多书和杂志给她。连日本最新流行和日本天皇的消息她也都知道。嫁到夫家后,她唯一的坚持是各房妻妾应单独住,单独伙食,这样可以减少不必要的流言纷争。她自己总是很爱干净,年轻时看不惯丫头们打扫还会自己清洁打扫,她有点像日本妇女,等丈夫回家后，孩子都上了床，她还会陪渔观小酌一番，两人总有说不完的话。夜宵夜宴，这房常是最晚捻熄油灯的。缓慢喝盅温酒，吸着长杆烟斗，冬日手捧小火炉，夏夜手摇蒲扇。但她在阿本仔的眼中却属于残障者，当被祖国抛弃时，缠足就如发辫成了残败符号。缠足少女成了阿本仔对海外博览会里关于岛民的样貌展示，岛上长老都知道这种展示带着歧视性，但他们已经被祖国抛弃了，成了等待被耕殖的民，如何被耕如何被殖，民不再是民，民已成囚，许多人在渡海来的神像与祖先神主牌前暗自神伤，西娘日日耕衣，她不理不睬政权更替。偶尔在晚上，拆开缠足布按摩着弓起的足时，她会想这是一双奇特的脚，不为行走而来，不为劳动而生（未料日后却为觅食行走而亡）。

阿本仔来了后，当保正的廖家亲戚派人来到尖厝仑，在锺家墙上用粉笔画出一个大小，要锺家各房把窗子开得像粉笔画的一般大，同时要他们在后院挖便所。他们到锺家后院一转，发现环境卫生，且还很聪明地种了许多防蚊的尤加利树，日本人对西娘微笑弯腰致意，说她是好榜样，离去时还抛下一句话说这村里的许多人系（系：台语"是"的意思）巴嘎露（巴嘎露：日语"混蛋"的意思）。

没想到有一天我们会成为新臣民，一座人形岛。

她当然也没想到日后这象征士绅女儿的缠足会让她倒头栽，一头倒插田地，以背面日，成了锺家哀愁的一幅写真。

心酸酸

23

彼时，西娘趴在泥地上很久，没有人知道她跑到田里是想要收集些稻壳或种籽之类的。她还有一口气，然而四周寂静。她想熬过了那么多年头了，最后竟要因觅食而亡。过去环绕她的生活周遭有多少疾疫啊，鼠疫、伤寒、赤痢、霍乱、天花、脑膜炎、疟疾、恙虫病、肺吸虫、蛇毒、肺结核、肝肿、斑疹、癫痫、梅毒……，曾经村里因为一位传送书信的脚夫带来了严重传染病，村里不少人得了鼠蹊腺和淋巴腺肿大的痛苦症状时，她都没得过任何的病，连感冒都没有过，没想到晚年自己竟要因饥荒而死，成了难堪的饿殍，她这种死法怎么去见孩子锺声锺磬啊……。她心里哀鸣，旱土尘味塞满她的鼻息，她在呼吸薄弱前，闪过一些如光束的画面，许多往事像夏日闪电滑过，她看见了年轻时执意嫁给渔观的自己；她看见雨季时，她和女眷们用扇叶棕榈编织蓑衣；她看见暖冬时，她在院子架起竹竿，晒起那床亲自刺绣的龙凤被，她看着家里的孙女在棉被下穿行而过，遗下美丽青春。褪色的鲜红绸缎在冬阳下映出温暖光泽，绣面的龙凤与翩飞的成对蝴蝶全活了过来。这床让她盖了一生的爱情与肉身幻灭的被子，是她最眷恋在兹的物件。接着，她看见了孩子，突然明白她一生似乎是为三子锺声而来。念头才升起时，她马上看见离去十多年的儿子，她心中永远的三王子现了身。

锺声说，阿依哟，我不是说我会来接你吗？我不是来了吗？

她见自己的灵在对着三子锺声微笑，故事里的三王子总是正义帅气，她的三王子也是，这一刻的相会，终于以自然的方式来到。然后她想起三子刚出世时正是渔观生意大好时，吃饭时人丁繁多得敲锣集结方得凑齐。三王子学步时，从后院天井到前院大厅，一路可是铺着从大陆买来的丝绸缎面棉绒毯，生恐三王子跌倒。那时没有银行，光是放银子钞票就需要一整个半楼层才足以摆放啊，守银枪口如眼。连案上的观世音菩萨都散发着浓浓的檀香味，桌下方还套着鹿皮裙，鹿皮可见台湾梅花鹿的前世身影，家里的漆器银器就像陶瓷般常见。

西娘当时为了不让家里的男丁去打仗，除了锺流是自愿去之外，她可是将藏匿在稻仓的几口铁箱趁夜取出，打开箱内的金块金条，贿赂日本人。这段往事，于西娘的一生是羞愧印记，仅封藏在她的心里。

24

那时小镇大街上的名妓翠仙年轻时美丽得让人目不转睛的黑白摄影照片还是当年渔观高金聘请人去拍的，拍照时，许多士绅都被邀请去观礼，摄影技术不再让人畏惧掠夺人的魂魄，相反地，当翠仙的照片高悬镜花阁时，镜花阁镇日川流不息，只为博翠仙欢心。翠仙的照片也被渔观拿了一张回家高挂，月弯刘海下细致五官迷濛如视远方，丝绸绣领依着双颊高立，手肘轻倚乌心金丝雕花桌，翠玉花戒如佛手，那神态艳丽而不张扬，多看几眼，连魂魄都会被吸入。这时，许多人击额方晓，原来摄影纳人魂魄的不是影中人，而是观影者，被看者无心，目睹影像者倒是心思重重了。西娘见翠仙像老祖宗似的被迎回家也不嗔不语，她把那照片当艺术照看，许多村民见状都笑西娘痴憨。

许多男人老想进镜花阁逛逛，平日累积财富时，不忘多补老本，于是从内陆来的各种偏方搁在许多汉子的抽屉里，晒干蝗虫的雄雌交配身影，被停格的性爱之姿，可治失恋。海狗油与虎鞭和水吞食，成了夜夜咆哮丸。从祖上呷菜阿嬷流传下来的媚药秘方，偷偷被渔观拿去给中药铺打制成包，悄悄赏给镜花阁的各堂主官人。阿难被摩登伽女迷惑顿失明心的迷魂咒则早已失传，渔观知道西娘有谱，要她抄给他，西娘听闻却不气反大笑，你临老入花丛，有钱没处花啊。西娘对渔观晚年喜好到镜花阁从不阻止，她以为那世界也是一种抚慰，能提供抚慰者，在她眼里都是善心人。

甚有男人唯恐翠仙被岁月侵蚀，纷纷贡献不老秘方予她，无奈地，翠仙竟比其他平凡女子还凋零得快，最后竟连兴致也失，再也不见客。有日本归人献供从江户时代传下来的女悦丸秘方予她，说是涂抹后春心荡漾，无奈依然不见翠仙身影，她像是枯木委顿，只好避不见人。再听闻翠仙消息，说是得了奇怪的病，有人以为一定是她接了什么走船人才会导致这种不幸。

阿本仔来了，那时锺家也还可以维持一些颜面，西娘没有想到后来锺家会如此落魄啊。当年她的三王子的那场婚礼啊，媳妇身上的西式婚纱，连她都很艳羡呢。但有些保守乡下人第一次看见白色婚纱，不知贞节，只见白色恐怖。为了她的三王子锺声的婚礼，不惜搬出私藏的所有，大肆宴客。那时的台湾人生活艰苦，肉、米和布料全靠配给。一个人一礼拜才分到四两猪肉，四两肉能有多少，张嘴有的一口也吃不到，只能闻香。西娘有朋友后生结婚，她总是到处集资肉票来当作礼金。她总劝说，人生一回结婚，帮斗热闹呗。

自从四个儿子被抓后，西娘并没有以泪洗面，她每天更勤于祀奉神。特别在神明生日时。她在前一天就要媳妇们帮忙磨年糕、蒸红龟糕、草粿、菜头糕。不是端午也买猪肉红葱头来包几串粽子拜神。孙子和曾孙们未知大人之苦，皆欢天喜地期盼神明能天天过生日。四妈宫妈祖生日时，西娘也倾其嫁妆私囊，请了戏班演戏酬神。当夜，西娘伸手进衣橱时，却摸到冰冰凉凉的软物，她取蜡烛一照，见到一尾蟒蛇不知何时躲在衣服里，那堆衣物是西娘为孩子保存下来的成长之物，蟒蛇正巧躲在锺声小学与初中制服下，西娘惊魂稍定后，没有赶蟒蛇，她看见蛇的肚子里鼓鼓的，应是之前吃了什么东西。她用古老石灰方法引蛇出洞,她当晚在烛光下,冥思着,这回孩子阿声是无法再回来了。蛇是来报信的,因为隔天她养的母鸡怒发冲冠着,一算,小鸡少了一只,小鸡昨夜被蟒蛇吞食了。她暗自掉着泪,小鸡就是她的孩子啊。

有一度她和咏美只好求助于民间法术。

早在呷菜阿嬷年代就有奇门遁甲脱身术,她们没想到自己有一天会需要用到这种法术。咒术师要她们俩扎小人,以草绳编之,然后放在村子入口,在放置前不能让别人见到。扎好之小人,代锤声之罪,让鬼神捕捉,解了冤结。婆媳俩偷偷摸摸地扎着草人,在月圆时,就着月光,迈着小步伐合力将草人搬至村口的十字路口处。隔天一早她们俩再去路口,发现草人已消失,地上有些草绳碎裂踪迹,婆媳俩喜极而泣,认为草人已代阿声死,遭四方恶鬼啖了去,爱子将可免此恶劫。

然几日后,她们仍接到锤声被判死刑的结局。

草人无法代活人赴死。

咏美那夜之后,祈祷忏悔,她不该相信邪魔歪道的。

西娘知道孩子被判死刑那日,整天未进食,她依然虔心拜佛,拈香敲木鱼,为自己相信邪术而虔诚向佛和观音忏悔,接着她沉默地车起衣裳,做了几套衣服,准备为孩子们送行。而草人的下落是这样的:不知那夜会刮了强风,大风把草人吹离,草人一路滚过田野,落到了省道。一早的巴士客运和牛车,压过了草人,草人碎裂,纷飞四处,再难寻觅。

咒术师说不是他的法不灵验,是有些事无法改变结局。你也知道你的孩子锤鼓也会五行地理风水和卜卦算命啊,但他也知道有些事无法改变。西娘听了仍然付了钱给咒术师,只淡淡说,没关系,该受的我们一定受,你说这无法改变,那么如果你行骗也难逃因果,这也无法改变。(这名假的咒术师,很多年后在一场著名的台中大火里死亡。那时他已经行骗赚了很多钱,夜晚常流连在酒吧歌厅,当那场大火使许多尸体都焦黑无法辨识时,唯独这名假咒术师很好认,因为他的胸前挂满了金条,金子打造的佛像。认尸的人说这不是那个算命仙吗?怎么他没算到这一步?)

恰想也是你一人

25

伤痕日渐被时光掩埋,女人国失去丈夫无能再繁衍孩子,于是她们热衷于繁衍牲畜。村子的牵猪哥仔常牵着他的种猪,到处播种。早春女人看得心痒难耐,晚春女人则只顾赶着乱窜的母猪仔。

民选县长投给林金生!县长投给林金生!广播声放送着选举人名字,听在寂寥的乡民心里,只感到荒凉,政治带给他们的只有无尽的苦痛啊,他们还能相信谁?

这选举的声音听在西娘的耳里,音波噬心。

总让她想起三子,她的三王子。

想念时,她就跑去后院悬挂的一口钟下驻足良久,敲钟敲钟,敲醒亡魂,敲熄爱恋,钟声回荡,直至音歇。锺家落魄在她的手里,西娘无颜面对祖宗,她年年粉刷锺家公厅,请求祖先们住豪宅,盼伊获得原谅。她苦劝媳妇再嫁,但咏美听了总是沉默。

早年的西娘在锺家是孤傲的,那是天生贵气者才有的自然神情,别人也学不来。西娘乃望族之女,是坐轿子结婚的,据说当时光是抬轿渡溪的壮汉就可以组成一支义勇军。西娘当时从被风吹起的布帘一角瞥见滚滚溪流,她害怕这条溪,这条溪夺走了她的父亲,那时她的父亲正收着大笔的税款欲至郡役所交款,父亲搭渡排横越溪途中,竟被船家劫财后推入水中。

溪水在她结婚前夕几天忽然退却成一条干河,她知道这是父亲的庇佑。也许阿爹已经化为水神了,她想。这让她嫁到锺家的忐忑瞬间放下。

西娘的轿子被抬进锺家稻埕时,晒谷广场早已是老小挤成一团,争着看北港第一美女的面庞。她和媳妇廖花叶曾同时临盆,同时间,锺家后院六畜兴旺,母猪生七只小猪仔,母牛也吐出两只小牛。那一年,不仅生子要报户口,就是生猪仔生牛仔也都要替它们报户口。在吃紧的年代,西娘还算悠游,由于丈夫渔观擅语言天分,很容易就打点了日本人。而她的手艺女红名闻遐迩,是送给日本官方太太最好的礼物。

想起那些美丽的刺绣,西娘就会面露微笑。

十户一甲，十甲一保，基于住民都有连带责任与好处，当年邻近各户对渔观和西娘都十分尊敬，渔观更有喊水坚冻（形容有号召力）的影响力，但其背后支柱完全来自于西娘。她活这么久，也许和她自己的健康秘方有关，感冒时她用烤焦梅干加葱末注入热水喝，出汗即好。孩子们发烧，她压碎莲藕加蜂蜜喝。多少夜晚，孩孙们的咳嗽传到她的耳膜，也是她用黏稠的白萝卜加上蜂蜜来为他们治疗。说太多话的三王子锺声在外奔波回来声音沙哑时，西娘总是用盐水加醋来让他杀菌漱口，西娘还认为面包皮加入粥里煮可以治疗拉肚子。南方冬日湿气贯穿薄墙冷透时，她帮一家老小的棉袜里放进晒干的红辣椒，如此治疗了脚底的冬日痒与冻疮。夏日长痱子的背，去见西娘就好了，只见她抓了把盐放在热水里搅拌，纱布一沾抹在孩孙的背，每张发痒的脸就都笑开了。到了夜晚，一家老小都是在内装茶叶渣的枕头上做梦。

持家的西娘，在贫穷年代也是一家的保命丸。一旦她走了，就像失去了保生大帝似的生命支柱。

西娘的心多年前就死了，她发现自己有那么多偏方，但就是没有救爱子的偏方。锺声在台北被枪决的消息传到西娘耳中时，西娘没有哭，只是静静地坐在窗前，望着一株早开的花发怔。

她的眼睛早已哭伤，此刻连一滴泪都将如针穿刺地疼痛。有通灵体质的她已经看见锺爱的孩子身上有个孔洞不断地溢出血水，死亡的讯息早已送至。

同是首脑的锺磬却只被判五年，西娘没有高兴这样的判决。她以为锺声和锺磬都会被判死刑，她早已有失去两个优秀儿子的准备。当她知道读书会是他们两兄弟共同发起时，她就见到了可能发生的未来命运。西娘认为锺磬苟活，西娘说你应该为自己所选择的信念赴死，你活下来，但那些为了呼应你理念却因此赔掉生命的人如何安魂？他们的家属如何安心？你应该贯彻自己的信念。

锺磬默默承受，他面庞出奇的平静。

咏美在旁却说如果锺声也像弟弟该多好，至少留得青山在，不怕没柴烧啊。

西娘说，你不懂，很多人因他们才揭竿而起，但那些人死了，做为首脑人物却苟活，这不是革命者的精神，不论有没有和别人交换利益，自首就是苟活，这是墙头草，如果要当墙头草，那怎么配当首脑。号召之前自己就该想好，不要把别人的性命拿来开玩笑啊。

阿依，难道你舍得弟弟阿磬赴死啊！已经死了一个儿子了……咏美不解。

从斗六车站回到尖厝仑的一路上，木麻黄小径上飞沙走石的，西娘迈着小步伐，忽忽唱起歌来。

咏美对婆婆说，阿依，一旦嫁，我就是嫁到尾了。你放心，厝里一切家小我会照顾。西娘听了沉默一晌，半晌才说，你也要想清楚，别和阿罄一样，没想清楚就一头热，害了自己也害了别人，何况他没有妻小，理当是更没有牵挂的人啊。

阿声难道就有想清楚？他也是害了自己也害了别人啊。咏美听了这话像是被烫到似的，突然开腔大声了起来。

你看你还是很怨，这样怎么走到尾！阿声不一样，他是为他的信仰而活，他很清楚他要革命的东西，他不会让别人为他送死的，要死他会先死的，那不一样，这是他的选择和价值，西娘说道。她也不打算再说媳妇，毕竟她也是受害者，她不过是在已成局的人生里试图嚷嚷怨叹几声命运罢了。

锺罄后来死在异乡，村人说这西娘也真是的，她应该坚持请道士们到兰屿招锺罄的魂回家。西娘已经没有泪水了，她只是沉默地把锺罄寄来的照片裱框起来，把锺罄肖像挂在父亲渔观肖像的旁边，锺罄的老迈模样使他看起来和父亲渔观像是同辈。

26

西娘把自己关在房里三天三夜，没有人知道她在房间里做什么。现在轮到她的生命上场了，她究竟在房里做什么呢？那三天三夜如一生悠远，她静静地坐在榻榻米上，取出尘封的那把古琴，三王子从内陆带回来的这把古琴，琴声幽静而怅，她没有拨弦，仅来回不断地抚拭。然后她又取出一口木箱，一一取出木箱里的物品，生产衣下的血渍黏附棉线上，她如蚂蝗将鼻息埋进那血的图案里，有母子相依的原生气味，那是她那三天三夜的食粮。那三夜有三梦，一夜她梦见她骑着一只怀孕的母老虎，手持一尾蛇，将蛇如鞭子般挥舞，她朝四周喷口血时，蛇顿时硬如剑，被劈到者皆发出哀嚎的苦痛声。二夜她梦见一尾大鱼拉她下海，她竟就在鱼肚里住了下来，直到有一天一个额头上印着"蒋"氏者命令渔夫把大鱼捞上岸，说是鱼肚里藏有金银珠宝，待大刀剖开鱼肚时，却也剖伤了她，任她血流如注，瞪大目光如见仇敌，她喊着鱼是神圣的，持刀者冷笑。三夜她梦见鸡舍的母鸡全变成孔雀，孔雀开屏，后院大理花如云朵盛开。

她醒来自己解梦，怀孕母老虎，那是虎妹，即将产下肖蛇男婴，虎妹此子，被剑劈下，此子意味将养育不久。二梦其解鱼是渔观再现，他的三王子遭政权去势出草，连带伤了周遭者，尤其本不问世事的女人，在鱼肚里休养生息的她终也得伤心醒转。三梦她解锺家故事的未来述说者是女性，鸡化为孔雀，祥梦瑞兆。梦吉祥，西娘虚弱地推开厚重木雕门，那一刻锺家老小都还浸淫在梦里，西娘伫立破晓时光的农村景色里，迷濛的露华浓予她美好幻觉，她朝空气大吐一口黑气与黑痰，接着她步行到村外小径路口眺望晨间中央山脉余峰景致时，正巧驶铁轮车的阿胜经过，还以为自己见到了白衣仙姑。

她看见丈夫渔观也来了，她记起了死者，想起死者的死亡记事。

为渔观举行入殓的是镇上最有名的法师道明。道明师敲锣打鼓，鼓吹乐队钹锣唢呐声气势张扬，安静的村庄许久已经没有这样的喧扰了。七日法事后，道明师宣称渔观已经被他引至佛国，说只要虔诚祝祷往生极乐世界，亡者就可以见到佛光，见到佛光者还有不受庇荫保佑吗。法事几日下来，原本罩顶的阳光烈焰却涌进了云海，众人在云端下感到有丝凉意，大家都要这瞑违许久的凉意，也不期待什么佛光成仙了。

做人这么歹命，谁知道做神仙有多快活？都是听来的啊。有人窃窃私语。

锺家客厅仙桌旁，墙壁悬挂的那张完整鹿皮曾经眼见这一切的血腥，当年为渔观诵经时，钉得牢牢的鹿皮不知怎地竟掉了下来。

西娘说有想念渔观的人在路上了。

27

那人是期货阿嬷，常把丧事当庆典看的人。

期货阿嬷从东部赶来时，全村的人又都跑来看她了。这景象有如当年期货阿嬷带着好几张鹿皮随着嫁妆来到云林时，许多人都来看鹿皮，摸着鹿皮。在村里没有人见过梅花鹿，没有人见过羌见过熊，他们只见过被驯服的猪牛羊，连马都没见过。从鹿港嫁来锺家的期货阿嬷带着梅花鹿皮，为年轻人的心里植下了一片梅花鹿奔跑丛林的想象，一种纯然的野性。

你们所见只是一张鹿皮，在我们老家啊，一年要出口三十万张鹿皮呢。村里的孩子都无法精确说出三十万到底是多大的数字。那些争睹鹿皮的孩子已然长大,他们再次看见锺家的期货阿嬷,都有点近乡情怯起来。何况在他们小小的世界里无法明白为何锺家的期货阿嬷要穿男装剪短发呢?她离开的时候是一个穿旗袍的女性呢,怎么回来就转了性?

期货阿嬷也不按古礼什么要敲打比自己早走的晚辈棺木,她什么也没说,只在棺木旁合十默祷,连泪都没掉一滴。那次她在锺家留了七天七夜,期货阿嬷离开锺家后,很多年后,期货阿嬷成了人瑞了,其死亡讯息传来村里,又是很多年后。(其肖像才被锺小娜补足在祖先群像里,善于摄影的小娜从一张模糊合照截取了期货阿嬷的身影,将之修复放大。那是一张很帅气的女人照片,村子里的人只要看那影中人的眼睛一秒,就会遥想起那个飞沙走石的下午,从车子里委身走出一个穿西装剪短发的女人,眉目英气逼人。)

穿西装打领带的期货阿嬷带着一箩筐的东部特产来到她离开多年的锺家,她张望四周一下,内敛的神色里看不见情绪的波动。她已是一个老人了,但看起来身骨硬朗且神采奕奕,仿佛视时间于无物。西娘唤了声卡桑(卡桑:母亲),你返转了。声音低沉悲切。期货阿嬷却对西娘大笑三声,音量足以赶跑诸魔,一切会过去,免伤心啊。期货阿嬷环视她年轻时的尖厝仓老屋,一条龙的建制眼下却成了一尾蛇,恐惧笼罩上空。

期货阿嬷没有生子,在领养孩子前,她将另一个太太仙丽所出的儿子渔观当作亲生子,她在人世有亲眷之感的人,她得来看一眼。

连孙子锺声结婚时,期货阿嬷也叫不动呢。她喜欢送终。

渔观的法事举行了四十九天,镇上一些位居官职的昔日友人也来吊唁。四方形的锺家广场从各入口涌进人潮,连做五金买卖的推车、卖九层油葱糕和油炸花生糖小贩、兜售爱国彩券的残人、卖膏药江湖术士、旋转木马临时游乐场……全兜转在广场帐篷的四周。加上请来的法师道士和歌仔戏班与布袋戏班的轮流上阵,将整个小方寸吵得热闹滚滚,高分贝四散。绕着歌仔戏班搭的木棚追跑的孩子不知这是一场葬礼,他们以为是妈祖庙会,于是玩射水泡弹珠尪阿飘(尪阿飘:一种纸牌游戏)的小猴团仔们整日发出兴奋的尖叫嘶吼……这场葬礼成了锺家最后的一场华丽高潮。戏班演出陈三五娘。另一个来自镇上的锺家布袋戏班演出范蠡献西施,一口道尽千古事,十指弄成百万兵。王对王,仙拼仙,亡魂对亡魂。

倒地的西娘想起生者,也忆起死者。

28

还没有人发现倒头栽在土地上的西娘，她想难道自己竟要背对着天而死？以耻辱之姿？她感到背部愈来愈热，她的呼吸愈来愈困难。

西娘倒在地底的缓慢时间里，她任意识流淌，想起不相干的，也想起许多相干的。她那无法言喻的美早已被时间消蚀得无影无踪，丑物倒是长存人间，西娘以为当今之世，活也犹死了。只是过往的她绝无思及近百岁的她要下田寻觅谷物，绝无思及几个儿子过世得早，徒留她的岁月孤寂。

当西娘以倒头栽的方式砰的一声倒在荒地时，起先无人发现，直到金黄的夕阳晕染了西娘一身时，才有驶着铁牛车的邻村人透过田埂旁的竹林瞥见一具如抹上圣油的金黄身影。铁牛车的两个壮丁和三名妇人一起奔下车，迈向西娘卧倒处。其中一名妇人才看见一双穿着破旧绣花鞋的脚时就开口说这是锺家阿太啊！这妇人还是女孩时就听闻过眼前这双小脚的美名与绣花鞋的绣功，虽然绣花鞋破旧了，但仍看得见那刺绣的精细手法。妇人们合力将她翻过来，我说的没错，果然是锺家阿太，那原先说话的妇人又开口说了一次。

西娘的脸蒙着些土灰，乍看有点像是女巫师。有人以手探了探西娘鼻息，鼻息尚存，她倒在一生最爱的土地上，她仅剩的一小块田地。

这邻村人都听闻过西娘美名，众人以一种虔诚肃穆的表情将西娘抬上铁牛车最舒适的干稻草上，然后一路噗噗噗地开进尖厝仑锺家祖祠的广场前。有人看顾着西娘，有人先奔至锺家祖祠后的锺家三合院大厅，东张西望也没个人影。于是开始扯喉叫唤，这时房间有人发出呻吟声地问着谁人？生病在家的是西娘的三媳咏美。邻村妇人循声找到咏美，说了西娘这回怕躲不过黑白无常了。咏美听了瞪着天花板，怔怔地掉下泪来。

怎么厝内都没人？

一家老小都去镇上找工了，锺鼓仙上山采药，连西娘都去田里，只有我这个无路用的人破病在床。

那现时怎么办？村妇问。咏美要他们扶她起身，她艰难起身后从抽屉找出了一张写了号码的纸张，拜托他们到村长家摇电话给西娘屘（屘：排行最小的）子锺流，要他赶紧回家陪母亲。锺流赶来，母亲西娘虚弱却还不至于说走就走。锺流隔夜返家，他的妻阿瓜劈头见他就说怎这么快就返转？锺流搔头摸脑地说，阿侬忽然好转起来，她要我将厅堂挂的那张大合照拿去翻拍，阿侬只要我局部翻拍她的肖像，说是要我准备伊以后过身的事，阿侬说的是以后，且我看见她的脸庞像是在等着什么似的，眼睛睁得晶亮。

西娘那比月光还亮的瞳孔散着等待某人的气息。

我比谁都爱你

29

锺声被屠杀后，咏美的眼睛长年因流泪过多而凹陷成枯井。在时间光阴的摧残与生活竞争的肃杀和感情的揪心里终于目盲，目盲于一切，背对自己的历史。她的背后星辰如虚空之无尽，儿子问她，你要去哪里？

她说去领政府欠我们的一个公道。

说这句话时，她想起了母亲。一个老母亲想起一个更老的母亲。

当年母亲对着大海嘶喊一声，海灵啊，妈祖啊，为何抓我所爱？

谁还母亲一个公道，上苍不能，大海不能，大地不能。大海的反射光让母亲眼睛受伤，大海且让她哭瞎了双眼。有两种人最容易得白内障，一种是渔夫，一种是农人。她刚好是这两种人，海水的光长期伤害她，水稻田的光也长期侵蚀她。穷人的光可以伤人，让人了无光明。

想起母亲，那么遥远的人。母亲一直对咏美婚姻的不幸耿耿于怀，很过意不去，说来也是好笑的，只是因为她在迎娶当日准备了一道鸭肉给咏美吃，母亲记得咏美是爱吃鸭肉的，但事后有人告诉咏美母亲鸭肉在婚宴上是不祥的，鸭和押同音，新郎会有牢狱之灾。咏美夫婿被抓去关后，这位做母亲的就忐忑不安，认为是自己带给女儿不幸。没有把祝福带给女儿是这位后来瞎了眼母亲的终生悬念，咏美母亲在黑暗中，不断地念经祈祷，直至她往生，她没有再看这世界一眼，即使她最爱的女儿咏美与最恋的海洋。

咏美对母亲的回忆就是凹陷的一双眼睛，如枯井的双眼擒住了她的遗憾懊恼，不用闭上眼就抵达黑暗的黑暗，如今也来到了女儿的命运。

咏美知道再过不久她的双眼双耳也都要被时间无情地关闭了。

五官败坏，四大崩解，她趁毁坏见菩萨之前，来讨人间公义。

当她迈着巅巍巍的步履到警备总部档案室调阅资料，浮上眼帘的第一个死亡名单刺痛了她。她的配偶栏写着小字"殁"的锤声。这么大气却福薄的名字，为了理想而被异党像猪一般地运到台北跑马町，毙命，尸体连同岛屿的湿气腐蚀于泥地了。

多年后，戒严时期的政治案件终获平反。咏美来到中山北路"财团法人戒严时期不当叛乱暨匪谍审判案件补偿基金会"办公室里等待填单领钱时，她注意观察着来此的家眷表情，当然，她看不见细微的心情，每个人只想赶紧拿了钱就走人。谁也不想撞开伤口，一点也不想让亡夫亡父最后以"钞票"换取，亡夫亡父的肖像被钞票上的肖像无情地替换了。

咏美一看就是那种经年守寡的肃穆样子，她坐在办公室里，在匪谍字眼下方的塑胶椅子上端坐等待着，她闭目刻意想象着自己是山寨主女匪头，山寨夫人。她看见丈夫的逃亡，他跃下溪水，如鲸奔去。岸边搁着眼镜、鞋子、书……。

突然有人摇了她一把，她打了个冷颤，睁开眼。老太太，您几号？隔壁的一个老太太问她。两个老女人微笑着，互看手上的号码牌。

咏美想，丈夫死前也有个号码牌，现在她也有个号码牌，以前她领的是尸体，现在她领的是数字。以前叫囚犯号码时，是诀别。现在叫家属号码时，是赔偿，是某种正义的替换？

她们疲倦地看着彼此的号码牌。

老太太说，轮到我了。

咏美对她微笑致意。

她想，丈夫离开囚室时也是这样对其他的战友微笑的吧。

领了一张支票后，咏美再也没有到过那间奇怪的台北办公室。岛屿也走到历史伤口的弥合时间了。

咏美知道，把自己和丈夫隔开的不是历史，而是际遇，理想的落差。她想在意这段血腥历史的人，也许是要受过伤的人吧。否则历史对许多人而言其实是不具意义的。

惜别海岸

30

咏美是受到父亲唯一疼爱的渔家之女,渔家之女常常想的是过去和海的戏剧性。她嫁给一个农夫之子,农夫之子想的却是未来。

她的青春期已经有人高喊"维新世界,自由恋爱"的流行语,但在乡下小渔村,她还是遵从父亲大人的旨意婚配,她对于现代文明,或者课堂英文老师教的什么摩登生活是不了解的。对她而言,她喜欢的世界是井然有序的,甚至是被安排得好好的,她很怕自己得做主。最后是有人帮她做主,她只等着照办就行了。于是妈不妈登,她无所谓。

晚年的许多时候,她多待在昏暗柑仔店,从摇椅上怔忡醒转,透过饼干糖果的玻璃罐望见店前一条被玻璃映照扭曲变形的小路,她即不经意地遥想起那场被延迟时间的婚礼。那场被母亲认为豪华与被其他少女艳羡的婚礼,却造成其他女子的自杀,那些女子太爱她的夫婿锺声,却选择死亡?这于她都是听来的。当时她只知道她即将成为一个妻子,一个母亲。不知人生有无尽的黑夜与悲伤苦痛在前方等着她。在结婚初夜,当她第一次在一个陌生男子面前裸身时,她就知道她永远都不可能满足他的丈夫。丈夫摸到她的胸部时,他的手明显地快速移走,虽然当时丈夫对她说,你很美的。但她知道她平板的胸部将成为她无法极乐的痛。

她是村子第一个穿上西式白纱结婚礼服的女人。她从蕾丝的雕镂花朵缝隙瞧见了她的新家,她知道她一生都将老死在此,且知道跨过车门,她的姓氏自此以夫为冠。

她日后墓碑将是:先妣锺施咏美,男三大房立,女名如亡者都将消殒。

名字比思念长。

31

没有人知道那些日子的夜里,咏美一个人在房间里都在想什么,怀胎三月,而丈夫已经消失四十九天了。这是一九五一年的初春,这天日头放晴,在一连几日绵绵春雨后,这阳光扫荡了阴霾,稻埕上虽空无一物,连稻谷都被穷人捡拾一净,但阳光在风中游动闪烁,温暖光芒让人想要伸展筋骨。这日村落里陆续来了些他地的流动小贩,送药包的邮差、卖线头钮扣布匹的布贩,五金杂货铁牛车,腌制酱瓜的推车贩……摇铃声淡入又淡出了。

有个挑着竹篓的卖鱼人这天也来到了尖厝仑,当他走到锺家门口叫嚷买鱼喔!买鱼喔!西娘正抱着孙子跨出门槛来到了鱼贩旁,西娘很疼孙子,抱前抱后的。看在她的媳妇廖花叶眼里却很不是滋味,村里的算命仙早说这个孩子会克母,无法吃饲长大,她老盘算着要把她送给镇上的妓女养,西娘却怎么样也不肯。廖花叶总想着婆婆这举动分明是拿这个孩子来诅咒自己,花叶暗自想,恐怕得等西娘往生后,才可能送走这孩子了。

当家的西娘不管花叶,迳自抱着孩子走到鱼贩前,逗弄孩子,亲着孩子,问着孩子呷鱼呷鱼喔,孩子只一迳地手里乱抓着,口吐着酸沫。

西娘把孙子放下来,蹲身望着竹篓,抬眼问,就剩这两尾啦?

是啊,太太,刚好初一,许多人家买鱼拜拜。

初一了,好快啊。西娘用手按掐了鱼肉一下,鱼眼珠黑白分明地映着蓝天上那朵白云。西娘起身,忽然有些晕眩地使得她的小脚颤抖了一下,鱼贩本能地拉住她一把。西娘微笑,鱼贩这温柔伸手拉住的一把,使得她脸皮忽然泛红,好像基于不好意思似的只好说,那就两尾鱼全买了吧。鱼贩弯身抽取竹篓边的报纸,将那两尾鱼包住递给西娘。西娘转身对着正好出来探看的咏美说,卡滋拉,你入内攒钱付小贩。

咏美递了钱给鱼贩后,将鱼拎进厨房。忽然听她哀叫一声,在餐桌上喂孙子喝米粥水的西娘疑惑地转头看咏美一眼。

咏美才想起自己的失态,她拎着沾满鱼腥与鱼血迹的报纸走至西娘旁。

阿侬……

西娘望着她搁在桌上发皱发腥的报纸皱着眉,心想这气味真夺人啊。

新生报。她读着右上边的报名,她的眼睛视力只能看见这三个大字。

阿声走了。

走了?西娘想他能走去哪?难道越狱,或者执政者良心发现她的爱子不过只是个爱读书的孩子罢了,他连拿锄头都不稳呢。却听得咏美说,阿声已经枪决在跑马町了……她握着手中那张鱼贩包鱼的报纸,全身发抖着,嘴唇也像是被通了电流似地跳动不止。

　　西娘被枪决两个字死死地钉在桌前不动，初夏的庭院外有飞舞的风送进正在开花的植物香气，她却吸不到那空气了。厨房通后院的那道木门咿呀咿呀着，葡萄藤在窗外绿意盎然，但她却看不到这个美了。整个世界都无声无息，都暗下来了。直到孙子拉了她的衣袖喊渴。西娘看了孩子一眼，她才又活过来似的继续手上的喂食动作。许久，她才悠悠地说，这里没人可为阿声收尸了，只有你了，你就准备去台北吧，想办法找到阿声，引伫（伫：这）个不孝子的魂返家啊。你若想嚎，就嚎出来吧。

　　咏美摇头，只安静地又走回炉灶旁。从大水缸里舀了几瓢水，杀洗着鱼，鱼血腥红了刀，她掏洗着内脏。她的手被鱼鳞刮刺着，她觉得此时这股疼痛感很好。

　　水注入铝锅里，声音在安静中显得奇大。那上好的铝锅是锤声有回到镇上买回的，她记得丈夫当时拿着铝锅说，这是从美国人军用飞机拆下来的铝片做成的锅子，发亮的，真是轻啊。那水声也惊醒了在旁边坐得近乎尊雕塑的西娘，她在阴暗客厅忽然开腔唱起哭调，哭皇天啊，死佬无人收……凭篱篱倾，靠壁壁倒，留母一人哭悲哀……

　　咏美杀了那尾来报信的鱼，而且把鱼的尾巴给煎断了。

　　她在恍神中想起阿祖说过鱼的尾巴弄断是不吉调事，但死亡早已先一步来临，她还有何所惧？

　　她的男人锤声在她的身体里放置了一只不断转动发条的记忆闹钟，她感到时光在身体上敲着，每一声都敲着锤声的魂。

　　中午她没吃饭，她一个人退回西厢房。这个小房间有一只上等桧木的红棉床，一座衣柜，一组化妆台椅。就这样了，除了床底还有夫婿的鞋子以及床上的两只绣花枕外，就空空然了。但新裹已久的油漆味却还不时地飘散而出，让咏美的记忆无论时光走得多远都还能忆起初嫁至锤家时的那种奇异的忐忑，外面喧嚣，独她静默。像是早已写好的预言书，她初嫁此地即已感受莫名的悲伤。她坐在床沿上，静静地望着窗帘的光影，阴影落陷在皱褶处，阳光随风跳动。她的房间是唯一有两层窗帘的，一层白纱，一层台湾小碎花花布。她要求锤声去镇上洋行为她订制的，她无法忍受许多野孩子或者好奇的少男少女就端然跑到新娘子的窗前好奇着，即使关了窗，阳光也还能让这些好事者看见她的剪影，她感到不自在。留学的锺声当然是二话不说就照办了,西娘是开明的人也很同意,倒是咏美的妯娌廖花叶心中却暗自不平,有时她总是酸言酸语地说高贵人总是比较神秘,其实孩子们哪里要看她了,只是她爱漂亮罢了。把咏美说的像是一个很轻浮很物质的人。

咏美无所谓,她确实也爱漂亮。但此时此刻,这窗帘却让她感到疼痛,这窗帘可以说是锺声对她爱意的某种表达了。

32

夜晚,确定锺声死了后,她从昔日的不安里反而平静了下来。从今而后相依相偎,无论贫富顺逆,无论残疾健康,我们珍爱珍惜,且至死方休……婚祷成了昏倒。这床他躺没几年,给她的夜都化成了胚胎或者小孩。有村妇羡慕她可以和锺声这样的"好种"生个孩子,想必后代出息的。在她还没被迎娶进锺家前,听说许多媒人走动西娘厢房,游说西娘同意让某大宅院的某个嫁不掉的兔唇女儿和锺声生孩子,那大宅院愿意以一箱黄金送给西娘。西娘笑说,锺声又不是种马。媒人干笑于旁,心想自己也分不到一小块吃红的黄金了。现下,咏美躺在新房,新房早已沾满血腥与泪水。种马男人成了荒野之尸,她终于懂得大宅院兔唇女儿要孩子不要丈夫的那种感觉了。

当她还在日夜感伤时,西娘早已迈着小脚去村长家说情,要他帮忙预留明日的台北火车票,她要咏美隔日就北上收儿子的尸,不能让锺声暴露荒野过久,野狗会吃尸体,那对锺家太悲哀了。接着又到农家探问有无货车或三轮车要到斗六,顺载哀家咏美和孩子到车站。西娘问了许多家都不愿意,仿佛锺家已是被作记号的传染病之家,最后是一家早年深受西娘赈灾与便宜租地的农人得知后连夜赶到西娘门前说,没问题,明早的事交办伊。

咏美不愿意带老大桂花北上,她觉得这对孩子是趟折磨的旅程。西娘却持相反看法,她说任何一个孩子都想见父亲最后一面,即使已经是一具尸体了,父亲还是父亲,父亲的灵也还没离去,他在等她们前去告别。残酷是残酷,但这就是生活,她要去看看父亲是怎么为别人而死的,是怎么死在自己贯彻的理念下的,是如何庄严地赴死却被潦草处理的画面,这样她终生都会记得她有一位何等了不起的父亲,这是她必须经历的早熟过程,我们不能佯装这事的不存

052

在。读过汉学和经书的西娘道理言之凿凿，其话是掷地有声，咏美别说是反驳，她连大气都不敢出一声。

她在衣橱里，寻找黑色的洋装。也寻找着丈夫的新衣，却发现丈夫的衣服没几件，好些的都被他拿去送人了。

黑色，是她能给予丈夫最后的颜色？

这黑色，沉甸甸的，她从来没有喜欢过这个颜色，但似乎这颜色再也摆脱不了了。她想，大战结束了，怎知道真正的战争才要开始。这村庄眼见就要成了寡妇村，坟墓将比战争时还要多啊。

神从你身上夺走的，他用眼泪偿还你。她忽然听见窗外有人低语，但她转头，只见竹叶摇曳着。她问自己还有泪吗？

33

隔天一大早咏美带着孩子搭上运玉米西瓜的铁牛车，一路吃着飞沙，在西螺车站时，铁牛车又把她们交给载米袋的电动三轮车，一路穿越了腥红大桥，花生沙地、鱼肉市集，就这样风尘仆仆地抵达斗六车站。

斗六车站是咏美和西娘见锺声最后一面之地。随后，锺声像猪仔般地被丢进卡车，卡车迅速开走。咏美见婆婆迈起步伐奔跑了起来，绑过的小脚瞬间却让她跌了一脸鼻灰。咏美跑上前扶起几乎昏厥的婆婆，婆媳两人那一刻才痛声大哭起来，那是咏美唯一一次看西娘如此老泪纵横。

在挤满北上的卖票入口，她调整着被人群挤压导致带点扭曲感的脸。她终于买到了两张北上的火车票，透过村长早向卖车票的人有所交代，她才能在人群中抢得了两个位子。

她带着老大桂花北上寻夫，不再呼吸的身体是否还有阿依口中的魂魄？她不知道。她脸色木然，过挤的人群常欺压到她的身体，她也像是毫无知觉似的。

在乱哄哄的月台上，咏美向一个小男孩买了看起来再不浇水就会失色的一束花。她正好想应该要有一把花，她一早醒来就在想要去买一把花。

她带着桂花去如厕时，顺便放了些水在花束的塑胶袋内。

车站带着牲畜腥臊气味，一些刚从牛墟下场的贩牛人交易完成，拎着钱要搭车北上。

咏美终于带着孩子坐到了自己的位子。

火车在气喘的鸣声中驶出车站。

喔喔喔，月台边的人逐渐后退，消失在窗前，取而代之的是匀称的稻田，摇曳的密密香蕉林，一望无际的绵延山色。逐渐地，空气渐渐干燥了起来，咏美拨拨被风吹乱的发丝，闻着风里关于海的气味，她想是渐渐远离海风的吹拂了。自由的海风，是她抛弃了它们。

在路的前方，木麻黄的后方是尚未犁田栽种的土地，露出了大片的黑，有的土地也兴建了房舍，几间红砖住宅盖起，房舍旁有水缸，植栽几株芭乐树和龙眼树。

晨光的雾渐散，天气还未热起来，一切都还可以忍受。

只是冷不防一阵令她窒息的火车煤烟尘会从窗户飘进，顿时让她感到有点恶心，她肚里还有个正在分裂细胞的胚胎，可怜的胚胎，无父的降生者。

无父之子，如无顶之屋。没人顶天，没人顶地，她感到今后只剩下孤单了。

流浪到台北

34

在与铁路平行奔驰的省路上有载满西瓜和香蕉的牛车。年轻的庄稼汉脚踩着牛车，裸露的上身因为力量的牵动而展现了有力的肌肉，咏美看得入神，不知为何悄然地感到深沉难言的寂寞之痛噬咬着自己的心，无以排遣的多感之心。脸还盯着窗外瞧时，却轰轰地，顿然整个视野化成了墨黑，原来是火车过山洞了。

火车出了隧道，她当时来不及关窗，当然没提醒要桂花关窗，一出洞口才见到桂花的脸像是关公。她掏出手巾帮桂花擦了脸，桂花笑着指着母亲的脸，但她这个做母亲的却面无表情地将手巾折了折，用较为干净的一面擦着自己的脸。

我们最好关窗，咏美说。

会闷热啊！桂花说，但她还是帮母亲试图拉下车窗，但怎么拉也拉不下来。

窗户生锈，生锈的窗卡得很紧，咏美放弃了，她很累，心想脸黑就黑吧，有位子坐就不错了。

桂花的脚没事就踢着前面座位的椅背。

　　咏美一路抿着嘴无语，手上的东西纹丝不动。停靠站时，窗外叫嚣着烧枝冰，臭酸的便当……她恍如未闻。只在车厢内开始有人吃便当闻到气味时，她才想起什么似地站了起来，拿下搁在上方铁架的花布包，打开结，递了个从家里带来的饭盒给桂花。

　　饭盒有几块豆干、酸菜和一块猪肉，桂花看到猪肉就露出欣喜的表情，她很久没有吃到肉了，有肉吃代表着不寻常，她想也许是父亲寄钱给家里了，又或者是阿嬷为她们北上特地加菜的。

　　但即使是这样面对着有吃食的喜悦都无法让她们身上沾上些快乐，反而她们母女看起来就像是要前去悼亡的丧家样子，陈旧的外衣，面容凝结着一股像是冻着的寒气，但又有一种习以为常的如铅的沉静感。

　　火车慢慢地穿越了溪流平原。

　　火车在中途靠站，休息了颇长的时间。停靠的站外是荒凉的平原，桂花一下子就窜出车厢，在月台上眺望这新奇之地。她从没离开家，这世界好大，大到像是会把她的身体吞噬。

　　疲倦的咏美终于酣酣在椅背上。昨晚她无法入眠，是悲伤，是更多的空虚，是无尽的惶恐，是说不出的寂寥。

　　火车再次鸣笛，惊醒咏美，见不到桂花，倏忽跳起，旋即就见到被堵在走道人群里的她，怀里的洋娃娃像是红色火炉，一头金色长发把射进车厢里的阳光折射得游晃迷离，咏美松了口气又坐回位子上。

　　正午大太阳露出了刺目的光，这光灿对比咏美的阴郁，使她感到头十分地疼痛且晕眩，她见到自己在岸上眺望渔舟点点，等待父亲归来，等待听到渔船引擎声靠岸的幸福声响。她一辈子都在等待，等待一个身影。

　　就在这时火车广播声说台北快到了，陆续有人慌张站起，伸长手臂拿行李。咏美拿下布包，取出梳子要桂花把一头吹乱的头发梳一梳。

　　记得今天不论看到什么都不要哭，知否！

　　桂花听了瞪大了她的大眼睛，似懂非懂地猛点头。

　　桂花手里抱着一个穿着红色衣服的洋娃娃，是锺声留日的朋友在她三岁生日时送的，是桂花唯一的宠物，都快少女了还整天抱着洋娃娃不放。但这回咏美不给她带，说是小大人了还抱着洋娃娃，真丢脸。桂花暗暗哭了整日，是西娘说了话，伊只是个大囝仔啊，你就饶过伊吧，别剥夺伊所爱。

别剥夺伊所爱。咏美想起这句话，心里如针刺。西娘说，你不能与命运搏斗，你只能顺应变化，命运的秘诀不在手掌心的掌纹，而在你的心与看不见的地方。此刻她盯着自己的断掌纹，看着自己极深长的生命线与极短浅的感情线，陷入迷雾般的心境。难道我命中注定所爱皆离的折磨，而锺声注定在死亡的痛苦流沙里消灭他的理想？他只能在旷野的坟堆里行过一个地方又一个地方的游荡，直到命运转盘停止？她又想起婆婆西娘，这女人在极度哀伤的每个夜晚如何度过，生活在已经消失秩序与希望的偏远小村，欢乐像是海中泡沫，难以挽回。

咏美捏着自己的手，希望可以终止这不断下滑的意志。

车站外无人是静止的，每个人都在奔赴或者流动。咏美再度来台北，但没想到任务是如此艰巨。在她高中时曾有机会随日本老师和同学来台北植物园和动物园玩，但那回她临时出麻，脸上都是豆花，又发烧又疼痛的，就这样错过了台北之行。后来还是父亲带她来台北玩，作为一种补偿。

有那么一刻她忽然想起高中日本老师，她脸上似乎才飞掠了一抹油亮光彩，但很快地光彩就隐没了。许多时候她都是心慌慌，她对于真正的内心深处并没有世俗眼光该有的巨大悲伤时，她感到有点罪恶。她在驰骋的风里，思绪有时却不由自主地飘到了丈夫的情妇，听说台北某艺旦间曾有过丈夫的恋人，且传说丈夫在日本时也曾和一位艺旦过从甚密。

村妇弄鬼弄怪，说那名艺旦也怀了锺声的种。

咏美只是听着，从不反驳也不回话。她想反正都是失去了，如果那名艺旦真的怀孕，她倒是很想去见她，请求她留下孩子，如果孩子阻碍了她的未来，她愿意抚养锺声的骨肉。但她这样一想时，就觉得自己太一厢情愿了。

她在这个难熬的火车之旅里，暗自地感谢着这个艺旦，感谢她让自己的悲伤有所依靠，不至于太过强烈欲死，甚至有时还有种解脱之感。因为丈夫的爱是不完整的，丈夫的爱不是唯一的，这使得她有了点能力与借口去自我偷生，偷点空气，偷点缝隙。

35

台北车站外大道上奔驰着稀奇的轿车，还有路边的大王椰子树高高立起，把她们瞬间刺激得目光涌动起来。在不知何去何从时，她拿出放在口袋的纸张，递给某个向她们招生意的新式计程车司机看，司机点头，载她前往。

美而廉西餐厅。桂花随着车行经的街上看板念着。

妈，什么是西餐？

咏美听着，只淡说就是西洋餐，用刀叉吃，不用筷子。

哪天我要和爸爸一起来吃，桂花自言自语，新奇地看着眼前的新天新地。

咏美低头，擦拭着眼角，手压着心口处不语。

经过一座公园，在某个荒凉处，司机指指前方一栋房子说，就是这里了。司机收了钱后，她们双脚刚踏在地上，连人都还没站稳，司机就急急忙忙地驱车离去，有如看见鬼魅似的。

这陌生之城看来有如在沉睡，竟是一丝风都没有，不远处有一两家小杂货店。咏美走进司机指的那间房子，拉开绿色纱门，门发出轻微的嘎嘎声，像是叹息。热的下午，进入室内却是一阵阴凉。

一个在柜台打瞌睡的男人听到声音醒转，我是家属，咏美靠近柜台说。

家属？来收尸？男人问。

咏美点头，心里却剧痛，但乡下女人一时之间也不懂反应，只讷讷地等着男人指出方向或者盼望他能够带路。她从布包里拎出一小块黄金递给男人，男人放在手心上估秤着，他微笑起身，以一种暧昧的神色看着咏美说，如果你可以给得更多，我也可以做得更多。这空间好阴冷，咏美拉拉衣襟，避开男人的目光。她的皮肤全竖起了汗毛，她的头顶上的日光灯惨白。

你没有劝他走正途？带路的男人忽然开口问。

他是个好人，好人有自己的路。

男人呵呵地笑，带点嘲弄意味地说，你这样是说好人没好报。

这间临时搭起的平房，有一段长长的走道，阴暗而冰冷，近乎阻绝了外头的炽热，甚至毛细孔都翕开地起着鸡皮疙瘩。走在通道时，桂花手里包着塑胶袋的花因为过于安静而发出了有如巨大的摩娑声，听来很刮着神经。

叫什么名字？走到停尸间后，男人问。

锺……声。咏美咽了口水。

泥地上许多尸体，有的挤成一堆，有的血迹干涸，有的已发出溃烂残缺，有的较为礼遇的则用茅草竹片覆盖。气味如杀猪场，苍蝇绕着尸血水环绕。

男人找到之后，掀开竹片要咏美确认。咏美压抑地点头，然后要桂花跪下祭拜父亲。尸体忽然七孔流血，流出的活血画面与气味，咏美至今都还记得。她没有哭，没有一丝泪。只是静静地对女儿说用手虔诚地拜，跟父亲说请放心，一路好走。突然像是长大了好几岁的桂花依母亲所说跪下祭拜，然后将花摆在父亲冰冷的尸体前。

然后咏美安静地带着孩子走出那间屠宰场。她想着男人手腕上的表不见了，连鞋子也不见了啊。

婆婆西娘早就预知要用黄金打通关系，送了金子后，才顺利地签字具领尸体，她向这个公家单位借了电话，打给婆婆西娘事先安排好的台北葬仪社来处理尸体清洁与火化事宜。她看着请来的民间菜姑（菜姑：带发出家的女僧人）和土公仔帮锺声换上那套她带来的新衣服，卸下破烂的衣服时，她看见了锺声身上淤青，伤痕处处，连下体的睾丸竟都被打破了。

她差点晕厥，靠墙喘息才不至于倒下。

是夜，咏美带着桂花住进了村人介绍的雪天旅社。

这雪天旅社窗外，街道弥漫着春夏交替时节易起的浓雾。

她看见晨光渐显，谨慎地缄默起来，任心绪流过一些片段。那些日子锺家为了向上苍祈求锺声的无罪或者至少死罪的赦免，常常以丰厚牲礼酬神，但并没有得到神的保佑，因为神无法改变人的意志。

就像她说破了嘴也无法改变夫婿要往火坑跳。她讶异的是婆婆的沉默，她明明知道儿子自日本回国后就一直在进行一些事，但是她不懂为何婆婆从来不说话。

很多年后，她才知道再也没有比西娘更了解儿子的了，西娘知道阻止无用，她只能默默祈祷神明。

她在丈夫锺声传言即将被捕的前几天，她背对着哭到快瞎了双眼的婆婆西娘想去寻找丈夫。但才走到村口，等了一个小时的客运还迟迟不来时，背后的男婴和手中牵的女孩忽然一起发出哀嚎的声音时，她放弃了，她自己也想哭，除了想哭，她不知自己还能做什么。

西娘说，咏美，你要好好养大每个孩子，锺声必须为伊的理念赴死，否则对不起那么多跟着伊却送掉性命的人。伊死也好，伊不能写转向书，伊写了可以苟活，但如何对得起跟着伊送死的人。伊的死就像将军死在战场，那是伊的命。

她感谢西娘还能安慰自己。

36

指针很快就走到了清晨,咏美一个人步出旅社,她忽然想起日本男老师,她闻到香气,那时他们称之为文明的香气。说日本话抽日本烟,衬衫上有折叠得工整的白手帕,发香体香弥漫,日本老师的日本味,她正大口吸着。原本答应要带她们班毕业后重聚北上二度旅行的,话说出口不久,台湾却光复了。男老师被遣送回去,再也不复相见。此刻她像是疯婆娘似地狂走着,绕着街道,她记得在一栋楼里她搭过流笼,电梯流笼载她和多桑上七重天。七重天的每一层楼都是满满的百货,她第一次听到百货公司这个名词,而她就在七重天里。现在她觉得自己像是在十八层地狱里,感到炽热。有三轮车好意停下要载她,也被她拒绝了。等到大太阳出来后,她感到热,瞬间她像是被太阳晒醒似的,猛然她才想起自己不再是个少女了,有个孩子还被自己搁在旅社里。狂走的路已经不太记得了,幸好这一带的三轮车夫似乎习惯见到忧愁的女人,他们载送旅客太多,很轻易就辨识眼前这个女人想要找路,但她似乎找不到来时路,她走丢了原路。

咏美说,云天旅社。她走到一位面容和善的年轻三轮车车夫前。

是雪天吧。

咏美笑,应该吧。你们是当地人,应是我看错了。

车夫载她走几段路,先前她自己急步狂走的悲壮感已经慢慢消退了,在轿上,视野有一种高高在上的感觉,她委屈卑下的心清醒了不少。于是静下看着这陌生之城,这哀伤之城。(她不知道将来这座城将会涌进许许多多和锺声一样拥抱社会主义的共产党员,只是这些共产党员将是未来在中正纪念堂拍照,在圆山吃大餐,在故宫买翠玉白菜,在她先生逃亡过的阿里山拍集体照或者自拍……如果她那时候有预见未来的能力,如果当她知道未来她的丈夫在任何一个地方高声宣扬任何一种理念都不会出人命时,这时的她会不会哀叹命运而痛哭失声起来。)

但咏美没有这种预见的能力,她在沉浸了自己的伤痛后,开始以第三者的目光看着这座乡下人眼中的帝王之城。她听闻坐上这帝王之城的新掌权者姓蒋,这新掌权者说的话没人听得懂,但他下的命令大家都听懂了:逮捕异议分子,捉拿左翼领导者,然后对这些精英头目一一开枪。精英的城已毁,世界消失了左半部。自此这城的心肺都只有右半部在跳动在呼吸,被切割的左心房。

夫人上台北玩?三轮车夫撇了头问。

咏美吐了口大气,玩?我来收尸的。

收尸!车夫喃喃自语,原本咏美以为他会大惊小怪,没想到这年轻的三轮车夫却像是善解人意似地说,我了解,夫人是家属,你还要去跑马町吧。你回旅社拿东西后,我可以等你,载你过去。

很远啊!咏美不忍心搭三轮车。

不远,我年轻,这只是踩踩踏板,运动运动。三轮车夫说。

这车夫又在前头自言自语似地说着话,这台湾啊已经不一样了啊,太太啊,像你刚才把雪天说成云天是无伤大雅,但是有些话有些信将来你说出口或者你写字,都要很小心啊。打字要小心,左和右字很像,得小心看着啊。央和共也很像,要小心检视啊。

咏美在后头并无专心听,她看着风中消逝的新奇台北景物,一些高高的楼房,漂亮的日式红楼建筑,内心感到刺激得很可悲,她是来收尸的寡妇,不是来观光的小姐啊。

车夫送她回旅社,在门口就见到一脸焦急的桂花。桂花一个箭步跳到才刚停妥的三轮车前,阿侬!我惊怕一个人。别惊,阿母不是回来了吗。桂花跳上三轮车座,咏美摇头笑着。好,你在这坐着,前面的叔叔等会要载我们去见父亲最后一面。说着,咏美就弯进旅社内,上楼拿了小花包,在柜台结了账又跳进了后车座。

锺声早先一步已被移到火化之地,咏美看着竹片林木等物掩盖在尸体上。咏美牵着桂花向前,双双跪下,点香祭拜,咏美将西娘交代的一一托说一番,然后走向前,在尸体上撒落一些浊水溪的沙与米,再放上一张黑胶唱片,那是锺声生前喜爱的一张马勒唱片。就在这时候她才发现锺声的衣服口袋露出两封信纸,她赶紧偷偷放进口袋。然后把黑胶唱片放在上头,才搁下,就有人走上前来,在尸体上淋了油,轰的一声瞬间火光窜升,弥漫尸体四周,吞噬了眼前这具血早已干涸腐朽的发臭尸体,一具原本英挺帅气的尸体。火先从这具尸体曾为农民奔走的双腿开始蔓延热度，接着曾经为农民侃侃而谈平等理念的嘴巴也不再出声，接着射向乌托邦未来城邦的炯炯神色也不再发亮。

一股塑胶焦味浓烈传出，当然不是鞋子，锺声没有鞋子可穿，是咏美放在木材上的黑胶唱片。

天籁般的命运交响乐，声音转成物质，转成气味，转成了灰。

固体成气体，骨肉化灰烬。

风扬其灰，如铅之重。

咏美将骨灰罐包着小碎花布巾，又再次坐上愿意等她们母女的车夫的车。

车夫像是家属身份似的在旁肃穆观看，载往台北火车站的一路空气似乎是沉滞不动的。车夫骑着骑着，忽然开腔唱起东洋歌：莎哟拉娜……莎哟拉娜……

咏美听得哀戚入神，望着通往车站的景物，心想这陌生的伤心之城，丈夫葬身之城，孩子的亡父之城，她不愿意再来，不愿意再看见这城的将来与美好。无论如何，她不属于这城了。

37

锺声神主牌请回家的那晚，西娘将所有三合院的大门与窗户紧闭，并以黑布遮住。找出家里所有的蜡烛，即使有的蜡烛是红色的，是当年锺声喜宴所点燃的。西娘都一一点上了烛火，披上黑衣，要儿孙们和她一起诵经，为彼岸锺声冥河送行。

咏美将写给丈夫的信，丢进焚烧的纸钱里。她写些什么，连她都写下就准备遗忘。

生前锺声并无宗教信仰，但她们执意为他如此送别，在佛国佛语中，人生再不和苦遭逢。

某夜，有道人影掀开花布帘，熟悉的西装裤、黑皮鞋。人影开口说：我知道你心中充满了恨。如果你原谅我，我才能走得开。她见到他，他忽然就瞬间消失了。

咏美感到有人摸她。

她感觉是他回来了。

他摸着她的肚子，即将临盆的孩子，他最后的子嗣，在子宫即被毁的胚胎。

未久这个孩子提早面世，不足月的孩子，在怀胎时被刑求挨打的孩子，出生时瘦弱，且竟然有一腿是弯的。

咏美用尽所有力气才吐出这个孩子，她剪断脐带，听见孩子痛哭后，她昏死了过去。

最小的这个孩子取父之名锺声，是父亲的还魂，是历史的抗议，是家族的纪念。

过了些年，少女桂花才对屘弟说，那晚父亲有回来看你，有摸妈妈的肚子，父亲没有遗忘我们。父亲每一年在他的忌日都会回家吃饭，那晚桂花总是膝盖会发凉，感受到一股寒气，摸摸看，冰冰的对不对！桂花对阿妹阿弟说。父亲回来了，你们有没有感觉到？最初几年阿声听了总是嚎哭着，是害怕的一种哭。你别吓你阿弟啊，咏美对桂花说。但桂花每一年都期待着这一天的到来，她知道有一天屘弟阿声会明白父亲以无形之魂回来的意义。

希望一点真情意

38

初到锺家的夜晚，咏美第一次听见壁虎的叫声。

十分悲伤的声音，像祖母躺在鸦片床时听的三弦琴。她心里感到奇异，怎么会在新婚之夜，听到这样悲伤的叫声。

她的心发冷着。

新婚之夜，新娘子咏美躺在西厢房想的却是她的老家。她不知道自己为何会嫁到这个看不见海的小村庄。倒是有一座山在视野前供她眺望，想象起雾时山鬼们是如何地摆出了迷魂阵以迷惑旅人之心。

小时候她不曾听过山鬼，除了稍大后读过屈原《楚辞》。但她听闻很多水鬼故事，她的很多童年玩伴如今就睡在水鬼的肚子里。爱幻想的她有时候会想她的玩伴会不会踢咬水鬼的肚子，好让他们肚子发疼发肿。

当然那是孩提时被大人的说辞给愚痴了的想象。事实上，她听过太多夜晚的哭声，母亲的哭声随着海风送到失眠的她。她一向浅眠，按父亲的说法是，她不喜睡神，睡神也不喜欢她。但她不知道她喜欢哪尊神，也不知道哪尊神喜欢她。父亲说，讨海人要拜妈祖，村里有座奉天宫，里面就是妈祖。黑妈祖，被海风日晒得黑了。

她父亲自己有几艘船，父亲总是傍晚出海，不捕鱼，而是向其他上午打鱼的渔船买鱼，再到别的村庄卖，父亲就是这样认识了锤家。

入晚，他们常在岸上玩着"卖咸鱼喔！卖咸鱼喔！有人欲买咸鱼否？"一人背扛着另一个人，像卖鱼般地沿街卖，要买的人就把那人再背走。入晚玩耍和游戏的小孩也都陆续被唤回家。海边人家旋即陷入黑的染缸，咏美的窗外深黑，极其安静。

躺在新房的咏美体会着她未出嫁前不曾有过的夜之静。以往这个时候，她还不舍得睡，读着日文和英文，夜里总听得父亲的船归来。汽艇噗噗噗地由远而近，引擎搅着海浪的声音，像是她的摇篮曲。

许是这新房太安静了，咏美不知怎地念头纷飞，新婚喜事之夜，她竟悠悠想起一些死亡事件，想起高中好友爱上教她们英文的日本女老师，竟从山之悬崖跃入大海。而她现在躺在一户新的人家里，对于自己的命运也感忐忑。

咏美一向难眠，有一丁点心事就更把自己推离睡眠的岸边。

但那时的她只是躺在夫的旁边，静静地躺着，让身体处于乖巧，看这样会不会受到陌生爱神的眷顾。她还没谈过恋爱，就已经是别人的新妇了。

老房子四处安静到声音可以被她解析，外有竹风鸟鸣，内有虫唧人鼾。

咏美冥想一阵，睁开眼睛，盯着窗边一丝的月光幽凝。她把手放进棉被里，手伸进身上唯一还穿着刚才套进的小碎花内裤，她的手冰冷得宛如是一具鸭嘴器，撬开自己的阴暗潟热湿地。

抚摸一阵才感觉有点沉沉睡意。但这时她听见如鸟尖叫的高音，再仔细听，是发自天花板的声音，是壁虎，两只壁虎的嬉戏叫声尖如鸟鸣。壁虎安静后，转成任意的节奏声音捣进。

老厝的新房里，还有一丝油漆味。屋内梁柱上有蛀虫吃咬的陈年木头，蛀虫吃得那样忙碌，一种很开心的节奏。但对那个忐忑的时刻，这壁虎的尖声对她而言却像是一种寂寞的抚慰，无论男人怎么看待和自己的感情，于她当时是需要的抚慰状态。

老房子予人一种深渊感，恋人共同拥抱的黑暗非常全然，非常闭锁。结婚把她带开了海边,把她带离得那样遥远,遥远到无法常见到娘家的人。黑暗是她将和她的新夫所共同拥有的空间颜色,好暗啊,连烛火也熄掉了。

不怎么爱一个人就不会走上殉情之路,咏美又想起跳河殉情的高中同学。如果完全地爱一个人又何需殉情?爱不等于拥有,爱就是爱。呼喊这个字时,就有了爱。所差所别只是呼喊这个爱的时间点,在孤独的黑暗中呼喊爱和在荒山的深渊呼喊爱是相似的,但若在群众的光亮里呼喊爱就大不相同了。一个呼喊出的是爱的内里,一个呼喊出的是爱的形式。咏美是结了婚才看见爱,就好像她是离开了海,生命的海啸才即将狂袭向她。

39

活下来是为了见证未来的幸福或是未来的悲哀?

咏美内心极度不安,她不知道这个不安从何而来?

她的新夫婿人人称羡,是锺家阿太阿祖最爱的儿孙,他是留日高材生,又曾到过莫斯科一年,简直就是一个乡绅英才。他的机会多的是,咏美不明白他为何会答应结这个婚?父亲对她说你们上辈子红线就绑在一起了。做炬仔某(做人家老婆),好叨(叨:台语"就"的意思。)是缘,坏叨是相欠债,早晚都要还,一切拢(拢:全,都)是运命。

她才十九岁,她不懂什么是红线,什么是缘分,什么是运命。

她只知道以后不能再听到夜晚父亲渔船回家的噗噗声了,她盯着黑暗觑,当黑暗被穿透,也就没有黑暗了。

你只是赢得了一场失败。她听见自己的声音,心里忽然一惊,仿佛有人在她耳边耳语。要多大的神谕降临于她,她才能明白这场婚姻的奥义?为什么这场婚姻是赢得了失败?她的夫家可是一村之首,新夫也是众人之顶,咏美不明白自己的不安究竟从何而来?

咏美贴墙倾听,稻埕广场还有宾客在畅快开讲,之前挂在窗棂上偷看新娘子的囝仔们也都被父母吼回了家。后头厝也回不去了,除了归宁日外。现在只剩下她一个人杵在黑暗里盯着壁虎。

不远处有个愈来愈近的小贩叫卖声,好像在卖番阿火(番阿火:火柴)!番阿火!

咏美也不知自己究竟是躺了多久,她终于听见木门开启的声音。

40

　　咏美近来常无端地想起日本年轻男老师，他是她一生的秘密。

　　你们上车前要记得先去尿尿喔！这是她小学时印象最深的话，后来怀念的却是老师的脸庞、语调、温暖。

　　她终于存到一笔钱，央求卡桑带她同去拍张穿着美美的日本和服照片，她要将和服写真送给日本老师。那和服是向写真馆租来的，但和服上的美丽腰带却是多桑卖了三笼渔货才换来这条刺绣精美、有鹤与茶花奔放图案的腰带。她的母亲其实并不喜她如此日本女人的打扮，回程母亲叨念她说，衣裳就是人格外在的代表，你穿这样叨是思想偏去日本啊，将来你是要嫁给阿本仔喔。

　　而她也不知道，未几年日本竟投降了。那张照片于是成了一则预言，她果然送给了日本鹤之老师，也成了老师对岛屿拥有的珍贵收藏记忆物吧。

　　照片背后用钢笔写着：美丽记忆永存。

　　老师带他们全班去参观过日本相扑大赛，女孩子们看见裸露的许多胖子不禁咬耳朵笑着。

　　那时候，青春洋溢的她怀着跟老师去日本读书的大梦，浑然不知死神正射向自己。后来父亲做主要咏美嫁给锺声，她想自己是喜欢锺声的，她喜欢锺声身上的气味，喜欢他爬上屋顶调整天线的认真，喜欢他聆听唱盘时手指在光线下跟着节奏的轻弹模样……但这么多的喜欢，却仍抵挡不住她无法忘怀那个青春时期第一个把她带向外在世界的男老师。尤其在经历了后面的恐怖折磨后，年轻的她无法承受那么多重量，她忽然从少女成了少妇，孩子呱呱坠地，来不及懂的事情一下子铺天盖地朝她飞来。曾经的光亮现在都成了冗长的黑暗，那场婚礼是如此地丰饶，但其往后却也如此地赤贫。

　　她想自己那个年代的女人青春如此短暂，二十岁前就黯然熄灯。

　　咏美老得很快，像是不容许时间稍作停留。

可怜彼个小姑娘

41

咏美常想起遥远的过去，唯有过去还有些幸福感的零星画面。

比如改行卖小吃的歿鼻，挑着臭豆腐担，一路摇铃来到尖厝仑锺家的稻埕时，西娘总是拐着小步伐和拎着手帕踏上老厝凉亭。西娘会向歿鼻买盘臭豆腐，让冲出来的孙儿们分食着吃。西娘喜欢看人丁旺盛的画面，大家族的画面。

歿鼻的名字由来当然就是鼻塌，鼻塌不是天生的，是其养母在她还是养女时，有天拿了支木屐朝她的鼻子丢，结果就把她的鼻子给打扁了，血流如注，日久任其发烂所致。

每回歿鼻一走入村里，大家都会想起那个狠心的养母。西娘可怜伊，总是买很多来飨宴众口。

有几年，村里敲锣打鼓，有戏要搬演，热闹喧天。

咏美记得轮锺家出钱那年，酬谢神明，锺家作醮，戏码婆婆西娘要咏美选，她一选就是陈三五娘与薛平贵。

西娘笑说，怎这些曲目听起来都有点伤感，不过西娘是个很宽大的人，她就照咏美的意思酬神，虽然心里有点微恙不安。

她叫婆婆大家，叫公公大官，那年代都是这样叫，但语言落入文字听起来却像是要"打"人似的，于是还是多称婆婆阿依或卡桑。

她真心喜欢那些光亮的日子，她和仆人一起到镇上的商店采办货物。她还特意打发仆人，要他们先去吃早餐，自己却要长工载她绕去溪的出口，她独自眺望远处的海。

她一直喜欢海，但她嫁来的尖厝仑只有山坡、田野与沙子。

几个妇人正在溪边洗脸刷牙，熙熙攘攘着说话。

有几个浓妆艳抹的都是刚从西螺茶楼交班的女人，不是才刚醒，是根本没睡，遂露出一脸的倦容，和一旁她这种良家妇女对映出两种生活样貌。溪沿着小村流淌，把田畦边人家和岸上人家分隔成二。溪流到小村后，其实只像条沟，沟上人家窗户对着流水。天气晴亮时，沿岸茶室女人推开木窗，迎光化妆，粉末飘入水里，水上胭脂粉末香气，摇啊摇地，如夏蝉薄翼，少女少妇们见了开在园内的花总是拔了一朵插在鬓上。咏美当时所不知道的是自己的夫婿正躺在某个艺妓怀里,大大地倾诉着当年留学的情景与未来的社会革命理想。

咏美当时立在岸上只是望水发呆,望着水中倒影。她不知道几年后,她在水中看见的会是一张带血的脸孔……

她若从大镇上回来,总会特别思念娘家,除了短暂享受过短期的蜜月外,她的夫婿日后常不见踪影,只说他忙于改革镇上的事物。这些她不懂,也不想懂,但是她好寂寞。西娘有时会对咏美说,不然你借此回家一趟,向你后头厝订些渔货,这些渔货正好我们酬神可以用到。

咏美好久没有回娘家,婆婆向她父亲订了好几篓渔货,还让她顺道回娘家,既风光了面子又可一解乡愁。

42

那声枪响,使咏美的心整个碎了。

咏美知道那些年家里若没有西娘,她根本不知道会是如何熬过日与夜。

锺家被充公的祖产像是水流般地离开锺家,男人搞革命留下的灾难,使得这个村子时光压缩,瞬间多了许多年轻的寡妇。

自此村妇见到咏美时,总是冷漠不打招呼。几年后当社会开放了,当地村妇仍不相信政府会开放言论,只要听到有男人帮聊起什么联合政府或者共产等字眼时,村妇听了就破口大骂了起来,好什么好,真是好个头哩,好到全村全家人卡早拢被恁们这些爱风骚的查埔郎害得凄惨落魄,好个鬼啦,好到恁无是死就是关到破病,咱妇人团啊仔呷西北风度日。

其实村妇从来搞不清什么是左什么又是右,她们只知道左转右转,就是搞不懂何以向左会出问题?尖厝仑的左边是顶茄塘,难道住顶茄塘的人会有问题?何以向左的这些人自此交出了他们的青春与梦想?何以他们会失掉这一切?

已经有失去丈夫的村妇陆续离开这座悲伤啜泣的村庄了,她们往都市营生去,只有都市的繁华可以让她们这帮妇孺忘记痛苦与忧伤。

那些判决文字让咏美和婆婆西娘午夜心痛:"锺声意图以非法之方法颠覆政府而着手实行处死刑褫夺公权终身全部财产除酌留其家属必需之生活费外没收。"没有断句的判决书,看起来有如一连串黑暗的符号。

酌留其家属必需之生活费根本是少得可怜，整个家族的田地与财产尽数被没收，她们从地主变成佃农，只能去绑租田地耕种。

她不知丈夫锺声所进行的"非法"是什么？她只记得锺声每周召开的读书会，她不明白，她只感到害怕，毕竟她也读过高中，是进过学校的，很会读书的，所以她隐隐知道，这读书会很危险。

但她的夫自此已被叫成"锺匪声"了，明明两个字，被叫成了三个字。供夫婿躲藏的邹族朋友高一生被叫做"高匪一生"，她成了匪妻，但她连匪是什么都不知道。锺声被判死刑的最后几次面会不断地对她说，将来要记得回馈曾帮助他逃亡的友人。后来也传来消息，高一生不愿意和政府联手清乡，他被以贪污、资匪的罪名逮捕，在锺声被枪决的隔年也魂断枪下。

四月季节，山上的天气仍凉意深深。隔年，她携子和祭品上阿里山，西娘还要她带着些礼物或者金钱给当地受难家属的孩子们。

她遇见一个传道人，她想从传道人身上找到昔日夫婿锺声的身影，她想这种人都是为理念而活的人。一粒麦子不死仍旧是一粒。整个灰涩的教堂，忽然因其信心与歌声，似乎也就少了些寂寞。

但很多年后，咏美又明白了另一件事，上帝无法帮每个人，业力得靠自己了，她随婆婆念经念佛，后来且成了台湾兴盛的佛教团体护持，常至其他教友丧家诵经，或者亲赴灾难现场服务。但几年后，她又觉得这一切很世俗，清静兰若之所也是暗潮汹涌。

自此她渐渐和世俗脱钩，不再上阿里山，也不往他处去，她守着尖厝仑老死。

港都夜雨

43

回顾民国四十二年古历（农历、阴历）四月，她如此心凉。四月是伤心时节。自此许多男人消失在女人狭小的生活世界，自此女人不明白为何信仰婚姻却要守寡，婆婆不是说要坚持自己的信念，但男人不也结了婚，但盟约不算数？可随时弃守婚姻？

　　她说我们结婚的时候没有人告诉过我们会这样的啊。我以为结婚就是为了两个人在一起度日，看看我们又变成一个人，而且还失去了自由。青春像划过的火柴，瞬间就熄灭了，夜里咏美好寂寞，身体常感寒冷，她好想重温男人的气息与怀抱，但却不可得。锺声走了那年，咏美已瞬间苍老，且只能任由干枯。

　　没有男人的村子，使她更受不了这里刺目的飞沙。一场革命把她困在这个再也没有爱情、再也看不见未来的村落，房子四周到处落着沙和灰尘，只要发呆半小时，鞋子锅子铲子就浸满了沙。飞沙走石让这个小村小镇没落了，停在街上的车子没几分钟就蒙尘。

　　床上冷，再也听不到锺声朗读文章的磁性好听嗓音，还有他放的贝多芬音乐。半瞑全头路，天光没半撇，婆婆听她夜晚走动的声音时，曾如此戏谑着。

　　咏美还记得当年庙里的保生大帝会在流行性感冒期间出巡，伊的阿嬷会教他们念正气歌，以台语发音念。想念老家海水，她曾回到后头厝麦寮，娘家哥哥们却见她如鬼魅。父亲的渔船停泊在港湾，看得出好久没有出航，父亲说，现在不能随便出海了，连看海都不行。

　　海，成了思念对岸的罪恶风景。

　　你没事也别往海边跑了，父亲说。他想起女儿以前最喜欢拿着画笔画纸往海边去写生。当年唯一还愿意靠近咏美的亲人只剩妹妹们咏雪、咏莲与咏姿。咏姿嫁到台西，却一头栽入夫家的贫病生活。她前去探望妹妹，只因为夫家出了事后，特别想念后头厝，当她来到台西时，见到躺在病床的妹妹，姐妹阔别多年相见，唯一能做的竟是抱在一起痛哭。而咏雪随着办桌的总铺师师傅东奔西跑，姐妹俩要见一面也难。咏美记得父亲过世时很愧对咏雪与咏姿，因为她们两个都没读书，后来父亲生病少出航，钱都让给了男孩读书，唯独咏美生逢家中富裕时，咏美在当年能读到高中简直是当时海边村落的传奇。咏莲则读到初中，凭着她的努力与运气，运气是她遇到一个愿意帮助她的男友，支持她半工半读，然后成家立业，这让受益娘家很多的咏美才比较没那么多罪恶感。

44

　　在一群台西落败老旧的房子中，咏美这天背着早产的瘦弱婴孩阿声，走了不少路才寻得了咏姿家。没料到咏美初到牛厝村的妹妹咏姿家前，就见到门口挂起白麻布，门口坐着两个呆滞的男人，随风飘动的白麻布啪啪作响，还带来阵阵如鼠尸般的臭气。

咏姿的小姑宝梅终于结束了就连活着也有如死的人生。对伊来说，活着一无所有，死亡反成了解脱。咏姿对姐姐说，死前未出嫁的小姑把最后一口血吐到了婆婆猪母仔身上，人称猪母仔的婆婆眼看着女儿的血喷到自己身上，却再也流不出眼泪了。猪母仔说连买棺材的钱都不知道在哪里。

咏美听了，拿出些钱给躺在病床上的猪母仔，猪母仔还迷迷糊糊地不知何事。

依哦，我后头厝大姐来看你，钱袂乎宝梅去天堂……说着咏姿又哭了。

咏美原本要说的话也都全吞了回去，没想到妹妹比自己还惨，嫁的先生发了病，现正眼神呆滞地坐在门口上晒太阳。她对于自己的不幸似乎在这一刻全都包容了，由不得人啊，她想。

咏姿一定要她留下来吃午饭，说是黄昏时有台牛车要去镇上载货，你再搭铁牛车顺路回家就好了。咏美看妹妹背后婴孩哭个不停，也正好需要休息、喂奶，就答应了下来。说是留下来吃饭，其实就是吃她带来的鱼肉菜饭。

咏姿说，多桑难道不知道他为我挑的丈夫是个赌徒，家里都被他赌光了。这个鬼地方的许多村子一直有聚赌的性格。咏美听了凄惨地笑，心里感到一阵哀伤，因为你知道这不是多桑的错，多桑当时为他们姐妹挑的夫婿都是一时之选，但谁会知道今天，她也不知妹婿是什么时候染上毒瘾和赌博的。

第一次听到毒时，还以为是鸦片。咏美记得祖父有抽过鸦片，但咏姿说的毒像是一种奇怪的白粉，一染上就难断，最后倾家荡产，咏姿说着又叹了口气。

艰苦相思

45

长达二十多年的时间，整个小镇、整座村庄几乎在轮流办葬礼。家家传出喑咽哭声，尤其暗夜里，随着防风林的风来回摆荡的啜泣声更让人难眠。

舒家阿霞的外省老公中校看得啧啧称奇,他说,我的亲戚都还没死在这座岛屿,我真不知有死亡这件事呢。

阿霞听了扭起他的耳朵,害他疼得哇哇大叫。

你找死啊!说这种风凉话。

我没说风凉话,我是说真的。我也很想有祖先可以祭拜啊,你看我多孤单。清明节时,没个亲人魂魄可说说话。

那我死了,你就有亲人了。

唉,你瞧你说这什么气话啊。

正说着,见咏美买菜路过舒家,阿霞忙要老公滚回屋里,免得咏美看了他颇碍眼,尤其是听他那一口乡音。阿霞是好不容易才学会半听半猜这语言的。

葬礼上,道教和佛教吵,一个荤食,一个素食。

有媳妇不能受洗,因为日后要拜公妈,要拿香。咏美仍是民间所以为的那种佛教徒,持香拜拜,和亡灵沟通。道士对咏美说人有三条灵魂,其中的第三条是幽灵,跟着尸体走。七七四十九,七天做一条魂魄。最爱和最厌者勿来,灵魂会很执著,无法脱离。许多亲人乡人当年要咏美不要冒然去台北收尸,都说台北那么大,你哪里找得到所在,何况尸骨也不知被丢到哪了。只有西娘要咏美带着大女儿桂花北上寻尸。

在那趟通往台北的伤心列车里,咏美在车行途中,肚中孩子一阵脚踢,她一时感到十分疼痛。冒着大滴的汗,用手抚摸肚子,心里说着,孩子,我将以父之名再次还原你的生命。

那时候,锺声还曝尸在城内荒野时,咏美在倒退的风景里,却已暗暗决定回去后将所有的孩子都改名。锺诚、锺央、锺心成了孩子的名字,唯独这个肚中遗腹子她却执意取名锺声,父子同名,稀有之景。桂花不愿意变成锺华,她坚决不想改,咏美遂由她。婆婆西娘可以了解媳妇的苦,借遗腹子遥想丈夫,也无不可。只是她自己有时恍惚时也错乱了,以为叫锺声的孙子是自己的孩子,自己的孩子还没有被枪决,自己还正年轻……常常直到咏美出来抱小孩了,西娘才从午后的眠梦里惊醒,锺声这个孩子已经走了,她连用杖敲他木棺以责斥他让白发人送黑发人的机会都没有,她只记得他最后在斗六车站的身影,瘦削而脏,满脸胡渣,眼睛却炯炯有神,毕竟是她的孩子,从那目光就看出那是她的血液印记,革命个性的覆辙,但那锐利眼神炯炯目光到了第三代就愈发模糊了。

46

那年冬天，咏美生下这个还在娘胎就被枪杆打过的早产儿，也就是也被命名为锺声的孩子，以父之名。未久，咏美伤心地发现这孩子有一条腿是弯曲的，站不太直。有人就说伊命真韧，在阳冥界交替的母胎时，牢牢记住被枪杆子打过，痕迹终生不灭。

咏美对亡夫的伤痛全凝结在这个有残缺的孩子身上。（但他身骨幼小，终生娶不到老婆，且酒不离身。这个也叫锺声的孩子丧志，日日喝酒喝到茫，被人叫伊酒空仔。床下常被发现都是酒瓶。他一生唯一值得被歌颂的事也许是他还在通往人子成形的冥途时，遭军人用棍子袭击过。他隔着母亲的羊水感到那股袭来的阵痛与惊吓。胎儿的耳朵十分灵敏，酒空仔在出娘胎前听见许多声音，如流水来去、怒吼、叫嚣、哭泣、耳语、哀嚎、鞭棍声。）

咏美很后悔把这个孩子叫做锺声，她本来认为是一种纪念，但不幸地成了命运的复制，幽魂的枷锁。

咏美在发现孩子有缺陷后，生活反萌生力量。她自从过了伤痛嗜睡期后，倒是撑过来了。

西娘请人帮咏美订制了一个大木箱柜，上层镶有玻璃，下层隔以多格抽屉，里面装有许多日常用品。一路摇着拨浪鼓，发出声音告知卖杂细者已到。

胭脂、黑人牙粉、白人鞋油、火柴、布匹、明星花露水、感冒糖浆、针黹包、钮扣、饼干、糖果……大木箱柜挂在脚踏车上，咏美头戴花巾斗笠踩着脚踏车，她总是先去妹妹咏姿村落，准备一落物品给妹妹后才沿街摇鼓。她一度就这样成了查某卖货郎，等到孩子大了些才结束了移动，转而定点开小铺子。

小村有民生物品小店铺，都是她这个锺家媳妇当年开来度日的，供应小村紧急需索的酱油盐巴味素土豆（土豆：花生）油，蜡烛火柴草纸煤炭，哄小孩吃的糖果饼干蜜饯冰棒，解男人瘾的烟酒，除此没有特别的东西了。连蜜饯都只有红芒果干和黄凤梨心干，吃得小孩红唇若血。没有红唇膏可抹的少女，为了增加唇色，会吃片红芒果，让唇看起来红艳如夕霞。这婶婆日日躺在藤椅上，像是一尊材料缩水的雕像，无论冬夏常盖着一床油得发亮的鸳鸯戏水棉被，鸳鸯棉被多是当年得自新婚礼，她们盖了一辈子却不知鸳鸯宿性是年年换伴侣。咏美精瘦的脸上挂着凹陷的眼，有时来买东西的人得自己去找东西，然后摇醒她收钱，或者直接记钱在墙壁。

其余物资流动小贩可补足，像是每日来卖酱菜的摇铃推车，卖皮带、卖草帽、卖桶子的徒步郎会定时来到小村，还有标榜什么都有的货车杂什郎，至于修锅鼎、修破碗、修丝袜、修鞋、修纱窗、磨菜刀等流动小贩更让她们不需离开方寸之家，她们的世界很近，都在眼前。

慈母泪痕

47

大女儿桂花愿意在表面上被改成锺华，咏美想的是这样再也没有人怀疑他们锺家的政治正确性了吧，他们心向中华民国，连名字都可以是中华的谐音，这够忠诚了吧。但实情没她想的那么简单，当更名成锺华的桂花国中毕业后以榜首考上台中女中，却因父亲一案而被排挤时，咏美气到心颤，整个人发抖，躺在床上心痛至任黑夜降临。当晚她把女儿叫到面前说，你还是叫桂花吧，阿母会永远记得你刚出生时整个院落的桂花香……别哭了，阿母会替你安排出路，你要勇敢，记得多桑生前跟你讲过的话吗？只有你自己坚强时，别人就拿不走你的意志。

周日，咏美上教堂时，将桂花被学校排挤的事告知了传道人。美国教会传道士愿意帮桂花申请学校与护照，咏美听了十分高兴，她希望资质如父的长女可以出国留学。

桂花就这样成了小留学生。

送行桂花是咏美一生里的第二度重大伤痛，那种伤心悲痛无法言喻。让十五足岁的女孩子一个人到美国读书，你真忍心？许多村妇都觉得咏美疯了。支持她的反而是婆婆，西娘告诉她，亲情是永远的，距离不是阻隔，但学习只有这段时间，错过难以重返，让桂花去美国读书也许是一种勇气，一种智慧，母女情应该勇于暂时割舍。

出发前，西娘请镇上的木屐师傅为桂花订做一双美丽木屐。

阿侬，桂花去美国穿不到木喀（屐）。

穿得到穿不到是桂花自己的兴趣，但我们不能不准备个纪念物。

西娘认为木屐最好了，木屐可不是东洋物，它是道地的唐风产物。女孩子穿木屐身线美，踩在地上，每一声都是相思。

你大官（大官：公公）已经过身，不然他是最好的木屐师傅啊！

订制时，西娘亲自画好图样给西螺镇上的阿成仔木屐师傅，还叫咏美去监工，桂花也爱跟去，她不是穿草鞋就是布鞋，可从没踩过一天的木屐呢。

48

在天井下，阿成仔木屐师傅将山黄麻木等木料粗胚搁在桂花的脚下量尺寸，这粗胚早已晾晒在太阳底下十来天了，木料坚实，散发可喜的木料香气。曾经是桂花父亲好友的阿成仔师傅接到西娘的订单很犹豫，他知道自己是个逃脱者，他拒绝锺声对他灌输的马克思思想，于是他得以苟活至今，但他的心底隐隐哀伤，因为他在心理上是支持锺声改革的，但他自认没有胆，也没有智慧，他只有好手艺而已，他只能安分做个乡下人。

阿成仔用刨刀刨成适宜桂花脚板的模型后，他仔细地以砂纸磨着木边，木板边缘露出如女人多脂油臂膀般光滑线条，刨刀仔细地刨平表面、屐跟等棱角。仔细地将油漆涂上木屐木料上，待干后，钉好木屐耳。接着，阿成仔就按西娘所要的"竹子与梅花"绘图，将竹子与梅花彩绘在木屐表面。

拿到木屐的那日，西娘拐着小脚带桂花去镇上吃肉圆配姜汤，然后还去吃了碗梅汁杨桃刨冰。

同时去戏院看了场电影，片名叫《女性的复仇》，早慧的桂花一看到这隐含个体生命意涵的片名就猛对阿嬷点头，说想看。

她们祖孙俩在戏院看着女性如何复仇，心里十分畅快。在黑暗中，西娘取下手腕上的玉环，将镯子往孙女手上套去。

记得这一日，西娘在影中人的复仇声中对桂花低语。

祖孙俩走出戏院，夏日的天色已转为大蓝，她们在四妈宫前看见一个腿疾者在卖奖券，小小的奖券告示牌写着："一券在手　希望无穷"，西娘掏了腰包将小贩的奖券全买下。

欧桑（奶奶）心地好一定中奖。

西娘笑笑摇手说,我只是买希望。

西娘将奖券搁进胸口开襟处,如宝贝般贴着身。

桂花抬头望着蓝色天空,这时西娘招了辆三轮车。她们坐了上去,一路天空更蓝,星月降得很低很低,木麻黄不断退后,将蓝色切成一束束的乡野梦幻。

在往后桂花的生命里,这黄昏故乡的最后大蓝天色,竟成了她梦中草枕里永恒的天空了。

49

那日返转锺家大厝后,咏美早已准备了几道青炒,还从菜橱里取出腌渍物,从零食篮取出几片腊肉。当然也从柑仔店里拿了好些瓶弹珠汽水当作"开香槟"来庆祝,晚餐特地允许所有的锺家各房孩子们自己开汽水或是可乐喝。那七星汽水与百事可乐冒着泡,简直像是星星满天,孩子们都觉得桂花要远行带给了他们无比的快乐。电土灯下,每张孩子的脸都捡回了消失已久的欢颜。

孩子们一起看着桂花在大厅前走台步。

桂花试踩竹梅木屐,木屐将她的美少女身形拉得挺直,西娘看得热泪盈眶。隔天,在锺家稻埕前拍下大合照。教会的美国传道士大卫派来接桂花的车子驶进锺家稻埕,下午时光所有的孩子放弃绕着桂花转,转而纷纷追逐起新奇的车子了。

祖孙俩怀抱了片刻,西娘知道桂花这一去,于她是永别了。

咏美望着远去的汽车,则遥想起那个搭火车的时光,她叮嘱桂花无论看到什么事都不哭的严肃下午。听话的桂花,睁着好奇的滑溜双眼,来到台北城,看见躺成如西部海岸线的父亲,她没有哭。

咏美知道往后的桂花在异乡也不会哭,她的泪水已属于前世,就像住在海边的她一般,海水已看过太多死亡,太多伤心光阴的摧残。

但桂花一度害怕火车,害怕火车通往的城市。

那里潜藏着她最深的一道伤口,她小女孩的心里强行被搁置了岛屿百年来的动荡与倦怠。所幸桂花和父亲之间似乎绑着条爱的电击,只要一扯动思念,整个神经就会被震动,奇特的是这个爱的震动却足以免于她被人间藩篱所带来的绝望伤害。因为她知道父亲是为理想而死,为信念而亡的,死亡比爱强大,于是连父女之爱都不足挂齿,爱不是微不足道,而是超越了爱的执著本身,这就是力量。当然能够这样想,如此地释怀,已是时间过了许久之后。

往后桂花自创一种不需要情人的完整爱情。

帮助我好好死去,父亲的死亡暗示,桂花想。

那一天,还是个大孩子的桂花在父亲即将被放进简陋的四片木棺时,她偷偷拔了父亲的一绺头发,她把头发藏在口袋里,无人知晓。

父亲的发丝被她用布包好,随新护照飘洋过海。

新护照下来时,每一个村人都跑来看,大家都好奇美国护照长什么样子?

看啥,ABC 狗咬猪你识喔?看懂喔?

至少看西洋字护照生作啥米(啥米:什么)款(款:样子、种类)啊?

青色皮,爱贴相片啦。

阮一世人无曾摄过相片啊。

护照内里是写啥?念一下念一下。

姓名锺桂花,出生地 TAIWAN ROC。

哇,真厉害,烙英文,台湾英文叫做太弯,哪发音和中文同款?那英文真简单嘛,台湾叫太弯,啊桂花英文名嘛是叫桂化。她舍弃后来改的什么锺华之名,她想这名字真是俗死了。

台湾我知,啊 ROC 是啥米意思?

中华民主共和国。

你不要念错喔!有人听到"共"字很敏感地往四周人群瞧了瞧。

桂花猶搞(猴),莫怪泼猴爱走动。

啊你青瞑是尬人赶闹热冲啥?

青瞑郎咁叨眛摸!(大意是:桂花别怪他们乱动。你一个瞎子来凑什么热闹?瞎子别乱摸!)

大家聚在锺家祠堂大厅前,传递着桂花的护照,你一言我一语,连眼盲的青瞑公都赶着来摸摸护照的封面纸皮。这个村人集结一起的盛况纪录一直到阿姆斯壮登上月球电视转播的那日才被打破。

桂花离开后,咏美总习惯在黄昏时仰望天际,那时候总有飞机掠过上空。尾翼扫过一抹白烟。她思念夫婿的心自此转成思念女儿,和她一起当未亡人的女儿,曾面对父亲血块干涸的尸体,一个大孩子已懂什么是收尸,什么是伏法,什么是枪决，什么是送行。

咏美后来开杂货铺为生，且有了洋烟洋酒洋物，可以零买几根烟的贫穷年代早已丢得老远。

那些新奇的外国字，是乡下新一代孩子追逐的东西。咏美杂货铺在乡下仍是一间发亮的物质之屋，毕竟商人不愿来到这不满百人的小村落开店，咏美成了永远的老板娘，永远的零售商，永远的开喜婆婆，带给一代又一代的村里孩子很多的甜美记忆。从湿黏的糖果、梅子、橄榄仔、夹心饼干到乖乖、义美、欧斯麦、养乐多、可乐、汽水、冰淇淋，主人在，铺子开。咏美小铺继续迎接新时代，薇琪矿泉水、油切茶、活氧水、拿铁咖啡、啤酒、威士忌……

咏美终于愿意承认她的夫婿早年信仰的社会主义是彻底失败了。

人不在乎公平正义，只剩权力物质欲望啊。

这一切发生如眨眼般地快，不论惊天动地或者平凡无奇，一切都像仅是眨了个眼。

50

自锺声过世后，咏美杂货铺倒是常收到没有附上地址的奇怪包裹。包裹装着许多物质，小孩衣服、文具、书籍，甚至有时候会在衣服里夹着几张钞票。她不知道是谁寄来给她的，她想也许是上帝。

她早年和锺声都是教会教友，锺声当年认为西化的进程可以帮助台湾迈向快速建设，快速把台湾立于领导地位，从而解放对岸祖国。解放一词，在他的观念里或许和整个主义有出入，但他认为整个社会需要迈向自由、公平，没有对立与充斥物质空洞的东西。于是在宗教上，无神论的他也选择比较靠近基督教，但他喜欢的是教会的组织力量。然而他还没运用到教会的力量，他就被上帝召回了。咏美一度走到团契，其实只是怀着悼念亡夫心情，和什么西不西化自是完全无关。但也因为教会，才让因为父亲的缘故而出身不好的女儿桂花能够到外国开始过新生活。

咏美也常想起孩子，这个和她共同渡过艰辛时光的大女儿。

起先几年她都会收到从美国寄来的信，桂花写的思念手帖。但这几年渐渐地已经不太收到她的信了，只是偶尔托来台教友带来几句话，要母亲免牵挂等语而已。

咏美在日渐迟暮里,学会渐渐不牵挂了,她知道牵挂就像古厝墙上的铁钉,早晚都要锈蚀,锈掉的记忆也将是如此地无用。

雨水落抹离

51

咏美杂货铺一度曾挂着耶稣基督的圣像,此是整座小村最为独特的一景。

一九七五年四月之后,绝大部分的人家家里都挂着伟人肖像,唯独咏美死也不肯悬挂那张在她眼里是杀人魔的光头肖像。

很多人劝咏美挂了好安心,挂一张光头肖像也不会死,还可伪装忠诚。

咏美摇头称谢说,我这个卖杂什妇人能变出(啥米:什么)?我不懂伟人,但我认得死人。

咏美一生看过太多死人。

渔家女,离死亡很近很近。大海每天都涌上鱼的死讯。海如慈母泪,最柔软也最刚强。渔村,台风天漂来漂流木,果园的果子掉落,家里客厅还漂来了鱼群,挣扎,跳跃,惊恐。岸边停满了船,台风前,船夫们在家了,台风天还没进来,天飞得好高,男人仍在船上聊天,喝酒,有的在染渔网,用一种薯榔的颜料,此染料可使线更坚固。小孩从甲板跳至水泥岸边,像麻雀般跳上跳下。

夜里,船撞击岸边的声音。

母亲忙着把木板档在屋子前,以防海水倒灌。

烧煤,物件一层灰黑。

导引火力发电厂的水,圈成一个水池才注入海水,水池形成一个漩涡,小孩跳下去会被强大漩涡弹起,众人都觉得很好玩,贫穷孩子的乐天堂,不知危险。

但有一回六个小孩到晚上还没回家,大人出去找才发现一个小黑影躲在船边。其余五个小孩不见,小黑影小孩从船边站起,哭啼他回头就不见其他的同伴了。

他们都没有被水力弹起。孩子随着水流向大海了。

村子里很长一段时间笼罩在愁云惨雾里。船只经过那个地带，都会听闻小孩的哭喊与母亲的呜咽，咏美熟悉那种伤心的声音。

52

当时的死亡和整个空间感都有神秘性，少女咏美会潜水，看着滑进大石缝间的鱼，那样的蓝，她后来就是在绘画的世界里也不曾再见过那样的蓝，童年大海的蓝。她对水有种奇特感，一边是险峻山崖，一边是海，有条沙滩小路常被海水淹没了，以致消失了海和小路的界线，感觉像是踩在海的表面行走。

她成了基督，可以在海上行走。

当时晚上常传说有匪谍出没，或有鬼夜行，鬼穿着白色衣服。她见到某人竟跟所谓的白衣鬼打了起来。常见漂来水流尸。村落凝结着一种奇异的氛围，大人围在尸体前，等到她挨近了，尸体已经包着草席。有一回她跑快了，见到尸体，被吃掉的眼睛空洞洞地挂在一颗头颅上。每周会有定时到每户人家补药品的人，那时的邮差还兼卖爱国奖券。远足，走火车铁轨，经某隧道，看见一个水池被铁丝网围起，她也会好奇特地绕去看，她对水有奇异的感受。渔村有两次的自杀事件。一次是女高中生爱上老师，从面海山上悬崖跃下。还有就是弟弟不知怎地染上了嗑药，心脏麻痹走了。母亲哭得声嘶力竭，父亲悲伤到无法再出海，而妹妹咏姿疯病发作，这后头厝竟就孤绝了她可以倚靠的后路，她成了没有娘家可回的可怜人。

但咏美常怀念起海，想看海。

童年夜里听父亲的船归来，噗噗噗，引擎搅动海水的声音，喧闹却安然的声音。

白日她一个人专注地在岸边捞着鱼，望着水草晃游……那世界像是剩下自己，那种绝对的孤独。

咏美永远记得台风夜里，一个人看着漫进屋内的海水，美丽的恐惧。

咏美离开了那里，永恒的青春之地。

十八九岁青春就结束。

咏美听见了新娘悲歌。

寄语夜雾里

53

  春雾大，少女花叶在淡蓝山岚里望向空旷广场，她想明日天晴至可晒死鬼了。隔日杂货郎就会摇着铃来到小村，隔日花叶醒转，竖起耳瓣，果然听见杂货郎的卡打车铃声悠晃停在锺家祖祠。她拎着一双肉色丝袜，到杂货郎摊上补丝袜的一丝裂缝。这补丝袜的摊贩师傅记得她，记得少女时的她曾站在街上，在学生队伍里挥舞旗帜，为军人出征唱歌。他记得她唱的特别高昂浑厚，分贝突出在整个队伍里。"一定凯旋归来，勇敢的誓言啊，没立功怎能言死……"他看见她的脸孔因激昂声量而波动着，月弯形的刘海下如海的瞳孔，海洋闪烁银光，像是他即将要行经的南洋，要出发的远方。补丝袜的师傅那时也还年轻啊，行经少女学生队伍的他当时望见花叶的那座炽热海洋，他曾经想，要死也要死在这片海洋啊，娑婆海洋，雷声隆隆，春雨阵阵。

  现在少女已经变少妇了，没有月弯形的刘海，黑发海洋下，尽是罗织着恍如砺岩的神色，整个人像是包裹的茧，木然而沉默。

  花叶不记得她曾为眼前这位师傅从军送行过，她送过太多为天皇卖命的岛屿青春汉子，有人生有人死，她从不想去记得任何一张陌生男子的脸孔。她当年立在人群高歌纯粹是为了自己的欢愉，她喜欢那样的场面，带点激情似的秋天诀别。就像她和同学去收废铁罐，敲掉庄园大户里的铁雕花窗，或者割马草送给军马、缝千人针……，绣花裁缝打板编织，埋头忙这些事，不是基于爱国心，也不是基于眷顾这些离家男子，她纯粹为了自己存在的愉悦感，这种活着的感觉，热腾腾地燃烧着少女花叶的心。她甚至一度把日语当国语讲，改日本名，也曾一度很热衷时尚生活，少女时的她活着时是如此地现世，结婚后，她却如上了层胶，不再眼观外界，活着纯然只观自己。这说到底，还是如出一辙，花叶是一个为自己而活的女人，她可以很温柔也可以很无情，许多村人嘴上都这么说着。

  她仔细地盯着丝袜师傅在肉色丝袜上的缝补技巧，这双丝袜不慎钩到门口铁钉，唰了一声，她往下一望，心里一沉，哀嚎一声。自从丈夫被关后，能讨她开心的世界仅剩美丽物质与孩子伯夷、若现和绍安了，她知道她是个彻底偏心的母亲，没有理由的，她也不明白。

　　就像她早年偶尔和锺鼓去郊外认识他喜爱的自然世界时，她总是呵欠连连，而锺鼓总是兴奋的像个孩子，东指西指，拾起无患子给她看，黑亮的籽，有它自此无患。每一片落叶每一粒种籽他都惜命，这座房子四周的植物大都是锺鼓亲植，只要她推开窗户，就可见到色彩，见到生命。直到有一天锺鼓消失了，他去了另一座名为绿岛但却不见他心中的绿之岛。她也不再推窗了，她任屋外植物枯萎荒芜。

　　她遁逃到装扮里，移动车小贩会来兜售二手女性杂志月刊，她喜欢看很多美丽的时尚杂志，听拉日耳（拉日耳：收音机）广播的戏，这个机器宝盒里的世界比外面的争掠屠杀要来得干净而可喜。虽然女人的世界是一场又一场的隐形争掠，但属于花叶世界的依然白白净净，她不属于这尘世，虽然她的美丽曾照耀了这尘这世。她的美丽可从锺家一本相簿里看出，那是十三岁时尚未染上烟瘾的她在相馆里拍的一张沙龙照，她穿白色洋装，头戴印象派雷诺阿笔下那种看起来出身良好人家的少女宽帽，齿贝如钢琴键，双手凝脂如月，整张脸的五官小巧如精工。

　　花叶一直认为自己的前世住过雍和宫，许多人问她雍正皇帝长什么样子啊？她总是笑而不答，只说夏虫不可语冰，她是贵族，是上过学堂的，她学过茶道、花艺，甚至还练过剑道，唯独忠贞与顾家的妇德她不怎么在意。

　　花叶特别讨厌虎妹，那种在极地能够剽悍营生者实则让她害怕，她将那股对虎妹的畏惧转成极度厌蔑。

　　花叶媳妇虎妹十四岁时必须夜晚走十公里路去捡拾生火碎煤、碎炭、碎木，或者到田里捡小番薯，到市场捡西瓜皮、鱼尾、猪皮等谋生之苦是花叶无法理解的。她的苦是比较精神上的，尤其是锺鼓被关的那些年。到了夜晚，她觉得这世界冷酷而无情。那时还没有情欲这个词，若有的话，那么至少她会知道捉弄其苦的究竟是什么。但她不明白，她只觉得躺到了孤寂的木床上，那如焚火烧着她，烫着她，她常无法入眠，以为这世界最寂寞者非自己莫属。

　　于是她精通美丽的延长术，但美丽无法延寿。

54

　　廖花叶在十几岁从云林小山城嫁到平原尖厝仑，她坐着轿子，一路被人抬着走进锺家的茶埕,那时锺家除了种稻还买卖茶叶。很多人都恭喜廖花叶的父亲,说他为自己的闺女找到了好人家。但结婚那日,廖花叶坐在新娘轿内,却老闻到一股奇异的尸臭味,她被那气味闷着,她碍于新娘的衿持,什么话都不敢说。那时锺家其实已经显露了败象,那种掩盖在华丽织锦下的败象只有廖花叶闻悉得到。但后来有人听廖花叶说起当年事,咸说那是之前挖了粪池罢了,或者是连续下了六十七天的梅雨后,乍现几天的高热高闷将掩埋的臭气潮湿给逼了出来。

但总之,廖花叶结婚的那天天气是放晴的,是亮的。

梅雨季的雨下得没完没了时,曾经廖花叶以为这是一场不被祝福的婚礼,但绵绵大雨忽然在她的婚礼前三天止住了,且洒下一片金黄时,廖花叶笑了。许多人都以为这是廖花叶一生当中唯一笑的最灿烂的一回。

她的父亲送给锺家二十八银元的嫁妆,为了怕闺女被锺家看不起,所以就是穷也得去借这笔钱来。二十八银元据说还是为了数字的吉祥,二是成双成对,八是发的谐音。这笔钱一直到廖花叶为锺家一连生了三个儿子后,廖家才将之还清。

有算命仙在锺家因为二二八延续的清乡事件而导致四个儿子枪决或坐牢后,就来个马后炮说起这二八是不吉祥之语,二加八是十,十也是一和零,注定廖花叶要孤单一生。

廖花叶嫁到锺家后,最先败坏的不是锺家,而是自己的娘家。有村人说花叶哪里是什么贵族,不就是有几分恶土荒地的地主女儿。

花叶的母亲是没读过书的女人,是那种老公做什么她就做什么的女人。花叶唯一和母亲学的事是抽烟,起先她从来不知道什么叫瘾君子,也没抽过烟,不知道饭后一根烟快乐似神仙是什么境界。直到有一天,她那大半人生都在种烟叶、熏烟叶的母亲在阴暗中叫唤十三岁的她,来阿母这里。她闻到烟味,很迷濛的空间,她见到母亲穿着斜襟开口蓝衫衣,跷腿坐在熏烟叶外的长廊下吞吐着,大口白烟随着一束阳光风尘袅绕,那时她在走廊的尽头望向母亲,心想,母亲好美啊,那神色那姿态,她着了迷,将母亲递过来的烟叶也大吸一口,却呛得泪水直流,随后竟产生了甘美与舒适宽松的感受。之后,她就迷上了烟。花叶嫁到锺家后,有人见了因为抽烟而显得瘦削的她就说伊简直是当年呷昏阿嬷的翻版。

一分地分配二百五十公斤烟叶，廖家有上甲山地，他们在每年稻田收割后休耕空档约八九月时节，向株式会社申请烟苗，草绿稻穗转眼化成墨色绿浪，在十月来临前完成烟叶采收，之后就是日以夜继地熏烟叶，在烘焙室里常常被熏得两眼昏花，有时年轻男孩女孩禁不住睡虫吃咬打了瞌睡，忘了将烟叶翻面，烟叶烧焦也是常有的事。除了花叶之外，廖家人一生都在稻田和烟叶的两端里劳动，在稻与烟叶的空档，许多人都得出外当采茶工、插竹工、割笋工，唯独花叶免去了这些艰苦事，父亲骄纵了她。

　　在稻田休耕时节，短暂改种烟叶的廖家祖上是有头有脸的读书人，养出日日紧闭房门在躺椅上抽大烟的后代，许多人见了不免有点感慨。

　　然而身处这座寂寞半山城，花叶日日眺望窗外蜿蜒错落着黑瓦的矮厝，平地的稻田与山坡的茶叶交织的田园景致却吸引不了她。那些在山头移动的采茶少女，碎花头巾陷在绿浪里，这种无以言说的劳动，看在花叶眼里无疑都是苦的。

　　少女花叶想去城市看大千世界，母亲听了总骂她骂得臭头，听说台北有洋楼汽车百货，还有看不完的杂志，不若她收到杂志时都已经是过期杂志了。

　　父亲执意把她嫁给说是门当户对的锺家后，她烟就抽得更厉害，两只眼睛弥漫着淡黄，手指也是一片枯黄，瘦削的颊骨上挂着大而空洞的眼睛，少女清澈的瞳孔日益蒙尘，她眼下的生活好像只剩下抽烟这件事足以抚慰她。尖厝仑一听就是落后至极的小村，她想，自己的城市梦断了。

55

　　起先干扰廖花叶的是生活在陌生大家庭的不习惯。她感到孤独，起初一个人时总是在门里躲着，活在她自己的世界里，赖在木床上抽烟、发呆、翻过期杂志，要不就是入了夜后等锺鼓爬上她的身体。她总得惹婆婆西娘不高兴了才愿意出来活动活动，她自愿一周去东门市场一次，这样可以顺便去镇上逛逛新事物。

　　廖花叶的妯娌之一是锺家蜜娘那一房的媳妇宝莲，她最早是西娘买来当作查某娴的，长至少女后却出落得十分美丽，且与锺家蜜娘之子发生了感情，于是就让她直接嫁给锺家。因此这宝莲反而和婆婆倒像是母女般熟悉，不若廖花叶感到自己是个外人。大媳伊娜却又是冷调性的人，谁也不热络，和廖花叶亦然。

　　嫁给锺鼓的廖花叶其实气质闺秀，带着贵气，和宝莲的美艳俗味很不一样。

但花叶这人有点阴冷，且不会持家，更不喜欢到处走动，结婚后仍常见她一个人窝在房里读租来的日本小说，或者是《女性俱乐部》和《女性》等日本杂志。廖花叶在父亲亲自督导与刻意培养下，也读了好几年汉学和日文。事实上这场婚礼是媒人金生嫂牵的线，金生嫂要廖家和锺家约好双双去庙里拜拜，然后要廖花叶躲在庙的卜卦间偷偷相看。廖花叶带着婢女和三位好友共五个人，一起在卜卦间偷偷看一下男方。廖花叶透过卜卦房的木窗缝隙，仔细盯着在庙殿泡茶的渔观与锺鼓和自己的父亲品茗谈笑。廖花叶清楚地看到了锺家学中医的锺鼓清瘦优雅的模样，那一刻心里隐隐感到自己的命运似乎已经产生变化了。在那一刻旧世界一切再也回不来了。（后来有人就把他们俩的八字拿去一间拜吕洞宾的宫里合字，扶鸾乩童说这两个人前世是父女，缘结下了，怎么样也跑不掉了，花叶想他们总是这样以前世为由乱点鸳鸯谱。）

　　有村民对渔观说，汝没听过娶某看娘勒，买田看田底啊？这花叶的娘大烟可抽得凶呢，脸色蜡黄如土，肝肺都抽老了，听说咳出的痰黑得都可以拿来写毛笔字了。将来这花叶不也是活脱变成伊娘模样。

　　话传到少女花叶耳边，她笑着想，她才不会和母亲一样呢，抽烟不会把她的脑和心都抽黄了吧，何况我是要去大城市看世界的人。（但花叶第一次到台北距离她少女时期已经过了四十多年。这漫长的四十多年里她甚至没有离开云林，除了到台北看病与看望孩子外，她躺着比站着的时候多，她不断地吐出孩子，埋掉孩子，送走孩子。她忘了自己是何时才结束那没完没了的怀孕和分娩，分娩和怀孕……的母猪时期。锺鼓坐牢的那十年她的肚皮才有了休息，但她又被欲望和寂寞折磨着。）

　　南方下大雨的黄昏，眼见自己陷在阴暗老宅时，她会感伤地取出床下压箱宝，仔细翻出物件，欣赏着自己的昔日倩影。结婚时穿的橘色丝绸凤仙装，结婚前母亲为她准备的黑布裙产子衣和煮饭裙。产仔装她用了许多次，煮饭裙却还簇新新的。.

　　她是一个不会照顾孩子的母亲，时常放纵自己与溺爱某些孩子，对外人也颇苛刻。还有她可恨死所谓的革命，从新加坡回国的弟弟廖朝永是唯一和她亲的娘家人，弟弟因她认识锺声，加入读书会之外，竟比锺声还更热衷政治，组成了自治联军，有回他准备从二仑前往梅山的途中，遭国民党军队发现而当场毙命。这个朝永弟弟和她亲，但却因革命早死，她的娘家早已是风中之烛，父母因染赌迷烟，散尽家财，她想起总是心痛。日后丈夫锺鼓送绿岛，这让她的心更加封锁与扭曲。她生养众多，死去与送走不少。她的女儿秋节、秋妍是以美色闻名几里外的大美人，但她不知为何见了这两个只差一岁半的姐妹心头总是不祥，好像她们的美色随时会消失，她疼爱这两个美丽的女儿，也溺爱大儿子与幺儿。但村人也都知她讨厌三子若隐和送给镇上妓女养的女儿罔市。若隐和罔市也都长得不错，遗传花叶美丽的五官与父亲浓密的黑发，但花叶就是不爱他们，没有理由的不爱。

她是一个奇怪而独特的母亲。

旧皮箱的流浪儿

56

一九五六年咏雪的孩子出生两个月后，在饥荒年代她偷偷送给糖厂有着外省口音的刘厂长夫妇，但很快双方就失联了。她希望在死前可以看这孩子长成什么样子了。她暗地自己偷偷打听，所幸在她死前见到了这个只在她怀中待了几个月的孩子，而且她不知道原来这孩子离自己这么近，他就是一直被叫外省猪的刘雨树，刘中校的养子。起先她不敢说的原因是她把孩子给外省人领养，将来这孩子很可能是大骂台湾的原生种。

那年头有多少人将孩子半送半卖地给了当时在糖厂当官的外省人？咏雪不敢想。谁叫那一年台风过后，好不容易种了许多的甘蔗，却被几头山猪刨掉了所有抽长的甘蔗与其他作物。

有人建议改种大茎种甘蔗，收成才渐好。水稻、甘薯、豆类、玉米、西瓜、花生……后来有种籽却没了雨水，荒旱使他们弃了租田的想法，总铺师老公决定移动人生，四处办桌，但喜事少，丧事的办桌却不断。

那年头多少母亲背着罪恶。不见落跑新娘，只见落跑母亲。送子弃子杀子，母亲之罪。婆家厌女，家里容不得多一张女嘴分食，这都让她们从产房闻女色变，暗夜落跑。

下田劳动孩子在田里哇哇坠地，女人还没从疼痛里回神，男人阴影随至，有人勒死了女婴。女人见了惊声尖鸣，但已唤不回，无主尸骸在桂花树下年年施肥。

古早贫困女人各有各的肚皮顾虑与伤心故事。

57

咏雪当了送子的母亲，则要从糖说起。

糖很阶级，糖很高级，这一切都因为糖。糖心机深，糖是钞票，糖让她投降。她嫁给糖厂厨师，望着满园绿意的白甘蔗田，以为这世界将美好。却不知饥饿如狼尾随，狼牙尖尖，毫不松口。她只得把即将被饥饿之狼吞殁的红婴仔送走。

饥饿的力量大，大到足以拆散母子，让她成为一个送子的母亲。

那是歹赚呷（歹赚呷：难赚钱糊口）年代，被破败渔家父亲送走的童养媳咏雪长大了，她的心忽然被骚动了，日日心痒。某天她正蹲在大拜拜的庙前水盆下洗着碗，年轻的大厨正好从厨房炒菜的空档走到庙前抽根烟，他看见眼前这双黑白瞳孔，晶亮如水，这眼神让他着迷。他从台南到这云林偏僻小村落，完全不知人情世故，仅死盯着眼前这个年轻女人。辗转打听得知她是人家的媳妇仔时已难收，他的眼睛后来老是跑到庙前的厨房旁，望着这个瘦弱的美丽背影。

为了咏雪，这穷厨师付出很高代价，他用所有的积蓄来换取爱，将她从别人家的未来媳妇里夺回，夺回的方式还包括先让咏雪的身躯属于他。然而穷在罗汉脚时还不是问题，穷在一家子里却成了大问题。爱萌生的力量在结合后开始凋萎，他怀疑自己是否错估了爱的力量，否则为何要将心爱女人子宫孕育的婴仔送走？但孩子在眼前已经几个了，孩子如狼地吞噬着他的骨本。这厨师日日抽烟，发黄着一双眼睛，原本目珠已然的褐色就更深邃了。

这咏雪的厨师丈夫来自台南鹿耳门，血统里可以见到被洋番羼过的淡淡印记，淡褐目珠里夹着一丝水蓝，发色也不那么黑，有人戏说他久远的高高祖母可能和随着东印度公司商船来的欧洲金毛郎睡过。风吹金发思情郎，高高祖母的故事化成了歌，成为岛殇。凭着淡褐目光里的那丝水蓝，咏雪日后轻易地辨识出失联已久的婴孩天使，她的子宫只是他的暂居之所，日后这孩子将成为岛屿人口中的外省牛，无缘的孩子却留有原生祖上的高额头褐眼珠等印记。（被咏雪母亲送走的孩子刘雨树长大找到母亲，揭开谜底。以前他老问养家刘妈妈为何自己的眼睛颜色和大家都不同？刘妈妈说这是上帝为了让你的灵魂之窗看出去的风景和别人不同之故。这说辞让雨树笑了多年。）

58

　　日本制糖株式会社在南方以虎尾为据点，甘蔗像是美国南方的棉花般遍洒，成了农人的甜蜜新希望。农人总是想，种在土里的籽总有一天会给他们劳动的生命回报。但他们一向天真，不知血汗收割的糖并不属于自己。他们和甘蔗一样，生命等着别人收割。（就像后来的六轻，财团轻易买走了海，抽走了水，留给他们遮蔽视野的风沙与弄脏鼻息的白烟，咳出浓痰的日与夜。）

　　伤心的日子总是很多。

　　殖民生活没有自由，国民政府来了，自由不仅没来，且贫穷还跟着来。咏雪不敢求助他人，大家自顾不暇。这时他们眼中的他乡天使现身了，领走了孩子，孩子有了新奶与新蜜，孩子有了活口。母亲切断思念，独留自己的午夜伤心，因为爱。

　　从中校退下来到糖厂当物料库经理的刘中校那日开着吉普车，这来自彼岸的男人和妻子在上海相遇，辗转再从上海广州香港一路来到他们当时眼中的恶岛台湾。在每一块地方他都尽力播种，但妻子的肚皮仍是静悄悄的，一个子儿也没有。这是恶岛，刘妈妈想。人人口中仍称刘中校的他想的却是：难道这一切是因为年轻时自己曾经车祸伤及了下腹，故从此没个儿子影。

　　打消生子念头后，刘中校开始留意周边年轻妇人。他见糖厂厨师妻子咏雪常到他们居住的眷村担菜卖着，姣好的面孔瘦削而清丽，吐露一种高贵的纯洁气息，他看她连卖个菜也不会看秤，胡乱卖着，常被骗也不知。年年见她肚皮消了又胀了，而自己的妻子却是肚皮平平。有天他就向属下厨师说，你的孩子如果养不起，我可以领养。厨师一直喜欢这位正直长官，觉得刘经理和其他空降至此的外省人不同，他话少严谨，不若很多外省人老是对他凶巴巴的，有次有个外省人还持枪故意在他炒菜时从背后以枪顶住他，吓他，害他菜差点炒焦了。把孩子给刘经理养，厨师觉得这点子甚好。总比要掐死孩子好吧，有了希望，有了生路。但唯一条件就是厨师要离开糖厂，刘妈妈不希望他们再见孩子。咏雪丈夫想，有了刘经理给的钱他可以自己开小吃店，然后好日子时还可以到婚丧喜庆办桌时当大厨，于是他们一家就和糖厂断了联系，日后，被称刘中校的刘经理他调，咏雪和孩子自此就是岛屿的陌生人了。

那年代，送子娘娘送来人间的孩子都在不同口音与姓氏中移位，玩大风吹游戏，身落何家无人知。

咏雪自觉仍是受眷顾的，长大的孩子自己寻她来，且予她晚年无憾。

早年她替糖厂日本人洗衣，接着替糖厂外省人洗衣，独独没洗过孩子的衣。她要雨树把换洗衣物交给她来洗。母亲老了还亲手洗衣？雨树不解，听咏雪解释，雨树就将单薄些的内衣内裤递给母亲洗。咏雪趁洗衣时，大力闻着孩子的体味，像是厨师在闻汤的吸吮样子。孩子的气味，溢满着她的思念。

失学的咏雪没有姐姐咏美幸运，也没有幺妹咏莲的任性。咏美恰好处在家里大丰收时期，加上聪颖，受了好的教育。咏雪读册（册：书）时，年年大寒不寒，人畜不安，又加上她也比较钝，多桑就不栽培她了。且说也奇怪，她特别不得母亲喜欢，有人说因为咏雪太美，美得让人窒息与不安。可惜咏雪不知自己美，也不懂美的本钱。有人来要咏雪，母亲就让她去当了别人家的童养媳。哪里知道去的人家虽有些钱，未来婆婆却十分苛刻，总说女孩家要早早训练好日后持家。于是咏雪透早（透早：清早）担水、生火、煲鱼、杀鸡煮糜、洗碗、洗衫裤、摇红婴仔……边背养家母亲生的小婴孩，边将佣人截断在后院的龙眼树枝柴丢进大炉，龙眼枝条烧成了黑木炭，可煮水可卖钱。

咏雪也曾一度渴望过上学，家事空闲时，她背着小弟婴仔，走很远的路，偷偷走到学校教室窗外听讲台老师的声音，有回小婴仔在花巾后面嚎哭起来，引起讲堂老师好奇走出，看着一双大眼的美丽女孩背着一个小婴仔在窗边听课，原本起了恻隐之心，但小婴仔嚎哭实在不是办法，遂告诉咏雪，回家吧，红婴仔哭会影响到别人。咏雪就走了，小脏脸冻在寒风的小路上，铁牛车和货车驶过，扬起的灰尘刺目，她揉揉眼睛顺势让泪落下，冰冷的目液（目液：眼泪）让她感觉生命有了潮湿况味。她边走边摇晃背后婴仔，轻哼说着不哭啊不哭啦，汝再哭下去，姐姐都没力气背啦。

咏雪也曾偷偷步行两个小时回到生家，如兽躲在后院，但都被母亲用扫帚赶了出来，这个被嫉妒烧成心火的母亲朝她嚷着，你赶紧走啊，你是别人的，你跑回厝里，是存心要丢咱厝的脸啊。然后咏雪又走了两个小时回到养家，养家母亲早已气得拿着棍子七孔生烟了,而那个未来要成为她夫婿的小男孩就躲在柱子旁微微笑着,就是他的那抹微笑让她害怕。以至于日后他强要她时,她脑中浮起的脸孔是一张正在看好戏的笑脸,她一想起这脸,就有了推倒他的力量。

每年农历十二月八日到来时,邻家咏雪都会背着小弟婴仔到锺家稻埕玩耍。佛陀成道日,锺家西娘煮大锅腊八粥,行经者皆可食。八宝乳糜可口,西娘储存的米维持了非常多年供腊八粥予十方之举。她依循的是婆婆呷菜阿嬷的仪式,这是她晚年唯一还觉得自己有点用之处,直到存米川罄,大饥荒来临,西娘才无粮无钱无力可施,而她也知道自己死期将近了。许多饿过的孩子,都像咏雪一样,期待腊八粥热呼呼来到,就像期待戏班子在广场搭戏棚一般。多年后这些饥饿的孩子早已走入另一个家庭人生了,但听闻锺家西娘因为想去种田捡谷粒而倒在田里时,许多孩子都流泪了。其中可能以咏雪哭得最凶,她是个没有经过驯化的感性女人,如果有机会受教育,她的感性结构足以撑起一个艺术家的美名。就像舒家虎妹,她天生的世故没有经过驯化,如果有读书,她的世故聪机足以让她威风如成功企业家。但她们只是一个个妇人,求生存的女人,她们都没有什么作为,只是活成一个成天张着活口,为明天忧心的女人。

自从锺家西娘走了,以倒头栽在田里的难堪惨烈之姿,日后逐渐恶化死去,这在她们的心中犹如死去了圣母,失去了永恒的美丽经典模范。她们在云林的生活多是绝望,且常常连绝望的力气都没有,尤其是咏雪,没有强势的个性可对男人推波助澜,她后来一直都住在厨师男人为他们的爱所安顿的老宅,也就是将婴孩卖给糖厂外省经理后将所得的钱在邻村盖了间房子,日久房子也老了。当年搬到新房时,只有咏雪日日夜里啜泣,对厨师男人说,孩子长大了会找不到她啊。不太识字的她不知道领养手续有明确记载了生父生母的名字,她也不知道户籍资料日后将提供候鸟归返的孩子关于迁移的思亲动线。

可怜恋花再会吧

5.9

那时还没有时钟,日头落到防风林之后,路口那株茄苳树落花时刻就是下工之际了。每回经过黄花满地的树下,舒家虎妹总是拾起几朵把玩,或插发际,她管这叫落工花。落工花有一天不再落下黄花了,落工花树干被砍掉了。虎妹觉得怅然,但旋即又想,再也不需看落工花何时落花了,因为她天真地以为自己已经不用再当工人了,她可是被锺家下聘了呢,虽然她觉得自己像是多桑手中的物品,秤斤论两地被变相送走,但毕竟离开继母的宅院是一件开心的事。

娶某看娘,但她没有娘,未来的婆家无法看到媳妇的娘,仅能就虎妹来想象未来。她的手脚真敏,屁股多肉,强劲的腿唤起劳动的美,仿佛只要有她这双劳动的手脚就有无限的丰收。想来伊系好媳妇,媒人对锺家花叶说着。花叶当时没意见,虎妹自己对嫁人之事也没有太多看法,她只知道锺家婆婆疼伯夷、若现和厎子绍安,她想嫁过去应该也会受疼爱。所以虎妹就被锺家下聘了,媒人对虎妹说,你嫁到锺家,还怕没吃穿。虎妹看着她脚踩的这片土地,她怎么劳动,稻谷还是别人的,她长时间将脚浸在水里,仅分得一天几块钱。她听人说得罪土地饲没鸡,她自觉十分敬畏土地,但不知为何土地龙神总是遗忘了她。媒人来提亲,她也许有机会摆脱这片藏有吸血鬼的水稻田,蚂蝗水蛭如吸血鬼。

婚前她望着她出生的这间舒家宅院,母亲廖超流的胎血早已干涸,无缘的母亲成了一只肖像,人间烟火吃得少似的显得秀气温雅。

虎妹幼时母亲就死了,这是个无法扭转的事实,这或许也成了她一生的黑洞与暴烈旋律的来源。在两三岁前她被养得白胖胖的,仿佛是全天下最幸福的孩子,成天都有奶水吃,成天都有人摇晃着她多肉节的手脚,她两岁多时曾被母亲抱去参加明治健康宝宝大赛,母亲当时叫她阿妹仔,爬过来,爬过来,爬到阿母的心上来。小虎妹睁着骨溜溜的大眼望着在前方张开手臂的母亲在呼喊着她,她要爬第一啊,爬啊,爬呀,爬向在前方张开手臂的微笑母亲。快爬到母亲的脸上了,看见母亲的双手了,她用多肉的脚一跃,终于冲向第一名,她是明治健康宝宝。

但这健康宝宝却在隔年母亲过世后,顿成一个最不健康的宝宝,一个饥饿的囡仔。虎妹对母亲的另一个记忆就是她不知母亲过世,她爬向躺在草席的母亲,就像她当初奋力爬向母亲双臂那样地爬着,只是她这回好饥饿啊,疑惑的神情写在脸上,她爬起又跌倒,颠踬前行,哭闹着,为何阿母不喂我?我要呷拎(奶)。她想掀开母亲的衣服吃奶时,被一双大手抱走,她嚎啕大哭,又饥饿又生气地哭着。

虎妹自此再也没吃过母亲的奶,她开始进入人生的大饥荒。继母廖氏不到一年就娶进舒家。(很多年后电视流行将后母演得极坏,虎妹总是看得称心如意,但那也得等到她三十几岁后才能称心如意啊。)独裁者的时光凌迟得太慢,于她是如此地想。

十多年来虎妹总是肚子饿得扁扁的,继母廖氏自其进门即从不正眼看虎妹,虎妹像是空气,幼时的饥饿感会挖开生命的黑洞,虎妹于是变得早熟而压抑、静肃而暴躁,或者有一阵子成天睡觉,只有睡觉可以遗忘身体。等到虎妹五岁了,她看见自己的肚子愈来愈瘦,而那个睡在父亲旁边的陌生女人肚子却愈来愈大,她望着那个肚子总是想着,好会藏东西的肚皮啊,她是怎么做到的?忽然有天醒来,虎妹听见屋子里多了一道道奇异的囝仔哭声时,她才惊讶地发现女人的大肚子里藏的是一个婴孩,这让她感到奇异而害怕,她看着这个从肚皮吐出的孩子被女人疼着,且有奶水可喝,就和她之前有母亲时一模一样。她知道生命的饥荒这时才真正要开始了,在歉收年代,四处都会冒出抢食者,父亲身旁的陌生女人的肚皮就一直在制造抢食者,肚子大了,又消了,又是婴孩哭声,每一个身体都要她抱,每一张嘴都争夺她可能的食物。她常常饿得发呆,任手里的婴孩哭泣,直到陌生女人来拍打她的背,怒骂她是无人教示的野囝仔,无知见笑。虎妹有时会望天空,或者走到村口对土地公或者石敢当、虎爷默默询问着她的疑惑,她想人生来不是要活的吗,可是为什么每一天活着都觉得会要人命?如果注定这样饥饿,那她不知道牙齿是做什么用的,如果上天不给人食物吃的话,那么为何要她长出牙齿呢?她看着自己的乳牙掉了,又长出奇异的新齿时,常幻想如果吃进去的食物可以在体内自己繁衍的话就不会饿肚子了。她怀疑自己的牙齿之无用,但她非常知道这双手的用处,继母日日提醒她,因为她得抱囝仔、摇囝仔、背囝仔,好像她天生就会喂哺孩子似的,但她还只是个大孩子。

虎妹童年生活唯一拥有美味的一回是义孝大哥抓到一尾躲在洞中的鳗鱼,他起火烤鱼,兄妹俩在溪边大啖鲜鱼,开心如富孩子。(因此后来义孝大哥入狱,探监前夜虎妹总是炒着鱼松,这鱼滋味连结的记忆一端是如此稀有的开心。)有一回还摘了鸟巢,撬开鸟蛋,但却都半孵化长了毛。或者捡到蛇蛋,小蛇窜出。虎妹吓得半死,哥哥却说这很补。(很多年后,她听隔壁的越南新娘说起她们在家乡都吃这款有毛鸭蛋时,不禁想起做囝仔时为了吃而破坏鸟巢的这种害生之事。）少女虎妹心想，日后绝不嫁给农夫！身上沾满泥土臭肥料和虫虫的农夫。饿了偷甘蔗或者哥哥会去捕些虾子取火烤来充饥。

她深深怀念着母亲，她记得母亲身上的乳香味。十多年后，虎妹急着想成为另一个母亲。

妈妈我也真勇健

60

在那个阶级意识牢固的年代，女人的对立时常上演一场肉搏战。

舀水互泼、锅铲互敲、抓头发扭打……童年时虎妹无能抵抗，只要她饥饿发昏地走到厨房，继母就先往厨房橱柜一站，挡住她的去路。有一回虎妹先占上风，偷取得一瓢地瓜签饭，张口就猛吞。继母飞奔来，却一把打掉她掌中未竟之饭。瓷碗碎裂，割着了她的虎口。

没人教示，偷呷饭，你阿母没教示你！继母锁起橱柜抛来恶毒之语，顺势在地上喷了一口槟榔红血。虎妹听了恨得牙痒痒，但只能静静地吸着掌中虎口之血，那种咸湿的苦涩滋味她一生都不会忘。

自此她深切知道一个没有母亲的孩子其命运是可以瞬间毁在旦夕。以至于十年后当她成为一个母亲时，不论和夫家多么的冤吵不合，她也没有想到离开孩子。四岁时她还见过空袭，大哥义孝不在家，无人会叫唤她躲空袭。每个人都在叫唤着牵挂的名字。只有她，没人牵挂她，没人叫唤她。一个囝仔跌跌撞撞，只本能地跟着陌生大人跑。台湾光复两年后，虎妹该入学了，但她只有一阵没一阵地读了两年，很快地她就被父亲叫回家带继母生的孩子。她太小，还不知道复仇的力量，或者其实她的心性是善良的，她对于几个同父异母的阿妹阿弟仔们，倒无偷偷行虐之事。她看着他们不哭了，就编织着手中的家庭手工，就这样度过了她的童年。

那时看见穿绿衣服卖蛔虫药的小贩嘴都还会馋，虎妹心想如果能吃那甜甜的蛔虫药该多好。肚子里的蛔虫却长得肥滋滋的，贫穷者见了从身体吐出的秽物恨得牙痒痒，真想抓肥硕的它们来炸成一盘菜呢。义孝倒是抓过肚猴（蟋蟀来炸,来斗,赢点小钱,可以买食解饥,那是两兄妹的欢乐时光。虎妹至今都还记得童年跟着人群看义孝去帮人家阉割黄牛的画面,义孝为了赚二十几块钱,就去学阉割牛。抹锅巴灰底再掺点油涂在畜生睾丸,几个壮汉抓着黄牛,义孝挥刀瞬间,看得幼年虎妹又惊怕又想看。(多年后当义孝杀了人,有些村民回想起当年那个青年挥刀的勇猛与毫不犹豫的神情,牛阉后长得快且性温驯,当年义孝应该也顺便抓去把自己阉了,没看过那么凶猛的少年郎。这个歹子(歹子:坏人)啊,天生做歹子。)

61

在生活的本能里,虎妹是个角色。她可以比别人早一步打听到哪个人家的稻田要收割,她就能早先去田里捡拾农家收割掉落的稻穗,常常可以捡满整个布袋。回家晒干,偷偷磨成米,加入番薯签,就是美食。或者她也比别人机灵,常在番薯田捡拾主人采收遗漏的小粒番薯。当然很多时候没这么好运,她常饿着肚子,晚上想都别想会有食物降临,为了免于饥饿感的侵袭,只好走到水缸旁,舀一盆水洗洗脚,就早早上床睡觉了。或者白天时抓到了田鼠,义孝大哥会剥老鼠的皮,烤肉来吃。好不容易人家看他们兄妹俩可怜,给他们些种籽,种到人家不要的废地里,萝卜和玉米却都长虫了。

上帝为什么要给我们种籽,却又不让我们收成呢?那时候大她十多岁的大哥义孝曾常这样感叹着。农夫就该有地,不然当什么农夫?他有很多的不解,但都没有解答。

镇上已经没有人愿意赊账给他们了,因为他们有个赌徒父亲三贵。何况他们也没有任何的抵押品,也没有愿意在纸上签名的担保人。父亲三贵向当铺贷款来的钱,买了种籽和肥料机器等物,种籽播到土地都还没开花,他们就来向他收利息,利息缴不出,又滚到本金。结果借了三百块钱,却只有六块钱是属于他借的,其他的又转成了利息。三贵发誓,再也不同借钱的当铺往来,要自己当庄家才行。这是后来父亲的体认。但他已经穷了,体悟得太晚,孩子都跟着饥饿,只剩下苦可以吃。少女虎妹从小没得吃,却长得异常的虎背熊腰,且渐渐有了带着豪气般的中性姿色。奇异的是在那样吃不饱的年代,她的乳房却异常的丰满肥美,日益被时间形塑成一个如虎豹云猫般的姿态线体,嘴唇散发南方热带的烈焰气息，同时音量如洪钟，笑声如海啸来袭。彼时如果有"童颜巨乳"之词，少女虎妹绝对配得上。差别只在于虎妹没有发嗲的娇滴滴时间，她的力气都得用来谋生，她的世界没有运用肉体或者美色来轻易度日的想法。

她只知道要吃饱要靠自己的双手双脚。

在那个落魄贫穷的舒家岁月，她学得许多长处，包括忍受饥寒交迫，以及打造保护自己的盔甲。

62

虎妹童年和少女期最兴奋的是去西螺街仔乱逛，热闹的市仔头，福兴里延平路中段，这段路是街肚，集结最多当年她望之不尽但却无能力买的商行店家。

肥料店、农渔货、碾米店、五金行、金饰店、日本和服、棉被行、茶馆、酱油行、什细货铺、家具店、布庄、洋行、钟表行……她最喜欢伫足在钟表行前，看着时钟神奇地转啊转的，闹钟当当响，机械手表滴答滴答响……有时候钟表行的年轻老板会走出来，她总是吓得躲到骑楼石柱下。老板召唤她前来，取出手表给她看，教失学的她如何看钟表，做人要珍惜时间，最后且这般对虎妹殷殷述说。

往后，虎妹最喜欢的物件除了黄金之外就属手表了。

离开梦幻钟表行，虎妹经过农会、乡公所、信用合作社、诊所、餐馆、酒楼、戏院、巴士车站，她拐进以盖西螺大桥用剩的木料搭建而成的东市场，市场里有虎妹爱吃的北斗肉圆和干面，但那时候只能好几个月来此吃它一碗，那时她已经在四处攒钱了，偶尔嘴馋，犒赏自己。但车子还是舍不得搭，总是和女伴从二仑用步行方式走到西螺。镇上的乡绅集资酬神搭着戏台，小镇小民小女散着微笑的光度。小虎妹眼睛啊无尽地流转在那些富有人家的装扮上，姑娘打扮得精细华丽，新衣裳亮簇簇的，绸缎布面闪着水红湖蓝翠绿金黑，有的滚花边有的刺锈，抹着胭脂拭了白粉，发髻洁亮，总是十指优雅地轻扇罗扇或轻捏小花巾。耳坠子是银楼打的，金晃晃地在阳光下散着光晕，让贫者一见顿然晕眩的金光闪闪。

戏锣敲响后，那些庄园大户的老太太老仙翁啊就被婢女服侍而出，个个老了也都很有个样子，老太太华服绿黛地打扮着，老仙翁抽着长长水烟袋吞吐云雾，看着戏台人生却也不太动声色，不若她一把眼泪一把鼻涕的。

她直接从少女跳到少妇后，这条西螺街也是她早年营生打拼之所。

她喜欢大镇大城，讨厌小乡小村。她童年第一次赤脚来到西螺时，她曾亲眼见到镇上的少女从庄园走出，笑得无忧无虑，穿得干净美丽。她确信她们不用下田工作，不用在衣厂做事。她们的笑声吸引着虎妹，虎妹在尖厝仑的舒家是听不见笑声的，只听见辱骂声。村里的女孩在播种插秧除草，捡牛粪捡地瓜，收集稻草甘蔗叶，劈柴切菜，活得像卖了几个钱的牲畜。虎妹常感难挨，她以为这一切的不幸都是源于母亲的早逝，可怕的传染病。

如果上天给了每个人母亲，却为何又把她取走了？为什么？她长大后也曾学着大哥当年说话的语气问苍天。

63

少女虎妹到镇上新兴工厂打过工，在打工时，她很有大姐头姿态，于是胆子更是养壮了。只是她的继母却还不知道虎妹早已长出了虎心虎掌，当她某回再度在虎妹捧起正要放到口中吃的饭时，猛然倒了瓢发酸的馊水，虎妹立即将瓷碗朝继母丢去，继母虽闪得快，却闪不过虎妹奔来的拳头，两人开腔互骂去乎人干！下死下种！臭鸡掰……日渐衰老的继母打不过年轻的虎妹，顿然朝地上赖皮一坐，哭将起来，虎妹正想朝继母身上吐口怨气之涎时，父亲三贵恰好回来看见这一幕，费了好大的劲拉开两人，才止住了女人那足以火烧厝的腾腾杀气。

这查某是破烂货！虎妹记得少女时期后母对旁人是这般地骂着自己。

当年，她倒是想自己怎么破也没有这间土角厝破，这间房子唯一让她有回忆依靠的角落是母亲往生前躺过之处，神桌下的厅堂，那里还有观音妈低眉注目。

母亲生前躺过之地，已是另一个女人的领地了。

茅草、竹子编筑而成的房子，冬日寒风呼啸而入，风穿入薄墙的每个缝隙。

虎妹冷得直打哆嗦，冷得牙齿打颤，空缺的门牙一张嘴更是有如被冰块撞击的冷。

白天她总在游荡，四处巡着牛粪堆，抢着捡回去当燃料烧，牛粪堆上爬满了蛆，她也是抢着捞。捡完牛粪，继母会使唤她去挖蚯蚓和采蒲公英回家好喂鸭鹅。喂养鸭鹅时，她总幻想它们被烧烤成美味的饕餮，但没有一次她尝过鸭鹅的滋味，鸭鹅多是要换成现金的，即使因为拜拜而没有被换成现金的鸭鹅，也祭不到她的五脏庙。她在厨房后院看见鸭鹅羽毛时就知道鸭鹅被刀刃脖子了，红血注入米饭，鸭鹅血是继母的补品，这舒家的东西，从来没有属于她的一份。

那时舒家还有一头牛几只猪，她坐在牛背让哥哥义孝牵牛去吃草的印象还是有的。那是她最后的幸福时光，在母亲往生后，她和哥哥都丧失了这样的快乐福祉。

舒家以前也是富有人家，拿橘子当球踢、水果掉满院也不是没有过。

但从虎妹母亲过世的那天起，虎妹还没长成的童年就已宣告结束。虎妹母亲的死，成了启动她人生命运的一个重要关键。

她注定成为饥饿的查某囝。

入黑后，四处空空然，绕了厨房前院后院一圈，找不到可入口的东西后，她舀了一盆水，又是洗洗脚板早早上床睡觉了，睡觉可以抵抗饥饿。

她的父亲三贵知道自己愧对这两个兄妹，他却以反方向来掩饰愧疚，总是成天骂东骂西的。三贵因为爱嚼槟榔，早患有牙根病，成天牙疼，加上贫困，脾气就愈发暴躁了。

风沙大时脾气差，烈日当头时脾气更糟，饥饿时脾气简直火爆。

晚年的三贵常一个人去台西海边钓鱼看海，瘸着腿，缓慢走至辽阔的大海，看着自己从海上来，却再也走不回海上。

少女虎妹讨厌海，她喜欢有物质闪亮之处。舒家的男人其实比女人感性与忧愁，任性而诗意。

64

虎妹早早加入生产队，去田里割草。夏日水滚烫着脚，头上的烈阳烧着头顶，上下交煎，酷热如火烧。稻草如刀，以手割之常伤手。水蛭吸附在皲裂的脚板上，血迹斑斑。水蛭难去之，吸血嘴咬到肉绝不松口，水蛭难以剥离腿肉，就像难以将正在交媾的狗分开。上回阿水婶见到两只野狗在她家庭院相干，气得提桶水泼水，众年轻女农刚好行经，全停下来看热闹。虎妹笑说，分不开啦，阿水婶，这狗正爽，你哪伫呢残忍。年轻女农们听了虎妹大剌剌地说着全又掩嘴笑。阿水婶说，奇了，相干狗真正系分袂开。说时，阿水伯正提着扁担推开篱笆也见到这一幕，他说恁真没聊，伫也通看。狗相干淋水也袂分。公狗卵葩有个倒勾，会钩住母狗，直到伊爽煞。

年轻女农们听了老查埔郎吐出什么干啦卵葩的脸都红了，纷纷转身离去。唯独虎妹还杵在原地，她要阿水伯赶紧点烟，边说边秀着小腿肚上的许多水蛭给他看。虎妹啊，你也真能忍呢！还真巧，知影水蛭只能点烟烧。阿水伯点上他的新乐园香烟，用烟烫之，水蛭惊吓后纷纷松脱吸盘。这个月好不容易吃到的青蛙肉都倒贴回去了，看每一只水蛭吸得肥滋滋的，虎妹摇头可惜。这割草的艰苦工作，实在不是人干的。

十三岁月经来的那一天，虎妹不慌不忙，她用手指往两腿间滑去，然后将指头放在鼻下，她觉得这气味鲜明，好像厨房里永远轮不到上桌吃的鱼干。她爱上了这种气味，带着港口的潮骚，又像后院一瓮瓮的梅干菜，下体像一道菜。半夜，她常将指头放到私处，闻着这种奇异的鱼腥味。那时锺家的西娘常送来面粉袋给他们，虎妹将面粉袋裁切成杯垫大小，然后把那个杯垫放置下体"接红血"，那是她小小的私密与不为人知的自我游戏。你别想早点嫁，你以为谁会娶你？继母早看穿了她思春，你逃离这里，就会变老虎啊？我看还不是饿猫一尾，这村庄系没出脱的，你最好看破。

看破？我为什么要看破？看破什么？她低身见到自己的衣服四处补丁，鞋子破洞，这具身体到处都破，我还得看破什么？她不明白，她也不想明白，她只想离开舒家，可悲的阿母早早死去，可恶的阿爸早早娶了陌生的抢食者，她憎恨家，远离这村庄，她要到天涯海角。

可惜，虎妹没有到天涯海角，她不仅没有到天涯海角，且竟嫁给了同庄邻家的锺若隐。为什么她要答应这门婚事？有时候午夜她会想着，但她想当时可能饿昏了，竟没有认真看出媒人婆手中拿给她看的照片根本不是锺家老三若隐，而是和锺若隐近乎相像的锺若现，她知道锺家母亲花叶疼爱长子伯夷、若现和瘸子绍安，听说要给他们一些田产，田产变卖后花叶要举家北上。她饿昏了，没听清楚媒人婆提亲的是锺若隐，但手中拿的照片却是锺若现。她一时异常兴奋，对于未来可以北上的奇迹雀跃着。

她十八岁前的生活，最远一次是到桃园，跟着一辆载满少女的货车，货车要把她们送到一家成衣厂，集体住在工寮，集体打钟时间上工下工，她只做了两个月就跳上了一辆来工厂收货的夜车，躲在一堆成衣里，直到天亮时分，司机下货时才发现睡死的她。

你怎么躲在这里?

拜托你送我回尖厝仑永定厝。

尖厝仑永定厝在哪?

沿着西螺延平路一直走就会进入尖厝仑,永定厝就在永定国小附近。

司机看她一脸坚毅,且光是夜奔这一举就让他肃然起敬,司机约莫五十来岁了,是嘉义人,有个早凋的女儿,知道虎妹的亲生母亲也是嘉义人,又多了几分亲切,于是就让她继续搭便车,把她载回尖厝仑。一路上虎妹才道出为何夜奔,说是成衣厂恶劣男工头要强暴她,她随手抓到一个大针就把男工头的卵葩给刺破了,在哀嚎中,她趁着一点天光与听力指引,摸到了已经引擎发动的货车,二话不说就使劲地跳上如棉花的成衣堆里。

还好是衣服,要是我是载猪食的,你不就淹死了,司机说着,虎妹听了大笑。

你没领到工钱啊?司机又问着,并递一瓶汽水给虎妹,虎妹嘭的一声开了汽水,咕噜灌了几大口,打了几个嗝才说,有拿到上个月的,这个月反正才做几天而已。讲着又噗嗤一笑,想起工头被她猛然一刺的哀嚎表情,就又吐了一句没卵葩查埔郎!

这就是虎妹唯一的北上经历,说来也不算北上,因为桃园当时也是四处稻田,空旷无比,和故乡一样荒芜。倒是立在田中央的工厂不少,机器成天滚动,囱管冒着白烟。那时候她车着婴儿服,卖到美国的婴儿服,她梦想着拥有自己的家与孩子,她想学继母从肚皮吐出孩子,孩子可以吸吮自己的奶,这是幸福的事啊。

割草,攒些工资,虎妹都一一存下。接下来淹水、除草、施肥、喷洒农药、秋收割稻,虎妹也担下来做。她很早就觉悟只有钱可以让她有饭吃,有尊严、有能力远离这个鬼地方。至于爱,她不懂,也不必懂。天不给你的东西,不要强要。她和少女伴们总是这样说,她在这群女农里显得特别自主,十五六岁就像历经了几世轮回的沧桑。割稻时,每回老师都来问说,来不来上课?虎妹每一回都望着老师袋子里的教科书,她对爬满文字的书敬畏,但知不可再返校园。老师有回对在割稻的她说,虎妹,你看愈饱满的稻穗总是头垂得愈低,这很有意思吧,这就是指做人要谦卑呢。虎妹手下的镰刀狠狠地往饱满的稻穗一割,她无情地抬起眼说，这垂得愈低，就愈是等着被砍头了。虎妹手里抓着稻穗往老师的眼前一晃。老师后来没有再来游说虎妹去上课，他知道这女孩子已经够独立了，她本身就是个不示弱的人，上课也是罔然。虎妹的国小和初中之龄都和田地为伍，其实她痛恨农事，只是在这务农的世界里，她没有选择，如果可以选择，她一点都不要清心寡欲，不要什么赋归田园。她想要去台北，去闯水泥森林。

65

　　三贵也有个老继母，孩子也叫伊阿嬷，但知这继母以前对父亲三贵不好，孩子和伊也就不亲。老祖母已经饿瘦得胸前垂挂的乳房像是两只口袋了，想吃点东西也是难上加难，每一回老祖母走到厨房就被三贵续弦的太太廖氏赶了出去。老祖母就又走回靠近干稻草房的小房间角落，嗯嗯唉唉着，不知是饥饿还是伤心。她偶尔会想起虎妹的亲生母亲，这个家只有这个媳妇对她好，但却早死。

　　老祖母死前日日身虚腹饿，死后遂体如枯木，四处见骨，身似荒山。手里还抓着粒生地瓜，啃也啃不动的生地瓜被老祖母的手指牢牢嵌着。两只该死的老鼠在老祖母脸上手上吃咬着，老祖母仅余的半边脸肉和手掌肉都不见了。虎妹尖叫而出，她好不容易要来的熟地瓜在发颤中掉落泥地。

　　虎妹忘了自己母亲的死，她连自己爬过去要喝母亲的奶都想刻意遗忘，好像生命的这个起点已经如海岸线地远远退后了，但她倒是牢牢记得了老祖母过身前的样子。

　　要挣一口饭呷，绝对毋通天死，她在水田除草时对着同是少女的女工们说。饥饿对虎妹而言意味着羞耻、不幸与空洞。虎妹体验过饥饿后，她很明确地认为生命中所有的恐惧她都已经经历完成，一个孩子最畏惧的应是母亲的遗弃（那时还不懂死亡），然后是饥饿，再来是与陌生人相处和迷路。她都经历了，陌生人就是阿爸的新女人，至于迷路，关于这一点她却嗤之以鼻，迷路是因为有家的方向要前往，没有家的人也没有路可迷。也因此，虎妹在少女堆里总是显得特别大胆，偷甘蔗、抢水、骑摩托车、和男生干架，用最鄙俗的字眼咒骂人好壮大自己的声势，这是她从旱土恶地学来的生存绝活，凶神恶煞都足以被她的音量吓跑，即使她只是不经意地打了个大喷嚏。

望呀望　等呀等

66

　　虎妹从囡仔时就叫唤父亲三贵阿叔，唤母亲阿依，那个年代很多孩子都不直接称谓父亲，最多叫多桑；也不直接叫母亲，多叫卡桑或阿依（姨），听说在这样的疏远距离下孩子才好饲养（好像叫阿叔或阿依就不再是自己的亲生孩子了，那么上天假使要把无缘的孩子拿回去的话，也不是大人或孩子的错了）。三贵常见虎妹和继母廖氏的肉搏战后，有回就意味深长地对虎妹说，阿妹啊，若有人来提亲，你就嫁了吧，离开这间有悲伤回忆的家吧。

　　这难道系家吗？虎妹也自问。父亲的出现总是意味着某种新决定的出现，虎妹已经习惯阿叔带着报信人姿态来到她的生命，第一次阿叔带给她的悲惨讯息即是他要再婚了，新的女人是新妈。第二次报信是要把闺女嫁出去了。

　　那年，虎妹去割草插秧攒钱。这是她自小就熟悉的工作，那时没有农药，她在四岁时就会帮大人抓稻虫换钱，一百只换一毛钱。虎妹交出一百只生命，可以吃到一碗面果腹。当时她还没读阿依巫ㄟ欧，台湾就光复了，随着物价飞涨，她得抓五千只才能换一碗面，一碗阳春面瞬间飙到五元。

　　她永远记得那年的冬日踩在水田的寒冻感，脚板都皲裂了，手掌也是。继母生的妹妹在她的背后哭着，等着母亲喂奶。该死的稻子！她在心里咒骂这水田的冻。但这句话有比表面更多的隐藏，伤心的水稻田，总有伤心故事来陪衬。如果她不是在割草插秧，也不会因为抛头露面而遇到媒人婆金毛婶。金毛婶见了她一身虎背熊腰的健硕体格，忙去锺家说媒，到舒家提亲。阿叔看虎妹和继母处得水火不容，忙点头，虎妹看阿叔点头，也只好跟着沉默算是回应，她想自己才刚满十八岁，父亲就忙着要把自己送走。

67

　　第二回虎妹见到金毛婶时她也正弯着腰在插秧，天色即将夕落，背后的夕阳橘色如蛋黄，她想着过几天地主就会发给她二十三块钱而感到喜悦，脸上大约是露着微笑，正好让媒人婆陪同偷觑着虎妹的未来阿太西娘撞见，她见了忙点头同意了这门婚事。据后来媒人婆说,那时的锺家阿太西娘对媒人婆说,这查某囡仔和我有缘,伊真够勤力,伊嫁乎阮孙是阮的福气,看伊的体格像是可以把整个衰落的锺家撑起。而当时虎妹的未来婆婆花叶听了却不怎么欢喜,但西娘答应的事也等于大家都答应的事了。

至于虎妹自己也不是完全不能作主。因为媒人婆至少还是拿了照片来给她看呢。媒人婆来找她时,也是在这片稻田上,好像这片稻田是她的寝宫,每个人都争着要她钦点,或者用句当代语,大家争着要她带枪投靠,她的好身材好耐力就是一支好枪,将为未来的婆家注入生产力。媒人婆带着她未来的尪(尪:老公、丈夫)婿写真照片来寻虎妹时,因逢日落时分,天色黯淡,她正好从水稻田上岸,一脸的棱角分明,看着谄笑的媒人婆没什么表情。

虎妹,将手快擦干,来看看你未来的尪婿,你若不喜欢,还是可以反悔不要这门亲事的,金毛婶扬声道。她从泥地上岸,走到金毛婶身边,拿起她手中的照片看。她看了照片微笑起来,媒人婆金毛婶也跟着笑说。我不会轻睬替人牵缘的啦。

自从虎妹看过照片后,她就开始期待婚期。舒家急着把她送走,她也急着想离开舒家,那是一点也不舒服的家。那是她一生中唯一在插秧时脸上会笑的时期。甚至锺家儿子行经而过时,她的少女伴们也会停下手中的插秧动作,拉直原本弯身露着乳沟的身子,对她开腔玩笑说,虎妹你尪行过,系真缘投喔!

虎妹嫁到锺家,当她坐在冷冷的木板床时,看见有人掀开布幕时,她瞬间才发觉一个历史不复回归的大谬误:她惊讶地发现自己嫁的对象竟是锺若隐,而不是自己心仪的锺若现。

阿太西娘错拿了照片给金毛婶,两人目珠都不好,也不知照片拿错了。

虎妹被婚礼喜宴摒除在外。

肖虎者不能进新娘洞房。

被摒除在自己的喜事之外,在洞房里,她感到自己是瓮中之虎,她再也插翅难飞。她叹了口气想这姻缘应该是西娘钦点的吧,她见到了自己童年的可怜身影,也见到还未进入初老之龄的西娘。缘,那时就打上死结了。

68

那是不断被虎妹重播的画面。西螺大桥在一九五三年举行通车大典时,彼时一个小女孩也好奇地随着几个村童步行许久来到这座桥,桥上站满了浊水溪两岸的云彰人。西娘迈着小脚爬上了这座血腥色的红桥时,撞见一个小女孩正被行经而过的七爷八爷和隆隆鞭炮声吓得躲窜到她的脚边时,锺家阿太西娘旋即通灵似地知道这女孩再十年后,将会成为她的孙媳妇。

这没有母亲的女孩又想起在日本投降之前,年幼的她正巧遇上空袭疏散,没有人来唤她,她抬眼看见一架飞机掠过眼前时,以为是一朵巨大的屋顶飘来。

就在那异常紧张之际,西娘迈着小脚走到小女孩身旁,呼唤长工抱小女孩快速逃离轰炸区。之后是幼年的她看见锺声在屋顶架天线放音乐。

十多年后,有人来向舒家提亲。

锺家西娘却一时匆忙或者已进入眼花之龄了,给了媒人婆一张锺若现的照片,虎妹很高兴要嫁给锺家疼爱之子。那时候锺家早已因为儿子枪决或坐牢以及家产充公而凋零。但因还有些尚未登记在案的田地,所以比起舒家仍是大户。虎妹喜欢有母亲疼爱的人,像她就知道花叶溺爱的长子锺伯夷的太太就很幸福,锺家长子已然和原住民姑娘伊娜结婚(那婚礼轰动全村,因为所有的人都跑出来想要目睹传说中的美艳新娘,人群中也有垫着脚跟东张西望的殷切虎妹),而受花叶疼爱之子还有锺若现和锺绍安,但绍安还小,她想么说来锺家就属锺若现最适合自己了,她这么想着,只要想到嫁给深受母亲疼爱的孩子一定是好的,自己嫁过去后,日子绝对不会太差。那时锺家虽已落没,但毕竟曾是知书达礼的大户人家,她又想早点离开舒家,于是听父亲这么一说,也就顺水推舟了。她不知道自己搭上去的是即将在风雨飘摇中沉没的破船。

在等待迎娶的日子,虎妹仍照常去田里插秧,偶尔看见邻家锺氏有人经过,她的姐妹淘们就会窃窃低语说,阿妹的阿娜达刚刚走过喔。很快的虎妹就破灭了,她嫁到锺家在西厢房等待新夫婿入内时,起先还没意识到推开她新生命这扇门的人是锺家最沉默的老三锺若隐,她在黑暗中羞答答地迎接新夫婿,并以热情之身迎接他的肉体。她只感到这身体十分单薄、轻盈,和她的想象不一样。但她是快乐的,她为自己摆脱舒家继母的梦魇而欣喜着。

直到在陌生新房的清晨她浅眠醒转,看见沉睡在旁的人却是锺若隐时,她差点尖叫起来。但旋即才慢慢抚平心绪，想起金毛婶确实嘴巴吐出的人名是锺若隐，只是她手里秀给她看的人影是锺若现，而她自己因为太兴奋了也没去搞清楚。昨夜身体都给眼前这个人了，生米已然煮成熟饭，她还能逃去哪？她回忆着生命的第一个男人，如此阴柔的身体，有张几乎不开口说话的嘴巴。

她想如果自己嫁到天涯海角也就罢了，那逃走还没人会传出去。偏偏她嫁的是邻居，所有的风吹草动都会传回舒家，她可不能让舒家继母看笑话。于是她就开始想锺若隐的好，他如山的沉默，对比她如雷的吼，其实颇为绝配啊，她这样安慰自己，静静地坐在床沿看着起雾的清晨，夜色慢慢退去，鸡鸣了。有人来敲她的门，说阿依要她起早去煮顿早饭。她这个新媳妇，很快就成了帮佣者。

阿依！虎妹学着和其他人这般地叫唤着婆婆花叶。有时她也叫婆婆卡桑，虎妹叫已失明的公公锺鼓大官或者多桑，那个年代没有人去追究称谓来源。她因伤害而面临如炼狱般的情境，她检视伤口总是有如在检视瘟疫病毒般的详细。好像记忆会长出癌，让她好生疼痛似的。

虎妹自从对父亲和媒人婆点头了这门婚事后，她成天脚步轻快地去田里割草插秧，一个月领着二十几元的薪资也觉得畅快，这二十三元中有三块钱总是被她拿去买吃的，尤其是莿桐的大饼，她偷偷去买了好几回喜饼吃，那种掺着肉的喜饼，肥滋滋的，那时候谁怕肥啊，根本生命里还没出现肥胖这个字眼。她老幻想着要是结婚能吃这种大饼就好了。虎妹不知道新娘不能吃掉自己喜饼的传统礼仪，她提早把"喜"给吃掉了。

虎妹的婚礼简单到晚年她都忘了自己是怎么结的这个婚的？她想谁要她笨，什么人不嫁，偏偏嫁了个同村的人。同村也就算了，还是前后屋厝紧邻。夫家的后院隔着一排竹子就是她的娘家。

那个近在咫尺的娘家，里面没有她的娘。

她在这个没有娘的后头厝里像是个查某娴，手脚像是电动机器，转忙个不停。

她不过走了几步路，就到了另一个新家。两家人太近了，好像结婚只是出门买个菜而已。但虽说两家近，她做团仔时很少走进锺家内里，那时候她自卑，她觉得锺家是世家，高攀不起。

没想到有一天她会走进这个大家族，成为三媳。她喜孜孜高兴嫁入"豪门",却不知这座门早只剩下门了。

　　进入锺家,又是另一个艰辛的开始。虎妹卧在房里,不知人生险事,也不知初夜何事。她已看过男人郎的卵葩,她刺过烂工头的黑卵葩,恶心极了,所以当她在番油火的光线下悄悄睁眼瞥视"陌生查埔"若隐摇晃的卵葩时,她突然想要呕吐,但她被压在下面,她隐忍着,直到这压力顿然朝她身体的侧面倒去,沉沉的呼吸声伴随着打鼾声袭来。她起身往旁边的尿桶吐了酸水,用手拭了拭溢出酸水的嘴角,仰头望着低矮的天花板,几根粗大的木头撑起石灰墙,她听见百年的老木头有蛀虫声响,壁虎嘶鸣尖锐刮耳,这蛀虫声竟让强悍的虎妹不禁伤心地流下泪来。她想要离开这座老宅,她想离开身边这个陌生查埔。但来不及了,才一夜时光,陌生查埔已经变成床头死鬼,且她发现经血不再来,她的肚皮终于也可以藏东西了。但这没有带给她喜悦,少女时做的青春大梦消失得无影无踪,她在锺家的日夜劳动里,不免感慨这是怎么回事?唯一疼爱她的锺家阿太西娘也不管事了,偶尔在她诵经时会要虎妹听听,虎妹总是坐不住,屁股在板凳上磨蹭。阿妹啊,你要定性啊,还能吃苦都是好事。虎妹心想阿太老了,吃苦怎是好事?那么多可以吃的事物,为何要吃苦?但嘴里没回,虎妹还是点头称是。阿太知她心思,只劝她嫁给若隐是天注定好的,别再想东想西了。虎妹看着已经大如浊水溪西瓜的肚皮委屈地想着自己的双脚难道已经被彻底钉在锺家老厝吗?难道她不能离开这座伤心小村?她一点都不爱尖厝仑。谁说人一定要爱故乡出生地?她不喜欢,她只想逃得远远的。

你着忍耐

69

　　西娘活得很老很老时,她遇见儿孙们开口总是你是谁的囝仔?她也不是真不记得,仿佛懒得去想似的,她连想起往事都觉得疲惫,还有名字。她的记忆版图已经开始长满了蠹虫,被蠹虫吃出了许多缺口。

　　但西娘还记得教虎妹用红线绑住婴儿手脚,说是如此婴孩日后长大可正正当当地做人。虎妹听了欣喜,她正担忧着男婴若像哥哥义孝那般做歹子,这苦将吃不完。虎妹的肚皮大了又消了，消了又大了，如此历经四五回，都是吐出男婴仔，且中间有一两个成无缘团仔。直到她这一回即将临盆前，她突然闻到了空气中散发甜蜜的一股说不出的喜兆，她仿佛看见在女婴生出后不久，在嘉义山上打工的若隐，来信提及不久的将来会把他们全家接去台北的画面时，虎妹摸着肚皮笑了。

虎妹流下胎血时，温热的暖流沿着大腿溢下时，她闻到了血腥的同时却也闻到了空气中飘散着一股潮湿的蜂蜜味。那时她不知道儿时玩伴养蜂人正带着几罐甜滋滋的蜂蜜一路朝她的尖厝仓前进。女儿出世，从阴道里被虎妹用力地挤出来，她用剪刀断去婴儿和母体的连结。

疼痛逐渐远离意识后，她使尽全力地爬起，就着一盏小小油灯，然后把红婴仔放入热水里，洗净婴仔一身的胎衣胎血，将流血的脐带口抹上事先准备好的麻油后，她看着红婴仔在油灯下一张干净无比的脸和她静静地对望着，虎妹笑着摇晃红婴仔，她想真是个安静的乖孩子。整间老厝如此安静，安静到不知道有个红婴仔降世。她探出小窗外，瞧见三月初春的天空绽放着一抹蓝眼睛。就在这时，有人敲她的门。养蜂人在门口，扯着一口牙笑着说，你尝尝好蜂蜜，你会忘了疼痛。那时他们不知人生字典里有幸福滋味这种文艺字眼，不然养蜂人会吐出这样的字给虎妹，好宽慰她的人生。养蜂人看见红婴仔如此安静地躺在木床上时，他听见红婴仔微微的心跳，张舞在空气中的瘦细手脚，他忽然想起什么似地猛然转头问虎妹，红婴仔不哭？就是这时虎妹才想起红婴仔确实还没哭过，难道是音哑仔？她猛然冲去床上大力摇晃婴仔，前后上下，如抓小鸡似地倒立拍打，婴孩还是安安静静的。养蜂人帮忙将包覆在细小四肢全身的稠密透明黏膜撕掉，看见一张发皱的脸，皮肤可见红通的血管，就在前方大官锺鼓的屋里忽传出收音机歌声，悠悠唱着偶开天眼觑红尘，婴仔像是被勾起什么似地伤心嚎哭了起来。虎妹颓然顿坐于地，偏红色的头发潮湿地贴附额前，她也有一股想要嚎哭的冲动。整个心放下后，虎妹全身松掉了，她顿然昏厥了过去。

红毛仔，别难过啊，养蜂人低声地唤着虎妹童年绰号。

养蜂人帮太太接生过，对习俗亦了，他将婴儿的胎衣拾起装在原本装蜜的小布袋内，他关上房门，走去锺家祖厝前院，找了颗桂花树挖了个深洞埋下。

埋好胎衣，养蜂人听见锺家西娘房里传出声音，往声音走去。西娘体弱，窗户卡住推不开，养蜂人走近手一拉就开了。他对着西娘说，阿太，你做祖婆啰。西娘笑着,在我断气前,赶紧让我看看孩子,这若隐听说上台北攒钱去了,叨烦你啊。接着又自语,我等待的缘终于来了。

养蜂人进屋帮忙近乎晕厥的虎妹将小女婴抱去给躺在西厢房床上的西娘瞧瞧,而躺在床上喘息的虎妹听得脚步声走了又来了。来的人是也被吵醒的伊娜,伯夷的太太伊娜说阿太很满意这查某囡,虎妹听了才高兴地睡去了,梦里出现很多蜜蜂,蜂窝上流淌着金黄的蜜汁。

隔日整个房间飘满着蜜香。

女婴出生后,由于太过疼痛或者由于虎妹觉得一个女生将来能坏到哪去,所以她并没有用红线将女婴的手脚绑住。接着是女婴出生没几天后的某日清晨,西厢房传来老小哭嚎声,跌在田里只剩一口气的阿太往生了。虚弱的虎妹躺在床上,一个人呆呆地想起阿太的蓝衫身影。她想阿太已经很老了,看起来就像是一百多岁的人了。个子不断缩水,皮骨分家的干瘪,挽着稀疏花白的发髻,脸上流经大小纵横的沟渠。缠过的小脚裹着一层又一层的布,后来大部分都穿和尚打洞的鞋,一袭传统的蓝衫蓝裤或是黑衫黑裤。脸瘦削而美,那种沧桑,虎妹无法形容,在她的语言里就是歹命人的身影。

她缓步地走到西厢房,在西娘的耳边唤了声,阮可怜阿太喔!阮乎人尊敬的阿太哦!阿太眼睛缓缓地流出泪来,鼻孔溢出白如雪的血,如甘露。而窗外群聚着白蝶与飞蚁,使得许多人在那日以为村里下了场奇异的大雪。

流血遍地的十多年后,西娘在她往生不久前做了个美丽眠梦,伊梦见天空落着白色的雪,满满地飘落在锺家老厝的黑瓦红屋上,白雪伴随着相思树鹅黄的枝叶,铺成一条美丽深邃的雪国画面,绮丽啊!然后是一声婴儿的啼哭把她唤醒。

锺家媳妇虎妹生了个女婴。女婴孩子时被叫做团团,猫猫,摸摸,毛毛,或者小娜。

何时再相会

70

西娘倒在泥地的画面成了大地圣母的姿态。

经过发现西娘倒在田地的邻村人一再地描述且一再地传诵后，所有的人都相信西娘是死于一种神圣的气氛中。她有如得道者般全身金黄，且终于在漫长的大旱过后，下了场黄金雨，雨过天晴，彩虹腾起，彩虹之大几乎从中央山脉横越至西海岸。

从各村来的吊唁者，带来了许多吃剩的食物，有人甚至搭起帐篷自愿守灵一日。连镇上酒家女或者妓女户的女人都前来吊唁西娘，她们都啧啧称奇西娘没有经过漫长的身体苦痛，她就这么地倒下，和大地合为一体。她们没听闻这种死亡方式，大伙都有一种圣洁感。

事实上西娘的死和她的那双小脚也脱不了干系，就是因为小脚的重心不稳才让西娘在烈日下忽然一个晕眩就倒头栽了。但也好在西娘是倒头栽，否则烈日如此大，等被发现时早已枯槁。但她避掉了烈阳的毒害，反而面朝土地，以至于脸部虽有虫噬但还算保持完整且柔和，加上土地涂灰效果，而予人不凡巫师的圣母形象。

那是西娘绝望的一年。

她一生都没有尝过这么严重的饥荒，所有能吃的四脚东西除了桌子外都被拿来吃了。她还和儿孙子们赶在日落前走到浊水溪去抓老鼠，或者看水中还有什么可能的生物。前不久陈腐无稻的谷仓里发现一窝小老鼠时，大伙都兴奋地烤来吃了。远远站在孩孙之后的西娘，内心感到一阵凄怆，她觉得这是将死的征兆了。她在孩提时就被算命说，如果大饥荒降临，就是她该告别人世之时。

这天她好不容易得了一些菜籽，她一个人就像捧着圣物般地走向废耕荒地，那日头很大，她长达九十多年的生命印象里好像从来没有这么热过。就在她一个重心不稳倒地时，她看见背后的自身阴影逐渐在扩大中，接着在暗下的世界里，看见了扬起如羽毛的大雪，她的双手如翅膀，在气流里煽动着雪。

愈苦者愈长命。

早年那种每天作息正常，五点起床后烧香拜拜，听听拉日耳日本演歌的年代好像遥远到无法回想了。这漫长的九十多年过去了，中间的人生速度像是快卷片，很快地一周过去，一个月过去，一年过去……，接着又变慢，痛苦来时，一切又变成慢速度了。

她的背很驼很驼了，九十几年的脊椎再也无法承受生活与感情所带来的巨大压力，逐渐弯了。她的背脊呈现六十度的弯曲，她想再过一两年也许自己就要变成一张垂直成九十度的椅子了，她也逐渐重听，许多人都必须将嘴巴放在她的耳朵上扬声开腔。哪会变安静啊？旧年还好好的。她常想着，这世界怎么突然变得这么安静了。她驼背的身影下依稀可见不舍离去的姣好胸线，鹅蛋脸庞依然典雅。她不曾问过她心爱的三王子锺声在日本的雪子命运，她想总是一个痴心的女人吧。

西娘一直喜欢冷，今年这不要命的热与旱却要了她的命。

同时她还看见她的孩子锺声的墓旁飘着五万余颗无头尸首……她出声大叫我儿啊。三王子转头悠悠说：阿依哟，我等你等伫久啊。

她是个好面子的女人，锺家走到这一步像是破败在她手里似的，后人许说她不会管小孩，不会持家啊。她从丰盛年代竟一路走到饥荒时局，怎堪忍受？混杂骚乱的时刻都过了，悲伤也日渐被腌渍封存起来了，但天却不作美，不是豪雨成灾就是荒旱连连。她这些日子特别想起一些亡者，她的孩子锺声锺罄都走了，老伴渔观走得更久了，渔观的妾蜜娘也早离开这愁苦的人世了。渔观的母亲仙丽也驾鹤西归了，她很怀念这个呷菜阿嬷，她们两个女人拥有共同的男人是渔观，这并不减损她们之间的情谊。拥有仁心圣体的仙丽早就预言这一切了，说西娘在百岁前会死在她锺爱的土地上，同时她还在死前会看见岛国下起一场大雪。但这两句话太抽象，听者无解，何况烈女如西娘也硬是不肯相信所谓的预言。但虽说如此，她早在九十五岁生日一过，就悄悄拿出未被当掉且被她保存完好鲜艳的绸缎衣裳，将之放大放宽了些，她准备用来当作自己的寿衣。同时她早已将出嫁的白内裤嫁妆放在寿衣旁，当年伊阿母要她嫁至锺家有始有终，如今她都是九十多岁的老人了，十几岁的出嫁时娘转眼已是一具待死之躯，而手中的白内裤在樟脑保护下依然雪白如昨。

西娘葬礼上，请来哭婆与孝女，原本不过是聘雇为丧家添气氛之人，但哭婆与孝女却嚎啕得哭天抢地，这哭婆与孝女是对母女，原来她们也曾为锺渔观的丧礼哭泣，那时西娘给予她们非常丰厚的红包，后来得知她们是寡母孤女，常常送米和蔬果给她们。

哭婆孝女音声肝肠寸断，虎妹抱着女婴在旁，虎妹的眼泪还在眼眶打转时，怀里的红婴仔忽放声大哭，风中的白幡如鹤飞翔，在白幡空隙只闻众人也齐声大哭了。

连婴儿都成了哭婆，西娘这一生值得啊，有经过的村人心想。

西娘的葬礼以喜事来办，气派如同当年阿祖渔观。但现下锺家已十分落魄，因此得偷偷典当大部分西娘私藏的金饰与许多重要家具才得以风光办成。

71

若隐为锺家唯一疼爱他的西娘阿嬷盖上"陀罗尼经被"，这被子还是他走了许多远路，爬了无数弯了又弯的阶梯才得来的，他是去西娘长年茹素诵经的深山古刹里向西娘的师父特地请来为西娘送行的，他曾听西娘说盖这陀罗尼经被可以不堕三恶道，可以往生极乐。

虎妹听了不解，若隐解释说三恶道是饿鬼道、畜生道、阿修罗道。

阿修罗？虎妹听得眉头都皱起在一起，那是她第一次觉得若隐是有水平的男人。反正就是坏的地方，地狱啦，阎罗王管辖的地方，阎罗王你总听过吧，若隐说。

谁没听过阎罗王，骗我不识啊。虎妹想阿太人这么好，是不会去这些地方的，她会去见菩萨。所以不用盖驼漏尼惊被，我认为阿太会想盖她的龙凤被，这龙凤被她盖了一生，应该要伴随她的肉体一起火化才对。屘叔公你说对否？我讲的是不是有道理，卡有人性。虎妹亲眼见过淹大水时，西娘是如何地珍惜这床龙凤被，她早早把棉被收好架高。独独有一回水实在来得太快了，眼见大红棉被就要被吞没了，西娘急急喊着背过身去抢救什么收录音机的屉子锺流说，捡棉被啊，这卡重要！锺流只好扛起像是几千斤重的泡水棉被逃到高处。大水过后，西娘仔细地晒着这床被子，很仔细地晒着，拍打着，务必要保持表面的锦缎亮度，还要让内里棉花蓬松。

这些画面让虎妹知道这床棉被对西娘的重要，也让虎妹隐隐知道阿太和阿祖的爱情深度，虽然她自己一生都不懂什么叫爱情，只要不能当饭吃的东西在她眼里都是装饰品。

许多人是在西娘葬礼上才知道西娘原名悉粮，是被渔观阿祖改了名。悉粮，死于粮食匮乏的西娘，许多人都这样想。不识字的虎妹指着西娘后头厝送来的白幡问上头都写些什么，有人跟她说音容宛在，驾鹤西归等。虎妹抱着女婴边好奇地听着，她觉得识字的人都好厉害啊，以后也要让孩子认识字，会写字，绝对不要跟自己一样可怜，连自己的名字都少写好几撇。虎妹记得初入锺家，阿太西娘第一次要虎妹去贴春联时，虎妹竟然贴错了。

虎妹看着红纸，纸拿反的。

阿太，这纸上头写啥米？虎妹。

这系字啊。

我知啊，但系啥米字？

西娘答说"满"时，她才惊讶地发现虎妹竟不认识字。她想这将会是虎妹未来的某种不幸啊。西娘不知这舒家三贵竟没让虎妹上学，她替虎妹感到可惜。她想教孙媳妇写些字，但虎妹不是太忙就是太羞于提笔，虎妹说，阿太我是拿锄头的人。你不是只拿锄头的人，要记住阿太说的话。

虎妹想着这些对话，心里想着这个锺家已经没有爱他们的长辈了，此地还有什么值得留恋？她的脑子还闪过一个不好说出口的私念，她想这"驼漏尼惊被"如果留给自己的哥哥义孝该多好啊，他杀过人，死后可能要到阎罗王那里报到，她私心希望可以保留给他，为他减罪。（她想阿太是好人毋须锦上添花呢，当然后来虎妹也没料到哥哥成了基督徒，哪里还有什么往生盖经被之事，哥哥的地狱天堂和她的天堂地狱不一样啊。）

锺家大老锺流甀叔公点头了，他想母亲西娘也很疼爱自己，现下哥哥们都走了，锺鼓青瞑破病，也是风中之烛，只剩下自己成了族里的长者，成了为年迈母亲送行之子。

最后覆盖在西娘身上随同火焰一起灰飞湮灭的是那床古老龙凤被。

虎妹很高兴自己为无能再替自己争取什么的西娘说话，她把这番争取认为是对西娘的某种回报与庇佑。否则以她在锺家的地位，她的话是不可能受到重视的。

72

咏美撑着病体在窗前探看时想，婆婆西娘在天有灵也会笑开来吧。苦日子都过了，再苦都会过了。这血染的土地，悲喜都有了落处。西娘在过身前说她的眼皮忽跳左眼忽跳右眼，咏美想起呷菜阿嬷说过的什么左眼跳财，右眼跳灾。但西娘只是对咏美笑说，眼皮跳很正常，人老了嘛，眼皮也不听使唤了。

西娘在进入弥留之前，她要告别这生活了大半辈子的小村之际，她看见了恍如下雪的岛国。但事实上那是春日天亮之前，虎妹正难得做了自嫁到锺家的一个美丽春梦。就在春梦飘下粉红花瓣时，忽然她肚子极疼，滚出一个红婴孩，她在疼得近乎死去的当下，抓起剪刀剪去和婴孩的联系脐带。日后这个红婴囡仔在十三岁前常跟着她流徙岛屿，且常被心情不好的她骂鸡掰破麻破格。虎妹没有虎眼，她看不出红婴仔是带种的女孩。

然在西厢房的西娘听见婴孩哭声，她要前来的人赶紧抱虎妹新生的婴孩来给她瞧瞧，因为她已经看见呷菜阿嬷的身影来到身旁了，这意味着死神已上路，时间急迫了。

婴儿来到西娘的房间就不哭了，笑呵呵地兜转着黑白分明的眼睛。西娘握着婴孩的手，自言自语，原来渔观当年说拿剑的人就是拿笔的人。她摸着女红婴的双足，轻轻捏着可爱的小足，忽而笑说，这是四界爬爬走的脚啊，真系好啊，无好像阿太啊。

西娘瞥眼睐视着木头窗棂外挂着一轮冬日的大圆月，她嘴角上扬，带着一种僧侣式的微笑，没有人会忘记阿太的那个微笑，月光晕在颜上，掺着亮粉的笑，一种不朽。她对围绕在她周边的亲眷们说，虎妹生这个查某囡，我可以放心走了。虎妹说，阿太这红婴仔看似养不大。汝别惊惶，一个握有书写秘辛的人就会变得强壮，冤魂将会以文字复活，将来我的故事，小村的一切，这土地独特的宿命气味，红婴仔有朝一日会以她的方式写下这一切，写下人如尘土行过平原。

虎妹不懂，众人不解。

但阿太那抹临终笑颜，让她们在赤贫年代感到了安慰。

73

西娘有一天要咏美替她煮一碗鱼汤。咏美想，家里哪有鱼？

黄昏，西娘手里却抓了尾用草绳绑住的鱼，是她去水塘抓的。大家都不信，西娘说完噗嗤一笑，才说是向鱼贩赊来的。你们放心，以后你们会还清这笔欠款。

当晚，西娘夹起一块鱼吃，却被鱼刺刺到喉咙。

疼痛了整晚，隔日，她一个人走上荒地，那日原来她想要从土地里寻找一些谷物和种籽，她听说炸成油吞食可以去除鱼刺。但她却倒头栽在生养她的这片土地里，且任阳光曝晒多时。她的背脊面对苍穹，鼻息俯地，缓慢地失去鼻息，像是一个倒卧沙漠的人，一幕幕往事，一个个挚爱者如胶卷片放映，人生高潮再不可得，唯独幽黯常蒙心头。三王子锺声来接迎，她开口质问，何以弃家弃母弃子？锺声喉头哽住，无法言说，只是泪流。西娘也泪流，她的泪水直入土里，吸引蚯蚓前来。于是当她的躯体被翻过面时，耳眼鼻口爬满了蚯蚓或者蚂蝗，黑黑的嗜血者畅快如入雨林，如猎人需以杀生来维生，其活着的目的就是吸他者的血，如索去她心爱三王子的当权者。

她的耳朵其实还有意识，她听闻着村人七嘴八舌地谈着她的陌生往事与锺家。有些事她想辩解，但已无从开口。

西娘的法事结束后，锺家的食物忽然多了起来，足够吃上把月，因为有人包来的白包金额也够锺家还清一些欠款，西娘最后以己身的死亡来驱走了家族的饥荒。

在看似无止无尽的闷热岁月，在某日初春一声雷鸣巨响、闪光连连之下，甘霖终于降下，且降得恰恰好，既泽披处处，且未漫过田埂高处。田边蓄水池满溢，流水发出悦耳的哗啦哗啦声。

西娘如大地之母般的离去隔年，整个村庄却泽雨绵绵，所有的大地都活了过来。芦苇丛开始有青蛙叫声，死寂皲裂的土地开始恢复沼泽的喧腾，在夜间的路途上，不再有人脱光了上衣发疯似地狂奔。

大家都认为是西娘在天的庇荫。长久以来笼罩着各种死亡阴影的村民，终于越过了死亡线，死亡本身不再让后人惊怖着魔，西娘的死亡带来一种前所未有的圣性与喜感。

高龄自然死亡的本身就是一场喜剧。

就在大雨过后不久，有个陌生人走进村庄，带来了新奇的苏门答腊咖啡树树种，遥远的地理名词带来了异国情调。

补破网

74

西娘阿太辞世后，虎妹在锺家的孤单更深了，也在阿太走后的那一日，她知道不久之后她将离开这个赤贫之地，她想去台北，想去这个大世界，不是对大世界有什么向往或者有什么好奇，她满心想的是她要去挣钱，不让孩子给别人瞧不起了，她冥思着要让孩子抬起头来，那就要受教育。可不能像自己这般的苦，苦到连别人说啥、苦到连字都看不懂……苦到这么不方便，这对自尊心强的她真是一种折腾。

养蜂人总是在小村路口停妥卡车卖蜂蜜，卡车上挂着"不纯砍头"。许多人停下来问养蜂人，你真豪气，不纯砍头，我要硬拗不甜，你的头真要给我砍？养蜂人气定神闲地抽着烟，吐了一口大白烟说，不纯砍头又不是砍我的头，是砍蜜蜂的头啦。停下来买蜂蜜的人听了都笑翻了。

这养蜂人曾经予年轻虎妹一些甜蜜小村的抚慰。

很多年后当乡下亲友将养蜂人的死讯告知虎妹时，虎妹想起养蜂人来到她刚吐出红婴仔的清晨，送来了虎妹生平不曾有过的甜蜜蜂蜜香味，养蜂人还提醒她婴孩一岁前不能吃蜂蜜，虎妹收回正要往婴儿嘴巴里放的一匙蜂蜜。原来蜂蜜有菌，婴儿会受不了的。

报信人对虎妹说这养蜂人是醉死的。

虎妹听了觉得诧异，她知道老公若隐一生最想的事就是醉死，但若隐没有，他是猛爆性肝癌走的。醉死？难不成养蜂人被泡在酒精里啊？她胡乱想着。报信人续说这养蜂人啊晚年不知蜂蜜滋味，却晓酒味，某夜喝酒过多，跌到沟渠，就爬不起来了，很浅的水也能带走他的肉身，因为肉身浸泡太多酒精，能臣服水神。原来是淹死的，喝到爬不起来也是真悲哀啊，虎妹想。醉卧水里也是醉死，报信人言。

她想起养蜂人曾在小娜进小学连续多年都是班上第一名时，悄悄对虎妹说，你知否，我功劳也有一些。按怎讲？养蜂人说着当年他如何拾起女婴的胎衣，包在充斥着蜂蜜香气的布袋，携到前院桂花树埋下的往事。虎妹听了不解，这有何干系？养蜂人续说，唉，这样孩子会聪明啊，要是当时我夜晚糊里糊涂地将胎衣埋到你们锺家后院那就惨了，埋到屋后婴仔傻憨啦。

两人笑着，管它真假。光是养蜂人这心意，就足够虎妹纪念他了。养蜂人那得意的口吻，再久她都记得。在她的生命记忆版图里多是悲伤或者难堪气愤之事，这是少数让她觉得生命隽永，人活着还有些意思的事。

一个孩童时代的玩伴参与了自己吐出新生命的神秘时刻。当年虎妹怀孕三个多月时忽因急性腹痛及阴道出血就医，医师发现她子宫有正常胎儿，输卵管也有一"迷航"胚胎，是少见的子宫和输卵管共存怀孕，紧急以腹腔镜手术切除，才成功保住胎儿。子宫和输卵管的共存怀孕是同时发生子宫内和子宫外的怀孕状态，自然受孕者发生率约三万分之一。虎妹的女儿就是在三万分之一下来到了人世。那一次也是虎妹第一次住进了医院，但那回她很快地在手术过后就逃离了医院，因为没钱继续疗养。

雷光巨响的夜晚，她夜里忽然肚痛，孩子的头撑开了产道，小小肉身竟就滑出了两爿岩石般的甬道，女婴撞上三月的惊蛰空气，却安静无声。虎妹想原来痛彻心扉是这样的啊，她在夜里自行剪断脐带，在疼痛欲死里的昏厥里依然记得将孩子的胎衣用早已准备好的麻油洗净，秀出一张干净的五官，婴脸面对着她，婴孩望着人世的第一张脸，严厉而苦寒的脸。虎妹转着婴孩，想看婴孩没有多一条尾巴，是个女孩，她欣喜地忘了疼痛，她想要个女孩子，漂亮的娃儿。

迷航的胚胎，春雨雷光里降世。

差点死掉的虎妹，剧痛欲死，她知道屋里的花叶阿依是听见了她被婴儿屠杀的哀嚎声，但婆婆却不闻不问，而婴孩的夭寿老爸在外打工逍遥，或者在赌桌。虎妹感觉自己的身体像是被放在冰箱般的冷着，窗外打着轰然雷声，闪光照亮的一室的阴幽，春雨冰冷，她浑身打着哆嗦，找着水来洗净这安静不哭的奇怪女婴。

养蜂人带着蜂蜜气味来到锺家老宅，且目睹了小娜的出生。那时整个房间都因为蜂蜜的气味，而减缓了她对这座小村与老宅的怨怼。

养蜂人在小村的花房像是一座科技生物实验室，有村民甚至开玩笑说养蜂人的孩子都是从蜂蜕变的，或者从蜂的植被花苞里爬出的。养蜂人不喝酒的清醒时光他常帮忙去摘除虎头蜂窝，许多村童都喜欢看养蜂人全副武装如科学怪人似的模样，他全身穿着白衣，头罩纱盔，骑着野狼一二五，引擎声巨响，许多孩子在欧嘟迈后吸着二氧化碳，追着养蜂人跑。猴死仔，别来，被虎头蜂咬一口，你们就死翘翘。经过虎妹锺家古厝时，养蜂人又刻意身骨骑得直挺挺地风神起来，欧嘟迈的身后悬挂着一张"蜂蜜王"广告，手把两端挂着"蜂蜜治百病"小旗。养蜂人朝虎妹喊了声，红毛仔，你的红婴仔呷我蜂蜜，生得真水。虎妹听着于是笑开了，她的视线没有离开养蜂人的背影，这背影有种甜甜的气味，她见他一路越过木麻黄，骑过竹林，直往山林去。

被虎头蜂咬到的采笋客与采菇者被山民抬了下来,养蜂人见状摇头想,要上梁山也得有像我这样的本事啊。

75

虎妹深深以为这锺家和舒家都不是她人生的避难所。嫁到大户人家的幻想很快就破灭,她即使是怀孕或者还在坐月子期间都得下田播种插秧除草。

在烂泥上匍匐爬行,浸水施作,一耕再耕,膝盖肿疼。

人血是水蛭的琼浆,回家脚踝总是黏着一堆噬血的水蛭。

夭寿喔!阿太西娘看了虎妹的脚黏着这么多的水蛭,吸她身上的血吸得饱饱的,西娘就会吐出夭寿字眼,要虎妹赶紧去水缸里掏水洗洗。虎妹常怪婆婆花叶不看顾她的孩子,她在布稻时常对女伴说:阮阿依大小心,不顾若隐囝仔,敢讲若隐毋是伊生?旁人笑呵呵着说,若隐和恁阿依长得很相像,连鼻连嘴拢像,是母子没错。

花叶阿依没事对虎妹骂大骂小,过年过节也照常骂东骂西。临时临夜总是给她出难题,透早拜公妈晚暝洗衫裤,日时去菜寮割菜,黄昏倒尿桶喂猪潲,脚手要敏,半日无闲,但阮囝仔伊却不愿替咱看望一眼,叨是顺罢也愿意。几个小的像是没人要的囝仔,巧巧儿也养成了憨呆……没后头厝的势好靠,给人看不起,虎妹逢人就讲,总说伊绝不回忆往事,但寻常却又口吐往事苦汁。旁人总回说,那时代女人拢系牵拖来牵拖去,拖磨致死。

虎妹和花叶阿依情结早已结下,原因可能是因为西娘阿太爱孙媳妇,却不喜欢儿媳妇。花叶阿依于是把不受宠的不幸归之于虎妹。花叶打从虎妹走进锺家就不喜欢她,然虎妹在作囝仔时就常遇见这个美丽的锺家大媳廖花叶,男人说花叶要有花果相陪,花叶手不动三宝,家事全不用她劳手劳心。虎妹常在贫瘠的孩童时期就盯着这个好命女人发怔。虎妹没想到有一天这个女人会成为自己的婆婆。

虎妹是典型选择性记忆的人,伊常挂在嘴边的话是不记得自己曾有过婚礼。然而倒是有一个人记得了。那是她过世母亲那边的弟弟,也就是她的亲舅舅廖荣公。天顶天公,地下母舅公。母舅最大,廖荣公住在油车一带,廖荣公在往生前曾对去看望他的虎妹说,妹仔,你的孩子未来真出脱,你通怨叹啊!廖荣公用毛笔写了两个字递给虎妹，他说这两个字送给你，给你未来的两个男子各取一个字。虎妹讷讷接过纸，颠倒看着字，有看没有懂，同时心想，现下肚子里的孩子不知是男是女，这舅舅也真是的，连下一个都想到了。廖荣公未久即辞世，死后和虎妹的亲生母亲廖超一样，生廖死张，墓碑上拓刻着：张荣，和虎妹母亲墓碑张超比邻。廖荣公死后，虎妹和亲生母亲那边的亲戚就全断了，她有时想要是在路上遇见谁也认不得了，更遑论后代。

　　一亲二表三代去了了，没有后头厝（后头厝：娘家）可依靠，虎妹在锺家常感孤单。虎妹生第一胎时，用尽了她所有的力气才吐出这个好动的男宝宝。男婴出生时，大家都说这婴儿长得俊，连少出美言的婆婆也觉得好看。她依舅舅荣公所言，将纸条递给当时还活着的锺鼓，请公公命名。刚从绿岛归来的锺鼓见了纸条，念着德芳，说这两个字品格高尚且光宗耀祖，旋即又连说了几声好名好名。分别在这二字上取名"德赫，芳显"，锺鼓对虎妹说，你的两个儿子都有好名了。

　　虎妹不解，要是生女如何？

　　大官说生女无妨，另有名字等待。

　　这种预言般的言语对一向大大剌剌的虎妹失效，虎妹只管将名字像是拿药方般慎重，递给丈夫要他去帮孩子报户口。奇的是，虎妹三胎出世仍是男孩，她连生三个男孩。许多人羡慕虎妹还有序大长老替囝仔取好听的雅名，这意味着大家族的传承还在。而许多人是穷到连名字都乱取的，什么牛粪、扁鼻、臭耳、罔腰、罔市、招弟、阿菜、阿呆⋯⋯不都是这样来的吗，名字竟成了一个时代的缩影。（这些不雅之名到了中年之后都盛行改名，于是一个挂着张欧巴桑脸的人却被叫做诗涵、雅竹、语婕、美妍⋯⋯或者他们为孩子取这样的名。）虎妹在当年没有这种为孩子命名的烦恼，锺鼓过世前都把名字取好了，要不她的哥哥义孝也很爱帮人取名，只是他兴取英文名，她听起来怪，不找哥哥取名，唯独幺女让哥哥取名了，哥哥看了女婴说，就叫妮娜吧。（欧巴桑：年岁大的女人，老婆婆）

　　妮娜，什么怪名？虎妹怪叫着，不过仍叫女婴小名娜娜或小娜。

　　很多年后，有人偷偷告诉虎妹说女人和男人在做那档事时，如果是在很快乐的情况下怀孕的，那么日后出生的孩子就很漂亮。虎妹和丈夫的感情每况愈下，小娜就曾对虎妹抱怨为何把伊生得歹（歹：不好）看，虎妹听了心虚，好像因为自己后来都很敷衍丈夫的房事才导致幺儿幺女长得不够美似的。

　　但她常想这怎能怪伊呢。那美好的新婚初夜，她心中想的人其实是锺若现啊。

116

初夜？听起来像天方夜谭的遥远，这又是多少年的事，如果把世界的时钟都收起来，当时间失去度量，只日出而作日落而息，那么是否有许多的恐惧可以被消灭？虎妹学会看时间是她在少女时去成衣厂车衣裳时学的，常常不是迟到就是太晚离开的虎妹让老板很讶异于她连时钟上的刻痕都不识。虎妹否认她看不懂时钟，她觉得这真是要命的时刻。当老板拨着时钟刻度要她回答现在几点钟时，虎妹的脸红了，她停顿了几秒，望着成衣厂小窗外的天光，眯着眼睛想，偏斜的日头照在红瓦上，现下应是三点吧。老板看出这爱面子的虎妹眼神的犹疑，他并不给伊难堪，只说你到我办公室来。尾随在后的少女虎妹盯着眼前这个男人的背影，她在做囝仔时一路赤脚来到西螺镇时曾经见过这个当年已经是青年的大户人家之子，那时他站在洛可可的二楼洋房阳台上望着前方，她仰头看见阳台磁砖上有文字，她不懂上面的字是什么，她越过那个字，看见在阳台上的这位年轻男人，那时孩童的她想这男人是否可以把她带离贫穷，是否可以帮她长出翅膀？农田荒芜时节，少女虎妹想办法要来到这间工厂，因为听说男人是这里的老板，她想和他遭逢，或许如此生命缺憾可以少一点。男人进了办公室后，取下墙上的时钟，她惶恐又要回答钟面上的数字。男人拨着上下的指针，亲切而耐心地教着虎妹读懂刻痕，一次又一次地拨动着上下那两根不同刻度的针，有时九十度，有时四十五度，有时重叠。虎妹喜欢重叠，像是两个人在一起。重叠在上面是十二点，重叠在下面是六点。

　　虎妹没有被洛可可男人带离远方，她的生命总是被忽略或错失，即使等在她生命前方的剧本已然写成，她还是被绕过了剧本，完全成了自己故事的局外人。她的生命总是不照她想的路径走，像是台风偏离了路径，结果总造成灾难。就像她幻想洛可可男人带她离开那座悲伤的尖厝仑小村，但洛可可男人其实只是媒介她去别的地方打工罢了，男人并不尾随她。她在一种天真的想法下被洛可可洋房男人送到桃园成衣厂打工，她在陌生之城与机械如监狱的工厂生产线上得知了延平老街的洛可可洋房男主人即将和拥有大片茶园的茶王之女成亲了。拜托，你以为你自己是谁啊？她在充斥着踏板与轮轴的裁缝声音里，逐渐将脑中西螺洋房地景与男人模样从脑中里一笔一画地涂销着。虎妹是务实的人，她做梦的时光通常很短，一旦梦境被现实打醒就再也无法重回梦的起点。这也是她能在艰苦年代好好活着的一种特殊能力，这种特殊能力使她这样务实且庸俗的妇人偶尔也能散发一种如梦的光，让人打从心里感佩她存在的热与尘，一种极为务实的俗世尘埃与极为梦幻的光热交错而过的瞬间划过,让人的目光无法不盯牢着她。

虎妹常哀叹嫁的人像是哑狗。

若隐是锺家一个沉默的身影,在家族里十分沉默的人。虎妹不知道命运要带自己去何方,也不明白为何命运会让孩童时的自己遇见了西娘?她记得孩童时撞见的锺家西娘曾对自己说,咱有缘,会再见面。但直到虎妹结了婚都还不知缘是怎么来的。她不知为何命运要给自己一张错误的照片,给自己一种错误的想象?她对若隐以前是有印象的,在她的童年时常跑到锺家稻埕玩耍,那时都会遇见少年若隐,但她是一个活泼多话的人,她很怕遇见沉默寡言者,她会不知所措,会不知身体姿态要往哪里摆放。

你们两人这样真好啊,一热一冷,一闹一静,一显一隐,终是可以圆满过一生的。西娘在世时曾帮她看顾孩子时对正在晒衣的虎妹这样说。

锺家分家后,其实依然都在永定厝里打转,从任何小径出入都会遇到亲眷熟人,分家比较像是分食,那时候食物比什么都重要,得各凭本事去找食物过活。于是腌制食物与觅食本领也各显奇招,有人抓田鼠田鸡的功力一流,让家人永远有肉可啖。然而对女人而言真正带来杀伤力的不是食物的匮乏,而是感情的挫伤,女人永远嗅得到她的天敌。婶婆阿瓜喝农药企图自杀的消息传出时,虎妹正好脚踩酸菜,顾不得鹅黄的脚板,一路奔至锺流叔公家探望。这阿婶对虎妹不错,常偷塞食物给她。阿婶被救回来,但却哑了嗓。虎妹和阿婶的沟通就只能靠眼神,或者写字。阿婶读过汉文,她的年代并非失学者,反倒四岁台湾就光复的虎妹成了政权轮替下的失学者。于是虎妹常要小娜帮忙传递消息,五岁的小娜就识得不少字,她为了替母亲写字,一本国语字典被伊翻烂了。外公三贵见状说,舒家当报信人有接班者了。

黄昏时光,小娜迷上和哑嗓失语的婶婆笔谈。婶婆练过字,楷书隶书草书皆有架势。许多字小娜自也认它不得,拎着婶婆的纸奔跑至外公三贵家,由三贵解。就这样,虎妹迁移北上前,小娜就扮演着信使,是婶婆的嘴,是母亲的眼。

76

这食物过剩的时日来得缓慢。光复后牵猪哥郎才又现身小村,见浑身臭咸咸的牵猪哥郎绳下那只巨大猪哥摇晃着大阳具，后头追着起哄互抓下体的顽童们，其中有人指着猪哥，大声嚷着：身穿衣领乌皮纱，翻山过岭去找妻，人人笑伊流氓仔，伊讲赚钱饲头家。许多在河旁洗衣的少女丫头听了都噗嗤笑着，想转头看却又衿持。当年虎妹也常被继母叫唤拿铁锅子去圳沟旁搓洗，黑底锅沾着长期烧蔗叶的黑灰，刷得她满脸如猫须，其他女孩都跟着笑了。她们一路滴着水，拿着锅子，到猪圈里煮馊食。这时牵猪哥郎正牵着猴急种猪入猪圈，母猪们一时骚动异常，直流涎，女孩们低着头发出笑声，窃窃私语，然后才各自走回厝里。

吃不饱的时光漫长，在小女婴小娜出生前的整整十年，虎妹都感谢耶稣庙的帮忙，美援送来面粉，还送来避孕药。面粉虎妹领了很多，但避孕药她却拿了没食。她心想没病干嘛食药。于是她怀了女婴后，又病了一个胎儿，一个孩子。女婴之后的两个孩子都没保住，尤其最末一个白胖可爱，却染了病。她伤心欲绝，常把这个心爱婴孩的生日横生当作是女婴的生日，也常把女婴当作这白胖婴孩想，但这个活下来的女婴却是非常瘦小，让她非常失望。

这一年虎妹不到三十已是四个孩子的妈，也已经历自己的婴孩早夭的伤恸。伤心加上经年累月的劳累，使她看起来像是中年妇女。她怀疑自己好像直接从少女跳到欧巴桑，她没有年轻过，她的青春是竹子，开花就意味着死亡。

后来卫生所的护士来了家里，带着一张海报给不识字的她看。海报上画着雨天里一个母亲撑起伞，伞下躲着两个孩子，第三个孩子在伞外淋雨。

这是啥米意思？虎妹问。卫生所护士笑说，你看第三个孩子就没办法在伞下遮雨了，生太多孩子就没办法照顾了，两个孩子恰恰好啦。

第三个孩子不就我们家的龙子吗，我怎么可能让他在伞外淋雨，一定是揣在身躯边的。

护士好说歹劝才告诉虎妹服避孕药的重要。

但虎妹仍是食食停停，这对她也就没什么用了。不过护士带来的蛔虫药或者眼药膏她却总是抢着索取。还有老鼠药，家里的人瘦得干干的，老鼠窝却愈养愈肥了。她需要毒药毒死老鼠，但她心中一直有个秘辛，那些黑暗的锺家岁月，婆婆视她如空气，几个若隐的妹妹们更是瞧不起她，她曾气到想要吞食这些老鼠药，但婴孩的哭声总是把她从如幻的死亡场域调回了现实。她一生里生气过无数次，每一回的生气都不是普通的那种气气就算了，她屡屡都是气到想了断自己。死是她常在日常挫败时吐出的字眼，那么寻常地被她吐出，像是吃饭一般。但这字却深深地影响了孩子，尤其是女儿，从小就认为会失去母亲，母亲会在狂风暴雨的生气里忽然消失，她总是害怕担心着。虎妹从来不知道女儿这样害怕，她总是把死挂在口上，各种死，说是要出去给车撞死，说是要吃老鼠药，说是要撞墙……

但她不曾气到说自己要饿死，虎妹对饿十分恐惧，她老年第一次重新读书，就好奇地问过老师饿怎么写？老师说，饿是"食我"合起来。她拿着铅笔不断地写食我，"饿真系可怕。"没有比饿死让虎妹觉得更悲惨更没尊严的事了，肚子咕噜咕噜叫，是她从小觉得最难堪的事。

虎妹怕饿，所以对花花的物质市街总是很感兴趣。

但在乱世饥荒年代，大家还是忙着让女人的肚皮生产报国，晚上世界是漆黑的，无光的，抱在一起也许还能感受一点活的"用力"。大家都在忙着生龙生凤，殊不知多年后，她们后来会遇上什么卫生当局还要来家里发什么保险套，劝说两个孩子恰恰好的节育之事。当时女人拿着保险套笑着，大一点的小孩抢着拿去玩，有的试着吹成汽球，有的套在手指上，空气飘着化学的奇异香味，彩色的手指在灯光下旋转着，追跑着。

女人帮还是没人胆敢让那个玩意儿进入自己的隧道。

那时"火车过进孔（山洞）"的歌还没人敢大声唱，然而秋收时节，如果你靠近一些荷尔蒙兴旺脸上冒着痘痘的女人，她们都偷偷地哼起若干小调。

在那一刻她忽然想起兔妹，有乡下人听说看见兔妹一个人站在刚兴建好的公路上，有个陌生男人停下车，她坐上了那辆车，走了，离开尖厝仑，抵达她自己的冒险幻境。许多人都没有再回来这座小村，连结宿命的脐带，许多人以各种方式切断。虎妹想，她也该离开这座伤心小村了。

心所爱的人

77

养蜂人送蜂蜜给虎妹那夜所生出的女儿小娜转眼两岁半了，虎妹又病子，九个月，幺儿急着面世，但不幸地却夭折。她私下要小女儿改成幺儿的出生年月日，以此来纪念他，算命仙也对虎妹说，幺儿的生辰若给小娜对全家都比较好。小女儿成了幺儿，抚平虎妹心中的痛。三贵知道了，对虎妹说，这样也好，听说代替另一个人活，命比较韧。虎妹因孩子夭折而整日愁眉不展，她是喜怒形于色的人，手里抱着在怀中动也不动的婴孩发疯似地叫着哭着，她那时候才知道不只赘婿是命运，连孩子都是命运。而往后这一切都是从水稻田开始的。于是水稻田，带着苦情苦味，没给她什么好印象，水稻田除了意味着苦力外，也代表着际遇的捉弄。

她的历史际遇被按下关键性的一刻是发生在悲哀的水稻田。

她的哥哥义孝也在水稻田水源事件中被关进牢里。

她想起不久前哥哥义孝才从监狱写信来，希望她拨空去看他，他还嘱咐妹妹带点鱼松肉脯或者什么的去看他。

鱼松肉脯，她听了心里叹口气想，哥哥是关到脑筋坏了，不知外面的艰苦世界是吗？

她在领到工资后，旋即背着婴孩去买条鱼，背上的男婴正发着烧，她在市场到处走来走去，捏着手中薄薄的钱想着买什么好呢？也许顺便扎点青草，回去熬煮，给婴孩退烧喝。她和小贩杀了半天价，一尾鱼少半毛钱。晚上煎了鱼，却只准两个小孩吃鱼尾巴。老大吃超过她画了线的鱼尾巴时，小手即被她大力地拍打了一大下，小的男孩正试图越界时，也被她捏了臂膀一大下。瞬间两个男孩在又嘴馋又遭挨打下，一时就在昏黄的灯泡下放声哭起来。哭声是有感染力的，背上的婴孩也嚎啕大哭着，她一边摇晃着安抚，一边安抚趴在餐桌巴望食物的孩子。

别哭别哭，等会有青草茶喝。乖喔，鱼要留给阿舅吃，明早妈妈再买喔！

接着她将煎过的鱼放在锅上干炒，炒到鱼的整个尸骨成碎，她没有钱买鱼松，于是自制炒鱼松。

探监的前一晚，整个厨房总是弥漫着炒鱼的味儿。老大已经十来岁，他闻到这鱼味，看见母亲大力铲着的身影时，才渐渐安静了下来，他知道明天要搭很久很久的车，去一个很高很高的围墙看舅舅。

妈，明早我也要去。

不行，你要上学，弟弟去就好了，上午你的老师才去田里找妈妈，老师说你很巧,要我让你每天去上学,别让你跟着我打零工了。你忘啦,上回你跟着妈妈去看舅舅,搭车子时你吐了车子一地的地瓜稀饭……老大听了于是也不再坚持跟去。那时虎妹已身怀六甲,前面生男丁的战绩早已超越其他妯娌,很多人问她这一胎想生男或生女,她都笑着说,都好啦,也不是我们想就好了,能生一个可以好好活下来的健康团仔就行了。但谁也不知道其实早在几个月前,当她知道经血没来时,她简直十分沮丧。虽然流着经血在水田割草插秧是苦痛之事,但再也没有比怀孕还要割草插秧还苦的事了。何况,拿什么去喂这些团仔?

她之前曾经因为发现没有流掉这个孩子后,偷偷地在家跳啊跳的,还偷喝一种怪怪的草药,但孩子还是坚持要活下来,只是早产些,因而天生长得瘦小。这个孩子是唯一的女孩小娜。

那年代媳妇常和婆婆一起怀孕,婆媳两代同时怀孕,看谁生的团仔又巧又水。健康已是她那一代人的最大渴望,女人见过太多死亡,听过太多哭声。多少流产的婴儿,多少婴灵魂埋荒田,女人在夜里做恶梦,浑身冷汗。舒家耆老也大都记得虎妹在幼时是如何地爬向母亲的尸体,试图想要讨奶水喝的伤心画面。这件事像是不断重播的定格,是虎妹伤心的源头,一说起就泪直流,仿佛伤心是流感,一点风吹草动就轻易染上身,有如中了悲魔。

无情之梦

78

那年小小西螺镇从两万人忽然暴增至八万多人。

那年义孝杀人。没有母亲的虎妹在锺家愈发没有地位了,后头厝又出这种见笑事,每个人见到虎妹都以奇异眼光杀向她。虎妹割稻时,常把眼泪流向稻田,她背对天,望向地,她想,只能以这样的姿态过活吗?难怪多桑三贵当时告诉她,嫁给同村邻人你最好心里有准备,因为娘家的大小事都会传到婆家的。婆婆花叶对她一向没好感,这下子望她的眼神就好像她也是杀人的共犯似的。

到处都在流传义孝杀人这件事。虎妹常见到一群人窸窸窣窣地聚在一块说着话，见到她走来，声音就关掉了，见她走远了，声音又如收音机响起。

尔后，她回到娘家，像一个刑警似地混在群众里，她仔细地看着枪杀现场。之前大哥在她的协助下，已经脱掉了血衣，现下不知逃亡到哪了，忽然在观看的人之中有人低说着警察已经抓到义孝了。她忍住悲伤，静肃地看着，挤在丢下锄头的农民之中，眼睛望着那滩血迹，还有打断的扁担，被踹过的门，摇摇欲坠的门锁，追打的痕迹，有些是义孝受伤的血迹，虎妹认得出来，因为刚刚接应大哥时，她看见他的头和脚都渗着血，暗红色的那种，和被枪杀瞬间流出的大片腥红血渍颜色不太相同。虎妹突然对义孝产生了一种哀悯的感觉，她看见哥哥被人一路追杀的狼狈样，也见到他不得不反击的那种愤恨。只是这一击，也把自己击毙了。

尔后，没有人记得义孝曾经是秀异聪颖的读书人，也没人记得他看地球仪向往世界的神情，也没有人记得他为了争取水源，挺出来的勇猛姿态，大家只记得他是个杀人犯。而虎妹是杀人犯的妹妹，虎妹如共犯，她日日等待着离乡日子的到来。催促着北上的若隐，赶紧接他们母子上台北。即使饿死台北，她也要离开这个完成她前半生故事的出生地、结婚地、生产地……

在还没离开小村前，又发生了一件让虎妹悲恸欲绝的事。入夜，妹妹阿霞忽来敲门，虎妹探出头来，都还没认出是阿霞时，阿霞劈头就是，阿清出车祸，死去了。同父异母里对她最没有分别心的小弟躺在舒家前院，那样俊美的脸孔被车轮滚过，哭死了舒家女眷。虎妹第一次看见继母廖氏的脸扭曲，她也知道这人间是有悲伤事的。但这无助于她们之间的和解，继母厌恶虎妹出现，她想这女人是来笑话她的吗，她不知道虎妹的悲伤不亚于她。

这几件事都让虎妹知道是该离开这伤心小村了。

虎妹自此觉得和她相好的人上帝都会提早征召他们。母亲廖超，小弟阿清，大哥义孝，西娘阿太……所以她暗自决定此后绝不善待自己的孩子，要凶要狠地对待他们，要把爱隐藏起来，这是她心中的天真想法，即使她被孩子误会也依然要行使不误，为了防止上天夺其爱，她以打骂教养孩子，那种打骂也只有虎妹做得出来，她宁可让孩子气她气得牙齿紧咬且心很痛。她的孩子不解她的苦心，她怕所爱的人会被命运带开，只有所欠所憎的人才会留下。

孩子不解，她的教育让心灵敏感的女儿尤其受创。

对小孩而言，那年喜欢一棵树和喜欢一个男生也许也是混淆不清的，何况童年她的心理状态还掺着许多来自于原生的匮乏情愫。女儿小娜成天喜欢待在外面玩耍，因为那感觉于她有说不出的热闹和安全，不像她的家只有母亲和老是躲进黑暗的老父。小娜进门总得把东西大力地往床上一掼，发出很大的声音好吓走躲在空气的精灵。一开灯就是惨白，她外婆的往生肖像一直挂在化妆台上方，化妆台就在客厅，空间十分窄仄。小娜凝视外婆肖像，一张停格在年轻的脸，她妈妈总是在肖像下日日重复对着她说着一样的话，一样的故事。说的尽是外婆的美名，当时来台湾的美军每天都痴想美艳的外婆，可惜她很早就过世，那时妈妈还不到四岁，就已经知道生离死别了。小娜故事都听腻了，她妈妈每天还是像祷告似的每晚必说一回，并领着她在外婆的肖像下的白墙，以刻度来量身高。虎妹对着肖像说，阿依哟，你可别让你这查某孙长得没三块豆腐高喔。小娜总是盯着肖像看，每一天都发觉肖像里的外婆愈来愈年轻，长得愈来愈像是伊自己，直到有一天她见到外婆的肖像上停着许多黄色小蝴蝶，小蝶扇着粉翅，像在对伊抛媚眼眨眼睛，小娜忽然自言自语了一句，爱是蝴蝶变的。当时虎妹在车衣服，听了女儿胡言乱语，只淡淡说你永远别去想有钱人家的男人。小娜取出纸张，画下有着两扇炫目艳色银光翅膀的蝴蝶。

蝴蝶总是到处飞舞，你也一样，虎妹说。

那你是什么？小娜反问母亲。

虎妹手脚停顿半晌，摇摇头说，我是你母啊。

小娜听了噗嗤一笑，原本在心里想的是母亲是一粒回不了海水的贝壳，无法回到海洋，在岸上总有一天会晒干。死掉的贝壳空有美丽的外表，没有灵魂。小娜在心里胡思乱想。

79

童年小娜喜欢南方小村，虎妹笑她没见过世面。

虎妹不断地告诉她台北有好多东西，傻瓜才要住在小小的尖厝仑永定厝。等了多年，终于轮到她自己可以做主的人生了。那天只要路上见到虎妹的人都曾目睹过她周身散发出来的慑人光芒，她再次被这种奇异的光晕笼罩住。她骑着孔明车到了西螺，她突然觉得西螺这个镇很小嘛，延平街原来不过是一条极为平凡的小街罢了，她现在看这个地方的每条大街小巷都觉得好小，一点都不值得她留恋。她直直地往一家极为热闹的货运公司行去,她见到许多和她一样的移动者,他们在南北两端移动,赚进许多财富,老板的货车排满了空地,让虎妹在货车的车阵里走走停停,四处摸着,这些物质新世界让她很激动,她怀想着若隐开着车子的神气模样,那是她该有的生活,只是这人生被延迟罢了,她一直都这么相信着自己的梦想,她认为只想而不去行动者都是落伍的人,她的梦想从来都是可以实践的。她赏毕车子完美的机械线条后,很满意地走到老板的办公室,老板的电话接不完,她却不急,这一点都不像急性子的她,因为她正陶醉在"电话生意"接不完的梦想里,她想这才是生活啊,自己绝对不要在小村里没有尊严地仰息着,何况西娘阿太走了,那个原乡老宅院早已没有她留恋的人事物了,那里只剩无尽的伤夜与苦痛,除此空荡荡的。等老板终于放下电话后,她仔细地告诉老板她要预定一辆货车,且货车的车龄要在三年内的喔,要安全的啊,她说话的口气像是大客户似的。

台北发的末班车

80

　　蓝色发财车来到小村时,许多妇人都在自家的门口看着即将北上的虎妹一家人,他们露出很欣羡又很不屑的神色。有的孩子依着货车不走,还被妇人叫骂回家。有妇人蹲在门槛喂食孩子,汤匙常停在半空中,她们想,这虎妹好厉害啊。

　　虎妹搬了几样属于她自己这一家子的一些坏铜古锡后,她再次定定地望着这锺家老宅,她确信直到这座锺家老宅倾颓前她都不愿再入驻。当货车驶离锺家稻埕后,转了右弯,经过乌山头水库流下的水源支流,虎妹环视着这水,这夺去生命的农人之血,这剥去哥哥义孝自由的水,她听见水流呜咽,她瞥见女儿小娜的猫脸挂在货车的车杆上不知在眯眼看着何方,那瞳目和睫毛很迷人啊,她第一次觉得女儿漂亮,她幻想着女儿将来在台北可以去学钢琴学跳舞。接着当货车弯近舒家前的竹篱笆时,她并没有要货车停下好和继妹们道别,她觉得眼前没有这种煽情的必要,衣锦荣归才要紧。她看着生活了三十多年的小村被车子抛离，落魄的舒家和落败的锺家渐飞离了视线，生命虽是依然飞沙走石，但被抛离的原乡却让她感到一种前所未有的畅快。

虎妹站在锺家稻埕望着自己从少女变成少妇之地，忙碌的子宫，孕育着恐惧。从子宫吐出的孩子有四个活下来，有多个无缘者。（很多年后，她才告诉女儿，来到台北时，为了打拼生活，拿掉很多可怜的无缘胚胎。她很懊悔，懊悔的是她后来老是天真地想，要是当时没有拿掉，也许这些孩子会比这个小娜孝顺呢，仿佛该拿掉的孩子是小娜……）无缘的胚胎或者半成品婴孩都被那时候的女人悄悄坟埋，来不及悲伤，子宫又入主了另一个想要霸占皮肉宫殿的房客了。她们常流泪却不懂什么叫悲伤。她们常大笑却不知什么是快乐。她们常移动却不知什么为旅行。要往台北大城市移动的梦想开始转动了，南方移民潮省道的动线上有一辆货车上将载着脸庞线条永远坚毅如石膏像的虎妹与一群肮脏如猫脸的孩子。

81

这一天终于来了，这也是西娘某周年祭日了，虎妹唯一一次梦见西娘的一回，她看见西娘的背后是高楼大厦，那样的城市景观是虎妹一生从未见过的高度，那些楼房的高度啊，简直是妈祖起驾，让她心生艳羡。西娘依然穿着斜襟蓝染，那双小脚对应着背后的浮尘大厦，予虎妹目不转睛。西娘说，虎妹啊，你要离开这座沾满血迹的小村，去大城市吧，那是你的天地，但这天地得来必须付出感情的代价。

虎妹醒转，脑子里充斥的是那些吸引她纵身一跃由高楼所切出的各种华丽峡谷，峡谷下有车，有时髦男女，那是她向往之境。而西娘所说的感情是她最嗤之以鼻的东西，自从"看错照片"嫁错人后，感情就不再是她生命里的东西了。她觉得当女人成天装扮的结果不就是等着让男人睡，这有什么好的，除非装扮是为了让自己快乐，那她就觉得值得，她的人生除了孩子就是自己，她当时以为和男人的感情是最轻也最荒芜的事物。（然而当几年后她发现若隐在大城市有了别的女人且又成日喝酒买醉的事实后，她愿意去承认感情是影响生命最巨大的风暴时，她已经没有能耐去装扮年华了）。

梦见西娘那年女儿小娜也已然会趴趴走了，成天爬芒果树像野猫，或者在廊下发呆如空癫团，要不就是成天跟着养蜂人趴趴走。这让虎妹感到害怕，她总觉得这小村潜藏一种消磨人意志的不可见之沉沦力量。

确定离开锤家老宅前的三个星期，虎妹又陷入了奇异的如梦时光，就像当年她以为要嫁给锤若现前的一种奇异幻觉萌生，她的整个人都散发着光。要是当时锤家的呷菜阿嬷还在的话，一定会说菩萨和护法神环绕在虎妹旁，那种环绕周身之光，是只有对生活产生巨大能量者与慈爱者才能获致之境，就像锤家案上的杨枝净水手持甘露与莲花的观音像，画身总是布满光。或者离小村最近的一座小教堂里环绕圣母和圣子周身的光，具有一种让人目光不移的光环。那时见到虎妹的人都不免多看她几眼，或者总是想尽办法停下来和她说话，好像她是传道者似的，每个人都要上去和她说几句话好沾些光。虎妹不知当时自己具有一种让人趋近的光，她庸俗（她一直有这个部分，她一个人时想着这些俗事或事物坏的一面时，光就消失了）地想着大家靠近她是"看得起"她了，二三十年了，她一直觉得村人隐隐地瞧不起她，没有母亲是这么一回事，赤贫是这么一回事，被婆婆花叶摒弃又加深了这一回事，哥哥义孝枪杀了人则注定了这一回事，现在他们要上台北了，大家都看得起她了，她觉得村人无情，趋富驱穷。

但实情并非如此，虎妹的喜悦是具有感染力的，她在终其一生里都忽略了这件事，这使她偶尔出现的如梦灵光常刹那升起又瞬间消失。

能目睹她身上散发这股奇异的热光者也愈来愈少了，因为虎妹的人生喜悦时光说来并不多。（最后一次目睹虎妹身上散发光热的人是小娜。她在某个大雷雨的午后和母亲坐在公寓阳台，那是八十年代初台湾钱淹脚目，小娜见着母亲在数着从股票和大家乐赚来的钞票时，散发的那种大笑神采，小娜心想母后这笑容能否停格？停格吧，让我目睹神迹的存在。小娜遥想着孩提时的某一年，母亲也曾经绽放过如此的光梦笑容，那笑容的背后也和金钱有关，母亲数着钞票，一张一张地数着，好像数不完似的，还要她帮忙将钞票折平，每一张钞票每一个铜板在阳光下都闪闪发亮。那种开心，那种对生活的无忧，都让人有了光。而这光强烈折射在阴暗的虎妹身上时特别显得明亮，这光强烈融合在巨大的虎妹身上时也特别显得强韧。）

钱可以买得到尊敬，钱可以免除其在日常生活中所受的苦，钱可以买她的开心。

离开南方，犹如丢了被钉在原地的十字架。穿行一夜的南方小村，被她丢在脑后。前方是新世界，新的大城，新的人种。充满流言的赤贫小村不值得她回首，流血的无欢老宅不值得她回顾，流泪的床枕不值得她回眸。往后只要有人提起这座小村，或者提起她的父亲或继母或婆家，她都会出现制式的表情，惯性的嘴角上扬，冷淡的眼色，鼻孔更是仿佛要喷出仇恨的怒火。这时除非有人提起锺家阿太西娘，才能足以浇熄她体内的厌蔑之气。

于是当她搭着货车被运到台北时，初见台北城的虎妹整个人受到很大的震荡与激动。原来世界还有另外这一端，这么多楼房，她竟然乡巴佬地完全不知道，她想一定要在这座城市拥有自己的房子。

很幸运地她离开了让她勾起痛苦的水稻田，男人的水稻田，命运的水稻田，劳动的水稻田，无眠无休的水稻田，让她在这里遇见媒人婆的这场婚姻，让她在这里狠狠抽打因涮尿尿在裤底且发烧还舔吃着冰棒的幼小女儿，让她晚年膝盖十分酸疼的水稻田……她痛恨水稻田。她渴望离开……渴望离开生活了大半辈子的云林时她还年轻且充满精力。货车载着她离开尖厝仑时，虎妹的小女儿小娜还一脸猫相地靠在米袋里睡着了。她摸摸小女儿的脸颊，略微带着烧，但她不担心，反哼起歌来，心想到了进步的台北什么都有，还怕什么，只怕没钱而已。

随着车后退的木麻黄小路，月光忽隐忽现，夜里静静吹起的沙尘像在风中独舞，后车灯投射出飞扬的线条。

以前觉得讨厌的东西，都因为离开而变得可爱了。

月光下，她看着货车逐渐驶近的腥红西螺大桥，溪床浊沙滚滚，连续几个半弯月形的腥红桥梁端立在荒莽溪水的两岸。童年她生日过后不久的某一天，她离开家门，好奇地随着村人一起往大路走。这天不是圣诞节，也不是行宪纪念日，这天是只有云林人才会记得的西螺大桥落成纪念日，一场像是作醮驱魔的通车大典。于今虎妹以送别之心目视着即将远去的红桥，她忽然回忆起童年那天一早番薯签没煮好，被继母用锅子敲了一记头，抚着头感到痛恨与耻辱，但继母比自己高大且强势，自己还只是个小孩，于是只能跑开，只能在继母的谩骂中跑开。

你好胆就唛返转，假疯，无信你没返转，外面没通呷，还不是乖乖返转，做台北人，做猶空梦……继母在她后面叫嚣着。（大意是：你有胆就别回来，疯子，不信你不回来，外面没饭吃，还不是得乖乖回来，想做台北人，做梦。台语中"猶"是"疯癫"的意思）

虎妹一生有几个画面永远难忘，老是自动倒带的画面，难以停止述说。

其一是童年时拿破锅去修理时见到了西娘。那时补破鼎郎正骑着孔明车，后面载着长方形竹篓，一路叫喊。霜冷天气，抹盐鱼和鱿鱼挂在竹竿下随风微微摆荡着，干冷的风即将形塑日后入胃的客家小炒和青葱爆香。补破鼎郎在火炉下烧得鼻子通红如柿，许多人家拿着锅子、鼎仔、脸盆、铅桶来给他修。他端详着其中一只锅说，修不成啰！他对着其中一个五岁女孩说。五岁女孩竟哇了一声嚎哭了起来。锅没修成，女娃怕回去挨大人打骂。锺家公厅这时走出一个长发在脑后挽成一个发髻、穿着细麻绣花台湾衫裤的美丽女人，她一走近，许多人就闻到扑鼻的茉莉花香。原本那些厝边头尾的围观人都用眼睛余光看了一眼来者，围在补破鼎郎旁的锺琴就回头笑着轻唤了声，阿侬！补破鼎郎这时也礼貌地跟着对女人点头叫了声太太好。这个被叫太太的西娘从袖口掏出点钱替女孩买了个新锅，女孩转啼为笑，抱着新锅像抱着心爱玩具地一路奔去。这女孩西娘是认得的，隔着龙眼树群后面邻人的舒家大查某团虎妹，可怜刚失去母亲不久父亲就续了弦，女孩虽叫虎妹，但这只虎却老是被肖狗的年轻继母日夜使唤叫骂着。有人笑说，这不就是歌仔戏戏文所唱的什么虎落平阳被犬欺。但也有人说，别看这虎妹，她只是还没长出虎牙，哪天虎牙长了，可得防着被她记仇反咬一口。女孩抱着新锅喜孜孜走在回家的小径上，她不断地亲吻着这只新锅，心想着回去父亲见状一定很欢喜。这时一阵冷风从竹林灌过，冷风穿越她这一身空荡荡的污渍破衣裳时，她感到极为冷冽，这时她开始小跑，以跑步来驱逐冷，边跑边吐出白气时，不知怎地忽然想起偷偷见到锺家厅堂上高悬的一张虎皮与鹿皮，她不由得又打了个寒颤，起一身鸡皮疙瘩，好像被钉在锺家厅堂的是她自己。她当时的这一念，却是不经意地钩到了她未来的命运。她仿佛看见自己也将像那张虎皮似的往后将被牢牢钉在锺家了。虎妹被往事钉牢的其二画面是不断被她说起的西螺大桥通车大典。

浊水溪芒草那样萧条，金艳艳的阳光下集结着台北来的黑头车，金发美国洋人，黑压压的村民。小虎妹穿着单薄破衣裳，顶着一头纠结如狮子老虎般的乱长发，头发上还有几只被血液喂得饱饱的虱子。在寒风中她好奇地随着村人也从浊水溪一路上岸，顿时鞭炮轰轰响，她那因为走很远的路所流的汗水还在衣内渗着冷。午后阳光穿越木麻黄，从背后打上一圈光轮，投射腥红桥墩上，那一刻她好像目盲了般，感到一阵迷眩。然后是转身时她撞到了亮眼光鲜的衣服，两只手长长地在她的面前晃动，拂着她那一头杂乱黄赤且极为营养不良的长发，她抬头见到有几层楼高的庞然大物，吓得尖叫而失声地嚎哭了，四周村人笑着。

七爷八爷就像童年恶梦，老是来吓她，她拜许多神明，但唯独怕七爷八爷。那么大仙，比楼还高，做囡仔够怕的，神不是来吓阮的，神是来保庇阮。

82

货车经西螺大桥，她回忆起童年第一次走上这座桥的往事，仿佛才昨日而已，但人事全非。最疼爱自己的阿太西娘已辞世，她想起阿太时会感到一阵心疼，无来由地想掉泪。她知道西娘从民国四十二年起，每个夜晚总是独自伤心流泪，西娘的三个男孩在西螺大桥一周年庆时，那时她未来的叔公锺声被枪决，她未来的公公锺鼓和未来的尪叔公锺流双双被送绿岛。她想自己还是比阿太幸福啊，至少自己终于可以离开这块伤心之地了，这块沾满血腥之地，她不想再想起。（她到晚年才知道这岛屿何处不伤心呢，哪里不流血呢，但她已逃无可逃。她将自己的逃亡权给了女儿。）于今唯一相依为命的大哥义孝也入狱了，自此这故乡再也没有值得她一丝一毫勾起留恋之处。做囡仔时有够憨傻，没老爸或没老母的囝仔世事生疏。她看着月色中远去的桥，这里神庙如此多，但却贫瘠异常，当年村庄遭连坐罪者众，男的非死即坐牢，留下的非小即老，这里真正成了伤心女人村，有人以泪洗面，有人以苦度日。但虎妹不愿意如此，她得离开，她想飞，她要让自己的孩子有未来。

货车在省道里继续走着，司机又去大盘果菜市场载了几篮货后，才继续往北开。直到畜兽尿臊味远离鼻息时，她知道故乡这会是真的远离了，货车刻意载着她们母女驶上公路，一条新颖公路，让她闻到新鲜刺鼻的柏油气味，那一刻她忽然意识到这气味和原生不幸的命运锁链已然隔离，那一刻她看到青春的年龄时间已然结束，而内在的青春时间却才要展开。

她想整个番薯岛都需要他们啊，他们往南或往北，当年他们十分无知，不知道什么是高速公路、铁路电汽化、石油化工厂、核能厂……，他们只认得钞票，有的人连钞票上的人头是谁都不知。虎妹离开家乡赴北，是整个尖厝仑的女人移动之最，虽然她最远也只抵达台北城。当时家乡到处流言四窜，有人传说去高雄造船厂的年轻黑手们都成了造船大王，到台中港、苏澳港的辉仔柳仔开舶来品店,去盖高速公路的矮仔发仔开宾士。(事实是,他们只是和那些闪亮店家和在风光物资前合影拍照,寄回家乡而已。)离开者的心头却十分笃定,他们确定自此一去,世界将转,风光顿变。就像虎妹早从义孝大哥那里听到他说未来的车子会在天空飞来飞去,未来世界不只有人脑,还有电脑和机器人,未来的人种头壳都会很大。

在点油火的无灯乡村成长,她在货车中见到点点灯火的台北城时,她赶紧摇醒了小女儿,指着前方的台北桥说,快看,真水真水的桥啊!那口气就好像以往摇醒孩子看西螺大桥的复制口吻。

小娜揉揉眼睛,小女孩说出了也不知在哪学的石破天惊之语:我要在这里长大,长大成名。这口吻让虎妹想起四岁时随着义孝大哥见到锺声在屋顶放送古典乐的身影,自己也吐出了惊人之语:我要和伊结婚。

那一刻她跟着女儿笑了,虎妹说,有名要做什么,憨团仔,要在这里有钱啊。

故乡自此成了异乡,虎妹喜欢这样的结果,她就是不喜欢小村。女儿回头见到母亲的神色如发烫的钢铁,那神色让她提早长大,她也被那果决的热情烫到了。

这小村于虎妹是失母失兄失子之地,是血印之地,是饥饿之土,是悲惨世界,是她一切的悲伤源头,她头也不回,如有人此刻要她掉头回去,除非枪毙了她。

雨夜之花蕊

83

喜妹、兔妹、憨妹被老一辈的村人称为"阿妹三口组"。

住在顶茄塘的喜妹,她在记忆尚存时还记得以往的一些日子,她一直在准备着试穿婚纱。那时镇上开了几家西式新颖的新娘礼服店,白纱给了乡下女孩无尽的未来幻想。但由美国赞助的医疗义工服务团巡回下乡的检验车却阻断了喜妹的婚姻路。她在免费的诱惑下,不仅上了验血车,还接受了卫生所提供的最科技最新颖的乳房与抹片检查。女工们第一次看见这种对身体私密处的检查,无不惊恐万分。唯独喜妹天生好奇，且贫困多年，只要听到免费二字，无不跃跃欲试。

躺在冰冷的床上，喜妹第一次尝到什么是麻药。心想着麻药真是奇异的发明，竟然能让自己眼睁睁地看着某个部位失去感觉，远离自己的身体飘忽而去。就在喜妹结婚的前两周，卫生所的人送来了检验单。子宫颈癌像是一种死亡的病菌字眼，自此每个人都惶恐地盯着喜妹。"子宫"大喇喇地跟喜妹的名字印在一起，当时的人只听过子宫，还没听过子宫颈。

子宫上怎么长出颈子？

笨啊，没有那条颈子，男人的种怎么会跑进子宫。

小孩从那里跑出来的吗？

工厂女工们悄悄地在输送带上交头接耳东扯西说着。

喜妹的位置已经空了一段时日，她发给大家的喜帖还在许多女工的桌上发亮。

听说喜妹上台北医院，要把子宫切除了。

那她不就不能生孩子了。

嗯，更惨的是她被退婚了。

就在二二八那一天，喜妹被退婚，不是因为政治，而是因为她那不幸的子宫，不是癌，是瘤，但已经没有人要她了。时间如果再晚些年，这生病的子宫也许有改写命运的机会。但当年当然没有，不孕简直是天谴。于是喜妹恨极了二二八，恨到没有任何原因的。（在许多年后她竟出现在二二八和平公园悼念现场。她身处在不是被过度圣战化就是被极度冷漠化的现场。她嚷嚷着二二八是杀手之日，她疯疯癫癫的模样还遭警安人员的驱离。）二二八，她怎能不提这个带有哀伤般神谕性的特殊数字呢。对喜妹个人而言这一天是婚姻死神骤降的残酷日子，她无能闪躲的日期。就在二二八对抗乱象稍稍有点退去的迹象后，南方稻埕在午后呈现了白昼的死寂。这时有一辆美国制卡车穿过风沙、滑过泥泞、越过竹林芒果树，颠簸地冲进村庄里，直入尖厝仑这个小村的心脏地带锤家稻埕。

下车的竟是一个女人。查某开大车？许多人被引擎声吵醒，从正午的昏睡中醒转，从窗户中看见一个女人开车奇景，男女老少皆啧啧称奇，像是看到外星人。

女人叫翁喜妹，很多人从她的名字判断误以为她是客家人，她总是连说几声不不不，这是日文名字音译的，Himay，姬。翁也不是她的姓，是她的名字"音"的日文发音。所以她的本名是萧音姬，老家在隔着浊水溪的彰化。原来啊，彰化萧（猎）一半，鹿港施（死）一堆，莫怪喜妹疯癫，有人这般戏说。但大家仍习惯叫她翁喜妹。她出生台北，母亲和锺家有亲戚关系，喜妹回到母亲童年的乡，听说这里到处都需要买东西，于是她载了很多东西，打算来这里开家店铺。

那时锺家咏美还没开杂货铺，而尖厝仑唯一商铺锺家某房妗婆正好要把店铺收了。那时锺妗婆的店铺是孩子的梦幻天堂，位在村子里最大两条小交叉的路口，隔着小径，前有小川田畴，后有竹林房舍，房舍四周植满杨桃树和龙眼树，羊齿蕨类植物傍缝而生。翁喜妹来到此地，她敲敲房子的砖墙，发现小屋结构十分良好，景观怡然。这正是翁喜妹向往的生活，她很快地把之前一路从台北驱车返乡的崎岖困顿，甚至怀疑起自己是不是疯了的念头瞬间都抛之脑后。翁喜妹开心地四处转着，转到了妗婆面前，开口就是，我要，我要它，我买了。几天后，锺妗婆接过现金，她用手指抹去糖果玻璃罐上的灰尘，将一切物品点收转给喜妹后，不禁警告起翁喜妹。我说喜妹啊，开店不是你想的那么容易，你以为这里的人需要东西，那是没错，但问题没钱啊，大家以为日后要过好日子了，可是你看时局是更坏了，谁有钱买物。

喜妹却说，你不知道台北更乱，更难生存。

锺妗婆摇头笑她天真，人家往都市跑，你却往乡下走。

等到买下店铺过后，喜妹才开始去逛起尖厝仑的村内村外。很快地她就发现这里似乎也陷落在不知名的魔鬼力量里了，到处有被焚毁的房舍，田园荒芜，一片残破，使得田和路再也分不清了。买下店铺的那天起大雾，所以她并没有看清这四周的残破景观，反而当时有一种印象派的风景感。

但其实四周之景已然是野兽派了。

黄昏时喜妹坐在自家店铺前，她无聊地开了一包饼干吃，就着正一点一滴落在远方山后的夕阳发着呆。她之所以逃离台北，是因为亲见一个陌生人被枪杀在她家门前的路上，男人的腿在倒地后还保持着弯翘起的姿势。许多个小时过去了，许多人走过男人的身旁，也有人骑脚踏车行经，但都没有人理会那个陌生人，好像躺在路中央的是一块石头，一件废弃的家具。

她想，还好在这祖上的家乡里还没见到任何一具尸体被丢在她家的门口。

有人以为喜妹成了悲妹，有人故意叫她颠倒女人，被际遇捉弄的女人。被退婚的女人在那个古早封闭年代，容易心理得了疯病，易让她忧郁一生，但她没有，在心里她成了男人，开店查某，开大车的颠倒女人，颠倒反性，乡人都这么叫她。

但她活了下来，以她自己的本性。

84

和翁喜妹一对的是舒家兔妹。有人说这可怜的兔妹，因为有兔唇就这样被叫作兔妹，以前虎妹将她放在乳母车上推着时，面对乡人的耻笑，心里都感到命运作弄的苦楚，对一半血缘的妹妹，虎妹还是很保护，她会去追打那些耻笑她们的人，直到追不动了，或者兔妹嚎啕大哭了。

兔妹日渐长大后，她决定离家，她感到再不离去，自己将有爆炸的感觉。当猎（猎：疯癫的）兔妹爬上刚通车未久的新颖公路等着陌生人把她接走的那年，村人才知道有精神官能症这个名词。

过去他们都只说猎仔、神经病、猎魔神。

许多靠山林傍海边讨生的人家，每一年总有初长成的少女消失在舒家老幺兔妹的眼中，很多年后，她才明白那些和她同样年纪的少女是去了台北，几年后她们却以一种艳丽浓媚的姿态回到老厝，当她们穿着露背装站在厅前芭乐时，许多刚长毛的小男孩都像是被招魂似的脚步无法动弹。

有村人背地里说这兔妹拜过狐仙姑，听说要脱光光就着月光拜。难怪她看起来很狐媚的样子，又有人接着说，看来兔妹要改成狐妹了。狐仙姑长什么样子，会不会像仙女？谁看过仙女？庙前阿公放下从垃圾桶回收捡来的杂志，杂志上的封面女郎沾了一身的红槟榔渍。

刚读女中的少女第一次听见和看见什么是露背装，什么是假睫毛。高中女生最常做的事就是照镜子、剪分叉的头发，穿窄裙躲教官。那年代保守荒芜的乡村因为北上女孩的返乡而带来了有如是马戏团的华丽氛围。彼时还没离开家的兔妹自己也看得心惊胆跳的，她二十岁了，从没离开过这个快要长霉发烂的小村。她看见小学同学变成了一个遥不可及的模样，跩着细高跟鞋踩在乡村的泥地里，每行过一处都踩踏起凹陷的软泥，惹得蚯蚓四窜，蚁虫搬家，鸟类惊飞，风摇树动，直似地震来袭。

兔妹觉得自己简直难堪。穿着破衣裳，成天带下面几个弟妹小鬼。

有一天舒兔妹消失了。

有人见到她一直走一直走，任铁牛车经过叫唤，头也不回地走着。最后见到她背影的人回村里说，兔妹脱下鞋子，爬上了于村人有如小土丘般的新颖公路。好奇的村人也跟着爬上了小土丘，躲在公路旁的相思林里，盯着呆立在公路旁的兔妹任风扬起她的纠结发丝，她的短裙像是开伞般，打开了她的红色内裤。

几辆飞驰的车过后，有一辆车挨着她靠路边停下。

门打开，里面的人也没说话。就见兔妹跳了上去，跳上去前还回头笑了一下，仿佛她知道有村人在其后面见证这一幕似的。

虎妹听了旁人转述很不以为然地直说哪有可能！阮小妹从来无曾搭过车子，何况是上陌生人的车。但一天过去了，一个月过去了，一年过去了，十年过去了，都没有兔妹的消息。直到虎妹自己都举家迁至台北了，都没有再见到兔妹。

虎妹继母廖氏过世那年，虎妹忽然想起自己的兔妹，她知道兔妹还活着，只是不知伊在何方。她记得这个阿妹说话有点口吃。乡下传说这兔妹幼年时就爱漂亮，吃饭时老爱照镜子，捧着的饭常快掉到地上了。阿伊就警告她这样会口吃。于是许多乡人要辨认舒家那几个长得很像的女儿都是从说话来辨别的，尤其是兔妹，没人会忘记她说话开头总是会我我我连个好几声才能断续把话说完。

虎妹回到尖厝仓，依礼俗女儿要从村口跪地一路爬到家里，虎妹是继女不想吃这一套，但碍于村人目光也就象征性地爬了一段。她不禁在心里暗骂着膝盖痛死了，沙石泥地女人谁禁得起爬啊。就在继母即将封棺前，前厅忽然扬起一阵巨大骚动。前方有个小黑点逐渐爬了过来，大家全成了木头人似的盯着小黑点不动，直到小黑点成了大黑，木头人开始动了起来，一片哗然的音量如鼓般地弹开来。

是兔妹啊！是兔妹啊！

穿着紧身性感黑衣的兔妹一直爬，围堵在路口的丧家人与村人纷纷让路，让兔妹爬到厅后的棺前，兔妹嚎哭起来，口中直叫着我我我……阮阿依喔！心肝阿依喔！兔妹哭着时，还从包包里掏出许多纸钞、金子，往棺木抛洒，有的纸钞和金子落入棺木里，有的则扬在阗黑阴森的棺木四周，或者落在正对着亡者遗容做最后一面巡礼的家眷。大伙都目瞪口呆了起来,有的还想,这么多年过去了,兔妹还是个疯子啊!

只是口吃依然如故。

兔妹如风来去。

死老爸路头远,死老母路头断。母亲已死,人子告别家乡自此成了永恒的再见,永恒的远走高飞。路已断了,返乡路已断了。在那场舒家阿依的葬礼上,许多北上求生者自此知道原乡随着母体焚烧成灰的那一刻是再也不复返了。他们之后零星回来的可能只是清明或者拾骨,到了后代就更不会对着一个瓮的照片起相思之情了。于是,尖厝仑不仅早已是地图难以找到之地,更是伤心离乡者刻意抹煞的心灵地图。最后成了舒家祖谱上消失的一个名字。当一个人的名字逐渐不再被提及时,他的世界也跟着消弭于无形。

被兔妹抱过的虎妹之女小娜记得兔妹身体的气味,带着一种茉莉、麝香和白茶等奇异混合香气,也记得兔妹的笑容,总是带点悲戚的笑,开口说话才会把悲戚转为喜剧,说话的姿态像个还没长大的孩子,还会喷口水在别人的脸上。

也因此许多年后当村人传说当年兔妹是在台北新开幕的百货公司男士部当男鞋柜姐,且还是柜姐业绩最好的一位时,小娜听了深信不疑。兔妹卖鞋子,是她命运最好的几年,她头老是往下望客人的脚,她总是微微含着颈,慢慢蹲下身帮男客人套着鞋子,当近距离闻着这个用极其修长的手蹲在地上为他们套鞋的女人时,许多男客都闻到了她身上奇异的香味,顿时心生喜悦。柜姐兔妹的业绩,让许多来自南部同乡的柜姐吃醋,她们的脑子大部分时间都是花在如何赚更多的钱,如果没有赚到更多的钱,就把脑子用在嫉妒上,她们想竟然输给一个有缺陷的人,她们当然不平。兔妹身处在整个楼层的柜姐女人都对她有敌意的险境却浑然不觉,她那种逢人带点傻笑的模样,更加强了敌意者的愤怨。在某个柜姐佯装好心帮兔妹结账之下,利用结账差额,发生兔妹没有为客人打折,而折扣金额反进她个人口袋的事情。兔妹卷铺盖时,都还搞不清自己是怎么被遗弃的。

她把这种感觉称为遗弃。遗弃加速她内在失心疯的启动机制。

兔妹又成了她被村人想象的"该有"模样。她像是村人对台北凡间的想象尽头,带点邪恶本质的,带点迷乱情调的。

只有虎妹例外,虎妹不作如是想,她知道妹妹失心疯一定是因为被查埔郎骗了感情与身体，笨女孩才会人财两失，虎妹自己断然不会如此，因她从来不看好爱情。至于台北是什么本质？虎妹不懂，虎妹从来不关心这种抽象的问题，她所看见的台北都是可触摸之物，否则全不存在。台北是由无尽的日夜辛苦劳动阶层所绘出的集体流汗流血样貌。虎妹初来此城，觉得自己和这座城市尚有些青春可资往来互动。她才三十多几，没有理由不看看台北，没有理由拒绝这座钱都的诱惑，一如喜妹一如兔妹。多年后，也许只有她理解这些女人的行径。

虎妹被叫虎妹是因为她泼辣，但她的妹妹被叫兔妹就没这么幸运了，那是因为她有一张奇怪的唇，这唇被叫兔唇。当虎妹的继母廖氏看到刚出生的女婴嘴唇上方切开一条大裂缝时，廖氏就昏过去了。

这是兔妹灾难之始。呼吸的第一口空气就是恶意之风，一道裂痕深深地刺痛了她和所有人的目光。唇颚裂，人间目光的恶意从这道裂缝开始。

那时候没有人听过整形，当时的人只担心温饱，不知人可以选择换一张脸，换一个身体。眼小的就把眼口切大，鼻塌的就加高鼻子，脸大的就削骨，胖子抽脂变瘦子，瘦脸丰颊变丰润，没奶的加盐水袋……（这些在当时她们的想象里将是宇宙的尽头，在胸部加盐水袋或果冻，她们人入初老后，有人去尝试，笑着说，在胸前晃着盐水，好像把家乡的海水都兜进来了。奶子大要干嘛？还不是给男人玩，最不屑的人就属虎妹了。）

兔妹的年代没有这些东西，于是她最初仍只能是兔妹。

当种地瓜和香瓜的地主老杨某日来到尖厝仑舒家收地租时，他只敢站在舒家入口外叫嚷着，三贵家入口是猪圈，虽然只有三只小猪，但也养了条凶狗看顾着。三贵，今年租税你欠很久了啊！你不缴钱，你是准备卖查某囝仔给我啊？

午后时分，三贵从厅堂藤椅醒转，听到小黄猛烈叫嚣着，有人在大喊大嚷着。仔细听，是在叫他的名。他仔细听声音是地主老杨，来催收钱的。他哪里大气敢吭一声，但又细听内容好像是老杨说带了什么东西来着？

三贵，你要不要吃今年刚采收的甜瓜啊？老杨故意这样说，诱使三贵出来。

三贵还在犹豫要不要出来时，他的女儿人称阿卖（丑）兔妹却先跑了出来。兔妹倚在房舍入口的榕树下，倚在树旁盯着老杨脚下的东西看着。

老杨看见兔妹，他想这兔妹跑出来干嘛，心想看到她的脸我都阳痿了。他撇过头，眼光不往榕树那边看去，继续扯开喉咙叫唤着，且仔细地看顾着脚下的一大袋肥沃地瓜与甜滋香瓜，唯恐兔妹或者路人突然趁他不注意抢走他的货物。妖娆兔妹突然冲至老杨面前，忽然掀起上衣，露出一对没有穿胸罩的奶子，那又大又白皙且艳香十足的奶子，瞬间就让老杨扑了上去，手乱抓一通。而三贵奔上去，早把老杨那袋香瓜和地瓜给拎回屋里了。许多农人看了目瞪口呆，心想兔妹不傻，女人的本钱她懂，她让父亲免于饥饿了。

85

男的当黑手，女的当作业员。被迫放弃土地的男女成了资本主义下的小小螺丝钉。他们在生产线上，听哀怨的歌，聊有一搭没一搭的事，手一刻也停不得。

领微薄的薪水，尊严不再值钱，有能力换钱喂饱肚皮才是要事。一度兔妹被可怜她的皮鞋加工出口厂的厂长任用，在工厂里当生产线作业员，有一天她也加入玩钥匙游戏，也许是因黑夜没人看清她唇上的撕裂痕，她跳上一辆机车群里看起来最破的机车，没人知道那夜发生的事。

但听说兔妹在这工厂攒了不少钱，她要上台北去动手术。兔妹是真的上了台北，至于整形，许多人并不知其结果。再听说就是她从柜姐退下，潜藏的疯病发作等事。

她去田里捡摘干枯野菜乱卖着，骑机车的不净男人或是放学的调皮男同学有的还会趁机欺凌一番。失心疯女子沿着一整排木麻黄跌撞而来，黄昏一路越过村庄的海风吹得她的身影鬼魑魑黑魅魅的。

有一回这个兔阿姨抓住了小娜的长发，小女孩猛一回头，只见长发如乱云，她一手扯抓着小娜的发，一手捂口大笑，森黑的牙在昏幽的木麻黄里如磷火，小娜尖叫一声，魂识如破散九霄。疯女子竟突然帮她编起辫子来，她也就任她编辫子了。这就是村人后来看到的兔妹的样子，唇上的裂痕是否淡了些，其实并没有太多人关注，因为兔妹脸上那种说不出的哀愁与凄凉感，任何人见了都会起鸡皮疙瘩。

尤其是她以奇异旋风出现在母亲过世的丧礼上，那抹嘴唇红艳艳地媚人，留下一抹如此哀愁又如此幻灭的形象。

兔妹后来和疯女人形象连在一起，一度还四处在小村内外乱走，捧着野花踩着田埂。这疯妹子有一天从疯狂边缘突然醒过来,然后她去沐浴净身化妆,在衣橱找了几件东西后就又搭车离开村子了。

那一回在村外耕田的人见到兔妹踩着高跟鞋,身后是风飞沙与某处焚烧的黑烟,蝉声嘶鸣如坏掉的留声机,午后雷声突然轰然弹下几声,只见她叼起一根烟,再次拦上了一辆陌生人的车子,她倚在车窗的口,超迷你短裙里露出两只似凝脂般的包子臀,农人抬头正巧望见她的包子臀。接着她委身入车内,车子加速,扬起一阵狼烟。兔妹如兔,再度弹跳入陌生人的车,消失。陌生人给她安慰。

这回,虎妹终于相信兔妹是跟人跑了,她追出时,连一抹烟屁股都未见。虎妹静静地站在省道路口,她抽动着鼻口,大力闻着风中多氯联苯里残存的一抹香水味。虎妹喃喃自语,摇头说着,对男人走也无免走这么紧啊,正想问伊香水在哪买啊。

最后关于她的传说是有人在夜市看过兔妹,说伊在公厕入口收钱,给她五元,她给你几张卫生纸。

兔妹死时全身都弥漫明星花露水和尿臊味混合的奇异香味,就是那股异香让小娜陪同母亲去认尸时,认出了她。当然虎妹没有闻到,她只闻到尸臭,你兔阿姨身上哪有什么香味,我从来无闻过香,我只闻过她的悲哀。这是虎妹人生里最靠近心灵的一次,小娜听了很惊吓,她看着兔妹嘴巴上的那抹玫瑰,发皱的玫瑰花瓣,像小学生的劳作,带点孩子气的歪斜,一种可爱又凄凉的不完整作品。虎妹为这个可怜的阿妹仔订制一件新娘衣,白色婚纱是兔妹的霓裳羽衣,她洁白如初生,准备送给火神。

自此兔妹消失在许多人的恶意目光里,出生印记诱发人的恶意,不轻松的人生。许多人对她的记忆是有一天村长在卫生所找到一箩筐老鼠,许多人跑来看老鼠窝,建议放火烧。只见兔妹冲去,把一箱老鼠倏地抱走。不杀生、不杀生,她边走边重复这句话。有人看着兔妹背影,就叹息地说起这兔妹会有这兔唇,都怪伊老爸三贵一度爱钓鱼,且很会钓鱼,每日溪口的鱼都被他钓光了,村人都吃不到鱼。许多人都见过中秋节之后从深海一路游到浅海的大鱼被三贵钓上岸,他一路拎着大鱼走回村里,小路上的灰尘被鱼水滴落成渍印,鱼的口被草绳扯裂,流着血水,伤口好像兔妹。

这是村人对兔妹的几个深刻印象。她救一窝老鼠生命,然而她的生命早已被许多人杀过,以目光、以流言、以传闻、以鄙夷、以轻佻、以不堪……

86

村人聊起可怜的憨妹都会连带说起她的母亲阿秀,说起阿秀,又会说起一个假算命仙,他们都管叫这算命仙是阿秀姘头。算命仙当然不是什么仙,说来是个假仙神棍罢了。村人连用神棍这两个字都很不愿意,他们有时宁可叫这男人是畜生,当然这是他们上了许多当后才学来的教训。

假仙以物质诱惑着村里憨妹的母亲阿秀,那年头乡下的日子很不好过,一个柔弱女子又带着智障女孩说来也只能以身体交换些温饱食宿。只是这母亲太单纯,不知这神棍竟食髓知味连智障女也一并性侵害,听说智障女月经来了又停了,这做母亲的遂起了疑,某日戴起斗笠说是出门上工去,却偷偷返家窥视。这阿秀先是将耳朵压在木窗棂听闻里面动静,她听见女儿呜呜乱叫有时却又乱笑一通,假仙不断地以像是咒骂又像是怜惜的口吻重复说着傻屄,憨妞,没人疼你摸你干你,只有俺疼你才会干你啊,你要感谢还有俺对你真心啊,以后来世做巧女,阿爷疼你喔,你看,俺不就这么地疼你吗,疼到你身体了,谁会这么疼你,谁知道俺的心,俺在这里没有半个亲人啊,只有你是俺的小亲亲。

里面的声音传出来的又是一阵吼叫夹杂着喘息以及傻笑声。

这阿秀攀在窗外惊得心脏快跳出来,她压住情绪,先往龙眼树爬,要看得清楚到底是怎么回事。

她却见到这一生最痛楚的事,这假仙不断上下前后抽动的背影亮在她的眼前,接着再往前移一点,她看见被压在下方的女儿正扭曲着红通通的面目。阿秀一惊,还差点从龙眼树上摔下来。这阿秀女人可真了得,也算沉得住气,她没去闹,怕被假仙害死,却暗暗在夜里对假仙下了奇怪的毒,法官验起伤来却又是死于心肌梗塞……村人多年后传说着这外省假仙其实是死于阿秀之手。

反正他们两人根本就是同床异梦。

有人听到这事的真相时,许多人心想也许这阿秀搞不好也学得假仙的几招巫术呢,不然如何沉得住这样的气?要是我就冲进去杀了这个狗养的畜生,有村妇愤恨地说着,浊水溪土豆被咬牙切齿地几乎要从嘴里喷了出来。

阿秀后来仍住在假仙的老房子里,但房子闹鬼传闻却传遍村子和学校,村

140

长还因此开辟另一个村口道路,小孩也都被告诫要绕路回村里,唯独仍有几个好奇与好事者仍睁着好奇的眼睛想知道这对母女后来的生活面貌。

87

　　曾经目睹阿秀憨女被性侵惨剧的人早已渡海他乡,她是舒家义孝女儿菲亚。
　　童年菲亚听到这村人口中的假仙时,村人总是会笑言这老乡男人身上有两支枪,大的打共匪,小的打姑娘。她回去问母亲,母亲也听不懂,在旁的阿公三贵听了却笑翻了,叨念这假仙是垃圾人,不舐鬼。
　　菲亚带着恐怖的人间故事自此离乡。
　　那是在算命假仙出事前,她上半天课,下午放学时突然想念假仙常给她的钞票和有漂亮玻璃纸的糖果。那天她刻意绕去假仙的老房子,老房子门外却不见寻常坐在那里摇着蒲扇的算命仙,她听见屋内好像有人声,遂像猫般似的熟门熟路、蹑手蹑脚地走进后院窗旁,她趴在木窗外,先是听见憨妹似笑又似哭的声音,看见了算命仙爷爷胀红的脸青筋直暴,算命仙用手指沾口水地抹在憨妹私处,口吐白沫似地颤说着怎么有这么漂亮的地方,真是美呆了啊。然后他抽动起身体并用手拍击着憨妹臀部,他边骂着操你奶奶啊,俺看整个村子就俺对你最好啰,他们都清高啊,他们只是不敢吃你,光笑你傻尸,只有我当你是宝贝呢。
　　童年菲亚不明白她口中叫的仙爷为什么看起来这么兴奋却又如此愤怒呢?她只感觉仙爷像是快要把天花板、气死猫木柜和床板都震晃至垮掉了。
　　菲亚一想到此便很不安地离开现场,之后菲亚老觉得假仙的老房子有天一定会垮掉,那么大的震动,吓死她了,她担心算命仙和阿秀姨的疯女憨妹会不会被垮下来的砖块木板压死。但当年撞见那一幕的菲亚什么也不敢说,她当时那么年幼,仅静默地弹着她的桌上小钢琴,小蜜蜂小蜜蜂嗡嗡嗡,琴键声冲散了寂寞,在一个人的寂寞下午,她流下了莫名的泪。
　　菲亚自从听村人笑说这假仙是快乐地爽死,是欲仙欲死的,她觉得这死法很奇异。假仙死后,阿秀和憨妹女儿不再出门,许多人都很好奇这母女俩如何在老房子里度日。真相只有菲亚知道,原来每一天菲亚都在上学前将她的早餐馒头放在老房子的门槛边。下午放学再行经时,黑糖馒头已经不见了,她想阿秀和憨妹啃着馒头的满足样貌。

也因此菲亚是第一个发现阿秀和她女儿死了的人,她早上放的馒头依然完好地搁在门槛角落,上面爬着乌黑的蚂蚁。她鼓起勇气想要敲门,却听到屋外的大树飞起一阵风而吓得快跑。她回家告诉虎妹姑姑说,阿秀姨死了,阿秀姨死了。

虎妹姑母当时正好回到舒家,在厨房帮忙嫂嫂之静洗米。她对嫂嫂之静说,这孩子真神经,谁准她去那鬼房子了,再说要呷竹鞭了,她和她那个老爸义孝同款,都有猾血缘……菲亚听了噤声不再言语。(那时她的世界有父有母,还不曾想过有朝一日会成为女渡海者,女逃亡者。)

隔日上学她依然走到那假仙的老房子,发现黑糖馒头已经被搬空了一半。她决定再放一次馒头看看,她像是个送牛奶的小孩,每天回收空瓶子的果决。

放学,黑糖馒头依然有残痕存在。她想原来是被鸟吃的。

这回菲亚走去警察局,决定告诉警察伯伯。到警局,她说她要报案,她知道阿秀姨死了。当天晚上,附近村人就听见警车救护车呜呜呜响了。村子外闹哄哄说话走动的声音传进老房子内,她却专心而笃定地看着电视,母亲之静在帮小姑虎妹对着爱国奖券,这时之静抬头看菲亚一眼说,你真厉害啊,倒先知道阿秀姨死了。那你下回要不要帮汝阿姑报明牌?

假仙的房子本来就是违建,很快地,公权力行使于这无人住的老房子。当怪手摧毁老房子时,一干小孩子都在空地看着,有的人还忘情地数着一到一百,仿佛假仙还活着,手里拿着罗盘。房子骨架轰然倒塌时,菲亚恍然见到三只鬼魂飘了出来,飞在空中,老中小。谣传阿秀喂憨妹安眠药,然后烧炭自杀。这是村里第一桩的烧炭自杀事件,当时这还是一个很新奇的死法。村人以为取暖的炭,没想到可用来取命。

没想到的事当然很多很多。

假仙的死终结了阿秀与憨妹的惨淡岁月,也终结了一个小女孩菲亚奇异的童年,菲亚在成长的日子里心想自己竟幸运地逃过假仙的猥亵与性侵害的可能,她感谢憨妹,她天真地想自己的不幸被一个更轻易交出生命的可怜智障女给代受了。

假情假爱

88

关于婚丧喜庆,肖龙的人总是受欢迎的在场者,而虎妹永远都被摒除在外,连自己妹妹的婚礼也是。

阿霞的婚礼,有很长的一段时间她都会联想起自己处在那个寂静的晨光,带些昏濛的幽黯,龙眼树飘来初夏蝉的淡鸣,木窗棂把阳光切成了细琐的光阴。她以为新娘就是注定被囚在一个房间,一步也不能任意踏出地等着新郎倌来迎娶。白纱手套手指有个部分渗出了红,她突然掀开面纱哭将了起来,瞬间一帮在外头偷瞧的孩子吓得全一溜烟地散去。媒人婆说,难道是冲到新娘神哩,忙探出头喊着肖虎的人别留新娘房,肖虎人快快走。

新郎倌,刘中校,一个离村落极为遥远的军阶。

这是他的第三度婚姻,但在岛屿是第一次婚姻。而村里的人只知他离婚,但不知其在大陆的过去,还知道他带了个青少年儿子一起来到二仓舒家。迎娶阿霞的小土路上扬起了巨大滚滚狼烟,灰尘如雾地遮住了群排的木麻黄。军中小阿兵哥群起来此,有的绿兵抄着一口异邦话,猛对女人笑着,把女人和一帮幼童女孩少男少女看得内心很激动。自此村人叫阿霞是"那个嫁给外省仔的!"彼时外省如异邦,遥远而含糊。许多年后,有些人想起阿霞结婚那天的白纱手套上漫染着一朵血红花。

婚后阿霞收心,在娘家附近空地要刘中校盖新房住。

某日乌云疾走时,阿霞急匆匆跑去顶楼收晒的棉被时,摔下楼来,手脚淤青还闪到了腰。几天来都躺在床上哼哼唉唉,这倒让她不期然地想起自己的婚礼,那日确实是见血了,只是不是裤底下见血,而是手指上。她被笨手笨脚的发廊小姐将她的指甲剪过底,竟致剪到肉了,流出红血。本以为血止了,结果还是渗到了白纱手套。沾着血迹的纯白瞬间有了渐渐干涸掉的脏污感。她还想起当时流下泪来,倒非因为疼,是因为想到自己是保守村落第一个嫁给外省猪的人。

她是没想到自己竟会和村人口中常喊出的外省猪结婚。

这村人口中的外省猪救了她,也把她的身体全看光了,也摸了。起先阿霞怪父亲要她那天去巡田水，明明大雨眼看就要来了，还巡什么田水？她嘀咕着，但仍戴斗笠出了门。大姐嫁去锺家了，她成了大姐。如果不是掉到水沟，她也不会遇到刘中校。但如果没遇到刘中校，她的小命就没了。

刘中校向三贵提亲时，阿霞也答应了。很多人当时还以为这猪仔疯了，强暴了阿霞，但其实是他救了她。那回她从田埂回家，天雨湿滑，一个不慎就滚落至河水暴涨的田沟，不会游泳的她张手滑着、挣扎着。刘中校正好开车行经，车也没熄火，噗通一声就跳下去救人。再上岸时，刘中校怀中的阿霞近乎光溜溜。她身上的衣物被激流冲走，全身只剩下内裤。那内裤还是破旧的男人款，阿霞简直是无地自容。刘中校给了她自己的军外套，并送她回家。刘中校觉得和这女人真是有缘，离异的妻子早已改嫁他的下属，刘中校亟需一个女人来解他的岛屿寂寞，于是当晚他就去向三贵提亲。

三贵心想，也好，其实我本从大陆来，应知故乡事，何况这疯阿霞很野，如果没嫁刘中校，搞不好就跑去高雄被美国金毛大兵给睡了。那时乡下人都谣传外省兵强奸女儿，还有个贪财的母亲收了外省兵好几个戒指，兴高采烈地给了女儿，女儿最后疯了，这贪金子的母亲才知道原来每天睡女儿的男人都不同。所以有人就恐吓阿霞，搞不好刘中校家里还藏了好几个外省兵，每天爬上你的床，干死你喔！这阿霞涂着丹蔻，艳艳如血的指甲指着对方说，干我又不是干你，你紧张啥。对方一阵脸白，没想到这阿霞唇舌毒辣至此，自认好心没好报。两个女人自此闹翻了，见面也不讲话。

三贵想的是自己还有那么多的赔钱货，嫁掉了虎妹也还有好几个等待他为她们寻找未来。他想麻烦是麻烦，不过既然有高官要这个疯阿霞，三贵想要不趁早给女儿嫁了罢，管他从哪来，从地狱来的访客也可以。有人笑三贵还不是为了钱才嫁女儿，人家是要嫁外省人宁可让人抓去剁成块喂给猪吃，这三贵却把女儿送给外省人的屌来爽。但三贵不这样想，他觉得人品比较重要。当他这样的赌徒吐出人品两个字时，许多人嘴都笑歪了，笑到连身骨也直不起来了。

三贵偷偷好几次打量着刘中校的行径为人，他断定他真的是个好人，这准没错，而且他也判断准女婿有孝敬他这个准丈人的几个银子。两人其实年纪差不了多少，但结婚他就变成晚辈了，要他几个钱孝敬也不为过。何况舒家自从落脚尖厝仑后，从没发迹过。上回嫁虎妹，潦草到他这个当父亲的人都不好意思出席。这回阿霞的婚礼，铁定要让舒家出口穷气。

144

村人说刘中校猾猪仔，只是恶意罢了。这猾人当然没疯，只是他们听不懂他在嚷嚷什么而已。

三贵答应刘中校提亲前，想起听村人说刘中校有个私生子。

不是私生子，是我和前妻的鞋子（刘中校说"孩子"与"鞋子"是同样发音）。刘中校搔搔头说，这鞋子很懂事，不碍事不碍事，您放心呗。

提鞋子干嘛？什么董事爱四？三贵听不懂只好装懂，心想大概是说他有些钱吧。

恁结婚可以，婚礼一定爱闹热！

爱闹惹？后来刘中校问了台北杂耍团团长阿财，才搞清楚是说要办得隆重，请很多桌。

热闹简单，刘中校将所有小兵调至此，军车滚过的狼烟，几乎遮掩了视野。当天办桌，有吃有喝，从天掉下来的一餐，被邀请的乡下人无不至舒家广场前吃个粗饱。

只有阿霞愁着一张脸。许多人以为她不想嫁给外省人，纷纷在吃喜酒时为阿霞感到可怜。嫁给老头，又无知伊在讲啥米？真是可怜。其实阿霞只是手指疼痛着，被削去一小块指肉的指甲竟异常疼痛，死查某鬼！目珠剥到赛！她暗骂着镇上美容院的阿花手艺真差。就是那个红，那个泪，让阿霞嫁人是嫁辛酸之语传遍了整个村庄。但结婚后阿霞很快就归顺收心。她想老公讲的话虽听不懂，但久了光看行为也能猜着，这一点也不难。而刘中校的身体，阿霞也不讨厌，他长久在军中的训练，使得他虽有些年纪，但肌肉却还扎实，加上块头高大，阿霞简直就是迷你小野猫。那一年台湾已经逐渐走过了政治风暴，台湾人认命了，外省人也知道暂时是回不去了，理念也许不合，欲望或者经济却诱使他们结合，管你番薯我芋头，交配了种一样有看头。于是刘中校那几年一天到晚都在吃同袍或者队上小兵的喜酒，喝醉了回到阿霞身边就哭，说想家，说一堆话。阿霞也听不懂他在说啥，只记得脱下他的衣服前，要先搜搜里面有无暗藏钞票。

阿霞和刘中校两人比手划脚，就过了许多夜。生孩子，不需听得懂人话。虎妹说，替妹妹撑腰。

中山北路行七摆

89

　　自此虎妹百诈不侵。

　　年轻时她就遇过岛上盛行的金光党。有日她刚从银行领钱出来，遇一个疯子和一个正常妇人，疯子不要金子，妇人要虎妹拿手里的钱换之。虎妹拿回家一拆开是两块砖，上面包着一张钞票。但她给对方的是两叠国语日报，她习惯走出银行时，有一包是装预防被抢的替代物。黑吃黑，一口黑，没损失。

　　她起初在台北一间有着很大庭园的日本房子当起外省人家的煮饭妇，食事繁杂，食器多样，煮饭婆多人，外加洗衣女及打扫者众多。

　　当时和虎妹一同帮佣的还有个客家古嫂，常常她和古嫂是鸡同鸭讲，一个讲台语一个讲客语，虎妹听主人的话也是莫宰羊。大半靠古嫂用她很破的台语再加上比手划脚才完成了主人交代的工作。别家帮佣女人则和虎妹合不来，她已经是很锐利的人了，但听到异邦人的言词更觉得有如一把利刃，相形之下，她宁可和古嫂一起打工，古嫂倒是很沉默的人，也因此留给虎妹好印象。

　　后来虎妹才知道年轻古嫂是嫁给老兵，几乎是以卖的方式婚配给外省老兵。知道古嫂的境遇后，虎妹和大妹阿霞见面时，总说你真好命，嫁给中校，每天穿得红滋滋，水当当，哪像古嫂面色青吮吮。

　　日本厝的通铺纸门，虎妹很好奇里面模样，有人教她沾口水就可以看见里面。她边看边笑着，原来是外省男官正在偷吃，吓得虎妹往后弹跳，差点跌撞木门。一群女佣抿嘴暗笑，一帮女佣在一起就真厚话，流言一团，也不遮掩己事。虎妹对麻醉药啧啧称奇，她说这真厉害，护士把一块布往我鼻子蒙一下，我就不省人事了。虎妹流掉孩子。她容易病子，怀孕叫病子，无神之胎。当时医院不接受堕胎，有女人教虎妹对医院佯称是被污奸就可以拿掉。虎妹摇头叹说，明明就是我尪那死酒鬼的，还要称说被强奸喔，实在真罕。有人回应，尪常强要啊，这叨系强奸咱啊，汝无知喔。众女笑，未婚女生脸顿红了。

　　阿霞跟姐姐虎妹说现有结扎手术了，但她们姐妹都没有勇气。阿霞觉得子宫的义务已尽，她可不想成为当时大多数的女人般，结婚后就成了母猪一只，还得劳动卫生所来强力推行两个恰恰好才肯避孕，她不想尝试各种痛苦会呕吐的方法来避孕了,她想一劳永逸就是去结扎,此在当时是前卫的女人之举。

我们岛上的女人连美国母狗都不如哩,人家美国的母狗也都只生两胎,美国人体恤母狗辛苦,多不给生太多,生两胎的母狗一样水当当啊,宝贝得很呢。市区精品店老板娘和隔壁舶来品店的女人聊着,这话被当时在委托行那栋大楼打扫的虎妹听了觉得有意思,在日式大宅院里大家把流言传来传去。

从水货跑单帮的精品店女人那里听来关于美国的母狗论后,使得虎妹有感而发地想着,确定不让自己再生了,也不让锺若隐再碰自己的身体了。她常去台北后,观念才跟着先进起来。很多女人认为家里要多子多孙才热闹,说来要热闹也不用把自己的身材和幸福赔上去啊,要热闹到市区就很热闹了。市区女人的话在大宅院里听来也不意外,当时在锺家和舒家的女人里除了呷昏阿嬷和期货阿嬷外,其余都是没见过世面的女人。虎妹在帮佣之际也常到中山北路晴光市场一带做点打扫零工,她总想将来女儿也要漂漂亮亮的,像那些橱窗的精品般,虎妹拿帮佣的余钱曾为女儿买了件蕾丝的洋装。洋装蕾丝很快就撕裂成了破布,那时小娜成天不是爬树就是揍男生,干巴巴的。而虎妹已经开始身材变形,愈发肥胖了,她摸摸肚皮总无奈地说,猪不肥,肥到狗了。

虎妹大老远来到台北,当然不会让自己和这座伟大的城市隔绝开来。她要融入、要参与、要挣钱。自从看儿子们挤在杂货店里看棒球还被老板娘责备时,她就攒钱去买了台电视,欢迎大家到她家看电视。虽然电视讲的话她到老都听不懂,但等了几年,终于有布袋戏和歌仔戏时段时,她就已经非常满足了。早年电视里的女人也是她学习的对象,她看着女人的穿着打扮,跟着学着,化一样的妆,穿一样的衣服,心里就怕被说成庄脚耸。(她不知道乡巴佬和土包子是什么意思,土包子她以为是包子的一种。)她成天心想着要怎样才能熬出头来?然只要一想到自己有个入狱的哥哥,她就觉得出头天很难。

90

虎妹在那时过什么样的日子,家乡人并无人知晓她的那段往事。只知道虎妹日后极其厌恶外省人,厌恶到似乎只要提外省两个字就莫名地激动至咬牙切齿,像是要将之切断吞腹才好消其肚内火焰。多大的委屈能量才足以转换成如此深沉的厌恶感?只有虎妹自知。刘中校每回听见虎妹咬牙切齿地谈起外省男人时就赶紧拿起报纸佯装看报，但耳朵却仍竖起来偷听，不过有大半的内容他都是听得雾煞煞的。

　　这条低阶女人出外帮佣之路自古至今未曾断过。比如奶妈厨娘看护作业员这些行业，虎妹那一帮人都熟悉。即使童年，糖厂里也尽是黄皮肤，一群佣工佣妇。虎妹在外省人家帮佣没多久，就被同行妇人看她手脚敏俐，介绍她到钱较多的旅馆工作，也是先当清洁工，起先同组资深的女人会欺侮她，要她打扫浴厕，自己则抢先到床头取走小费。后来学乖了，她公开对同组人说，轮流吧，这样不用使暗，完全凭运气。你生日几番？十一，一加一等二，你收双号房的小费。那你生日几番？十六号，所以是七，我收单号房的小费。至于双号单号哪一间有小费哪一间的小费多，就交给天公了。大家发现虎妹颇聪明呢。

　　虎妹奋力打扫着之前被入宿过的房间，充满人的体味空间。她用热水一冲，玻璃杯亮晶晶，将玻璃杯拿到窗前检验有无污渍时，她想着世人鄙视人的贫穷究竟是怎么回事？为什么这个社会会欺侮贫穷者？连学校老师都会欺负缴不起学费的孩子，连自己的婆家都看不起来自贫穷的自己？这贫穷究竟是什么病啊？

　　离开饭店后，虎妹攒存了不少钱。也曾到西门町暗巷，升级当旅社的女服务员。那是她第一次穿丝袜，她看过花叶婆婆在乡下修补尼龙丝袜的画面，那时候她觉得当女人很麻烦啊。每天看着化浓妆的女人穿着薄纱衣服飘过她的眼前，她从没穿过薄纱衣裳，她想攒食女人也同是苦命查某，其中有个苦命查某带她去买内衣。华歌尔内衣，她不知道什么是ABCDE，以前乡下内衣都是一年订作一次。台北百货公司的内衣很有意思，一排排吊得如粉彩画，大的华丽如灯罩，小的可爱如眼罩。你是D，专柜小姐说。虎妹说猪很大。对，很大喔。

　　价钱却让虎妹心跳加速。她想在这种浮华世界再待下去的话，钱都会被吃回去的，哪有规定一定要穿花哥耳内衣和漂亮薄纱的？

　　家乡来的远亲东山哥跟她说有更好赚的跑单帮生意，就是后来虎妹卖洋酒洋烟的那些时日了。家庭代工满街，有手有脚，嘴巴就不缺食。她乐得把孩子丢在家里生产芭比娃娃圣诞灯饰刷子梳子牛仔裤钮扣玩具，小一点的大人拿着细竹枝盯着偷懒打瞌睡的小小孩。整个世界闪亮亮，被撞翻的金粉银粉，撒了一地的万花筒五彩碎片，飞扬的彩纸薄纱，四散的钮扣钉子，断裂的塑胶手脚，笑声伴着那个窄小阴暗的空间，虎妹做生意夜晚归来，面对一室的乱，想打人也没力气了。

白兰地、威士忌、XO等洋酒洋烟是主力走私产品，其余附带的是三叶葡萄干、贵妃糖、巧克力、咖啡等昂贵洋货。她的女儿每次都眼睛睁得大大地看着母亲拆卸着包装纸，她看着美丽的包装纸很想要吃，但虎妹每回都说，以后有钱阮再吃，这些都是要拿去换钱的。有一次卖了不少钱，终于允许小女儿拆开其中一盒巧克力糖吃。包装着透明颜色纸的巧克力，女儿拿玻璃纸看世界，世界对望出去都是彩色的。

　　那回女儿晕过去了，在吃完一整盒巧克力后。

　　很多年后，虎妹都一直以为吃巧克力会醉。后来才知道那巧克力里面包有威士忌酒，一口巧克力就足以把她和贫穷带开。

　　她第一次看见圆形卫生纸，之前她只见过方形卫生纸，不知卫生纸可以长成滚筒圆形，她天真地以为台北人的屁股长得不一样呢。

91

　　不识字的虎妹每回去补货，都要刚习得几个字的小女儿帮她把货物品名写在纸上。每一次买东西的价格她都清清楚楚，她是天生的生意人，只是际遇不给她。补货的她随身携带一只大的褐色仿鳄鱼皮纹包包，口袋装着小女儿写的单子，不认识字对她并不是很艰困的事，只是偶尔也会被骗，明明要补的是威士忌，却以更贵的价格补到了十年约翰走路。

　　她卖很多新奇的西方走私货物，但她自己对物品却是一个十分死忠的人，一辈子就用那么几样物品，带点死心塌地的那种信赖感，信赖一个牌子、一种款式、一样用途。比如化妆品从她用了"絮纱朵"资生堂后就不曾再换过其他品牌。那时候的"絮纱朵"常在市场的某家兼卖内衣的专柜就买得到，化妆水乳液粉饼是基本款项，再多也不会买，任专柜小姐说破嘴，建议她买软肤水、去斑美白膏、去角质霜……她都无动于衷。比如她认为好衣服就只出自裁缝师的订制服，自己买布制衣是她一年一度的大事。比如电器用品她就只买"索妮"，她不知道索妮就是SONY，她女儿教她认四个豆芽字母，以免买错，她跟着女儿念"死欧安歪"，只有Y的音最准。读Y，歪字，虎妹笑得合不拢嘴。歪，英文和台语同款嘛，歪真好念，鸡歪，歪哥，歪懒叫……虎妹还读小学的女儿小娜可听得一愣一愣的，母亲吐出的语言刺激着她那对还新鲜的耳朵。

每回卖东西回来，她和小女儿都在床上整理着收来的钞票，皱巴巴的钞票或者脏兮兮的钞票在虎妹的眼里发着光，伟人只有这时候才可爱起来。

虎妹起先也不太信任银行。她想为什么银行可以代收这么多人的钱然后再转借给别人赚利息，收低借高，竟有这么轻松好赚的事。她第一次走进彰化银行时，她像是在欣赏百货公司橱窗似的在柜台走动。欧桑！有没有需要帮忙的？有人问她。虎妹笑着对穿制服的小姐说，钱存到你们这里安全吗？利息多少？怎么存？竟完全是专业的口吻。

但当银行小姐递给她表格时，她的不专业全显露了。她不认识字啊。她把表格拿倒反着，小姐知道仍不拆穿她的难堪，就说要不回去填好再拿来呢，而且还要带印章和身份证喔。隔几天虎妹带着小女儿来帮忙开户后，她拿到了生平第一本写有自己名字"舒虎妹"的银行存折簿。翻开存折簿一点一滴累积的数字，让虎妹的四个孩子个个读书，一路上大学，出国读硕士，拿博士。她其实不是大方的人，也很舍不得钱让孩子拿去供养学校和书本，但虎妹深深怀念锺家阿太西娘，西娘往生前对虎妹说，这将来锺家只有你的后代将才，你要尽可能地让他们读书，只有知识可以改变你们锺家的衰败命运。所以钱总也没待在银行太久，数字一路攀爬又一路狂泻，她的孩子也一路堆叠知识与学位。

92

洋烟洋酒断货时，虎妹又在朋友之夫的引荐下和跑货船的人搭上线，她卖起水货来。起先在西门町真善美戏院旁的角落摆摊，卖洋货，化妆品糖果等。但每日站在那都惊得要死，决定放弃，改跑单帮。先前卖洋酒洋烟被警察抓去。虎妹终于知道蹲牢笼的哥哥是什么滋味了。警察要她通知先生来保她出去。

你找得到我尪，算你厉害，他不是赌死就是醉死了。

那找谁呢？警察耸耸肩问。

后来找了她的姐妹伴富米。富米知道事情后，从五股陆光新村一路搭公车赶到城中分局，那已经是两天后的事了。蹲牢饭的虎妹二十四小时地咒骂政府，她的女儿在警察局也待了两天，因为没人接她，那时虎妹的儿子不是已经大到住校就是在学校补习。那是他们对台北印象最不好之地，戴帽子的贼头，虎妹一向对警察没什么好感，她呛道你们抓善良辛苦的养家查某，你们敢算是查埔郎吗?

帮佣打工时期,虎妹借着搭公车慢慢知悉进入台北城的几个路径,她睁大眼睛看着这座城市的人是如何累积财富,她想学,她想摆脱贫困,她知道这城市到处都闪亮着财富,只消她走过去把财富兜进来。她觉得丈夫真没用,在五股绑人家一点小田种种菜,他就满足了,黄昏到来,就和三两农工走到座落在田中央的万应公庙前饮酒,毒辣太阳的白灿灿日光逐渐落到后头了,还通天见不到他的人影。她常得叫那也是野得看不见人影的死查某团仔去唤伊老爸回家,若不返转,归去死在外头也好省她烦心。

想不透伊到了台北还只是要种菜,又不是有地非得种菜不可,明明就是散赤人,无地无银,伊叨偏偏绑人田地爱种菜。虎妹唠唠叨叨念给旁人听,旁人也跟着附和说,是啊,若这样留在南部种菜就好了啊。

93

虎妹的语词与生命是粗糙的,她认为粗鲁是必要的,强悍是不得已的。

刚上台北,他们住到了河边一栋透天两层楼半的房子。初落脚北部时,虎妹很老土,以为小孩子还是可以像乡下一样地到处大小便,女儿要便便时,她总是嚷一声:去猪仔寮放!

四岁孩子不敢去,因为去猪仔寮便便不是有野狗要咬她就是有疯老太婆骂她。于是女儿常在裤底放屎了,然后又是遭她鞭子一顿。

她开始做生意。

她厌恶水稻田。

她厌恶铁牛车。

她厌恶小村落。

女儿还小时虎妹曾在台北桥下做蔬果批发生意,那时她才知道人的口音有百百种。她说筷子是抵,对方说箸念笃。她说猪系滴,对方说猪叫嘟。她称番茄堪麻朵,对方说的却是甘啊蜜。后来她只要听见有人将猪发音成嘟,她就想起她的台北桥下流离岁月,然后对那个人说你讲的是台北桥下口音。

那时虎妹很强悍,曾有一回和女人打架时,在旁跟去做生意的女儿惊怕得都吓哭了。

虎妹甩了四处传她流言的隔壁摊位妇人两个耳光之后，那日，她照常在生意结束后，去了一家常去聊天的药草店。

被虎妹甩耳光的邻摊妇人老公去青草药店找到了正坐在廊下吃花生米的虎妹。男人劈头就骂伊猎鸡掰！你讨客兄（讨客兄：偷汉子）！那名邻妇老公作势要冲过来打虎妹耳光，被店里的其他人拉住。

我讨客兄也没讨到你！虎妹骂回去。

我的懒叫乎你咬不断！男人开腔骂。

你的懒叫丢给狗呷，狗嘛袂爱呷！

干恁娘，臭鸡掰！男人又骂回来。

你没小啦，惹熊惹虎，无通惹到恰查某，警告你喔！虎妹大嚷着。

最后那个来青草店叫嚣的邻摊妇人老公在大家劝说下离开。虎妹女儿在旁边看得心惊胆跳，猛咬指头，她一转头就看见女儿躲在角落，虎妹落落大方地对邻人笑说，唉，我这个虎霸母竟忘了给女儿生胆子。

因为和邻摊交恶，加上租金日增，虎妹后来又放弃了蔬果批发生意，改做别的生意。

夜半时分，虎妹总对台北生活失望，北部人的势利大小眼与冷漠她得慢慢去适应，而若隐则日益消颓，和当初在乡下收到他寄自他方的信简直判若两人。她不解男人的悲哀，她只知道她的男人成了酒鬼，若隐每日喝酒，喝完酒就倒头睡在卡车上，好几回口袋里早市生意收的钱都被诅诅（诅诅：狡猾的）人摸得一干二净，他却浑然不知。又有几回在田中央的万应庙当庙公的若隐下工到庙里总是先脱下长裤在沟里清洗市场的脏污，洗毕长裤就顺手将长裤吊在竹篱笆，倒挂长裤铜板掉满地，钞票也是被诅诅人吃干抹净，若隐依然不觉世事多舛，酒精让他陷入深深的睡梦。

94

暴风雨夜，虎妹沉睡至深海，竟不闻风雨。隔日邻人议论纷纷，都说伟人死了。

电视是黑白，人生是黑白。蒋氏伟人辞世时，虎妹牵着小娜去排队吊唁，在她们四周是穿着黑衣嚎啕哭泣的老兵。虎妹对这一切只是好奇，并不懂表态与伤心这回事。相反的是她的内心很高兴，因为听说监狱减刑，她唯一的亲哥哥义孝日后也许就可提早出狱了。虎妹想，蒋公过世哥哥可以减刑，那么蒋公的儿子过世也可以减刑啰，她为这样的举一反三感到兴奋，竟暗暗希望姓蒋的儿子也早点过世，好换取哥哥的自由身。

那一年虎妹家多了张伟人肖像。那日谒灵后她买了张伟人肖像回家，将伟人高悬客厅。蒋公是乌龟星转世，许多邻居来参观她买的肖像时说。

为什么不是飞龙？

你仔细看他的光头像不像一只乌龟，人们比划着照片上的头形，众口铄金。

虎妹就信了，她想乌龟星应该也有法力吧，她听闻狐仙蛇精都是有法力的。

女儿跟着电视唱，您是民族救星⋯⋯

妈，什么是民族救星？

虎妹皱眉，她也不懂电视在唱些什么。

她问儿子，你读过书的，你别装青，回答一下啊。

民族救星就跟文天祥一样伟大。

文天祥？

指南宫里面的人吗？

问题愈滚愈大，虎妹决定放弃追索。末了她说，反正谁给我们饭吃，我们就跟谁。

若隐在旁光是看报闷声不语。

报纸里有黄金啊，你嗑嗑看。虎妹忽然把话题转到总是沉默的丈夫身上，看不懂字的虎妹对报纸很是吃醋。相信伟人是乌龟星转世后，偶尔虎妹也会拜拜伊，拜托伊降些神迹到她的生命里。她求哪些神迹呢？比如多卖点东西，多些钱财，希望老公不要天天喝得颠倒空想，希望女儿小娜长大不要是个丑八怪。她听说蒋公在世时，他常穿的披风是可以防子弹的，护卫也个个是神枪手。听说士林官邸隧道里面都是黄金，他们都很想去那隧道逛逛。多年后，他们要搬离这块初上台北落脚的老屋时，伟人肖像和垃圾一起被丢到焚化炉。那是焚化炉刚建设的头几年，像一只长颈鹿似地高高矗立在城市盆地边缘，吞吐着烟尘。

经济好转，她们都迫不及待想要把过去的旧物抛掉。

我竟将伊相片贴在客厅伫呢多年，到现时才知我将仇人当作神主牌啊，卡早大家拢毋敢讲毋敢谈，害我无知原来伊叨是害你阿公叔公死去的人啊。虎妹对女儿感叹说着。女儿低头看着伟人蒙尘肖像,心里也说着,不只你啦,我也以为他是家里的神呢,以前你和爸爸冤家时,幼小的我还偷偷双手合十,拜托他不要让你们吵架。接着又整理出许多的电影海报和老唱片,海报年代久远,久到女儿都还没出生。

这是古早收的,虎妹看一眼,却一副这些没什么的调调。

犀斗、矮仔财、白兰、张美瑶、阳明……虎妹看着海报一一唱名。她想那时候都还有台语片可看,躲在黑暗中看电影的日子真系幸福,搬来搬去,女主角无是堕落红尘就是被男人放舍,然后看破出家,唉,反正搬戏尬看戏拢是猾人(把戏当真的人都是疯子),人生一切是假的。

95

那时租屋处彼此紧邻,二楼有露台,只消越过比大人膝盖高的高度即可跨到隔壁,这样的高度,门又不闭户,也从没听闻过有什么小偷。但虽无偷儿,生活却是非常三姑六婆,那时还无八卦一词。三姑六婆也就算了,最惨的情况是台风过后,没水,这时候就有得吵了。附近人家装有水泵,每个人提水桶去装水,总是有人插队。虎妹的个性哪里容得了这种事,双方又骂来骂去。这栋透天厝切割成好几户人家,一楼店面是木工师傅的工作室,二楼切两半,一半是虎妹家,另一半住着三宝姐妹。但透天厝本身是歪的,不知为何还在主结构里长出许多畸零地,每户畸零地又都住着人。也搞不清楚有几户人家,总之一大早和天色入晚时,水泥与木板墙隔间就会传来许多声响与气味。厨房和浴室是共用的,得分时段。虎妹因为做生意,很难固定,有时她不照时间表走,为此常和其他女人争吵。虎妹无所谓,她想这只是初来台北的暂窝处,她想赶紧赚钱,好离开这个鬼地方,其余都不重要。

三宝姐妹未婚,宝惜宝猜宝珠,大家都叫她们三宝姐妹,她们每个人也真的各有三宝绝活,宝惜擅说擅唱擅舞,宝猜擅烟擅酒擅交际,宝珠擅做衣服擅修指甲还擅按摩。宝珠常对来探望虎妹的妹妹阿霞说,我如果不做衣服,我就去做妓女。

惹得阿霞笑不可支,警告她说,你这话可千万别对我姐说。

那时候的女人谁敢主动追男人,偏偏上门来找宝珠的都是查某。订制衣服修改衣服全找宝珠，修指甲也是，按摩是附带的。虎妹帮宝珠做过许多媒，但她和男人走一走，却都无果。虎妹就说，宝珠啊，帮你做媒很没成就感，你们家风水是有问题吗？怎么帮你做媒都是做白工。

宝珠的姐姐宝猜和宝惜其实不常回到这间杂处的透天厝，她们只有在被男人抛弃时才回来，哭哭啼啼的，惹得这间房子的人都难入眠。（很多年后，虎妹见到女儿也婚姻无果时，曾一度想起初上台北时所遇过的这三宝姐妹，她总是遗憾当时家搬得太慢，让女儿有了坏榜样。）啥米三宝，讲起来不就是破鸡掰。虎妹总是把难听的字挂在嘴上，但却不许女儿学着说。

96

这透天厝十分狭长，从骑楼走到最后面的厨房与厕所，会经过四个房间，每间房间又各住着许多南部五色人。虎妹承租了这间透天厝，当起二房东，为了方便，房租可以日计，也可以月计、年计。像木工夫妇就是以年计，这对夫妇在这里生下了一女一男。每天经过骑楼的人都会见到木工师傅在他的工作案上抛光着木板，打造出许多木头物件，书架书桌书柜木椅木杆子……。许多村人来到台北找工作或暂落脚时都会来到虎妹这里，这里有好几年的时光就像是一栋旅社，其中落脚的又以云嘉来的年轻男女居多。也因此虎妹看准这个特色，才兼做起媒人，这里成了最早的红娘中心。

房子四周畸零地则不属于虎妹管辖，但畸零地房客在房东许可下又可以共用这栋透天厝的厨房浴厕，争吵就是这样来的。等不及浴厕的，多在骑楼下用蜂窝炉烧水，用脸盆帮孩子洗身。四处玩闹或者赶着去看比较有钱的邻家电视的孩子不慎踢翻了一锅热水，哇哇叫着，倒冷水的，倒酱油的，忙着安抚孩子。

许多住过这栋透天厝大杂院的孩子在往日和爱人裸衣相拥时都会被触摸到脚踝上的那一抹贫穷伤疤，小娜的脚有烫伤的疤痕，她的表姐菲亚也有烫伤的伤痕，被热水烫伤的伤痕会起皱，日渐成了一抹粉红肉色的疤，枯萎玫瑰印记。

许多孩子长大后在烧烤店里，有时不禁会被炭烤的气味勾起一抹伤心，忽然悠悠被蜂窝炉的烧煤炭气味侵入感伤记忆体，忽然被炭燃烧的哔啵响声撞击某一块心海的沿岸。

97

宝猜有天大叫着她洗澡时被某个猴死囝仔偷看,非得要那猴囝仔的母亲富米惩罚孩子,那当母亲的富米当然不肯,还以高分贝吐出,你在外面给许多男人都摸透透了,回来这里给个小鬼看一眼会死啊。你这个死婆子!你伫个破麻!女人如语言血光,飞溅童年小娜一身,她的耳膜又惊又跳的。

小女孩小男孩喜欢偷觑大人洗澡,或者在露着胸脯挤乳沟的年轻女人身边故意玩闹着,心眼却都在女人的饱满乳房上。

所有小孩都将耳朵贴在薄墙上,当时的墙都薄无阻绝。大人孩子等着看两个女人互掴耳光的戏码上场。许多女人的男人也常把目光停在宝猜和宝惜身上,这时男人不是被捏耳朵就是女人讨着被喝醉酒的男人打。半夜,常有女人突然奔出房门,一路尖叫,跑到路上。后面有一个拿着拖鞋或木棒,嘴巴还不断咒骂的老公。被吵醒的人听了一会,知悉声音来自哪一对夫妇后,又安然地继续睡了。或者没睡好的人,会往天井或者马路上喊着爱好好教示汝某。

打来打去,没打出人命,也没打出离婚。

半夜女人的尖叫和婴孩的嚎哭仍不时传来,仿佛这些声音是当年人生繁华的尽头配乐。甚且偶尔先前的吵闹声,忽然安静成窸窸窣窣,继之摇动的薄板声响,喘息拍打呻吟的异音,在夜晚诡谲成许多窗口的风光。

隔日这些太太笑了,又原谅了老公。然后这些房间不久就会陆续走出大肚子的女人,她们的肚子像是吹气球,接着她们就会水肿,手插在腰上,步履蹒跚地拖跋在狭长无光的走道上,经过许多户恩怨夫妻或者罗汉脚(罗汉脚:单身中年男子),等到走至了厨房,又是一身汗了。

这些太太们怀孕后,这些房间就会安静了些,她们的男人又常消失或者晚归。几个月后某日羊水破了,她们能呼叫的通常不是她们的男人,而是虎妹。虎妹逐渐习惯进出这些地方,包括她自己也是容易病子,只是她没有让胚胎成形。

有的男人外面有女人,住在这间透天厝的年轻妻子就会成了这房子的幽魂,不太出来走动,有时发呆,忘了喂婴儿奶水。虎妹会使唤哥哥的两个女儿菲亚与蓝曦去帮忙。直到透天厝的地主决定要改建成公寓,虎妹只好搬迁,整个透天厝大杂院的人忽然都亲切起来。

很多年后,这些年轻妻子也步入中年,她们早已四散,各落脚在三重芦洲新庄万华板桥土城永和中和。但她们都还记得虎妹,偶尔会想和虎妹聊聊天,说说过往。虎妹搬离那间近似旅社的透天厝后,她在透天厝附近买了一间三层楼公寓的二楼,她一直拥有这间房子,那些女人都知道来这里可以找到她,或者知道她的讯息。当虎妹四处做生意,或者又南来北往时,她都没有卖掉这间房子,她只是把它租出去。初老时她一度回到这里,本想卖掉这二楼公寓,但才发现这间公寓怎么卖也卖不掉了。

她后来不论住到哪,最终总是回到这间有着回忆的水泥砖老公寓。这房子不仅路冲,她的正下方一楼还开了间神坛,天后宫。天后妈祖一住就是二十几年不肯搬。虎妹和女儿都几度搬进搬出。(感情流浪轮回不知几回了,只有妈祖还在原地慈航普渡众生。连乩童都成老童,成了虎妹最久的邻人,半人半鬼,半阴半阳的。)

妈祖都来住了,这里怎么可能拆除改建?一楼的庙公说妈祖不肯搬,所以这老公寓就只好腐朽了下去。但也卖不掉,因为楼下有庙,许多人不想买。那时候她还常去楼下的天后宫秉告天听,祈求妈祖迁移,好让她的公寓可以卖掉。但每一回掷筊都是哭杯,她也哭着一张脸返回阴暗的公寓。自此也没再央小娜写"吉屋出售"的红纸了,倒是"吉屋出租"写了很多年,写到后来等到的是开环保罚单的警察上门为止,才不再贴了。

虎妹年轻时买的这间公寓,换过无数的房客,粉刷过不知几回,丢掉不知多少垮掉锈掉的家具,许多男女在这间公寓繁衍"贝比",许多男女在这间公寓签下结婚又离婚的证书。(没想到晚年又回到了虎妹身上,不喜欢和媳妇住的虎妹,晚年一个人住到这间公寓,这老公寓是台湾经济刚起步时的一种流行款式,现在落伍到任何人见了都想拆除它,改建它,连银行都不愿意贷款的房子,现在容纳了虎妹的肉身,她很庆幸有个遮风避雨的房子。何况这还是充满着许多回忆的房子,若隐就是死在这间老公寓的,她想也许若隐的魂还在这里,所以这间老公寓让许多提议改建的年轻人踏破了铁鞋也说服不了整排人全同意改建,总有许多很牛的钉子户不肯改建。)

那时的房间多毫无个人隐私可言,即使已经搬到所谓的新公寓了,然建材多是用合板薄墙,薄板贴塑胶皮,被虎妹发音成"美丽帮",她也不知这个词怎么写。那个年代,许多被吐出来的语言其实都不是为了被阅读被书写,而是为了生活所用。女儿问虎妹,妈,你说卡啊垫是什么?虎妹就指着当时有点钱人家的花布窗帘。啥米是汤宿？虎妹就指着衣橱。读了英文后，虎妹女儿小娜才恍然大悟，母亲说的可是日式英语，而虎妹则一直以为那是台语。

当二房东的唯一麻烦是，房客走了要打扫。或者乡下沾一点边的亲戚来住免钱的。透天厝大杂院如是，二楼公寓也这般。虎妹很早就懂得当收租婆，所以虎妹的个性说是天生，还不如说是被训练出来的。她生活在大杂院以及大市集，她被生活的现实锻炼了绝不妥协的顽强内里，她逐渐像个男人婆，因为生活提醒她太娇弱是无法生存的。

老公寓房客如果突然退租，都是因为女人的男人跑了，付不起房租了，又或者也常发生某夜悄悄搬光东西的奥客。虎妹以往只知有杀人犯，却不知也有经济犯。保人变呆人，票据诈欺伪造文书……种种都会让房客落跑。好在当时虎妹就懂得要收两个月押金，只是押金常常不够付修理房子的费用。这时她只好能省则省，买油漆和女儿自己粉刷，买木料要儿子订制。

98

虎妹第一次走进银行，这社会竟有专门帮人储存银子之地，以前都是藏在屋里，她还听过有钱人家的半楼厝都是用来藏金砖和银子。她也才知道还可以跟银行借钱，但起初多年她都是当会头，美容院、土地公庙、柑仔店、公园榕树下和客厅都是他们相聚之地，每个月时间一到，纸上写了想标的数字然后将纸折好，纸放在桌上，一一排序，玩着孔子下山来点名，点到的就是爱吃枝仔冰……打开轮到的那张纸，纸上的数字就是标到的钱。没有要急用钱的常标到，急用的常没标到，女儿小娜边坐在板凳写功课边看着和母亲身边有关的事物，每一件事物都和她脑子的结构如此迥异，也让她感到十分趣味。

那时五邻六舍发起的互助会虎妹总掺一脚，有时是会头，有时是会脚，好在虎妹没被倒过会，唯一一次会头倒了，但虎妹跟的这个会刚好她先标走了，会头倒了，她连利息也不用缴了，就是那一回虎妹标到会后，她决定去买房子，她想这是老天爷给她的幸运暗示。她东看西看，左思右量，却买到这间路冲的公寓（那时她没听过路冲之名，是直到略和公公锺鼓习过一点风水的大伯来吃入厝酒席时说的，那时她还觉得早知道就不邀请锺家人来，锺家人没安好心，总是嫉妒她的成就。）当时付了头款的虎妹走路有风，是有风啊，虎虎生风，她又让人见了肃然起敬,当她脸上蒙上那种奇异的神采之光时,任何人都能感染到她那如梦的灵光,是久违许久了。

买了这间水泥砖盖的屋子,墙比较厚实些了。但当时街道其实不是那么嘈杂,最大的分贝不过是吵架的声音或者偶尔突然有小贩播放修理玻璃、土窑鸡芋头冰之类的城市音。这间公寓让虎妹最得意的是她的品味,她帮这间新房子的客厅买了张油画。有一回她行经儿子读的国中校园围墙外看见一整排的油画搁在围墙地上,她当时心生一念,要买张画,她也为自己这个念头吓了一跳,她的生活里从来没有这种什么绘画或者音乐的。她拿了画后想,不知为何当时脑中浮上四岁时和大哥义孝在锺家稻埕旁高高仰望着锺家三王子锺声在挂着天线,放送音乐的美好景象。(她哪里知道这个人后来要跟着孩子也叫他三叔公。)那是她童年仅有的一次美好画面,也是唯一一回她和艺术有关系的连结历史。

她决定买一幅油画。她的生命竟然需要一幅画,这如梦灵光又将笼罩她的周身。

她突然像是活过来似地直朝小贩而去。

这幅画就这样从路边被她买回家,许多邻居都跑来欣赏,啧啧赞赏虎妹的眼光独到,整间客厅有这幅油画都有了光似的。当时学校围墙地上排了一整排的油画,大多是有小桥流水花卉,她唯独看上这一幅骑马的帅气骑士肖像油画,她觉得帅气极了,她喜欢那种气魄,她一点都不喜欢什么小桥流水人家那种画。小桥流水家乡风景可看多了。

她整个人蹲下来仔细看着油画。太太,你眼光好啊。摊贩对她说这系师大学生画的作品,他拿来卖,可是真迹喔,听学生讲说这画里的人叫拿破仑。

虎妹不认识画里的男人是谁,更没听过什么拿破仑。

什么真鸡?拿破轮?

他干嘛拿破轮?但不管如何,我是真正中意这张图。

讨价还价一番后,这在她眼中被叫做拿破仑的油画就跟着她了,这画一直挂在她公寓客厅,许多人到虎妹家里都因为这幅画而误认为虎妹是个很有文化的人,至少是个还有兴致买画作的人。在那个年代知道要用油画来装饰客厅的人非常少,这画让寒伧的虎妹家看起来有了丝温暖,尤其入晚家里开灯,油画跟着发亮,色彩飞舞,看得女儿小娜心思跟着飞扬,买油画这件事可说是小娜最喜欢母亲做过的其中一件大事。有时母亲不在家,她也常一个人玩着开灯关灯的游戏，看着油画忽暗忽亮，觉得画里骑马的男人似乎也跟着她一起玩着寂寞的秘密游戏呢。

虎妹唯一跟阿霞去城市闲晃的浪漫就是看林青霞和秦汉演的三厅电影，那时候她和孩子落脚三重，三重三和夜市尽头有一家戏院，她亲生母亲那边的表弟阿东仔在此画电影看板兼当放映师，她常带孩子来看免费电影。后来阿东仔到台中发展，她无法再报上他的名字看免费电影时，这电影幸福时光才告终结。她的小女儿跟着她胡乱地看了这些电影，才八九岁就常幻想自己的爱情如电影的浪漫。她却总泼冷水说电影和人生是不同款，你还是好好读册，看电影肚子又不会饱，妈妈也没给你生得像林轻夹那么水，你也没三块豆腐高，你想要遇到缘投桑情汉是无可能，你看来只能是读册的命，没读册就去做女工。听到这些话的小女儿顿时就对人生很失望，人生充满着对立，快乐时光总是短暂，这是很确定的事。

母女俩看免费电影的时光自此成了绝响，虎妹口中的林轻夹成了她眼中女人绝美的典型，而她口中ㄥㄣ不分的情汉也成了她对缘投仔男人的唯一想象客体。

99

哥哥义孝从监狱来信，告诉她一定要让孩子读书，读书就是熬出头的方式。（当时虎妹嘀咕义孝大哥书也读不少啊。）她也请儿子寄全家照片给大哥，并要儿子信上写希望哥哥不要忘记妹妹和长大的孩子们。（谁能料到这样多情的兄妹，几年后会彼此冷战不说话。）那也是她能做的事，于是她挣的许多钱，都让孩子拿去缴学费了。甚至她还帮女儿报名过舞蹈班，这女儿一到教室却哭着不想学，害她很没面子。

对虎妹而言台北最熟的地方就是行天宫和龙山寺。

就像在乡下时，她最喜欢去四妈宫。

虎妹未嫁至锺家前曾有个还算亲的堂妹招弟，招弟因为近乎眼盲，父母不疼，自幼被送去专收孤女的未婚妇人那里饲养，眼力差的招弟却耳根好，对念歌、哭歌很有天分，一开腔总能煽动人的情绪，逐渐习字，读懂歌本，过目不忘，她四处走唱兼卖药，卖的无非是那些什么治臭头药、治癣药、治疮药等。晚年时招弟自行易名秋禅，虎妹听不懂什么是秋禅。

招弟说问你查某囝即知这名真诗意。

湿意，唉，也莫怪伊啦，过往艰苦，任谁都无可再提起。虎妹像是自言自语地感叹起来。招弟去台北前，曾到虎妹家和她告别，当年少女的心却老成得像是枯木，虎妹央招弟弹月琴唱几段词予她听，招弟开腔扬声，说起过去心酸酸，看起未来眼茫茫，阿妹和阿弟是歹命人……虎妹听了竟潸然落泪，尤其是听到阿妹和阿弟是苦命人时。她因喜爱倒也记住了这念歌的七字唱腔，她的这唱腔在日后多灾多难的家族丧礼上产生了巨大的煽动力。

尤其是花叶婆婆的葬礼，虎妹绕棺总是唱起念歌，喷发无限哀思。

阮可怜娘勒啊，你弃舍子孙作你去，娘咧啊，阮苦怜一生娘勒啊……，念歌刺心。她哭到要人去搀扶才起得了身，旁人道这花钱请来的孝女白琴也没伊认真啊。

道士总是说，免哭免哭，搁哭你阿依无法超生啰。

其实虎妹的哭嚎都是干嚎，没有泪水的。每回哭嚎完，总是干渴极了。直奔厨房灌好几口水才能接续。除了婆婆和继母的葬礼让虎妹哭得心虚外，其余的她都是哭天抢地，如天崩地裂。虎妹最亲的同父异母弟弟清和、阿太西娘、哥哥义孝、父亲三贵、丈夫若隐……她的歌哭，堪称是村里一场场自行演出的庶民艺术啊。当然这种锥心之哭是无法再承受了，好在丈夫之死终结了虎妹的乡野歌哭绝响。有回她感叹地向孩子们说，以后就由你们来歌哭我，但哭词里要有笑。

孩子们互相觑看，咸说何时虎母长智慧了。

100

七十年代以阿战争石油危机。虎妹没有受到影响，但她在那边当作业员的工厂老板却应声而倒，她没了工作，决定加入搅拌水泥的工作。中山高速公路部分路段通车时，她曾欣羡地站在高高的"小山"上眺望偶尔滑过的闪亮车皮，她在这条公路打工四年，这条公路有着她和无数男女的汗水，汗水换取薄薄的钞票，喂养大大的肚皮。她看着宽松笔直的公路，发亮的车子奔驰在这条崭新公路时，她不禁对其中一个也在眺望的女工说，将来我也要开车在这条公路上。

后来虎妹从来没有在这条公路上开过车，她的女儿帮母亲在这条公路来来回回移动奔驰经年，曾经最高纪录来回日行千里，为爱耗油。

离别的月台票

101

当廖如燕和东京医科大学毕业归国的张简振富结婚时，村里的人都说，真是郎才女貌天作之合，廖家要出头天了。但也有人背地说张简廖本是同家人，是不可以结婚的，流言四散，仿佛会有不幸的事情发生。

十六岁高二的暑假去医院打工时，有人介绍振富给她认识，两人一见锺情，如燕很快就成为廖家人称最将才的儿子新妇，只是一年过去，如燕的肚皮却仍静悄悄的。夫妇俩去向注生娘娘求，送子娘娘果然给了他们夫妻一个宝贝，如燕顺利怀孕，当如燕以为从此可以摆脱不孕将成弃妇的悲剧时，却哪里晓得厄运才要开始，就在她怀胎八个月时，丈夫振富却因为外出看诊而感染了疟疾过世。

在墓碑上，写着张简振富名讳，这名字透露一个历史，过继或者招赘盛行年代，保有自己的姓却又不得不冠母姓的双姓奇异并置。男孩还好，到了女孩，若再冠上夫姓，名字就落落长了。

就像张简之静嫁给舒义孝后身份证栏成了"舒张简之静"。

张简世居高雄拷潭寮，拷潭家族大户人家庭院深幽，刚嫁去的如燕，总觉得里面有鬼。如燕的廖家也有红番基因，她望着挂在拷潭家族的阴暗肖像，一张张查某祖上长得都像极了走船人拿回家里的月历西洋番女，和自己倒有两分神似之处。查某祖上高挺鼻下一双深瞳，洋番印记隐藏在基因的某个锁链。但那时谁知道自己有这种洋番基因，连基因都未听闻。是到后辈子孙望着如燕那张年轻貌美的肖像与自己带点蓝色的发亮瞳孔相辉映时，才有耆老透露查某祖曾与走船金发查埔郎相恋。相恋一词甫出，少女群掩嘴而笑。之静也在人群里听闻，确定自己这双蓝瞳孔里映着另一片海洋。

102

张简之静不久就见不到自己的两个女儿了。她覆辙了母亲的命运，她的母亲如燕生下她没多久就见不到她了。张简家的人认为如燕是"不吉调"之人，所以不让她带走自己的女儿之静。如燕回到娘家，每天想着之静，想要把之静带回去。但之静阿公阿嬷不肯放行。张简两老要振富的弟弟旺明收养之静,未料这却是之静人生最快乐最安逸的几年,旺明夫妻当时一直膝下尚无孩子,对她更疼爱有加,之静也一直以为旺明夫妻是自己的父母。养儿育女则有天命,之静四岁那年旺明妻死于大霍乱。旺明再娶,这一娶就注定了之静往后的悲哀生活,旺明新妻阿罔不喜欢老是像幽魂般的之静,小之静总是如鬼魅似地沉默不语地立在角落。他们俩冤冤吵吵过了几年,旺明有回发现之静常饿肚子,他处在中间,十分尴尬,等到之静的阿公阿嬷相继过世后,也就顺理成章地将之静送回她原生母亲如燕的娘家。

之静记得那一天她拿着包袱,由旺明骑着牛车载她离开村里,往镇上去。一路上大镇的人烟市集,带给她新奇的气味。

多桑走了,爱乖喔。

那时她以为眼前的这两个老先生老太太只是好心收留她的人,旺明离开时没有多讲,而老先生老太太也没有多说什么。她不知道眼前这两个老人是外公外婆,直到住了大半年后。日本式房子的医生馆,处处飘着酒精气味,瓶瓶罐罐装着彩色的药丸,之静好几回饥饿过度爬上木椅偷偷打开玻璃盖,却被一股发恶的药味打消了念头。如果是饼干该多好!那些年之静常躺在木头地板上,望着窗外的榕树发呆。之静母亲如燕的娘家是开医生馆,到了她要升初中时,一把火却烧掉了青春的幸福,医生馆火灾,日式木头房子燃烧得很快,人即使逃出,但见大火吞噬一生居所如魔兽饮血时,老人家顿时萎缩在地,加上年事已高肺部禁不起逃出时呛吸了那几口烟,火势灭后,两老送医,到院后之静外公器官衰竭过世,外婆自此眼盲。之静是不祥女人,村妇都这么咬耳根。事发本来学校就读得有一搭没一搭的,之静自初中后失学,先是跟少女伴去学裁缝,接着自己在日式的房子里挂了个"作裳"小招牌。午后大片的寂静常伴随着孤寂而至,失神在某个毛衣线口。制衣工厂姑娘蕙秋曾对她咬耳根说我要没学作裳,我就会去做妓女。之静听了抿嘴笑,工厂领班武男正行经而过,手指目瞪她们,要她们手脚要快。我做妓女,第一个让他搞,蕙秋又朝之静咬耳根。过了一年,蕙秋和武男结婚。穿着自己裁制的新娘衣的蕙秋对之静悄说,你看话可不能乱说,他真的成了我的第一个恩客饭票啦。

许多有钱官太太富小姐找之静缝制新款洋装与旗袍,她拿着尺丈量那些女人的身体,仔仔细细地量着肩线胸线腰线臀线腿线,那些贵妇们打开之静的大

163

门后，就使之静房里溢着茉莉玫瑰麝香气，她还没用过香水，不知道香水可以使人魅惑。她晕眩在一座座花园里，替饱满得像是刚刚被爱抚摸过的身体量制集众人目光之衣，女人走后，留下一张张手图稿和尺寸表，她黯然坐在裁衣桌前，盯着老窗外的昏黄光晕一丁点地暗了下去。她想着往后来接她的男人会带给自己幸福吗？做爱是什么滋味？她曾听蕙秋说痛死了，痛到流血，原来躺下来当妓女不是件容易的事。那时谁也不曾从母亲那里得知初夜这件事的种种，仿佛她们是无母之女。

之静内心是有一盆火的人，虽然她外表看起来如此宁静，尤其是那双近乎僧人的单眼皮遮住了欲火，薄薄微翘的嘴唇予人冷感，柔细发丝安逸至无波无情。但其实她是一盆火，任何包括身体及其他的物质丢进去她的黑洞都会烧炙变形。只是还没有物质丢进她的这盆火里，所以连她自己也不知道，何况那时候的世界是如此贫瘠。现实匮乏阻碍了她对自己与未来的想象力，她只能任凭际遇敲门。但她拥有冰山美人的美与蓝湖泊的瞳孔，就像义孝遇见她时对她说她的这种美已是一种近乎命运的东西。她听不懂义孝这种言语，一个劲儿地笑，他说他要娶她，而她等着他说这句话，那时候他们才刚相遇，之静就期待这一句话的出现。

她在等待结婚的日子仍裁制衣裳，这回裁的是自己的未来。

素兰小姐要出嫁

103

张简之静记得那座中美合作的红桥，她不知道后来那座红桥被中沙合作的白色大桥取代了。之静记得桥下的夏日西瓜如保龄球堆叠着，小孩吃得一手红血淫淫。之静记得那间舒家老宅，竹管厝的房子到了冬日异常冰冷。

菲亚出生那年舒家老宅正在进行最后一次的DDT喷洒，印着中美合作的唧筒朝菩萨与大陆祖先神位喷去。她抱着菲亚远离老宅，在屋前稻埕上望着卫生所的人在房子四周喷着。之静日后一直记得这一幕，手臂弯里的菲亚睁着大眼笑着，手舞足蹈地想要挣脱她的怀抱，她轻轻拍打着背，菲亚渐渐地安静下来。那时她想，这间老宅喷完药水后，将干干净净，日子看起来似乎光亮有望。

那些困苦的时节，她被大姑虎妹带去大埤打工，踩咸酸菜。休耕种芥菜的大户农民，雇用女工们收割芥菜做酸菜。结成球状的芥菜采收，去根去残叶，曝晒一日后，一层盐一层菜，她们穿着胶鞋踩踏。结束打工，除了有些钱，还有大把酸菜可带回家，过年难得煮酸菜鸭肉汤、酸菜肚片汤、酸菜红烧肉，义孝不知去哪拎来了肉与内脏，此是她对舒家仅有的甜蜜回忆。

　　在甜蜜之前，多是酸楚。尤其是过年前到香肠食品厂打工，她们这些老弱妇孺以嘴巴来博取工资，嘴唇吹肠，撑开肠好灌肉，咸水蚀肉，唇红唇破唇肿。竹竿上晒晾一节节肠肉，阳光与风烘出香肠腊肉香气，但这些都不属于她们的新年。或者去地下鞭炮工厂，冒着被炸成碎片的危险。

　　夜晚下工，她们经溪尾的水流公和万应庙旁，都要快步疾走。之静总是感激还好有大姑虎妹，她跟着孩子叫大姑的虎妹胆子大，她总是紧紧跟着虎妹经过魔神区。

　　之静后来没再见过虎妹大姑，每到过年前，之静在灌香肠晒腊肉或是去市场买酸菜竹笋时，她的心会淡淡地扫过虎妹的身影，这如大地之母的女人，为了钱，啥米都无惊。

　　之静离开二仑后，再也不曾回返此地，一次也没有到过，甚至连云林这个大县她都不愿意再访。她的不幸都在南方，浊水溪以南莎哟娜拉。

104

　　少女之静曾有一回想吃鸡肉，但因夹不到，于是站起来换了位子坐，外婆见状突然用手打了她的手一下。外婆不语，但她隐隐感到不安，不知自己做错了什么事。夜晚，外婆才趁四下无人时对在洗碗的她叨念说，女孩家吃饭时不能在坐定后乱换位子，这是婚后再嫁的歹吉调。那时外婆爱听的戏曲正唱到情爱何辜，孽缘何堪，之静当时萌起一种奇异的不安感，但这不安很快就被淡忘了。也不知为何抱着菲亚的此时此刻，之静突然忆起这件很小很小的往事。

　　义孝消失了，被判死刑的消息传来时，她整个人陷在当年狭小黑暗的新娘房，随着嫁妆来到舒家的缝纫机盖着小碎花布，她像梦游似地走向它，掀开塑胶布，像机器人一般踩踏着脚板，看着衣针上上下下。她忽地哭了起来，用针刺着指头，血如艳玫瑰一般渗出，吸吮着血，她感到恶意的快感，旋即她感到愤怒，起身拉开橱柜，将一件高挂在铁杆上的义孝的黑色西装扯离吊竿和衣架，那力道几乎是西装撞飞到她的胸口的一个踉跄。然后她疯狂急切地拉开缝纫机抽屉，找出一把剪刀，剪开了西装的缝合口后，瞬间她把剪刀丢在缝纫机台上，以双手力道扯开缝合的布，布匹撕裂的声音像是她的呐喊，她脸上那种悲伤与愤怒融合至难以解析的线条逐渐松了下来。一件立体黑西装成了一块空荡荡的布，她像是盖棺似的将缝纫机盖上这块不规则的黑布。义孝的黑衣覆盖了她的缝纫机，这件有意义的嫁妆，永远失去了踩踏的力量。她想没有爱人了，织衣做什么？她望着这冷极的舒家矮厝，阴幽苦楚，没有义孝，她待不住这里的。义孝的任性的暴烈深深地伤了她。

她颓然地任思绪飘荡，以前姑娘出嫁前半年多会去大城或小镇学裁缝，为的是学好技艺，为夫家大小制衣。那时她和少女伴们一起去当学徒，学着如何裁缝出一具具即将套入身体的布衣空间，她们学打板裁衣缝衣绣衣，日日在脚踏板的节奏韵律里想着即将到来的未来。学徒要给师傅每个月学费，还得帮师傅照顾孩子，煮饭打扫家里。不知蕙秋嫁人幸福否？身体寂寞还是心灵寂寞？还是都不寂寞？抑或都寂寞？之静胡乱想着，当年两个学裁缝的女孩已跨越结婚生女之路了。

她想起学制衣前，要先学会拆衣，拆衣给她一种瓦解崩裂的畅快，她喜欢拆衣，拆衣后的一片片布块，使她明白物件之始。有时一件看起来不怎么独特的上衣却由二十片布块组成，她在这样的过程里想起自己的人生，拆解组合，重组新生？外婆当年总对她说饥荒饿不到手艺人，但于今爱的饥荒却将饿死她的心。

之静望着盖棺的缝纫机，她知道是该离去的时刻了。她要带孩子回高雄外婆家，残存的老厝，她想，也许那里还有些温暖。她把孩子叫到跟前，告诉她们她的计划，孩子都很高兴母亲的决定。她在公公三贵的心腹小黄狗死去的隔天，决定离开舒家。那是快天亮时分，她叫醒两个孩子，菲亚和蓝曦。她要姐姐菲亚帮她提东西，她牵着蓝曦和几个布包后，悄悄拉开木门，穿过围篱，少了忠狗的看守，她很顺利地带着孩子搭上事先叫好的计程车，紧紧地揽着孩子，在雾浓清晨，头也不回地背对她的伤心地。

没有父亲的孩子被叫成野孩子或者空因仔，她想也许孩子需要一个父亲。但三贵不可能让自己的孙子改为他姓或流落在外，他知道之静必然带着孩子回高雄。

有一天之静回外婆家，发现只剩眼盲的外婆流着泪说孩子被他们的阿公带走了，我没有理由不让他带走啊，我看不见，又追不回来。

之静颓然陷落黑暗，外婆又悲戚地说，伊讲你系水流破布，流到哪就勾到哪。之静听着这刺耳的恶语，脑中闪过破布随着流水，行经四处，到处搁浅。这是义孝父亲三贵对媳妇说的毒语，她想那个家还能回吗？她再不可能重返二仑，但孩子不在了，那她要去哪？

105

在表妹的牵引下，之静去了台北，很自然地随着当年女孩北上的脚步前进。但在她要北上前，她得先去探监，手里紧握的离婚证书都紧张地可拧出水了，她发抖地将离婚证书递进小窗，从透明隔间里看着愤怒的义孝将离婚证书捏成一团，且用黑色电话狂敲着玻璃，狱方人员打了他，他被拖走，以恶狠狠的眼光杀向她。她去了七回，义孝在狱方人员的劝说下，终于愿意还她一个人生。你以后绝对不能再见女儿一眼，他最后的一句话。（而她也没料到生命在死神来到前，她竟自此再也没见过那两个缘薄的孩子。）

她和女伴们搭上了一辆蔬果车，像货物似地被载上台北。她先是去了国宾戏院，跟着别的女人学习如何当一条牛，但黄牛票抓在她手里却怎么样也卖不掉。直到有一天有个男人对她说她手中的票他全买下，她怔在原地，耳朵却响起婴儿哭声，哭得很厉害，但四下只有看电影的人，哪有婴儿。男人带她进去看电影，她又想起了义孝，他也曾在高雄当兵时带她看过电影。但他的一生是毁了，也毁了她，她紧咬着嘴唇想着，电影在演什么她都不记得了，在白光里，她播放的是她自己的人生。

男人带着她从西门町走到台北车站，搭上往平溪的慢车。她像是没有感情的木偶，有人愿意撑住需要支架的木偶人生，她就感激涕零。车外风光一路所见都迥异于嘉南平原，潮湿空气让她连打了几个喷嚏。

三貂岭，站牌写着这个奇异发音的地名。她想这样的奇异环境，正是她新生的所在。男人佐君在矿场当领班，她再度成了洗衣妇与织妇。

她改嫁不久，听说义孝改判无期徒刑。她生第三个孩子时，听说义孝改判二十年。她改嫁后生的第一个孩子已然十岁时,听说义孝已减刑为十四年,且不久即将出狱。她以为他死了,十四年后,他竟然要出狱了,她吓出一身冷汗。自此,她把耳朵封起来,只要关键字出现舒家义孝、云林、二仓、永定厝、赌博、水稻田等字眼,她都不听,甚至英文和诗都排斥,举凡和舒家及义孝有关的字眼她都遁逃而去。日渐地她的耳朵愈来愈不好,呈现自动退化的臭耳状态。想听就听得一清二楚,不想听的竟可以完全充耳不闻。

义孝出狱的日子,她完全隔离于他,因为她后半生根本没有离开这座潮湿山城。直至晚年,听说义孝死了,她才走出来,她想去眺望一座桥。那座桥连结着她一生的两个男人。幸与不幸,知识与爱情。

106

明治桥上,之静站在桥上眺望着某处,她的背后车水马龙,有计程车司机唯恐她突然走到马路中间,对她鸣着几声喇叭,但她好像充耳不闻似的。要不是因为这座桥要拆了,她不会来此凭吊一些往事。这桥曾经是她第一任老公义孝第一次带她在台北压马路的风光之一,那时的义孝多风光,她记得他还朗读什么太哥儿(泰戈尔)的诗给她听,虽然她完全听不懂,她只是温柔地笑着。这桥也曾是她的第二任老公佐君带她第一次上台北时于此述说其家族往事的景点。佐君当时对她说,我祖父种茶,当年他从大稻埕划船来到这里,下船,上明治桥,送茶,然后再划船回到大稻埕。这是都铎式的建筑,以前那里有台北神社。佐君站在桥上,对之静说着日据时代阿公的往事。佐君阿公一郎是日据年代的模范国语家庭,说日语,改日本姓,学剑道,献贡天皇最好的茶,最好的米。阿公的弟弟次郎则在松浦屋印刷厂当印刷工人领班,因为他的日文好,印刷上的文字都看得懂,工作起来很风神。

怪的是光复后,有一回佐君的叔公次郎被一辆美军开的车撞伤脑部,醒来后,日本话却全忘光了,连日本字都不认得。直到一郎阿公出现时,他却清楚地对一郎公喊出了一级弄(郎)。但除了一级弄之外,什么都忘了,佐君说。

之静听了笑,觉得这样的遗忘很好,有时遗忘比记忆来得轻,来得美好。

可见你叔公是不想说日文的,只是不得已。之静帮老人家诠释着。

其实都无所谓吧,活下来才能做自己生命的诠释者。佐君看着悠悠河水,远处山色雨后湿润，之静悄悄地觑着他，心想这才是她喜欢的男子啊，温文细腻，不若义孝那狂妄的人，她自觉自己是被义孝半骗半哄才嫁进舒家的，她不爱义孝，她也不爱住在尖厝仑的舒家，但当时她没有选择，直到义孝毁了自己，她才有所选择。她想起义孝，不禁打了个寒噤。

冷啊！佐君脱下外套给之静，之静笑着接过，没有多作解释。实则刚刚自己是想起在尖厝仑舒家时，常常得面对义孝突如其来的暴怒，他暴怒时谁也拉不住，他会把整桌的碗盘全推倒在地，而她只是默默地扫着碎裂的陶瓷片，有几回脚趾还被瓷边划伤了。

佐君擅于品茶，源于童年跟在祖父身边习来的能力。但祖父晚年嗜赌，把茶山都输光了，家族陷入黑暗期，茶自此成了遥远的香气。他说那时候，到处都是人和自然的故事，不像我们，没有故事。佐君站在桥上，从河面吹上来的风把他的棱角削得分明。彼时他们的背后有动物的低吼声，有孩子的尖叫声，摩天轮转啊转的。

之静不太记得义孝带她走中山北路的画面了，但她记得多年后佐君再次带她来此的原因，因为佐君的祖父在荣总病逝了，于是他们从石牌搭了公车来到圆山。那是她第一次见到佐君的阿公，也是最后一次。佐君祖父晚年迷上酒色与赌博，茶产不再，在大稻埕成了落魄户。佐君早和多桑举家往深山走，不理这老人多年，直到听闻他得癌症末期，不久将往生才相聚。

佐君的多桑是长子，个性硬如矿，早年就自行去山里当苦力。但佐君告诉妻子之静，自己却着迷着风流祖父，当然他可不敢告诉父亲。

这明治桥，这基隆河，是佐君在此诉说往事给未来女人之静聆听家史的遗址。

石桥美丽地衬着佐君的故事，背后在游乐场的孩子欢笑声昂扬，动物的低吼声激情⋯⋯她在这座桥答应了佐君的求婚，即使她不知道日后三貂岭的生活样貌，三貂岭听起来像是一个异邦，一个很遥远的梦土。

她在这座桥见到光亮未来，手上被戴上一只佐君存钱打的黄金戒。黄金戒厚实，在黄昏的夕照下很闪亮，指上有着夺目的光辉，她被这个光晕吸引住了。

就是在这座桥，指证她是有爱的人，她不是不祥的女人。但这桥明天却要拆了，后人将不知这里曾经有过一座美丽的桥，将不知这桥曾有一个妇人在此宣誓自己的爱。

就像她自己这身老骨头一样，也即将被地水火风——拆解，未久将化为尘了。

她这一生，不是自己人生的放映师，她一向不擅于倒带。她过去能度过无数黑夜与伤心就是因为这个记忆倒带能力的不足，她很少回首伤心往事，只顾着往前奔去。（在面临即将缴回天庭的功德簿，她才凛凛一惊，这人世空过的部分太多了，她在关键时刻没有说出"爱"这个庄严字词，她太吝啬施爱了，她只求现世安稳，但这人世何曾安稳？安稳竟是最大的虚妄，她为求安稳而舍弃许多内在的真正渴望，而命运何曾停止晃动心绪或者机缘？她晚年站在即将拆除的明治桥，美丽古典的明治桥竟无法留驻眼前，一如她发现安稳才是人世最大虚妄时，时间已经不给她往前了。晚年之静才懂得回首，用仅有的剩余时光，用尽所有可能的倒带能力。）

107

义孝的脾气总是烈得如火，稍不如意就把桌上的东西扫到地上，之静总是默默地拿扫帚扫净。

之静在舒家活得像是一幅背景画，永远是背景，但又不能缺少这幅背景。直到那一声枪响，对舒家老父三贵而言是愧疚悲情之始，对她的丈夫而言是失去自由之始，对她却是个天大的解脱。

她不再成为背景。

她跳到命运的前景，决定为自己谋出路。

之静逃至高雄时，一度去加工出口区当作业员，那时的生活就在输送带中度过。三百多家工厂，她的手中物品见证了经济，球鞋、脚踏车、收音机、衣服。她蹬上脚踏车，行过白花花的阳光，白墙上的红漆字"亲爱精诚""消灭共匪"闪烁得发亮。

她待最久的地方是成衣厂，缝制内衣内裤。她想起最后一次陪外婆去订制奶罩已是很多年前的事了。那是件神奇的内衣，非常繁复的胸罩，一整排的排扣，刷洗时总是听得到扣子和布料及刷子彼此之间的摩擦声响，轻微地像是静电，刺着耳朵。她们那时还不知道那就是马甲，或者魔术内衣。魔术魔法这个词，还没发生在那个年代。七贤路的酒吧到处是打扮妖娆的女人与美国大兵，迷你裙加露背装，女人们以为美国大兵会带她们远离酒吧，女人于是生下眼睛是褐色或蓝灰色的混血孩子，台湾孩子就在酒吧外闲晃着，趁美国大兵出来，就猛落几句哈啰哈啰。之静就在那样的环境下，度过她的伤心期。生活充斥洋大兵、弹子房、蓝宝石、喜相逢酒厅和六合夜市，高雄爱河边改变了她的前半生，台北明治桥改变了她的后半生，两场邂逅，重如石与轻如烟。

她在高雄遇见义孝，她以为他会给她幸福。但没有，义孝竟让她成了流离失所的人，连女儿都得遗弃。

之静离开义孝，为了谋生只得十八般武艺样样通，金木水火土皆备，只可惜阴阳不调，男人不参与这样完备的女人的生命个体。

在台北卖黄牛票之前，她一度避居菁桐打工。菁桐火车来，菁桐火车过。

她醒在火车声音里。

去洗头，阿婆问，你是哪家的媳妇啊？

她来到小镇，成了一个人人看得见的幽魂。

她采大青染蓝布，采薯榔染红巾。长得像是芋头连在一起的薯榔，削皮，剁成丝。渔村做网，网得染上薯榔，植物里有胶质，可以坚韧渔网。

因各种理由而成为中辍生的孩子被送到平溪国中，坐落在山上公路旁的教室远看像是荒败中还坚持春色的旅馆。

私人住宅请勿闯入，连警察都停下来问她在做什么？她在找不用钱的东西，但她不是拾荒妇，她不拾荒，她拾宝。山上水气浓，菁桐是油桐的一种。到处是笔筒树，笔筒树输出大宗，是种兰花的蛇木。初生时像是鹿角的合掌蕨遍生。

听着火车声长大的村民鼾声大，只有她这个陌生人失眠。起初火车声让她深深失眠，她记起当年刚嫁去舒家时，舒家前院养的鹅叫声也常让她睡不着。她总是数着鹅的叫声入睡。

有一晚听到鹅只叫三声就不叫了，她隐约知道发生什么事，但她不敢起床。

隔天清晨就听婆婆廖氏大声叫着：鹅被偷走啦！

怎么没听鹅叫？

鹅被下蒙汗药，昏过去了，所以没叫。

真是的，新年快到了，好不容易养得肥肥的，廖氏惋惜。

108

小羊，在爱情上我是小羊。

在爱情里，一个关注眼神就有如是一个天使的眷顾。

之静读着她少女时期写的日记。

但她绝不读义孝从狱中寄来的信，她不读愤怒者写给她的信，那种信都是把刀口挥向别人，都是别人负他，他不负别人。她把那些信都丢到屋后的河，那些年河水已经开始吸纳人间的所有一切呕吐之物，一切经济起飞的废水。

她喜欢这座北部山城，遗世独立。唯独小火车通过时，她感受到整个地底的轰隆跳动，只有这时候她知道有外来人行经了她的世界。

之静失去孩子，就像母亲如燕失去她。晃动她们命运板块的都是离开她们的男人。

一个不被需要的人是痛苦的，也是没有求生意志的。人都是被需要。每个人应该都有存在的力量。许多人间的求生力量是来自于被需要，她一度失去这种求生力量，因为她不被孩子需要，孩子被带走，孩子远离母亲，母亲远离孩子，没有比这种事更痛苦的。

她一直到被迫离开自己的孩子，才愿意回望自己的母亲如燕，可怜的母亲，之静想，这句话也好像在说自己似的。

当时有个女人来高雄找之静，之静的手正被缝衣针给刺流了血，她把手指送进嘴巴，舔着血，嘴角顿时有了微笑。以前制衣工厂时有人见状曾笑她是吸血鬼。但这次却血流不止，她吸了几口后，血又顺指纹奔流，就在之静弯身找纱布时，有人敲门。

一个生下之静之后就被迫离开自己女儿的女人出现在她面前。

之静停下找纱布的动作，手指含在嘴里去开门，她看着一个和自己长得有点相似的老女人立在门口，老女人看她嘴含手指，大笑着。老女人说，你还和婴儿时一样啊，吸指头就有安全感，吸指头就以为有爱的幻觉。之静听了似懂非懂，什么爱啊什么幻觉啊，这眼前朝她炽热奔出的两道蓝光究竟是什么旨意？

老女人小小的个子利落，骨架如木，头上盘了个髻，瞳孔里窝着两盆微弱的蓝火。就是这烫人的蓝火，让之静触了电，她顿时看见奔流的血缘源头。

门口飞进一股风，这时之静看见老女人的蓝色旗袍衣角飘起，她看见一双白皙的腿，像是富贵人家才有的肌肤，她忽然感到自己像是一头肮脏的动物，面对一个美丽的猎人。之静第一次觉得人生无助，她看着自己这双属于女红粗活且长茧的双手，她很想逃离这个现场。

这女人是她的亲生母亲如燕。

之静没想到幼时哭的那个母亲不是亲生母亲，她的母亲还活着，但之静当时不觉得这个发现有什么新的意义，因为她早已成为别人的母亲，她不再需要一个新的母亲。她还来不及闻原生母亲的气味，就已被推入另一个新家，也成为一个母亲。

如燕来见之静，是为了能够拿到她认为属于自己的产权，之后她就头也不回地离开张简家，如燕讨厌张简家，那几乎夺走她的青春之地。

没有人知道离开张简家的如燕发生了什么事。当她再度出现在张简家时，许多人都像是看到一个从历史走出的幽魂般。有传说是如燕离开张简家后，嫁给一个中国老兵，生了孩子，倒是相安无事地度过几年，如燕本以为自己被说成克夫命的魔咒解除了，哪里知道有一天老兵在修公路时发生大爆炸，老兵没死，腿却被炸伤，从此得坐轮椅。正巧去送便当的如燕目睹了丈夫被炸伤后，她在那一晚被勾起自己是不祥女人的往事记忆，她不断地尖叫与惊吓过度后，隔天大家发现如燕整个人呆掉了。

她以为自己又克死了丈夫。

老兵丈夫也无力照顾她，孩子又还小，于是如燕被送到精神病院。

后来听说如燕和精神病院的院长却谈起了恋爱。

如燕病好之后，唯一记得的事却是要去张简家拿回土地权状。如燕去找之静，她要之静将老人留给她的那间医生馆土地转到自己名下。

之静无所谓，她想自己还年轻，哪里会缺赚钱的本钱，何况她也不想拥有这块地，她不觉得自己属于那里。

如燕把卖掉土地的钱给了精神病院院长，精神病院从此给她一间还不错的房间休养。最后村人见到如燕是在报纸上，精神病院疯狂之夜，男病患为女病患杀了精神病院院长，女病患当夜抚尸痛哭，后自尽在院内长廊的尽头。

之静是第一个赶去病院的，她见母亲那瘦瘦小小的身躯在风中摆荡，木窗外下着寂静的雨，好安静的早晨，即使到处都是血迹。陪她前去的义孝则在窗边吹着风，任无缘丈母娘悬空的腿荡向他。

之静看见如燕的双手抓着绳索，像是一种懊恼的姿态。

没有人知道那一夜发生什么事，传闻是有精神病院的男人为了如燕争风吃醋。当如燕见到她生命里第三个男人死亡时，她再也受不了自己的命运，这回她克死的是自己。之静才明白母亲离开她不是自愿的，她是被迫的。目睹如燕的棺木被推进火中时，之静说了一句话，她如果不结婚，一定是最自由的人。她应该晚一点出生，那世界就是属于她的了。

如燕照片后面站着一排她和不同男人所生的孩子，但她以为自己比任何女人都贞节。

没有人知道她的肚子还正怀着一个胚胎。

从此张简家的祖先肖像，才多了一张停格在十六岁的如燕照片。那一年，如燕结了婚，那一年她生下之静，如燕离开张简家。只有那一年，张简家曾承认她的存在。当时才十六岁的如燕，除了男人她还能有什么选择？在那个旧得发黄腐朽的年代。

109

之静永远不认识自己的母亲如燕，她总是认为那一年来找她的女人，是认错了女儿。

之静认为自己的母亲是四岁那一年就死了的那一个母亲，曾经给过她奶喝的美丽母亲。

之静是这么告诉她的女儿菲亚的，虽然她的女儿一路想把故事追下去，但线索早断，那间医生馆，那间精神病院……所有留下如燕印记之地都注定被祝融深深吻过，只为了让如燕成灰，让她从来不曾出土。

如燕成了乡下的一则传说，甚至有人传说她是观音妈转世，大火那夜，有人绘声绘影地说见到一个白皙如观音大士的女子跑进跑出，救了许多人出来，因为只顾着救别人，连自己的家人都来不及救。

之静听了总是笑，这故事可真难写啊。但即使如此，如燕还是被写下了，即使章节很短。如燕是一只蝴蝶，洒下花粉后就不再驻足家族树里。

就像如燕走后的那个雨夜，下了历时七天七夜的大雨，飘着潮湿水气与血水的气味，雨声成了如燕生命里的另一种寂静。雨声也成了之静回忆母亲的方式。雨声也成了她们生命共同的悲哀腔调。

之静覆辙了母亲。在失去菲亚与蓝曦后,她才认识了母亲。

菲亚和蓝曦有多少年不曾见了?之静偶尔发呆时会想起她们。蓝曦还小时,还曾被虎妹偷偷带来见她。升国中后就不愿意了,宁可边工作边上学,把日夜的时间占满。

不能怪孩子,孩子一度差点被阿公三贵卖掉。那是一个可以随意被大人"贩售"的年代,贩婴者卖的是自己的血缘骨。

看来我们姑嫂情自此要断了,人讲若过三貂岭,毋通想母子。要入三貂岭是真无方便啊,虎妹对嫂嫂说。没错,情是要断了,一如俗话说的若过三貂岭,毋通想母子。山深水远,虎妹当年是没有去成三貂岭。改嫁给矿场领班的之静再婚无喜,婚事不张扬,只托人传消息给虎妹说,我的女儿是舒家不让我带走,不是我不要她们,请你照顾她们。虎妹这一受托,竟十年忽过,虎妹家就这样多了两双筷子。

苦海女神龙

110

十来岁的少女罔市常偷偷跑回尖厝仑,躲在梁柱上巴望着锺家人的走动。

每回被花叶发现,静默的花叶都像是被鬼附身似地发抖着,四处找着扫帚口中碎骂着我无系汝老母,紧走吧。

花叶像是在赶一条流浪的癫痫狗。

罔市瞥见哥哥们正在大口吃着鸡腿,她的泪顿时奔流。

罔市出生时,被花叶视为克星,正逢花叶的父亲过世,她想这孩子不祥。

不能进家门,从小被她养在稻草边间,直到十来岁,送给一位染病的老妓女。送去镇上时,仅让她带了一个小包袱,叫了一辆铁牛车载她走,好像她是一头牛似的。

罔市的往事不值一提,值得提的是许多农人村妇在二仑与西螺之间的小路都常见到罔市的身影,唯独罔市的母亲花叶不曾见过。十来岁的孩子干瘦瘦的,像是乌爪鸡，赤脚走在砂石地，脚皮磨破发肿。夭寿啊，花叶不要的查某囡仔又走回厝里啰，瘦得跟鬼一样，比锺家养的母猪仔不如，母猪肚皮都肥得快触地啦。罔市才进村口，许多人就闻到她身上的酸腐气味。干瘦瘦的女孩只能眼巴巴地倚在廊柱，但很少见过母亲身影。

后来罔市死了心，打算跟妓女新妈妈生活，她洗净了自己，彻彻底底地洗刷着，许久没有赤脚走路后，新皮也长出来了，洗净自身后，她站在妓女妈妈家的廊下吹风，夕日橘红的光照映她一身，许多人议论纷纷，发现这原本老是哭哭啼啼脏脏兮兮的罔市竟是个皮肤白皙的美人胚子呢，可惜妓女阿金破病了，不然要是重起炉灶，还怕客人不上门啊。当罔市决定好好服侍妓女妈妈时，没两日东北季风一起，从浊水溪刮来的冷风让妓女妈妈一口气上不来地喘着，肺顿时像是裂开似地一口血喷得罔市满身，甚至瞳孔都有血湿之感。

妓女妈妈往生了，留下的钱刚好够安葬。罔市再次徒步走回尖厝仑，她想，妓女妈妈死了，花叶妈妈总该把她领回去吧。但没有，她从晨午站到黄昏，只有一条昔日养过的狗来到脚边磨蹭，锺家静悄悄的，像是所有人早已被下禁令似的，成天竟见不到人影。罔市站累了，她再次拎起包袱往北走，一直走，这条路她不知走过多少回，她知道这将是最后一回了。妓女妈妈的老屋已经有新人进驻，工人在重新粉刷着墙，她颓然地看了最后一眼后就走上了西螺大桥桥口，站在桥口上，望着军车一辆一辆地过去，风沙刺着她粉红如樱的肌肤，终于有一辆军车在阿兵哥起哄下，使得前方长官同意让她搭了便车。

在车上她看见许多人盯着她瞧，她不知道这些人的目光都是坏痞子。

一个快退伍的阿兵哥带她到艋舺（艋舺：台湾地名）。

自此罔市消失在许多村人的记忆里。关于她的传说总是夹杂口水与恶德，连母亲都不要的女儿最后连自己也遗弃，接着男人如过客。有人信誓旦旦说曾看过罔市上电视新闻，因为火烧始乱终弃的查埔郎，当然这纯属虚构。也有男人说在艋舺开查某，床上躺的正是罔市。说者言之凿凿，罔市那张脸啊，薄幸的表情就和伊阿依花叶同款，她的双乳中心有一朱砂痣……啥米朱砂痣？

很多年后，直到有一天，来艋舺青草巷找朋友的锺若现看见前方聚集一群人，救护车喊着让开让开，顿时他在散开的人群里看见了躺在地上的一个女人，这一看可把他吓坏了，这不是无缘的妹妹罔市吗？他一眼就认出罔市，她那种独有的薄幸表情就像是母亲花叶的再版。

接着他看见衣衫不整的罔市胸膛中央躺着一粒痣,传说中的美人朱砂痣。

他打电话给母亲,告诉她罔市死在街头的消息,问母亲是否要去认尸?电话那头的母亲却淡淡说,无免吧,伫呢多年了,也未必是伊。很多年后,锺若现身处母亲花叶的葬礼,他飘忽灌入母亲听了罔市死在街头却不去认尸的淡漠声音,他起了一身的寒颤,一个母亲可以无情到这种地步,母亲怕去认尸是因为怕见女儿幽魂来扰抑或是畏惧还得帮女儿收尸负担一笔丧葬费?

罔市成为往事。

失去美色后,罔市成了街友,她习惯赤脚走路,即使走在大城市的柏油路上。她被叫街友阿花,生活一片凌乱,有家归不得,四处流浪地睡公园、车站或骑楼。

锺若现背着母亲偷偷去看这位非常陌生的妹妹,是如此血缘相通的陌生人。他看见尸体的手上挂着一条蓝丝带,带上印着心若虚空悲愿无边,罔市手上长满冻疮与癣。在场的医师看他一直来祭拜遗体,遂好心地告诉他说这女人是脑死的,可能当时被撞倒地不起,她是少数在生前就想到死后世界的人,早已写好遗愿,她捐赠了心脏、肾脏、肝脏、骨骼、皮肤、眼角膜……若现听了旋即问也是母亲花叶的主治医生,母亲能否接收这眼前遗体的眼角膜与肝脏移植,排的顺位好像也是轮到母亲了,不知是否能为母亲花叶进行这次的移植手术?医生沉思说,我知道这情况,只是不知是否会产生排斥。一定不会的,若现答。医生听了微笑,眼神露着不解,心想何以你如此笃定。

就这样花叶在这间医院里重现光明,她从来不想看一眼的女儿眼角膜就在她的眼睛里,她不知一个母亲的光明来自于活在黑暗的女儿,她也不知在此医院的某太平间里正躺着被她遗弃的女儿身体碎片。从小就是感情碎片的罔市为了有饭吃有地方住而签了器官捐赠,她没有送行者,她一直都是孤独的,如破布娃娃。

花叶不知她不要的女儿正在她的体内死命地长出血肉,重新复活。

花叶因为这个成功的移植手术还登上了当年的医疗版报纸,那是少数有捐赠者的年代。一年后医院为花叶庆生,初老的她开心地一口吹熄蜡烛。医院对媒体说移植手术已愈来愈进步了。他们对锺家人悄悄地说着这真是天赐因缘,从来没有这么吻合的移植配对,连亲生子女都未必相合呢。

进行移植器官后,拥有年轻器官的花叶又多活了十几年。

她的媳妇虎妹是这件事唯一的受害者，因为花叶阿依不走，虎妹的折磨就依然存在，她在婆婆鄙视的眼光中就只能对锺家人疏离，背对原乡。知道冈市如垃圾般被母亲丢掉的历史后，虎妹多次对别人说，我的那个夭寿阿依啊是个没血没泪的查某人，心肝真狠，我净想就是不明白，做母亲的人怎会放舍自己的查某囡，我疼我家小娜都来不及，怎舍得放舍伊，放舍半天都无可能。

被遗弃的女儿，在母亲的体内寻找方位。

等待复活。

花叶从此有了根。

台北红玫瑰

111

锺秋节杀夫。

传闻传回家乡，村民都不可置信这以美色闻名的弱女子怎可能弑夫。秋节传奇愈来愈扩大，人们说秋节猛砍男人的那话儿几刀后，还刺了他的颈，他如鸡般的咽喉有个洞，一个窟窿像眼睛一样瞪着人。颈子像水管喷爆出血，如破裂水管喷出水花，蔓延流淌到许多人的梦境。那一夜，有很多秋节的女友都从血色的黄昏中惊醒，她们发现是梦，床旁的老公鼾声仍如雷大作，身上残留另一个女人的脂粉味香水或者酒气。

很多人曾经劝过秋节，有个酒鬼丈夫总比孤独一人终老好啊。她总是沉默地摇头，心里想的却是如果有个暴力丈夫呢？一个卖蛇人，生吞蛇胆蛇血，他应该和蛇同寝，她想起他的手他的嘴他的气味，都会从脚底一路寒到心窝。有时家里冷不防会照见浸泡在玻璃缸的蛇，她常吓得尖叫。有时在床上，她会被要求以水蛇腰的姿态扭转她的腰她的背，甚至倒挂床勾，舔舐他一身。

生活处处闻得到血的气味，血的记忆，她想干脆一次了结，一次洗净那红。

警察要她回到现场模拟杀夫，小巷茶店的男女老幼都挤在门口。这个地带的人特有的草莽与闲散写在脸上，流浪汉、乞丐、假和尚、妓女、老鸨、庙公、理容小姐、摊贩、嫖客、小偷、流氓、地痞、侏儒、卖艺人、按摩妹、老人、小孩、怀孕妇女……连瞎眼盲人都挨着脚踵来看热闹，有人朝盲眼人"干"了一声你是对人看啥？他们全挤在狭小的门口向里张望着。好奇的无所事事男人对着秋节臭干落谯（咒骂），吐着浓痰与槟榔血在地上说这款查某平日温驯假仙（假仙：装样），杀夫却不手软。老婆婆和女人家则以同情又畏惧的眼光投向秋节，但当秋节抬起头望着群众时，所有在场女人家又把目光移开，她们唯恐被秋节那坚毅冷静的野性目光烫着了。

　　社会记者好不容易才冲破围篱的一个缺口往现场奔去。杀妻常闻，杀夫未闻，闪光灯在秋节脸上，原本看起来如死的秋节眼皮才动了一下。

　　杀夫女人秋节被警察解开手铐，她的目光空洞而冷静，像是解脱者或是梦游人，不属于人间似的。但她不仅在人间，且要模拟杀人。

　　醉死的夫没有抵抗，好像刀子是妻子往昔的舌头或手，醉死的夫不知险境地往那张他们曾经恩爱的床倒去，鼾声大作。那张简陋的组合床发出刺耳的吱嘎响，当秋节持起刀时，刀子仿佛有了自己的意志与生命，不像是秋节在杀夫，倒像是刀子自动挥舞，去除她长年的恶梦之瘤。她现在以诚实来取代过往蒙骗混沌的生活，这莽撞的诚实代价可真是要了秋节的自由。她经常被殴打的脸已经不再美丽，秋节的绝美成了绝响。女人叹说耕坏田只是一冬，嫁错尪是一生歹年冬。看热闹男人说的却是小心以后别喝得烂醉，不然怎么死的都不知道，连老二都像香肠被切下来，真恐怖啊，死了没老二，作风流鬼都不成，这下不成了公公，男人们在警车带秋节离开后说，人潮陆续回到树下赌博、下棋、掷骰子。假和尚集团继续在庙口持钵化缘，伤残儿继续卖着口香糖抹布，妓女叼根烟在廊下望着即将落雨的天空，秋节那张沉静而美丽的脸孔她们看了十五年，从来不知道秋节所受的性虐待，女人是又同情又嫉妒吧。人群散去后，秋节住的那排矮厝忽然有了光，秋节的门口拉起警示黄线。隔壁的茶店老鸨叨念着，谁敢晚上来这条街啊，有查某杀夫的街，男人来了不都阳痿了。

　　唯独某老茶娘大声替秋节嚷着话，老茶娘说该死的人本来就不需要活。

　　秋节自卫被判十年。花叶阿依没想到晚年要去监狱看女儿，以前她要去绿岛看锺鼓，现在她还得去探望女儿，花叶想自己怎这么歹命。花叶不解，秋节明明是她最疼爱最美丽的女儿，怎么落得如此命运？

112

　　锺秋节原取名锺葡萄，西娘帮她改名，西娘叨念过媳妇花叶总是对孩子随便取名，西娘觉得这媳妇任性极了。花叶暗忖，后院的葡萄藤蔓美丽清脆，为何葡萄不美？因秋天生，西娘遂将葡萄易名秋节。秋节年轻时一个人搭车到台北，辗转到艋舺后，一度大家都叫伊艋舺水姑娘，或是剃头秋。她觉得这些名称都比锺秋节好，读书时每个孩子听到台上老师叫她的名字时都会哄堂大笑，总是把她气得想往桌下钻。汝西娘阿嬷说秋天节气最宜人，哪有像你这样刁钻坏脾性的。秋节瓜子脸鼻挺嘴细大眼，说起秋节的美色，每个人都认为她是几公里内的第一大美人。但秋节如秋老虎烈性，她不爱学校，本来她以为她的美丽可以减少在校园被欺凌的可能，但相反的是她常被发情男生挑衅，野的男孩还会趁机偷掀她的裙，或者抓她的长辫子，加上她功课差头脑带点笨，美而不聪，这让美丽的她身处霸凌校园反而是一个危险，每天上课都不安宁。秋节遂讨厌学校，她想再也没有比学校更是强弱分明与险恶丛生之地了。她初中也没读完，再加上父亲锺鼓早过世，没人管她了，少女的她就自行奔赴台北，经人介绍在艋舺一家日本居酒屋当女侍。为了省下钱每天都吃居酒屋卖剩的寿司，一阵子还被叫寿司妹。日本寿司店小气老板娘发现她会偷店里卖剩的寿司后，就要她卷铺盖走路。

　　秋节离开日本寿司店后，她想苦力是没出路，要先改造自己。于是秋节学台北女人读过期妇女杂志、姐妹、皇冠，囫囵吞枣地乱看。翻征友栏，学着回给笔友信，收过从军中发来的电报或者征友信。那时她留着米粉头，穿着头重脚轻的长洋装，踩着面包鞋。来到台北每天逛街，感到自惭形秽，她开始学着台北女人留着当时流行的赫本头，整个人利落起来，深邃的轮廓顿时很有型。说话学着不再大声公，她学会了许多事，包括城市女人的娇媚与手腕。知道情妇是怎么回事。花叶阿依知道后见她一回骂一回，要秋节别跟男人姘在一起，名声难听。

　　最后秋节来到了西门町，忽然明白自己的一双手一对奶和一张美丽的脸都能吸金，她学剃头，但剃的是男人的心。

　　在龙蛇杂处之地秋节很快就染了色，想要漂白也难。

　　她起初是住在理容院的顶楼，西门町理容小姐像她这样有个性的美女，老板通常多不喜欢，碎念着剃头还挑大头？挑小头也就算了。年纪轻轻的秋节听不懂什么大头小头的，仍是我行我素。理容院外伪装成鞋匠实则是盯梢警察查访的男人很喜欢她，常暗示她脾气要收敛。店里同乡来的保镖也喜欢她，有回在她耳边耳语小头的意思就是指男人胯下的玩意儿。秋节一阵面红耳赤的，她气得捶打保镖，一手就被保镖抓个正着，之后手再也无法从孔武有力的保镖手里挣脱。锺秋节到了台北名字依然被笑，且笑得更厉害。理容院老板娘阿娥帮她改了个名，秋节自此叫白雪，霓虹灯下的白雪照片笑吟吟的。

但这笑容并不长，白雪的照片很快地就被龟公臭干落谯地拿了下来，掼到地上的照片玻璃碎裂成网状，那碎裂的笑脸还是依然甜美。

是因为大雨。

冷雨狂下七天后，茶店生意冷清。阿娥向水手爷祈祷，要白雪跟着念，水手爷啊，保佑大猪来进朝。白雪念到大猪不敢大笑，出声地闷笑着，阿娥瞪她一眼又念，大猪大雨敢走，暗路也敢行，父母骂伊不听，妻某参伊拼斗也不睬，狗吠不惊，心恟恟，眼茫茫，紧来紧来，入门那支任阮摸。

白雪这下再也忍不住地口水喷笑而出，心想这样这些猪哥男人就会来？以前水手爷不忙，会听到咱呼唤，现在不知是否有效。然大雨继续下，连亭仔脚都鸦雀无声，商店都拉起铁门。雨阻绝了大猪入瓮，女人安安静静地修着指甲，女人吹染着头发，女人剃着眉毛，那是一段停格的时光，白雪一直记得那不知下了几天几夜的大雨，那时候的她常在窗口望雨，希望日子就这样。

谁会相信那个望雨的诗情女人后来亲手刃了老公。

也许是那场看似无休无止的大雨，让白雪又成了秋节，她离开理容院。随着一个来给她剃头的男人落脚艋舺夜市，一个卖蛇人。追求者众，最后竟挑了个卖蛇人，花叶阿依气得连婚礼也不参加。秋节也不懂为何会迷上这沾染着蛇血味的男人，感情不都是这般，一开始都无法看出败坏征兆。卖蛇人当初告诉秋节他是生意人，风趣的言语和极佳的外相，谁能探悉底层？秋节感到无辜。

卖蛇人有奇异的性癖好与要命的暴力，这两种地雷埋进秋节年轻的生命基地里，她无能察觉，她的任性又导致了她的仓促决定，她一心想离开理容院，却不知又跳进一个更深的火坑。秋节嫁错人，扛起生计后，在岁月的隐忍与折磨下，秋节的美顿时褪色，她和邻居妇人在夜市摆摊，夏天卖发夹手帕，冬天卖围巾手套。她的杀蛇男人清醒时会去庙口大街卖壮阳药和盗版录影带。

181

113

秋节的妹妹秋妍也美，美到几里村庄外，但她也不想待在乡下，很快就搭上金马号去了台北找姐姐秋节落脚。秋妍原本叫锤花生，名字也是西娘改过的。

秋节的妹妹秋妍一直被孩子叫盐姑，直到有一天后辈在她的挽联上看到飘荡在风中的名字，他们才恍然大悟原来姑姑的名字是秋妍，不是盐。也是一个在秋天生的女孩。秋妍也曾跟着秋节来到台北学剃头（彼时乡下女人城市谋生的寻常出路，演变成后来的马杀鸡）。但秋节在看见老公盯着妹妹的野火神色后很不安，她要秋妍赶紧收拾包袱到别处租屋去，所幸秋妍在理容院上班没多久，很快地她就被一个随意飘到此地的男人带走了。

有一天一个穿着西装颇为体面的男人站在理容院的照片下，指着秋妍的照片说，我要让她剃头。然后男人就把皮鞋往皮鞋匠的脸下一摆，鞋匠边擦着男人的鞋边在心里咒骂，这有钱男人一下子就把自己比下去了，鞋匠原本还在想着美丽的秋妍。

男人开了家电子工厂，几年后竟成了某电子代工大厂，秋妍出脱了，村里人都这么说，没人敢再叫她剃头查某。但他们仍流言着秋妍其实是做男人的妾，每回秋妍开着名车带着大包小包的礼物回到村里，许多妇人都在窗外探头探脑望着她们可能终其一生都没坐过的名车，既羡慕秋妍，嘴里却又说着，唉，做郎细姨，把伊阿依气死了。

花叶见了秋妍其实内心是高兴的，她想秋妍的祖父不也三妻四妾的。嫁去埔心的姨婆妖死客对秋妍说，男人啊你绑住他的脚没用，你要会绑住他的钱。大家都说人两脚钱四脚，钱会跑掉。但钱没跑掉，先走掉的人却是秋妍，她还没帮花叶母亲的老宅翻修就得癌症走了，夺走她的是乳癌。

秋妍过世大家才知道她并非是当人妾而是去当后母，那男人死了老婆，一对儿女都大且结婚了，因而秋妍想孩子都大了，那嫁给男人就没有当后母的难处。男人的儿子在她嫁过去不久竟意外身亡，儿子媳妇得了忧郁症未久也自裁。留下了两个一男一女的小孙子给秋妍和男人，秋妍年纪轻轻就这样当了姨嬷，她得照顾孙子，再来是男人的工厂爆发被倒账危机，男人的房子只好卖了还债，但钱还是不够，最后动到秋妍头上，用她的名字去银行借钱，男子当初是爱她的，但这爱禁不起际遇如此凶狠狂袭，秋妍就这样得病了。许多村妇听

182

了才发现当年秋妍开名车回乡原来都是表面好看的，而那小孩竟还是男人的孙子，他们听了秋妍的故事摇头叹气。爱面子的花叶自此不再提这两个女儿，她想看来自己是一辈子都没有孩子缘的，可怜的秋妍，花叶看着女儿美丽肖像，总是哀叹。

村人说红颜祸水，看锺秋节与锺秋妍两姐妹即知。

被有钱男子带走的秋妍没躲过际遇变化与病魔，不幸被卖蛇人带走的秋节没躲过牢狱。花叶晚年常叹气这锺家大宅院空荡荡的，这一叹可让她又叹了二十多年。她的媳妇虎妹长年身处锺家与舒家的命运风暴，虽知世事无常，但也不禁怨叹水人无水命。

秋节与秋妍这对姐妹的悲伤终点，成了花叶晚年孤寂的缘由，她极为疼爱的子女都不成器或早夭，被她遗弃的自然是命运更惨。自此，花叶仰望儿女成龙成凤梦碎，花叶放弃渴望，她成了一个孤独又病老的妇人，对人间不再存有梦幻。

关于秋节杀夫，许多人至今仍觉得是一则谣言，绝美秋节，怎落得和兔妹丑女同等可怜命运？秋节进牢狱，许多老人想起当年锺家呷昏阿嬷也被日本保正抓去关过，许多人想起这样的烈性女子。有些村民事过境迁仍无法理解与相信，许多女人更是惊讶，她们甚至想起自己那一天到晚互相冤家的死鬼，她们最多只是对查埔大声嚷嚷或是摔破酒瓶威吓，杀夫这字眼进入她们的耳朵，简直是刺痛极了。

秋节杀夫。

当年她如果没有易名就成了葡萄杀夫。

或许叫葡萄就不会杀夫了，花叶偶尔在老宅里望着两姐妹当年生活痕迹时会这么想。花叶没有对秋妍这个黑发人敲棺，她连走到屋外的力气都没有了。花叶想起当年望着这两个美丽女儿时常心生的不祥感没想到竟成真了，岁月经过如此多年的迂回转折，竟还是兑现了她当年的不安梦魇。无缘的孩子，母亲永恒的痛，花叶是直到那一刻才明白当母亲的感觉，但她也已行将就木了，所有的回忆转盘将自动播放，她连控制记忆体都失去了能力。

也许死亡对某些人有时更像是一种恩典的仪式与赐予。

谁人不思起故乡

114

  第一次上台北时，花叶已经做阿嬷了。

  台北，台北……她搭塔库西（Taxi），坐艾勒维塔（Eelevator），用刀叉呷西餐。但她发现少女时向往的台北和自己的感情世界一点也不相干，来台北意味着看医生，但谁要看医生。

  于是她又渴望回到云林，终老是乡，花叶回到小村。

  那时全村的人都挤在这个房间的小窗口外想要看她这个新娘子，她遮的面纱，等着来掀开它的新郎。

  新娘成了老娘，新郎变旧郎。

  此刻她记起了死者。

  她的伴，锺鼓。分不出日出与日落的人，还能分辨事物的是他的手他的耳，直到他的耳朵也关闭。听说锺鼓让耳朵失灵是他身体自己所选择的，他不忍再听暗夜哭声，从母亲西娘与咏美房间传来的啜泣声，在他听来都如雷鸣巨响。（很多年后，他的三子若隐耳朵也重听，传言这也是一种身体本能的退化，因为虎妹的叫骂太大声，于是若隐自动失聪。当然虎妹是不相信有此一说的，她说饿要饱餐困要眠，身有好坏，各有因缘，别怪到我头上。）

  花叶不知儿子若隐如何，但她是知道锺鼓的，她知道他有能力关闭他不喜欢的五官。她临老想念起伊，于是她回到这到处弥漫着死亡阴影的老厝，日夜躺在锺鼓过身前的床，好像这样就比较不寂寞了。

  她躺在锺鼓睡过的床枕，一些美好记忆会自然浮现，这是她临终前些年的梦枕，那气味能治愈她的失忆。他带着她徒步去溯溪，她戴着他从日本购买来的白色蕾丝宽沿帽，心里嘀咕着为何要出来晒太阳呢，但眼睛还是盛满了欢喜，因为他在身旁。那时冬日水浅，浊水不浊，溪石露脸，他牵着她沿着浊水溪畔，踏遍每一寸溪岸，一百多公里的溪就像他的生命母河。锺鼓说做为一个寻石人眼光要好，你看浊水溪石多美啊，一条溪流饲养这么多色彩，溪产异石，可裁为砚，质润净滑。她学他像个孩子似的弯身盯着河水，只见阳光下墨绿、青绿、淡黑、赤红、赭红、靛蓝并发。锺家的墨都是这样磨出来的，这种寒不结冻的活石在掌中依然生命盎然。锺鼓的眼睛发亮,直到他从绿岛出狱后,他失去了目光,浊水溪寻石遂成了他的尘封往事了。

花叶艰难地起了身,拿起化妆台搁着的一块青绿色砚石,刻着廖花叶名字的石,寒着一张脸,握起冰冷如火烫。这石个性刚硬,遇寒也不流泪,多像她啊,绝不求饶,尤其在媳妇虎妹面前。她如是想着,但旋即悲哀又想,求不求饶到最后恐怕由不得自己,到时要是疼痛昏厥过去了,岂不任人宰割。她打算用锺鼓留下来的石砚磨墨写遗书,却怎么样也找不到墨条,她顿然呆坐床沿,没有墨的石砚也只是废物,她觉得十分孤寂。这窗外的寒雨下了二十来日了,一点也没要停下的征兆,她往土墙一摸,手纹湿透。

雨水以何种姿态落在这座饱受折磨的小村?历史以何种语言写在这间充满腥泪的老厝?又或者相反,一滴水也不落土。她细数度过多少人生荒年,肉体的荒年,感情的荒年,子宫的荒年。花叶寂寂然地又躺回她十四岁就以身体为誓约的初夜之床,她记得一道冰冷的舌锁住她如海洋的喉,湿黏地滑吃过她敏感如山峰的乳房,撬开她未张开之处,沿着大腿渗出的红。她记得房间外是村外黑暗的世界,有狗在吠,有猫跳瓦,伴着木床唧唧嘎嘎的摇晃声,顶上番油灯吐着火舌,把在她上方的锺鼓头壳投射放大在白墙,锺鼓巨大的影子罩住她的上空,他是她的神,但之后这神变鬼。

无尽的雨,每一场夜雨都像是召唤。她躺着望雨,屋檐滴落成川,她躺在嫁来锺家的木床,第一次让下体感到疼痛的床比她的身体还坚固。

早些时候她还会起身打开她床边衣柜和窗下的五斗柜,柜子里散着樟脑丸的气味,收纳着她结婚时穿的新娘衣,衣柜里面还有锺鼓以及她溺爱的孩子伯夷和绍安的衣服,她在某些失眠夜晚,会拿起衣服东嗅西闻。五斗柜里有一些日币铜板,如意锁片,发黄照片,还有几团毛线球,勾一半的毛衣毛袜,为亡者勾的,但他们都已死去多年,连阴间也渐渐忘了索取阳间的温暖。

这些年她渐渐以遗忘来编织她的寿衣,她不曾再打开衣柜,她闻到合成樟脑的气味,她知道她的时代早已结束,黑白无常已经上路了。透明的寿衣,即将裹覆其寂寞之身,她知道离这个日子不远。许多事她开始记不得又忘不了,尤其是她在锺家的暮年时光。锺鼓离开监狱已是暮年,她也初老了。

她将干枯的脸皮浸在面桶里,冷热交替地泡着,这面桶是她结婚时带来锺家的,当年母亲依习俗为她准备了面桶、脚桶、子孙桶,子孙桶就是尿桶,多子多尿，繁衍子孙意，她觉得古早人可真相信象征，她觉得子孙桶臭臊死了，子孙多未必留得住啊，多少孩子比她先离开人间，孩尸伴随着记忆逐渐消失在南方的黑暗里，她在这里活了一生一世，成了守着老宅的三姑六婆。

115

　　花叶一旦陷入回忆流沙即不可自拔，不用去回想，过去即往事烟尘，回忆自动滚入这些染着深深悲哀与死别的苦恼里。回忆愈拉愈长，她常陷入梦魇般的呓语。她愈想遗忘愈遗忘不了，每一个景物都是勾引，人间影事分外清晰，她总是不经意地想起锺家以前的风光，她有过的末代华丽。是啊，这老宅院古早时好热闹啊，孩子刚生下不久，婆婆西娘即请专门保护婴孩的十二婆阵来锺家稻埕前表演，陈靖姑和她收伏的十一个妖女在埕上摆晃阵势，脸上戴着涂着白粉的面具，但许多人都不知那是面具，以为下凡神仙的脸总是特别大而白皙。十二婆的服装金艳闪炽，在橘光下她抱着孩子看得好开心啊。顿时在音乐停下后，十二婆里忽然有人在大庭广众里卸去白色面具休息，竟露出个中年男子粗鄙牙疏的面孔时，围在周遭看戏的孩子都吓哭了，她怀中的孩子也哭了。她不记得她抱哪个孩子看十二婆阵，她想也许除了若隐、罔市和那些死去的孩子之外，应该都有请十二婆阵来跳护婴舞吧，她感叹又想，这些仪式是安慰了谁？孩子都跑去哪了？夜晚她见到自己成了罪人，身上遍满大铁蛇，蛇缠着下体，从阴道钻进去，再从眼耳出来。有时出现的是铁鸟，啄着自己的肉。有时出现铜狗，咬着自己的身体。

　　在旁的牛头狱卒冷笑地持着兵器，恶骂着你们这些颠倒女人。

　　你杀死胎儿，应当受此苦痛。又你的孩子在胎腹中时，人形已具足，生活犹如地狱，夹在两爿巨石旁，当你吃热食时，胎儿犹如身在火热地狱；当你吃冷食，又如在冰冷地狱里生长，终日处于苦痛，而你还喝了毒汤处死婴儿，你要受剑树刺、刀山砍，热铁床烫，热铜柱穿，被牛犁过的肉体，被拔出的舌头还无辜地喊着我没有我没有……花叶晚年常在噩梦的呐喊里醒转，醒来一身热汗，不知自己身在何处。她抱着肚子，觉得很冤枉，流下眼泪来，心里哀怨地想着，鬼使啊，女人没有男人就已经苦楚，胎儿不愿落这人间苦地，岂能怪母？当时喝了锺鼓开的中药保产无忧散，但胎儿还是如河水般地流掉了啊。那些时光，女人受尽血之苦，血来或不来都惊。就像农事男人受尽水之苦，无水或发大水都怕。

年年受孕事折磨，她想难道母亲受的身苦心苦念苦都不算数？你想自己的前几世或也曾被扼杀在产道前吧？你感到冤屈极了，心想若论前身事谁又能知呢？佛也不知啊，遂说是鸡生蛋或蛋生鸡，毋须去解。

人生你，你生人。人杀你，你杀人。人身疲劳，花叶噩梦连连。

梦愈来愈多，花叶就知道离冥间的日期愈来愈近了，心神具碎的她常错乱时序，一旦清醒过来就是哭嚎，悲伤哭声里喊着，憨子啊，汝怎忍心放舍阿母去，丢下阿母一人啊。她想着谁？念着谁？村人行经时都说还不是想她的伯夷、绍安，伊宠子宠过头，对不喜的孩子又弃养，爱与狠都在一身。于今她的泪水为谁流？也许为她自己吧，村人闲言闲语道。邻近忙于田事的妇人们聊起这锺家花叶嬷宠的程度，她把较小的孩子送人，就是为了让她深爱的长子伯夷可以喝较久的奶水，他这吸奶吸到七岁，怪不得孩子都变笨了，没有早早学会求生本能和独立能力，日日闲晃，玩点小赌。有妇人接着咬耳朵说，当年锺鼓坐牢，就有人说花叶把感情都投射到长子身上了，每天要他陪阿母睡。待伯夷娶老婆了，花叶又把注意力转到绍安，你看绍安也是每天抹油头，公子哥儿样，还不是花叶宠坏的。听说这绍安都少年了，一钻进母亲被窝，手一掀就扯起母亲上衣，解开奶罩，闷头就吸，妇人边说这流言边不好意思地笑着。旁边做工的查埔郎们听见这些比八卦杂志还情色的字眼时，顿时彼此互相打情骂俏着说，麦讲别人，没卡定，恁查某相款，乎人按呢嗳，真爽。一恰查某停止手上洗菜的动作，倒了一盆水在那男人裤裆，男人遇突袭一阵冷窜叫嚣，大伙笑开着。

花叶不记得那些身体的事了，当身体疼痛时，所有和身体有关的激情与愉悦瞬间消失得无影无踪。她想起的都是些脸孔，如晃在水中般，脸色捉摸不定，但眼神却都直直地盯着她看。

这已成病体的身躯，她想再过不久就要称为大体了。

116

最早发现廖花叶生病的人是虎妹，那时廖花叶被最深爱的大儿子丢给三子若隐，她只好和虎妹住。虎妹发现阿依的内裤爬满了蚂蚁，蚂蚁沿着墙，一路来到婆婆的内裤里。蚂蚁爬满了花叶换下的内裤，吃噬着底裤沾黏的液体，蚁如军队。有人告诉虎妹说这是糖尿病征兆，不信你也去树林撒一泡尿，不久就会有蚁兵团来到你甜蜜的窝。虎妹跟婆婆说你得糖尿病，别吃糖了。花叶从不知道吃太多糖也会生病，以前白甘蔗采收对她而言是一种幸福的召唤，白花花的糖让她蒸出的甜发粿美味，锺鼓晚年眼睛不视，鼻子却灵，灶里的甜发粿吹出的热气，让他成了寻香人，他有自知之明，要在花叶蒸甜发粿时嘴边说着发发发，说发讨花叶欢心。葡萄酿酒也要糖来催发，少了糖这一味，花叶人生没滋味。于是家人偷藏糖，但花叶总是能找到，她不明白人生这么苦了，竟连一点糖都不能吃。

花叶一个人偷偷躲在角落吃食，双手颤抖的她总是把一桌的汤汤水水四处泼洒。她无法忍受在虎妹面前这副模样，于是落脚虎妹家时，她简直像个小媳妇似的躲着就食，在虎妹面前活得像只老鼠。

花叶得了糖尿病，她很不得已地让虎妹带她去医院打点滴，蓝青色的血管任护士怎么找也找不着。找不到血管，护士不断拍打花叶的手臂，好不容易找着了，就往手臂一扎，瞬间红色液体缓慢地在透明塑胶管里停滞和流动。手臂很快地出现了紫青色的斑点，她闭着眼睛避免和媳妇相对看。

之后要了花叶命的是子宫颈癌。那时乡下女人都没听过这种病，只以为孩子生太多所致，或有不洁之想。直到时代已经走到E世代了，锺家和廖家的老一辈女人听到歌星梅艳芳也死于子宫颈癌时都想起了廖花叶，媒体说这种病有的成因是性关系复杂所致。她们经儿孙解释听懂什么叫性关系复杂后，都拍了儿孙一记，大声说着那锺家阿嬷也是死于这款病啊，那她可冤枉了，伊一世人也只有一个查某郎啊。这样被污名化，连女人们都无法接受。许多人也才恍然大悟，原来花叶初老时被村里女人偷偷暗笑这么老还小产流了胎的事，其实是她的子宫脆弱岩壁再也无力承受撞击而致血崩，即使是爱的摩擦也会让子宫流泪。何况当时已没有爱了，只余疼痛。

廖花叶罹患子宫颈癌末期，虎妹在台北和平医院里替婆婆把屎把尿。那时虎妹的青春早已不在了，她的婆婆也死期将近，两人对看两无语，生命只剩贫穷与苦痛。虎妹是廖花叶最厌恶的媳妇，廖花叶是虎妹最想处罚的婆婆。廖花叶还有意识时，常感心肝冒火，只因瞥见虎妹正在照顾无法行动的她。每日清理大小便、抽痰、导尿、翻身、按摩、洗身，那是虎妹女儿小娜第一次见到另一个女人的阴毛、阴道，甚至阴蒂，那地方稀疏腐朽，漆黑如藻，腥臭如尸。

婆婆花叶是巧巧人，知道虎妹对她好是一种处罚。处罚自己眼睛长在脚底，错爱他人，所爱的人皆不来看顾她。花叶每天都期待打开门的是她深爱的长子或者长媳，但每一回都落空，进来者总是虎妹。虎妹帮住院的花叶洗身时，也常陷入自己的回忆，她想起婆婆常常要还在少女阶段的女儿将自己胎中流掉的胎衣或是流掉的胎血骨肉拿去埋的画面。

真是夭寿！叫那么小的女孩拎着血淋淋的胎儿走远路去埋掉。

虎妹见着婆婆的下体，有如浊水溪。

婆婆先是切除子宫，薄如膜的子宫在医生执起置于灯光下时，恍如是发皱的翅膀，或者肠子。

恁老爸住过的所在。虎妹对着仰起头来看的小娜说。

那我住的所在呢？小娜问。

虎妹笑到肚疼，傻团仔，你看不到啊。

这所在叫做子宫，小娜告诉母亲。

闻起来亲像晒干笋丝，亲像干尸兽皮……啧啧啧，这款所在也能生出人来！虎妹自言自语。

花叶没有想到有一天她会落得要媳妇虎妹帮她把屎把尿地度过人生的晚年。

她几乎想不起来她是如何厌恶起虎妹的。

那年当她被抬着轿子走进尖厝仑的村口时，她从轿子偷偷掀开的一角帘外就瞥见了一个正在卖力工作的小女孩，当轿子渐渐靠近村庄时，听见有人对着这小女孩嚷着，虎妹虎妹快来看新娘子！这个叫虎妹的小女孩停下手边的工作，直盯盯地望向轿子，冷不防她和小女孩的目光对到，她吓了一跳，她从没看过小女孩眼中有过的那种倔强凌厉的神色，她瞬间像是被烫着似地松了手，帘子忽地垂落。接着她又听见有个女人的声音在开骂，你手脚快点喔，谁叫你跟着看新娘子了，想坐轿子嫁人啊，这轮不到你！

廖花叶的轿子就这样一路穿行村口小路，经过水稻田和一整排的防风林，再绕进有芒果和龙眼的大树后，就看见错落在一片竹林和栀子花的锺家大厝。小女孩虎妹大人般的凌厉神色让花叶一直盘旋在婚礼上，花叶有点懊恼，却不知为何这小女孩的影像挥之不去。

南都夜曲

117

年轻花叶所向往的台北于今却连结着医院。

台北好大啊，她从医院楼上望出去，雾蒙蒙的水泥高楼，不若家乡一望无际的平原辽阔，但有许多的窗，窗里有灯，她感觉整个城市没有属于她的梦，她的梦在原乡打转。她的遗忘却在梦里想起，锺鼓也在梦里复活，她怕苏醒，醒来的世界又将一次又一次地把锺鼓杀死。她期待黄昏降临医院，窗边染上了如鸦片的晕黄，她偶尔会想起鸦片阿嬷，以为自己才刚嫁到锺家，十四岁的姑娘。她自没有黄昏的国度来到台北大城，捻亮的街道灯火是她住院唯一的风景，在她阖上眼睛前，削了橘子皮的太阳把她安全地裹进眠梦。那时疼痛还没那么剧烈，癌对她还客气着。

但她开始不吃皮蛋和粥，她说这黑白两色，是黑白无常，她怕。在过往喜爱食物的颜色里，她仿佛照见阎王的使者伪装其中。

只有糖可以去苦，童年欢乐的糖，追着虎尾台糖火车的糖，血泪的糖，不自由的糖，殖民的糖，被俘者的糖，裹着黑色梦的糖……只要回想以前酿葡萄酒时注入金亮亮的砂糖，她的嘴角就溢出幸福的微笑。然而她被严禁吃糖了，糖尿病附身，糖不再甜蜜，她很不明白，她被剥夺了晚年唯一能安慰三寸舌根的快乐。吃糖偷偷摸摸，口袋里常偷藏糖，然而当蚂蚁如军队般沿着她的内裤前进聚集吃咬时，蚂蚁将泄露了她隐匿的糖，她的嘴馋成了儿孙目光扫射于她的耻辱印记。

花叶的查某囝秋节假释出狱后常利用时间来探望阿依，秋节和母亲闲聊时偶尔还会抱怨自己的名字谐音不美，花叶听了就会露出少见的微笑，她到现在仍不懂为何女儿一说起自己的名字就嘴翘鼻翘的不悦，花叶说你系秋天生的，秋节好啊，锺秋节有啥无好？

其他病床的亲眷有人听了也笑。

咏美有一回对花叶说至少你的丈夫还活着，花叶笑了笑，她在无尽的夜里等待锺鼓归来，十多年是漫长的，她想始终守候的人较苦，还是心死的人？又或者像锺琴，看起来永远毋须守候人的苦？她不知道苦的差异，但她知道守候的滋味是苦。这种苦需要糖来安慰。

有一夜她听见米麸茶的哔哔声,她一时以为还住在村里,下了床就往声音寻去。医院走道尽头,发现是一只烧壶在嘶鸣。睡着的护士,睡着的病人,她穿着绿色薄衣,手还挂着滴管。她突然感到天堂上锁而地狱无门,她飘飘荡荡,不知身何在。有护士被壶鸣惊醒,切掉开关,抬眼见到花叶。

梦游花叶,如处中阴。

罔市来到她的梦里,她吓醒了,嘴里喃喃自语,不是阿依要放舍你,是阿依太怕你了……绿色病房只有仪器发着微弱的光,隔床的病人呻吟着,不断翻转抽搐。她坐在病床上,看着针管插满了手和脚,淤青发紫的伤口,像一张丑脸,她觉得这张丑脸很熟悉,恍似罔市刚出生的样子。罔市死去多年,她很少想起这个孩子,她的生命里有很多无缘的孩子,但那些无缘尸是太空爆炸后的碎片,来不及心伤。但罔市不是,罔市是在她对锺家有很深眷恋的情感时活生生地被她母亲狠心送给镇上的老妓女。她一直不喜欢罔市,但锺鼓喜欢,锺鼓一走,她就把这个古怪的小女孩送走了。她在怀罔市时就想打掉,她一直认为罔市不吉调。她是去参加父亲丧礼后回到小村的那夜,强被锺鼓索讨身体的,她一直觉得夜晚的身体还充斥着白日哭丧的不洁,而锺鼓恰好以为能解丧亲之忧唯独性爱。那夜之后,她天天不舒服,常有一种想要尖叫的疯病感,发现有了身孕后,她连吃了一个月的药竟然打不掉胚胎,她异想天开地将铁丝衣架折成一条直线的小弯钩,将小弯钩缓缓地伸进阴道,以感觉送进子宫。但没有用,胚胎日益成形,她从来没有怀胎时如此害喜,时时呕吐,心跳加速,手脚发抖,神经紧张。吐出这个古怪胎儿彼时已经是深夜,她在月光下看见胎儿的脸上有几道刮痕,顿时大哭起来。她想到自己的一生,想到这个即使死也要来到这世界的孩子,她不懂为何这孩子这么执著,不要命地执著入世,这让她看见这孩子就害怕,甚至从不抱她也不喂她。罔市出生未久花叶母亲意外死去,这加深了花叶对这孩子的又畏又厌。妯娌媳妇咏美常好心地将罔市偷偷接了过去,偷偷喂养着罔市,直到镇上的老妓女来到锺家把罔市带走。

罔市连死了花叶都不愿意见她最后一面,花叶并不求罔市谅解,她知道这和谅解无关,这完全是命运。花叶到死前都不知道她的体内有罔市的器官,女儿活在母亲的体内,等待慢慢折磨遗弃她的母亲。没看过这么狠的阿母,村里谣传罔市大约不是锺鼓的种的流言,随着罔市的离去,流言渐渐如雨被阳光蒸干了。

　　花叶换了器官后,让医院移植外科博得一个好名声,院方从来没有移植过这么成功的案例,接受陌生人捐赠的器官竟然可以完美地复活在他者身上。然而不出几年,花叶移植的器官开始每日折磨她,但说也奇怪,去医院检查又说一切安好没病,但一离开医院花叶又痛彻心扉,奇异的疼痛,像被钝刀凌迟切割的撕裂但又不会要她的命的一种痛。

　　凌迟般痛了几年,直到子宫颈癌的痛盖过了移植器官的痛。她的病历是一条绵延的历史档案,在身体的渡口上风雨飘摇。

　　花叶终于明白锺鼓常挂在嘴上的去日苦多,她觉得人生真的是苦海时,轮回已经在等她了。她又从台北转回了云林,她的台北没有欢乐,没有物质,台北对她而言是去看医生,而医生是她最不想看的人,她回到乡下后常对来家里走动的村人说,台北医生长得像牛头马面,不然就像包公都不笑,阮惊都惊死了。

118

　　花叶想念南方的太阳,梦游隔日她想回到南方晒太阳。她想念西岸的海,那时看海是一种奢侈,每次和子孙午后去看海,她都觉得这大海真奇异啊,近乎无情的辽阔,近乎无边的力量,大到把村庄出海的男身吞没其中,小至她站在岸上海也纹丝不动。海面在平静无波时有缓缓通过的船,像是油画的船。有些旅程从来未曾抵达过目的地,她记起大战时的大船爆裂成碎片;她记起父亲出海搭的客船,巨浪把它翻搅到龙宫。她看见海会流下泪来,这东北季风从海一路狂扫刮肆,风飞沙刺伤了瞳孔,皮肤刺红,发丝纠结,步履蹒跚。每个活过岛屿海岸或溪边沿岸的人都无法忘却东北季风的强烈穿梭与爱抚。但花叶喜欢海风和东北季风,那种风吹的刺痛于她是舒爽的,眼窝嘴角耳内吃进的灰沙不过是风的调味剂,比起平静无聊的村庄,她更喜欢海的奇异。海依然蓝,海依旧黑,但她已经发白了。

　　于是她像是遗忘了感情债务与往事灼伤,她转回南方的太阳怀抱,让阳光去霉,一转在老宅多年,直到她被某一次的台风横扫出门。

　　小村常染着死寂,但也有荧光时刻。比如鹅黄的太阳将浊水溪砚台晒得发亮,芒花狗尾草都在微笑迎她。她想还是回家好,要死也要死在和锺鼓结合的床。她又成了锺家老宅的主人,这间房子的夜比日吵,老宅院的幽魂们全回来了。老厝让花叶记起了已没有脸孔的他们,她记起最早的幽魂是她的孩子,血肉模糊的胚胎。夜复一夜,永无止息,漫长告别。她孤独已久,渴望锺鼓早点来接她。尘土与浮光的下午,她看见锺鼓从肖像里走了下来,沉默而年轻,他抓起她的手,她期待他的抚摸,但他却是为她把脉,一脸的担忧。她看见暮光里的锺鼓,喂养着她虚弱的梦,梦中之梦,充满尘病与潮湿,仿佛一道深渊,召唤她赴死。花叶啊,花叶,凋零为了根,锺鼓是花叶的根。然而锺鼓是风,来去无影,徒留花叶醒转泪流。她想起自己也是半死之人,即将加入老祖宗的队伍,她们都将被称锺廖氏考妣,在她和死者之间已经没有多少时间了。

没有人愿意直视她的眼睛,没有人愿意再抓起她的手,除了病魔。病魔还没打算松手,但也没勒紧绳索。晚年廖花叶失禁,一丝气息悬吊着,她看着锺鼓的肖像,质问他为何要给她最痛苦的惩罚?没有被驯服的痛,啃咬着她。那时她屋外植栽的葡萄藤已枯萎,她睁着凹陷空洞的瞳孔盯着天空,藤蔓交错,阴影遮蔽了从嘉南平原一路奔来窗前的夕日,她闻到有着死亡味道的葡萄藤,腐败的土地正等着铲出坑洞,她听见一群人拖着铁链在地底下走踏的声响,她还看见锺声,她想告诉咏美,但她只能躺在床上。

她一直以为快了,快了,召唤她的黑白无常要伸出爪钩了。然而她仍活着,嘴巴张得大大的,一张眼就呻吟,一阖眼就觉得被世界抛弃。

之后她的生命必须以子孙的时间来作分配,有一半的时间她被迫住到虎妹家,由虎妹照顾她,她感到这比生病还要折磨她的意志。她的胯部包着肥胖的白色尿布,更显长腿细瘦弯曲,一个老的婴孩。纸尿布夺去了她最后的尊严,且执行者是她当年最瞧不起的媳妇虎妹。虎妹撕开胶带,掀开花叶的尿布,虎妹的表情难掩顿然一阵臊味冲进鼻腔的恶心。从皮包骨的双脚下拉出尿布,接着虎妹用布擦拭如猪肝色的阴部,那如放了不知多久的凋萎花瓣,承受多少次男人锺鼓的潮浪撞击,现下已如废墟。皱缩的玫瑰,散出尿臊与鱼腥般的气味。虎妹直视婆婆的阴道,这个孤寂的小角落,她自己也很熟悉。这肉瓣开处是人子通往世间的悲伤出口,窄仄的隧道出口,将孩子用力地甩出皮膜小屑,婴孩翕开蠕动的嘴唇吮吸着贲张的乳水,婴孩瞬间遗忘了处在阴暗晦湿的隧道恐惧,他愉悦地将嘴对着母乳的突起处,如蝙蝠似地航进了血色的深黑未宋。

偶尔花叶会想起自己年轻时的样子,她从来没有跃上喜悦的高峰浪头,燕尔新婚，酕醄酩酊，恍然一瞬，就害了喜。旧的痛苦被新的痛苦盖过。但这些往事花叶都朦朦胧胧地很难拼凑完全，但对于当下的身体尊严，她却感到异常清楚的痛苦，裸着身的下体，让她想嚎啕大哭，但连哭的力气竟也匮乏。花叶的房间，弥漫恶臭，发黄床单永远干不了似地沾黏着屎尿。人从这个充满屎尿之地吐出肉身，人根本就是大便，虎妹想。花叶静静地躺着，褪去衣裤的她如死。

她那么爱漂亮，年轻时可说是村里最美的人，她几乎不做家事，虽然她蒸年糕的手艺人人称颂，但她就是不爱做家事，厨房油油腻腻的，汤汤水水总是伤了她的指甲。

就像她不喜欢三媳妇虎妹就是除了嫌她没母亲、家里贫穷外，还嫌她长得不够水。哪里像大媳妇伊娜，浓眉大眼，美丽极了。生的男长孙彐暂可爱，女长孙漂亮如洋娃娃。

119

廖花叶到死前都还记得，她的三个同父异母的哥哥是如何伙同着日籍同学一起欺负着她。在廖花叶六岁时，三个哥哥将其手脚分别像五马分尸似地一一抓起，然后要他们的同学春生将她的嘴巴扳开，兴弄着春生将其鸡巴尿往她的嘴巴洒的往事。她还记得从南洋回来的疯阿娇是如何地被一个朝她脸上射出白色液体的日本兵惊吓的初体验。

廖花叶恨死什么革命了。

革命夺走她一生所爱，弟弟和夫婿。到火烧岛的锺鼓被放出来没几年就过世了，而那几年锺鼓也活在黑暗中，他的眼睛日渐瞎了，成了村子里被晚辈暗地偷叫青瞑公老人。但其实也还不老啊，花叶不解，时光何以把老公的肉体给快速燃烧殆尽了？廖花叶常不解时局到底是怎么走的，也不解这锺家怎么忽然间说败就败了。

晚年廖花叶偶尔会陷入失忆，那或许是她心灵解放的一刻。但她并非全然失忆，她仅记得快乐时光，而遗忘痛苦日子。失忆减缓她的苍老，快乐却增加她的沧桑，二者相抵，她比一般同龄的老女人还是显得年轻些。可见足以勾起她快乐的板块还是大过于忧伤之地。她想见的儿孙很少出现在她的病榻前，她不想见的虎妹反而常出现在眼前。虎妹博得同病床的几个家属赞许，她内心知道自己正在以看不见的精神折磨在佯装体恤着婆婆的病体。

花叶被送到医院后，虎妹几乎下了工就来到这家医院，帮花叶翻身，帮花叶导尿，帮花叶洗下体。这可怜的下体曾经吐出若隐肉身，可怜子宫病变。瓢虫专克蚜虫，以前你是瓢虫，现在我是瓢虫，虎妹在心底说着。她大力地拍打着婆婆的背，好让她舒服些。但手劲之大，连隔壁床的婆婆都希望也能被虎妹按摩按摩。

日日睁眼见得虎妹，花叶只好闭上了眼睛，但闭上眼睛有个致命的缺点是有些回忆却渐渐有了起色。她开始点滴想起，自己曾经那么地忽略三子若隐一家人的存在，她甚至从没抱过虎妹生的四个孩子。一想到自己的偏心，眼睛又马上睁得大大的，唯恐陷入黑暗深渊。

有一件事她也从没忘记，在失忆的地图里这件事像是一盏闪烁的灯泡，闪闪灭灭之间还是依稀可见往事的形象。在花叶日渐如死鱼的目珠下，有时会闪电似地映照出一座忧伤海洋。

这座海洋只有虎妹的女儿小娜看得见，那时医院电视正播着慰安妇婆婆们至日本抗议的画面。花叶有个少女友伴阿桃就在那个抗议的老婆婆行列里，当时她曾向家里还算小康的花叶求援，阿桃家贫，父母要卖她身，但花叶也还小，不知如何关心起。这少女友伴阿桃竟就愤而离家加入一个远放南洋的队伍。阿桃以为新天新地迎接着她，却不知此去是当慰安妇，她以为是去报身救国，是去当小护士。十四岁的女生，无知地成了欲望的炮灰。回乡来却成了半疯的激进女人。活着回来的阿桃，却染了性病，性病治好了，性情也转变了，面貌更是一去不回。鼻端突出的红肉瘤，成了阿桃不洁往事的红印记。阿桃精神时好时坏，在某些时候，她会像是得了桃花劫似的疯狂，将家里的所有衣物都剪破，好几天不进食。精神好的时候，阿桃就像一般的妇人，但有个怪癖就是喜欢洗澡。后来她嫁给了一个死了老婆的年迈外省人，说也奇怪，嫁人后的阿桃精神日益转好，记得了许多事。在外省丈夫走后，她逐渐将悲惨的岁月公诸于世，唯独从来不提曾向女友伴花叶借钱之事。

每天接客二十几次，那些明早可能战死的日本兵是真疯狂的，阮这台湾查某连红血来洗时也得躺着被干，三年毋迈穿过衫裤……阿桃曾粗俗地对刚步入少女的小娜如此说着。

于是小娜对阿桃比对阿嬷印象还深刻，她喜欢阿桃婆婆，她觉得阿桃是个性情很真的悲苦女人,那种悲苦足以引发疯狂,合理的疯狂。

阿桃最后还是靠着意志凿开了悲惨隧道,在深渊处引进了一道光。

相反地,小娜觉得自己的亲生阿嬷一直都是逃避的,无光的。

少女小娜见过阿桃多回,因此在电视上很快就认出阿桃,她的鼻端红肉瘤很吸光,盯住她的视线。她摇醒阿嬷,指着电视。阿嬷睁开眼,看着少女友伴阿桃,点滴记起那一天黄昏,阿桃来敲她门,说父母要将她卖给一个老头,她才不要,阿桃要花叶借伊五十银圆好逃去台北。但花叶哪有那么多钱,阿桃却说不然你的金饰拿些借我先去当,我日后还你。花叶不舍手上耳际颈上金饰,一劲儿摇头。目送失望的阿桃消失在月光下的竹林时,花叶望着那些金饰,心想,如果这些东西可以帮助好友阿桃,为何不呢?忽然想要叫住阿桃时,阿桃早已隐没在竹林深处。

隔天花叶去阿桃家寻她,阿桃母亲正在骂人,死查某鬼,唔知对谁去了。

阿桃自此消失,只听说她加入日军招兵买马的南洋丛林。

少女花叶黯然神伤,再过一年,花叶就嫁到了锺家。两人自此成了不同世界的人。听说花叶都不太戴金饰,她最多就是戴玉,无人知晓缘由,她的媳妇虎妹则说玉能干嘛,当然是要黄金。

120

看见阿桃出现在电视上的花叶无神地盯着荧幕半晌,旋即阖上眼睛。

往后花叶连耳朵也关起来。

她变成大声婆,听不见自己的呻吟。电视成天开着,听得清、记得住的药品广告每天喧嚣,花叶婆婆充耳不闻。

不见光的房间她常搞不清是日还是夜,后来确定是夜晚了,是因为遭自己遗弃的孩子一到时间就会纷纷来到她的床沿边,有的静静流泪,有的吐舌头,有的还掐着她的脖子要她说真话。

时光穿过花叶心的裂缝,一屋子的寂静,回忆毋须劳驾电源,自动在眼前放映。她在另一端看见狠心的自己,弃子。昨日崩解,浊水溪风沙里的寂寞背影充斥在整个房间。她看见被遗弃又孤单在大街上死去的孩子,孩子连收尸她都不愿去认领。没有仇恨,母子有什么深仇大恨?她不知道,她就是讨厌这两个孩子。她让这两个孩子天堂无路,地狱无门,人间紧锁。她知道媳妇们说她狠毒,但她觉得冤枉。天生的不喜欢,这种感觉她无法解释,像是繁华世界里的废墟感,只想逃离孩子的哭声,夺魂的要命之感,她不喜这两个孩子,她随便取名菜籽、罔市。其中一个她悄悄送走,锺鼓发现后气急败坏,却无论如何都无法逼问出孩子送到哪了,那一夜锺鼓气到眼睛流血,血光里是剥离的孩子,他摇头叹气。其中一个女孩罔市则养到十来岁了才送给一个镇上的老妓女,锺鼓答应的原因是老妓女孤寡,给她一个孩子作伴也算是行好事。

以前花叶听母亲和老一辈的阿桑们低声聊天时说,就是他强昧爱啊!才会一直做一直流……阮查某的身体亲像母猪。少女的她听了总是很害怕,没想到后来的自己也走上这条母猪的路,除了锺鼓被关的那十多年她不再怀孕之外,其余时光她常病子,起先和婆婆同时病子,后来和媳妇常常同时病子。

于今她的子宫像荒坪倾塌的老房子,一任一任的房客刮伤了血肉宫殿的危脆皮膜。老房子逐渐贬值,且时光毒素上场,癌染上了她的子宫颈,逐渐她皮骨肿胀,全身紫青黑淤。偶尔疼痛减低时,她悠悠忽想起被自己送走的孩子罔市,短暂灵光里,她想通了自己那么讨厌这个孩子除了罔市出生时刚好母亲过世外,还有个主因可能是在罔市之前她已病子多年,许多模糊的血肉胚胎都被她埋在后院或者田的某棵树下。但没想到罔市命硬,横生完整地夺出子宫,且还活了下来。她总是想这孩子是抓交替,她的眼睛还沾着血迹,就听说娘家母亲往生,接着罔市就轰然如雷地哇哇啼哭起来。

有一天花叶梦见许多婴灵阻她前往天堂,她被推进黑暗里,接着见到自己竟七世生为畜生,变成猪狗猴蛇鸟鹿象,在小象被老虎咬的血痕里惊醒,她知道天人有五衰,不是天人的凡人有几衰?她的五脏六腑皆要崩解而去了,但她畏惧成猪啊,急忙叫唤着来看顾她的女儿秋节过来,叫声伴随着凄凉的哭声。天刚蒙亮,秋节乍醒揉着眼睛来到母亲身旁。

阿依,汝按怎无爽快?女儿秋节问。

是无爽快,人生一直都无爽快啊,到死更凄惨,我梦见自己变成贪猪嗔蛇,你去问问姑婆锺琴,请她帮我念经。

走了山路去寺庙的锺秋节从姑母锺琴那里接过一本烫着金字的经书《尊胜佛顶陀罗尼经》,锺琴本厌花叶嫂嫂,但习佛要放下分别念,又死者为大,她想来想去就从红木柜里请出经典要秋节回去诵给母亲听,此经入耳根,花叶或可免沦落畜生道。锺琴送秋节出殿外,她说你诚意捧此经书,你洗过手的水连蟑螂蚂蚁都可利益,此经功德不可思议。秋节点头,感到自己恍如佛陀弟子目腱连,神通广大的目腱连入地府救母不成,佛陀说神通也无法解业力。但她相信自己有能力救母。那只是一种意志与相信,比如当年她杀夫,现在要救母,都是相同的意志展现,只是一个成魔,一个可以入道。秋节用捧过经书的手洗条毛巾为母亲做最后的净身,然后屋里就开始听见秋节读经,声音动人如天籁。前身悠悠,后身茫茫,人生百年草前霜,生死循业,历经沧桑,我可怜的阿侬,请汝宽心好走。

花叶终于逐渐没有病痛与梦魇,临终前还清醒地托嘱秋节要帮阿侬的全身涂上新竹白粉,锺鼓以前还到处去帮人看地理和风水时买给她的新亿春粉扑白粉盒,她想抹上这个去见冤家也许还不难看吧。

花叶躺在阗黑黝暗的木棺里皮肉尽殒,却依然顶着一张白粉粉的脸。

在钉棺前,不懂事的孩孙差点笑了出来。

121

说起花叶的葬礼可比起当年伊出嫁的婚礼还更像一场婚礼,那时已经流行电子花车,钢管舞女郎,台湾钱潮淹脚目,锺家后代不管对花叶阿嬷喜欢或讨厌,都很认真地为伊做足面子,葬礼办得很气派。

她七十岁照的那张相片十分典雅,那是她生病前一年拍的相片,在镇上新开的一家相馆,这是她生平第二次进相馆拍照。许多人都说花叶一生不太得女人的同性缘,但那张老相却是拍得极好,满脸皱纹下有双炯炯的眼睛,慈眉善目多了。

可惜花叶的丧礼在她溺爱长子伯夷有权决定下却变了调,她的那张大肖像框着金边,被高悬在装饰着许多黄色菊花的发财车上,电子花车女郎穿得极少,肚脐中间镂空,闪亮亮片和流苏羽毛不时因为舞动而甩到她的遗照上。送行的发财车遇到红灯停下时,许多欧嘟迈骑士就看着这一幕发笑或发怔起来。

送行可以送得这么喧闹?这么俗辣?

陌生的路人都看呆了。尤其是送行发财车司机可能没料到省道某路口有新设的信号灯,或者一时恍神没见到信号灯突然转红,他一个紧急刹车,差点把电子花车女郎从车上甩出去,在一阵路人和骑士的惊呼中,女郎一个箭步瞬间抓到了花叶阿嬷遗照上方的一根轻钢架,女郎才没被甩了出来。

拍拍胸脯定魂后,女郎弯身转到前头驾驶座破口大骂。啊你系按怎开?想要谋财害命啊。女郎干谯司机,司机嚼着槟榔,呵呵地笑着,一口红血。袂死啦,恁伯无甘呼你死啦,你妖娇美丽,阮哪甘心哩,放心给恁爸跳,跳乎爽,乎人欢喜,等会钱给的才多。

灯转绿,发财车又继续开往墓地。几辆发财车的后头是孝女白琴与锺家廖家的老小家眷们。他们没见过花叶当年的婚礼,但此刻都参与了花叶的葬礼。电子花车女郎大跳艳舞在送行亡者的路上那种少了哀凄的俗艳欢乐像是一种对死神的抗议,当然村民不作如是想,他们只觉得这景象好新鲜,让人忘了要流泪,比庆典还庆典的死亡现场。

流泪的只有秋节,她担心母亲真的变成猪了,童年她要到猪圈喂猪,只要听到脚步声就以为来喂食的猪仔总是凄惨地叫着,那记忆瞬间奔来。秋节一时感到晕眩,恍然听见猪叫声从凹陷墓地渗出,她在一群吵闹里双手遮耳,蹲下身来。

孤女的愿望

122

那年头许多女人都得叫孩子去把黏在赌桌的父亲叫离开赌局。

或者手头上的钱得看紧,免得被男人拿去赌了。

虎妹有过几回忧心忡忡地穿过沙尘,太阳反光柏油路,像黑海的路,灼烧着她的瞳孔。走过溽热骑楼,胸口强压着一股怒火,找到了赌局,总是大吵一顿或者大打出手。出手的是虎妹,她摔米酒瓶,被人拉开。

锺若隐过世后,她想也许她的苦难结束了。但奇的是,想起他,她却总是伤心不已,无法停止哭泣。旁人以为她爱他,但她不爱他。但她就是想起他会悲伤会哭泣,好像生命有个部分被切掉了。若隐走了那瞬间,虎妹哭天抢地。那种哭法完全是惊人的山崩地裂,把孩子们吓坏了。当时见母亲哭得像是疯掉的吓人模样，女儿还曾心想，明明母亲没有那么爱父亲的啊。

后来女儿才明白，母亲失去丈夫的悲伤哀恸感并非由于爱，而是纯然因为被剥夺，一种失去，也就是爱不爱是她自己的事，但丈夫不该被上天那么早就收回去，让她顿失冤家的对象。往后大约有三年的时间，虎妹像是被丈夫的死亡记忆给活埋似的，成天身体发疼，夜里都会听到她的哭泣或者呻吟声，自此夜晚有一条蛇咬噬她的神经。她长了蛇皮，在腰部。

姐妹淘富米说她也长过，长在脖子。

富米吓她腰部长一圈后就会死翘翘喔，我长在脖子时，人家就告诉我会绕脖子，束死。富米带她去士林一家庙斩蛇，说也奇怪，这木剑一斩，蛇皮尽褪，虎妹又虎虎生风地活转了过来。

虎妹闯荡这座陌生城市。为了累积人脉，她打电话给过去在帮佣团里认识的许多太太，太太们的背后又连结着很多亲眷，她一一打听适婚者，然后帮家乡男女牵红线，当起媒人婆。当红娘是她累积人脉且建立口碑的最佳方式。她在台北县三重租赁的两层楼房也常成了家乡人来台北的暂时落脚处。她且把一楼分割一半租给一位木工师傅，然后在另一半的客厅里稍做布置后，俨然是相亲之所。她想自己的婚姻是媒人说来的，她也来当媒人婆看看，家乡孤男寡女正多，很需要她这种大声公敲边鼓。只是她觉得自己是一个被榨干的番薯，她自觉中年以前的农事痕迹还牢印皮肤上。又皱又乌的皮肤让她花了不少钱买化妆品和粉饼胭脂等，她喜气洋洋，别人是客厅即工厂，她已进阶至客厅即茶馆，男女喝茶，头低低，眉勾勾，姻缘线就缠住了。

热闹的新天新地和新人，让虎妹日渐遗忘了南方伤心地。南部小孩的记忆是稻草堆，在稻草堆里奔跑，天空扬起的絮，像鹅毛飞。台风是天候的神秘地带，一条龙房子，让奔跑在每个房间的孩子跨过门槛，有时不巧会撞见布帘下的交缠身体在棉被里转换体积感。骑脚踏车在田中小径，两岸植满甘蔗或是玉米，被风吹拂着，她总是感到有什么神秘事要发生，总是越骑越快……

好遥远的事了。

她微笑地吃着喜饼。

客厅角落里已经堆了一叠一叠的饼盒了，烫金的喜字发亮着。

虎妹记人年岁多仅记得生肖，婆婆花叶肖猪，继母肖狗，多桑肖鼠。

虎妹从小晒得很黑常被叫红毛和黑番鸭，也被继母骂臭鸡挷，她也常以此话骂她的小女孩。(但她认为她对小女孩是爱意的,因为只有这样地使恶,上帝才会遗忘她的所爱,从而忘记带走他们。但她的继母是恶意的,这她毫不怀疑。)结婚后和市场的男人搏斗互骂。她一生可听太多"脏"话了,有力的脏话,她吐出来可真是气定神闲。她常对她的女儿吐出脏话,其实她也不是有意的。就像有些男人动不动就问候别人的娘一般。她说脏话也是这样,就是嘴爽且能发泄情绪罢了。比如她心情不好时骂她的查某团"臭鸡芭"。她和女儿逛夜市,女儿看到卖水果的小贩挂着"渍芭"时大笑不已,她问上面写啥米为何你笑成这款样?

渍芭!

女孩子不要对人讲垃圾话。

没有,我哪有讲,上面明明写渍芭。

渍芭?

就是腌渍的芭乐啦!

虎妹吞咽口水说,这款燕巢腌渍甘草粉的芭乐好呷。她在咬下腌渍芭乐时,滋味把她引到小时候的新年,大哥义孝会带她去西螺戏院看电影,买辣田螺和腌渍芭乐。

那么才情的大哥都死了,整座村庄认识的人都走得差不多了。

之后南下的虎妹大都是因为去参加婚丧喜庆,她成了小村的返乡者。每一回返乡,虎妹都精心打扮,即使去参加的是丧礼依然。打从要返乡的前一周她就开始陷入焦虑,就像要去见老情人的不安。愈是打扮愈是不顺眼,衣服穿穿脱脱,总没个满意。

123

虎妹最后一次见到继母当然是在继母的葬礼上。继母还没过身前依然躺在舒家老宅,虎妹对那个小房间印象深远,因为那个小房间躺着的曾经是她的阿依和她的阿叔,她的父母亲。后母取代前母,成了掠食者,她总是这么诠释着。

她照礼俗进去探望后母,她们从没开口叫过彼此,她们彼此都是喂来喂去的,好像路上的仇人狭路相逢。小房间里的老女人肚子很大,像是虎妹五岁时以为这个陌生女人私藏东西的样子,只是除了肚子让虎妹想起原样外,其余的一切都产生着如此令人讶异惊恐的败坏，继母的眼睛空洞歪斜，往上瞪得老大，皮肤像是剥落墙壁的绉纸，脚底板皲裂如沟渠，嘴角溢着酸臭的气味，如鸟爪的手不断抖动……她并无法看清来者是谁，但当她见到虎妹穿过布幔时竟惊恐地张嘴欲叫，喉咙却像是被锁住似的仅发出水龙头打开却无水的干涸声。她手脚抖动得更厉害了，以为是鬼魂来抓她了。虎妹想，你也有害怕的一天啊。虎妹拉了张阿叔生前坐过的板凳，她坐在木床旁，环视着这低矮的小房间，床上贴满旧式的日本女人穿和服打阳伞的月历，还有几张不知谁张贴上去的金发大妞穿露胸装的海报，眼睛都被孩子挖成黑洞，怪吓人的。廖氏女人盖的花棉被是虎妹那个原生过世母亲生前盖的，当年她为了这陌生女人竟盖她母亲的被子曾气到几周都无法吃饭且无法言语，一度这陌生女子以为她是哑巴。

　　这小房间死过三个人了，阿公阿叔阿依……现在这女人也快踏上另一个冥界了，惊恐成了唯一可辨识的脸谱。而虎妹成了高高在上者，在仇恨的死者面前，她显得太强大，以至于让继母竟以为死神来了。虎妹没有握她发颤得厉害的手，她静静地望着这小房间，她出生的小房间，疼爱她的阿依咽下最后一口气的小房间，虎妹的内心没有感伤，也没有喜悦，因为死亡让人尊敬，虽然她那么想要尽一切力量去鄙夷眼前这个曾经亏待她甚多的女人，但她看见临终之眼的恐惧时，她安静了。仿佛往事化为许多身影，每一个人都被重叠在这片故事的身影下无法脱身了。虎妹终于明白能造成自己不幸的仇恨者其实意味着和自己有更深的连结，否则怎能造成这样的不幸？若不是因为那样无法切割的连结，谁有办法制造另一个他者的不幸？

　　虎妹在充满几代人的尿臊味与胎血气味中遥想着这一切，造成她自五岁后不幸的这个源头者已然要走入坟墓了，墓穴阴冷的孤寂之风让临终者陷入疯狂，不要关我，不要把我一个人关在黑暗里，没有空气啊，我呼吸不到啊！不幸的源头者开始呓语，有亲族讨论或许不要土葬，要不要将廖氏火葬？虎妹在舒家成了辈份最大者，但她摇头无法为仇恨者做人生最后的决定，她叫唤和继母最亲的阿霞进小房间问阿依的意思。

　　阿霞一个人留在母亲身边，她很羡慕大姐脸上的平静，她自己害怕极了，这是她第二次面对往生者，第一次是她的老公中校弥留前的发狂状态，猛咬着她把她吓坏了，她希望母亲可不要咬她才好，她这样一想时又顿然放了心，想起阿依早已因为长年吃槟榔，牙齿掉光了。阿霞很少进这个小房间，虽然她爱阿依，但这小房间有种奇异的味道,不好闻也不难闻,像是老有一个看不见的人躲在某个角落似的。阿霞再次拉开布幔走向舒家亲眷时,她满头大汗,仿佛用力过多。她坐下来喝杯茶后才喘口气说,阿依起猎(发疯)啊,抓都抓不住,哪里能问话啊?我看就还是土葬吧,将伊葬在阿叔旁,阿叔一生有两个某,正好陪他。

返乡参加继母葬礼的这一年,虎妹已然初老,如果仇恨之火早点燃烧,或许彼此还有机会说出原谅,但太迟了,临终者已然陷入弥留,逐渐失去意识,无能说出原谅,也无能洗刷旧尘。仿佛只有死亡之歌才能斩除复仇之欲。

不用多少时光,自己也将和继母一样老,虎妹第一次读得懂何谓悲伤。

参加过很多葬礼后,虎妹觉得自己活得很老了,她觉得自己老得不像话了,但其实有感而发的那年,她才六十出头而已,她还是被叫做虎妹,妹啊妹啊,像唱山歌似的。

青春悲喜曲

124

晚年住虎尾的锺家某房阿珍婆自知自己人生仅存的剩余价值是帮媳妇带小孩,黄昏时等着垃圾车来。她的秘密是想去大坂,但她没钱,就把秘密搁在心口,她的五斗柜里放着一封未寄出的信。当年她失信了,未将诀别家书寄出,只因隔天她发高烧,连发高烧几日不退,甚至据说黑白无常都来床畔抓她了,有人说她可能那夜被阿本兵虐待,有人谣传她中邪,那村民口中的黑森林有许多病死的日本兵,有许多流胎的女人。忽然有一天,少女阿珍就醒过来了,她艰难地走下床,问着哥哥她昏睡了几日,哥哥用手指比着竟是不够。以为你要死了,多桑说伊真衰,拿人家没多少钱却要花更多钱医治你,就说不管你了,死活是命,伊说如果你命大自然就会活下来。阿珍听着掉下泪,她的哥哥以为她气多桑无情,忙低语没事的,哥哥有请隔村的锺家阿鼓来为你灌了几次的中药汤。阿珍流的泪是她悠悠想起错过了寄信,听说神风特攻队是敢死队,一旦飞上天是有去无回,只有高飞没有降落,只有启航没有抵达。

那么那封没有希望的诀别信还要寄吗?她抚触信纸,夜夜自问,也夜夜思起青年就着油灯写信的背影，他的头颅被放大在白墙上，她在身后望着出神，她闻到他身上的年轻气味，她发上别有一朵随手摘来的夜来香，窄仄的小房间溢着夏夜的野香。你真香，他抚摸着她的光滑臂膀，仅轻轻地吻咬着她的耳朵，仅仅如此，已惹得她晃动不已，她不知那叫敏感地带，她那时候什么都不知道，就是现在也不知道这具老迈的身体错过了什么。

她常头包花巾带着孙女去荒废的眷村，小孙女归来手脚处处有黑蚊咬痕红点，媳妇叨念伊何处不好去，偏偏往眷村行。阿珍吞吞吐吐说是去巡花生田啦，怕肥硕花生全喂了老鼠。

阿珍后来要去虎尾眷村前就把孙女托给她住在隔几户不远的矸妗婆，自己骑着欧嘟迈来到昔日的日军前进所。那间慰安所还在，相较后来盖的房子显得大多了，一大间里隔着许多小房间，赴死飞行员的最后居所不需要大，他们需要的是安抚恐惧与思乡的良药。

日本人没想到有一天要退出这座他们深耕半世纪与爱恨交加的岛屿，虎尾前进所的一切都是一个长远计划的蓝图再现，才完工不久就投降的四村成了监狱，她的爱情记忆基地成了非常政党国族意识的建国一村与二村。于是她想嫁给来到此地的外省军人，她想如此她的回忆就可以被延长。

这里是她少女时期的回忆基地，她得积极介入命运才能挽留不断模糊的记忆。当外省军人移防至此时，她听说有几间大户都是住着单身阿兵哥与军官，于是她总是来此晃荡，同时姿态万千。

她就这样把自己落户在此，床边是操着她听不懂的乡音的外省男人。日本特攻队青年未完成的任务，移交给她的下一任男人。男人大她甚多，然而身体的气味舒爽，她说不上喜欢但也不讨厌。初夜的疼痛，却让她畏惧，她想原来是这样的啊，莫怪搭上货车的那个奇异的慰安夜里，挤在卡车后座的许多少女抱着腹部脸上还冒汗，有的眼睛转着泪水，似乎极其疼痛的模样。唯独她让风张扬着发丝，直盯盯地望着黑森林的某盏灯亮处。她自觉自己是如此地幸运，没有被破坏的身体，没有被破坏的记忆，没有被破坏的思念。她的新外省男人分到的这一间房舍就在慰安所的前方，隐密在树林里的昔日日军医院和慰安所因为传说有鬼，于是日久成了荒凉之地，但阿珍常偷偷转去那里，冒着被蚊子吃咬的痒，静静地在荒废的屋瓦墙边发起呆来。

也许野孩子们见到的女鬼根本就是她自己，她这样一想就露出得意的笑了。

婚盟但不被祝福的男人。

阿珍父亲的结拜兄弟三贵也曾把自己的女儿阿霞半买半送似地给了刘中校，欠赌债的三贵还了阿珍父亲钱，有了钱后，阿珍父亲忽然就有了当父亲的尊严，他拿着刀威胁阿珍若要嫁给这些不知从哪打来的阿兵哥，要将她剁去给猪吃，但当时他们家穷得连口猪都没有，即使三贵还了一点钱也还是穷。当年阿珍多桑拿着厨房的菜刀状似要追杀她，把阿珍吓得跑到稻埕上的空地，回头见阿爸也驻足原地，烈日下一手拿着扫把一手握着菜刀，汗沿着粗糙的褐色皮肤流下，父亲喊着，这家你别回来了，给日本人干爽，现在又要去给阿兵哥干。

她知道父亲只是要点尊严罢了，嚷一嚷好让村人听见他可不赞成婚事，虽然他自己也想从这个婚事捞点好处，但他可不希望女儿戳破这个底，干脆先嚷喊出来，狐假虎威一番。其实阿珍父亲曾住过这一带，靠糖厂小村，他很熟悉的气味。

这里注定和自己有缘，阿珍知道。

阮尪系中国轮（人）。她常用台湾国语对别人这样说，没有什么意思，只是一种融入，只是一种表白，待说习惯后，这不仅让她在眷村里觉得很有生活气味，也很有安全感。她学得很多技艺，擀面皮学裁缝，她也教各省来的妇人养鸡养猪种菜。

在这里她已经会说很多乡音了，男人每日都搭官车去嘉义水上机场上班，她就和这里的太太们学做水饺，她开衣裳修改铺，成天有人来她开的小铺里说话聊天，久了，各种语言和口音也都识得了基本。水泥墙上记满了歪斜的"正"字，有记借电话次数的，有买东西先赊账款的，一划一元，一个正字欠下来是五元。买进冰柜时，夏日许多孩子喜欢掀开冰柜吹凉气，直到她放下烫衣服的熨斗大喊一声警察来了喔！野小孩才嘭地一声关上铁盖，轰然四散。

现在那些吃得一手黄渍红唇的色素糖果与冰棒，就像她的青春远去了，但那一夜，少女阿珍的秘密从来没有远去。

（阿珍死后，她的女儿在她的床柜里找到许多只猪，里面的猪吃足了硬币，阿珍存着旅费。）

（但阿珍始终没有踏上日本旅程。）

乡村小姑娘

125

　　小娜参加阿珍堂姑婆的葬礼，她是在阿珍堂姑婆的葬礼上听见她的故事。虎妹唠叨着自己的女儿总是太好奇家乡事，你别老打听这些不光彩的事。

　　虎妹的人生并不在意别人的故事。

　　她在意的东西和其他女人差不多一样，最在意金钱外，就是对年岁耿耿于怀。也过了不知几年，虎妹到现在都还在意着某年被一家面包店女老板娘问她是否已快八十岁了。虎妹接过面包心想，我难道看起来这么老了？那年她才六十几岁啊，竟被误认七八十老媪，她心里一痛，往事折磨的痕迹就更明显了。就像此刻，她是真的感到老迈了，所记得的往事大都是些不愉快的琐事，偶尔有些童年画面。因住偏远贫穷小村，从幼时即目睹母亲生病迟治的死亡画面，这在她心灵烙下身苦之感，但这种身苦感却无法增长其出离世间的智慧，虎妹反而执著于钱更甚，她把钱看得很重，重到举凡儿女只要给她看得见摸得着的钞票，就感到无比的安心。目睁钱做人，关于这一点她很肯定。于是活到晚年，她买东西总是徘徊又徘徊，不解何以东西都贵，她老是边买边啧啧啧个不停。

　　她总是梦想自己有天可以当富婆，晚年还走动这块土地不是因为神，就是因为死。

　　花叶阿依过世那年，虎妹连续参加不少次葬礼。听说花叶才刚断气就有人奔走至其妯娌锺流妻阿瓜那里，阿瓜因气锺流风流而吞饮农药导致的哑嗓，那一刻是连哭都无法出声。传递消息的就是返乡的虎妹，她跟着孩子叫阿瓜婶婆，这阿瓜婶婆和花叶相好，即使大家都说花叶是整个村里最难相处的查某人，但阿瓜偏偏和她好，以前年轻时还常咬耳根。锺流风流，只有花叶当面为阿瓜训过他。虎妹说阮阿依往生。阿瓜听了，老泪纵横，出不了声的嗓子像乌鸦似地干嚎几声，她拿出纸笔写了些字给虎妹看。虎妹想自己大字不识几个，探头看仅猛点头，伸手欲拿阿瓜婶婆的纸，她却不给。到现在虎妹也不知那纸究竟写了什么。反正文字跟她绝缘。没几年阿瓜婶婆也走了，虎妹这时经过阿瓜婶婆最爱吃的北港饴和肉饼店，她也买了些吃，这饴黏牙，差点没把她的假牙给黏下来。虎妹哀叹，年轻时没得吃，老了没牙可吃，真不知这人生究竟为何这样苦。

126

排队买乐透的人把虎妹挤出骑楼外,她不知乐透字词何意,但知和做富翁梦有关。疯爱国奖券六合彩大家乐,她也有份,总是输到当裤底。现在她不买了,爱国奖券和六合彩的纸如果回收都可以贴满墙了,一百元也是钱,可以买两个国民便当还有找呢。她往前走至天后宫拜妈祖,求妈祖给她儿女幸福财富,该嫁该娶的,妈祖不该让他们孤单啊。然后她看看表还有点时间就四处在北港外围溜达。儿时这里是她的梦幻之地,多桑曾带她和哥哥义孝来过这里,她记得那回多桑是为了去北港牛墟买牛。去时很欢乐,回时却忧愁。

她不解原因,直到很多年后听义孝说起那回往事才知是多桑彼时不知牛墟有规定,当他将牛牵离了栏杆一步,牛贩说如此一来,牛就属于他了,离了栏杆即无反悔余地了。因当时旁边围观众多,众目睽睽下,一个中年男子带着两个丧母未久的孩子,仿佛这世界的人都将准备欺负他,而他又无能力反击。听说那回原本属意的是另一条牛,但因牵离了栏杆,只得认账,买了牛。回家后发现这牛确实是中看不中用,果然应了父亲三贵的忧虑。那牛外相佳却无力耕田,腰腹圆大原来是生了病,原本长得好好的八齿,未久却脱落成七齿、六齿。那日东北季风狂吹,牛墟尘埃满天,三贵可能一时在迷雾里眼花。有人劝他将牛杀,他不忍。父亲唉声叹气,对着牛不断地在回想那时那刻他在做什么。那时他看着这头牛,明明见它在松软与凹凸不平的泥沙土面上抵武着对它进行试验的人潮,坐满拉板车的人满满,它却能在牛贩一个抽鞭下,往前直去。三贵后来告诉虎妹,挑丈夫亦如是。

虎妹嫁了若隐,她想还不是父亲答应的媒事,这和她的目光无关,多桑挑丈夫如选牛的理论一直没有被检验到。

多桑自己挑的女人呢?虎妹从鼻孔吹出一口大气,哼了一声望着这个寂寥的小村。那苦毒她的女人,继母廖氏已魂归大地。

时光就这样溜走了,现下她是个老查某,昨天才去电头毛,这会就因稀疏而垮了,虎妹觉得老了真丑啊,如果像义孝说的有上帝,那么为何上帝不把人造得美一点?这不合理,她总是这样想。她是愈老愈在意美丑,之前还打电话要小娜去问整形医师能否解决唇纹和眼窝凹陷,这死查某囡仔却问也没问。

有一年生日孩子带虎妹去K歌,她看着荧幕的郭金发唱"烧肉粽",想起自己割草一日六元、插秧一日十二元的日子。那时候虎妹看过的电影有大块玲玲和矮仔财，她看电影时笑得很开心，一个带给别人快乐的人是很伟大的。她到了中年才知道，社会说的那个伟人一点也不伟大，他带给很多人死亡与痛苦啊。时间能否涂销这些不快乐的记忆体？她看着窗外，无风光可言的相似小镇，遗留许多虎妹四处拜拜的行脚。拜了那么多宫那么多庙，虎妹才惊觉时间飞逝，神到底是眷顾她还是摒弃她，她不是很清楚。所幸她没失智，对过往记忆细节都非常清楚。

妈妈请你也保重

127

虎妹现在已是旅游团里年纪数一数二老的人了。

前几年她和几个邻近的外籍新娘一同上识字班的课，她都被这群玛丽亚叫妈咪，她好窝心啊，虽然大字仍不识几个。那些外籍新娘几乎服务了她的晚年一生，洗发烫发剪指甲按摩叫外卖……唉，比起那个死查某囡仔还亲近啊。虎妹感叹女儿日日趴趴走，不若街坊外籍新娘近。

团里也有外籍媳妇陪公婆旅行的，说的国语把大家笑弯了身。虎妹想这些查某也真可怜啊，谁要远离自己的母亲？唉，只有我那个死查某囡仔才会想远离母亲，憨查某，以后就知道有母亲多好。虎妹想起女儿小娜，这个老是不知逸乐到哪的女儿，让她一生老是担忧悬念。当年虎妹在二仑第一次听见"沙哇迪咖"时，简直笑翻了。啥米三碗猪脚？搞清楚是你好的意思时，外籍看护和劳工已经充斥在生活的周遭了。尪叔公锺流到老都还怀念的鱼露一呋也四处飘香，连对外人与外食很难接受的虎妹也都习惯了。

她在得知自己快要得退化性关节炎时，她在未来可能寸步难行前，去参加合欢山看雪的中老年团。

她一生没看过雪，那是她仅余的梦幻。

他们这群老人团游走台湾，什么风景也没在看，卡拉OK是重点，说笑话是重点，昏睡是重点，他们在游览车上陷入集体梦境，在游街时陷入各自的往事回忆。

有人帮虎妹点歌"妈妈请你也保重",她忽然从困意中醒转,拿起麦克风就是如痴如醉,仿佛当年那个在三枪牌车衣服的女工再现。纪露霞和陈芬兰歌声真系好听啊,虎妹说,接着她紧张兮兮地把麦克风递给别人,歌一旦结束,麦克风就像会咬她似的。

当导游小姐在老街一家喜饼店寻到茫茫然陷在回忆里的虎妹时,嘴里不禁叨念着阿桑无好趴趴走,跟丢了真麻烦。回到游览车上后,虎妹才坐定,她口中的导游小姐成了豆油小姐,她忽然将麦克风递给虎妹,豆油小姐说迟到上车的要唱歌喔。她很紧张,又本能地唱起"妈妈请你也保重",许多阿嬷却都目眶红了。没油菜汤,没脚眠床,睡破棉草席……女人回忆起可怜的童年。到了午饭时光,他们这群老人团被豆油小姐催促下车吃饭和买名产。虎妹吃饭没用过刀叉,擎起筷子流利如跳加官,一个老查埔郎对她们这一桌加起来千岁的女人说了"双腿劈开气味来"的筷子荤谜语,许多老女人脸都红了。哼唱望春风的虎妹吃着白斩鸡时,远处的一畦稻田水光有人影在耕耘,往昔透早做工就唱歌,心情好坏都会哼一哼,唉一唉,现在唱歌却是因为搭游览车度无聊时光。离开游览车到草岭之旅后,巴士在西螺把虎妹放下。骑摩托车来接她的阿霞说,姐啊,网路什么东西都有了,你还拎着豆油,不重啊。啥米完路?虎妹戴上安全帽说着。阿霞摇头,一路加油往二仓去。心里忽放映起往昔声色,即使她们不知喝了几回的忘魂水,这些不愿回想却频频敲门的记忆仍闪过如昨。

古早年头偶尔有点猪油搅饭吃,世界忽然就亮起。若再加上酬神戏班来到村里,日子就添了声色。这些日子现已无影无踪,像是连同苦楚一起被马桶冲掉了。虎妹站在黑伞旁,招魂幡被风吹得噼里啪啦响。

小路上有个黑影走来,疯妇干嚎着臭耳啊,你死得真凄惨落魄,连查某囝仔要帮你穿鞋让你过河好走都穿不下啊。臭耳啊,你耳朵很灵,是阿母耳朵坏了。再也听不得你叫阮阿侬啰。你在菩萨那里好吗?只有菩萨不会嫌你是个臭耳人。

黑伞下舒家女人聊着这走来的可怜疯妇,八七水灾都过这样久了,这母亲还活着,但却失心疯。水灾显灵了观音白衣,疯妇曾看见臭耳被观音大士带走,但她的悲伤却没被带走。虎妹说没人了解一个母亲失子的悲戚,除了失去者。阿霞说是啊。每年臭耳老母都要祭子,臭耳本来像树般地被种在地底,乡公所来函也是要她迁移臭耳坟墓。

理由一样说是坟墓要变公园,将来大家都有新的去处可玩,在期限内迁移还送骨灰罐。臭耳老母的笨媳妇就欣喜地叫拾骨人来,于是臭耳如枯木,转眼成灰,躺在编号一〇〇的骨灰坛里。他们对臭耳老母说,阿桑这是好预兆,一〇〇,呼你呷百岁。电视上年年都播出哀嚎失子的阿母,臭耳老母早就没泪了,这岛水还不够多啊,水带走孩子,每一年都是这样啊,阿霞在黑伞下低语。

虎妹对自己的身世很茫然,能往上推的连结体仅有三贵,但三贵的历史又不值一提,谁会提起一个赌徒,他若有荣光,也是耻辱的讽喻。她每次回到村里,都觉得许多人的眼光还是瞧不起自己,但每个人都乐于停下手边的工作站在田埂上和她聊聊天,说说话。没有人想知道她的父母亲的历史,当然她的父母亲的父母亲就更如同尘埃,仿佛不存在,仿佛舒家没有祖先。贫穷让人不想知道过去,贫穷不若大家族有荣光可述说,贫穷者只在意今天,过去苦楚,谁休再提。为此,虎妹很不能理解女儿的书写,穷到要被鬼抓去的历史,有何书写之必要。她说这恶土连苍蝇都不愿停驻,贫穷者没有祖先。

你听过落魄贵族,你有听过落魄鬼族?

虎妹无史,她只有自家与现世。

当有一回虎妹听锺家人说去了大陆寻根,一路辗转抵达诏安官陂,看着满眼寂寥枯萎山城时,他们高兴找到祖先的来处,一方面也庆幸祖先有把他们带出山城,且发现锺家是道道地地的诏安客。虎妹听进这些话时,也是讶异极了,她讨厌客人,没想到自己就嫁给伪装成福佬的客人。她失笑听着,回说身世也不能代表什么啦。

乡民也多能理解,因为他们知道寻根只是一种慰藉,那根那源头,其实早已和自己了无关系了。

安平追想曲

128

苦热的季节刚过,东北季风初初吹起,风伴着湿气蒸腾,将悬浮微粒送上了天,吹进他们的鼻息下。云朵笼罩天空,那是麦寮孤岛上几百根冲上天的苯乙烯,他们只管叫那是六轻云,他们已经习惯那样的空气和天了,不动的乌云,如男人般地罩在她们的肉身之上。六千七百余万吨的二氧化碳排放在她们脑中没有意义,她们只懂温饱,只要鱼鸭蛤蛎活跳跳。行经巨大烟囱,强烈的阴影罩下,让她们变得很渺小,瞬间闪过的是死亡。今天虎妹那两个留在家乡的妹妹都没去六轻厂房工作,她们要看着父亲被从棺木拎起,她们都很担心父亲会不会变荫尸。拾骨人喊着,属兔属虎闪避啰,虎妹赶紧转过头去。

大伙像是开奖似地等着棺木开挖的结果。

舒家女眷们这时望着脚下被翻起的土堆坑洞,她们看着,心里想着,这是父亲啊,让她们受苦的父亲,血缘不愿意和他有所连结的父要出土了。父亲不死,他的皮肉仍牢牢黏着骨骸,一棵树的树根竟穿过三贵头颅,在头颅里生出枝桠。拾骨人说汝阿叔变荫尸啊,莫怪舒家难出脱。整个墓地塌陷了砂石,木头已败,锄头敲出了陈年的尸气腐朽味。虎妹曾梦见一条蛇跑进父亲的棺木,父亲托梦给她说他又冷又湿且头痛不已。一挖开三贵墓就猛见一条蛇窜出。父亲三贵的骨皮相连,擎起时如皮偶,湿气太重成了荫尸。虎妹想这舒家后代子孙要有多发达多有财,她才不信,看看祖宗们的墓。整个棺木内漂浮着水,拾骨人得戴手套捞尸块。三贵死时还眷恋的那双皮鞋像是浸满水的两艘破船,原先塞满棺木的陀罗尼纸莲花碎片漂浮,奇的是三贵生前被打断而瘸掉的腿骨头却是完好如初。

拾骨人说,听闻人在中阴身时残障的会变好,失聪者变灵敏,眼盲者目可视,失忆者记忆比生前强七倍……但那是在中阴身的完好,我没见过连骨头都会复原的。

黑伞下一个阴影如风筝扬起,如钓鱼竿钓到鱼的瞬间揭起,只见拾骨人从棺木拎起父亲遗骸,骨骸如抛物线,整张地被拎起,如皮影戏人,也如死鸟展翼。那些沾黏的皮肉像蝙蝠的翼,干涸地挂着诡谲表情,尤其是父亲的下半身竟不断滋生,不减反增的皮肉,如猪肝,牢牢地挂在脆弱的骨骸上。当初让三贵死能瞑目的那双上等皮鞋又像是泡在水中两只相依为命的小动物。

终于把塌陷的土堆挖至看见棺木了,接着众人趋近,纷说着:看到衣服了,看到脚了,看到头颅了……头颅被拾骨人拿起,众人惊奇地说着,牙齿都那么完好啊,只有一颗里面填有银粉。拾骨人扒去一颗颗的牙齿,说是拾骨不拾齿,因怕死人来吃生人的财，白色牙齿遂如玉米粒般跌落土堆。他是伤在头部过世的，拾骨人摸着头骨的某处说，骨头记忆着人的在世遗痕。

突然在一片静默中，只见阿霞大声地问着掘墓人说，师父啊。咁有看到金子？虎妹大笑一声说，有够憨头！当时能够买好棺材下葬都不易了，散赤都散赤死啊，哪里有钱买金子陪葬。

阿霞点了烟抽，嘴里吐出一口大烟说，没错，哪有金子可捡。我只听见阿叔的骨头发出喀喀喀响的回音。

不论捡金或拾骨，其实她们都只捡到虚空。

129

阿霞想起父亲的气味，三贵在山林里当手断师，手断师就是亲手伐断树木的伐木工人，返家的父亲手持米酒和一些黑白切的下酒菜，飘着木材的气味，童年的她闻了就知道父亲赚钱回家了，她总是在固定的时间站到六畜兴旺的猪圈围篱旁，等待父亲返家。直到有一天，父亲没有出现在围篱旁，他去赌间了。

虎妹想起别人转述给她的画面，那是让人子伤心的血色黄昏，父亲被收赌债者打瘸了腿，以乞讨者姿态，被丢在收割后焚烧的田里，他就这么如蜗牛蠕动地爬着，以腹行走，短稻梗刺痛着肉，烧稻梗烫着骨，没人敢靠近他，因为黑道人在路上冷笑地看着。父亲被送回家时，满身鲜血，昏厥欲死，腿如木偶般悬着、荡着。

阿爹，多桑，阿叔啊，虎妹在心中叫着。那一幕的羞耻如永恒的红字。

坟茔上拾骨人开着棺，边说着这棺卡得很硬，棺钉生锈，沼气甚重。

水神连父死都不放过他。虎妹感到悲戚，她试着遥想一个父亲的好，即使那好如此稀微，但努力怀想起，也可稍稍抚慰一种永远恶意的佞感。那好是来自父亲身上曾有过的木香味，有段时间返家他总带回一座森林，肖楠、扁柏、黑檀、红桧、牛樟、相思。那时父亲还是个父亲，他搭上男子汉列车，搭小台车上山伐木，下山时给她们空洞的胃囊携来了食物，短暂让她们不感到绝望与空虚。有那么一两年过年过节还有鸡饭春饼发粿粽子可食，还有几块钱币在掌中可供眼睛发亮。然而很快地那座不定期在傍晚会现身的森林消失了，失志的父亲不再上山，也不再劳动，他在热血与冰窖的两极里浪掷输赢，他成了一个要命的赌徒。

　　她们的人生于是又进入惊蛰未蛰,人吃狗食的年年饥荒。

　　那时阵多饥饿啊,虎妹望着海洋想,她这样务实功利的人,因为荒芜,也会出现感伤时刻。如何躲饥饿鬼?女儿老爱问她往事。她眯着得了青光眼的瞳孔,见到一个小女孩赤脚踩过芒草、沙地、河岸,她看见前方的辽阔。在饥饿时她去看海,她盯着海,数着浪,这样就忘了饥饿。有时还捡拾钓鱼人丢弃的小鱼回家生火烤。冷冬时她改去镇上,走过一家又一家的商店,流连商店色彩,缤纷色彩能温暖她的苍白,在别人家的后院偷偷取水喝,喝水止饥。数潮浪,数颜色,就像失眠数羊,一种对境忘我。忘不了,只好捡别人不要的,偷别人多余的。

　　当然更能忘我的是电影院,虎妹少女时爱看电影,这也是她遗忘饥饿的方式。但没钱啊,她在西螺电影院外徘徊,趁机溜进或者混在大人堆里佯装别人的孩子,有时被发现从人群中快要被强拉出来时,她早就一个箭步先遁入黑暗里了,黑暗的戏院不好抓人,戏院售票小姐就会想算了,电影院也不是她开的,多一双眼睛看电影自己也不会少块肉,于是虎妹免费看戏得逞。

　　四万元兑换一元,这让父亲三贵一穷二白,转成了好赌人生。母亲的早死,继母的不给吃,这种种都让她陷入贫穷。但同父异母的妹妹阿霞没饿到,因为她有自己亲生的母亲庇护。阿霞不思饿,她思起的是父亲生前常要她记得将他的重要遗物与衣冠送回对岸故乡,他交给她一个地址,信封上写着的地址仍是大清国武功衍派舒氏祖厝,一个模糊的座标,父亲晚年的牵绊。

　　虎妹忽然想起了父亲的夜好女人,那个起癫狂者,消失在木麻黄的一个圆月里。被父亲伤害的女眷,在此望父,二十几只眼睛像是要吞噬父亲似地冒着火,即使隔了这么多年。终于有人开腔问拾骨仙阿叔皮肉怎么处理?让太阳来吃他吧,拾骨仙说。这拾骨仙一家都是拾骨人,来舒家拾骨的是儿子,他的父亲最厉害,光看棺木就知道有无荫干,但拾骨老人上回到锺家拾锺渔观的骨,却染了尸毒,手脚被病菌弄瘸了,只得封手。拾骨人也知这将是他们最后一波的拾骨高潮,乡公所一纸命令下来,说是要把这一带变公园,强势要村民拾骨安置先人至塔。埋土之坟全数拾毕后,拾骨人就打算转去看风水了。拾骨人算过,一个月下来拾一百口棺,死人骨头真多啊。乡下骂人谁踩你这死人骨头代志,果然要踩死人骨头事还得要连亲带故。

213

三贵的人形皮骨被拎到稻埕晒，不巧连着几日雨天，晒尸不得。拾骨人又怕野猫老鼠叼咬，只得将人形皮骨悬挂在荒废的猪圈梁上，免得惊吓家小。拾骨人也是识三贵的，他想这人命真硬，连死后都让人惊，伊怎么和水这么有缘？生前泡水，死后还泡水，这水离不开这岛，也离不开三贵，拾骨人想起三贵是因做大水（做大水：发洪水）被淹死的。前些天村里也有老人跌落水沟，倒非淹死，而是醉死爬不起来。拾骨人对前来探尸的虎妹聊着，虎妹冷笑地说，这庄里的人啊，都失志，留在这庄里讨生注定要艰苦一世人。你聪明，早早离乡攒钱去。也是四界走，没读过册，怎跟人拼，钱没攒到啦，好在孩子有出息，虎妹嗑土豆说。你的孩子真是将才，拾骨人又说。三贵的人形皮骨挂在梁上，屋外雨声渐沥，他像是挂在墙上偷听女儿说话似的姿态，随风摆动着头壳双腿骨。虎妹胆大，她忽然转头看着多桑，过去都过去了，再恶也是父，就像这块土地，再坏也生养过自己。无知大雨啥米时阵会停？虎妹盯着人形皮骨喃喃说着。一阵风袭进，将三贵的头壳转了转。拾骨人不知去哪了，她看着猪圈，三贵背后贴着一张褪红去金的六畜兴旺，虎妹笑了。

130

　　等待父亲骨骸晒干的日子，在大雨潮湿里，虎妹撑着伞如梦游者般恍神在小镇今昔。偶尔会晃到大户庄园外墙，那是她以前最爱在围墙外观看的大户人生，此时庄园多已荒芜，老街上的米商、油商、酱油商、腌渍厂、花生厂一一行过，砖造钢筋混凝土，洗石子和贴面装饰，昔日风情眼下萧条，她想着这些少女时最常凝视的人家于今也不过尔尔啊，有熟人见到虎妹，恭喜她好命啊，儿女免伊操烦。虎妹听了笑，心想我哪里好命，那死查某囡仔鬼没拿过几个钱回家来孝敬过我啊。大户石雕楼牌上刻着姓氏，迟目虎妹早已明白装扮是身分的彰显，彰显皇天后土之上，让凡人贫者走过自惭形秽却又欣羡不已地亮着眼。虎妹年轻时以为大庄园的大户人家都是神仙投胎，不然怎么每个都漂亮，且钱也用不完。她一心认定有钱和好看是挂勾的，人有钱才顾得了门面。

　　虎妹和多桑来过的水利会，圆弧立面前的大王椰子细瘦如牧，水利会里有不少精英也死在牢狱了。虎妹继续走多桑年代的大通、二通、三通，大同、延年、中山路，想起了自己可怜的童年，可怜的哥哥，西螺戏院、基督教会的尖拱十字架……正在曝晒的父亲尸骨,虎妹惊醒,发现片刻神游了。最后她还是被香味吸引,往吃行去。

花生香味扑鼻,吃了一粒肉圆配豆腐汤,她才有了些现世温暖。以往有点吃的都是拜妈祖婆赏赐,西螺镇的新街四妈庙是偶尔可以分到一点糕饼,或者到墓地,也能让哀伤的丧家心软而分到一丁点吃的。飘进弄巷的台湾海风扬起虎妹的白发丝,满城沙尘如针刺目,她眨了眼皮好一会。童年的她爬上龙眼树,偷觑大户人家的生活声色。龙眼树高壮,渗来高度的甜气,可惜累累果实泰半都被采收一光,仅剩几粒未成熟的挂着,她摘来剥皮入口聊以安慰三寸舌根。只是不断分泌的恼人唾液与咕噜咕噜叫的肚皮让她感到难堪与饥饿。

故乡就是难堪与饥饿的代名词。

贫穷气味点醒虎妹的现世感,倏然梦醒。虎妹的游园不惊梦,却不意竟孵育了小娜的小说梦。这梦,一梦再梦,彼时母女俩在庄园外游走才惊觉时日已逝,回头所见竟也已花残柳败。戏台人家的歌声分明还飘进耳朵,歌声穿过高有几层的大树,虎妹在窗边探头探脑,只见藤蔓错乱交织,叶落铺成一条幽黄小径,内里静寂,像已迁居许久。斑驳戏台没有人,歌声从何而来?虎妹鸡皮疙瘩一身,快快牵着女儿疾走。她想这种大户人家冤魂最多了,井里搞不好都是溺毙的丫鬟女鬼,泡在记忆里的幽魂,灵体对人间异常执著。还是虎妹实际,她说做少女时我也曾猜想(猜想:妄想)嫁乎(嫁给)有钱人子弟,不过现在你回头看看他们也不过就是如此。不远前也有不少好业人家的后代在拾骨。锺家也是啊,你看阮大官的几个兄弟,锺家卡早嘛是读册人,有地有产,后来给蒋的抓去枪毙,搁有送绿岛的,后代只好饮西北风,就是不睬政治,天地有时也无情,一切别计较才快活。由犀利虎妹嘴巴吐出别计较的温柔话,舒家女眷们都像是看到天启,忽然在荒芜里见到光,古老土地里所发出的一道彩虹微光。东北季风吹起,她们拉拉衣袖,重新凝视不仁的父土,她们可不想让日子续喝西北风呢。

天总是会放晴的,虎妹望着绵绵不休的大雨说着。

虽然雷声仍一路从远方弹向他们的耳边,但乌云的天裂出一束光,把他们的眼睫染了层金沙,虎妹吐出甘蔗渣回应说,等亡魂都安塔后,早晚子孙会旺的。

131

　　大雨一连下了十七天十七夜，万物似将腐朽烂去了，雨下到拾骨人原本都要放弃晒尸想直接将尸体送进炉里烘烤时，老天突然收了玩性似地停了雨。太阳晒干泥地，像是想起三贵似的放送热度，让三贵不再皮影高挂，终于再次成大字地躺着。晒稻谷晒萝卜干的村妇看见三贵皮骨躺在稻埕上，也都想起了舒家的悲剧。将才的舒家长子义孝成了杀人犯，三贵自此颓靡不振了。连晒几日后，皮肉尽脱，三贵终于可以入瓮。

　　拾骨人再度把三贵的骨骸依人骨排列置入瓮中，脚、脊椎、手、头颅。头颅骨包裹一张白棉纸，棉纸上画上眉、眼、鼻、嘴，人形骨有了张脸，宛如还看着后代似的。拾骨人要舒家亲眷祭拜，告知三贵要移位了，地理师说三贵住的方位是塔里最好的一楼东区，东区迎太阳升起，庇佑子孙。众人在冥纸烟尘里分别，相聚一堂的舒家族人又恍似陌生人，各奔驰南北而去。

　　时间如刀，刀现伤痕。受苦女眷已无泪，泪已石化。

　　天终于在整个村庄要发霉之前放晴，天堂放晴就有阳光了，拾骨人抬眼说。他续择好日开挖整座村庄的古坟。

　　虎妹自嫁到锺家后仍常去亲生母亲墓前哭诉她为何那么早就放舍了她，亲生母亲的坟墓原本只有她和哥哥义孝会去扫，但她嫁了人，而义孝入了狱。虎妹母亲的坟墓淹没在杂草堆里，拾骨人费了好一番功夫寻才寻到墓碑。虎妹仅带着小娜前往，虎妹无缘亲娘，三贵的第一个老婆，拾骨后曝晒，干燥后装瓮，置入黑木炭吸湿，女性头颅后方搁置一朵塑胶红花，塔瓮刻名：张超。谁捧骨灰坛入塔却争议一时，办入塔与超度仪式者声称女性不能捧骨灰坛，但现下张超亲眷只剩虎妹一人。虎妹心想习俗真麻烦，习俗要改啊，女儿从村头哭到棺前当年就折腾了许多女人，现下连捧斗女性都不行，这让她大声扬说着母亲的瓮如能自行走去塔内，恐怕她会自己走去而不想麻烦后人。虎妹对有意见的男人说，奇怪，女人是怎样？不净吗，啊恁查埔郎不是查某生啊。然而嘴巴虽逞强，在心里，虎妹其实庆幸着自己好在还有儿子们，若只有女儿小娜岂不凄惨，何况小娜迷迷糊糊，母亲活着都少来探望了，母亲走了岂不连回家的路都忘了，虎妹在心里叹了口气。最后张超拾骨入坛后，依然由虎妹捧坛入塔位，虎妹的行径让阿霞等妹妹们看得心惊胆战，但也在内心对姐姐举赞。

仪式虎妹不懂，为何生廖死张，她也不明白。她是一个很少去追溯自己从何来的人，她不太关切前世或下世，她觉得去探索那么远的身世与来世都是无意义的。从她肚皮吐出的囝囡仔即是她的家族全部，连丈夫若隐都不算数，虎妹的家族就是她和孩子，其余她只是做到世俗该有的责任而已，她不把孩子之外的人认真当家族看待。

她的家族只有孩子们。

132

拾骨人拼凑组合着许多二仓老祖先的四肢百骸，沙地上一派蛮荒野涩，映出地上的骨骸如树枝般单薄。昔日晒稻谷，今日晒人骨，几百口棺开，若好好焚烧，搞不好真能烧出几颗钻石来，反正都是碳化物，有的老骨头在地底都快躺成宝石了，埋这么多唐山客祖先魂的岛夜里霓虹掺着磷火，祖先开夜总会真闹热，活的人颠倒寂寞啊！村民在拾骨人的广场看着满满人形遗骸景象聊着。

韦恩台风把许多人扫出自清代起就有祖先死亡阴影的老家，包括虎妹。但她一直想离开锺家老厝，只是没想到是离开得如此彻底。那些夜里生产时自行剪去脐带的疼痛仿佛昨日而已。关于这村的回忆都是不开心的，她常哀叹自己年轻时不懂世事，每回见幼小女儿被儿子芳显带到田里时，这小女婴老是哼哼地嚎哭，在烂泥水田里的虎妹不方便上埂岸，就丢话给芳显说带你妹仔去找老爸。芳显往前走见了坐在树下哈烟的老爸，老爸见妹仔哭，就从裤里掏出几个铜板要芳显带妹仔去买冰吃。等到两兄妹又行经虎妹的水田，虎妹割草一抬眼又见兄妹两个小影子移过，而那像没人要的小野猫仍是一把鼻涕地挂着，哼哼唉唉个不停。虎妹想这囝仔老是一张猫必霸脸，几道脏痕如猫须拓在黄昏寻她的脸上。

等妈过来！她唤住芳显。她上岸把手脚洗了，抓过女儿，把她裤子一脱，狠狠说，我就知道勒，哼哭个不停，叨系又放屎裤底了。她气到一直往女儿身上打，一直打，边拖女儿到水边边洗着伊的屁股，手仍使劲地打着，她把女儿嘴上咬的冰棒丢掉，本来想女儿大约要放声大哭了，片晌却睡着了。她让芳显背着妹仔回家，她草还没除完，回到水田，一把泪就掉了下来，气那若隐做人老爸的，竟只会掏钱给那小兄妹买冰吃，也不探看为何婴孩哭个不停，虎妹愈想愈伤心。

很多年后，她想起两个小兄妹的可怜模样仍会心疼，她觉得自己真憨真钝，买个尿桶不就好了，这样小小囡仔就不会因为不敢去外面放屎而干脆放屎在裤底了。想起过去，虎妹就觉自己是这世界上最可怜的人，自小没有母亲的女人结了婚也不知道怎么当母亲。

生命至此飞沙走石，虎妹每每回到故土总没来由地一阵凄恻，无法想象美丽之岛沾满弑腥气味与任其败坏的荒芜。

回到尖厝仑的虎妹，暂居老家，老家经未嫁妹妹的翻修后，墙壁高悬的照片是唯一还在述说着旧影的人事，其余老宅早已是簇新如昨。

虎妹盯着客厅的肖像群里一张小而发黄的照片，她的母亲，辞世的脸孔停驻在清秀的无时间痕迹里。常有从后院飞来的蝴蝶停伫其上，黄色小蝶群，像是来报喜的美丽队伍，在母亲肖像上旋转。蝴蝶吸饱了龙眼树花，开心地在屋内翩舞。虎妹想这一切仿如梦境，撒手人寰的母亲也已拾骨了，母亲的骨头魂埋地底如此漫长，有时在梦境里她都会听见骨头相撞的喀嘭喀嘭声，六十多年的地底生活，骨头似乎也有了灵性。所幸母亲没有变荫尸，骨头如得骨质疏松症，轻盈干燥如树枝。

虎妹一生里曾去观落阴两回，算命三次。虎妹想知母亲下落，何以她抛下幼小女儿，让女儿自此受尽苦难。虎妹的眼睛被通灵尪姨（尪姨：台湾道教中女性施法者）罩上黑布，在黑布里埋有一张符咒，她被交代坐在椅子的双脚必须原地踏步如在行走，一路将度冥河，过独木桥，经过许多黑山黑水，切忌莫回头，见到丰盛摆盘食物，切忌莫嘴馋。

虎妹没见到母亲，就是见了她也不识得吧。通灵尪姨觉得虎妹是来浪费时间，因为虎妹铁齿，一个铁齿的人如何和灵界沟通。你不放下身见，如何见母？虎妹匆匆离开神坛，她原本要观澎肚短命的丈夫投胎到哪了，若做神仙也请告知，但她一时害怕就跑出阴暗神坛。直到想起自己付给通灵尪姨的钱是算命套组，在舍不得钱之下，隔天她又折返，被尪姨耻笑。你这一生我见你都是强渡关山，怎么昨天吓得落跑？虎妹支支吾吾地说，因为觉得连自己的母亲都不识而觉得尴尬。

没关系，无缘就是无缘，对面相见不相识就是这样，这回不会连尪婿都不认得了吧，通灵尪姨开玩笑说。

虎妹在放符咒的引领下终于见到夭寿老公若隐，没想到若隐冷淡如铁，也不开口说话，也不知他过得好不好。虎妹问他有何需要？若隐方开口答说，请叫小娜来看我，她才是你这个做母亲要关心的。魂离冥界，黑布揭开，虎妹泪流满面，这夭寿的还是关心那个死查某囡鬼。

　　虎妹不曾关心过三贵多桑的往生世界，魂飘何方，历劫下落，她认为一个在活着的时候已然不让人想念的人，死后就更不值得一提。

　　她只是尽义务地回家一趟罢了，至于父亲的尸肉脱落得好坏，于她都是一样的，苦日无法变甜，但也不会更苦了。

港边惜别

133

　　这是咏美最后一次出远门了。

　　这是一个奇怪的想法，她想去基隆港。很多人没有拦她去基隆港，以为她是去怀念当年夫婿锺声回国的港口。但咏美一开始不是去悼念锺声的，她是想去基隆的舶来品店买件新衣裳。有一天她遇见一个老友，老友不经意地打量她说，你身上穿的这件外套应该有一二十年了吧。她顿时为一身的旧衣感到寒伧羞赧，于是她决定去买一两件漂亮的衣衫。

　　为何要老远到基隆买衣衫？她安坐火车时，心音顿明，她也不知，也许自己想趁此旅行吧，她是在坐上通往基隆的火车后，才感受到基隆港对她的意义。港边的大船，送来一个丈夫给她；港边的大船也把她对日本老师的情送走。港湾上发着亮，铁皮折射她畏光瞳孔，这港湾不需海雾就足够让她迷蒙了。潮浪不断地涌打岸边，时激时缓，几辆大船吐出崭亮的汽车，她又记起了和锺声在基隆港接他留日友人辉成的画面了，那时好年轻，好飞扬啊，谁会知道几年后锺声是被脚链拖曳前行，目不闭心不瞑，祸及家后，魂绕祖厝，终年不去。但辉成更惨，几乎家破人亡，历尽酷刑。有村人从台北回来，谣传着辉成被吊起来，手掌被用针钉在麻绳上，冬日里被灌着冰水，头垂着，看来是死了。辉成妻听了顿时昏厥，有人骂那村人眼睛都快瞎了，哪里看得准被吊的人是谁。辉成妻被用热姜汤温醒，听了嚎哭，跳下床找着孩子，拉着孩子们往屋外去，滂沱大雨中，就见这瘦弱的妻和几个萝卜头跪在泥地上，祈求着上苍要阿成平安归厝。村人去拉这辉成妻小，辉成妻入屋后就失心疯，癫疯几日，滴水未沾，被好心咏美知道后，她熬煮了碗补身中药，辉成妻却身子不受补，且起了反效，被灌汤药后，竟熬不过当晚。咏美懊恼又心殇，也哭昏了几日。辉成没死，几年后出狱，带走孩子远离老厝，不让别人找着。

那些日子感觉好遥远啊，咏美想。这港口的雾，和昔日一样迷离，雾散，吐出了几张年轻的微笑脸庞，她到现在都还清晰可见。她看见自己置身在这座港口的奇异身影，她自问为何要千里迢迢到此买衣衫？她失笑着自己这副老太太的模样，港口上的年轻水手为何不下岸？他们放浪的人生里四处可有想要碇锚的爱情吗？咏美眯眼望着船，她接着想起父亲，讨海的父亲，被海吞噬的人生，往海往岛，都是殇。

男子有殇，女子有伤，岛屿有伤。

离开港湾，咏美缓步行在沿岸热闹商街，电视墙播着百货公司周年庆，上万元海洋拉娜排队几小时卖空。只有她像是惶惶不可终日的流浪老狗，褪色的外套上顶着一头染着不匀的白发。眼见是孙女口中的什么草食男、花美男行过有风，她略微仰起头，趣味地望着街上的新奇人类装扮。想买什么款样的衣服呢？她停驻在许多店家橱窗前，没有人招呼她。她在橱窗约莫有看到喜欢的才敢推门入，约逛了几家后，她买了一件浅紫色绒外套和一件正红色毛衣，她想穿显影点的颜色。

然在海港吹冷风过久，她回家后，就重感冒了，老人家不禁这冷，躺在床上甚久。过年时，孙子还是帮她剪掉衣服上的标签，为她换上亮眼衣衫。

这紫这红，在一个偶然里，刷新了咏美回忆里的苦楚，为她的基隆港上了新颜新色，蒙着迷雾般的伤心港口，从此她想和它是田无沟水无流，两不相往了。

不消几年，她将进入如鹿死前的静谧年光。

四季红

134

咏美那晚坚持在柑仔店休憩睡觉。

事实上她根本难以入眠。她环视着杂货铺的一切，讶异自己这么多年都闭锁在这方寸之地，这拥挤破旧的柑仔店，收容了她的一生，保护了她毋须走出去就可以营生的可能，虽然只是蝇头小利，但却是她的一切。许多东西打从一开店就在那里了，但从来没有主人带走它。她在进货时，曾对卖她东西的人说，每一样东西都有他的主人。

但现在就连她自己都要疑惑了。

逛大街回家当夜，咏美就感冒了，发现她没有来锺流家大厅吃早餐的是锺流的女儿阿缎，阿缎忙叫人去杂货铺找咏美。咏美挂在那张她躺了大半辈子的藤椅上，整张藤椅凹陷成一个姿态，靠背有断裂，颜色深褐。

家人说她不该去吹海风。

感冒后，元气大伤。咏美进入了嗜睡，嗜睡症名词在当时还未有听闻。她总是躲在棉被里不出声，像是昏死了般。她的孩子生性都很安静，也很习惯躲在棉被里动也不动的母亲，像是蜷曲在云梦里的咏美看起来像个孩子，她总是放上德布西《牧神的午后》唱片，未久即进入梦乡。这唱盘当年没有被丢弃，因为被她藏了起来。

很多年后，才有人知道咏美早在多年前上台北收尸的那一刻起，她的人就不属于这个世界了。当一个人不觉得她属于这个世界时，她要如何继续过活？她的命运掌纹完全失效。

后来她的儿孙找出了创伤后症候群和忧郁症来解读她，咏美听了都无所谓，管得什么病，她得的是心病，爱死病，爱的黑死病，这还不够明白吗。没有未来的爱，如凋萎的花。

咏美记得在迈入初老之龄前，有一天醒来，揭掉盖了黑布的镜子，她看着自己，她摸着自己可怜的胸部，寂寞的身体，当日不知为何她决定独自一个人去台北一阵。

那时西娘已经很老了，她想自己的人生也是如此空白，难得媳妇还有力气，也就没说什么话。只说你的孩子也都住校了，你该清闲一阵，是应该过过自己的生活。年纪轻轻就来锺家，什么都没尝过，就当了寡妇，你也是可怜。

咏美听了一把眼泪一把鼻涕地离开锺家。

大家都只知道咏美上台北，但不知四十几岁的女人在台北要做什么？

没多久，又见到咏美，说是适应不了台北生活。且西娘生病，只见咏美又搬回锺家，还开了小柑仔店。阿美杂货铺又开张了，小孩都奔相走告。

村民见了从台北回来的咏美，感觉她变得更美了，胸部似乎大了些。你好厉害光目测就知道了。不然我们偷偷看阿婶洗澡？几个少女派了眼睛最好的阿霞去澡间偷窥，在满月照明下，阿霞透过木板缝隙瞄着欧巴桑的肉体。神奇的一刻来到阿霞的目光下。

真的好美啊，可惜她却没有男人，有少女望着叹道。美就要有男人喔？阿霞说。

咏美从来没有谈起那一年她在台北做什么，也没有人敢问她。

好像那一年从来就没有离开过。咏美杂货铺依然开着，她依然坐在藤椅上，透过柜子的糖果玻璃罐缝隙望着村人在小路上来来去去。

自此，她任由美丽的身体窝在暗影中，随着年华慢慢老去。

135

晚年的咏美眯眼看电视新闻，听到轰动社会的杀人魔王陈进兴案后其孩子被送往美国，如此是隔离也是保护。她想到可怜的女儿桂花，虽然案件轻重不同，但伤心孩子的父亲都是被枪决的，一个是背负政治的黑名单，一个是背负恶煞的罪名。但孩子是孩子，原可不必背负父亲罪名或恶名，但最后只能远行方可遗忘岛屿妄加其身的伤痕。

桂花走的那一周，爱国奖券开奖，西娘中了一些小奖。累积的小奖正好给桂花寄了钱去，桂花在美国的前些年杂费竟都有了。说来是巧合，但或许可说是西娘早已料到之事。家中男丁消失的光阴里，西娘总相信，有一失就有一得。上一代的伤心是无法免，那么下一代的快乐能不能不消失。

如果西娘活到现代也许就不会说这些话了，因为后来事实是朝咏美的心思而去：每一代都有他们自己的故事，都有自己的伤心事。

她在晚年常想起那个北上收尸的荒凉下午，白灿灿的阳光，将她的身影拉得如怪兽般。她在那声无情的枪响后，成了寡妇，成了弃妇。遗弃比离别可怕，那种永远无法再被缝合的碎裂感，无法再被填满的空洞感，只消在午后光阴，她一个人被村子里那硕大的死寂笼罩时，她的心就会抽疼，瞬间收缩痉挛了起来。

被遗弃的不只她一个人，还有整座村庄任其荒芜的遗弃。

活得很老很老的咏美，活过跨世纪。她拖着苍白的身体，在杂货铺里走动的瘦削暗影，成了乡人记得她最熟悉的样子。几乎没有人会遗忘她从饼干罐子拿出糖果饼干的手，或者从背后架子上取出米酒的手……咏美和西方的最后接触是她终于走进麦当劳，吃了大汉堡和薯条，然后她还到咖啡馆喝了一杯拿铁，儿孙看她喝咖啡时整个眉头都皱成一张皱纹纸时都笑了。西螺镇上充斥许多光亮的商店，她新奇地东走西走，看着入夜还火亮的二十四小时商店，叮咚叮咚声中，不断地人进人出，啧啧称奇小镇也有从哀伤爬起的一天。

　　名叫超商的店铺占据辉煌的街口转弯处，固定的欢迎光临、谢谢光临，模组化的一式明亮，冰柜里摆满了待加温的国民便当、烩饭、意大利面。连芭乐水果拢切得真水。咏美看着冰柜说。她想是再也没有人要去她那间黝暗的杂货铺买东西了。那间杂货铺埋藏着她一生的故事与心情秘辛，她丧夫丧子流泄的幽微之光都逐渐被抹煞了。

　　当城镇的街角都被财团占领后，咏美的世界就缩小成杂货铺顶上的那抹灯泡之光，那光所燃起的暖黄，再也温饱不了世人。

　　接着她要儿孙带她去客运局和巴士站转转，那些站倒还有老旧的气息，离她的记忆不算远，丈夫曾在这里带她搭上通往台北的车子，那一回他们去基隆，一个老下着雨的海港，她还记得雨雾的港口，他们落脚在一家小旅社，那是他们最美的一次缠绵。她还记得日本老师离开台湾的那一天也是下雨，莎酷拉莎酷拉……莎哟娜拉！

　　卡桑，你在想啥米？

　　咏美笑着从凹陷的记忆坑洞弹回。

　　我想去买一套新衣裳和一双新鞋，咏美说。

　　然后她说想去看海，儿时的海，梦幻之海。

　　靠近海边有了成片的巨物，儿孙告诉她那是六轻。

　　什么亲？她老了听不清。

　　六轻，冒白烟的东西。

　　哦，海边怎么有这种东西啊。咏美眯着眼睛看远方，看不清楚海，她很伤心。

136

　　咏美晚年最挂念的是和父亲锺声同名的厔子锺声，阿声的头骨塌陷了一边，肩膀歪斜，手脚不灵光，走路一拐一拐地。但不论晴雨，许多人每天大多会见到阿声拐着瘸掉的腿行走在漫天的沙尘中。他的手里总拎着一罐米酒瓶，戴着选举时别人往他头上戴的棒球帽，棒球帽帽沿有个台湾图案，远远地就见着顶上的绿番薯图案弹进众人的视线里。

偶尔夜里，咏美会想帮阿声弄个内地女子来让他有伴，但又旋即想着，何必再糟蹋另一个女人了。以前多桑口中的内地女人是阿本仔女，现在人称内地女子却是彼岸女子，这世界变来变去，她常很难适应。

咏美总想有一天这孩子会醉死在路上吧。所幸阿声醉死在路边水沟时，咏美早已去世多年，她不曾见到自己预言的孩子下场，不然她人生的苦将再添一桩。但乡里人说起和革命者父亲同名的锺声下场是醉死时总是欷歔。夜晚醉倒水沟爬不起来，失温而死实在不怎么名誉啊。

阿声活着是悲剧，连死亡也是悲剧。他在娘胎被枪杆打伤的畸形胎，像降世外星人，常喝得烂醉的外星人。孩子是外星人，孩子的父亲也是吧，哪里有外星人，咏美自言自语笑着，她想起喜欢听古典乐的夫婿锺声曾对她说莫扎特是外星人，他不喜欢地球人所以很早就离开这里。那你也不喜欢地球？她回问。我喜欢啊，只是地球需要改革。锺声边吹熄番油火边这样回答。她笑着，看着光影下的锺声侧脸。

革命就是把自己的命革掉，革命是准备要上断头台的，可不像这些人。咏美看着凯达格兰大道上的主事者，心里这样想。那是她最后一次看电视，荧幕里一片红，她不喜欢的颜色。所幸咏美早孩子锺声一步先走，这让她少了许多折腾。锺声代表着她心灵的桃花源，她曾经一度后悔以锺声的名字来为甀子命名，当她看着五体不足的孩子日渐消沉酒精且愈发癫狂时，她知道一切的悼念都徒然了。

感到一切徒劳时，年岁的大火已经把她的身体烧到末端了。剩下一丝灯蕊，是仅存对疼痛的巨大意识。回忆起某些人不仅无法让她止痛，甚且还加深了痛。

有时候西娘会来她的梦来，赞伊是好媳妇，上事宗庙，下继后世的女德，她这个媳妇全有了。村长来走动，对锺家后代悄声说可以颁一个贞节牌坊给咏美，只要锺家愿意投票给这个党。不巧躺在床上的咏美以最后一口气的力气听得明明白白。她以杖敲击地板，子孙进其内，交代绝对不可接受任何以她的名义而收受的东西，即使一块碑一块坊。什么贞节牌坊，当寡妇是不得已的事，谁要那个牌那个坊，什么国民桶，杀她来换一张选票都不可能，她涨红着脸嘀咕着。许多人都以为她进入了回光返照，记忆回圈的倒带。如果此是记忆回溯，咏美也太悲哀，最后其口中所言是她所厌之寡，所恶之党，这岂不是给她难堪。

在咏美的病床上，出现一个人，许多人都交头接耳，窸窸窣窣的口沫横飞。

吴建国，让咏美成为寡妇的行刑者穿过厅堂，他的身形依稀可见当年，虽然是老人了。村人不喜欢看见他，但他们心里都知道吴建国不过是执行命令者，真正杀锺声的人当然不是吴建国，但吴建国毕竟是行刑者。老迈的吴建国拄着拐杖，很奇怪的是，晚年的他唯独眼睛最好。他从弱视到眼力还不错，都是拜《眼明经》所赐。许多村人都觉得他根本是唬烂，怎么可能读经就会眼睛光明？吴建国说相信就有力量，他也相信诚心忏悔可以获得少年友伴锺声灵魂的谅解。

然这个家毕竟是没有父亲了。

吴建国可以忏悔，但他当不了这个家的父亲。

咏美对孩子感到愧疚，因为她自己是一个拥有父爱的孩子。她晚年的幸福回忆就是和多桑的时光。读女中时她去看电影得穿上绣有名字和学校的制服，且三天前就得向学校提出申请，还得报告她去西螺电影院看了什么电影，和谁去看电影等等。

有一回她和表哥去看电影，学校记她一个污点，她问为何不能和表哥去看？表哥和表妹最容易产生感情。她当时听了还大笑着这是什么逻辑。那回看的电影是孤星泪还是火烧红莲寺？她的晚年手转着遥控器，电影影像不断地来来回回，然而那个禁锢年代却像是发生在昨日而已。

一个家里没有父亲，孩子就少了榜样。咏美总是这样哀叹，一位父亲胜过百位教师或者百位情人？她记得桂花曾写信这样诉说。她在生命的终点前，一直觉得亏欠大女儿桂花还有小儿子阿声，桂花行天涯路，阿声浸在酒国，一个在天边，一个在咫尺，但都是她亏欠的人。阿声哪里也没去过，尖厝仑就是他的天他的地，手里永远擎着米酒头，许多人都叫他空癫声。他走路一拐一斜，扬起的尘土被他踢如沙尘暴，老远在村口就看见他的身影，从他的眼睛看出去，日头像雨刷似的，斜过来又倾过去，这世界是流动的，不稳的，迷蒙的。咏美在生病前的秋日参加了最后一场恭逢水官大帝圣诞万寿的法会，三天三夜梵诵梁皇宝忏，四时无灾，八节有庆，香花清茶，还愿谢戏者在村庙口夜夜启动发电机，任戏子呼天喊地，观者冷冷清清，偶有流浪猫狗驻足。人人都挤在庙里，领平安符和平安龟。

空癫声挤进人群索取了两只大小平安龟,他给了咏美,口齿不清地说阿母乎你呷百岁。咏美落泪了,梁皇宝忏诵得震天响,在冥间被蛇吃咬的忏悔者终于不再疼痛,她看见亡夫锺声了,她知道她见锺声的日子已然不远了。

137

冬日后,咏美身骨就一直是弯的了,她为了不让人看见一个驼子,她已不再出门,且老是躺着,这一久躺就没有再起来过。一个女人,撑过多少噤声风雨,撑过多少血腥,撑过多少孤寂长夜,在太平盛世却无法久撑。一个人无法久撑,这老宅也像她的身体快垮了,湿答答的棉被发着霉味。她想起查某太祖们,蛮荒岛屿的女人,喝过野蛮人的奶水,蛇鸡猪贪嗔痴,说自己是三害三毒,水里来火里去。那时常见为守贞守洁寡妇立的牌坊,女子配婚的男人不幸早殁,而女人仍坚持守寡且肩负侍奉公婆之责,坚守忠贞守孝。咏美多年来,总觉得自己的心是背对这整个寡妇的历史,虽然外表大家看不出来,实则她朝思暮想都是离去啊,但最终她仍是死在锺家,博得晚年清誉。

守孝她懂,守贞她也懂,但守寡她不懂。

躺着的咏美常看见港口上挤满着遣返的日本人。如雾的海缓缓地送来她的夫婿锺声,也缓缓地送走她仰慕的日本老师。吃煤油的大船吞吐着送别感伤的浓烟,汽笛鸣响出他们不敢说的衷情。咏美站在岸上朝大船挥手,她新婚未久实在不能耽搁在外过久,锺声理解她想要送别老师,一如她理解他在日本有个愿为他赴死的女人。但男人以为的理解其实仅仅碰触到女人的表面,而女人的理解却往往一下子就戳到男人的核心。偶尔,昏睡的咏美也会梦见锺声,好年轻的他,不曾衰老,她遂不想梦见他,她觉得皱纹爬满脸上的女人不宜再见时间停格的夫婿,即使在梦里。然而高中的日本老师在脑海的模样也停格在还算年轻的年纪,但她梦里见他却显得毫不羞涩。或许纯是精神上的爱慕吧,咏美给了自己一个堂皇的理由。

但彼岸无回音,一个空荡荡的地址,失效的座标。

读书时成绩优异的她,把所有的优异与忧郁都倾注于书信,但回声阙如,希望依然空荡荡。

这些年她常收到的信不是来自日本，而是来自台湾一个陌生的地址与陌生的名字。久了，这名字也不陌生了，隐隐地她把这个名字想成了自己爱慕的老师。信上名字写吴建国，她不知他是谁，也不知为何他要一直写信给她。他是谁？他为何有这么强大的爱意涌向她？她应该爱这个陌生人吗？为何他的信充满了对她的忏悔？信都被她放在五斗柜的抽屉内层。

这天她要来帮她翻身拭体的幺妹咏莲将信全拿出来。

她抽出一封信读着：咏美，我的双手沾满鲜血，好友玩伴的鲜血，你的所有不幸的源头都因为我按下了扳机，我祈求你的原谅。

这吴建国是谁？我又不是神父，他写那么多信来忏悔，反反覆覆都是类似的语句，这些信就好像行刑者忏悔录，他说是他杀了锺声，这我可不信，杀锺声的人是住在总统府的总统先生，怎么会是叫吴建国的人。咏美喃喃自语，将信用橡皮筋绑成一捆捆，要咏莲去神案上拿下打火机给她，她手一按，用打火机把信全烧了。她揉揉眼睛，想了一下又自语着，这吴建国应该也过身了，前两年就没再收到信了。

咏莲听了一愣愣的，以为姐姐又陷入今昔不分之际。

身痛时，改信佛教的咏美听着佛歌，呷菜阿嬷老年时唱的，不知被何人录下，录音带一直留在锺家，人生叹苦苦何在？唱到这一句，咏美才能渐渐入睡。

倒是她的妹妹咏莲，成天笑嘻嘻的，有人说她的命是老天给的，因为某年躲空袭时这咏莲还是个婴孩，怕婴孩哭泄露形迹，临走就把她放在观音菩萨神案上。临别前，阿娘对这婴孩说，你如果命大，那么我们回来时还能听到你的哭声，说着向观音又拜了拜。空袭结束，傍晚的木麻黄降下血色的黄昏，阿娘心中忐忑，如果婴孩没有活下来，那么一个婴孩会成怨灵或者英灵？怨灵怨怼母亲舍她自行逃亡去，英灵会欣喜牺牲自己成全家族。但一个婴孩并不懂什么牺牲自己成全他人，故多半会变成怨灵，这位母亲徒步回家时落后在村人之外，她迟缓着步履，空袭时脑子一片空白，此时她害怕地东想西想。尤其黄昏的巨大夕阳像是血盆大口，静静地守在前方仿佛等着吞噬她。

直到她回家见了案上婴儿手舞足蹈笑呵呵时，母亲才放下心头重担。咏美常转述这些画面给差她甚多岁的咏莲听。咏莲听了总是笑，好像那件事跟自己无关似的，她的那种笑，任何人见了都相信她是命大的人。命大咏莲，许多老人都知道她这个称号。

韦恩台风让咏莲也成了寡妇,剽悍如男人,这采蚵女,喝着盐水,守着海老。

她常从鱼市场收摊后去照顾大姐,带着一身的血腥味,但咏美对照顾她的人也没什么多的选择了,桂花在国外,阿声酒空,余者家眷在彼岸攒食人民币,能在身旁使唤陪伴的人零星。

春花梦露

138

这天咏美忽然想吃新鲜的奶油蛋糕和一碗牛肉汤,以前她不喜吃甜食,一生也没吃过牛肉,吃牛肉是锺家当年的禁忌。咏莲特地去镇上订了个小蛋糕,然后去市场挑了一块上等牛肉,傍晚慢炖了碗汤端给咏美吃,她吃后竟没多久就往生了。

听说鸭肉很毒,但没听过牛肉也很毒。咏莲感叹姐姐命不好,连最后想要喝一碗肉汤都不得。

咏美也没吃到蛋糕,当蛋糕送来时,她已经断了气。

锺家总是以喜事为长寿婆办告别式,红色的帖子,红色的办桌,会场摆置了许多红艳鲜花,装置着华丽度母,喜洋洋地像是迎娶新嫁娘。

咏美躺进了早年她娘家父亲为她早已准备的那口棺。那口棺没有庇荫她的夫婿当官,仍只忠诚地扮演收尸功能。

盖棺那一刻,咏美看见海。看见父亲为了这个大海女儿能嫁到富足锺家的喜悦之情,她看见还没开花的自己,新婚之夜杵在黑暗中,等待肉身凋零腐朽。

咏莲帮姐姐收拾房间抽屉时发现一封没有寄出去的信。

咏美写给日文老师的最后一封信。

親愛なる先生:

夢で出会う先生の面影。この世界は寂しさに溢れていても、あなたと一緒に過ごした青春時代を思うだけで心が休まります。あの戦争が終わり、港の船があなたを連れて行ってしまいました。私の青春も終わりを告げ、時が経ち夫を得て子供も生まれましたのよ。でも夫は瞬く間に天に召されて、四人の子供たちもそれぞれ離れていきました。長女は強迫障害が強く牧師を通してカナダに預けられ、向こうで勉学を続けました。息子はお腹にいる時に銃で撃たれて知能障害。脳なしだとずっと嘲弄されました……先生、青春時代には人の世がこれほど、邪険だなんて知りませんでした。人の生の暗い影と深い淵について貴方も教えてくださいませんでした。当時は先生もきっと人の世が朝日のように美しいものだと思っていたのかもしれませんでしたね、風に吹かれる女学生の微笑み、あの美しき日のように。でも貴方が帰国してから、私の祖国の島は棄てられました。本当の「祖国」は来ず、身は分断され心も死に絶えたのです。

　先生がもう一度台湾にいらっしゃって、私の青春をもう一度燃え上がらせ、この流れる血を止めてくださったらどんなに嬉しいことでしょう。でも貴方は何処にいらっしゃるのかしら。貴方が残していった住所は希望のないただの座標軸の一点？お返事がありませんでした。貴方はかつてこの港から広がる海原とこの南の島を眺めていたのでしょうか？故郷の雪国では暖かな潮汐が夜の夢によりそっているのかしら？あの高速で走る列車の中ではクチナシとジャスミンの香気は漂ってる？私はこれから孤独な葦、仮面をかぶった悲しきクラウン、飛び去ってゆくイメージを前に、悲しみに暮れないようにしなければ──再会した時のためにもね。

　お返事がない。まるで砂漠の石のように、白日の追憶は熱く、夜は氷のように冷たい。

　二崙のこの村に午後の雨。貴方との思い出。雨宿りしたあの木の洞。あの尋常でない大雨。先生がいないんだったら生きていたくないわ、あの時、取り乱した私はこんな風にいいましたね。洞の外では狂おしい雨。私の声は雨音にほとんど押し消されたけど聞こえたらしく、貴方は笑いながら「君はずっと生きていくよ、桂子」と。ほら、この大雨はきっとやむよ。怖がらなくていい。

　貴方の暖かな手が私の手を包み、生徒たちに見せてくれたあの向日葵の絵のように悲しい中にも希望がありました。

　長い間、あの大雨の時の温かい手が荒れはてた私の日を日夜撫でてくれる。この島が受けた不義と冷たさに耐えて、私は沈黙を続けてきましたわ。貴方は蝋燭の灯のように、私の斑になった影を照らしてきた。死と同じように崇高な愛、蝋燭のように短い青春。岩よりも堅い不幸、野草よりもでしゃばりな白髪。たとえ残酷に定められていた運命だったのだとしても、それに屈従はしませんでしたよ。私は今もこの村にいて、そっと誰にもわからずに遠く貴方がいる方を見ながら、海辺で待っています。

　これからの人生は潤いのない枯れ果てた砂漠。もう人生に貴方からの恵みはないのでしょうか？

　これが貴方への最期の問い合わせになりそうです。

お返事をお待ちしています。

　不懂日文的咏莲好奇地将姐姐的信拿去给镇上专业的翻译社翻译，译出的中文信大约是这样的：

亲爱的老师：

　我看到您的影像，在我的梦中。

　这尘世的孤寂，并不包含你，我想起青春时和先生同游的时光，内心就感到宁静。大战结束，港湾的船带走了你，我的青春也结束了。我在飞逝的时光里有了夫有了子，很快地丈夫又被上帝召回天庭，孩子四散，大女儿惊吓过度，被牧师送至美国寄养与读书，小儿子在我腹中被枪杆打伤，一出世就智商不足，一直被戏叫空仔……先生，在我的青春里，我不知人世有这等险恶，你也未教我们这些生命更暗的阴影与更深的深渊，我想你当时也以为人世美好如朝阳，像我们这些女学生的微笑，每日都随风披靡，如斯美丽。你归国后，我的祖国成了弃岛，真正的祖国没来，我们却先被断头与心殇了。

　先生，我好希望你再来台湾，重新燃起我的青春，帮我将伤口止血。但是你在哪？你留给我的地址是否只是一个无望的座标？你没有回信过，你是否曾在港边眺望这婆娑之洋，这南语之岛？在你下雪的原乡是否有温暖的潮汐伴你眠梦？在高速列车的速度里是否飘来栀子花和茉莉的香气……我想我自此是孤寂的芦苇了，一个戴着面具的悲伤小丑，在飞逝的映像里，我练习着不悲伤，我预习着可能和你再见面的情境。

　但没有回信的你，就像沙漠的石，白日的回忆滚烫，入夜却极为冰冷。

　这个下午雨在二仑小村下着，而我记得你，和你躲雨的那个树洞，那场异乎寻常的大雨，如果没有你，我不愿意活着啊，那时的我这样失心地说着。树洞外的雨狂飙，几乎将我的声音灭顶。你听见了，笑着对我说你会活下来的，桂子。你又说，大雨会停的，不要害怕。

你的手温着我的手，如向日葵，你给我们看过的画，悲伤而有希望。

这么多年，大雨里温暖的手，摩挲着我粗糙的日夜，我忍受着这岛屿的不义与冰冷，缄默噤声。你像一盏灯，映照我斑驳的阴影。与死亡同高的爱，与蜡烛同短的青春，比石块更坚定的不幸，比野草更蛮横的白发，我没有屈从，即使残酷早已写在讣闻。我依然在这座小村，以不被人看出的等待姿态，行去海边看海，看着有你的方向。

我的人生自此无水，干涸，荒漠。我的人生难道已无你的恩典？

这是我最后的问句。

期待回音的桂子

即使翻译成中文，咏莲还是没能读懂姐姐写的信，甚且她觉得这中文简直比日文还难。但她至少知道这是姐姐埋藏经年的秘密，于是她悄悄地把信埋在姐姐喜欢的一株桂花树下，这桂花树是姐姐日文名字的来由，也是她为长女取名桂花的源头。

尘归尘，土归土。咏莲听见身后有道士这样说着。魂埋地底的咏美，让很多人感到心酸。

139

咏美过世前，只在意一件事，交代儿孙千万不要将她火化。

照办的儿孙以为咏美怕火烧会痛，于是土葬。

五年后，和她心最亲的大女儿桂花再次返国，因为弟妹通知她返国帮母亲拾骨。

阿母没有说她要让我们捡骨的啊，桂花在越洋电话里说。

因为埋葬阿爸的坟要开棺，墓地要整地变成公园了，所有的墓地都要开棺捡骨，移到灵骨塔。阿母要跟父亲一起，所以也要一起火化入塔。

返国的桂花发现了母亲不肯火化的秘密，母亲子宫前装有避孕环，烧不坏的避孕环，母亲怕被儿女们发现后笑她。

在拾骨时被眼尖的桂花一眼看见后,她趁法师一个转面,迅速弯身将之捡入口袋里。返回母厝,她将T字形的避孕环取出,洗之。然后打开桌上台灯端详,那一刻她想起了孩童时和母亲一起北上搭火车的那回,母亲那坚毅沉默的侧面,深深吸引着她。那时候她好想躺在母亲的怀里,她好想安抚母亲,告诉她,阿依哟,你毋通伤心,你搁有我啊,请你保重。

　　但她什么也没说,只静静地睁大眼睛望着退后的风景,紧抱着手里的洋娃娃。

　　一如此刻,她什么也没说。

　　她已明白寂寞母亲当年暂时离开家乡一年的秘辛,在灯泡下她看着这个奇异的发明,能有效解决母体禁得住诱惑或禁不住原始渴望的分裂繁衍……

　　桂花打开母亲尘封已久的抽屉,想找个容器来装那个小物件时,她看见了母亲的日记。

　　桂花阖上日记本时,天色已经发白。

　　她看了窗外竹林景色一眼,然后环视母亲这孤单的一生,自从结婚盖到老的花布棉被边都破了,花色褪了,枕头泛着油光了。

　　当年她在葬礼上没有哭泣,事隔多年却在这时候流下泪来,流泪不止,转为抽泣的哭声。流泪过后,她到后院洗了脸,聆听着早夏蝉声。

　　回到房间,桂花静静地把那避孕环像是一只骚蝉似地放入玻璃盒里。她将带着母亲的这个身体印记再次远走高飞。她想这个环才是母亲的贞节牌坊啊,她的贞即是她的真,至少她曾在黑暗的生命隧道里点上一盏烛火,只是这火很快就熄灭了。度母圣殇,勇者咏美。

140

　　咏美过世不久,送人当童养媳的妹妹咏雪竟也走了。

　　咏莲又是送行者。

　　她和被姐姐咏雪送走的孩子雨树陪伴临终者。

　　咏雪老是陷在懊悔里,生前对着雨树说,如果不是贫穷,谁会当一个送子母亲。

　　将雨树送给糖厂经理,这让咏雪一生都对糖又爱又惧。

她此刻尝着鹰牌炼乳,现在不论什么食物她都想加上鹰牌炼乳,还会用手指刮去铁罐外溢出的白色甜乳,将手指放进嘴里,整张脸顿时笑眯眯地皱在一块,嘴笑目笑,完全了无前生苦楚似的神情。晚年她的身体散着糖蜜干焦气味,整个身体如整座糖厂。

眼前这坐在床沿旁的高大孩子,老宅因他显得更老了,孩子抵挡了刺目的光,带来温柔的阴影。他有着像是被食神日夜偷偷烘焙而抽长出的好身材,她既感到愧疚,又感到欣慰。这是她晚年唯一期待的身影,多年来日夜思念所照亮的幻影,现下幻影如实地在眼前了,当迫切期待的焦虑转成无法启齿的陌生时,所有混合着命运愧疚的思念顿时卡在喉咙。

他注定是别人家的孩子,他喝有权有势的外省家口水,也就长得一副有钱有势的大器好样,她想任何人见到他都会自觉低他一等,任何女人只消看他一眼就会爱上他的,连她这个亲生母亲也不例外。她是个单纯的女人,她想如果重新投胎,愿作送子孩子雨树的女儿,她想应是十分幸福,或者当孩子的情人,但她没这个命啊,她连做伊母亲的资格都丧失,自己竟让思绪想得那么远,她忽然脸红,不好意思起来。

她告诉因为饥饿而送给糖厂经理的孩子雨树往事,她知道即使省略述说,雨树看到这寒伧昏幽且空无一物的老宅,通透的孩子应该知晓一个母亲当年的难为与苦痛。

如果当年没毁婚,没和穷厨师落跑,这故事就待改写。

咏雪锺爱却送人的孩子在眼前了,长成了一个大男人,刘雨树。咏雪在世时担心孩子会在养家复制她的命运,但结果却相反,孩子被外省家养得好好的,受了大学教育,且懂得礼仪。她看到孩子时,她忽然悟出一个自己认为很有意思的道理,那就是她想长期金钱匮乏会腐蚀人心与该有的气度,她自己过去的养家是忽然有钱的,遂金钱还未驯化野心,会不知钱的妙用与大用,甚且会苦毒一个比他还贫穷低阶的弱者,因为如此可彰显一种占有的傲慢与获得的快乐。不若雨树这个孩子的外省养家是几代人都未受饥荒之苦,孩子的母亲刘妈妈还是读过上海西式学堂的,看她把孩子教养得多有礼貌啊,她忽然明白这种几代未受饥荒之苦的人家就是突然贫穷了,内里和样子也都还维持着人的基本尊严与气节,一如锺家的西娘。

她想得远了,这就是咏雪,虽然她被村人看成一个只是卖菜的妇人,无人知晓她的奇特心思，这是她逃脱日复一日生活困顿的秘密，她常把思绪放在他处，这样就容易放过自己了。

时光倒流，一个母亲不得已地抛弃了红婴仔，连爱都是奢求。时光若往后移，这老母亲将爱上自己年轻的孩子，然时间奢侈。老母亲的眼泪干涸，下体干涸，脸皮干涸，枯槁死灰里仅存的一丝热烬烫尘，她全烧给雨树。

咏雪死前的剩余时光大多和雨树这个孩子聚在一起，和雨树一起回顾倒带这部拍得极差的人生影片。

古历岁末的送神日，咏雪跟着天神回到天庭。整座村庄的人那日都在焚烧盔甲和马匹给众神回返天庭的旅路所用，咏雪搭上了天神便车，谣传她也回到玉皇大帝身边。接着是她的妹妹咏莲说，寂静的村夜第一次降下了白雪，雪从古坑草岭一路漫飞至村里、厝里、眼里、河里、溪里，一直飞越海峡。咏雪的美与苦，化成绝世之梦。不论是咏雪跟着诸神回天界，或是天夜降雪，每个村人都愿意相信，每个人都认为咏雪是苦命的美丽好女人，她这样的美色，若要懂得运用，她岂会是如此度日。但她却诚恳认份，无多余念头来生是非，她只是生活下去，爱着孩子，思念着孩子，每天到市场卖着菜，一直卖到雨树来寻她才没有老年还在黄昏市场里将自己蹲成一具雕像。

雨树送终，操着完美复制自咏雪母亲的云林靠海口音，将外省口音隐藏得好像从不存在。他在丧礼上答礼了对母亲的根生思念，人子对天对地对人叩首再叩首，送走的孩子从北方飞回了南方之家，帮咏雪母亲总结了一个饥饿送子的时代，她的温婉她的绝美，一到夜里就复活在村人的梦境里。

当她的灵车绕行其生前往来的几座小村时，每个村民都盯着灵车上的黑白照片一时愣住无思或顿时神往起来，咏雪惊人之美，属于生活苦难，却不属于情色。美人无美命，人群里有人叹息低语。

只有一座村庄是咏雪生前交代千万莫去的，那就是咏雪童年与少女当媳妇仔时的老宅院，她毁了约，还跟了别的男人跑了，为爱受苦，这人家早就不知几回骂她活该了。那人家欲把她送作堆的男孩日后当了医生，在小镇开了间诊所，离咏雪所住不远，但听说咏雪是打死都不给那个男人看病的。咱的身躯以前不给他，现在也别去给他看身躯了，咏雪总是这样说，这就是属于咏雪的奇异感性。

咏雪过身那夜落雪，一场冬雪一场漫，雨雪霏霏是丰年，村人如此流传。

你看过落雪否？有外人问。

像初生白羽毛,轻飘飘四处飘着,有人像背诵课本地答着。忽然树下玩牌的查埔群里有人大喊了一声,我和了。

命运青红灯

141

现在少见大肚子查某人,现代查某无愿病子,坐在亭仔脚的阿嬷说着。黑压压的苍蝇让她们的手很忙碌,龙眼季节,四处甜蜜蜜。

赦罪月即将到来,许多女性心惊胆战,唯恐那些婴灵不肯原谅她们在夜欲后所结的不幸之果。避孕药还没来到这座村庄时,许多女人不明白肚子为何总是消了又涨了,涨了又消了,不消不涨的就成了漂流胚胎或者不孕之苦。其中一个总是懊恼而疑惑的女人就是菲亚的同学玲芬,不,正确的说应该是菲亚的继母,同学变继母,不是好莱坞电影,在小村当年还是耸动的题材。那年她才十八岁,菲亚出狱的父亲义孝正好寻去女儿的租处,没找着女儿,却见到女儿同学玲芬,读书一百分的玲芬(因讨厌零分谐音,她一度改名淑桦,淑桦玲芬都是她),没去读大学,她正准备去当会计好养家。玲芬毕业那天就跑去把西瓜皮已留至肩膀的长发烫了起来,烫过的头发使她更具奇异的魅惑,像是少女的脸上长出想要刺探世界风光的妩媚棱角。那是什么头?很多年后玲芬才知道那叫做法拉头。

那一夜,玲芬付上她的一生。在她那样有限的十八年里,并不知这样的险恶。且这样的险恶直到义孝死后都还在她的生命里形成巨大的暗影,增生结块,来去如潮,毫无防备。她底层的家族精神史在生了三个孩子后爆发出来,乡人说这一家人全猾了。从三贵到义孝,都被当作是某种偏执的疯子了,没想到新娶的好女孩也是个疯孩子。

那一夜,这种疯癫直通上帝。

义孝从监狱出来,未久即步上礼堂。在牢里为他受洗的牧师也为他主持婚礼。新娘十八,很多人以为他是要嫁女儿,结果得知他是新郎倌,有的人很尴尬,有的人直接就不敢正视义孝,怕被他那如火的目光灼烧到。当义孝吐出我愿意后，她突然喉咙被什么给卡住了，这时台上的牧师看着她，背后的目光射向她的脊，整个教堂陷入几秒的安静，差这一句"我愿意"他就可以成为进入她生命的主人，支配她的身体，她的快乐？乂孝转过脸看着她，用手轻摇着她，她转头和他的脸对望，泪水却滚了下来。当她吐出我愿意时，好像是吐出一口大血似的，教堂钟声敲起，众人掌声响起。她抬头看见背光的天使，骨枯的耶稣，她打了一个冷颤。她感觉刚刚自己在圣殿以嘴巴冒充了爱，吐出我愿意的那个我是真的我吗？她一时有点眩晕，差点跌在走出教堂的那一刻。

那一夜，她没有当成会计小姐。

她成了太太、妻子、母亲。

十八岁玲芬当母亲，接着隔不到两年肚皮又发涨了。

142

二十年后，君军也执意要步上母亲年纪轻轻即结婚的后尘时，玲芬完全使不上力。玲芬是还年轻的亲家母，看起来却像是活了好久好久的疲惫者。她没有任何幸福语言送给女儿，她早已陷入精神的失序，时好时坏。君军只能祈求上天，希望那日母亲精神是好的，不会忽然歇斯底里，君军害怕白纱新娘服会被母亲剪破，很小心地收藏着，直到婚礼当日。但她还是发现蕾丝被母亲撕裂了一半，她将蕾丝抓皱，用别针夹起，看起来独特，很受赞美，君军却心里淌血。君军怀胎生子后，曾仔细算过年岁，她想母亲是在什么时候精神病爆发的呢？是他们和父亲流离失所开始住在货柜的时候吗？那时候她十一岁，大弟阿犹九岁半，小弟雅各七岁，也就是母亲刚过三十岁不久，那时候母亲到学校参加母姐会时，老师还以为她的母亲是她的祖母。母亲年轻美艳，那么快速的老化，像是拒绝收受原本生命赋予她的礼物。又或者母亲不想让自己看起来比丈夫年轻甚多，那时父亲已经是老欧吉桑了。父亲每日都会挥棒球或者练举重，让自己看起来不老。而母亲相反，她什么也不做，她常陷入发呆状，白发很快地就随着她的忧虑渐增，母亲从也不染，君军望着加速老化的母亲，她不忍卒睹，她想离开这个奇怪的空间。父亲为何要住在大货车改装的货柜屋？很多年后，当君军见到同父异母的姐姐们，她才明白原来那是表姐小娜曾对她说过的舒家有流浪与疯狂的基因。父亲的货柜屋可以移动，像吉普赛人，在虎妹姑母口中成了一坨屎郎。父亲不明白孩子需要稳定，他四处移动只为了满足自己一生从未出国的遗憾，他们跟着不断地旋转、移动、转学，每一次在新团体里都害怕得像只喜欢黑暗的老鼠，不敢开口说话，有好长一段时间君军以为自己也和弟弟一样是聋哑人，她爱弟弟，她可以明白那个无声静默世界的力量。

于是她一点也不打算继承这个基因，她喜欢稳定，喜欢土地，喜欢它开出果实。她的老公以三箱自产的水蜜桃和水梨就掳获了她的心，他身上那种植物的气味让她很安心。事实证明，舒家最聪明的人是她，不喜浮华的她并非不去争取更好的世界，相反地，她早就看穿这世界的阶级再怎么努力都存在，只有回到土地的现实安稳才能疗愈储存在她体内的疯狂基因。

活着的父亲是如此地固执，相较于凡事都不闻不问的母亲，父亲是照顾者，他教她读英文，告诉她没有帮她取英文名字，因为要她行事如君子，硬颈如军人。她笑着，心里很不喜这个感觉带狠却又装得很君子的名字。

父亲是冷的，冷血的，他已完成那种冷。他被乱棒打死了，他终于被渴望者的刀刃切割，终于离开了儿女。他的器官分属在不同的人身上，父亲再次如他喜爱的上帝耶稣般复活了，以其自己想要的方式。但他以部分的器官复活人间，这些陌生人成了父亲最亲近的人，她很羡慕。皮与肉都被剥除，弹跳的心，光明的膜，不喝酒的肝，不抽烟的肺，穿过宿命的扉页，在他安静的死亡中，如鹿渴慕溪水，再无迷失的念头。她帮父亲戴上犹大肖像，绝望者的保护神，让父亲以其理想的方式复活。孤寂不再是他唯一的伴侣，他且不再是偏执者，不再是一组号码，不再是杀人犯，不再是姑母眼中没血没泪的兄。

父亲见不到她的婚礼，也许是好的，她想否则以父亲的激烈个性是不会答应年轻的自己这么早就嫁人的。她不喜欢读书，她讨厌书，从小父亲就念着她，可别遗传到你那疯子阿公。听到疯子她没感觉，在旁的母亲倒先发作，疯子，你在骂谁？疯子被父亲吐出口是母亲跨越三十岁那年，三十岁是个危机讯号？她曾一度在产后担忧着这个疯狂基因到底有没有锁住她的命运？产后忧郁症瞬间就染上了她，她对外界具有浑然不知的能力，但独独对体内的精神疯狂与否怀有戒慎恐惧的觉知能力。

不幸也还没离开父亲，她知道。当父亲在幼小的三弟耳边敲着大锣而孩子依然无反应时，他发现这孩子是聋哑人，那一刻，他知道上帝对他的考验是不会停止的。

143

　　遗传父亲的高度及母亲的秀丽脸庞，君军在婚礼上美艳如模特儿，但她却执意要嫁给农人之子，一点也没沾染城市的任何气息，甚至连察觉自己是长得如此美丽也不知。和其母亲一模一样，不知为自己的人生争取，不知幸运也是要去拼才会来的。真憨，伊无知伊系嫁歹命的，虎妹悄悄说着。（不过当隔年虎妹收到几箱珍贵的水蜜桃与水梨葡萄时，她早已忘了她曾说过这样的话。）

　　那场君军婚礼，许多女人想的画面都不同，最具感官性的应属爱幻想的小娜。

　　很多年没有参加婚礼的小娜来到这场在大甲溪沿岸办桌的本地婚礼。

144

　　小娜想起的是一些往事，当君军还是个婴孩时，暑假返乡住在锺家祖厝的少女小娜，某日骑铁马到后头的外公三贵家，她原本想偷摘一些葡萄回家吃的，傍晚，穿过前房养畜生的茅屋，穿过亭廊，听到在另一头有女生在哭泣。她走近看是那个年轻舅妈，她在喂奶，小娜惊诧地以像是研究员般的角度，仔细地看着女人的乳水像一朵涨满花粉、亟欲喷出如粉尘暴的巨花，乳水正从乳蕊里喷出，合眼婴孩哭闹，双手愤怒地抓着空气，在一身汗湿里终于双唇咬到了母亲那可怜发黑发胀的乳头，空气安静下来了。

　　这时玲芬阿妗才抬头看少女小娜一眼，唤了声小娜喔，坐啊。然后用脚踢了张板凳到小娜脚下。那板凳从三贵时代坐到现在，三片木头钉子钉了又钉。小娜坐下后，递了一些手中摘来的葡萄给玲芬阿妗，她摇头只有气无力地说，真是累坏了，妹仔爱哭，弟仔也爱哭，两个贝比相差没多少岁，快把没经验的她给累垮。她得空出左右手，让两个婴孩各握着手，且一小时后婴孩才愿意睡着，她一抽手婴孩就醒过来，届时又是手脚挣扎，嘴脸扭曲，哭闹不休。

　　少女小娜听着，心想女人真可怜。她想这女人才二十出头，高中才毕业就被舅舅收为囊中物，死读书的单纯女人。少女小娜对阿妗说要回锺家那边了，刚刚偷跑出来，阿嬷要我帮她晒萝卜干。小娜骑回锺家，骑没多远，就绕过两亩田和两片防风林。在走回锺家的路途，夕阳正在防风林游移嬉戏，她边吃葡萄边仍晃荡着光景，突然心生一念，想去镇上新开的情趣用品店逛逛，上回她看见电视有乳胶身体的介绍，既然有乳胶身体也应该有乳胶手，像是学校保健室的塑胶模特儿般，那塑胶模特儿总是光着身体躺在那个堆满瓶瓶罐罐的房间，有时男生经过总是言语轻慢侮辱着塑胶女模，好像那人体是活的女人般曼妙。

少女小娜偕同堂妹阿玉去镇上敏雄开的情趣用品店时，敏雄见两个小女生大喇喇走进店的后头，可真吓死了。那年头所谓的情趣用品是敏雄跑船时自己带回来的，他跑船赚了不少钱，就开了间水果刨冰店，当时他就很时髦地取作"冰馆"，并隔开一小间房间是真的"宾馆"，售一些情趣用品和漂亮的大胸脯金发女人海报与情色书籍，还有他走船时的各地纪念品，说情趣用品还不如说是异国情调的物品罢了。敏雄是阿玉堂哥，见多识广，但就是没见过小女生跑来要来买情趣用品的，他以为她们要吃八宝蜜豆冰。少女小娜却问敏雄有没有卖塑胶手？

他看了少女小娜一眼，奇异的眼里有如是冒着热情火花的瞳孔亮了起来。她脸也温热起来，她和他一起走进里面的宾馆情趣店。敏雄跑船的黝黑皮肤散着有如太阳和花朵与海水般的气味，她走进了这个陌生世界，像掉进爱丽丝梦游记的氛围，那时候她觉得敏雄很帅，但她对岁数没感觉。他要她每一样都拿起来看看，正巧前厅有人在唤他吃刨冰，他转身离去，连同将充满海岛椰子花朵的魔魅气味带走。

她才想起来此的目的，终于看到一双女生的塑胶手，她抓起手，走出情趣宾馆。走到前面的冰馆，阿玉早已经吃了一半的蜜豆冰了。

她说要买这双手。

敏雄和阿玉都笑得把冰水噗嗤一声地喷到白墙上。

你买手干嘛？阿玉说。

要自己玩也得买双男人的手才够大。有穿着拖鞋的某男边吃草莓牛奶冰抬头说着，那男人腕上挂着蜜蜡佛珠，手指戴着斗大的戒指，却穿着拖鞋。少女小娜涨红了脸说，你们不懂啦。执意要买。接着又故意说她喜欢女生的不行吗？阿玉笑着，她对敏雄说小娜是我们锺家最优秀的怪咖，小娜要做的事是谁也难阻挡的。我没钱买这一双手，我只有钱可以吃碗冰，她说。喜欢这个怪怪小女生的敏雄说，你拿去试试看再说，他说话时表情严肃，小娜喜欢他把她当大人看。

黄昏她骑着脚踏车回到小村，和阿玉在村口道别，阿玉住另一村，家里有很大庄园。小娜脚踏车的篮子前装了两只塑胶手，有些开车的人从车窗里探出头来鬼叫着对她乱喊，也有骑摩托车的男生做出灵异的表情吓她。无聊，神经病！她骂着。

145

在大多数庄稼人还在外头工作时，她拐进外公家找年轻阿妗。年轻阿妗依然蹲在亭廊下喂奶，洋装上的钮扣开了大半，头发纷乱，怎么看都像是疯了的可怕模样。小娜一时感到害怕，她见过阿妗刚结婚的模样，无法和现在当母亲的她联想在一起。

阿妗。玲芬缓缓抬头看小娜一眼，疲累地笑着。

小娜从篮子上取出两只手给她。这做什么？玲芬疑惑地看着。

她说妹仔和弟仔要睡觉时，你就给他们各握住这两只假手，让他们以为那是妈妈的手，这样你就可以抽手休息了。一两个小时让婴儿握着不敢离开谁受得了啊？她说。

阿妗，手要放在贝比床边就好，乱放会吓到人喔。

小娜骑着脚踏车离开老厝时回头看了阿妗一眼，两个爱吃鬼正咬着她的乳头不放，而她的眼神正盯着放在矮凳旁的两只塑胶手发起怔来。

隔没几天，那双手就被小娜送回敏雄的情趣宾馆店了。

小娜摇晃着塑胶手说，人的体温和质感是很难被复制的，假人的温度和真人是不一样的，摸起来和拥抱起来都是不同的。敏雄悄悄对她说，任何事物最无法被复制的就是触觉，他当时指着那些一只只站立如仙人掌的男根对她说，复制大小尺寸容易，可是温度感和触觉最难，几乎是无法取代的。

阿妗隔几天看到小娜说谢谢这个创意和体贴（的确是一招在当时足以轰动武林的大创意），妹妹和弟弟握着还是哭，他们可以分辨出假和真的手呢。

难怪母亲无法被替代，母亲的气味质感和体温，皆独一无二。

小娜想起玲芬阿妗、敏雄和那双塑胶手。那个哭嚎的女婴正穿着白纱笑吟吟地走来，那样雪白的纱，在阳光下，如薄霜。

那白几乎使小娜一时雪盲。

相思一年年

146

  夏雾深浓，洪水阴影环绕着一些庄稼人，他们抬头望天，一排的脚正努力地踩踏着龙骨车，灌溉着稻田。彼时男人担忧的多是收成，记得的多是自然之害。女人担忧的多是钱财，记得的多是感情之殇。庄稼男人很怕又是做大水的歹年冬，夏雾笼罩，带给他们不安之感。

  时疯时醒的臭耳阿娘最怕做大水了，她在儿子的肖像前烧香祭拜，要臭耳求水神别再做大水了。臭耳年迈的父亲日照在旁看见笑着，他说臭耳死那么多年，不知轮回到哪了，哪里还记得你这做阿依的。电视新闻开着，午间新闻要民众防洪的声音不断地搗进耳朵来。现下臭耳一家老小住的房子已是村中现代化住宅了，这全拜日照杀虎赚钱一事。年老的日照最让村人听闻畏惧的事是据说他曾亲手宰了五只虎，他倒不是武松，他是被一个有钱人家受雇去杀虎的。这件事在村人口中不断地被转述后，日照杀虎的戏剧性已经让日照成了神似的，害他晚年都不太想出门，成天听广播，看电视，成了老宅男。臭耳阿娘几年后才敢问他究竟杀五只虎是怎么回事？日照放下收音机指指家里说，全在这间屋子了。臭耳娘以为虎灵在屋子里，吓得蒙起眼睛不敢看。日照扳开她的手笑说，是杀虎赚来的钱全在眼前这间透天厝了。日照生病回光返照时才对臭耳娘说起杀五虎事，原来是受雇台中某大户人家杀虎，原来这人家豢养了五只老虎，没想到有一年在得知即将通过一条国际公约，老虎将被列为稀有动物后，有钱人家决定把五只虎在公约生效前全杀了，因为他们担不起日后饲养老虎还得担其死之罪。抢在国际公约实施前宰杀五只老虎，这让当年无所事事的日照有了这项血腥的工作。

  日照分得虎鞭，喝了虎血，尝过虎肉，且还获得一笔大酬劳。据说原本身体极差的日照，竟自台北返家后日渐老当益壮，且在老宅大兴土木，盖两层楼透天厝。

  人口外移的荒凉小村里的老人家日日被盖房子的敲打吵闹声打翻了午睡，他们有的就走到日照家参观，对日照说，啊，你是兑到大奖喔。

147

日照多活了几年，现代化透天厝也终于让没了臭耳儿子来孝敬的两老有了安慰。日照到台中杀五只虎的传说不知怎地被渲染开来，有女人家不解台中那么进步哪里有虎？要去也要到深山林内啊。

晚年日照却常做出奇怪举动，有人说他愈看愈像是一张没有牙齿的老虎皮。发黄的脸色无精打采，每个地方都在萎缩，唯独指甲常常愈剪愈长，常常臭耳身上都被他抓破了皮。且日照也会往自己身上抓，肌肤都呈溃烂状，像是一只战败的森林之虎。

当看护的锺流女儿阿缎曾经去照顾过日照叔，有天她很时髦地穿了件虎纹外套，把日照吓得差点没死去。

想着这画面时，阿缎在村路口遇见阿霞，她停下脚踏车和以前念过同班的小学同学阿霞寒暄，聊起日照大叔见虎纹外衣惊吓得要死的事，阿霞听了大笑说武松杀虎很威风，现在日照杀虎却吓得像只老鼠了，这也是乡里传奇。

虎太锐利了，阿霞说肖虎的人就很倒霉，不论生的庆典或死亡仪式肖虎的人都要回避。像我们俩是小龙女，从小就受欢迎，阿霞说道。

是啊，她们还在当孩子时，只要附近有妇人生孩子满月，总要肖龙的她们俩背满月婴儿走过门前象征性临时搭起的小桥，嘴里边喊着出大厅好名声。且产妇总爱叫她们去房里逗玩婴孩笑，或唱歌给婴孩听，说是将来会成龙成凤。婴仔婴婴困，一暝大一时，婴仔婴婴惜，一暝大一尺。阿霞阿缎唱双簧，把每个婴孩都送上了日神月神的怀抱。

村里婴儿百日时他们的父母且让她们俩以红线绑住婴仔手脚，她们不解，脸上充满喜悦的年轻村妇总对她们说，这样日后孩子就不会做歹子，会做正正当当的事了。关于这一点阿霞很不认同，她喷出口烟说，帮婴儿绑红线啊，我可绑得多勒，孩子要变坏也是由不得我。

阿霞生下台生，台生满月时她也学着虎妹教她的要用红线将婴儿的手脚绑住，无奈的是，长大的台生也一度做歹子，和他老子近乎反目，蹉跎终日。阿霞后来就不再相信什么肖龙的是多幸运的事，也不再相信仪式了，她宁可相信物质带来的快乐。她是那种饿肚皮也不能省脸皮的女人，也是那种为了漂亮会把孩子的学费与生活费拿去换成衣裳鞋子包包和化妆品的人，一不小心，账户

242

就会转眼成空,有太多理由要花钱,为美要花钱已不是理由,老公不回家要花钱,儿子学坏要花钱,心情不好要花钱,选举支持的政党落败要花钱,花钱可以弥补她的心情缺口,但最让她想不通的是为何在付了钱、拿上手提袋的那一刻,所有的快感全消失了。阿霞对女友说,买奢侈品就像做爱,拿到后高潮瞬间也过了。

她在那个年代,实在是个异数。虎妹笑她,别人还以为你是出生在有钱人家哩,真不知你这花钱习性何来。这是天性吧,阿霞知道,无关穷富。少女的她最喜欢村中的男人是那个常骑着电动三轮车来到稻埕的杂货郎,他带来了整间小百货行来到她的眼皮下,她围着村妇望着橱窗里面的杂细,针线钮扣白粉胭脂发夹花露水眉笔腰带毛巾手帕牙粉刺绣鞋信封信纸……她的小小世界。

阿霞爱钱是因为钱可买物,和虎妹的爱钱不同,她常笑虎妹的钱是死钱,只是数字。虎妹则回说,我看着数字往上跳真安心,物无情,买是金,卖是土。

那个嫁给外省仔的!阿霞为了摆脱村人叫她的这个外号,她就愈常讲台语,直到有一天她去台北,才知道自己一口台语和打扮都怪死了。

阿霞常笑虎妹生了个怪胎女儿,尽写些奇怪的东西,倒是遗传了阿叔三贵,他老人家晚年在村口摆摊帮人写信的模样,她还记得,以至于她老觉得写字的人都穷酸,关于这一点虎妹倒未置可否,写字的人总不会比数钞票的人好,这她们是确信的。

杯底不可饲金鱼

148

年轻时的阿霞绝对想不到自己晚年会爱上麦当劳的儿童餐,为了得到玻璃柜内的玩具,她的儿童餐必是小汉堡、玉米浓汤和高钙牛奶,麦当劳叔叔、凯蒂猫、小叮当、皮卡丘、史奴比、小丸子、加菲猫、美人鱼芭比……让她的世界和年轻时一样轻盈华丽。

阿霞自刘中校过世后,几乎很少想起过这个异邦男子,连梦都没有。有时她会以为这个人不曾在过她的生命,但抬眼却见他穿军装的相片高挂,还有那个不争气的死囝仔,一到大陆就乐不思蜀,还有时间一到就自动汇入的月退俸。过去如梦,断电的光阴,使她到哪都可以生存下来。她发现人要不惧时间,才能向前行去,怀旧歌怀旧衣怀旧餐,她都不爱。当别的小孩还在抓老鼠和蝴蝶论件贩卖时,她已经知道打扮自己来吸引有钱男人会更快。当少女们在成衣厂零件厂过着计件人生时,她已随着婚盟过起西式生活。她的人生以时计费,她把时间花在保养和打扮上,她深知女人的美短暂,所以时间昂贵。有村人说这阿霞可能偷偷学过痴情降和勾心降,不然就是拜狐仙。有许多村人以为刘中校会和刘雨树的妈离异,是因为阿霞的介入。这阿霞可冤枉了,心虽气,但仍常抽着烟踩着高跟鞋拎着闪亮黑包,气定神闲地行过那些身上飘着农药味人的身旁。她以为流言永远存在,这和你的解释一点也没有关系。

她很少想起刘中校,他在世时如空气,他死后也如空气。只有每月的军饷入账慢了,她会想起他。

阿霞五十多岁时,她的发色仍染得和怀中的博美犬一样金黄,她的指甲比水晶灯还炫,沙龙照迷蒙一点也不写真。八十年代一度她也和姐妹一样来到繁华都市,台北台中高雄,都烙印过她的足迹。只是她这个人离乡绝不会唱什么妈妈请你也保重或是惜别海岸之类的歌,她绝不要温情或感伤。

149

阿霞来台北谋生,说是谋生,还不如说她是来消磨时光,见见世面。听西洋歌早已不新鲜,用刀叉吃西餐正时髦,她且认为没有卖罗宋汤就不是西餐厅。夏日弯进小美冰淇淋店,那种冰店里舒爽的凉透,香草牛奶巧克力三色冰淇淋香气扑鼻,瞬间她遗忘了故乡摇铃喊叫的ㄅㄚˋㄅㄨˋ车,城市男男女女依偎低语,不若小村总是扯嗓说话,久了每个女人都像茶店老鸨倒了嗓,人还没老,声音先老了。

她就这样一个人坐在冰淇淋店或咖啡馆,那个年代没有任何一个单身女人敢推开那扇咖啡色玻璃门的,阿霞例外,因为她对外在的眼光一向浑然不觉。

有一回她在西门町看完电影后,那新的007电影观看时要戴超大眼镜,看得她头昏眼花。一个人跑去咖啡厅喝咖啡醒脑,这时有个陌生女人来搭讪她,陌生女人自称凯莉。阿霞听了这名字觉得有趣,她想怎么四周全是东一个大卫,西一个东尼。这些英文名字让她忽然想起大哥义孝，一个向往旅行西方世界的囚犯，总是爱帮孩子取英文名字。她家乡有叫玛丽的女人，不是因为在台风天出生，而是因她那薄幸老爹一天到晚在酒家逍遥做眠梦，把酒家女的名字也叠影到自己女儿身上了，这玛丽不陪父饮酒，她七八岁就要喂猪割芒草，芒草利如刀，割得手红如鸭蛋，痛时就用温水烫。阿霞吃过玛丽她娘的奶，那时母亲又怀胎生子，奶要给弟弟喝，玛丽娘胸脯大奶水足。阿霞每次见到玛丽阿母也都昵称阿母，虎妹若在旁听了，就对阿霞低语，古早查某感情好，尪婿可享，奶也可分。两人吱吱笑，玛丽阿母耳尖听了叹气说，还不是不得已。

你怎么称呼？阿霞从玛丽往事回神，玛丽，阿霞随口一应。

玛丽你真幸运，凯莉接着对阿霞说这全世界最大的直销公司来台湾了。全世界，最大，这类字眼在从没上过班快要成为欧巴桑的阿霞听来十分刺激，异常新奇。

接着凯莉要卖锅子给她。阿霞抛媚眼，吐了口烟说，唉，这世界如此多物，我最不需要的就是锅子。

你不煮饭？

阿霞摇头，心想女人干嘛那么可怜，像姐妹们做死了，也没人心疼。女人干嘛要当煮饭婆，要饭到处有，菜色任挑。那恰是自助餐十分兴盛的年代，阿霞乐于尝试城市新生活。她后来才知道凯莉说的叫直销，于是很多人告诉她别参加，那是老鼠会。

老鼠会，她听了觉得有趣，想象着很多老鼠聚在一起交头接耳的画面，反而让她想去看看了。还有一种是什么直效行销，她听都没听过。起先一直把它想成是直笑行销。因为这些直笑人见到人就笑。这凯莉女人还亲自来到她当时住的永和，说是直销一定得以面对面的方式，来介绍产品及销售给消费者。

你这是提着包包到处卖啊，和我姐姐虎妹跑单帮很像。

凯莉说不不不，这大大不同，我们的背后是有大公司支持，我们是旗下的独立承销商，有业绩，有制度，和跑单帮完全不同。而且我们不是在外面漫天呐喊，我们通常都是去拜访消费者，在他们的家里或是工作场所等，和固定商店也不同。

阿霞未置可否，反正这些销售员都是要卖东西和赚你的钱，说穿了不就这么回事。她不知道这岛屿即将跟着世界的脚步转变，从虎妹这种蓝领作业员，逐渐要汰换成以销售和业绩为导向的业务员生存丛林。阿霞不知道往后她的朋友里面，有四分之三都在拉保险，做直销，她开始因为耳根软而让家里囤积了许多货物，买了许多可能永远也用不上的保险。

乖乖，阿霞前往说明大会会场时，被满室的老鼠群聚吓得觉得自己老是家里蹲和窝在咖啡馆吞云吐雾的生活简直和世界脱轨。超大型会场里面竟大都是和她一样的女性。她们多是来兼职的，直销主打"时间自由""业绩自主"，让这些女人全跑来了。

从起先的卖锅子，到后来产品的琳琅满目，阿霞目不暇接，被这新生活的新物质刺激得忘了她的儿子逐渐学坏的事实，也遗忘了刘中校过世带给她的落寞，她领着刘中校的薪俸，日子无虞，但心里有个大空缺。刘中校的养子刘雨树劝她多出去走走，别老是买东西，但她仍然遏止不住。于是这么多年下来，阿霞不仅家里门户大开，川流不息着来拜访她的各家公司上线与产品；家里囤积的物质几乎是台湾直销内容物的变迁缩影。一台六万元的德国烹饪万用机她连拆封都没有，一台三万元万用果菜汁机只打过一次芭乐就束之高阁、瘦身霜搁置至发霉、减肥茶和燃脂咖啡喝了两次就觉得恶心、维他命营养品大罐到如油漆总是吃不完就又有新产品、面膜日久硬如纸片、卫浴厨厕清洁剂放到氧化挥发。

当年因这个闯进她空洞生活的陌生女人，阿霞不仅没有像她一样升上什么蓝钻，且根本是难赚，还整个倒贴呢。而那个当年在她生命里的陌生女子凯莉，已经是迈向皇冠级的直销人物了。

电视上那个什么教授不是说个性决定命运吗，所以难赚不是我这种喀小可以做得来的啦。阿霞自我安慰。凯莉这么多年已历经十多家的直销公司，她参加的不是老鼠会，但她却是一个活生生的白老鼠，勤于被各种新进台湾的直销公司当实验品。多年下来，凯莉从不忘记阿霞这个好客人，几乎什么东西阿霞都会买，偶尔有些大会她在无聊时也乐于去晃晃。于是二十多年下来，阿霞参加过许多刺激她脑波的大会：美梦成真、我的第一个百万、你也可当富豪、幸福圆满人生、轻松乐活……等到"乐活"字眼出来时，她的白头发早已如雪飞。

她总是以旁观的看戏心情来看着台上讲者口沫横飞，句句刺激着听众的交感神经，听者肾上腺瞬间活跃，马上掏钱加入会员，会费于个人不过一千元，但有的会场随便都可以群聚个一两千人，大家都忘了，资方可是一夜净入上百万啊。阿霞不知交过多少个一千元入会费，但有的她从来没进过货，也没卖过任何一样东西。但阿霞把说明大会当心灵励志来听，反正她的人生所需的心灵鸡汤就这么小碗。

在演讲者话语的刺激下，年轻人拿着笔记抄着台上圣人圣语，甚至阿霞还会告诉年轻人，字写错了喔。

水晶灯下，讲者激情，听者酥麻，阿霞也因为这样而变得有些学问的样子。她逐渐也很厉害了，她可以轻易复制讲者的经典名句：讲一个小时的道理，不如引用一分钟的故事；每个生命都有故事，但不是每个故事都有生命力。远离失败就是远离贫穷。人不是怕没有机会，而是怕和机会错身而过。敢想、敢努力、敢坚持，就有可能成为千万富翁。相信相信再相信、坚持坚持再坚持……她想有一天她也可以写书呢。她每回见到小娜就跟她说，难怪你写的书不卖，因为你没有刺激人的心理需要，你写的太深，其实大部分人都跟阿姨一样，只要吃粗饱就好了。不卖就是失败，小娜听了好挫败。

小娜也曾被阿姨诓去听了场演讲大会，那时小娜抵达剑潭青年活动中心时，简直是吓坏了，阿霞却要她进去，她说别怕，阿姨又不会害你。小娜进入会场，看见那么多人等着迎接"大师"时，她的心情真是五味杂陈，心想要是文学书有这样的场面该多好啊。会场人山人海，许多年轻人等着"大师"告诉他们如何从赤贫小子变成搭加长型凯迪拉克的富豪大亨。大师出场前更是十足作势，主持人就是凯莉，她已经变得臃肿，如伊莉莎白·泰勒玉婆再现。各位，过去我和你们一样，也不过是一个陌生人带我来到这样的会场，但现在我站在台上当蓝钻，你们只要加入也可以！她中气十足，勤学当代主持晚会的架势，大师还没出场，已经将人心炒得滚烫。在大师出场前，感动人心是最必要的手段。会场安排了一位身体有残缺的知识青年现身说法，知青上台，那残而不废的形象首先已打动了人心。知青说，各位，我站在这里是个爱的奇迹，证明人只要循着事物的轨迹，最后就会有奇迹出现。像我这个样子，只有先力这个公司会用我。这个公司是大爱行者，没有门槛，只要你愿意加入。即使像我硕士毕业，毕业还是要面临硕博士的竞争。在这里像个家庭……我很懊恼之前因为怀疑而延宕了一年，各位你们只要相信就能收成！我都可以，各位一定也可以！

许多人听了热泪盈眶，仿佛人生的聚宝盆已在眼前。

这时连演讲会场的两侧和楼上也都挤满了人，小娜一看，糟了，这下连要偷溜出去都没办法了。

　　在大师出场前，放着国际大师莅临全球各地的影片，"他们终于做到了！"影片继续跑着各个国家的成功直销人，最后的煽情画面是前后对比，将他们年轻时做各行各业的赤贫模样对比今日穿西装搭轿车的富豪模样。

　　影片结束。主持人高喊着，你们想不想和他们一样有钱？！

　　台下混杂着失业者和家庭主妇欧巴桑与年轻人的超大型千人会场人士齐声高喊着想！声音震得小娜耳膜差点破裂。凯莉又高喊，各位你们今天赚到了，以前你要听这场演讲你要跑去国外，你们现在就赚到了五万元，离财富愈来愈近了。现在我们就以国际礼仪来欢迎我们马来西亚分公司的林老师。连国语都讲不好的华侨，口音刺耳着小娜。结果这林老师也不是他们宣传的最顶级销售大师，仍是一连串的见证者分享。这些分享者的头上恍如罩着一股奇异的天使光环，说者眼睛泛光，有如是一场对大众催眠的励志大会。然在小娜听来，却有如一场精心安排设计过的矫情演出。

　　神秘大师仍不见踪影。凯莉又继续开玩笑说，掌声不够喔！全场听了全站起鼓掌，响声在密闭会场里像是鞭炮。唯独小娜没有站起来，也没有鼓掌。有人侧目看着她，好像在说你好大胆，你怎能如此漠视我们心中的"大师"。

　　阿霞姨在前方笑着，以眼神揶揄着小娜，意思是说，你想写作，你得看尽人生百态。

　　大师出现，直销最顶级的成功人士带着钻石的财富光环现身，现场鼓掌声如海浪一波波袭来。小娜好怕见这种人，嘴里都是极其关心好意的笑容，但吐出来的言语不外还是为了行销他们自家的产品。

　　小娜对阿霞姨摇着头，嘴角不耐烦，阿霞贼贼径自笑着。

　　中场，小娜跑去外面猛吃饼干和喝饮料，阿霞笑着说，奇怪，舒家的孩子对赚钱都不热衷，除了你妈例外。但你妈偏偏不爱直销，她到现在都还认为这是老鼠会。我跟她说老鼠会是以人头缴会费，所以是骗人的。直销是销售产品，是合法的。但你妈还是不信，要轻易让她从口袋掏钱出来，简直是难如登天。

　　我妈最讨厌老鼠了，她也常叫我老鼠，说养我会咬布袋，小娜笑说。

　　一连串见证者的苍白语言，让小娜趁中场离开了。阿霞跟着小娜走出来，两人相视一笑。

　　我现在知道以前家里有很多东西都是你给的呢。

对啊，用不完。

两人沿着中山北路行，慢慢走着，极其安静地走着。枫叶下的冷空气拂来。她们像是被刚刚的热潮给冲昏了头，竟是无法言语。

海海人生

150

阿霞在一九八五年知道了试管也可以生出婴儿后，内心对于新科技感到很奇异。她的子宫只培育过两个孩子，她不知道是刘中校不想生还是她的肚皮不争气，她其实希望再有一两个孩子，但自从生出很难管教的台生后，她的肚皮大多是静悄悄的，和虎妹容易病子不同。

阿霞从少女时期就有预感自己会生出"坏子"，可能孩童时在庙前听闻太多地狱与因果，从怀孕就担心会生出畸形儿，那时连体婴正以变形的样貌让她日夜忧心着子宫里的未知数。孩子面世，日益长大，面目美丽。混血的番薯和芋头，混出一张英俊的脸。阿霞小心翼翼地培养着，听说学钢琴的孩子不会变坏，也买了钢琴到彼时落脚的舒家。钢琴扛到村子路口时，所有在喷洒农药的或弯腰除草者，皆停下手中工作，望着庞然大物发怔。钢琴被孩子敲得叮叮咚咚，不久之后，黑白琴键如缺齿者，凹了个黑洞。

阿霞的噩梦终于出现。当兵的台生竟呷毒，入狱后，阿霞就觉得她往后的人生恐怕要靠自己。她一度招收槟榔西施，沿着通往家乡的省道交叉路口摆起槟榔摊，她的做法是整条路全包，每一摊看似名称差异，其实都是她旗下的西施，网住每一个客人。

随着时光渐移，她的世界堆满了连拆都没拆封的物品。

许多村人目送着印有一只黑猫宅急便的货车在阿霞厝来了又去了，纸箱里装着她们也很向往的物质。

竟呷药呷到换一台电视，阮生目珠没见过，村妇嘴里唠叨阿霞，但心里可欣羡的，她们想这阿霞领她那死外省老公的月退俸日子可真享受，哪像伊自己，想买罐玻尿酸和胶原蛋白可盘算许久，且通常都还是去买食物。以前饿到没肉吃，现在哪里有吃素的道理，她们总是这样安慰自己那过度嘴馋的舌根。

当阿霞有一天发现她的身材再也不能穿丹宁布时，她知道她的身材走样了，丹宁布的密度以往总是能裹出她的好线条，但现在这种布却总是挤出肥肉。紧身衣服成了衣橱的废料，她开始成天想着如何变美这件事。晚年阿霞还迷上购物频道，除了爱美外，也因失眠害惨她。二十四小时的电视放送与客服服务，让她半夜拿起电话就打，有时还兼和客服抱怨或者聊产品，这仿佛成了阿霞失眠的消遣。

而村里也属阿霞最怕老和最怕死了。她每天上午和虎妹一样勤听广播，看股盘。听广播买的药品点数都可以换到一台电视了。

阿霞对于要终老此村落她觉得自己已经够委屈了。她结束掉台中省道槟榔摊，决定改变自己的造型，她想丈夫死这么久了，她的肉身还剩多少残余价值？一双美腿可以唤起色欲的强大力量，一对双峰可以唤起双手如棉絮般的触感，眼睛勾魂，嘴巴交换津液……这都需索美。

我是为我自己啦，其实呷到这年岁也知道没有男人仍可过活。女人过了中年，唯独脸庞不长肉，其余部位的肉像是得了错乱症，到处滋生，没理由地乱长。

每天电视上播出腥色膻，八卦杂志封面周周高挂的童颜巨乳对她们失去的青春实在太刺激，尤其像阿霞这种闲而有点余钱的初老女人而言。然而新庄仔的七十阿婆也跑去整奶的事毕竟也传到她们耳中了，阿婆年轻时在意的 A 罩杯，想去做成 F 罩杯，但皮撑不住，最后还是以 C 收尾。阿婆想圆梦才能了其一生遗憾，阿霞懂，但虎妹不懂。虎妹一直弄不懂女人的那两团肉和美国人有什么关系，ABC 狗咬猪，怎么扯到了奶？阿霞懒得对姐姐解释，反正她也要变美就是。

阿霞有了阿婆的鼓舞，她想她才五十九岁呢，美丽时光看来还漫漫可度。于是后来她除了抽掉多余油脂外，亦把多年宿疾一并处理，宿疾说来尴尬，阿霞介意的是奶头凹陷，于是为了把那葡萄粒大的肉钩出来，可让她去台中诊所不少回。把拎弄大冲啥？还不是等着给查埔郎摸爽，你给你姘头查埔郎免费赚爽，虎妹粗言粗语的。阿霞将空出的一手捏了姐姐臂膀一把，一手仍抱着心爱的美丽博美犬。

这只博美犬来到阿霞的怀中时还是个只有三分之一手臂大的小可爱，兽医叮咛阿霞要保持这类以小而美著称的狗儿，务必在半岁前就养成它一天仅吃一餐的胃量。但阿霞总以为何必让它受苦，遂仍让它一天吃三餐，有时人吃的残余也被喂了下去,所以不到一岁它就脱离了人们对它的刻板印象,它成了"大只"狗。直到有一年,阿霞带它搭国光号到台北,一路博美被笑不是博美,又见很多台北女生流行将这美丽小狗装在她们昂贵的袋子里,美丽小生命探出头楚楚动人的模样。当阿霞和台北小女生在街车相逢时,女生们的小可爱探头探脑地打量着阿霞怀里的博美,只见宠物们都吓得缩回了女生们的袋里,而主人小女生们也露出怀疑神色,怀疑阿霞怀里的博美非纯种狗,她们说哪有这么肥大的博美?这话伤到阿霞,阿霞决定光主人整形是不够的。

它绝对是纯种的,只是它比较大只而已,阿霞说。

但也太大只了。女生们异口同声说,仿佛说的是主人似的口吻。于是她和博美在台北人眼里都被叫成"真大只"。阿霞返乡之前,决定提领老公的军人津贴,为美而活。就这样,阿霞不仅是当年第一个嫁给外省人的女人,她不仅没被多桑剁给猪吃,还每天吃香喝辣的,连晚年都有余钱来为自己的肉身美丽而战。

你胆子真大,敢一个人去那种地方,虎妹说。虎妹怕医院,即使是为了美丽的诊所。其实当时一个人身处在女人的肉身行刑处时,阿霞也很忐忑,恍然以为自己在杀戮战场,在纳粹人体实验室,但看血肉影片之后是美丽再现时,她又有勇气了。

虽然变美的阿霞和博美犬仍住在小村里,在黄昏时,这美丽的两个生命的背后仍是沙尘满天,夕阳的金红把她们勾勒得艳光照人,但她们甚觉寂寞啊。她们的背后风景仍是永恒的地景,干燥的浊水溪吹来的飞沙走石,农田里有阿婆和外籍新娘戴着花头巾在劳动着。在这样荒芜干涩的天与地里,她们慢慢地走往镇上,这童年眼中的梦幻大镇于今在她们的眼中像是个破败户,而她们的肉身却才要从破败户里挣脱。

三声无奈

151

舒家五妹舒桃妹回到村里时,许多人都不认得她了。

桃妹爱逃,从小就跟人跑,廖氏妈偏心疼自己的子女,却唯独对桃妹不疼,把她看做是虎妹的同党。

以前桃妹被村人叫水蛇腰,有人以为她叫水蛇妖,妖女返乡,以撩人姿态刮起一阵目光的焚风,猪哥男的涎水都漫到浊水溪了,有村民放下锄头盯着桃妹一拐一拐的高跟鞋,网状的黑丝袜网住了他们的目光。

很多年后,再见桃妹,她打扮得却像是佛教团体委员,蓝衣干干净净,目光慈蔼,别说烧起男人的神经末端,她连一根稻草也焚烧不了,她臊味尽去,燃起的风是温煦和风,许多人都忘了她曾是让男人一心想跟她逃跑,一意想跟着废耕的水蛇妖。

桃妹一生的秘密是曾在台北一家私人酒吧厕所被某个黄董强暴的悔恨事,但说是强暴又很尴尬,因为她也没挣扎,不胜酒力的女人通常被看作摊开渴望的妓女。她进厕所时黄董尾随在后,像是吃速食似的,她在昏幽光线下任黄董褪去衫裤,把手指挖进隧道。连脱去上衣都不需要,桃妹如兽在被捣进吃咬时,她从未关好的门缝瞥见弹钢琴的女人依然弹着她的琴,冷冷地和她对望了一眼。她的眼曾释放求救似的哀伤,但弹钢琴的女人兀自弹着,好像这一幕她熟悉极了。

男人快速地冲出隧道,激起一阵海水似的冰冷,沿着她的大腿流淌那股让人痉挛的触觉。仿佛她是即将进入海岸风光的铁路,风光虽美,但列车却无情地滑过。其实那种半被胁迫的感觉是伴随着一些奇异的陌生快感,尤其在厕所的微弱灯源下,大理石的光洁与水箱声音,半滴在下体来不及拭去的尿液混着男人的涎沫。她发现这个在社会上有财富和地位的男人喜欢强暴夺取的姿态,这带来快感与权力施展。

那间当年座落在敦化南路的时髦新大厦钢琴酒吧,她在返乡前还刻意绕去,但却遍寻不着。

那年还年轻的桃妹从台北一路搭巴士回到老家后,廖氏妈很不喜,桃妹兄嫂也不欢迎她,三贵只抽烟不语,小村保守,不仅不欢迎去台北混过又未嫁的女儿回家长住,再得知阿桃得病后更是惊恐,唯恐阿桃死在厝里,不名誉外还得帮她负担丧葬费,故全家同心齐力掩饰阿桃病情,加上许多村人误将阿桃病容解释成年华渐去,野味日久转成了慈眉善目,故媒人得知二十九岁的阿桃未嫁时,走动舒家频繁。

趁桃妹还没现出发病征兆,且在二字头尾巴年纪时,家人就这样把桃妹嫁掉。偏僻小村对于未嫁女儿若死在家里十分畏惧,加上可观的丧葬费都是担忧事，他们甚且认为阴间的鬼会被死阿桃带进家里，所以要赶快驱除她。闲言闲语让桃妹在拥挤窄小的老房子日日感觉目光向她刺来，躲都没得躲，只能在浴室洗澡时混着水声哭泣，浴水混着泪水，她回到家才感觉自己被家遗弃。现实的家人竟如潮水蚀坏了原有记忆，她对媒人点头，不再坚持。

桃妹嫁出门后，舒家松了口气，这和当年三贵疯女人夜好带着孩子离开这间落魄户的口气一模一样。

至于桃妹的后来，其实没有太多精彩可以着墨的，她让舒家瞠目结舌，因为她不仅没有病死（廖氏妈就说这女孩满肚子鬼，也许当时是装病，好让我们为她说媒去），老公还颇善待她，加上生了几个头好壮壮的男女宝宝，遂和许多妇人一样，孩子是她的命，她的往后人生都为孩子活，孩子完成她的未完成，至于提起她自己，她根本没有自己。

晚年她穿起蓝旗袍，成了居士，她一生都为别人活。任谁也无法将年老桃妹和年轻时的桃妹情色有所连结，水蛇腰之名更成了桃妹的绝响。

后来大家都叫她桃妹老菩萨。

长崎蝴蝶姑娘

152

台湾女人是落后的，期货阿嬷一直这么认为。她未失忆前都还会请货船主人顺便带些西方书给她。当她晚年有一回读到一本智利某女诗人所写的英文诗时，她既讶异又感到羞愧，她们可算前后差距不大的同时期人，但在她的周围女人却连认识字都有困难，何况谈论诗。她印证了自己早年的想法，这岛屿快把女人闷坏了。而她读英文或者日文都是靠自修的，她一直像个男人，总是主动出击。（她唯独对自己的死亡方式毫无自主能力。）

锺家高祖婆里只有这个被叫做期货阿嬷的女人是唯一有坐过现代轮椅的人，她呷百岁以上，没人知道确切数字。传说死前的她一直坐在轮椅上望着廊前那场无止无尽的大雨，漫长的雨季没有停止的迹象，她浑身潮湿地日日转动着生锈的轮轴，来到廊下望雨。然后在雨声中沉睡，进入她走进锺家的那场婚礼，她当时心里头想的是另一个人,一个女人,她的年轻奶妈。她就这么想着,像是在看电影似的,每天在雨中看一回,想一回。想到自己胸前的两颗肉球早已瘪塌如牛舌饼了,过去还是相思不得。

期货阿嬷很喜欢她那辆新科技产品,听说老人都会拒绝坐轮椅,但她不会,她觉得她的两腿真是可怜,承载了她日渐发福的肉身,如斯沉重,且如斯漫长。她也不晓得怎么自己活得如此长寿不堪,有时她会想起仙丽,心里就会嘀咕这女人搞什么鬼啊,我没要她帮我延寿啊,我不是要延寿到身边的人都走了,独留我寂寞难耐啊。她一定是不安什么好心,是存心要我尝尝孤独滋味的吧。当期货阿嬷眼见着她领养的最后一个孩子都走了之后,她才意识到她要做的不是延寿而是减寿时,已经来不及了。无论她烟抽得如何凶,酒喝得如何猛,她还是好生生地活着。她就这样一个人在花东一带孤独地又活了二十几年。最后她的消息传回云林尖厝仑时,许多人都不认识她,对她和祖上的关系也模模糊糊。甚至有老人家想起她时摇头说不过就是一个喜欢女扮男装的疯女人,管伊去死!

她毕竟是获颁百年人瑞的锺家人。

她感慨自己擅长预估货物的未来价钱,以低卖高,但感情她从来都是估算错误的,来后山为一段情,离开后山也为一段情。起先离开二仑是为了不要回忆,终老前回二仑又是为了回忆。

晚年她坐着轮椅在廊下望雨的最后一个画面被乡公所的社工拍下,照片寄回了老家,好心的锺家老媳妇咏美还记得这个阿嬷,婆婆的四阿嬷,于是咏美就把她的照片挂到了查某祖的那一排上,至少偶尔让她有香火可闻。

至于期货阿嬷生前的那辆自动轮椅车,据说是个新科技物件。期货阿嬷一直对新事物有好奇有远见,从她在那个保守年代竟做起期货就可见一斑了。她从国外订了一台轮椅车,这轮椅车是根据牛顿定律的动者恒动,静者恒静的理念设计的,那时候乡下女人谁听过牛顿啊,她们只听过牛,也认识这个骂人"笨"的字,但就是没听过牛顿是个被苹果砸到的科学家。

期货阿嬷的轮椅后来被一辆莽撞的车撞烂了,期货阿嬷自此还是靠双腿行路。

153

　　远去东部的期货阿嬷有一天出现在尖厝仑,她正要转进永定村,许多在田边的农人都看见一个老得不能再老的老人颤巍巍地缓步行在撒满滚烫尘土的小径,熟透的野生芒果像冰雹似地打到她的发上身上脚上,她对痛像是无感似地只是缓步往前,她的步履看得出想走快一点,但腿不听使唤,愈扯它就愈有断掉之感,路旁的农人男女纷纷说着这好像是锺家查某祖回转?她还活着啊?不是听说她爱上一个查某跑去后山?耳语扩散,都是传闻。烈日下她像是一张纸片人,被百年时光压弯的背脊像张椅子,骨脆化如泥堆,皮肤枯干如叶瓣,她活着的迹象如此微弱。

　　期货阿嬷没找到西娘,她遗忘西娘早已过世了。她连锺家的老厝正厅都没找到,她不知她曾经和锺家祖宗交欢的那间东厢房老厝早就在台风里应声而倒。她拎着小碎花包,东嗅西闻,十分疑惑这块遍布瓦砾砖块的沙地究竟是怎么回事?昔日那抹从她子宫溢出的血迹似乎还干涸在某块碎瓦上,她蹲身如祈祷姿态地望着,接着她又站起,走到某口碎裂的缸,缸里还留有一些水,倒映着阳光,她冷不防瞧见自己的面容,顿时她五官揪在一块,痛苦地抱着包袱想要嚎哭却一滴泪也没有。

　　那天她只在竹林里找到几粒卵石土堆,上插着香,土地公还在,但土地婆呢?她想已经没有土地的土地公连人形都不存了,几块土石成了悼祭者的唯一方位,就像倒塌的石砾,蚂蚁蜗居之所竟成了锺家祖厝最后的样貌。人呢?她极目望向四周,看不见人影。

　　她的脑海瞬间吹过一个影像,和她同一个丈夫的女人们,她们都跑去哪了?这是仙丽的诡计吗?这观音菩萨义女是否使了诡计才让我孤独地活得这么久?我没有要伊帮我买命啊,我不要用寿命换孤独啊?她的脑海闪过一些虚实的印象,她嘴边起了泡沫,叨叨絮语。

　　正午在田埂岸上见着期货阿嬷的农人在黄昏时又见到她被某辆卡车载走了,农夫农妇想,锺家人都不在这里了,期货阿嬷都不记得了?她失忆了吗?接走她的是她以前领养的儿子与媳妇。儿媳也是很老的人了,老人照顾老人,都有苦衷。期货阿嬷这个上百岁的老人最后听说是被安置在某柳川水圳附近荒地的铁皮屋,铁皮屋阴暗潮湿,不见天不见影,生锈的锌铁皮屋顶有时会落下锌灰,银杏树和相思树的树枝横穿了铁皮，芒花和羊齿植物破墙而生。她在房间里闻得到那股树木交欢的浓烈气味，干掉的蜥蜴壁虎蝉蛾蟑螂蜘蛛青蛙成了她收藏时光的荧光记号。当她住在铁皮屋一年后的某日，她忽然清醒见到自己竟成了一具被世间遗忘的破布娃娃后，她开始进入不洗澡的光阴，这让她成了蚊子的最爱。她恨叨叨嘴依然犀利，这世界对她仅有的美好是一些在锺家和后山的时光记忆，但她连这点记忆也在流失中，也没有人知道她在后山发生的事情了。噬血的蚊子成了期货阿嬷百年身的陪伴者，在儿媳子孙忘了她的存在的连续假期里，没人去探望她，但死因不是饿死，而是被群蚊和蚂蚁给咬死的，忘了点蚊香和撒上石灰是要了期货阿嬷命的凶手。

　　当远游归来的老媳妇忽然想起被遗忘的婆婆时，她走到荒地，使力地推开被沙尘近乎封住的锈锌铁门，铁门发霉，铰链脱落，纱窗破洞，她低低地叫唤着阿依！卡桑！没有听闻往昔定然传来的咒骂声，她心里深知不妙。一股浓浓臭气袭来，她抓住某根木头梁柱才没被气味呛倒，眼前白蚁翻飞。当她靠近期货阿嬷，见到她的皮肤有如一座红豆山时，这百年老人已奄奄一息，颈上唯一的物是她长年挂在身上的一串菩提念珠，她的手里抓着一块未吃竟的饼，上面爬满了蚂蚁，另一手抓着一袋日本钱币。靠床边躺着一只死干多时的麻雀，枕头上有脱落的牙齿沾着涸掉血迹，棉被如油布沾着绿藻般的垢，床上屙出的粪屎已干如泥块，尿渍拓满草床，光是这一点她就可以变成厉鬼冤魂了。这百年阿祖在铁皮屋门忽然打开的那阵风里清醒过来，她在逆光中见到老媳妇身影，她喃喃说车厢里都是猪仔，被运到台北炱死的人啊，接着大喊一声我做鬼也要抓汝走时，她才断了气，好像就为了吐出这句话才守住最后一口气似的。这老疯婆，死了还骂人。老媳妇用手将她的眼睛合上。

　　凉风转热，门再度被关上了。

　　生目珠没听过活生生被蚊子咬死的？话传到小村，有人不解。无人能解被人遗忘的铁皮屋早已被生物占据，毁灭异常。

　　期货阿嬷的死因让她的养子儿媳很尴尬，那几日经过铁皮屋的人都听见里面的老人不断地说若死了做鬼也要抓走不孝媳妇的咆哮。有人转述这话给百年老媪的媳妇听，这也很老的媳妇却冷笑说，伊呷老这么会诅咒人，谁能忍受伊，又不洗身，浑身臭摸摸，要抓我走，我无信。儿媳生前将期货阿嬷关到铁皮屋，送终却很隆重，用期货阿嬷留下的股票来为她办喜事。入殓前为其备寿衣、鞋袜、梳子、项链、戒指。这媳妇还为她穿上外衣底层的白布衫裙,这意味着一生守节的白衫裙让入阴间的期货阿嬷感到十分不舒服的讽刺感。这不信自己会被厉鬼抓去的媳妇认真地为婆婆再次办妥了接引至西方的老人嫁妆后,她感到欣慰。

然而期货阿嬷被蚊子叮咬过的皮肤都已溃烂,寿衣很快就成了血衣,只得快快催促入殓。请来的孝女白琴一身素缟骑着欧嘟迈快马来到稻埕,白琴手持哭丧棒,手持写着"接引西方"的白幡,一抵门口,披麻带孝,从棺材数公尺前以麦克风哭喊,跪叩匍匐,面状悲伤扭曲,面对着期货阿嬷的黑白肖像,穿着西装作中性打扮的期货阿嬷英气逼人,看起来不像是会被蚊子咬死的人。儿媳望着孝女哭喊,尖锐刺耳,可传百里,这做媳妇的感到安慰,心想这样你不至于做鬼也要抓我走了吧。

三个月后,这嘴硬不信自己也会被鬼抓去的媳妇死了。

很多人是从其讣闻才得知这媳妇的名字阿粉原来全名叫蔡面粉。

蔡面粉死后,她的媳妇也很惊恐,因为婆婆临终前也是说做鬼也要来抓走伊。她怕复制了婆婆蔡面粉的噩运,也会被做鬼的婆婆抓走,于是她四处问仙该如何办婆婆丧事,让她不至于也沦为鬼?有人教她帮婆婆办树葬,这样可免此命运。她依树葬仪式帮婆婆蔡面粉办丧礼,烧成灰烬置于可溶解于土的纸瓮。她知道婆婆生前爱极桂花,故选桂花树下安葬其骨灰,当纸瓮入土掩埋后,子孙仰望树上蓝天,鸟鸣蝶飞,无有恐惧惊怖,每个人都觉得这仪式好有气氛啊,都觉得这蔡面粉媳妇可真有心。只有蔡面粉媳妇心里不断地想着,我以后可不要树葬,我不想被水冲走,不要化成泥啊。

这媳妇三个月后仍活得好好的。

她日日晨昏会走到岸上为查某祖婆和婆婆的神主牌上香,她常闻到一股桂花香,她觉得这气味真好,没有死亡的味道。

154

鸟有一天飞进锺家古厝仅余的断垣西厢房。

在台风来之前。

那是一个奇怪的台风,去而复返,就像她一样。

回到锺家的呷昏阿嬷听着老唱盘《长崎蝴蝶姑娘》：以前 Nagasaki 繁华的都市，黄昏日头若照爱人的门口，给人会心忧，给阮想彼时，初恋的纸花伞，摇来又摇去。草花若开时，亲爱的郎君，听讲坐船要回来，像花的罗曼史……

她看着鸟在房子里乱撞，她静静地看着它惊恐地朝玻璃撞去。她燃起根烟，望着鸟，心里想着它究竟是怎么样飞进这屋里的，她早已把所有的窗户与门的缝隙都封起来了，而鸟是怎么飞进来的？鸟继续冲撞，她捻熄了烟，老迈地缓缓起身，使尽全力地打开窗户与大门。出口已如此大了，但鸟却怎么飞都还飞不出去，她摇头失笑地又坐回床沿边。

她再次静静看着这飞不出去或者不愿飞出去的鸟，她忽然想起远去已久的锺家老祖上，她的男人。

屋外的风很大。

她静静地望着窗外，她想也许这会是她驻留锺家老厝的最后一次了。

风送来了麦寮六轻排放的二氧化碳，六千七百万公吨的碳闻起来很轻很轻。

她看见了自己的死亡。

155

挂在树梢上的一整把竹叶悬荡风中已久，远远望去像是虎色猫死了吊树头。那是台风时被风刀切断的辞枝，还挂在枝上的竹叶慢慢枯萎。风吹起，飒飒如笛，过了秋台后，原本檐下川滴如溪如瀑之景将不复再见。南方进入干燥，像守在门口的老妇风干的面皮。

这锺家高祖阿嬷村人已逐渐忘了她叫什么名字了，以前太多阿嬷，故以年代或特色称之，现下都叫阿嬷阿太，或者人瑞婆婆，锺家人也不加名字了，以免感伤。只有少数人还记得早年伊被叫做呷昏阿嬷，她回到锺家败坏前的古厝后，老是坐在门楣上，老人家的眼睛和铁花窗挂的棕叶一样灰褐，她的眼睛有一只是玻璃珠，假眼，耳朵聋了，记忆颠颠倒倒。

她期待死亡前的回光返照，或者介于死亡和投胎之间的中阴身。她记得仙丽曾经告诉过她人死后别以为可以脱罪，记忆会是生前的七倍，至于残缺的也会复原。记忆为何会变好？曾孙媳妇喂她稀饭时问着，呷昏阿嬷只张嘴笑。我一直找不到我的小绣花片，不知放哪了？一位照顾她的后代跟这位老祖上说，你的绣花片不是被一个拜基督留胡子的男人买走了吗？阿嬷皱着眉，想不起这件事。阿嬷口中的绣花片早已不知流落何方，听说有一年有个从台北来的西方传教士看见挂在门上的绣花，喜欢想要珍藏而买走了。阿嬷反反复复，总是想着这些不着边际的东西。

老祖上躺着望向窗上的粽叶，忽然说我不久就要走了，呷土豆粽后我就要走了。咏美家人听了微笑心想，土豆粽不是几个月前才呷过，要吃就再包啰。曾孙媳妇出了房，拿下系在窗上的粽叶，她边将粽叶摊开，边将粽叶泡在木桶里，心里忽然萌生一念，如果延迟这祖上的愿望，会不会也可以延迟她的死期？但看粽叶吸吮水后展颜畅快，她又想也没好延迟的，祖上阿嬷等这一天已经等很久了，这样孤单了，再等下去，她的世界都被抛在后头了。接着她要孩子去打些糯米来。雪色的白糯米和土豆仔泡着水，膨胀肥滋，裹在青棕色的叶里，香味单纯，颜色果决。大灶喘气，蒸腾的水气浸润着老宅的每根木头和家具，掀开大锅盖，蒸好的粽叶亮洁，粒粒滴油水，沉甸甸的互撞，香气灌满老宅的风，连附近邻家都闻香而来，叨念着怪了，五月五早过了啊。

老祖宗呷着土豆粽，无牙的嘴大口吞咽着，吃到第四颗的最后一口时，叶上沾黏着几粒肥大如白虫的土豆仁，她微笑着，脸皮全皱在一块，看着窗外，好像有人在召唤她似的眼神，她闭上眼，就咽了气。咽气时头瞬间垂下，玻璃眼珠因此掉落木床上。媳妇才去拿茶转回，这祖上阿嬷就走了。

村人于是谣传这锺家人瑞查某祖是呷死的，糯米多难吞啊，包准噎死的。有人说吃死总比饿死的好，有村人道。

这是村人对锺家这位阿嬷的怪异传闻。

自此，呷昏阿嬷将锺家传奇封箱，将故事上了锁。

心内事谁人知

156

远方有着巨型阳具般的烟囱，消波块阻绝了童年的海。一根烟囱就可以蒙蔽他们的目光。

缘分总有尽头之日，一九九六年虎尾建国一村与二村的人再度面临迁移，许多炒地皮者认为高铁未来会在虎尾的此地设站，于是他们被迫迁移。

　　密密龙眼林和芒果林里群聚着倾颓的房舍，人去楼空的屋内仿佛人才离去不久似的，四处散落着许多被主人来不及或者恶意遗弃的简陋家具、碗筷、海报、地图、月历、西装、被单……甚至在高阶军官房舍里可以见到西洋物残留，坏掉的钟、硬壳行李箱、一只大米老鼠玩偶、迪斯尼美人鱼。

　　阿珍婆常迈着弯曲的身体游走这巨大迷宫，她本来想把米老鼠带回去给孙子玩，不过儿媳妇骂伊不要捡垃圾，许是死人留下的。这些房舍不像外表这般简陋，隐藏着许多往昔生活刻痕，有些屋子进入后又蜿蜒出无数的房间，串连着记忆，被孤立或遗忘的南方村史。

　　在此地流连的村人乍遇阿珍以为是幽魅现身。镇定安魂后，才知是阿珍阿嬷，她常来此。除了照顾房舍外面的田，她更是爱在此散步。到处走着，眍着考古学家似的精烁目光，仔细地看着门牌、褪色春联、歪倒破门、碎裂窗子……面向窗口的日本俊美少年侧影。

　　孤伶的篮球场也坐着一个老人，看起来像是老兵，午后正在树影下打起瞌睡来，前方是带他们来此溽热小岛的蒋伟人铜像，他的人生被骗了很多回，不差这一次。他成了眷村的孤独身影，面对着他抵达岛屿的最初居所，他初识了南方的姑娘，年轻的姑娘，听不懂他说的话，只是呜着嘴一直咯咯笑着，营养不良的瘦削身骨，日后将在无尽的夜里，让子宫住进一个又一个不同的房客，这些房客日后将被叫成芋仔番薯。

<h2 style="text-align:center">157</h2>

　　那是怎样的年代？

　　阿珍阿嬷不敢想，却又往往情不自禁地甘愿被这些往事幽魅狠狠地牢牢给抓住。比如她日日来此，对儿孙说是来巡田水，看看土豆有没有被老鼠吃去，但其实她脑中盘旋的常是昔日的男人形影。她靠往事过活，因为这往事让她的人生有了重量，不至于轻飘飘地飞上天空。

　　中国尪无知伊的过去，她不文静也不佻荡，她只是被动地坐在那个阴暗的空间，和一个英俊的陌生青年对望竟夜，直至中国尪死前都没打算告诉过他。现在说出来倒更像是海市蜃楼的故事了，后代也许以为是传奇动漫，老一辈或认为是其自愿颠顿失足，颠预堕落。那些骇人听闻的岁月，像倒塌房子的尘埃般消失无影，不光彩的事却如雾般地弥漫在她一生的港湾里。这面对台湾海峡的港湾曾经让她迎接生命的两个男人到来，他们都说着她听不懂的话，一个给了她一夜，一个给了她一生。

和她共度一夜的第一个陌生男子是阿本仔少年郎，很多年后，她才知道什么是神风特攻队，有去无回的人生，只起飞不降落的飞翔，只离岸不靠岸的男人。那一夜，其实什么也没做，如墙上悬挂的两张肖像，一切如冷空气静静的。太年轻，太伤感，太懵懂，或者太不知所措？那张脸，俊美且净肃，看不出死神即将往他身上狠狠掠去的伤痕黯影，看不出即将按下熄灯号的肉身？生如朝露，明日将消亡于虚空中的太阳。

不是所有的侵略者都如兽，也非所有的人谈起刻板名词都是制式的感情，其间的个体幽微与细节差异，实则千千万万种。阿珍明白，但她的许多女伴不明白。就像不明白她为何又嫁给了中国人？

一切都源于那一夜的误打误撞。

她看过那张神风少年青春却即将赴死的脸孔后，她日后人生就听凭际遇的差遣。她想如何抵抗？怎么选择？即使是自选的难道就会更好？主动飘来她生命河流的难道就没有幸运的成份？

一定有的。就像那一夜，她想没有人像她那么幸运的，她遇到的竟是爱情最干净最纯粹的形貌，没有任何利益掺杂，也无身体主权的施与给，一切只是淡淡的、羞怯的、自说自话的、沉默的、凝视的、张望的、感伤的、流泪的、抚慰的……

阿珍握有爱情地貌的初次风景，这让她提早看见爱情美丽的可能。但阿珍的少女伴阿华就很少想起这些事，她的不幸，让她内伤。也养成了阿华日渐成为最务实的女人，她想到的都是人生失去与获得之间的秤斤秤两，阿华说想这些作啥？想东想西又不能当饭吃。搁再讲，阮系恨死他们。

阿珍阿嬷还是喜欢来这里寻寻，那里望望。像是回忆之犬，总是眷恋老窝与旧主。

外面南方阳光灿烂，熏烤得肌肤如麦。黄昏前她头戴上花巾斗笠骑机车去巡花生田。老鼠爱吃土豆，吃得很肥，得快点赶这些老鼠，她行过一畦又一畦，想着昔日的自己和神风少年的两张脸，未经风霜的脸，只消一夜，即老了。

她和对岸来的陌生阿兵哥，可以静静地一起老去了。守着这些高大的树林，守着萧条的眷村房舍，守着被老鼠偷吃的花生田，守着才开始就结束的爱情秘密，守着以为很快结束却彼此缠绕一生的"中国人之台湾某"的身分，守着"福佬皮客家骨"的母语交杂。什么是身分？什么是认同？阿珍不知，或也不想知，但她知道爱情。

158

当大部分的男女都离开小村后，留在乡下的男女除了被钉在土地的男人与妻小外，就几乎没有未婚的女性了。就连被人侧目的虎妹两个小妹马妞牛妹日久也让人忘了她们是老处女了。马妞牛妹在出生的这间老屋里度过她们的一生，起先舒家老宅还有父亲三贵和母亲，还有母亲最疼爱的孙子阿盟。

父亲三贵和母亲廖氏过世后，老宅就只剩下她们俩了，连她们惜命命的阿盟也到大陆去工作了，她们两姐妹在村口望着视如己出的小盟离乡背影纷纷落下步入中年的眼泪，她们各自怀想着是如何帮失去父亲阿清的小盟洗澡，这阿清哥哥的遗腹子成了她们未婚的寄托，每天从成衣厂下工就是想奔回家里抱盟仔，仔细地轮流喂着他，就着月光在茅厕替他把屎把尿，洗香香浴，唱摇篮曲，两姐妹一人躺在红婴仔的一边，像是左右女护法似的不容神鬼侵犯小盟仔。

黄昏时分，马妞牛妹常坐在老宅的院子里听广播，任两只神经质的小黄与小白狗跳坐在她们的两腿之间，任它们舔着踩着她们裙下的私处，那或许是她们最惬意的时光。但她们也常站在老宅的篱笆送往迎来，这些年她们已经和饲养的小黄小白一样耳尖，只消有一丁点声音靠近就竖起耳膜，甚至可以从声音辨别来者。父亲和母亲相继过世的丧礼是她们记忆中这座老宅最热闹的景象，她们在入口收着白包，分着手帕和米色麻布及黑色麻布给北下南上的亲友们，她们头总是很少抬起，尤其目光绝对不想和来吊唁的亲友对望，因为他们只会问两姐妹什么时候要吃到你们俩的喜饼，接着见她们不答腔，有人就戏称说要吃到这两姐妹的喜饼看来啊得自己去买啰。她们尤其不想和南下的姐姐虎妹眼神交汇，这同父异母的姐姐啊不知为她们俩提过多少媒事，但她们勉为其难相了几回亲后再也不敢领教虎妹的安排了。

在老宅的院子里两姐妹最常调侃彼此的话也和当年那些相亲对象有关。她们且帮每个相过亲的男子取昵名，被她们取歹名的男人都是她们俩看不上眼的，比如青春痘傻蛋、无齿老农、空癫小开、癫痫帅哥、狐臭骑士、兔唇洗车男、肉鸡公务员……被她们取美名的却看不上她们，比如温柔领班、森林壮士、丢了就不走的邮差、爱说笑总干事、肌肉水电工……虎妹说你们挑到最后会剩下驼背和卖龙眼的，不然就是等着在红眠床老去。聊完这些无缘男子后，她们各自躺回红眠床，那是父亲三贵赌博赢钱时买的两张镶贝壳雕花红眠床，这红眠床成了她们一生的床，换了床她们都会失眠。

　　高中毕业的她们其实如果不要留守乡下或许也可以有机会做不同的事，但在小村里，显然她们就只有几个机会可以选择。当阿盟也长硬了翅膀离开这间老宅后，两姐妹顿入虚空，加上成衣厂陆续移往大陆，她们守着空屋面对不久将至的空巢期，此时麦寮忽然多出一座新生的小岛，沿着海边上空矗立着冒着云朵的巨大阳具，一根一根地戳进如绒的虚空。两姐妹骑着摩托车寻找打工机会时，她们闻到阵阵的石化气味，漫天飞沙走石，一时头晕目眩，她们停在一座座石化槽的前方，望着前方孤岛般的新世界耸立在她们的老宅土地里而心生奇异，这不是小时候我们常来捡贝壳的地方吗？她们望着白烟之岛，望了一会后，有个人从厂房里走出来，警卫正打算赶走这两姐妹时，一辆车子正要进入厂房。车内有人摇下车窗，对着两姐妹喊马妞！牛妹！她们转身也喊着温柔领班！温柔两个字如蚊声，领班二字却喊着震天响。

　　温柔领班后来介绍她们去这些矗立着巨型阳具的厂房打工，她们也才知道原来这就是电视上常说的什么五轻六轻的，她们不知道什么是六轻，她们只知道自己的爱情很轻，生命很轻，唯独体重很重。没想到抵达这座矗立万根阳具的海边孤岛只要骑摩托车二十分钟即可，她们很高兴工作机会这么快就找到。她们俩姐妹常爬在鹰架上帮厂房漆油漆，或者在工厂切割。有一回牛妹的手指被切了一小节，血沾在机器上，所有的男女工人都停下手上的动作，有人尖叫，有人忙呼唤领班来。

　　那是多年后，温柔领班再一次抚摸牛妹的手，当时牛妹真希望温柔领班可以用嘴吸吮她的指头，她曾为自己这样的念头而感到羞愧。

　　事实上温柔领班只是拿纱布先帮她止血，接着亲自开车送她去医院。

　　初老时，两姐妹体内的工业化学物已经成了她们中年后发福的一部分了，她们和所有麦寮附近的居民一样无知，她们常常咳嗽或者胸闷。

印着 Formosa 的油罐车对她们两姐妹而言并没有太多想象，读到高中的她们当然知道这个英文字是美丽之岛的意思，但她们想，反正这世界名不符实的事物并不少，比如叫福安的表兄一点也不平安，比如叫美人者往往不美，叫发财者常是穷困一生。她们习惯了无感生活，她们最诧异的不是什么六轻八轻将整座城镇风沙化的伤害现实，她们诧异的是她们虎妹家的那个小娜日日埋首写字的模样，她们以为那才是抵抗现实世界里最魔幻的东西。

写字者，她们想那不是早年父亲三贵在路口摆摊做的事吗？

159

她们和所有岛民一样日日用着 PVC 制品但却不知什么是聚氯乙烯，什么是酸雨。她们孵梦，和这座新生孤岛一样地孵着经济大梦，日日混在一堆男女里刷着油漆，碎花头巾绑在斗笠边缘遮盖住刺眼的阳光与刺目的风沙。有时夜晚，她们会走下红眠床，两姐妹分别从老宅的东西厢房推开门行至院子，望着前方的天空转成通红，不断在上空飘散的灰。

第六轻油裂解工厂，三万多间的下游工厂让麦寮出现许多食物链，穿着蓝白拖手提渔夫袋的新台客是蓝眼金发阿兜仔（阿兜仔：外国人），他们被台塑聘请至此教英文或者其他，这些洋人渐渐习惯南方的热与尘，空旷的冷，下过雨后黏着在空气里的化学味湿气。洋人学会吃姜母鸭羊肉炉，大口啖西瓜，呷花生糖，他们甚至知道市场何处有好吃肉粽、九层糕和肉圆，以及要沾哪一家出产的酱油。洋人不是来宣扬教义，洋人这回是来服务海上石化巨人与阳具孤岛，他们不解为何成天都有岛民在厂房外抗议着。直到他们几次在午夜里被爆裂声吓醒，望见窗外通红的天空时，他们终于有了些明白。但谁能抗拒经济诱惑？反正这是岛民的事，他们只是过客。他们继续吃着姜母鸭，却浑然不知那鸭里的毒可以杀死他们体内的许多细胞。许多洋人赚饱了钱回到他们的美国故乡后，听说不消几年有人秃了头，有人成天听见喉咙发出如鼓巨响，有人的肺里长了气泡，有人的皮肤破了老是好不了。

二十年啊，二十多年来麦寮孤岛上空阳具所飘出的白烟让许多当地人不曾仰望天空，灰翳的眼眸无神地见着自己守着家园的身躯老去。

舒家马妞牛妹下了工，从六轻骑回尖厝仑，她们从不知体内有化学物质作祟，反正她们西螺米照吃，浊水西瓜照啖，虎尾甘蔗照啃，花生糖照咬，她们说别想太多，毒死总比饿死好吧。当她们对前来此地拍照的虎妹女儿小娜这样说时，小娜想起了去越南旅行时曾经在暗巷见过一个小小的招牌：宁可爱死也不愿饿死，爱死的爱用的是爱滋的爱。性病是未知的，故以为遥远，但饿死却是当下的，随时会发生的。

160

　　小娜在故乡也已成了过客，她像是观光客似的四处拿着相机拍着照片，也四处被阳具孤岛的警卫驱赶着。拍什么啊，走走走，警卫出来赶她，她说我来找我阿姨。你阿姨是哪位？马妞和牛妹，小娜答。哦，马妞和牛妹啊，她们有你这样的外甥女啊，我还以为她们是相依为命的姐妹，没有其他亲友呢。警卫进去查工人名册，在密密麻麻的工人名单里翻找着，却遍寻不着名字。就在那时，温柔领班开车出来，挥着手要警卫放开栅栏。警卫走出朝温柔领班说，马妞和牛妹工作的地方可以接听到电话吗？你以为她们是坐在冷气房啊，刷油漆还能听什么电话，温柔领班笑说。警卫指着小娜说，这女生要找马妞和牛妹，她的阿姨啦。

　　温柔领班对小娜说，你沿着海边走，看见厂房外爬着几个女人，其中头戴蓝花巾的就是马妞，头戴粉色豹纹的就是牛妹。再过十分钟刚好休息，你可以找到她们。不过下次没有我，你是很难进得去的。

　　小娜知道这就是阿姨们口中常传说的温柔领班，黑如油槽的眼睛有被南方太阳晒伤的痕迹，那是一张很矛盾的脸，帅气明亮的五官下却有一种奇异的伤心感。

　　看看被人类剥夺的海洋吧，小娜突然像槟榔西施卖槟榔的姿态，她整个前胸都快贴近拉下车窗的温柔领班眼前。

　　她住的八里海边沿岸于今也耸立着一座座恐怖油槽，没想到故乡亦如他乡了。海懂得包容懂得原谅，阿姨牛妹对小娜说。其实她们自己也不懂什么是海，她们甚至不会游泳，一生没穿过泳衣，更遑提什么是比基尼了。她们喜欢看海，但这片海是再也靠近不得了。

命运的锁链

161

　　村民都不记得三贵姸头夜好的女儿们是几岁时智力就被上帝回收的,没有人注意到时间与季节的递嬗,好像只是转个头就见到她们逐一露出那种特有的傻笑,没有时间感的笑,一张白纸的笑。无一幸免的孩子,一身破衣沾着陈年油光,牙齿脱落也没能补,到了冬天冷到极点了,鼻涕都冻成胶固状了,两颊的微血管像是要爆破了,逢人还是一模一样的笑,从夜好到女儿,从老到小一字排开的笑,一模一样的笑。那笑衬得屋后绵延的芒草与白烟更突兀更荒凉了。两根烟囱就遮住了前来之路,那三千根烟囱呢?

　　麦寮轻油厂恶火烈焰那夜,惊醒梦中村人,傻女儿们也全从爆破声中惊醒,如梦游似地傻笑在屋后望着恶夜尘暴,智商稍高些的姐姐说放烟火,傻姐妹们一起鼓掌跳跃起来,笑容不增不减,其中一个傻妞鼓着一个大肚子还兀自雀跃地随着火光窜上地跳着,几个月前她才被强暴,父不详,母痴也算不详,傻女人无感无知地火舞着。经过傻姐妹的乡民叫着夜好赶紧带孩子离开,万一大火延烧过来你们就变成烤小鸟了。夜好听了也是笑,移动不了身旁的傻女人们,好心乡民就叫消防车开来待命。恶火没延烧过来,傻女孩们的笑容逐渐停摆,清晨时终于陆续睡了。

　　隔天,她们见到家门前的小圳水岸上搁浅许多鱼鸭蛤蛎,有的直接抓着就放进嘴巴,被发现时,嘴巴四周都是黑色如墨,她们肚痛很多天,痛到脸上还是笑,有采访的人见了说这里的空气和水都没问题,你看她们没事嘛,脸上都是笑的呢。几个月后,大肚子的那个傻女孩吐血死了,一口红血喷得正要喂她一点米粥的夜好母亲一身,夜好身上的白衣喷出一朵大牡丹。

　　这回夜好没有掉泪,智商不高的她当然知道死了个孩子的悲伤,但她呆滞着面容。来帮忙的妇人想,这个家徒四壁的寮房空无一物,独独不缺的就是孩子,一次死了两个孩子,也许这是好的,穷得只剩下孩子,生命里还可以禁得起损失的竟也只剩下这个了,连吸一口气都是负担的生命,却又住在最贫穷的恶土,旁人叹息着,死亡女孩的姐妹们仍是冲着朝她们叹气的人们傻笑着。如果连苦都不知这算不算苦?也许苦的人是咱们,其中一个妇人边在夜好家门前挂上白幡边如此地喃喃自语。

　　死亡在这里就像庙,转个弯就会遇见一座宫一间庙那般寻常,但可不一定会受到保庇。

搅海大梦

162

　　烧王船放水灯,鬼界游天河,随风势飘摇的灰烬在虚空里消失,纸灰四散,锺琴看得好失落。但少女时期,锺琴常被阻绝去看这些民间习俗,母亲西娘对她说,你这女孩家的别老是往那么野的地方跑。加上有人告诉锺琴在这些场合得不见丧不见红,你经期来时千万勿去。锺琴听了很不悦,经期怎么了?有罪?她穿着山黄麻制的好木屐,走路故意走得好大声,敲敲响响,像是跟魔神赌气。西娘喊她去买火球,十多个火孔的火球炭来烧热水用,锺琴买了两个火球,花了一块钱,把西娘多给的五毛钱拿去吃了碗水果冰才消了气,

　　母亲西娘见她这样任性,遂暑假把她送去山上读经做义工,这一送,把锺琴的野性收伏了大半,且竟至让锺琴出了家,这是西娘没有想到的后来事了。

　　远走高飞的移民或者女渡海者几乎都不想再回到这块荒凉之地,但也不乏想要落叶归根者。离开锺家又返回者通常是为了婚丧喜庆,但期货阿嬷、呷昏阿嬷、廖花叶和锺琴除了因死亡或新生回到老家外,她们的晚年都在祖厝败坏前回返出嫁或出生之地,做最后的人生凭吊。

　　出家多年的锺琴从庙宇下山,回到了古厝,锺琴大约是在八二年回到祖宅,她整整住了四年,直到韦恩台风来袭前,她都安然地在出生地读经,偶尔在廊下教乡人读经唱咒,但大部分时间乡人都不耐读经之冗长与烦闷,所以返乡的锺琴大半时光都是嘴里念念有词,手持念珠,静静地等待死亡。

　　很多人以为寺庙不要她老人家,锺琴笑称回家养思乡病啦,其实她返乡还有个目的,想就近偷偷探望她的孩子。

　　大家一直以为出家的她没有结过婚,但她其实偷生了一个孩子,这个秘密连母亲生前都不知道,她没有打算告诉任何人,包括那个孩子。那个孩子成了

外省囡仔，就住在虎尾建国一村，她在虎尾眷村外围租绑了一小块地种自吃蔬菜，私心是那个孩子每天都会骑着欧嘟迈从她身旁行过。

阿婆！早啊。

早啊！（孩子）。她笑着，脸躲在碎花布里。

孩子也已是壮年女子了，她叫赵云阔，她想多好的名字，要是在乡下不就是阿珠或是素珍之类的名字，云阔大器。

163

夜晚到来，锺家长寿婆锺琴深恐菩萨笑她连这个都没放下，还谈什么修行，于是更勤奋念经，仿佛念成了一座雕像，一念万年，直到鸡啼。有村人早起行经，看见木窗棂下的她盘腿不倒如石，有人还对她双手合十膜拜起来。

云阔没有结婚，每天都捧着好大一叠资料，像是在做什么研究似的。

但云阔倒了，六轻来云林来定了。

她的努力和那场要命的台风一样，付诸流水。

锺琴没有等到死神，死神没有看上她，死神看上的是她的女儿云阔。

云阔的死也由锺琴主持，锺琴似乎在等这个神圣的使命。孩子的生和死都由她来完成，起点与终点。

云阔死于韦恩，她原本想献祭给六轻，岛屿台风却轻取了她。

韦恩不是恩典，这是一条巨大的死亡飓风带，千叮万嘱也无法避开的凶猛。去而复返的韦恩，从浊水溪直扑，绕海三匝，三万六千房子倒了，锺琴看着锺家化为瓦砾，仅余西厢房。她看着母亲西娘吐出其肉身时流的血痕，洪水洗刷干涸在地上的几代胎血。

微笑的树叶，最后折枝，然后断根。

风雨中，她寻觅着儿时丢在床下与瓦上的牙齿。

奔跑的锺琴，跑得过风的速度，跑得过来抓她的死神，但却没有跑过女儿的死。

唯一知道秘密的是赵家大哥，卖馒头豆浆的赵家大哥找到锺琴，要她超度云阔，他说母亲超度女儿，天经地义。她是你的，一直都是，她是云林女儿，她为我们做很多事。

于是她守着不再呼吸的女儿，不该出生的女儿。

望着云阔的躯壳，她想着那个在蔗田的夜晚。月光投射在她的头上，顶上如一座光亮的湖，她感到后脑勺一片刺痒，少了发丝的遮蔽，极其敏感，她被敲昏，疼痛醒转中，只见一个强壮身影罩在她的头上，挺刺前进，背光的脸看不清楚，很快地他就拉着裤子跑走了，整片玉米田如鬼影掠过。她只听见是外省口音，跑向虎尾溪，纵跃而下。

碎散一地的念珠，她捡拾着，一百零八颗就是少了一颗。她从小不知男女事，入山更不知，直到僧衣下的肚子都大了，才知悲剧要来了。

以往她总是自豪于女人间，她知道唯有让送子的产道闭锁才能避免女人的灾难，但这回送子的产道还是被迫打开了，在她独自走在甘蔗田的无月之夜，夜成了业海，她沾了一身腥。

悄悄生下孩子的锺琴将孩子秘密送回建国眷村，她让孩子回到父亲的属地，这里的每个成年男子都可能是孩子的父亲。一九五四年她将婴儿给一对要领养孩子的外省夫妇，夫妇都是海军隶属的飞官（飞官：飞行员），孩子的生活没有问题，这是她确信的。

然而之后的云阔生活，她毫无知悉。

直到此时此刻，云阔养父母都往生了，命运的回圈让她注定来帮孩子送终。母女的缘分仅在出生与死亡的关键时刻。

锺琴捧着云阔骨灰，她老迈的身躯走在上百根烟囱的怪兽下，这白烟怪兽没日没夜地喷出油污、尘烬、镍、钒、多环芳香氢，悬浮微粒的云朵白亮，这世界像是曝光过度的刺眼，锺琴眯着眼走在木麻黄小径，手往鼻子一擦，乌黑一团，大力擤鼻涕后，整个鼻腔黏膜都感到刺痒的痛。

她艰难地爬上消波块，像是一只乌龟似地爬着，一席灰色僧衣恍然和天空合而为一。严禁入内的标志旁有个小兵，他当作没看见她，小兵想一个出家尼姑不会有伤害性的。弯偻着背的锺琴取出云阔骨灰，她撒在六轻厂外的这片污染之海，想以反对兴建六轻的云阔之躯来洗净这片染海。

午后飘来的酸雨打在她的光头上，她抬头望天兴叹，她不怕掉发，却怕伤了头皮。这头皮上有三个疤，戒定慧三疤痕。这片土地自她往山林去后，她想四处是尘埃了，此地已然是真正的滚滚红尘，她想或许可以重新兴建倒塌的祖厝，但想到要取得所有后代子孙同意的签章就打消了主意。她想还是退隐山林吧，废墟般的厂房长满杂草，她从中看见死亡。没有变成废墟的就化成白烟，迷蒙在浮尘里的工业区如一座孤岛，两千多公顷的千亿资金都化成往上飘的烟，填海造陆，抽溪阻水，风沙刺目，她揉了揉眼睛，竟揉出血水来，锺琴骇了一跳，本能地用僧袖往眼底一抹，袖口沾了一记腥红。锺琴想，之后也得准备自己的死亡了，死神在赶路了。

黑雨满天。

164

但几年后，锺琴还是没有等到死神。

她等到一封信，乡公所限时来函，要全村仅剩未拾骨的锺家坟墓他迁，空出来的地将打造游乐园。负责拾骨仪式者除了拾骨师外还有锺琴，她已经是老到不能再老的老人了，熟悉一切的生死典律，也熟悉所有干涸的泪水如何再潮湿耳目。她没有想到会有这么一天，一口气开所有的祖先棺。

打开西娘棺木，棺木未腐朽的是一张写在羊皮上的遗言。

开阿爸渔观的棺，黑气弥漫，连拾骨师都生病。锺琴念咒，超度冤魂。她的肩膀疼痛，几乎抬不起来，亡魂压得她喘不过气来。持续七天七夜的法会后，嘉南平原下起大雨，锺琴也跟着大病一场，她以为自己也要步上先人的后尘了。大雨在下了几周几日几夜后，忽然蓝天明净，锺琴睁开双眼，她听见自己的心跳，斋房天花板上的壁虎游窜，她一蹦弹下了床，晃到药石房的灶里打开锅盖，捞起冷掉的菜尾面食狼吞，把在角落里拣菜的老妇骇了一大跳说，酥父啊，我以为你袂去做仙啰，几天无呷无动，现时又活跳跳啰，真系菩萨保庇。

她挥挥衣袖笑着，窗外山林随风摇曳，一片朗丽，这一睡让她忘了忧，她想如能不再下山就好了，她想死神这回应该骑马快鞭来寻她了吧。

165

几年后拾过骨的土地杂草丛生更甚，传说中的游乐园没有出现。几个孩子在魂埋祖先的土地被一只跑出圈栏的鹅猛追着，笑成一团，跌了一地的喧嚣。他们在废弃的塑胶轮胎上玩着跳着，曾经有过的游乐遗迹是褪了色的大玩具，猴子鸭子小飞象在芒花中悄悄露出腿和手，孩子群里有锺流的憨儿子龙叔，这个村中快乐人是最常去这些地方玩乐的老孩子，他在黄昏的废弃游乐园里等着来接他回家的女人。

女人带回龙叔，帮他准备晚餐和帮他洗澡。她来替龙叔做些事是因为酬劳，龙叔的外籍新娘早已不知下落。接着女人得回家看顾另一个病人，没有酬劳的病人，她的夫。工业厂房的一场大爆炸，夺走了他的面容、眼睛与好脾气。男人每天敲打着他的拐杖来到天后宫，喂喂喂喂，每个人都听见他来了。失去眼力也可以赌博，赌十八，他听力极好，可以凭落点知道点数。

输到当裤子的夫成了女人的梦魇，洗澡、喂食，原本亲密的语言化为霸凌。

女人恨那场夺走她幸福的大火，每回骑车经过厂房，她都感到鼻息塞满粉尘，让她几乎无法呼吸。

村里每个人见到她，都会想起那一夜火冲上天的末世纪惊爆。

娘家相思寮的人要夜宿凯道，她第一个报名参加。来到台北那天，她惊喊，这座城市到处都是房子山啊，像山的房子密布在眼前，女人好久没有来台北，这世界这么陌生，她突然好害怕，还是回去吧。那一夜她没有夜宿凯道，她搭野鸡车回到西螺，累得倒头就睡。半夜被夫吓醒，持着刀的夫要砍她，好在他仅凭记忆来认知方位，每一回砍到的都是木板或墙壁，推倒许多的贴皮家具，邻居被声音吵醒，要她去报警，但她放弃了。

这个女人后来就消失在村里。有人说，她回娘家，也有人说她去找锺琴，到庙里出家了。

受害的是龙叔，没有人愿意帮他洗澡了，即使酬劳加码依然无人愿意。浑身臭气的龙叔依然在午后时光会晃到废弃的游乐园，只见他喃喃自语，常常傻笑，有人说他是在和锺家祖宗聊天。愈来愈臭的龙叔，让在游乐园游玩的几个孩子也跟着消失了，空荡荡的游乐场芒草愈长愈高，几乎盖过了猴子小飞象，最后草偃了龙叔。发现村中快乐人龙仔尸体的人是锺琴，那天她偏巧有事下山，路过拾骨墓地，她从草缝里看见一双熟悉的鞋子，弟弟锺流的幺子龙仔长年穿的鞋，像僧鞋般处处看得破。

锺琴想，难道这是伪装的死神，她再次想自己的死期应该不远了吧。她从窗口闻到从工业区孤岛吹来的黑风，可怕的粉尘与沙暴，像极了墓地灵骨塔的气味，窗棂都被烯气染黑了，她大口闻着死亡的气味，听见骨骸喀嗤作响。哥哥锺声随着卡车远去，跑马町成堆尸体装在麻袋里丢弃，她从小就熟悉死神的身影，她见过塞满甘蔗车的无数血肉，可耻的糖，可恨的甘蔗园。她见过死神静静匍匐在革命者与妓女、酒鬼、痴汉、烈士的身旁，她听过暗夜哭声，她尝过微咸的眼泪与偏苦的人生。然而她就是听不到属于自己的死亡召唤。这回龙仔的死，让锺琴再次有了归返终极之乡的期待，她忽然想起呷菜阿嬷，猛然心惊地想，难道这延缓的死期是因为呷菜阿嬷帮她买的命，是呷菜阿嬷帮她延的寿，但这延长得也未免太久了啊，久到这村里只剩下她一个人知道这小村的过去血腥与曾有过的繁华。

她等死神等了很久，很久，她可不想再看到远方厂房深夜大爆炸的火焰狂舞，也不想再为往生者诵经送终，她很疲惫，也很孤单。她离开灵骨塔后，将已经不太认识的锺家亲眷老小抛在脑后，嘉南平原的鸭蛋夕红和她的光头叠在一起，远望仿佛她的头在燃烧，在被火焰吞噬，她的晚辈孙女小娜在背后凝视着。

这时的锺琴望着平原血色的夕照低语，阿嬷带我走吧，别让我这么荒凉，我穿上僧袍不意味着我无惊这孤单啊。

但这回赶路的死神仍然跳过了她。曾经希望死神搭喷射机来接她的锺琴仍还活着，且记忆力惊人。

166

锺琴遥想起童年和少女时期呷菜阿嬷都会带她去眺望台湾海峡，静坐，念咒，放生。每年鬼门关大开前夕，呷菜阿嬷会迈着小步伐携着孙女搭铁牛车，去镇上餐厅和港边餐馆逐一买下当日即将要被宰杀的大鱼，然后去渔港雇条鱼舟，将鱼放生大海。

锺琴觉得那是她此生的梦幻之最，海雾迷茫，只见呷菜阿嬷不断地转动手中念珠，口中不断吐出咒语，然后她要锺琴帮忙把鱼从水桶中舀至大海，大鱼入海，跳跃翻滚，尾巴甩动，终至消失。每一回放生前，呷菜阿嬷总是四处募款，然而也四处碰壁，那个年代放生是很新的词，将鱼买回来放到大海，更是前所未闻。村人说，我们是敬佩呷菜阿嬷，但要我们做傻事那可不干。话传到呷菜阿嬷耳里，她对锺琴说，人心以为眼睛所见即是，眼见不能为凭，眼见太多表面事了。锺琴回话，其实他们相信放生有功德啦，但要他们掏钱买鱼又不能吃鱼会觉得花钱很心疼。呷菜阿嬷摇头叹了口气说，本想留些功德给别人呢，没关系，我们自己来也行。

回程，锺琴舀水的手已经酸疼，海上迷雾里，只见渔舟缓缓送回了她们祖孙俩。呷菜阿嬷对她说水是人间甘露，和神龟、大蛇神、白象、如意树、珠宝缨珞、七珍八宝等值，供菩萨水是很重要的。乖阿琴啊，阿嬷跟汝讲，有一天我们要去搅拌大海。

搅拌大海？锺琴听得新奇。

对，你知道天上的众神对阿修罗无休止的战争厌烦，遂将此情况秉告毗湿奴，毗湿奴要众天神和阿修罗结盟，一起去搅拌大海。大海经过众天神和阿修罗的搅拌后，藏在海底深处的珠宝琉璃璎珞和草药甘露就会浮出水面，大蛇神听了就自动化为搅拌绳，天神与阿修罗将某座山化为搅拌的棍子，这时他们飞到已化身成巨大海龟的毗湿奴背上，合力转动着大蛇神的蛇头与蛇尾，来来回回，终于让大海的珍宝浮现，珍宝在千道光芒下化为牛奶与酥油，阿修罗们喝了这些珍宝化成的甘露，自此就休兵不战。

锺琴望着说故事的呷菜阿嬷，她的语气那么坚定，眼神那么向往，仿佛已生在天堂。

可惜锺琴一生没喝过可以让心平静的幸福甘露，她以为出家就是幸福甘露，但她晚年才明白自己只是外相出了家，内里啊，还是在家啊。

随着呷菜阿嬷过世，放生与搅海大梦的传说就烟消云散。加上之后村人面临肃杀与大饥荒年代，谨守与神承诺仪式的锺家，却也难逃白色恐怖事件的非死即狱，于是村人就愈发往物质追求去了，村人不断盖庙，因为庙也是可见的物质，他们觉得这样才安心。

这么多年了，锺琴只听过搅拌水泥，再没听过搅拌大海。只听过人被大海搅拌，没听过人能搅拌大海。

老尼的她在每日的暮鼓晨钟里特别想念呷菜阿嬷，她望着山下的海，目睹呷菜阿嬷的慈悲汪洋。

只消想起呷菜阿嬷的搅海大梦，她就如尝甘露。

河边春梦

167

　　锺琴继承了呷菜阿嬷的志业,亲近观世音菩萨。呷菜阿嬷是她少数出家断念后还会有执念的人。

　　那些年,少女锺琴下学总是骑单车骑得很快,因为听说日头落下后就不能再给冥间烧香了,因为鬼魂会跟着回家。她深爱极是疼她的爱水阿嬷和呷菜阿嬷,然只说起天黑拜拜,会有魔神魔鬼会跨坐上她的脚踏车后座,魔神会一路跟着返家的传闻她还是没来由地非常害怕。她曾问过呷菜阿嬷为何没有帮美丽的爱水阿嬷买命买长一点时,呷菜阿嬷说,憨孙,能不能买命要看能不能和冥府打通关外,也得看这个人有没有福报。你的爱水阿嬷是善女人,可她不快乐,是她缺乏意志力来和病魔打仗的,所以走了也好,生病只多增苦痛。

　　至于通阴阳两界的呷菜阿嬷常牵着锺声与锺琴两兄妹到处闲走,呷菜阿嬷告诉小孙儿们她常会看到三度空间的异事,她指指说说,街头外那些楼房的中间会突然岔出一条条的隐形乡间小路,这时许多差吏忙碌而过,是受托于阴阳两界的使者,有鬼魂精怪魔神菩萨,六道众生都在呷菜阿嬷的眼里纷纷成形,且她能感通感应感受。肉眼看不见的事太多太多了,人不能仅以见为凭,因此不能骄傲自大。呷菜阿嬷的传家格言。这稀有能事很快传遍小镇,阳界托呷菜阿嬷到阎罗府通融买命,阴界则托她当阴差上传阳界给亲属所爱地府消息。但呷菜阿嬷通常仅作受托买命的事,她较不喜带阳界者观地府,她说买命之事大于寻找亡魂,因为生命有时还有余粮可以赊欠,肉身可以修复,尚可在人间行事,就像她自己一样。至于亡魂自己会托梦,阳界人何必下地府搅乱一池阴水呢。

　　往昔情景常是,忽见傍晚过后的呷菜阿嬷突然站在某个地方不动了,有时是廊外,有时是某条乡间小路,有时是自家客厅,或是她的床上。只要见到她一动也不动时,便知有阴间的孤魂野鬼来找她了。锺声和锺琴童年时常担起保护呷菜阿嬷的人间保卫者,以防有人冒失走近不知何事地莽撞了她的身子,那会坏了好事。在呷菜阿嬷为自己买命以致还多了些年岁寿的时光里,他们俩担当了呷菜阿嬷多年保卫阴差使者的任务。

在日常生活里，常常有人急匆匆地挡住了呷菜阿嬷的去路，拜托她火速帮他们买命。这时她总是不徐不疾地一手摇着蒲扇一手牵着孙子的手，向前来买命的人殷殷以戒说，你们总是这样急，突然被宣判没救了才来找我，平时不烧香临时抱佛脚，我不一定能够交涉成功的啊，个人有因有缘，有定数有劫数，也得看诚心和福报呢。呷菜阿嬷要进入地府交涉前总是诵经水忏大悲咒和地藏菩萨本愿经多日且净身净口，非常严肃，每每交代媳妇们把总是非常好奇在旁看热闹的其他儿孙们给看顾好，免得小孩受惊或者闪了神，魂魄也被带走了。她进行的程序是她得先向牛头马面黑白无常打通关，交上大笔大笔委托者的纸钱，生命簿点了点，才得以拜见阎罗王，阎罗王不忙且能会见她时，先得报上她是观音妈的侍身，然后对阎王关说一番，若是成，那成者之命即不断，名字生辰暂除死亡簿。有的则是直接向菩萨请愿，通常业障轻者呷菜阿嬷比较不费神，可直接面见菩萨。呷菜阿嬷买命的姿态是躺在神桌下，一躺好几天，必须有人不间断地在神桌前供应食物，呷菜阿嬷的全身则铺满了经文纸，像是黄金纸人般地躺在阴幽的神桌下。厅堂焚香诵经，不断燃，不断咒，不断念。

168

稍长锺琴替呷菜阿嬷把关，看顾着她魂魄入地府后其在世不动的肉身，阿嬷躺在神桌下方，灵魂出窍，下了地府时，这时她必须和前来委托求买命的苦主互相轮流，日夜轮守着祖母的肉身，以防猫儿跳跃其躯，或者是不相干或不敬者的打扰。呷菜阿嬷拜观音妈钦点，受人之托奔赴地府交涉的阴差使者工作，这一做竟是瞒天过海让阎王给忘了收回她的生命期限。锺声老是问阿嬷你不累啊？这位出入生死关的锺家阿嬷则依然气定神闲地摇着蒲扇说不累不累，做这个阴阳差要气饱神足，不带自己的私心，就怕辜负他人所托。有的千托万托也没用，因为业力可不买单。锺琴当时听了又问，为什么有的人命买成了有的买不成？有人一生老想卖命，有人却一直要买命？

唉，善事不足的人，怎么帮他买啊，都是白忙一场的，最后还是被黑白无常给抓走了。有人不买命是因为对人间没有眷恋，你看自杀的人不就是把命给卖掉的人吗。唉……买命成不成是未知数，未进地府时也是不知道能否成交的，她说这一切和委托者的福报德心善念有关。福地福人居，阳宅阴宅风水好坏都不比心地心宅好的重要。锺家这位查某祖苦口婆心常在廊下开讲，然而听者稀少，倒是猫狗虫鸟比人有福报，它们可听多了。

169

很多年后这些少年仔已老成，甚至有的人出国喝过洋墨水，当他们之中有人听到别人叫珍妮佛时，都不禁想起遥远故乡童梦里的锺家呷菜阿嬷。

关于呷菜阿嬷她替人买命的事与她的搅海大梦同样烙在锺琴的脑海里，她那些数说不尽的游仙府神话与独有琐事仪式。神话，让呷菜阿嬷成了她随机教示乡下歹子的活善书。

一直到锺家古厝被台风吹垮前后代媳妇们都还维持着每日两回的烟供仪式，上午烟供神，黄昏烟供鬼。燃烟时，香气缭绕。傍晚木麻黄小路逐渐暗了下去，光线不足的厅捻起小灯，呷菜阿嬷生前对着儿孙说着不知重复几回的故事，但孩孙们还是听一回起一回鸡皮疙瘩。呷菜阿嬷的故事听烂了，但还是爱听。她说起饿鬼之王林姜阳是力大无比的大士爷，唐朝大学士时告老返乡，积蓄颇丰，子孙送饭时，他赏钱。就这样子孙当然抢着去给他送饭，竟因此起争吵。有一房的母亲出来对孩子们说，别争了，祖父死了，钱不都归你们吗。子孙一听后甚觉有理，竟不再送饭，这林姜阳气得散尽家产，宁可自己花掉所有积蓄也不留半块给子孙，但他也因此把自己给活活饿死了。他死后因力大无穷成了饿鬼之王，惹得鬼界陷入无粮之境，一口痰都是美味，但往往正想把一口痰吞下时，鬼王舌头一伸就抢去了。小鬼个个没得吃，求助闻声救苦的观音大菩萨，观音菩萨化了一只苍蝇黏到大力士的脸上，他乖乖吐出舌头就范，无法吃食。从此这饿鬼之王就听命观世音，也成了管理众小鬼的大士爷。所以我们要礼佛也要敬鬼神，就在呷菜阿嬷的这一句话中最后一抹烟消失空气中，每一日都是如此，烟供与鬼神故事，点燃了小村寂寥的黄昏，属于呷菜阿嬷的魔术时刻。

170

每一年到了年终时日，仪式就更是照表抄课，尊敬物神，不可乱移。锺家媳妇们个个听命呷菜阿嬷口令，送神日前去租田农家收款，送神日后媳妇们才拎起扫帚抹布打扫洗刷大厅和房间前后,除草栽花,修树劈柴,裁布制衣,蒸粿炊糕,直到除夕来临。约莫一周时光,在锺家洋溢着送神迎神,换年迎年的气氛。

那是锺家后代和许多村人回忆起呷菜阿嬷的画面。

多年之后,终于有村人开始戏言耳语,这锺家人如此敬鬼神,日日仪式不断,房子还不是被水神轰然击倒了,也没听说锺家人发大财买豪宅。锺家人听了不作声,咏美曾辩解说敬鬼神并非为了求取,村人听了没敢回嘴,但有的心里则想你们不求不取的,那在拜辛酸啊。某些信心薄弱者,也确实再也不做此仪式了。呷菜阿嬷对锺家留下的影像遗迹随着时光洪流的冲刷,终于淡出了。

关于呷菜阿嬷的搅海大梦,就更像是梦幻一场。海不枯石不烂,唯海龙王宫泪水不断,死亡的虾兵蟹将,让海龙王扰海不宁,海成了寂寥小村伤心的风景。

锺琴知道追寻源头使斯人有斯疾的安慰,呷菜阿嬷常对后辈说不知来处不解今生。锺琴常拉着呷菜阿嬷讲往事,但没想到呷菜阿嬷却把那个来处推到还没有地球人形成的原始纪。

她说我们原本是光音仙人,因为贪执而成了人。

变人不好?大家不是都找你买命,买命不就是为了延长当人?锺琴问。

人苦啊。呷菜阿嬷说。

苦着当人,锺琴自语。呷菜阿嬷看这锺琴颇有慧根,于是常把她和锺声带在身边。她在入冥府时曾看过这两个孙子的生死簿,一个只活前半生,一个是把别人的生命也活在自己的身上,成了近乎不死之人。锺琴当时年幼并不知自己将来会出家且会成了长寿婆婆,至于人苦不苦,她戏想也许村里姓"许"的人家最知道,因为他们一家人一天到晚都被叫"苦乀"。

锺琴往昔常帮呷菜阿嬷虱蓖头皮,将白发梳顺,在后面盘了个小圆髻,拿了铜镜给她照,呷菜阿嬷点头后,锺琴再帮她在额上套上绣有莲花等图案的眉勒。这时换上大衫大裤的呷菜阿嬷像是古人。锺琴和呷菜阿嬷把矮板凳一拉到亭廊下后,邻近孩孙们就如苍蝇奔至,张着耳朵围着想要聆听故事。

呷菜阿嬷说的光音仙人,当时大一点的孩子原以为会听到什么女娲补天之类的神话,光音仙人还是第一次听闻。那时还没有人这个东西,只见到光或只听见音的仙人?是啊,呷菜阿嬷言之凿凿,仿佛说的是电脑游戏荧幕里那哗的一声现身的光。

但不论光音仙人或是搅海大梦，村人都喜欢呷菜阿嬷，她是添寿婆，有她有喜，死神的步履终于在这座村庄放慢了速度，直到伟人带着国民党的军队抵达这座岛屿才瓦解。

锺琴回忆着呷菜阿嬷常摸着自己的手说，锺家就属你和菩萨最有缘了，可是长大心情总是受苦，你的感情辛苦，爱的总是会失去，不爱的总是紧跟着，比如我若为你买命，但却不一定能买成。末了呷菜阿嬷叹了很长一口气，命可以买，但际遇却无法买，快乐无法买，爱情无法买。不然阿嬷一定帮你买个生生世世都爱你护你的好男人，但是很多男人宁可买醉也不愿买命了。

当时还小的锺琴听了不很明白，很多年后她出了家剃了头却才冷不防地被爱情偷袭，忽然闻到了爱情的味道。她想起当年呷菜阿嬷在即将知悉自己来日不多前，曾再次在床畔握着她的手对她说了感情的人间难处，鲜少流泪的锺琴在旁听了竟歔歔流泪，哀哀问，阿嬷你为何不再次替自己买命。呷菜阿嬷听了大笑，说命早已过期甚久，该是重返观音妈身边之时了，她还意味深长地说，我不寂寞的，你阿公会陪我去。他要是不跟你去呢？小锺琴问。呷菜阿嬷笑笑，由不得他哩。就这样，当年锺家一次办了两口棺。至于小他们十多岁的呷昏阿嬷和期货阿嬷则是送终人，只有她们俩深知这一切都是有灵体附身的仙丽搞的鬼，她是带走他们老伴的人，但人死了也莫可奈何。成了寡妇的呷昏阿嬷继续流连乡下赌间，依然烟抽得很凶，那年她仍然身骨妖饶，老是叼着大烟抽着。因为一直没有生育，所以男人死了后成全了她的自由，听说就跟着一个也死了老婆的同龄男人过日子，锺家人最后一次见呷昏阿嬷是看见她大肚子，未及锺家祖上过世十个月，她就产下一子，南方岛民传言她在锺家祖上还活着时就讨客兄，她晚年曾一度回到锺家悼亡，但南方岛民常常忘了她是锺家的媳妇了。

171

锺琴到晚年都还记仇着嫂嫂廖花叶，人往生多年了，名字却活在她的嘴上。

有回返乡，逢人聊起往事，锺琴就说起某回参加同姓氏宗亲喜宴，她的空碗被来帮忙张罗喜宴的花叶横生搜走，锺琴未开口，但横眉竖目地把目光劈向嫂嫂，旁人见状嘴巴都微微笑了，心想这两人又要斗嘴了。你这是赶客啊？锺琴还是开了腔。你是走修行，呷菜人，没头发的不要跟有头发的坐一起，歹看。这花叶平常冷淡至极，开口的话总是如刀。锺琴好不容易下山参加换帖好姐妹婚礼，竟被嫂嫂说得如此难看，吃素不吃素还劳她挂心的。喜宴最忌讳空碗被中途收走了，锺琴心想我一定活得比你久，哪天别轮到你的丧事要我来办。想着瞬时就离开喜桌，旁人也拉不住。

想起这些事，锺琴也是很老的人了，列入长寿婆婆之流了。

老婆婆的锺琴陷入当年老是置身在一群老婆婆的荒远往事里。

她嗑着土豆，坐在藤椅上望着远处狼烟，摇头失笑地想女人的爱执，真是不分年纪。

这么多年了，她的手中送走许多所爱，送走许多陌生者，也送走许多所厌。所爱锺声和母亲西娘，所厌还包括廖花叶，在廖花叶的丧礼上，暗自高兴的人有她和虎妹。交给阎罗王的赦免罪状由锺琴所拟，她在状纸上用毛笔细细麻麻地写了一堆，许多人就以为这锺琴真是有修，能够将往事一笔勾销，不仅以年老身躯来送嫂嫂花叶一程，还担起她的轮回大事。其实没人知道锺琴写了什么，目不识丁的乡人只要见到毛笔字就以为是好的。

锺琴说来并不常出现在村子里，大家都不希望见到她，因为她来就意味着有村人往生了，需要她来诵经。许多人倒是很喜欢锺琴诵经的声音，那声音常让再无情者也情不自禁地涕泣泗流。锺琴那种慑人心魂的唱腔把世界都带到他们眼前，有人感觉踩踏在高山峻岭，有人以为如入汪洋大海，读过书的会说喜马拉雅山恍若眼前，太平洋舞踏而来，锺琴的诵经歌声安抚生者崩裂四散的魂魄，也让死者走得了无挂碍。村里的老人都期待自己可以赶在锺琴的死日前咽下人间最后一口气，花叶晚年也很安慰自己可以走得比锺琴早，她在病房前曾经悄悄后悔自己对锺琴很坏，当年收走她在喜宴吃饭时的空碗是不对的，是她这个做嫂嫂的没肚量，但她说不出口。伯夷托人上山问锺琴是否愿意送母亲往极乐世界一程。锺琴一边捻着念珠一边心想，极乐世界，她从鼻孔哼出一声，临时抱我佛脚啊。不过她嘴里仍称是，比划着念珠，盘算着指头，然后告诉伯夷何时花叶会往生，何时是办告别式好时辰。花叶果然在锺琴说的日子离去，离去如听窗外第一声蝉鸣是好的征兆，代表不落三恶道。夏日时节，整座村庄的蝉都纷纷出土飞奔树梢，嘶鸣求偶，热闹异常。骚蝉的性交气味弥漫在村庄方圆，脱裤卵的孩子在溪水里打水仗。锺琴的诵经声音依然穿透有如是被罩了层蝉鸣声网的村落，隔着木麻黄与竹林的省道上都能听得到锺琴那种独特嘹亮的诵经声，如泣如诉。那声线像是一种勾魂线，把人吊得像是魂不守舍，如陷在钵内，许多在省道骑脚踏车开铁牛车和卡车的人都不知不觉地速度慢了下来，恍似被声音抽掉了格速。

　　锺琴的声音是练过的，丹田发音，如草原人家在犁田牧羊时对话的嗓音，越过了防风林，嗓音清晰漫过浊水溪，在收成西瓜和土豆的农人音声入耳，都知道对岸是谁与发生何事。只有锺琴有这等嗓音，一个肚皮像是藏着好几个共鸣箱似的嘹亮，音质悲怆有力，六道被经文音圈包围，苦者病者皆闻之欢喜，天人亦不畏五衰。

　　花叶若在棺材里，或许该觉得自己甚幸，有此送行者，许多老人赶在锺琴前往生似乎不是没有道理，他们老了才开始相信有个死后的世界，于是他们在每一场锺琴为村民主持的丧礼或者超度仪式上都来吊唁，名为吊唁，实则静静地坐在凳子上让耳朵领受锺琴的诵经声音，这比他们在公园下着棋还让他们着迷，这是提前的死亡聚会。

　　因而当多年后，有锺家人再度看到西娘的遗书里交代要后辈去兰屿代她招锺磬魂魄回返岛屿时，这重担就落在锺琴身上。锺琴不禁遥想起锺磬死亡的消息传到家里时，阿依把自己关在房里三天三夜之景，没有吃一口饭，连放在门口的水碰也没碰。然后三天三夜后，门咿呀地打开了，走出门外的西娘却画了口红，还抹了红胭脂，涂了红指甲，她那时看呆了这一幕，素颜的母亲反了性，嗜红啖红，门外正巧夕落稻田，血色黄昏映得水光红滋，母亲啼血，以红吊唁孩子之死。锺琴瞬间看懂了这一切的大悲，大悲无言，大概是这样子了。

　　母亲的遗书，已经被虫吃了大半，饿坏的虫躲过饥荒似的，西娘木盒子里的许多纸与书蠹无一完好，但碎片拼织能仍见得端倪。西娘手写字细秀，几撇几勾消失，仍能辨得。她在微光中读着"守刀安人，川时耳大"等字，细思量才搞懂应是"守分安人，顺时听天"，这和村子入口"信耶稣得水牛"是一样的，永生远，水牛近；永生虚，水牛实。锺琴笑赤穷怕了的村民人人要得水牛，不要得永生。被吃掉的几撇，使字像哑谜。

　　木盒里有一本书《万事不求人》，纸页泛黄，蓝墨处处，字迹如蚁，锺琴拿着放大镜看得津津有味，这本快翻烂的小册子是母亲生活的圣经。九九算法歌诀、百家姓、千字文、治家格言、小学韵语、书法研墨、天文地理、经验百方、飞禽走兽、蛇虫花卉、鱼肉五谷、果物菜蔬、四时卫生、食物相忌、张天师病符、写地契、租市房据、租厂据、抚养遗嘱、过房文书契、父子分书、兄弟分开据、纳彩回聘、丧务帖式、神主牌书写，锺琴彻夜读之，拍案叫绝，明白为何母亲如此博学了。当年尚有卖水、卖树、卖牛、卖马、卖船契式。其中的观音灵课是锺琴未见过的，她会易经六十四卦，未闻观音三十二卦，她兴致一来也学着，自卜卦木盒里取出母亲遗书，遗书提及赴兰屿招魂锺罄一事。锺琴得卦为"遂心卦"：时逢融和气，衰残更新，更远微细雨，春色又还生。她读到这个偈语后，微笑地放下放大镜，从残败西厢房走到后院，她闻到新的空气，听见春鸣雷响，她的一袭灰色僧衫扬起尘脚，顿感锺罄在召唤她，如人行暗夜，今已得天明。

从海上归来的莉露

172

听人讲你在海边，悲伤地看船要开……歌声从某人家里散出。海洋封锁多年，锺家人多畏海惧水，总说那里有水鬼，水鬼像海藻，会把人的双脚活活地缠住，无法逃脱。有美人鱼，会以歌声和大胸脯诱拐水手。种田者，不会游泳，他们的双手双脚牢牢地需要土地的支撑。于是这份遗书一直被锁在西娘住过的房间，房间角落里有一只木花雕锁盒，日久虫蛀，后人遗忘。

得知锺罄客死在异乡小岛的那些天，没有人知道把自己关在房里的卡桑在想什么？

她除了哭还能干嘛？

她可能每天以泪洗面，有人说。前面说的人就反驳她，啊，你说的不是和我一样。

不一样，我用的是成语。

有人说，她睡了三天三夜，在梦中和阎罗王交涉，能否让爱子死而复活，但是她没见到阎罗王，她见到了另一个亡魂，死去更久的锺声，在地底成了鬼王。见鬼杀鬼，见佛杀佛，鬼王凌厉，众恶成灰，众善也成烬，鬼王不选边，鬼王做自己。鬼王见母欲杀母，西娘大叫一声爱儿。鬼王刀立断，涕泣良久说黑暗周界里唯一一次泪水只流给母亲一人。西娘泪流满面醒来，她在床沿边不断地跪了又拜，拜了又跪，想为爱子赎罪。

　　锺琴在母亲遗书里大略地读见了这些书写，她收拾一下招魂祭物后，就上路了。

　　但事实上那回锺琴没有抵达兰屿，她搭慢车抵达台东后，就遇到阻拦她的超级台风，淋了大雨还跌到水沟，脚肉挫伤的她受了大风寒，差点去了半条命，只得回山中寺庙休养，不再谈招魂事，她想是鬼王阻挠，鬼王在人间受挫，在地狱却快活如神仙，锺声要锺馨和他作伴吧，不想出地府，她只得自我解释，免得落得未履母亲遗言所托。其实那次她卜观音卦时因眼花而看错卦，实则她卜到的是颠险卦：迢递途中旅，云积日坠山，羁心无可托，前后总皆难。

　　她知道自己也许时日无多了。

　　百年人瑞在临终前看着镜中的自己，眼鼻唇下形成的岁月三线路，感到自己像个木偶，悲伤的木偶，泪沟深如海，像是一生的神秘都集结在她的眼皮下，那样无情的苍衰。

　　锺琴记得自己是如何躲在秘密农家生下不能见光的孩子，于今死去的孩子云阔出生时的样子她都还能历历在目。婴孩透明的指甲张扬地乱抓着空气，她在山上的雾中风景里盯着婴儿的手，手中的小小指甲片，美丽如蝶翼，干净无尘。她们都去哪了？为何独留我在这里？

　　锺琴从梦中惊醒，想到孩子，出家人的私生子，这一想让她赶紧拜忏去，冷汗直流，不知以后如何去见佛？

　　大雨终于在下了第二十一日后，云散，天晴。屋内反潮，到处都像是可以从四周吐出一尾鱼的湿。锺琴想起多年前遗失了少女时代就一直带在身上的小香水瓶，她记得那气味，热带植物花草气味将木头熏出一种奇异的刺鼻味。热湿的香气，像死亡前凝视的老相簿，一室的琥珀色光芒，黯淡地轻飘在梁柱上，是谁煽动蝶翼，把它们从玻璃框内呼唤而出。那时候，几十只蝴蝶一毛钱，她们抓着蝴蝶，手指沾满蝶粉，死亡的美丽颜色。那么美丽的蝶身，换来那么轻的铜板，断翼蝶则连铜板都换不到，小心它们的美，喂养一家的肚皮，也是装饰一室的美。

　　好残忍啊，锺琴起了一身鸡皮疙瘩。

这鸡皮疙瘩让她感到死神已经煽动了翅膀，来到了身旁。

这回真的来了，她放下诵佛经的录音带，打坐，准备入至定中。

她确信日后不再管锺家的种种仪式，不再管亡魂的历劫轮回与生死流浪。村人没再见过她，有人说她在某处森林山洞日日拜经作忏，如达摩面壁打坐，等待弥勒佛降世。她曾说这娑婆世界苦，弥勒佛的世界都是笑呵呵的，她要等待这个微笑时代的来临，即使千年，即使万年。

173

行径诡谲的韦恩台风如封印，此地无人遗忘它的威力，它在飞过台湾西海岸后，像是想起什么任务未完成似地折返，从西边挺进，肆虐人畜屋舍。当年烈风如刀把西娘的宝盒劈开，咏美抱着宝盒遗物登上屋顶求救。这个从浊水溪虎虎上岸的台风对锺家而言，掠夺的不是身家财产，而是记忆遗产。锺家古厝年老失修，一股飓风把女人睡过的房间劈成碎片，原本苍白的老厝只是顺势腐朽，所有的苦难都放水流。当年咏美的身躯瑟缩在某个高地角落，旁人拉住她，以防她跌落水中。

她怕水，那个年代的女人没有人接触过海水，更遑论游泳，美人鱼是另一种人类。她是望海的女儿，她只会望海，把自己望成一个姿势。

讨海人家和村庄死伤惨重，三十多年后，许多女孩加入她的命运，将成寡妇贞妇或者烈女。

小娜对韦恩台风没有记忆，她在青春城里逸乐，死于逸乐的堕落街时光。

彼时刮风过后返乡，她见咏美婶婆在晒书，这姿态很吸引她。

婶婆说，是晒遗书啦，你阿太留下来的遗书。小娜眯眼望着疑惑问，阿太？咏美迟缓地叹了口气，后代都快莫记得了，阿太就是汝阿公的阿母，你见过，但没记忆，因为你才刚出世，被抱到阿太房里，不久阿太就往生了，还好你是先出世，不然很多人一定以为你是阿太的魂魄投胎再返回人间，咏美眼睛依然盯着遗书，唯恐风吹落。咏美又说，阿太是笑着走的，看见出生的你嘴笑目笑的，她很欢喜。

小娜想跟咏美说自己被阿太抱着是有记忆的，但她知道说出口会被当成神经病。遗书就这样来到小娜手里，婶婆转交给她要她去兰屿招魂。但当时逸乐仍是她的生命之轻，彼时任何太重的名词或感情都无法承接。她很野，好玩，也曾想过兰屿或许是她航行世界的出发点，但她轻忽象征，不顾虎妹反对，只一直往更远的美洲前去。

遂招魂工作延宕几年，小娜晃荡海外归来，某日鬼王托梦，说她不该自私留下叔公锺馨，应该放锺馨归乡。

醒来小娜才想起锺琴姑婆曾赴兰屿未果之事，先人纠葛盼后者拆解，但招魂仪式小娜不熟悉，不过她熟悉写字，帮阿公三贵磨墨时也曾多回目睹写字画符的力量，她带着阿公锺鼓留下的画符祖传秘笈与《万事不求人》及一些宣纸和自动墨水笔后就上了路招魂。

兰屿，小娜来了，作为家族第一个赴此恶海的招魂者，锺馨叔公死在这片孤岛大海里，小娜什么仪式都没有准备，她带着相机和笔墨纸本，还有许多零食。她和一个摄影师同去，和另一个摄影师回来。先回台的摄影师起先将她托给一个达悟族（台湾土著中最原始的一支）的写字渔人，写字渔人载她去住民宿。那时写字渔人还不知道后座的这个女生将来也会成为他的同业，不是当渔夫，而是也成了写字者。写字渔人的身体随着海风送来一些鱼腥味，小娜闻着，感觉自己像一尾鱼，海洋弥漫周遭，每一口空气都是生鲜活猛。

飞机不飞。船舰不开。她滞留岛上，晒黑如族人。

民宿主人把赴本岛读书的孩子房间辟为民宿，青少年的气息还残存在房里，明星徐若瑄可爱俏丽海报贴满墙面。徐若瑄成为海岛达悟少年的梦幻出口，而小娜还年轻，日子的出口从来不是某个明星或某个偶像，她无法将自己建立在他者的人生上，即使是家族的传说英雄。她看着徐若瑄的海报，永远不会老去的明星底层哀愁，和她永远不愿老去的心或许相同。望着美少女想着老祖宗，她想时代真荒谬啊，如此轻盈对应如此沉重，她则是轻重的混合体，住在边境的人，善恶两边均沾，既新且旧。

她在兰屿和民宿阿美去采地瓜叶喂猪，摄影师骑摩托车载她走的那条路是当年犯人开的路，那些犯人里，曾经有一个是她的舅舅义孝，某年被征召来这里当短暂盖路工人，阿美说当年她们放学都不敢走那条路，犯人如兽的眼神让她害怕。小娜笑着，外来异乡人让当地住民不安，当穿着犯人制服修路时，任谁都畏惧的。她那时是个逸乐者，虽然带着招魂的使命。她每日望海，坐在茅屋露台，喝啤酒混可乐，米酒混维大力或舒跑，什么都可混，喝起来事事转茫茫。她的民宿露台对面是一个老坐在墙面阴影处的中年人，阿美说得了潜水夫症，再也无法亲近海，连海水都不曾再碰触一回。他常举酒瓶朝着小娜举杯，脸上分不清是汗还是泪，小娜移步和他并坐，他的腿萎缩，被海洋遗弃的肺，小娜猛然想起叔公锺馨，她是为此而来的，她却故意拖延与遗忘。

新认识的摄影师小郑带着她前往海边，小郑问她叔公长什么样子？高个子细长眼睛络腮胡子穿木屐配武士刀……小郑听了摇头笑，知道小娜乱编。那时候很少人留络腮胡吧，除了浪人。他是浪人啊，她说。祭拜后，摇铃招魂，将写好的疏状呈天，燃火烧成灰，化为烟，一时之间云全聚拢在海上，蓝海瞬间成黑海，小娜感觉应是招魂成功了，叔公的神主牌已有灵识，她任务完成。收拾妥当和小郑去了兰屿的青青草原，她想从高处俯瞰海洋。穿越及膝草地，开满野百合的花地，一派春色还生，馥郁馨香，不闻死气。然下了青青草原，死气袭来，晒干飞鱼尸剖两半，谁帮飞鱼招魂？小娜自言自语。小郑听见笑说，你这人注定多眠梦。

她看见自己去兰屿却无意中参加了核废料的抗争。她看见一座孤岛从海中升起。她听见有人咳嗽，有人尖叫。她看见大火从孤岛的夜空窜起。

大火过后，岛民依然数钞票。

幸福在这里

174

一直到二十世纪来临前，这群少女女工已经变成欧巴桑时，她们才又再度重返当年被她们恍如瘟疫般离弃的家园。她们在中年失业时，回到老家住，白天受雇于六轻。不论风雨骑着摩托车前往麦寮六轻，做的却仍是油漆工、杂役工、水泥工。且这刷油漆工作比往日辛苦多倍，她们得踩在鹰架上涂刷着厂房外墙，毒辣的海边阳光像是烤炉，烘烤着她们早已粗糙皲裂的肌肤，脚板都裂开了，手心也如糙纸。早已没有恋人的抚摸，她们曾经有过恋人，又失去恋人。曾经她们有母亲，接着失去母亲，然后自己成了母亲，又失（嫁）去了女儿，她们现在为自己谋饭吃，却伤害和伤痕处处。接着她们失去了肌肤弹性，多的是难好的伤口。一个不慎，从鹰架跌了下来，或者手指被机器切掉了肉。衣服少有增添，生命活得像个回收场，打了场来来回回的回力球，疲惫不堪，历史覆辙，肖像只等着被子孙挂到墙上。

　　虎妹当年不敢往前想，她以为往后有大片的无垠天空等待她。到了晚年，她是往前往后都不敢想，觉得人生是场幻影般的骗局。意念是不饶过她自己，家园的电线杆柱子被贴着"天国近了"或者"南无阿弥陀佛"，她总是闭着眼，不敢瞧这些刚学习认得不久的文字，觉得这些字都是审判官，让她觉得刺心刺目。很多年后，虎妹挂在客厅的那张油画皲裂了，拿破仑果然是破轮了。画布有些地方也和画框逐渐脱离，成了一幅落魄户样。虎妹用标会又以头款买了另一间房子，那是三儿子以前读小学的校地改建的，有电梯的公寓，在当时很时髦。搬到新房子当日，她把拿破仑左看又看，想想忽然狠心地决定卖给来收坏铜古锡的邻居老妇妖死客。

　　那年小娜已经读高二，已转过三所学校，她放学看见拿破仑不见了，问母亲。虎妹淡淡地说拿破轮坏了，画里查埔郎脸都落色了，你每回无甘放舍，这回搬家卖去了。小娜感到心疼和可惜，她那时候已经着迷油画，还曾想过要重新补过呢，母亲却抢先一步将之丢弃。那间有电梯的公寓不久又转手卖人，因为某日虎妹发现公寓的阳台外正对着一间已经在盖的庙，怎么妈祖到哪都要跟着我？她看着苍天，趁着妈祖庙还没落成，买方多半不知未来这公寓将正冲庙宇飞檐时赶紧将公寓转了手。但因急着转手，虎妹没赚到钱。她这一生转手和经手很多事情，但从来没有得过些什么好处，转手房子只是不想让房子真的成了不动产，又被妈祖庙连累。虎妹一生不断地经手别人的感情，中介男女的婚姻，有时只是看不过孤男寡女的寂寞，有时只是为了几盒订婚喜饼，其余还有什么？虎妹自语这是在做善事，因为她老觉得上天既然给了男女就是为了配对，没有嫁不出去的男女，只有愿不愿意罢了，留着孤单要做啥？虎妹不知外界对感情的观念已经变化剧烈了。

　　当台湾跨入八十年代，虎妹返乡回二仑时，走起路来都有风。因为村人知道她的几个男孩子个个将才，来来来来台大，去去去去美国，连虎妹也会朗朗上口。当时联考是个小窄门，考前几志愿更是窄之中窄，于是每个村人见到返乡虎妹，都忘了她是没识几个大字的文盲呢。还有新妇人抱着出生不久的孩子去给虎妹抱，希望她的双手可以加持孩子会读书。只有当看见一些新妇比其女儿年龄小却已是小孩围绕时,唯独这个时刻,虎妹会怀疑自己投资女儿上大学和出国读书是否会是一种奢侈的错误?

虎妹觉得人生很徒劳,忙了一生,末了还是住到了这栋初上台北未久买下的水泥砖公寓,和楼下天后宫妈祖一起惶惶老去。只是拿破轮不在了,若隐也早死了,大儿子也娶妻生子,不想嫁不想娶的她叨念了许多年也没力气再管了。

175

锺家倒塌古厝的空地草长及膝,能辨识出方位的是一些破裂的水缸厨灶废墟等。后院的舒家竹管厝在几次台风后,逢小雨必漏,遇大雨成灾。舒家人窝在那老宅的仅剩偶回来透气的马妞和没嫁的牛妹。牛妹守着老宅和一条狗,缺钱时就去镇上的成衣厂车衣服,成衣厂移往大陆关门后,牛妹就偶尔和几个村中老姐妹们去六轻当女工,钱当然是只够她自个花用。阿霞看不过去,决定把从男人那里赚来的槟榔钱提出来帮舒家重建老宅。

舒家竹管厝拆的时候,有大半的人聚集在外看着怪手如何将房子大卸八块后铲平,人群里面四十几岁以上的村民对舒家的房子都以饱满的感情看着它的死去,有些老人不禁想起了他们往生多年的老友三贵,尸体被洪水泡烂的三贵,生前糜烂但却引人怀念,也许因为他有特色吧,所以想忘也难。我们很少会去记得平庸的人,但我们多会儿记得那些大善大恶者,就好像二十一世纪的八八水灾,有人把马政府政策杀人比拟恶甚陈进兴。阿霞的十岁孙子问谁是陈进兴?坏人啦,很大尾的坏人。阿霞看着电视简单回答。比"把拔"大尾吗?孙子又问。阿霞呵呵大笑了。转头对妹妹说,你看这孩子也知啥是大尾咧,一代过一代,仇恨都会被遗忘,何况恩情。

舒家房子急于脱去它被主人黏贴的难堪耻辱:义孝杀人、三贵狂赌被打断腿、贫穷、天灾。悬挂在石灰泥墙上的"蒋公毋忘在莒"玻璃相框被怪手压得粉碎,有孩子看见了跑去捡仅余的木框和沾满灰尘的相片。阿霞以为小孩怎么会知道谁是蒋公,但小孩精明,旋说这可以上网卖呢。一听可以上网卖,孩子们开始寻宝,老瓮老收音机老桌老椅……阿霞赶了这个来了那个,最后只好拿扫帚打人,野孩子才纷纷离去,但有些宝物已然被孩子捡去。阿霞最后从一个野孩子手中抢下一只木头拐杖,由于阿霞紧抓不放,在野孩子终于放弃松手时,阿霞失去彼端拉力，一个跟跄跌得满头灰，大骂猴死囝！你好胆搁来村里耍，我抓到你把你吊起来打。骂着骂着，起身尻骨疼痛，看着手中抢来的木拐杖，嘴里叨念，阿叔，仝系你生前用的拐杖啊，我无甘放舍。

唉算了算了，若真有人要那些坏铜古锡也就拿去吧，牛妹见了这般说。

提早搬出的五斗柜，里面有三贵还没老番癫时收藏的宝贝，水晶洞、玉石观音、微笑木刻达摩，还有老了配戴的老花眼镜。

这几年村落并没有什么变化，路没变宽，四周农田却渐被废去，外围看来无比苍凉，像是无政府状态。怪的是，被木麻黄小径围起来的四方形聚落里面却大兴土木，新木桥跨上脏水沟，三合院一条龙陆续倾倒往生，大厅入口悬挂的"衍功派""颖川堂""昭德堂"化成灰烬。继之而起的楼房却多长成同一款样子，外皮像卫浴贴小磁砖的三楼洋房林立，聚落里面新楼房四起，外围小径却荒凉如废村，这形成一种视觉对立。在村落旁若有新翻修之物则是庙或坟墓，庙或坟墓被重新贴砖或者加以装饰彩绘，看起来像是过年。然而从大城市攒钱回来翻修祖厝或者祖坟的人在完工后相继又离去了，村子又寂静了下来。

虎妹和这群回返老家重建的功德主也相继离开了，重新将自己日益垂老的身体掷入大城市的狼烟之中。

还守在那宅子的仍是舒家没有出嫁的牛妹。

夜晚到来，在满是油漆味与新家具里，唯独牛妹躺的是她坚持要留下的贝壳木雕红眠床。这红眠床四角挂着纱蚊帐，只要躺进这个空间，她就觉得一切都还在旧时空，阿叔阿依都还在，嫁入隔壁锺家的大姐虎妹常带着孩子回来要她帮忙带，其余姐妹为了嫁人正喧哗吵闹讨论着，那已成往事幽魂的老房子收纳着活人的声息。她只能往红眠床的粉红色蚊帐里躲去，这幽暗空间顿时像一个小小洞穴，进入这个洞穴就进入连结回忆的旧世界。每晚她进入这个洞穴去见许多阴魂不散的老灵魂，这个可以穿越旧回忆的洞穴成了牛妹的秘密，她老死都要在这张床的秘密。

舒家几代人都注定漂泊成为流动的过客，只有在六轻当女工的牛妹成了舒家宅院的最后守灵人。

那日她的屋里飞进了几只黄蝴蝶，蝴蝶停在父亲三贵和廖氏妈的黑白肖像上。牛妹走近相框，她看见自己的肖像叠影到父亲赌徒的脸上，忽感心惊。

这时牛妹恍然听见远处的糖厂火车声咔嚓咔嚓地袭来，甜蜜的甘蔗下堆挤着被枪杀后乱丢进来的尸体,小孩子追着火车跑着,晃啊晃的,她记得姐姐马妞使力抽出了两根小甘蔗,蔗叶沾着血迹,她不知情地抹了去,将一根递给了自己。饥饿克服了恐惧,她们望着小火车和野孩子们远去。她们蹲下身来,用牙齿大力吃咬了一口甘蔗。

夏日的西北雨落下,牛妹的长发和薄衣湿透透,甘蔗渣吐了满地。

她听见有人吓哭的声音。

火车厢内弹出了一双断裂的手。

云很快就飘散了。她看见中央山脉,看见台湾海峡,看见父亲的老房子,她缓缓地吃着甘蔗,那时她还不知道自己将不曾出嫁且将会老死于此。

她抹去父亲三贵肖像上的灰尘。

光影移往,她的脸消失在父亲的肖像上,将歪掉的相框调了正,父亲忽然就有了笑,这带给他们苦命的父亲,但她想他终还是个父亲,她的君她的父。虽然这个君这个父曾骂过她是一个没有出息的农村屄,但他还是以父之名,挂在祭祀祖先的墙上。

牛妹开始扫着地,扫着新房新厝的老尘埃,仿佛她是新嫁娘。

风一路从浊水溪扫荡而来的沙尘,她很熟悉这沙尘,虽然扫着扫着,瞳孔被刺出了泪。她想这满屋的寂寞,可比风沙还烈啊。

秋风女人心

176

晚年虎妹和往事很近,隔着一片荧光幕。童年她挤在一堆村民里看着有人抬出一口黑箱,黑箱里面竟跑出人。真恐怖,人可以缩这么小。她好奇地跑到黑箱后面。

这啥米牌子?Sony,读过英文字的孩子答。收妮,阿本仔实在厉害。

虎妹的梦断断续续的,忽今忽昔,忽苦忽乐。唯一确定的是她不再饥饿,且厨余甚多。

每到冬日黄昏,虎妹就会在公寓窗口眺望。下午重播的夸张台语戏剧刚演完，她按下遥控器，叹了口气自语寂寞人看猜（猜：疯）戏。走到街上尽是老人，经历过最穷与最富的老人，人生暮年，如木枯朽。

这间阴暗的老宅是她年轻时来台北打拼时不意买下的，几十年时间这间老房子让她成了收租婆。这房子一直没能脱手，因为路冲加上楼下开了间天后宫。浊水溪老家早已倾颓，孩子家她觉得不自由而不愿同住，这些年她收回老屋，此成了遮风避雨处，虽常感孤寂，但也好过住到安养院。快过年了，年年这样过。之前来谈要改建的商人给了她今年一个新的发财希望，屋后的老宅都拆了，唯独他们这栋老公寓有钉子户，她想拆到门口了，他们难道会不给拆。但眼前这个年当富婆是不可能的，她常想为什么要发明时间？每一天撕下的日历如头皮屑增生，时间除了增添恐惧，是没有意义的东西。对孤独者而言，时间更是邪恶，是致病之疾。散着毁灭性的乡愁，时间流逝常使人的心灵遭受绝望的重重一击，因而眼神常布满哀伤。过年，日渐成了折磨虎妹的仪式，成了她的感伤来源，以及她对儿女的怨怼。每天撕下大张日历能作什么？时间被拿来垫在桌上吐骨头、果皮、残渣，然后一包，时间被弹入垃圾桶。

尤其她现在有二十四小时的速死店（偶尔她的发音是速屎电），入夜有许多老人都在那里打盹，这是她无法想象的。她总是庆幸当年有到台北做生意，当年人人都说男的卖拳头，女的卖肉体，她不信命运，催促若隐北上，儿子有回返乡祭祖对她说，好在我们有书读，不然我可能留在这里当货车司机，小娜可能去成衣厂当女工。小娜当时听了不服，我就当女工啊，我可能是当大哥的女人呢。虎妹听了打了女儿手臂一记。到老她常说比上不足，比下有余来安慰自己。冬日能安慰她的还有黄昏时开着蓝色发财车来到路口的小贩，蓝色发财车让她想起死亡已久的若隐，但发财车上的食物才是她最眷恋之物。碳烤地瓜水煮花生剥菱角，那些昔日的土物、苦物，于今成了三寸舌根的安慰，她吞了几下口水，抓起桌上的零钱包凑了些铜板，穿出阴暗甬道，走向小贩买了一包一百元的菱角和花生。

虎妹婆，汝好啊，今日土豆（土豆：花生）仁肥又香，中年小贩对她打招呼。

邻居孩子故意叫她虎姑婆，虎妹笑，剥了几颗土豆给孩儿。一剥竟有五粒仁，有孩子抓着虎妹手，虎妹抽手把五粒仁放入外衣口袋，口里念着真罕见啊，难道要中奖券啊？对争食的孩子说五粒仁系土地公的五只指头，无使呷。她走进天后宫，把五粒仁土豆置在供桌，手顺势举起朝妈祖拜了拜，于她而言，所有的寺庙都是神仙居所，恭敬总是没错。

　　虎妹到老都被叫作"妹"，这让她感到有点骄傲又有点失落，毕竟老了就是老了，管你是妹还是姐，管你有钱抑或穷。

177

　　当几年后，虎妹有天从台语新闻得知有个老妇埋在后院的钞票全被虫吃了时，她深觉庆幸没有如此做，因为她也有过同样的念头呢。

　　还好有民视台语新闻，好让虎妹可稍为理解外在世界的种种骚动，可惜那时候她已迈入初老，膝盖逐渐酸痛钙化，最多也是到台北郊山阳明山走走罢了。

　　虎妹初老台北行，她眼见这个城市已成异乡，她想以后不再来逛了，没什么好逛的，这座城市从来就不属于她这种"做工人"，这座城市已经没有她的方寸之地，没有属于她的东西。城市石灰墙喷着"需要工人吗？"她在初老习字读出这些字眼时，她心里笑着谁会需要工人，如果喷着需要男人或女人吗？可能电话生意马上就上门。

　　这城充斥着虎妹年轻的肉身废墟，这城四处点着新女人的肉身战火。她是不折不扣的老女人了，可是好像一切不过才昨天而已，怎么她突然就老得不像样了。

　　她想要是自己这时候还是年轻小姐的话，绝对不会输给眼前行过的办公室小姐，她是那种凡事都可以为钱奔赴的人，一定会把业务做得呱呱叫。但当她望到女儿的侧影时，她又失去了信心，她不明白自己怎么会生出一个对赚钱和上班不热衷的女儿。

　　她在那个当下看见自己过去在这座城市的少妇身影，她是怎么度过那些日子的？最初这城的每一条街她都是认得的，她熟知哪家店可以进去偷偷兜售酒，哪家店进去不得。起初这城的一草一木都是为她遮凉的林荫，每一天对她而言这城都是钞票的化身，是一个变数，一个奇异，一个丰收，或者一个栽跟斗。这城不安，但又吸引着她做着违法的高利润走私洋酒洋烟生意。那时她可是时髦的，至少得穿体面，身旁又拎了个像洋娃娃的小娜，当年生意还颇可观呢。但只要遇上密报者，那她就吃不完兜着走了。她那时做这种生意说来也没啥好羞耻的，她想穷人别跟人家谈什么道德，对她来说这世界只有温饱的存亡问题。

酒是真洋酒，又不是害人的假酒，只是没有经过公卖局而已，所以她当年卖得坦荡，但警察扣押她包包里的洋货也很坦荡。她讨厌这些戴帽子的贼头，他们只会柿子挑软的吃。黄昏澄黄日影落在樟树林里，瞬间捻亮的车灯扫来，有如千万只飞蛾，白灿扑来，让她兴起这城幻影重重，忽一股冷地兜上心。

当年的她在这些街道只懂得数钞票与躲警察，现在呢，这城到老却让她徒增落伍的感伤。还有身旁的可怜女儿，才四五岁就跟着她在这城流徙跑路，一直跟着跑到十三岁，这条以个人为贸易单位的跑单帮走私路才在断货下换了别的工作。

因此，偶尔想起这些往事沧桑画面，她都会想对女儿好一点。不然妈妈出钱，你去整容一下。我听丽婷说现在有什么电波拉皮，不痛的，妈出钱让你去试试。人到中年啊，就像中古车一样要常保养。她好意地想要弥补，女儿却不愿意，不是不愿意领母亲的情，是她没有这种心思。我到底是多丑啦，哪有母亲苦劝女儿去整形的，女儿回答。我是没有给你生丑啦，不过时间不留情，是时间将你弄丑了，虎妹笑言。你看到的只是表面，时间将我的心系整得真水喔，小娜说。

母女对话，却转成哲学议题了。

虎妹想，那一回为什么会兴起要女儿带她去台北走走逛逛？她慢慢想起原来是她要女儿带她去看看电视中的美丽台北女人。她听巷口美发院的老板娘丽婷说现在哪个女人不做点美容？鼻子要高一点，胸部要大一点，皮肤要紧一点，脸颊要丰满一点，脸骨要小一点……接着丽婷在她耳朵嘀咕一声，虎妹笑得当场直不起腰，洗头小妹还得等她把头扶正。

连查某鸡掰也可以做？虎妹听得心吓红了。对啊，做紧一点，爽一点，假仙一点，我也要去做，做成在室女，丽婷修着指甲又说道。这一说逗得洗头小妹也呵呵大笑，洗发泡沫顿时飞在空气中。这激起虎妹好奇，她要女儿带她到台北逛逛，看看台北女人，看看整形诊所。她还劝女儿时髦点，前卫点，让自己美一点。总之，差一点，差很多。虎妹去了趟台北，既感慨又感伤，她一方面看着自己不久就要迈入七十了，自己已经和美的世界很遥远了。但她却也前卫地建议女儿应该"跟上"时代，整形一下让自己看起来更美。女儿继续转着方向盘，像是一个导游，像是一个往事聆听者，她没有接腔，她只是心想，母亲对于美还真跟得上时代啊。岂知虎妹接着说，其实我也美容过。啊，哪有可能，我怎么不知道！女儿惊呼。你整过哪里？我其实有抽脂过，还把抽脂的油打到脸上。就是去给那个女医生做的，叫林什么芸的。女儿点头，她知道母亲说的是谁，但她一时也不记得名字。

　　妈，你真大胆，那么多年前，你就去试了，也不怕危险。女儿一边这样说，一边却想不起母亲脸上有过任何变化。是母亲开玩笑的吧？还是自己从来没有关心过母亲？但母亲是傻胆的人没错，但不曾见过她嫌自己不美啊？女儿的思绪转来转去。虎妹只是笑，一副又真又假的模样。其实她早已明白岁月会让女人求饶，自动不再为美伤脑筋。就像现在，她常常午后昏睡打盹，她怎会去求外貌美，她只求膝盖不疼，心不痛，牙不松。收音机总是传来广播主持人的声音，主持人名苦ㄧㄥ，（苦者许也），但她不知他的名字怎么写，反正她每天都把苦ㄧㄥ挂在嘴上，时间一到就转开小小的黑盒子，听着他的台语节目。孩子都戏说她是信"苦ㄧㄥ教"，苦ㄧㄥ叫伊买什么，伊就买什么。客厅茶几上除了普拿疼和露露外，就是补给品了，大都是些顾骨头顾目珠顾心脏顾肝肾的，这时代连卵葩也可顾，虎妹常语言生猛地开玩笑说着。茶几上还散落各种吃了会瘦的瓶瓶罐罐，或者茶几下的各种运动器材，但虎妹身材总是如如不动，而运动器材也总是蒙上灰尘。虎妹晚年听苦ㄧㄥ广播所买的补品药品所累积的点数还让她可以参加澳门三日游。

　　她没想到自己也有走到要减肥的这一天，她以前总以为自己会饿死。电视购物频道还在访问着某某人一个月瘦了十公斤，仍照常吃吃喝喝。虎妹恍然从电视里看见自己少女时期半夜偷偷起来吃东西狼吞虎咽的模样，常有的饥饿恐慌症，使得冰箱总是堆满了她舍不得丢的剩菜剩饭。她常闻到炒鱼干的味道。她没有钱买大哥义孝爱吃的鱼松，只得去菜市场买一尾鱼，将之炒成鱼松状。孩子只要夜晚看见她在炒鱼，闻到鱼松的味道就知道她隔日要去台中监狱探监了。可怕的监狱，十年后她也进去过，因为卖走私的烟酒。真是可怜啊，没饭通呷，穷得要被鬼抓去，没做走私，活不下去啊。

　　下午的眠梦如果没被梦中饥饿景象吓醒或是被往日气味唤醒的话，那么她那日应该是做了好梦。梦里也许是她的理想婚礼，或者理想夫婿。偶尔梦境会偏离梦想的轴心，跳到她吃苦的一些记忆画面。梦境最常出现的是少女前的梦幻大镇西螺。孩童时看什么都是巨大的，连矮小的父亲三贵在眼里都显得十分高大。当延平大街在盖整排的泛厝时，虎妹也曾去当过女工，手里搅拌过无数岛屿经济起飞的水泥。南方四处起泛厝年代,让虎妹第一次看见什么叫水泥,什么叫油漆,什么叫瓦斯。她低头大力闻着水泥和油漆及瓦斯味时,心里十分受到震荡,直以为那就是财富的气味。她将来要有要住这款坚固的房子,住新大楼,有楼梯有流笼(电梯),有玻璃,有纱窗有纱门……但当时她只是一个水泥工,流的汗水被搅进了水泥,水泥被盖成了楼房,未来的楼房里将有她的汗水和无数女工的汗水。这群女工后来都远离了家园,摒弃那个尖厝仓小世界。

虎妹心脏装了三个支架,她的心脏也常心律不整,有中医告诉她心脏代表人的七情六欲,情绪都由心生。啥米鸡情邌玉?她不懂。

感冒没时间看医生,喝友露安、克风邪、三支雨伞标,生产完第二天就去田里和市场,把婴儿丢给大一点的孩子,女儿小娜就是差点养到死掉,为钞票,虎妹全心全意。所以虎妹不像虎,她更像是钱鼠,只爱咬米咬钱,她是打拼到连流目屎(目屎:眼泪)都没时间的女人。但一生闻钱就开心的虎妹终于争不过天,她得退出江湖了,在身体无法消受劳力的工作后,她才开始当米虫。以前她常笑若隐是无米乐,若隐是那种无米也不知愁的傻人,她骂伊无米也在乐,实在真系无中用。虎妹伶牙俐齿,现在她连骂人都没太多力气了。晚年热衷的事就是早上看股票数字跳跃,虽然股票她不懂,但对数字她敏感,她买的股票后来都变成水饺股,她把股票贴在墙上,孩子若喜欢可以自行拿去。她想天公疼傻人,那么她是太聪明了?所以不受天公疼爱?她不解为何她到老还是输家?午后听广播苦一ㄥ节目,买儿茶素、玻尿酸、胶原蛋白、红麴素、叶黄素、姜黄、大豆异黄酮,她不知道这些字怎么写,她学着发音,或请小娜写好,她亲自到广播节目说的地址买了无数次,她觉得自己虽不美,但在晚年也得挽回一点面子。除此她热衷选举事物,她戴着选举棒球帽摇着绿色小旗去走街。她觉得选举好有趣啊,每天电视和街上吵吵闹闹,让她有回到年轻时的感觉。牵手护台湾那回,她自愿报名去参加敌手苗栗票仓的牵手造势活动,那是一个让她难忘的日子。她守寡这么多年,和一些陌生人同搭游览车到苗栗客家庄,牵手活动正式开跑时她才发现左右都是男人,一个年轻,一个和自己差不多。

她这么多年第一次摸到老男人的手,粗糙的手牵起来可让她也是老皮的她瞬间触电。有时午后坐在竹藤椅打盹时,她会想起那个感觉,有一回去泡温泉,脚伸到食足鱼池时,瞬间被数十只小鱼吃咬的小小甜蜜痉挛,她忆起牵手男人的感觉就是被食足鱼吃咬脚皮的这种滋味。那一牵牵那么久,她心里暗想自己真没见笑啊！老男人长什么样子？阿霞问。反正不就是那种不舐鬼和苔哥鬼啦，虎妹笑回阿霞。但她还真没记得牵手男人模样，她当时只记得自己很不中用，肚子咕噜咕噜叫，心里想着何时发便当啊。

老想着啥米时阵要发便当，虎妹说着笑了。

你啊，啥米好料没呷过，竟被一个便当收买，阿霞嗤之以鼻。

无系收买，系甘愿去造势，虎妹说。连造势你都学会了，阿霞啧啧称奇，想想选举真厉害，让姐姐都变得像是狂热分子。

除了选举的激情外，其余日子虎妹都不懂什么是激情了。有时她的女儿常好奇母亲对选举热衷的激情究竟从何而来？是为了锺家亡魂？还是她根本地讨厌外省郎？这个母亲说不出又记它不得的秘密是关于那个来到小镇又离去的外省郎？但五岁小娜记得。她记得母亲带着她去旅馆找过这个陌生人，但母亲显然听不懂这个陌生人在说什么，她的好耳力与机灵嘴巴顿时像是废掉似的，完全失灵。啥米？她常紧锁眉头。伊讲爱你好好顾家，别对他走，小娜突然翻译起来。虎妹轻轻打她一记，你又知东识西啦。

你刚刚看到谁？虎妹在客运上问着小娜。

谁也没看到，小娜咬着嘴唇说。

真乖，返转妈妈买鸡腿乎你呷喔。

这些往事碎片虎妹完全失忆，从来不曾在心海摇晃过，以至于她常以为自己天生就是要来替锺家亡灵报冤的，她认为报冤的方式就是赢得选票。她晚年最懊恼的一件事就是当年她傻傻地带着女儿去国父纪念馆排了九个小时的队伍，竟是为了看一眼杀父仇人，当时她不知道她要瞻仰的人是锺家的杀父仇人。她看儿子从学校回来后制服就多了一片黑麻布，像是狗皮膏药，且千千万万人毫无缘故地就成了丧家，虎妹想那这件事一定是很重要的事，她非去瞻仰这伟人一番不可。

晚年她要女儿载她去两蒋文化园区，她想看往昔她口中的乌龟星。电视上蒋友柏行销公仔，她问伊是谁？蒋仔的孙子啊！女儿无聊地答着。生得真有板，其实和米国阿兜仔结婚生子也无坏，似乎暗示着女儿大可一混。伊是混苏俄的。酥鹅干系真远，哪毋系去米国……你去酥鹅玩耍过干无交查埔阿兜仔朋友……虎妹喃喃自语，竟是惆怅。叔公去过苏俄。恁三叔公真可怜，活活被弹掉。屘叔公也死了，锺家大老走光了。以前听你讲屘叔公、屘叔、屘姑，以为他们都好有钱,匿念成"万",我以为每个人都有好几"万"。有好几万就好了,以前三重正义北路的一栋四层楼房子也才四万元啊,以前躲空袭时,一间市区的房子几只鹅就可以换了,战争时房子被轰炸就不值钱,鹅却可以饱肚子。

小娜听了笑,妈妈还是在意吃。

除了吃,就是钱。钱让虎妹心疼,一如她不敢去台北城,不是怕高楼大厦,是伤心这高楼大厦的水泥森林里竟没有她这么认真勤劳者的位子,她不明白,等她明白自己被政客玩掉了人生攒来的钞票时,她对政治失去激情的这一天终于来了,虎妹忿忿地按掉电视开关,深深地叹了口气。没想到自己也落入和哥哥义孝同样的失望。她逢人就说阿辉、阿扁都挺过,但你看见现时阿陆仔满街跑,这还不打紧,台湾之子入监定谳,这更让她伤痛。起先她还在小巷和敌手遭逢时呛声道,饭桶党以前歪哥,为何拢无罪?她后来痛到沉默了,要让虎妹闭上她会咬人的嘴,这简直是新闻。但虎妹真的心痛,这种痛啊,让她突然在梦里见到锺声。

钟声若歇,钟还是钟吗?虎妹在梦里变成一个智者。

178

大战的记忆已经很遥远了,战争随着时间模糊,何况虎妹当时不过是个三四岁的孩子,她仅记得了战争的饥饿以及往地球丢炸弹的飞羚机。饥饿造成她什么东西都舍不得丢。晚年有佛教徒告诉虎妹要吃素累积福德,她说年轻时肚子每天饿着,每天巴望着每个月的肉票,真命苦了,现在要什么肉都有,也可以吃牛肉了,哪有晚年才吃素的,这把年纪吃菜,她说这太艰苦歹命了,何必有吃的了却不去吃。她想搭飞羚机,但又怕。以前飞机都是往人们身上丢炸弹的,现在却载他们环游世界。但没有人带她去搭飞机,她觉得仅有的残余价值是活着。

于是虎妹减少在街上走动了,她喜欢打盹,被梦茧包起来。许多往事会来敲门,比如她那年复一年一个人的祭拜旅程,她像是一个由人骨和牲杀所形塑的黑衣使者,前往一个早已沉湮失落的帝国。她只身一人前往祖先魂埋之所,还没拾骨前坟茔处处。她携了祭物买了牲礼供品去到了某无名郊山的坟前祭祖告天拜地,她宛如以面圣般的严肃,请出了往生的死骸灵骨,她拜祖父父亲生母及生母外婆和生家舅舅……锺家与舒家祖先，她总是叨叨述说并点燃蜡烛焚烧纸钱，她怨锺家，她气舒家，但她年年记得这些祖宗的魂归日，她也花很多钱超度他们，她总想着他们现在轮回到哪了？还是茫茫渺渺，不知去向？

　　虎妹跳过继母廖氏的坟墓，她仅双手合十行过，没有任何铺张的祭品与祭仪。继母在病榻上一双凹陷如缝的哀愁眼光，全身筋脉血管发黑，长期赤脚与吃槟榔的脚与唇都发黑。然后虎妹行经花叶婆婆的坟墓，她也是仅双手合十。残留在花叶这个狠毒女人子宫里的精虫糜烂在其颈口上，她男人过去在其身体的兴奋时刻于今成了查某体内的恶瘤，花叶致死之因，虎妹没忘，婆婆打针打到血管都看不到了，干瘦如柴，那个黑暗产道，像是彼岸之花，充满天人五衰死亡前的腐臭召唤。

　　她的婆婆花叶过身后，老是闻到她睡过的黑暗床铺弥漫一股腐朽酸蚀。但虎妹没忘记童年时见到花叶感觉她真美啊，她是村里少数入中年还依然美丽的女子，当她过身后，虎妹和一堆人头一同觑着逐渐冰冷的衰败躯体，她不知如何形容那气味，直到有日她见到女儿插的百合腐朽发出的臭气，她才想起就是这气味，婆婆花叶的死亡气味，腐蛆四爬，馊气四溢。于是丧葬工人不断地得在棺木里塞着厚厚的陀罗尼往生莲花与吸味吸湿的纸团和木炭，同时以表面银纸作为装饰，好遮掩一切的华朽老去之腐臭。花叶的灵堂肖像，用的照片美如天仙，黑亮的大眼精烁，深邃的五官，像是一朵才绽放的花叶，花叶交代往生要挂让人怀念的照片。

　　虎妹望着这照片，烧在瓷砖上的照片，不是遗照，是音容宛在，让虎妹又欣羡又畏惧的照片。她在祭拜祖坟时过去往往会跳过花叶与廖氏继母之墓，这种生前就散出糜烂气味的女人，她对她们并没有太多的同情。直到后面几年，听说将来的祖墓要变公园，未来拾骨是必然时，虎妹才放下成见，行经时都会祭拜一下，她想还是和解的好，她可不想再和她们狭路相逢。

　　偶尔她也会对田里墓地不远处的某个亲戚肖像多看几眼，那个坟茔墓碑依然镶着拓印在瓷砖上的黑白照片，那照片英俊清秀。这个某一房的亲戚男人是若隐的堂哥，听说他是死于乡里人所认为的不名誉事件，他离奇死亡时，法医来勘验，把整个小矮厝挤爆了好奇的村民男女老少。法医事后以自杀死亡定谳，但此只是一种慰藉想法，那一房的叔公婶婆宁愿相信儿子是自杀，因为一旦定夺他杀，纷纭事端将起。相熟的法医私下向大家长透露这位叔叔的死是在某种窒息性爱游戏里，法医更语带暧昧地说这叔叔的肛门呈漏斗状，长期就是个肛交……叔公听了以手一挡阻止年轻法医再续说，婶婆则听得很糊涂地当场愣住。当时虎妹好奇地躲在其他长辈的房间偷听到了，听时也很懵懂，她问别人，别人说是这个叔叔是爱查埔郎。虎妹听得一愣一愣，啊，查埔爱查埔，没听过。在旁的小娜听了也复诵着，虎妹却轻打了她一巴掌，自是什么团仔有耳无嘴之类的话，但她自己后来却在煮晚饭时在厨房里自言自语伊唔是这款人啦！伊真将才，对人有礼有情，应是无限风光的人啊。

　　乡人心知肚明遂不再提这件事了，自此这锺家某房的男人之墓就荒烟漫草了，无子嗣当然是注定的。所以虎妹总是会顺便祭一祭无子无嗣也已无亲无故的阿叔，女人多跟着孩子叫，所以她是唤伊阿叔。早年身体还硬朗时，她还替无人祭拜的阿叔的坟冢四周缓慢仔细地拔草去芜，烧冥纸与燃蜡烛，剥水煮蛋壳，而有时跟在旁的小女儿小娜也会四处摘些野花放在每座坟冢前。为什么要剥蛋壳？小娜说。虎妹望着照片说，好快点换壳，投胎转世啊。虎妹继续在墓上压着五彩缤纷的挂纸，小娜好奇又问原由，虎妹笑说，你真爱问，这压墓纸是为了让你阿公阿太啊添换新瓦。喔，帮他们盖新厝。虎妹又笑又叹，但我做这么多，也没看祖先保佑你。

　　虎妹的祈愿很容易明白的一点是她祈求的无非是她请老天爷帮帮忙，让那好玩成性的死查某囡仔鬼赶紧早嫁个好人家。好丢脸的查某啊，这么老了还让别人老是问起老母何时吃到查某团仔的喜事大饼。

　　小娜听了常嗤之以鼻，有时会和童年时一样四处攀爬，将拔来的野花献给祖先，在荒地无边里遂有了泼洒鲜艳的色泽，恍如祖先们借花还魂似地冒着生机。但小娜更喜欢染着红红蛋壳，放在野地很是红艳，像一双双有情人注目的发热眼神。

　　对于女儿不嫁的内心怨叹就像一种不自觉的拟螳螂生态，凡见人影必往黑暗窜，虎妹亦然，见到有人问起小娜年龄与何时结婚，她一概往黑暗躲，傻笑笨笑，岔开话题。唯独在坟茔四周无人时，虎妹才喃喃自语和老天说说话，她总是认为老天亏欠她。祖先亏欠她的太多了，别说儿女不嫁不娶，就是之前曾试着在乡下仅有的两分地上种点菜，却也歉收。虎妹自播种后就哀叹立夏不落雨，犁耙高挂啰。后来虎妹放弃自耕自耘，她放下颜面，要孩子每个月一万两万的拿给她零用，对于晚年这样开口向孩子要钱，她是不舒服的，但去哪讨吃？

她又问着这些躺在地底的亡灵们，尤其老是对那夭寿短命的若隐抱怨，恁这么早走，恁都真自私。

179

晚年舒家女人大都和村庄人一样消磨在电视机前，她们想会不会有一天死时还握着遥控器，或者在半夜起来打给电视购物频道时忽然心肌埂塞。阿霞看电视说什么某企业家和小三十二岁的女生结婚的新闻，她在电话对姐姐虎妹说，这也没什么啊，我那个年代就这样了，只是我是不得已啊。但话说回来，其实刘中校对我好，也没得嫌了，还留给我一大笔退休俸。

阿霞那个年代往下相差个一代十年的台湾女生，家境差的也大都度过帮佣年代，近一点的到外省家庭帮佣，远一点的到阿拉伯当护士，这些女人撑起岛屿大片经济。但阿霞没有，她过得好好的，每天穿好吃香的，日子轻盈得让她在乡下都像是要飞起来似的，有钱真娆掰喔！村妇见状道。

她和儿子和老公，看起来像是三代人。

没想到儿子长大后一度变成坏子，走夜路的人。阿霞某一年在夜市地摊买了一本盗版百科全书之类的书，竟然读到"喂哺母乳者切忌在泌乳期性交，性交会损坏乳汁，让孩子从野兽的乳头吸进了邪恶"，她看着书发抖，想自己当年确实还在哺乳期强被刘中校要了几回，她的乳汁成了野兽，还掺着邪恶成份，这忽然让她明白为何孩子变吸毒的坏子了，这要怪都要怪他爸，那个说异邦话的老爹。这样一想，阿霞安慰了许多，她怕别人说宠子不孝，而她就是那个宠子的女人。不怪刘仔难道要怪我啊。她都叫刘中校刘仔，刘仔老仔，好像他是天生的老人。儿子断奶晚，成天双手攀抓在她的奶上不放，有天虎妹看不过这种溺子模样，大声说这不成款啊。她说阮的奶团仔一天也没呷到一口，你还让他呷到四岁。说着就教阿霞把灶里的煤灰涂些在奶上，好让孩子一吃就不敢再碰了。当儿子台生把生出乳齿的嘴往阿霞奶子张嘴一吸时，他顿时露出一张老脸，痉挛的愤怒与咆哮样，把虎妹逗得可乐的，她双手捏着台生肥嘟嘟双颊笑说，你看一个团婴仔竟气到脸歪去，这个藕啊蕃吉，恁母太宠你，这系害你，以后你要爬到阮的头尾顶啰。

好命的阿霞想以后也不靠孩子孝顺啦，她在村庄里可人人殷羡，染金丝毛，涂红指甲，村里的电视机属她家的荧幕最大，多年下来，她是被电视喂养的第一代。她看杨丽花演周公、吕布、薛仁贵……她爱死了杨丽花，她幻想自己是桃花女、貂蝉，且想男人当如是。虎妹知悉后笑说伊袂作叨蝉？她想这村里每棵树到夏天就疯了，每一株树都有看不见的成百之蝉，真不知妹妹叨只蝉就这么开心是啥。梦醒不必靠自己，当很多年后阿霞知道杨丽花竟然是个女的，不仅比她还有胸部，且还嫁给了医生。自此她就不相信戏，还是姐姐务实，猗郎看猗戏，这世界猗在一块才闹热。

　　阿霞是冬夏晴雨都会用到棉被的人，棉被有时盖，有时是一种安然的陪伴，棉被有时代替了男人。她唯一常做的家事就是弹棉被，又重又厚的棉被被睡压得密密实实，盖在身上像巨大的刘中校压在身上，她没事就把棉被挂在舒家老厝的女儿墙上弹着，直至远方雷声一路也弹了过来，她才趁大雨降下前，收了棉被。她喜欢弹棉被，看着尘埃飞飞扬扬，这些尘这些埃如鬼魅蓝烟，挥之不去，但弹来有快感。阿霞常想，这村庄沙尘真大啊，她一天到晚眼睛过敏，揉着眼皮，人还未老，眼皮就被揉皱了，人家是要去割双眼皮，这个村庄的女人是要把三四五层的眼皮缝合。

　　初老时这村庄的沙尘暴随着东北季风增强加烈，她开始诅咒这个地方。后来她才知道原来是六轻搞鬼，截断浊水溪后，溪床无水，只余飞沙。读过书的阿霞想，这无水河床，不就像自己的床吗，她的床也早已干涸。

　　从浊水溪到六轻，阿霞忽然话题一转，提到现在有一个男朋友了。

　　男朋友？虎妹怪叫着。晚年有一个油漆工来到阿霞的生命现场，虎妹都开玩笑说他们是相逗的，也就是姘头。阿霞听了很不爽，觉得虎妹自己没人爱就来耻笑她。

　　虎妹每回和阿霞通电话都是听到话筒脱落一旁，人已经半盹了。

　　没通电话就是按遥控器。

　　在冬日冷雨天，虎妹裹着棉被看着"娘家"，随时都可以开始也可以结束的疯戏，专喂养她这种人。还有台语新闻，至少还知道外界发生的事，但大半时光她都任影像随兴出入。刚上台北时，她还会带小女儿去看三厅电影，八九岁小女孩看接吻戏，看男女主角在海边奔跑，看舞厅客厅咖啡厅的情情爱爱，母女俩都很刺激。世界的尽头都在身后那一束光里，光暗灯亮，她们又索然地回到现实。后来虎妹也不看电影了，她从梦幻里醒转，她告诉女儿，这种爱得半死的戏，剧情都差不多，人生要真这款爱，不都全猶了。虎妹是那种只要断去缘就不再回头的人，对义孝哥哥是这般，对电影也是这般。但情牵者，则终生念之，西娘如是。所以她常很自然地想起西娘阿太，这锺家唯一对她善意的长者，教她在婴孩手脚绑上红线的西娘，虎妹思伊，脸上带着笑，她想起那个怕男孩长大，会像他们舅舅义孝变歹子的担忧，当时在二仑老厝，她可是狠狠地将男婴的手脚缠绕了好几圈红线，唯独小娜出生时却没绑红线。她想这绑红线也许真有那么灵验，三个男孩都很乖，七坐八爬九发牙，从出生即按秩序行来，然而也太乖了吧，她想当年会不会绑过了头，男孩个个都谨守本分，连建筑荣景大好时，搞营建的大儿子竟然也没赚到什么钱。没绑红线的小娜虽说不至于当恶女，但脚老是飞得老远，她难得见到这死查某囡仔几回啊。当年女婴满月，她忘了红线事却有照西娘的叮嘱，虎妹找个属龙的女孩背满月女婴跨出锺家厅堂，走过铺好的小桥，要龙女跨出锺家厅堂时摇晃女婴朗朗地说着出大厅，好名声，出大厅好名声。虎妹在厅堂内望着龙女背女婴剪影，她开心地笑着。心想这一招，为何阿太没有教伊也用在男婴上，她想总是阿太当时给忘了吧。女婴过百禄时，回光返照的西娘缓缓起身从抽屉里找出一个木制刀剑，然后艰难地迈步至女婴的房间，将黑檀制木剑挂在女婴房外，黑檀香气蚊蝇不侵，剑气破煞，西娘好生放心。她进去望着女婴一眼，虎妹早就去水稻田割草了，她抱起这安静如处神秘境地的女婴，女婴的脸撞上这西娘的刺绣眉勒，女婴发着咕噜咕噜声，对着西娘笑着。下工的虎妹拉开牡丹花布幕时正好望见这一画面，这画面让虎妹到老都难忘，那是她对人生还有幸福感的少数吉光片羽，这画面足以减弱她对女儿的怨，她得不时地像阿拉丁神灯般地召唤它，如此才能抵挡这晚年寂凉的光阴。

180

老年虎妹也常梦见童年时去探望亲生外婆廖对的时光，廖对有一个姐姐叫廖错，也就是虎妹的姨婆，一对一错，让人印象深刻。有趣的是廖对说东，廖错就爱说西。廖对不喜这名字，一度改叫如红，她记得日本国旗那红如鸭蛋的圆满图案，但子孙仍喜叫她廖对，这名字好记。

那是这座小村值得虎妹回忆的童年往事。在乡下水稻田农歌日里，虎妹总会回去探望母系唯一最亲的亲人廖对阿嬷，那时虎妹的世界还觉得很完整，虽然离开出生的老窝，但那只有凌厉继母的老窝是冷酷如冰霜的，所以利用农闲时来探望外嬷成了她活得最有历史感的家庭光阴。孩提时，她也常想和哥哥义孝一起来看望外嬷，但那得赤脚走上半天的时间，任柏油烫着脚板。孩童时光即使巴望看到母亲那边的亲人，但毕竟那只是渴望，毕竟是距离遥远。她最多只能赤脚走在沙砾地到西螺镇。西螺镇在童年与少女时，已是她凡间物质的繁华尽头。

　　虎妹去探望廖对外嬷时，外嬷已经很多年没有见过那扇大门的阳光射进老墙壁的缝隙了。

　　廖对外嬷怕阳光，她只爱月光和《圣经》。

　　廖对外嬷是虎妹除了几个舅舅外，唯一的母系亲人。母亲在她婴孩时就撒手人寰，导致舅舅们对虎妹生份。唯独廖外嬷还疼她，但她才开始要离开冗长苦涩的继母家时，廖对外嬷在虎妹结婚那年被隔离了。

　　廖对外嬷脸上坑坑巴巴，说是麻疯病，麻脸是真的，但人可不疯，疯是为了隔离而附加之名。不能见阳光的廖阿嬷，过着没有白日的生活，只有黑夜的回忆疼痛噬咬着她的晚年。外嬷常想起虎妹的妈因为虎疫而死，有人就说是虎妹克了自己的母亲，唯独廖对外嬷嗤之以鼻，每个人都有命有运，若真被克也是她的运。她到现在这么老了，都还记得阿本仔称霍乱为虎列剌，他们也就以为这叫虎疫。

　　村里有天来了胖阿娥，伊常被叫肥鹅，她为什么来到这里，没有人知道，就是有一天就看见她出现在这里了，卖点杂货。听说肥鹅怕月光，怕黑。坏年冬，多猎人，但虎妹和肥鹅倒颇好，也许因为两人身形皆属肥胖型，也都爱吃。肥鹅和廖阿嬷的生活是互补，因肥鹅居无定所，故在虎妹的牵引下，住到了廖阿嬷那里，一张床两人睡，怕月光的睡晚上，怕阳光的睡白天。两人各自拥抱各自的星球，很自在。肥鹅说这村里的任何一个角落都比她以前好，以前她被认为是疯癫起猶，住过爱爱寮，爱爱无爱，尽是乞丐癫病叟哥郎。

　　照顾廖对外嬷的女人是虎妹同乡苦命查某，她从小就被村人叫殁鼻矮仔财，怪的是当年村里有好几个被称为殁鼻的女人，其中又以这个殁鼻最矮，一张大人的脸，却有着孩童的身体，被称为殁鼻矮仔财。殁鼻的鼻子整个鼻梁骨塌陷、歪斜。村童也跟着大人叫伊殁鼻矮仔财。

小孩问大人,那个歹鼻怎么鼻子会长成这样?

大人笑答,这哪里是她要长成这样的,谁要长成那个样子,伊开始也是个正常娃娃,家里没米,母亲没奶水,就被送去当童养媳,到了七岁却发现她根本长不高,是个矮仔,那个病叫什么?

侏儒症。

对对,叫猪乳病。

歹鼻养母时常感觉自己被不知搬去哪的歹鼻生母给骗了,竟然花钱饲养一个长不高的烂丑货!所以没事就找伊麻烦。伊养母一天透早看伊煮饭慢吞吞,其实不是慢吞吞,根本是人矮要煮大灶很吃力。伊养母见了脱下柴木屐,往伊弹去,伊可能是突然被伫动作惊骇了,也无知躲闪。柴木屐不偏不倚击中伊的鼻子,歪一边,流血没药医,了后结痂,整段鼻骨没去,剩歪七扭八的伤痕。被伊婚配的未来婿嫌吓,就这样歹鼻被送走,童养媳也做无成,伊来到耶稣孤儿院。阮相识时,伊住在孤儿院,乎人叫歹鼻矮仔财。阮看过伊做团仔时相片,真是古锥!真是水啊!唉。

歹鼻矮仔财虽丑虽矮,却有一手厨艺。于是虎妹和一群邻近劳动妇女在贫穷年代就懂得要联合集资,共有七户老人家的膳食与生活起居以及打扫等事务就由歹鼻矮仔财照料,七户再集资给她。

廖对阿嬷是歹鼻矮仔财最好照料也最难照料的老人。白日廖对外嬷并不让歹鼻矮仔财进入,她只留一个洞口给歹鼻矮仔财送饭。到了晚上,却又常黏着歹鼻矮仔财不放,说有魔神要来抓她了。歹鼻矮仔财有颗良善的心,毕竟她诞生在苦里,她知道那滋味。但七户人家对她一个人太沉重,所幸后来她遇到了另一个也被叫矮仔财的男人,两人成了天生一对,歹鼻从此删掉了矮仔财的名字,而仅简化成歹鼻,要不然一叫歹鼻矮仔财时,两个人会同时回头。

很多年后,虎妹才想起自己童年时即见过矮仔财男人,就是大约在五十年代时矮仔财男人随着杂耍技团来到村里演出杂耍。那杂耍团改变了几个人的相遇时刻,锺大头、西娘(为失踪的锺大头流泪多时)、刘中校遇见阿霞、歹鼻遇见矮仔财。

181

　　当虎妹看见整个世界都雾蒙蒙时,她才第一次听说什么叫白内障。当她某次从楼梯重重地摔下来时,她忽然想起了公公锺鼓和阿太西娘。锺鼓晚年被叫做青瞑公,西娘跌倒在田里自此没再爬起来。一切都因为眼睛失去了光。还有个阿嬷过世前玻璃眼珠都滚到榻榻米上。

　　她忆起锺鼓公还在世时,每次伏案之前有个习惯动作就是先折信纸,将信纸折出一条条的直线,折好后以手触摸线痕,一路写下去字就不会歪了。

　　大官在剩下一些微弱目光时曾伤心对花叶说,我再也无法替汝缝补衣裳了。彼时虎妹在外头削番薯皮时听见了,她惊诧知悉大官有缝制衣裳的好手艺。但一切精细的事物都将随着眼力消失,视觉不存时,人对世界物质的依恋一定减少,目光所及,意念萌生,虎妹渐渐思起逝去多年的大官所言,虽然不懂,但她知道讲的无非是眼睛和想望的关连吧。她确实在眼力退化后,少照镜子了,镜子依在,但无眼,镜子有何用。就像乐器空有妙音,没有妙指,乐器也是无用。虎妹的这点想法,把在她眼前检视的医生倒是吓到了,医生说阿桑有智慧啊。虎妹听了很开心,她回说是啊,我只是欠栽培。

　　医生检查后对她说,你的眼睛神经线都干了啊,口气颇为惋惜。医生告知她得了白内障和青光眼。你以前种田?还是住在海边?医生问。虎妹听了想这有关系吗?田水和大海的反光让眼睛承受更多来自天空的紫外线,面向田水,背对天公,大地最后还让他们眼盲,虎妹觉得像是被世界抛弃了,外界再也看不清了。后来她就不爱出门了,她常常闭目,进入黑暗,跌倒后更是干脆锁在房间的时候多,就像复制了晚年的父亲三贵,一度得过肺结核病的三贵,曾被关在一条龙房舍旁的茅屋长达一年,像是一条狗一样活着。呷菜阿嬷留下一本《眼明经》,小娜见到了,念给母亲听,要虎妹复诵。

　　大智菩萨放毫光,文殊菩萨骑狮子,普贤菩萨坐象王,大地空罗汉,眼翳云雾一扫光,生生世世得光明。呷菜阿嬷加注读此经者,可眼明心轻,虎妹却说那是安慰人的话,经有效,眼科医生都失业了。要让虎妹相信一件事比中乐透还难,《眼明经》还是让小娜从老家祖先案上带去了台北,虎妹常戏谑她,妈妈不信你眼睛多明啊,你看你交的查埔郎,个个有多将才?想骗你上床罢了。铁齿虎妹不信读经有此功力,晚年亦不愿身体再恢复往昔。她常对女儿说,我不懂啥米眼明经，只知查某人有月经，这很烦的事你若提早没有也是好的。小娜说可以补充荷尔蒙啊，让自己看起来更女人味一点。原本躺着的虎妹却忽然跳起扬声对女儿说，要那么查某人味作啥，还不是给查埔郎困和玩爽。

一本经勾起的不是对身体康复的遐想，却是回忆起更多的身殇。晚年虎妹少了身体剽悍的支撑，仅独嘴巴还能逞强。有天虎妹忽然产生信心是想起咏美婶有说过三叔锺声的弱视同学吴建国曾因念《眼明经》竟至眼力好到还可以当警察的秘辛。

我比谁都爱你

182

虎妹曾经无法忍受台湾总统被关在监狱里，但随着时间流逝，她的信念也节节败退。她不再知道什么是真是假，她只知道她还是讨厌深蓝或浅蓝，但问题是她长年支持的绿，却又让她无法骄傲。她想自己为了这个政党晚节不保，竟让一个陌生男子牵她的手牵了那么久，她觉得自己牺牲这么大，而这个总统却让她失望与伤心。这岛屿已经失去了属于她的风景，她不再热衷选举，不再关心谁上来谁下去了。

虎妹还关心的是股票会不会变壁纸，以及何时住的这间老公寓会改建。她气那些死钉子户，怎么样也不肯改建。有一天她听女儿小娜说起天母圣安娜之家被财团以好多个亿标走时，虎妹觉得自己永远都不可能成为台北人，她很懊恼年轻时怎这么笨，买这间老旧水泥又路冲的公寓做啥？在台北四处做生意，竟没嗅到钞票注定是往大城市漂流的钱潮，都怪自己没读书啊，不识字让她错失很多机会，连新闻都听不懂，早年只能看吕布貂婵歌仔戏，晚年只能看夜市人生，她想就是富贵列车开到眼前，自己也不知道怎么搭上车啊。

愈是这样她愈成为强悍的绿色支持者，只可惜晚年她对这个颜色的政党也失望透顶了。她听小娜说，以前她在大学参加什么慈幼社，她常觉得这个女孩胳臂往外弯，对别人家总比对自己好，没事去照顾陌生的孩子，就是不会得空来看看母亲。有一回虎妹对小娜说，母亲以前笨，有一回差点买了天母的一栋透天厝呢，那时候一栋七百万，我想真系贵森森！没想到现在七千万都买不到。小娜就和母亲说，唉，这种事台湾处处可见啊，前阵子天母圣安娜之家标出好几十亿呢。剩安娜猪家？虎妹不知是什么地方。小娜就开始形容她曾去当义工的地方，形容着里面浸满许多失去母爱的弃子伤痕，然而孩子的表情都是笑的，没有泪水的天使，那些脑性麻痹和蒙古痴呆症的女孩成天对着人笑着，智商不到三十的不解人事。舌大突出，眼皮内斜，口齿不清，微笑却动人，小娜用表情形容给母亲知。虎妹看着笑说，喔，这以前乡下很多哩，你记得那个成天笑着沿着村路卖菜的查某囡仔，就是得那款病啊，妈妈见过真多哩，以前乡下都叫这些孩子猴儿。你说现时有啥公义？多少年来多少善心人捐助之地，爱心就这样被财团标走了，小娜对虎妹说。虎妹点头边看着连续剧里的激烈人生边嗑着土豆对女儿说，所以你要争气点，找个有钱人嫁了，还有别乱捐钱了，没路用的，到头来都成了傻子。小娜把土豆丢进嘴巴咀嚼着，忽听母亲下的定论与建议时，呛着了，咳了半晌。

183

老虎妹常坐在客厅的沙发上打瞌睡，瞌睡中她最常恍惚梦见自己饥饿的身影，吃着猪的馊食，饿鬼地狱，连吐出的痰都有鬼想要抢食且还抢不到，即使抢食到的鬼只要一吞咽任何食物都会瞬间被烫伤或者呕吐而出，食物不属于饿鬼道，就像知识不属于文盲般。这点道理，经虎妹说出可是很有哲学味儿。

午后昏黄魔术时光里，虎妹忽然从干巴巴饥饿的荒景中吓醒过来，醒来却见自己一身肥胖的肥油时，捏捏肚子，笑着自己现在不是没饭吃，是吃太多饭了。前不久她才和女儿去了台北"受够"百货，说是想买调整塑型衣，却遇上周年庆，女人抢购化妆品的人潮让她十分惊吓，整条忠孝东路的整形诊所也让她很陌生。她自惭形秽起来，她想这么多年过去了，自己从来没有办法在这座城市有间房子，自己总是对不上时代……她问着女儿这是什么路？敦化南路，女儿说。她想真的不认得了，枝叶繁茂的街道上奔流着车子，每一间店面都光灿灿的。她有进去这些店铺吗？那时候她提着包包，里面装着时髦的走私酒，那些酒都叫什么来着？卫素记、白卵地、粤汉走路……警察把她带走了，关起来了，那是在哪里？看守所在哪里？博爱路吗？那时候自己在想什么？想起怎么和锺家命运一样都被关过？她记得听若隐说过伊的呷昏阿嬷卖过鸦片被日本人关过，锺鼓也去火烧岛吃过十几年牢饭，她的大哥义孝也被关着，那时候她也被关进去时，她记得自己是没在害怕的。她记得她拜托警察看顾跟着跑生意的小娜，她被关起来前有摸摸孩子的头，要伊无惊无怕。她递给警察一个电话号码，那一次找的人是若隐在当警察的堂弟，请他来保她出去。她记得这些事，都是些惨淡不堪的画面。那个幼女现在正坐在她的身旁转着方向盘，她从不知道有一天这个胆小的幼女会开车，且技术看起来还不错，至少她坐起来还觉安稳。

如果没有那些什么爱啊、飞龙在天、娘家和夜市人生，或者虎妹的晚年是很无聊的，那些布景打光和摆设都很像她自己的家，连续剧倒不是说有多合乎她的口味，主要是因为她可以看得懂的电视剧实在少得可怜，何况她的膝盖酸疼，老年注定得的退化性关节炎，使她愈发少动，成天看着红绿股票闪灯与转动着电视遥控器，在午后昏睡里偶尔会遥想起做囡仔时刚看到电视机里面有人时，还和一群孩子跑去电视机后面好奇地瞧着且啧啧称奇不已。

晚年她给自己一个创举，她重新入学堂再次学认字。想看懂阿扁写的《台湾十字架》，但后来就放弃了，她仅能读简单的文章。她总是看见文字会发抖如见神，也瞬间想起她悲惨的童年。

老师要她起来朗读一篇文章。她念偶素中国轮，偶爱偶的家瞎，偶爱偶身长的吐地。

文章是一堆符号，火星文加错别字，她的女儿看了很是心惊，原来母亲才是最适合当代书写的人。

老虎妹有一天让长青社区老师请她喝一杯咖啡，她才想起这是好多年前害她坐牢的进口洋货。摩卡咖啡，再有一天，一个老男同学请她吃一片巧克力，这巧克力瞬间将她所有跑单帮的流浪往事唤醒。

然后是她去领老人年金，她发现机器会吐出人的声音和钞票，起初这可把虎妹给吓死了。

她觉得世界已经走得太快、太神奇，竟凭一张卡片就可以到机器换钞票。虎妹总说人老无钱就无用啦，干恁娘勒，虎妹的语言生猛到了晚年依然如故，尤其是大选前后，她在大街小巷里高举着自己旗帜鲜明的政党色彩时，有很多查埔郎看不下去时纷纷趋近她的身边想伺机做点什么。很多年后她从不知握着男人的手是什么滋味，但那个失去政权的执政党在造势活动里却把两只男人的手送到了她的掌心，且一握就是多时，那是自死老公过世后，她第一次和陌生男子握手，握到出手汗，领回了一顶印有手牵手的白色帽子，白帽上绣有一个孤单绿色的番薯，很像她寂寞的童年。

184

这栋老公寓成了老虎妹的晚年安居之所，这让烈性的虎妹不必看儿媳脸色，她想看电视就看电视，想骂人就骂人，想炖一周的卤肉就炖一大锅……除了生命寂寥，常肉身疼痛外，她已经不再强索际遇的钦点了。人间原是堪忍世界，活着还可堪忍受，这让她花了一生才懂得。

有一天，她决定不再念《眼明经》了。她不想再看清自己这张老脸，也不想再看清这无情的世界。如果还想再看一眼，有想再看清楚的悬念脸孔，那就是女儿小娜了。然而女儿的瞳孔映得出虎妹母亲的脸，而这做母亲的瞳孔却干瘪，映不出女儿的脸了。

再看你一眼，虎妹晚年的愿望，在度过如此漫长的人生哀欢后，属于女子的伤歌行，是她们都熟悉的旋律。女子有行，行者伤路漫漫。

不必阖上眼睛也能顿入黑暗前，她想再看女儿一眼，一个母亲的愿望。

她知道不久，黑暗将全面席卷她的白日，黑暗将放大回忆，她想原来连面对这种生活的空虚也需要勇气。

消失目光的母亲，将遗忘自己的脸，但却记起女儿的脸。她听见几代以来的阴风惨惨，逐渐适应黑暗时光的脚步后，她常闻到隐密角落发出一串香蕉淡淡的霉味，这气味让她忆起遥远的下午，媒人婆带错照片来寻她的生命关键时刻。尔后命运纸片没有显示幸福的预言，是她自己彰显了自己，借着女儿那双或许不聪明却很勤劳的手。在近乎无光的老公寓，她已半瞎了，阳台的鸟扇动着翅膀，她闻到一阵腥臭，也闻到活了大半辈子的老街扬起一股暖风习习。

她这双已然对世界缄默的眼睛，以她自己的尊严之姿，静静等待这黎明前的非常寂静，倦怠而孤独。

卷·贰　女渡海者

她永远不会固定一个地方，不会为一个人苦，
不会为一成不变而感到绝望……

【编号1：刘妈妈】

海上来的女人　盛夏之死

1

你注定死亡在一座岛上，虽然你生来注定在海上。熟睡的岛看起来比夜还巨大，你站在甲板，看着岛如眼睛般慢慢睁开，夜褪去，岛的轮廓乍现，汽油混着海水的气味，你感觉来到荒岛。

为战争所迫，你成了女渡海者，在海峡浮沉，你闻到自己身体的汗臭味时，你在甲板上流下泪来，然后告诉自己，今后逢悲或遭难都将不再流泪。

流泪前，你想起母亲，没有遭轰炸的城市，让她免于被遗忘。在静安寺里，一小瓮灰，编号1，名讳茉莉。茉莉像是一个小女孩的名字，但相片里的她已是老妇了，不再唠叨着阿拉阿拉，极其安静。虽然你不喜欢你的母亲，但你爱她。喜欢有后天的成份掺杂，爱则没有，天性的爱，想到会无缘无故流泪的这种爱，就像母亲，就像上海。

戎克船下的唐山石你不曾见，你和这些开口唐山闭口唐山族类的历史是两条平行线。你爱上海大城，对于眼前的番岛有着恐惧。但人生已无退路，求生成了最大的动力。必得随着军队撤退的老公刘中校在甲板另一头抽着烟，沉默如铁。你看着他的侧影，你想你爱这个男人（你那时还不知道来到荒岛后，你们的爱情也将枯荒凋萎了），你那时爱这个男人，那种尼采式的坚毅与沉默如铁，是你喜欢的样子，军人的帅劲与文艺结合的气质，让他充满着完美雄性的魅力（你那时候不知道他日后会在这蔗甜之岛退下军职且魅力减退至完全消失）。

他的手很厚，腿毛卷，叼着烟像个铁汉孩子。他正在伤怀，像个离乡的末代将军。你远望着他的侧影几乎可以感受到他的嘴唇和手指都在颤抖着。前方是福尔摩莎，这字眼对你们没有意义，这只是暂时的栖身处，它可以是任何名字。但你想象它是美丽的，椰子海岸，细沙丛林，热尘的日子，疲倦的夏天，暴雨的台风，你尚无以名之的地理方位，你将迷失其中，或者你将雀跃未经验的一切……最多的想象仅此，你甚至没有看见自己将魂埋此岛，你不是一个想象力丰富的人，这让你的人生按部就班，但也无聊得苍白。

上海已远，随着大船开动，它仿佛成了一个冶艳的外遇对象，你不得不正视眼前的逃难现实。殖民地那些风华，让你合上了眼睛。你以为自己将在他城复制上海生活，因此你想到任何地方都可以生存下来，你是女渡海者。

2

你还没成为母亲，你知道自己将在前进的岛上成为母亲，你当时是这么想着。在未见的岛和大海之间，船上的人都在伸长脖子极目眺望，但眼见是海雾与偶尔飞过的海鸟，仿佛身前身后都没有历史了。

你将像母亲一样，编号1，被安放在一座寺庙里，日日听机器播放的大悲咒。

不，我的婚后人生还没开始，我要完成子嗣生活，你想着。你看着刘的背影，指望他给你孩子。

但他好像无感了，战争剥夺了人本大乐。

现在你只能指望船即将下锚这座热与尘的岛屿了。

没有棕榈椰子，灰瓦的房舍，靠海山城，层次着楼房，黑瓦露台上有人在拍打棉被。热尘，如炉火轰然在你多日未洗的脸上。

他们告诉你这里是鸡笼，你想这里养鸡人家应该很多。你听见陌生的多种语言，看见深邃的南岛脸孔，人力拉车帮你们拉行李，你看见新的世界在眼前张开翅膀，你收掉暂时栖身之想，回归你生命务实的一面。刘中校则不然，他脸上一直展现着惊人的沉默与情绪克制，静静地下船，像是认命的囚犯。

然后未久你们来到虎尾。

糖的气味随着风送来。你东嗅西闻，像是进入一座抽过鸦片般的晕黄小镇，古老气味像空气般地紧紧缠着你，一些乡民像望着陌生客般地把眼神杀向你，那些语言都是你陌生的。飞沙走石，事物蒙尘，是你对此新故乡的感受。你第一次尝到夏日的西瓜如保龄球堆叠，小孩吃得一手红血淫淫。

3

你觉得这里的古厝旧低矮阴暗，你得睁大眼睛才能看清事物。

领养了雨树后，你却怀了孕。

不孕的子宫突然像是有了竞争者地苏醒了过来。

你想是此地的热带气候孕育了冰冷子宫的种籽，是热啊，湿热得皮肤长出红斑与疹子，你喜爱的桂花酒酿与呛蟹当地人听也没听过。这里什么都没有，你总是闻到糖与酱油的气味，或者花生油。

原本你想自己只是过客，总有一天要穿过海上，回到上海，所以一切的家具都是组装的，连床都是。每年你都会去看海，把海的对岸想象成海上花。几年过去了，海仍阻绝了陆与岛。几年的等待，连刘中校都退伍去当糖厂经理了，你也死心了，这时你才开始把行李箱收起，丢掉简陋的组合家具，开始买固定的物件，睡固定的床，把行李箱束之高阁，同时也将自己固定在这座岛，然后开始认真思索收养一个岛生的婴孩，你要在这座陌生之岛当母亲，你已不想再看海，你想看一个孩子。日日走出门，眼见从日式营舍、眷村民宿、兵工自建克难式小房里走出许多大肚子的女人，在鸡犬相闻的眷村里，每一声产妇吐出孩子所伴随的尖叫都刺痛着你无声无息的卵巢，卵巢空穴无风，一张张新生的婴孩脸孔也加深你的渴望，于是你逐渐知道自己也将在这里拥有后代了，只是你的后代起先并不从你寂寞的子宫里孵出。你只好寻找一个可靠的岛屿贫穷之家愿意交换一个孩子给你，换取的孩子终于来到。丈夫帮你在糖厂的员工眷属里找到了，你一看见那双晶亮聪慧的眼睛就欢喜，在风沙飞天的背景中，你接下了包在花布包的婴孩，你心里叫他雨树，你希望他的生命大如伞盖的树，不像此地的飞沙走石。

4

你是在台湾流行成衣年代时都还坚持穿订制服的女人，成衣对你而言穿起来都像是衣穿人，而不是人穿衣。你喜欢做衣裳，穿旗袍，让师傅仔仔细细地量着身，为了让师傅见到时能赞美你一声好身材，你一直尽量保持不发胖。早在上海时期，你就喜欢裁布制衣。

到了经济起飞，你更是如此，你认为乱花钱买一堆成衣，还不如做几件自己爱穿耐穿的衣裳，如此更是环保经济。

那时你总是每天教养着雨树，开口闭口就是上海啊，哪有容你吃饭这样拼命似的吃法，吃完还舔盘子，简直是瞎涂乱抹，上海人最后才吃饭，哪像你成天要饭吃。你总是忘情地将上海挂在嘴上，情非得已地说着，像是拿来炫耀的好情人。每当雨树行经那些黑摸摸的杂货铺时眼睛死盯玻璃罐里的红芒果干、黄橄榄、绿梅子，你总死劲地拉他往前走，别吃那些垃圾，那都是色素染的。你怕死那些市场摊位上卖的红龟粿仔和草粿仔，你喷喷说都是色素，都是色素！雨树却偏偏非常爱吃这些东西，等到他自己有能力买东西了，往往就是买这些当年你口中的垃圾食物，仿佛为了吃足以往的缺失。

你往往让雨树带到学校的只有几样东西，糖心蛋（关于这样食物雨树倒是爱极了）、水煮蛋、土司沾果酱（你亲自手工做的果酱）、卤鸡腿、苹果。国中以前雨树对你的印象就是蹲在门口擦皮鞋，帮皮鞋擦上发亮的油，你教雨树看男人看他的鞋子，有头有尾的人都这样子。

苹果的滋味，没有眼泪。你轻而易举就有了，一天到晚有人送给刘中校。

最早你一个人带着雨树住在公馆汀州路，那时汀州路还有铁轨，雨树常拿小石头放在铁轨上，老被发现的小火车站长气呼呼地拿着棍子喊着猴死囝仔！打给你死喔！你起先都听不懂这男人在嚷着什么话，听懂后，就告诫雨树别这样坏，人家句句都喊要你死，这多危险。你觉得这里的人说话真凶恶。

你本来以为很快就要回到上海，但心死后，有一天清晨醒来，你忽然发现自己再也不爱刘中校了，渡海的男人也不爱你这个渡海的女人了。有天你从美容院回来，刘中校放下报纸，看了你那一头极短的赫本头后，忽然开口说，离婚吧。你留了十多年的长发一旦剪去顿时清凉，婚姻也是。你听闻街上某妇人说起她老公跟她说如果剪了长发就要跟她离婚，你听了反问她那你剪剪看，看他离不离？妇人说，他真的会离。你忽然想，也许那一天自己顶着一头短发，给刘中校太大的刺激了。当然后来证明，无关头发长度，头发剪去会再长，感情断去不再回。刘中校心悬一个岛屿女人，一个年轻南方姑娘。她也是南方姑娘，但大陆的南方和岛屿的南方可不一样啊，岛屿的南方野性沙尘，大陆的南方则是小桥流水，吴侬软音。但你又在此例外，你精明却不软语，你非常果断。

5

结婚、渡海、领养孩子、离婚，你都当机立断。此当机立断都救了你，比如渡海，你决定渡海时，就去花旗银行将所有的账款变成黄金，换成袁大头，这黄金让你们在他乡有好日，你的父亲在公馆落脚也有了资本开了间面包铺。

　　雨树记得外公的那间面包铺，每天早上与傍晚总是排队长长，没吃过西式面包的人和怀念西式面包的人总是在面包出炉前就来报到。

　　那是你们父母与母子的幸福时光，直到你的父亲死在这座岛屿，你才惊然发现你也要长守岛屿度日了。妈妈，你的爸爸死了，那我的爸爸会不会死？雨树孩子气地问着你。你笑着看孩子，心想，你的爸爸当然也会死啊。

　　你无法再次渡海，你注定在岛里终老，当你看着父亲入土，闻着这座岛翻起的泥土味，午后的雷阵雨，你这样地想着自己的未来，你想要在岛屿里有新的男人。你和也是外省仔的新男人生了雨果。刘中校和岛屿新女人也有了孩子台生，你们各自都有了子嗣，你们就像大陆与岛适合分开。

　　于是，雨树就这样多了一个继父与弟弟雨果。这孩子雨树将有三个父亲，生父、养父、继父，他自己往后又有岳父岳母，他的生命最不缺的就是父与母，但这孩子却像是一个无根的人。之后，这孩子成了你生活的全部，一个女渡海者如你，后来的岛屿岁月全仰赖养子，因领养产生的契子，一个乡下大厨的孩子给了你所有的安慰。没有这孩子，你将寂寞晚年。

　　你生病时，雨树这没有血缘的孩子天天背你上楼，为了你双膝不良于行，还考虑在三楼公寓加装电梯。但你阻止了雨树在老公寓装电梯，你想自己能活多久？何况你心里偷偷地很享受着被雨树背着的亲密感。雨树大学毕业，没想到长得英挺帅气，当年这个没人要的婴儿，瘦弱如小猫。领养时见了婴孩的亲生父母时还心想，这婴孩父母长得如此细瘦，你预期抱起也将轻如羽翼，当时念头就是好轻的贝比啊。你一手抱着孩子，使眼色要刘爸爸把钞票递给这对老实的夫妇。你抱着雨树回家，就开始婴儿与母亲的生活。但无论你怎么顾养雨树，他在国中前都还是坐第一排。你有一天想到上海母亲曾经说过男孩要行割礼，才会长得高大。就这样你带着雨树和雨果去重庆北路割包皮，这一割果然让雨树高三时，真得长的像棵高大的雨树，足以让你初老遮荫。你自己亲生的儿子雨果，就没有雨树孝顺了，雨果连背你一次都没有，成天都在鬼混。

　　新男人与雨果却没有伴你终老，新男人初老时，某日离家未归，几日后华中桥下漂来浮肿尸，你凭他身上挂的那串钥匙认出了这个寂寞思乡游子。

6

自此,你知道渡海者注定漂流。

雨树后来对你说,当时割礼很时髦,母亲果然有先见之名。但说起国中暑假的割礼往事,雨树还仿如昨日。雨树对你说他根本不知要去干嘛,只听你说去了以后会长高,就乖乖地牵着弟弟的手同你前往。雨树笑着说永远都记得麻醉打在那小小的软肉时,瞬间感到那团小肉在消失中,十分恐慌。麻醉去后,如针毡刺着,如万蚁吃咬,疼痛异常。整个暑假有一半时光都没出现在街上,玩伴都说刘家兄弟去割弟弟了,他们两个是太监。那个年代割包皮?台湾人没听过也没做过,吃都成问题,还割皮去肉的,有妇人大口吃着卦包(卦包:一种台湾小吃)聊天道。你从厨房窗边听到妇腔妇道,虽听来懵懂,但依然知晓她们是在谈论孩子的事,你包着水饺,心想这些无知的查某,你也说起查某了。

你在孩子们上学后,偶读着白先勇和张爱玲的小说来抚慰一些失落的上海滋味。

但掩卷惆怅更甚。

雨树窜升得高且长得帅时,你已经渐渐衰老。那一刀,换来雨树的高大,似也值得。但也有人说雨树吃外省人的口水,所以长得和原生家庭都不同款了。

你在雨树的背后想着往事,雨树的背脊很像一座岛,你栖息在这"买来的"无价之岛,你感到欣慰,你唯一来台湾的终极安慰,竟是来自于雨树,这个贴心又风趣的孩子。来岛屿得雨树,扣寂寞以求音,这些年的异邦生活,唯一无法灭去的是思乡,回忆让你夜夜难入眠。

上海年代,你的少女梦幻尽头已如烬。你走后,这座城市一度进入黑暗。晚年,你生病则赶不及渡海赴它的重生岁月。

你没有再渡海,于是你交代雨树,将你的骨灰撒在海峡中线,让骨灰漂到上海,也许那时候你的魂见了海市蜃楼般的新上海也说不定。

你注定成了渡海者,寂寞者,背乡者。虽然表面上看来你是如此的时髦风华与特立独行,有人叫你外省婆,而你其实是海上漂流人,如此寂寞,也如此坚强。

你注定死在一座岛,热之岛,南语之邦。

你像画家高更,高更死前要希瓦岛人将其抬至庭院,面对满院春意与袭来热风，画家拿出纸笔，画下法国原乡雪国。你临终前，要雨树抬你至阳台，你吹着热风，闻到盛夏之死，你拿出纸笔，写下"海上来的女人"，此为墓志铭。

【编号2：锺桂花】

以我自信　毫无阻碍

7

你遗忘许多前生事，近乎忘得彻底。

人生直接跳到中年，你来到多伦多，以为这座城市是不会有任何邂逅的，你不会爱上任何人，这座城市于你是来寻找岛屿传道人的圣洁灵魂，你不想堕落，但也不欲成为天使。

你只想成为传道人。

你喜欢这座城，因为你在这座城遇见上帝的代言人，一个有信仰的男人。

你在这里是一个符号，东方的，黄色的，岛屿的。你想象当年那个留着胡子的传教士马偕医生是如何地踏上蛮荒，进而改变一座岛屿的历史。但你来不为改变，只为尊严求生。但尊严何在？你写信给母亲，你想告诉她异乡台湾人的尊严也是轻如羽毛，你原先日日哭泣，宁可待在母亲身旁，即使无法读好的学校也无所谓，即使日日被跟监也没关系，见到母亲你就安心。伹母亲要你走，带着父亲锺声未竟的使命远离，这对你太难了，你没有父亲的使命，也无母亲身上那种近乎永恒的肃静，你只想安逸。但年纪尚轻时，你也没有太多挣扎，你还没长出意识的血肉，只能任凭安排。

犹如当年你在传教士帮忙下生命启航。

你成为岛屿最早的一批女渡海者，但你的渡海是单程旅程，只去不返，很坚决的单程，像老家阿珍阿嬷少女时遇见的神风特攻队。

单程旅程，犹如你从不主动回忆往事。一个女孩无父无母且无母语，你的艰苦无法补偿，所幸还有十字架，还有温暖的教会可栖息。

不要回忆，一切不留，你总是对前来访你的故乡人这么说着。但说这句话时,你总心虚地想起离乡前夕那蓝如深海的天空,那片永恒的大蓝。

8

晚年你在多伦多安大略省博物馆工作,虽然只是在柜台卖票,但这就够了。你爱上这座博物馆的大器,还有一些来自你原乡岛屿的照片与物件。一八六〇年,一个挣脱既定命运的张聪明,从葱仔变聪明,成了马偕之妻,坟埋淡水,成了荒烟漫草里的真理。照律例,永为我丈夫。简洁铿锵有力的宣言,在你生命里向往的誓语,你几乎可以背下张聪明和马偕结婚的字词。善意的传教士,冒着头颅被高悬风中的危险,将十字架钉在岛屿,南方的十字,顶着地的罪,你觉得他们身上有父亲的影子。上断头台的父亲,不知前方险恶,只知现下不公。岛屿各处的万善祠埋藏许多征服者杀戮的革命无名氏残骸,对应传教士将十字架的爱遍插岛屿许多山头部落,你宁可爱这十字架,那些万善祠万应公让童年的你行经时十分恐惧。天主明亮,圣母垂怜,圣乐欢愉你感到有安慰。

偶尔思乡,你就去唐人街。润饼最是你的唇舌乡愁,豆芽、蛋皮丝、豆干丝、红萝卜丝、花生粉……颜色白绿黄红如印象派画,吃润饼时你的眼眶偶泛泪光,遥远之海的村里一座老宅内的妇人面色忧忧,你的母亲在灶火上弄着汤汤水水,然后常忘了灶火,而把自己凝成一道幽影,直到烧焦的气味传导到神经才突然惊醒的母亲目光哀愁,美丽而憔悴,停息在伤心风中的母亲脸孔,是你唯一的惦记。尪叔公锺流的女儿锺情常来安慰母亲,她和家里亲。锺情姑本来早年是去学当产婆的,太平洋战争爆发后就不敢再去了,怕学医会被征调。但锺情后来还是当了医护士,到处宣导男女一样好,两个恰恰好。这些故乡人,你既陌生又熟悉。锺情偶尔写信给你,署名锺桂花的信,你拿在手里反覆看着,仿佛这不是写给自己的信。你在这里不叫桂花改叫梅监雾。你遥想在一座热岛,在避孕药匮乏年代,一个女传教士为了在异域福尔摩沙岛专心传教竟切除了子宫,你的名取自她,你亦不想要有子宫,你想要有爱。子宫麻烦,爱不麻烦。

初老时一个神父来到你的生命,你没有想要改变神父的命运,你敬他如失去的父,他是你的新父,你心里爱着这神父,愿为他改变信仰,且虔诚至终生不嫁,安贫乐道,这是你的秘辛,你想上帝并不反对。"十诫"里独独没有得对他人诚实之诫,你以为对自我诚实更重要。神父对你说过一个故事,《旧约》里有个国王晚年做了一个梦,他召来城里的聪明人,命令聪明人为他解梦圆梦,否则将处死他们。其中一个聪明人说:"请陛下告诉我你做了什么梦,好让我们尽力为您圆解出来。"国王说,我忘了我做过什么梦,但肯定有做一个梦,你们的职责就是将我的梦讲出来,讲出这梦意味着什么?"连你都不知道,别人怎么能讲得出来?"这可怜说出真相的人却被国王处决在断头台。你听着感到悲哀的凄凉。你相信生命不需要向别人交代,关于你的告解你只对上主告解,你喜欢这样的神秘时光。你对神父告解,神父对你说故事的隐喻,你消失的父,可怜被处决的父亲锺声又返转你心,你在异乡因为信仰而有了父,你的天父。

9

这城到处有叫玛丽、温蒂、泰瑞莎的名字,以前是台风的名字,现在成了可亲者。偶尔你会想起以前家乡的村人玛丽,她的名字由来,许多人以为是因为她出生时遇上玛丽台风之故,玛丽却轻松回答是因为父亲爱逛镇上酒家,酒家女玛丽的名字就移到了她的身上,玛丽的弟弟叫乔治,发音常被笑成台语蟾蜍。那个村落的人事物,现在你回想起来都是陈年影片。往事愈想愈遥远,这符合你的想望,一切都不要太清楚。来到异乡多年,那座海中之岛,随着母亲的过世,仿佛岛已沉没,往事已逐渐灭顶。

如果对往事有什么渴望,那就是如果能把台湾的一种折叠藤椅搬来这里就好了,你觉得外国的家具都不好坐。这里没有这种老物,家具都大,足以把瘦小的你整个包住,连腿都够不着地,你坐起来空旷而别扭。那种类似海滩椅的藤椅坐在上面很舒服,看书看风景,发呆打盹,你童年很喜欢坐在藤椅上面,夏日黄昏时,藤椅凉凉的,躺在上面听树梢蝉鸣,舔着枝仔冰,看着村里的炊烟燃起,散到天际的尘烟,你总是望着发怔,那烟尘藏着离别的气味。你怀念一些气味,包括母亲在清明节总是会带着你去村口的梅芳兰香铺买香烛和银纸,但现在你不能拿香了。你记得镇上有一家棺材铺,你陪母亲去买了要给亡体睡的小盒子,没有窗户的房间散着木头香气,你在散落着不同木头材质的小盒间里游走,直到被悲伤的母亲唤说别再走了,阿母都被你弄得头晕了。梦魇的小村,日日有哭泣声,你被牧师送往异乡,为了你的大好前程。但你至异乡后却不再努力了,你老是陷入一种恍神的模样,平庸地读完大学,然后在教会做中文翻译，就这样，孤孤单单的，直至遇到照顾你的男人，你心中的马偕，从历史复活的经典名字，褐目珠洋教士来到你的生命中，但你不是张聪明，你只是想找个港湾航进，别无它想。

你不懂爱情，但这字词各自分开你就懂，你懂爱，懂情。

你成了传教士，你遮起你的发，你闭上你的眼睛，但你打开你的心。

在这异乡红尘，你飘零，但你不带往事生活，你只有主，如鹿渴慕溪水。你保有亡父的发丝，此即相思，此即封印。

你是这么告诉着来自锺家后代亲眷小娜，面对这个对世界好奇的提笔者，你尽可能保持大量的沉默。

因为沉默是最好的武器，面对伤痕。你取出多年前西娘阿嬷为渡海的你订制的木屐，你的岛屿全在这里，每踩一下都发出相思的木屐，你交给了小娜。"记得这一日。"你复诵当年西娘在你耳边说的话。

背后圣乐响起。

你逐渐遗忘带着血痕的异乡甘蔗园，但父亲的血腥，有时在你脆弱时会潜进你的梦里，窟窿的双眼，你的父悲伤着一张脸，把你推向背乡旅路的父，也常渡海来到你的枕畔。

【编号 3：舒菲亚】

上帝的羔羊　覆辙的命运

10

你梦见他躺在一口棺木时，头部有道裁切缝合过的痕迹，那条像是棒球表面的某道缝合线，像是拉链般地把头壳拉上了，那些原本埋藏在脑子里乱七八糟的种种意念与思想都像是被一道门给彻底关上了。这道拉链般的伤痕像是终结了舒家浪荡子的基因，许多人围着棺木时都想着这舒家真是彻底的输家啊，猎人义孝即将火化，最终连伤痕都灰飞湮灭。

你终于在父亲的现场，但他无法再和你对话。父亲，让你受苦的父，终于收起疯癫，收起暴力，他沉默。

你终于敢打开那个充满黑色迷雾的黑盒子，那可说是童年原乡最大的噩梦图像。

那还是你有父有母的年代。

幼年时的你总是想看又不敢看，半隐半显地看着母亲杀鸡，你用双斗大好奇的眼睛盯着温顺的妈妈在抓着鸡。回娘家的姑母虎妹则在旁教着母亲如何杀鸡，虎妹帮忙抓着鸡头，姑嫂二人说笑着，一把刀在眼前晃啊晃的，雪白刺目，看得你心惊胆战，唯恐刀伤母亲。你看着妈妈抓着鸡的翅膀，拔去脖颈上的毛，然后虎妹姑母流利地一刀划下，白颈流血，一滴滴地落在缺角的碗里，碗里红血顿时像村里那个奇怪算命仙桌上的朱砂，写符咒和阻止鬼近人身的朱砂，红艳艳地搁浅在白瓷蓝盘。

老算命仙其实是个假仙。

那时老算命仙的屋里，黑赭如墨，长年飘着艾草驱魔。当时你看着鸡血红了刀，红了瓷碗时，不禁想起村口的老算命仙，想起来就顿时一身鸡皮疙瘩。

此刻，思及此，你闭上双眼，那个小女孩躲在石柱下以紧闭的雕塑姿态昭告自己可是一个慈悲的人喔，这人间杀戮是不忍看的啊。你觉得自己不过是一个伪善的人时，这事已经过了许多许多年了，你在异乡早已经历无数的悲欢寒暑，往事迷蒙如雾，影事失真又写真。

当然，现在你在异乡过新年，没家的人不需要吉祥话了，因为再坏也不会坏过孤寡一人了。

11

在父亲老家时，母亲学着姑母，学习在围炉前喊一声"起家"，要你们此时才可以夹鸡肉吃。吃鸡即起家，有了这个字眼的吉祥加持，你才敢将筷子探向白斩鸡。母亲夹起第一块鸡肉，是谓起家。鸡和家，闽语同音。同音的象征可真害惨不少人呢。就像鸡，永远都背负着谐音的十字架。你们起家这么多年，家却四散飘零，连纯真相信一切美好事物，开心地跟着虎妹姑母学习要在新年围炉喊着"起家"的母亲都改嫁了，家已不在。桌下有炉，炉火劈哩啪啦，那些案桌上的柑橘发粿春饭春花长年菜韭菜菜头……然没有好彩头，日子进入寒冬。

除夕夜通宵达旦打牌的小村是你在一整年的夜里喜欢的热闹，你甚至喜欢听骰子落在碗盘上的声响，你母亲躺在旁边笑且以担忧口吻说，难道你也是个赌徒？听虎妹姑母来家里时说她可不守夜，守什么夜？她在嘴里丢了些土豆说。通宵不眠守岁是为求长辈长寿，但看舒家长辈，查埔祖爱博，查某婆只顾自己生的团仔，哪值得阮替伊守？母亲之静听了赶紧要虎妹小声点。这些声音于今都还清晰历历，仿佛她还是个小女孩，躺在舒家老厝的眠床，等待着鞭炮四响。你喜欢冬瓜糖，还有裹着糖粉的土豆米，那些滋味倒是很遥远，很遥远了。

女人喜欢事物的象征意义，你想起童年你口中的仙爷也是村里最爱搞象征的人。这是多少年的事了？那些曝光不足的画面却依然在梦境徘徊，尤其新年的孤单异乡时刻。

真正知道这发黄故事的人是你，已经渡海的你。

那老假仙看起来有些陈腐，衣脚脏脏的，看出来没有女人照顾的生活底色。他的神色大多是疑神疑鬼，一个人嘟哝着俺俺俺，当年你一直不知道俺就是我，村人也不知道，没人听过这种口音。你老见他一个人拿着罗盘在村子里东走西走，小孩会在旁边帮他数步伐，往东走一百步，然后他吐了一口大痰，说是流年在东方要吐出晦气。往西走一百步时，他常被路边观看的小孩大喊着仙勒，走过头了！你走过头了！算命仙还差点跌跤，这时小孩在旁看老算命仙的模样总是很乐地闹着。

但许多已婚妇人却害怕这假仙，虎妹姑母尤其耳提面命地告诫说，替人算命的人伊为何不算自己的？如果那么厉害能够未卜先知，那阮阿叔早就算出二二八时伊的兄弟会被抓去弹掉了，伊成日帮人算命，自己家人的命却看不清。算命仙的话哪可以听的话，海水都可以颠倒流了。母亲之静也对你说算命仙的嘴黑累累。

这老假仙很喜欢你，每回你读半天课放学经过村口时，老假仙在门外哈烟用歌声唤着你，好一朵美丽的茉莉花，芬芳可爱又美丽……乡音浓厚，你当年也没听懂。老假仙露出黄黄牙齿笑着对你说，小丫头啊，来来，俺爷给你糖吃。

你看着蹲在门外的仙爷，感觉他像是个神仙似的留着白胡子，穿蓝袍褂，声音好听。你心思单纯地走近他，他站起拉着你的小小手，跨过门槛，一同走进老房子。老房子上方有面八卦镜，一张长木桌，上面有文房四宝，艾草在烧着，感觉一切濛地薰薰然。屋内会投射一些彩色光影，是五色旗挂在窗棂上随风兜进屋内，小村子里只有此地是唯一让你感到世界原来是彩色的。

老算命仙带你走进他的房间，说有糖果在柜子里。

这柜子叫气死猫，你阿公三贵说这种柜子是专门让贼贼的猫儿看得见食物却抓不着地干瞪眼用的。

你一眼就看到一条条横木门的柜子里有许多杯盘碗筷，里面有残余剩菜，还有一尾煎鱼被吃了半边，骨骸外露。这光景让从屋顶一跃而下的野猫气呼呼地，柜子有爪痕可为证。

老假仙对你这个小丫头说，你跟俺说糖果在哪里？

你一手指着气死猫，一手咬着自己的指头，嘴巴咕咕咕地嘈嚷着别人听不懂的言语，口水溢着婴儿香气似的甜甜泡沫。

老假仙摇头，不胜怜爱地对你温柔说着，小丫头你再猜猜看。

他忽然把幼小如猫的你抱上饭桌，你闻到他身上的老人酸味与烟草味。然后你突然感到有点害怕想要跳下餐桌时，老假仙又一把快速地把你抱下来，抱你的时候一手抓着你的臀部，把你用力地摇晃着，你忽然感到害怕地尖叫一声，他才把你放下来。他抓起你的小手往近窗的木床走，示意你掀开床单下的枕头看，枕头下正有几颗糖发着亮光。

一只苍蝇陡然飞起，嗡嗡嗡地，像是才沾了甜气似的欢愉。

老假仙又问你，小丫头想不想自己有钱可以买糖果？你听了大力点头。

老假仙掀起蓝袍褂，露出里面的松紧带睡裤，他抓着你的手探进他温热的裤子里头。你仍然咬着指头，老假仙便把你的手用力地往里掏去，小女孩怎么掏都掏不着钱币，只感到一阵莫名的恐惧袭来，你想大哭。

老假仙这时见状竟干脆就把自己的睡裤给褪下来，一时之间，纸钞铜板咚地一声掉到发出黑色硬块的泥地上。

捡啊！捡起来啊，都是钞票铜板呢。

你弯身捡钞票和铜板时，老男人顺势摸了你的臀部一把。你还不知怎么回事时，正巧当时窗外有人在喊着仙有在厝里吗？

老假仙快速带你往厨房走，推你一把，要你从后门出去，并对你做了个拜拜的可亲手势。你在要离开时，又回头抓了桌上的两颗糖才走。男人呵呵地笑，吃，吃，尽量吃。

那间老房子对你的回忆有如昏蒙蒙的黑暗地窖，有某种横欲暗流，既真切又不真切。后来你又拿了好几次的纸钞和糖果，玩着猜猜在哪的游戏后，很快地你已经要上全天的课了。村里某个单亲母亲阿秀和她的憨女儿和老假仙住在一块，那时你已经知些人事了。可怜的女人，你有时候会想起阿秀和憨妹，那个遥远而悲哀的遗址。

当年你把小币值的纸钞都放在塑胶透明猪的肚子里，后来你用这笔钱去了西螺小镇上新开的文具店买了一架桌上玩具小钢琴，可以弹出一些音乐的模型钢琴，花了你四百元。

母亲有天不解地问你怎么会有这么多钱？

你忽然哭了起来。你那善良温驯的母亲是个想法纯真的人，无法想到钞票背后的黑暗。看见你哭了就心疼地算了，也没再追问，想也许是过年压岁钱存下来的吧。几年后老假仙在某个大雷雨之夜传出心悸暴毙，你是在隔日听说这事，后来你奔跑至假仙的老厝逗留一晌，当然是已不复见老假仙了，假仙已死，跟他的可怜女人阿秀姨和她的憨妹女儿也都离开人间了。

而你早已被时间带开了那个可怕的黑暗地窖。

12

作孽啊！我是上辈子打破你们的金斗瓮喔！不然我这世人怎么为你们做牛做马地忙。虎妹姑母常在厨房煮饭时会这样乱吼地骂着，这时你总是又神游到往事，那些奇幻时光，属于哀愁的和际遇的，以及无奈的，讨生的……虎妹姑母后来取代了父亲与母亲，成了构筑你岛屿世界里的重要亲眷，如父如母的姑母，曾短暂接管你与妹妹蓝曦的人生。.

陌生人在流离乱世时代相碰撞，你悄悄以视觉拍下了一张陌生家族的拼贴合影，这影像是你的秘密，你童年收藏的悲哀合照，里面有陌生人阿秀姨憨妹与算命仙。你不知道后来的你也将如憨妹般地失去父母，你不知道关乎家族一切的甜蜜温暖都将被取走，你看不见前方的际遇。童年的你曾在这两个陌生女人的死亡现场，以为自己是幸运的，逃过算命仙爷的陌生爱抚。比起憨妹的悲剧，你的生活反倒成了喜剧。

然而幸福不长，你也继承了不幸，你没有逃过父亲与母亲的遗弃。

你后来也成为变相的憨妹，在喜妹兔妹憨妹这三口组之后，你当时庆幸有母亲，还没看见自己即将接续这村落女人的乡野传奇，乡野传奇从来没有断过，缺乏的只是被述说。

几年后，厄运来敲门，父亲义孝枪杀了人，母亲之静离去再婚。

那年你们来到姑母家，和小你四岁的妹妹蓝曦，阿公总是笑着叫你飞呀，叫蓝曦是懒尸。

那年，虎妹姑母成了你们的临时母亲。虎妹姑母，你叫她虎姑母、姑母、姑姑、姑妈……

你们到姑母家前，你一路上已经被自己的眼泪给哭傻了脑子。你尔后在学校看起来像是个智能不足的女孩，而蓝曦还不知道发生什么事，但她也知道母亲不见了，她知道哭。

那是一个星期天，你们像货物般。先是从高雄上了火车，然后又换了客运，一路接驳地随着几位蔬果商人来到姑母家。姑母虎妹以为是送批发蔬果的人，一看竟下来两个女生，入狱大哥的两个女儿。你穿着一件有蝴蝶丝带的洋装，套着双看起来皮革颇佳的娃娃鞋，头发纠结，前额刘海湿透，张着惊恐的大眼望着四周。

而蓝曦才下车不久就躺在姑母家的客厅木椅上睡着了，她看起来像是哭了很久而疲惫睡去。

你们全部的行李就是一个包裹，两张小棉毯。

自此虎妹家多了两副筷子，你和蓝曦。但也多了两双可以帮忙做家事的手。表妹小娜还小，日日哭哭啼啼要你背。

你和自己的母亲之静有一次见面是因母亲带你去监狱面会父亲。大家都为母亲常去探监而感动，但只有你知道，母亲要监狱里的父亲签字放她走。

放我走吧！让我带走菲亚。

父亲不肯。还写信要阿公偷偷将你带走。你不知发生什么事，天天哭，哭到都傻了，还不见母亲来接你回家。

要舒家的孩子，门都没有！谁也不能带走舒家的孩子，除非妈祖婆或者上帝。

阿公说宁可把孙女卖掉也不让她随母亲嫁入别人家。你姑母虎妹偷偷听到要卖你们的消息，心软地把你们安排带离云林，带到身边养着。

我就是这样变笨的，哭笨的，你躺在爱人身旁说。

13

不经召唤的往事画面,在你的暗夜跳舞。

那时挂着选举人肖像的卡车缓缓驶进小街里,破引擎声伴着刺耳扩音器分贝,扰村人午梦。选举季节,你是巷子里最高兴又有选举的人,因为虎姑就不会常呼你巴掌了,选举人送的大同瓷碗绑着红塑胶绳,一叠又一叠,多了这么多洁白印花瓷碗,虎姑很高兴,要是你不小心打破了碗也不会很生气了,最多叨念一声汝洗碗甘愿点。当然虎姑看着放在灶脚的碗时,偶尔也会碎念有碗无饭,有啥用,空碗能呷啊。

你有很长的经验是当作业员,你少女时期四处可见诚征作业员、供食宿等红纸条。工厂对你比在虎姑母家熟悉,你宁可住工厂,也不想住虎姑母家,至少在工厂里你还可以做点自己的事。首先你去成衣厂过,接着虎姑母听说制造电视机的电子工厂钱比较多,又将你换去。你穿着制服,在一条缓慢移动的输送带上,你想象着未来,你想要储存勇气来过自己想过的未来,但你看不见未来。在电子盘里你得装上一个个小如螺丝的零件,有时你被工头换到另一条输送带,手里又更换另一种零件,你的人生就像零件,七拼八凑也看不到成品。有时是负责检查电视荧光幕,用电子检验器检查着不合标准的成品,你偶尔在情绪低落时会希望当年自己在母亲的肚皮里就该被淘汰,你的生活根本是不合标准的淘汰品啊。

你的周遭充斥着待拼装的零件,电视机、游乐器、录音机、照相机、摄影机、手表、时钟、电子琴、游艇、汽车、机车……零件等待被组装,生命等待成形。这是一个巨大的加工区,但不会是恒久的停息处,你知道。一旦知道,反而就安顿了自己,于是你乖乖地在厂房与夜补校间摆动脚步。你不再像以前那般逃家,还让幼小表妹小娜跟踪,你也不在保龄球馆当计分员鬼混,至于你爱上的跛脚男人你也把他遗忘了,你十五岁就和跛脚男人在一起,当时只是为了气对你十分严厉的虎姑姑罢了。想通了自己有更远大的未来后,你就得以暂时安居在这座围城里,加工厂的巨大围城外植有一排大王椰子树与凤凰树,行过印着红色"庄敬自强、处变不惊、服从领袖"的白色墙,你告诉自己凤凰花开至第三回时,你要离城远航。

在工厂里的午餐时分,你老是挂着一张不笑的哑脸,捧着铁盘在自助餐里点三道菜，一碗饭，舀着大锅汤，节日加菜你会多点一条红烧鱼、几块白斩鸡和荷包蛋。傍晚，回宿舍，偶尔有人邀约玩钥匙机车游戏，你都摇头，不解那有什么好玩的。

篮球场总有几个男工人在打着球，你看着流汗的年轻男工，你常想他们怎么能忍受满足于这样的生活？当然你也有点自卑，你的脸上有一颗指甲片大的痣，虎姑姑老说要帮你点掉，但又担心点不好会留下疤。狱中的父亲常写信吩嘱要点掉脸上那颗痣，但你只任它长在脸上，好像要让它见证你的生活不美好似的。装配员、作业员、黑手……你有时会在宿舍看着家住较远的作业员骑着脚踏车或机车从厂房鱼贯离开，那些疲惫的背影，负担了一家子的肚皮。你被虎姑安排住宿舍，一来虎姑家里空间小，虎姑又一天到晚要带她自己的女儿小娜四处做流动生意，是无暇再照顾你们了。而住在多人一间的宿舍免费，若想住好一点的三百元，不过你连三百元都要省下来的。

当时你身边的女孩都在收集林青霞的照片，在戏院里为三厅电影落泪时，你只想着出走，或者在工厂寝室里乱翻着不知谁留下来的一本叫《荒漠甘泉》的书，书里有伟人留名，工厂厂房高悬伟人的照片，厂长有时经过镶着金框照片下方时都会嘟囔着我排了九个小时才看到伊的遗体呢。(是这伟人和伟人的儿子让你流亡他乡的，因伟人过世，父亲减刑，而你畏父，他出狱，你逃亡。)

14

你开始有点生活的乐趣是厂方为了帮你们调剂生活，在周末日开了许多免费课程，插花、烹饪、美容、美发、缝纫、土风舞、社交舞、桥牌技艺、吉他、素描、英语会话……你对素描班和英语会话特别有兴趣，你也常跑去厂内的迷你图书室看书，你向往有朝一日离开这个窄小的世界，女工们都觉得你是一个特别沉默又怪异的女孩。你除了把部分钱交给虎姑外，其余的每一分钱你都存了起来。虎姑送你来当作业员时，转身拭着眼角的泪。她对你说，你乖乖做事就好了。人说孔雀不食毒羽毛不美，所以你要激励自己出头天，阿姑能力不好，养你只养到今日，自今日后你要靠自己的双手攒食。你知道她这个人是这样烈性的，你不怪她送你来这里当作业员，补校的功课没断，能赚钱就有尊严，你是高兴的，虽然对于这样无依无靠的生活感到过茫然。

你在窗边观看外界繁华一眼后，旋即沐浴换制服，你得赶到夜补校上课。

没英语课的周末你都把自己卷在被窝里，女工们全都出去溜达或回家了，无人的厂房，像是未来世纪的冰冷，而你像个未出世的无眼婴孩，没有任何意志地睡着。

15

你出生时，脚纹断掌外，在出生那日，还逢继祖母娘家的父亲意外过世。于是你被阿嬷廖氏视为克星，阿公三贵对父亲义孝说，这查某囡仔不能住进家门，这孩子会克我和你，父亲不理会，但母亲担心，于是你有大半时间住在母亲张简的外婆家。但父亲入狱母亲诉请离婚后，阿公想卖掉你，还好虎姑母舍不得，她说还会有谁是舒家的克星，绝对不是你。后来你才知道真正舒家的克星不是自己，是祖母，续弦阿嬷。不过这种论调当然是你从虎姑口中听来的。

你那时候常背地叫虎姑母为虎姑婆。于今屋顶上再也没有壁虎了，那刺耳尖鸣如鸟的声音，爬行在渗着水气的墙壁上。此地的屋外森林有倒挂的蝙蝠，张着翅膀不眠，诡谲地望着屋内交缠的恋人。

16

金发洋男友听了你说的往事，他说中国人的八字和面相等等算命真奇怪，竟就决定一个人的未来。

你喜欢寄信收信，童年时你和妹妹蓝曦最大的乐趣是将信封上的邮票剪下后，泡在水里，邮票和胶脱离后，将邮票晒干，就是一张有印记的邮票。但长大离乡之前你们收到的信却都是从一个不名誉的地方发出：台中监狱。那些美丽的邮票，有着时代印记，来源却让你们羞耻。

因为会写信给你们的不是母亲，而是父亲。但父亲的信寄出的地点却是一个不怎么光彩的地方，台北看守所、高雄监狱、台中监狱……充满了罪恶印记的邮戳。不像你长大后寄出的信封邮戳总是充满了异国情调的地理想象，香港、曼谷、东京、京都、罗马、巴黎、柏林、布拉格、苏黎世、纽约……

你喜欢机场，喜欢搭飞机，那种流动感可以让你松开被定型已久的生命，飞机让你除却乡愁，今日雅加达，明日巴黎。飞机载你瞬间升空，让你有余力回望地球，离开伤心往事。于是你永远不会固定在一个地方，不会为一个人苦，不会为一成不变而感到绝望。

你一直觉得自己是一个远来客，外来客。

当然也有很多时候，你痛恨旅馆，迷茫于那种不知身在何处之感，面对一个比起你成长过的小村落，这世界简直是大到让你无所适从。

你唯一的原乡充满沙尘，每一片叶脉都弥漫着黄沙，每个人的眼睫发梢都沾黏着细沙，刺目刺耳……

17

虎姑对你而言是拿着棍子的主人，心情不好时会赏你耳光的主人。

国小毕业那年夏天你的姑母突然决定先送你去当车衣学徒，呷头家困头家娘，来游说的人对虎姑说你赚的钱养不了那么多小孩，阿亚可以去学手艺。听说虎姑想了七天七夜，每天都头痛，炒了几道菜送去探哥哥的监，但要把菲亚送去当学徒的话到嘴边了还是吞了进去，她怕以义孝的个性听来是会抓狂的，可能会用电话筒把透明玻璃敲碎也说不定。（十几年后，义孝减刑出狱得知有这么件事时，他还是和虎妹闹僵决裂了。）

你记得有一阵子姑姑对你甚好，你不明白为什么姑姑总把荷包蛋留给自己。直到某天上午，你见她帮你打包了一个小包袱，然后找出最好的洋装给你穿，接着就带自己和表妹小娜出门。妹妹蓝曦那时在哪？对了，在学校。而小娜还没上小学，可以跟，但你不知自己要去哪？你记得搭了好几班公车，那日风飞沙大，灰尘沾了眼睫嘴唇和洋装鞋袜，你们三个女人就来到一家灰色工厂。

自此，你钉着牛仔裤的钮扣，编织过缎带。被可能是月经不调的女师傅毒打过，用熨斗烫伤大腿。滚生丝时不小心滚到手指流血，有好几回流血不止，好心车衣妇人身旁也无药膏，教你赶紧到厕所用尿液洒伤口。也有好心送货年轻司机恰好来成衣厂收货时见状，奔去工厂四周的田里抓蚂蟥，那蠕动的恶心黑兽吐出分泌物，黑兽分泌物竟封住了你的伤口，工厂蓝领人见状拍手。工头吆喝大家顶真做代志时，才又恢复安静。

你记得这些画面，你当时常想自己可能随时都会休克在这间地狱里，你突然觉得姑姑家是天堂了。这是你以为最悲惨的岁月了,你不知自己惹姑姑生了什么天大的气?姑姑为何要把你送走?这是你少女成长前第三次被遗弃的感觉,一次是和父亲打棒球时突然父亲被带走,留下你在原地嚎啕大哭,直到黄昏妈妈才想起你似地提着灯笼来到一间小学运动场找到你。第二次是你见到外公忽然现身在高雄外婆家,起先你怕外公,但外公带了糖给你吃之外,还说要带你去找爸爸。你和蓝曦跟着外公上了火车后,突然不知怎地意识到被母亲抛弃了,外公是来抓你们的,你吓得一直哭,从高雄一路哭到斗六,又从斗六一路哭到二仑,从二仑一路哭到尖厝仑,从尖厝仑一路哭到永定村,从永定村一路哭到舒家,没有停过哭泣,最多就是哭到喘不过气时干嚎,外公不管别人的眼光,偶尔有妇女来劝这个老男人说,汝孙会哭死喔。他说,别睬伊,伊系爱哭爱对路。长大后你在学校成绩一直都敬陪末座,你笑说自己从小就哭笨了,被吓笨了。

是啊,你非常确信自己的某一块灵魂在搭上火车,意识到自己已被妈妈抛弃时,那种无来由的恐惧,真的可以把一个心智成长中的孩子吓哭的。

18

这浪荡子基因可以追溯到三贵,接着一路并不乏继承者,义孝之后,皆女承之。

他叫你年轻,却把自己一身的腐朽送给了你。那年他二十九岁,流亡者,恒常停格的黑色年龄,数字透着某种中国人宿命式的不祥,一种象征,一种难关,你知道这是他的宿命。他让你想起一个遥远而日益模糊的人,你不知那个遥远而模糊的身影还能称之为你的父亲吗?你有身世吗?父亲告别你,你现在也等着告别情人。

你远走,他高飞。这是你的情人,期望高飞的年龄,虽然什么是高飞他未必知晓得真切。没有心情,没有玩乐,没有永恒,只想高飞,飞向瓦解的核心。他觉得自己够老了,老闻不到革命后的和平气息,他第一次想要无畏于生命时,你来到了他的生命。

他看你一眼,就喊出了舒菲亚,Sophia。只消一眼,他就望穿了你缺乏爱的残缺荒芜。

你是我的舒菲亚,你的名字,有了新的意义。

我是 Philo，你是 Sophia。我是爱，你是智慧。他喃喃说着，抚摸着你的发丝，东方女人的发丝，柔顺轻盈，像黑瀑一般的发丝，于他生命里从没有过的娇小柔软女体，以爱之名来敲着他已经死掉的心墙。

19

我告诉你一个故事，你对男人说。

从前从前，有一个人叫年轻。（男人摸着你的发丝，说你是我的年轻，永远的年轻。）

她两岁的时候，上山砍柴遇到一个先生念金刚经，她听了很感动，想说天上神仙境遇很深，不知不觉中天黑了。三岁的时候，突然悟到没有永恒这件事。接着四岁，家里发生变故，这世界只剩下她一个人孤伶伶的。

五岁，她跟了一个穷小子生活。她喊他大哥，他是她父亲的朋友，穷兮兮的，爱骂脏话和喝酒，大家对他都没有法子。六岁，她跟着大哥，她从都市搬到乡下去住，一个叫做月眉的小村。同年，她入小学，什么都没学会，就只学会逃学和无止尽地玩。九岁时，她被外公骗上火车，带离开她亲生母亲，来到了新家，她的姑姑家。十二岁，小学毕业读国中，她第一次发现自己原来是个女孩子。同时还想起，她当年那还未改嫁的妈妈曾经叫她小猫，她妈妈叫她爸爸大虎。十三岁那年，年轻和姑母一家人移民北上，去到大都市之前，南国夏天台风做大水，年轻在深及膝的水中会见了一些亲戚。

一个姑婆在一幢古老的西厝里，执起年轻的手，流着泪。

年轻觉得这样很腐败。

十四岁，姑母领她去新庄某户人家工作，表妹一起送行。住在那里的年轻，天天躲在厕所咬指头流泪。半年后，年轻的姑母良心不安，把她再次接回家。十五岁，她开始抽烟。十六岁，年轻在撞球间和保龄球馆当计分员，她已经老了。一年后，她离家十五天，为了跟一个跛脚的有钱男人，最后她病了七十五天。次年春，她呼吸腐败的空气后，决意往前走。十八岁，她看了十八场电影，在电影院里和陌生人做爱。十九岁，她遇见迪维拉，是期望高飞的年龄。迪维拉掷球把一整排保龄球全撞倒后，他俯身吻了她，那一吻就把一身的陈腐给了她。

"嗨，年轻。"他对已老的你说。

20

我在异乡就已遇到你的故事了，男人笑着摸了摸你的头。

你不断述说的故事，男人早已耳闻，你忘了我叫你年轻。

你笑着继续说，我叫父亲义孝是"一笑"，男人听了一愣一愣的，中文很深奥。你说我最怕黄昏时光了。

你出生在一间祖传老厝的黄昏时刻，那种要亮不亮的冥界时刻后来成为你生命最畏惧的时间点。你的名字注定出生就老成，你知道，你就是踏入坟墓再次重生也还是个老成之人。你父亲曾向往西方，喜欢洋言洋语，为你取名菲亚，舒菲亚，智慧之名，有智慧者注定老成，注定是跋山涉水的老灵魂。

你改变不了的是眼前这个革命者的命运，男人知道自己离死亡的路并不远，他抓起你的手抚摸自己的心说，很硬对不对，这里的节奏早已经乱了，这里的血液早已献给土地与人民了。你摸着，脸靠过去胸膛，盯着看男人的胸脯肤色，黑黝中有着无尽的苍白，一些黑丛如草的毛横生其上，你的手掌贴在心脏位置，竖耳倾听这颗热腾腾的心脏弹动。默数到一百，你就流泪了。

有爱情时，总是让你感到特别不幸。肌肤之亲的气味总是容易成了刀光剑影的回忆。你的泪冰凉凉地滴在男人的胸膛。像是把泪水浇在杂草上似的，男人一个翻身面对着你的泪光，吻去你的泪，心疼你的泪。因为他是个死人了，他是活死人，他想他不值得眼前这个女人为自己流泪。

一个身无寸铁的革命者的死亡是可预期的，他不要你为他改变什么或准备什么。

他来自古老土地，一大片中央广场的地底可以魂埋无数颗被瞬间挖出且掷下的心脏，他在流血的土地老去，而他此时艰难生命所相逢眼前的这个女人，他闻着她清新的气息，他知道你从年轻的岛屿而来，没有历史的岛屿却很沉重，属于个人的沉重让他好奇。男人带着近乎献祭的心情插入你的核心隧道，痛苦难掩的人是你，他没有，他的生命再无苦痛，只等待成灰烬。

21

　　但你不这样想,你所能的是听觉触觉和嗅觉,你的个体轻重无关。你们躺在床上歇息调整呼吸时,你起身,拖曳着发黄床单,走到角落的书桌,一路高地月光冰冷如霜烧灼着你带着血色的肌肤,你划起火柴,燃起一支香,檀香混着伊兰伊兰。流亡者男人在床上抽着雪茄。古巴的烟丝沾着咖啡抽,奇异的组合,奇异的魅香。

　　浴室。他一把将你扛起,就像猎人在扛猎物一般的姿态,你柔软地倒挂在他的肩膀,像是受伤的垂死猎物,颤抖的小动物,流落在不知名的异乡房间。

　　旅馆前方是监狱。

　　九层楼高的旅馆窗户可以目视监狱放风人的走动模样,你想起一个父亲,陌生的父亲。

　　你每到一处就竖耳倾听,却怎么听都听不见任何一个婴孩的哭声。这座城市没有婴孩的哭声,一座婴孩不哭的城市。你抱紧流亡者,一具从战场归来的身体,又可能即将赴刑场的身体。他曾经是自己祖国的黄金名单,如今黄金成黑,他要你不要爱上他,他让你想起父亲,哀伤寂静且陌生之城,也让你想起广岛,听不见哭声的城市。像是手榴弹就放在抽屉的一间房间,引爆他只需要一个抽取的动作。那个小小的鞘门,只消指尖一拨,就足以毁灭。父亲,广岛,都被你锁在一种安静的哀伤与暴力形象里。

22

　　他的体肤有一种奇怪的温度,特别温暖,你想是因为色泽的关系,中南美洲的阳光为他的肌肤烙了层金黄麦色,在昏幽雨天里也感到温暖。他的脸特别乌黑,像故乡案上父亲曾经祭拜的关公。后来你的父改祭拜耶稣。你常想,监狱改变了父的信仰,但却没有改变他的命运。

　　浓眉大眼,像土匪的神色愈发蒙上了他的脸。你第一次爱上一个如此断裂的人,写诗能文的土匪,好听是说游击队。但他似乎需要更浓烈的名号,土匪,军阀,或者山寨王,或者刀疤小子。

　　流亡者裸露的身体四处有刀疤,刀疤王子于今已成刀疤老王,疤痕不再是伤口，倒像是运动员的奖牌。展示伤口的奖牌，充满了泪水。

你的小脸上也有个母亲所说的小破相，一抹小疤像是一记飞吻。母亲摔破父亲的酒瓶，碎裂的玻璃片划过你的脸。

疤痕，战争遗址。你的情人是活在战争的地雷。

你深深环抱着眼前这颗巨大地雷的腰，冰冷食指在他的肚脐上进出搓揉，那肚脐的凹陷处有绒绒质感，切口处像捏坏的发皱水饺皮。肚脐深处有一颗痣。你怀疑自己是流亡者生命里第一个发现他身体有痣的人，如岛浮起的痣，一种亲密的看见。

有天他的身体有着发高烧般的温度，他的声音却恒常像情报员没有温度，又解放又防卫。他要你听听他的心脏，他的心脏跳得比正常人还快二十几下。你说他这是心律不整，他抚摸着你的头说，不是，是革命者的热情沸腾不歇，是爱情动物的疼痛搅拌不止。啊，流亡者脸上长满了野草，他的身体长久磨砺粗糙，他的口水如奔驰荒漠的骆驼体臭，他浑身无一处完好。

你知道我再也不在乎爱情了。流亡者看着窗外转头低哑说着。

那你还在乎什么？你望着朦胧的烟气想着，你感到黯然神伤，仿佛自己一无是处，对眼前的男人与命运发生不了阻挡与飞扬的作用。

这城市让人疲惫，呼吸沉重，高原之都，阴面阳面两种绝然，日出日落为绝然划下棱线，雾在山头如烟瀑，上下冷热对流冲撞在你肉体城堡的深处，你落脚在群山山坳处，是流亡者的阿叔为他觅得的藏身小窝，你在这里因为高原而感昏睡与嗜食，易睡易饿。缓慢与快速交替，你醒来时会诧异自己竟然会在此和一个革命的流亡者生活在一起。你像是来南美洲体验押寨夫人几月游的游客，既安全又不安全，你的情人像是你故里岛屿之父，只是两人所亡命的东西不同，你的情人为国族亡命，你的父为捍卫生存而亡命。

你常黯然神伤。因为你想起了母亲，不，或者该说你不是想起母亲，而是你发现你也成了母亲感情的覆辙，爱上一个亡命的男人。

窗外是山坡，栉比鳞次的人家灯火和月色阑珊，有雾的城市，窗外有人唱着童年你遥远遥远的南方故乡叔父就曾唱过的"鸽子歌"，鸽子鸽子，和平鸽子的自由是否是一种绝对的快乐？阿公三贵，也是个革命者与流亡者，他少年时从大陆到岛屿淘金，他是实践者，他不像你的父亲义孝，父亲的革命只是一种火爆浪子的冲动，男人的父亲所造成的杀戮，是毁了别人的家庭也毁了自己

334

的家庭。躺在你旁边的这个流亡者,他的血液也将注定白流。你已经看见他的尸体,他早衰的心脏,外面的天罗地网已经布下了,而他还不知情地和你交媾狂欢。

那你还在乎什么?那你还在乎什么?她停了几分钟吐出一种艰难的疑问。不在乎爱情的情人还能给予你什么?如果我们无法对话了,我们还能拥有爱情吗?沉默还有力量吗?

流亡者只是把手伸过来,让你的小头壳有仰靠的土地。他抓过你的手放在他的心脏。我的心脏像颗石头。他说他怀疑把尖刀刺下去时,会不会流血,或者只缓慢的一滴一滴地流。

他说他要给你一个特权,就是当他被捕时,生命开始驶入名为绝望的隧道入口时,请你杀死他。往他的心脏刺下,像是直取鸽子的心脏一般。

23

这城市没有哭声。

你曾经走在印度,没有哭声。你曾经走在广岛,没有哭声。

你走在墨西哥,走在玻利维亚,革命的前哨站也没有哭声。

昔日的哭声,转成暗夜的失眠。

你说,在我的城市到处可听见婴孩的哭声,特别是在你青春时光的整个岛屿充斥着婴孩的哭声。

你的男人,流亡者笑着,他说这里的婴孩不哭,哭声还没发出就被女人拥在温暖而安全的怀里,哭声就像水龙头被扭紧不哭了。你险险以为流亡者要说哭声还未发出就先被大人掐死了,是有这样的原始岛屿存在,因为狂欢作乐所生下的孩子在发出哭声前就得掐死了。原始岛屿人害怕神灵,害怕神灵处罚他们旦夕肆无忌惮的作乐。

没有婴孩哭声的城市,却到处充满着其他的声音。婴孩不哭,梦会代替他们哭泣。但是大人哭,大人哀嚎,因为大人没有梦了。

像监狱和看守所,你父亲烙下耻辱的囚禁之地。

那一声枪响,击碎了一家人的分崩离析。母亲改嫁,你和妹妹本来要被卖掉,你们有幸逃离。流亡者在黄昏未来之际的午后睡着了,身体在激烈过后与炽热异常的午后，陷入了沉沉的昏睡。像吸入过多一氧化碳的睡，没有粉色玫瑰的尸斑记号，却有如小泉的流水潺潺沿着凹陷的脊椎溢下。你手指往他的脊椎画下，像画中国水墨画的皴法，你的五指是山麻笔，可湿可干，可抓可嵌，可提可顿。

24

以前你去印度浪游时买的帽子仍然高挂在墙壁的铁钩上。

买这顶帽子，你旅行风霜的铁证。你记得虎妹姑母说舒家人都有猎的基因。

十卢比，十卢比。几个小孩抓着蜘蛛人气球玩偶不放，几个小孩直盯着机器不断吐出的粉色棉花糖吞咽着口水，戴着红鼻子的小丑正用双手丢着球，另一个人在滚车轮，小孩和大人愈聚愈多。小丑，悲伤的小丑。你听见拍打击窗的啪啪啪声音。你转头见到是个红色的蜘蛛人。

从山丘教堂广场下飘飞上来的蜘蛛人，被小孩不小心遗弃，一路随着气流飞到你的窗前，被窗外铁钉钩住停驻在你的眼前。你终将明白，他待你就像他参与的任何一场革命的战争，最后他都是要离去，且丢下伤亡的。就像你在童年第一次看见父亲望着田埂的某个远方你就知道父亲也会弃你而去一般。

那时你还不知道自己即将被遗弃。

你有时甚至在流亡者发烫的肌肤里闻到烧焦味，带着金属气味的。那刀疤弹孔还流着一丝丝干涸的血迹幻觉。关于他人之血的疼痛似乎只有因为爱才会连通到观望着的眼神，你就这样因为观望而痛了起来。你蜷缩在这小房间的小床榻上，任被褥凌乱裹其裸露前胸，你像冰敷地靠近流亡者的温体。流亡者在昏昏入睡前喃喃自语地说着，他说要回去我的祖国了，即使我被捕捉，我也要回去搞革命。他的T恤印有流着同文同种的革命血液弟兄切·格瓦拉图像，切，已成时髦商标。革命的T恤死亡者的图腾和观光客的米麻色帽子。

流亡者忽然说起他的母亲。

你听着，心里骇了一大跳，你不敢看他的眼睛，唯恐你自己先流下泪来。你以为他是没有身世的人，你听他说起家人感到一种奇怪，好像他和家人连不在一起。他这样的人吐出我妈妈我姐姐时，他突然不再是你眼中的他，像是和一般路上的男人没有两样。那种有家室男人的神色，你知道的，就是带有一种家庭安全满足式的拘谨平实却又忍不住会飘着眼睛望着路过辣妹胸脯的人。好在很快地流亡者就叹了口气,那哈出的一口大气就足以摧毁平庸,他又成了你眼中的经典男人。

他说你爱的是不同于世俗的我,你一定不会爱上走入家庭的我。

你听了想着,确实无法爱上穿着西装打着领带或是假日背着娃娃的男人。你生命里从来没有这样的男人出现,你因为畏惧而常有无法亲近之感。

25

你躺在山坡黄土小屋,看着窗外的天色。

小学教室,小矮人支支吾吾地念着偶素中国轮。台上老师纠正,我是中国人,人不是轮,来再念一遍,我是中国人。再念一次谢谢。

偶系中国轮,亚亚,你的南方口音还在。

上课上到一半,姑母却带着妹妹蓝曦及表妹小娜站在教室外,你回头看见这些女生,像是可怜的小姑娘,你感到自卑。

妹妹蓝曦和表妹小娜,你在异地痛苦地回忆着她们俩。

你和妹妹表妹三人曾异想天开地偷偷出门搭火车,看着密密麻麻的火车站名,找了人问怎么到三貂岭?这奇异的地名,母亲听说在那里过着新的人生。你们想躲去母亲的新天新地,一个叫三貂岭的奇异之地。你们以为在三貂岭随便闲走就会撞见和自己长得相像的女人,你手中有一张唯一的母亲黑白肖像,你想凭着这一张照片也可以指认她。你们终于搭上平溪线小火车来到三貂岭,十几岁的你想这里根本没有貂,没有动物,倒是到处都是树木,冷空气把你们吹得脸红彤彤的。四处都有登山客看着一个少女带着两个小女孩,问你们来做什么?你说来找妈妈,手中的照片秀给登山客看,登山客笑着说,这黑白照片很久了吧,如何寻影中人……有人摇头,有人目光流露疼惜,要你们一路小心。你想也许在市场会遇见母亲,或者到乡公所,然而许多妇女人家都没有一个长得像你们的。就这样一路失望,又一路禁不住地想玩耍,边玩边盯女人看,不知怎地就玩过头而错过了小火车,于是你们不知危险地沿着铁轨走。铁轨山径水声淙淙,岩壁蕨类漫生,瀑布如银链,那时候你们步行穿过三瓜子隧道,你懂得危险了,叮咛她们若有火车开来,要贴在山壁。结果就在惊怕中真的听见火车从前方要开过来,你机灵大喊一声火车来了!三个女孩紧贴岩壁,慢车穿过扬起风。车过，你们脸和衣服都脏兮兮的，惊吓过后，三人终于笑了开来。

你记得三貂岭车站窄仄，基隆河峡谷现前，紧邻山壁，落雨时分，岩壁如水帘，有火车来时，站长在月台上挥手。孤独的站长，你约是那时见到这个画面，想起了母亲，你想落泪，你想也许你们曾经和她错身而过，只是她不想指认你们，你们是她不要的女儿。

在那时三貂岭煤矿场已有荒废感，没有领班与厨娘，没有挖矿人与肺矽病……什么也没有，只剩一堆被雨水和时间锈蚀掉的铁片齿轮，残败的运煤车，几只野猫，湍急的水声……没有热闹的挖煤潮，几无人烟，只有几个登山客偶现的身影，后来才听说母亲和新的家人早离开那里了。听虎姑说起搬去宜兰，有了四个孩子，但没有想要见舒家的任何人，包括自己的孩子。

那时你并不娴熟旅行的种种准备，也不知三瓜子隧道口有台湾总督明石元二郎落款着至诚动天地之类的字句，也不知除了十分瀑布外，你们所行经的三貂岭沿线瀑布，皆有好听之名：合谷瀑布、摩天瀑布、枇杷洞瀑布、迷魂洞瀑布、新寮瀑布……也不知道这明石元二郎就是规划南方嘉南大圳的总督。那时候，你什么也不知道，连旅行这个字都还没有被你吐出，对三貂岭的幻想全以寻找母亲为核心。所以抵达三貂岭时，眼见山色舒展如貂，河谷将渺小的自己环抱其中时，你的心里是极为惆怅的。这三貂岭不只烙印着离开南方旱土的母亲，也牵引出一个他乡地名"圣地亚哥"。当听老师向你说三貂岭是从西班牙St. Diago字的发音转借得来，那时有西班牙舰队上岸后惊呼而出的，彼时你在课堂上听着，印象深刻至萌生奇异感。母亲和西班牙如此陌生，却连结在一起。

怎么会在此人烟渺茫之深山里，圣地亚哥被轻易地吐出？男人卧在床枕听着你诉说岛屿关于小女生的旅行，关于母亲、圣地亚哥、西班牙、舰队……

躺在你身边的男人母语是西班牙语，他吐出的语言，让你想起母亲，不想见女儿的母亲，她的心究竟有多伤？你不明白，难道她都不曾思念起女儿，姓着舒的女儿让她不想再见，连一面都不愿意？梦里是否会狭路相逢？梦里是否会流相思泪？你想着，爱打不赢际遇，眼前的男人是爱你的，但也注定别离。

26

在陌生的床上，革命者的体味特别浓烈，像是火烧故乡的甘蔗园。腥甜的黄昏，晦暗的黄昏，不明的黄昏。谈不上快乐也谈不上不快乐的黄昏，介于黑灰色调的黄昏，你知道以后你会想念他。

只要黄昏时刻一到，你就会想起妹妹蓝曦，情境的对应，让你们像是彼此通电流似的连线，几秒钟的魔术时间，两地相思，只能感应。

父是杀人犯，父在囚笼如兽，你不相信他以前是读明星高中，不相信他喜欢读诗。但他从监狱寄给你《圣经》和《泰戈尔诗集》，你相信了。

但你更相信监狱是非人之所，把父亲性格扭曲了。看守所，住在这里的孩子半夜常听闻枪声响。看守所旁是小学中学，你记得上"公民与道德"课的某一天你们被带去看守所，在法庭参观学习。那时你第一次听见"通奸"这个字眼。你在没有树没有风的封闭之城，遥想起这里是父曾受刑之地。

父是受刑人，你是参观者。

通奸，淫乱，私生子……大人吐出这些陌生字眼，童年的你跟着重复，喃喃跟着说了几回。你参观看守所，你带着黑暗秘密，你不得不跟着学校来到这里做校外教学活动。曾经父亲在等高院审判前是被关在此地。

你恨父亲，你记得父亲对你说过不论你躲到天涯海角他都要把你抓放到身边来，他不让你离开。于是他的出狱日就是你的起飞时。你曾经那样鄙夷自己的父亲，父亲要你在身边并非为了爱，而是为了控制。起飞前，你想你今后唯一会怀念的人是妹妹蓝曦和表妹小娜，叛逆的妹妹蓝曦，亲如妹妹的小娜。

表妹许久已失去联系，你记得小娜七岁的模样，因为长头虱的夏天即将剪去两根长辫子，喀嚓被剪去两根辫，她默默地在树的阴影下流泪，黄昏也没哭声。活在虎妹姑母这个家庭里的孩子都没有哭声，不像别家的小孩哭起来声嘶力竭，你们没有，你们只是默默流泪，后来连流泪也难，两只眼睛像是枯井崩毁，仅余两个森森然的黑洞射出寒冷的黯然神伤。

你刻意失联表妹姑妈家，你想要一切都无亲无故，你一旦远走，一切就具已切割。但你有时知道这样对表妹不公平，因为其实你害怕的是表妹的妈妈，也就是你的虎姑母，父亲的妹妹。父亲和虎妹姑母，这对兄妹，都有让人害怕畏惧的体质，久了，你们都活得像是铜墙铁壁。就是男人朝你们的感情开枪恐怕也不会死去，你们只会缓缓地、缓缓地流泪流血。

27

　　这革命之城竟不闻哭声。

　　也许躲在棉被里有哭泣者吧。

　　可是连小孩都不哭，多么世故的拘谨城市，驯化至被消抹的情绪。

　　情人流亡者这一生看过太多的尸体了。他今后也将成为尸体一具，躺在荒烟漫草的废墟里。

　　我看见你了，我看见你了。你说。

　　我挡住你前进的日头了。他说，你不要为我准备什么，也不要你为我改变什么。

　　你默默，听着，想着，心痛着。

　　电铃在这时候响了起来。

　　他脸上表情明显地紧缩，一种防卫系统的自我启动。

　　流亡者日记，你的不要命情人，一个即将赴战场的革命者日记。

　　你们的相遇和第一次相遇的城市陌生人没有多大的不同，如有只是你们直接省略了基本问话，其余你们也没有了解多少。陌生人，在床畔靠近，在床沿分手。五年前是陌生人，五年后依然是陌生人，连结你们的只有这张陌生的床，泅满气味体液与无奈叹息哀嚎狂喜的漂流者的床，哭泣与耳语。

　　恒常在白日大量的晃荡后，入夜躺在床上却感饥肠辘辘，遂在爱情堵塞的入睡感伤时刻再度起身走到厨房，寻觅食物。这晚你吃起卤味鸡胗，鸡的排泄器官，鸡胗皱褶，你张开牙齿如狼牙般上下吃咬吞入。流亡者在回教徒聚集的市场买来的鸡胗卤味与公羊乳酪起司以及还渗着血丝的羊排肋骨。

　　黄昏很快来到眼前，你们喝酒配公羊乳酪起司。公羊比母羊好吃，乳酪起司涂在薄饼片上，口感极佳。你把奶精球打开，倒进嘴里。男人看得惊讶不已，转笑说，没看过将奶球这样喝的。

　　你不置可否地舔着嘴唇。你说我喜欢将许多原本要在一起的事物分开，比如咖啡和奶精要分开喝，起司和火腿要永远不夹在一起，成套的衣裙绝不一起穿，甚至左右脚常穿不同的鞋子。

　　男人因为你这样说了，才慢慢注意起你这个女人的生活细节。他觉得你是一个奇异的东方女子，奇异并非因为搞怪，而是你就是想如此。

那我们也不能成双成对了，男人说。

我们本来就不会在一起的。

你们都是生命和感情的流离失所者，深切记得生命曾有过的原生疼痛。所不同的是男人以为他的这种原生疼痛是要去抗争的，而女人则以为只有逃亡可以遗忘疼痛。

28

你有小麦色的肌肤，却与眼前这片阳光无关，而革命者却是一眼就看出你来自一座燃烧太多阳光的南国。

你的童年有段时间永远都是在大片天空下行走，在舒家三合院最边上的一间小屋舍里是你们蜗居游戏之处。那是你最后的家，你的伊甸园，母亲之静还没改嫁，父亲义孝还没杀人。家里只有你们三口，妹妹蓝曦的灵魂还不知在哪飘荡。没了屋顶的房子白天很热，阳光干干地笼罩皮肤，你戴着眼罩，坐在院子里摇晃着双腿仰望天空，假想一片海洋在眼前。

屋顶多年来一直没修，几年后，父亲杀了人，父亲消失了。

祖父三贵暗地准备把你们卖掉，祖父下高雄好心接回你们。你以为母亲也会跟来，上了火车却发现母亲没在车厢，你嚎啕大哭，哭个不停，哭到脑筋哭坏掉了还在哭。你总是说，你就是从那一刻开始变笨的，被吓笨的，哭笨的。后来虎祖托人把你们偷偷藏起来，藏在上台北的蔬果菜车里，后来就一直跟姑姑一家住了多年。

搞不好当年被卖掉比较好，你看着屋顶喃喃自语。

什么？男人没听清楚你说什么温柔地问着。

你转过身去，脸对着男人的脸，你想起这张吸引你下坠的脸有某人神韵，你说什么？男人又问。

坂本龙一，你想起这张脸。

男人笑，因为不论他怎么问，你说的他都听不懂。

你和母亲在高雄西子湾，你们曾在那里看着落日，离岛之前。海有大船，岸有拍婚纱恋人，随风飘摇着笑意，浮荡的笑靥，淫淫如海波。而海洋烧烤肌里一如眼前这个男人在为你准备晚餐，烧烤着小羊的肋骨，切碎的罗勒与薄荷酱，绿绿的像一片延展味蕾的草原，他擅厨艺。你的生命第一次有男人愿为你烧饭做菜，虽然男人即将赴战场，你不懂为何他要赴战场去杀人。你讨厌男人杀人，那会带给自己与别人的不幸。

我不是去杀人，男人说。

上战场不是杀人就是被杀，你耸耸肩说。

我是去征讨我们失去的正义。

正义不是靠这样子就可以得来的，你想起父亲，杀人也是一种正义，因为被欺侮太久了，再也无法忍气吞声了。但结果呢？正义没来，不义却先来了。

奇的是，杀人的男人很MAN，很闷。

你想起岛上的父。和你睡在同一张床好几年的父，忽因枪杀了人，往后被关在巨大围城里，让你的人生好荒好芜，一个曾经肉体这么靠近你的父亲，自此在感情上仅仅只是陌生基因的传递者，只是一个父亲，只是名词。

父亲是一个名词，他本来是动词，入狱后于你就只是个名词。

这是多少年前的事了？在那样草莽年代，父亲杀人像是注定发生的悲剧。杀人犯多不名誉，而当年名誉胜过一切，且这名誉还是别人的面子所硬要的。

29

你的灵预见了男人的身体未久将倒卧荒野，如眼前烹调烧烤的小羊排般被切割。但你对他微笑，你不要男人看见你的血，你的泪。然而你是多虑了，其实男人对爱情是电光火石，他只在乎革命，他不在乎爱情。

你们这一生其实都是不断地流离失所，所差所别是你不肯放弃对爱情的向往与拥有，你总想着有一天可以泊岸，你不认为有永远，但相信永远是由无数个当下的热情澎湃所构成的幻境，而男人处在那个幻境里，你也在那个幻境里，否则你不会看见男人的尸体曝晒荒野了，却还愚痴地想要拥有爱情的永远。

你对眼前这个男人的爱有一种永慕之慕，但对于男人的身体却也同时有一种永诀之诀。

就在你们准备吃晚饭的时候，男人的革命伙伴来敲门。

你忽然流泪，知道情人要离去，你看见他的身上某个孔洞流出血……

你重复那失父失母的景象，你怨舒家邻人为何要欺负阿公，在那个际遇里，父亲因而枪杀了那人家的孩子，自此破碎了两个家。

被欺负就被欺负，忍着罢，复仇是更大的伤害，你这么想着。以前你上学时，你不就是个没人要的孩子，父囚母去，谁都知道你是没人要的孩子。这欺负延伸至你，父亲那声枪响难道就是正义？难道这样就会有正义？还是有更大的毁坏祸至下一代？事实证明是后者，你告诉男人，劝他不要去打仗。

但男人只是微笑，玩弄你的卷发，听你的一千零一夜。但你的一千零一夜说的永远是旧的故事，旧的片段，男人不以为意，他不会因此弃你而去或杀你为快。你们其实是同病相怜，都是逃亡者，都是旧故事里的一抹阴影。

30

放我走吧！让我带走菲亚与蓝曦。你听见母亲之静隔着玻璃门尖叫呐喊，用电话听筒敲击玻璃窗，被女警拉走。

父亲脸色一沉，不肯，父亲被刑警拉走前大声说你自己要走那你走，但你别狺想带走舒家的种。我就是这样吓笨的，哭笨的，你重复说了好几次这样的话，你躺在爱人身旁呢喃，像是为了解释不是自己不聪明，而是被吓笨的。我以前上学都在发呆，剪分岔头发，每天都不知道老师在讲什么，我很笨，哭笨的，被吓笨的，妹妹也一样，妹妹也很笨，不过我有个表妹很聪明，好在她没被吓笨。

你说那时候我姐妹俩去姑母家只带着从小盖的小棉毯，唯一带到姑母家的贵重东西。即使姑母买新的棉被给我，或者企图将小棉毯从我身上拉开，都没有使我和这张棉毯分离。直到某一回，下课回家后，发现小棉毯不见了，我才发现小棉毯被姑母卖给旧货商了。我哭了很久，偷偷伤心了好几个月。

你吐了口烟，声音沙哑地对男人说，你可以是那张毯子吗？不要和我分离？

男人沉默。他想象着自己刚硬的心如何成为一张温暖的毯子？

他即将赴战场，战场不是杀人就是被杀，男人的命运如当年的父亲。

31

很快地蝴蝶丝带洋装和娃娃鞋就穿不下了,当你过十五岁后,你逐渐抽长增高,使你看起来像高中生,加上你书包一直都背得老长,白衬衫也不老实地扎好,头发永远长过耳下,胸前戴了个骷髅头项链,一副天塌下来也不在乎的坏女生模样,使你在学校愈发被同学孤立。

每次放假出门,姑母在背后总不断对你说,别打扮像站壁的查某。很多年后,台妹流行,站壁之类的词再也不是陌生之字,更多涌进的交媾语言已经比"站壁查某"更血腥、更混血了。

夜店夜冲杀很大,爆冲爆乳爆点,你还没加入未来时代的速食色情,但你当时生活的岛屿也情色正兴,而你正青春,四处有梦兰、舒兰、莎兰的泰国浴或马杀鸡店,兰字台语谐音让人脸红尴尬,那原生城市让你快速苍老,你害怕老死台北城前,未曾看过这个世界,于是你急着离乡,在父亲出狱前。

但那城市那岛屿却好生奇怪,你一再远离它,它却一再地靠近你。

32

十八岁,长大了,姑姑不得已只好放你走。

你穿着良家妇女般的长洋装,挂着一张秀气素脸,搭上慢车,喔喔喔叩叩叩地迟缓着未知的旅程。落脚台北都心,你虎姑口中的不净之城,事后你一直认为这是一座让你早熟之城,你的欲望在此热孵,正处于茁壮却营养断输之期。

由于长久在床上高昂地保持一种状态,你的尾椎恒常感到痛,起床痛、拎东西痛、洗头痛……这种痛让你想起男人,也想起自己还活着。

人有什么故事?

你看着自助餐厅不断播放的无线新闻,政治动物戴上白手套饮血茹毛宰杀对手狂欢,消费不断排泄不断,男欢女爱恨夺仇杀,家族争产丑相毕出,意外降临血乡有泪……你还有什么故事,你咬着笔尖想着剩下的最多只能做自己。

你没有故事,你只有发生。你没有出口,你只有迷宫。你无坏亦无成。你看着巷内宾馆门口有个趿着拖鞋的龟公朝你迎面吐槟榔汁,看着天色忽大骂着某某,槟榔汁喷在墙上如脑浆迸裂。你把步履移往旅馆,这步伐艰难,但你却往前行。

虎姑母那日找你没找着，电话也不通，虎姑母想问你假期要不要回家，你想不起自己有家，虎姑母那天没等你回复，就自个单车来到老家附近的坟冢郊山祭祖。

虎姑母后来对你说起她是一个人如何去祭拜舒家祖先时，你的脑海跳出的画面却是你和某男出去玩两天一夜，在汽车宾馆入宿是夜的天花板壁虎与壁虎的奇异叫声。就在你和某男在汽车宾馆采蝴蝶美丽交尾体位的某个时刻，你的脑海画面突然出现梦境，梦里只见凹陷坟丘旁四散发黄老牙，历动不坏的牙齿。你听见有人说着，祖先也会来人间抢食，这么多牙齿啊，声音就是虎姑姑，如母亲的姑姑。

就是在这个奇异的同一个时间里。

你和岛屿末代情人驱车来到小镇时约莫五点过后，寻觅一家看起来洁净舒爽的汽车宾馆，宾馆入口像一般的停车场，中间有如电话亭大小的柜台小姐于里面帮人们办理出入住宿登记。栏杆升起，汽车通过。你们车子的前方有好几部在排队等着进驻，高级轿车玻璃黑压压的，你看见前方的车窗都只摇下一小缝。

汽车旅馆里某对男女发出嚎叫般的快感，一种痛与乐混杂的声音，由于这样的玩乐，遂使得当虎姑在对你述说她如何地忍着脚痛爬坡走上舒家祖坟祭祖的情节时，陡然让你背脊发冷。因为就是那个时间点，你正在那家廉价俗艳风情的旅馆和情人同眠，离老家很近的省道廉价旅馆。旅馆以前是大片大片的甘蔗田，你的虎姑母童年为了想要吃到一根甜甘蔗可以冒被男主人逮到脱裙子抽鞭子的危险而进入的甘蔗田，如今只存在虎姑的遥远梦境里。

你过门而不入，任虎姑步履孤独攀爬老祖宗的坟茔，任妹妹蓝曦一个人在家望穿秋水。

33

如果有个无关的第三人拿着镜头拍摄的话，那么拉开最远最高的镜头往其中拍，将见到这对姑侄两人其实只隔着几块田亩之远，她们被方形矩阵隔离，方形的建筑，方形的田埂。女人的献祭，祭拜着肉身，仅活与死之差。

你的虎姑母继续唠叨关于你的任性个性和你父同款模样之语时，你坐在角落里跷腿嗑着虎姑祭拜祖先过后的鸡瓜子，你想着自己在汽车宾馆时恍然见到自己嘴巴里的每一颗牙齿都浮显出一张张模糊的脸，脸漂浮在不断溢出的口水里。

接着虎姑述说起她去祭拜祖先时，整个坟茔墓地的泥沙土地上散落许多无主的白白银银的牙齿，终年在地底不坏的牙齿，是被捡骨师如剥玉米粒所削弃的白牙。

虎姑母说伊望了一眼牙齿，感觉好像看见死去的阿公，他怎么没有庇佑舒家后代啊！虎姑母感慨。

那足以穿越多年腐朽时光的牙齿依然健壮，但这样不朽的物体却被轻掷，只因怕先辈亡魂有牙齿来抢吃后代子孙们的财产。

你想起那些人像浮水印地拓在虎姑母的白牙上，并且在她不断发酵的口水里载浮载沉的脸，你想原来就是虎姑的意识捣入了你的梦土，那些被人轻掷在坟坑的牙齿，无端地长出了死去者的肖像。

你在嗑瓜子的当时，听着虎姑母在厨房边舀水边要煮饭的唠叨，你翘着二郎腿的下部感到一阵阴风灌入，一时之间你觉得这些牙齿正要进入你的躯壳且逐渐在底部抽长，直至将你整个人穿破。

来帮我打几个蛋，别手不动三宝，你在锺家不是客人……直到虎姑叫了你，你才从破碎里起身。虎姑家可真不好过，你心想在姑姑家也住几年了，彼此只剩下薄薄的血缘关系。

父亲还没出狱，虎姑说，当你父亲出狱时，也就是我们彼此缘分尽时。

你总是想离家出走，和你父亲一样。

你听了心想，虎姑你说对了呢，我是来告别的。

当年你一个人去台北补习，没考上大学，姑母大骂你一世人讨债，不知珍惜我抚养你的钱，你写信给表妹要她转告虎姑，阿亚有天会还姑姑恩情。

事后妹妹蓝曦得知你和一个小儿麻痹的男人住在一起，男人脚跛，但却有钱。

你写信给妹妹说，和男人住了两年，有了钱，要去流浪。那时候岛屿每天都在唱橄榄树，流浪啊！你将一些钱寄给表妹，供她零用，不靠虎姑的钱，如此也算是还姑母的情。

你当时迷上看旅行节目与着迷于神秘学。宗教、卜卦、占星灵魂学、能量学……你都很有兴趣，因为你以为这样可以净化自己。你用男人的钱买了许多矿石、白砗磲、黑曜岩、钛晶、锗石、异象水晶、金字塔紫水晶洞……你感到日渐安心。

34

　　你和跛脚有钱男人住了一阵时日,存了不少钱,你听说父亲出狱在即,你很害怕他,且希望出去流浪。

　　你决定在父亲特赦减刑出狱前,离开家乡,带有罪恶与受苦印记的原乡。

　　你父亲在蒋经国过世后获第二次减刑特赦,父亲即将出狱前,你逃到他找不到的远方。

　　你怕见他,一个已经成了数字代号的父亲:1327。

　　你曾是 1327 的小访客。

　　你拿起黑色的电话话筒,隔着玻璃门,她们要你和父亲说话,而你只是发抖地沉默着。

35

　　你攒够了钱,离开岛屿男人。

　　你躺在异乡流亡男子的床上。

　　旅行到未知世界的人带着关于异国动植物的气息来到你们所爱的眷属身旁,倾诉着故事,倾诉着奇遇。这空间贴着磁砖,磁砖上烧着图像,让你想起故乡坟茔上处处有磁砖肖像,框住一个亡者的图腾。而这个小房子贴的磁砖彩绘着动物,流亡者对你说以前农人没有机会出游,就委托游历的艺术家们替他们得奖的公牛与最好的乳牛及最肥胖的小猪模样烧成磁砖,请游历各地的艺术家带着磁砖画替他们宣传。

　　公鸡勤劳,狗警敏,猫安居,马兴旺,牛财富。磁砖图腾在你躺的床上四周,磁砖比起油漆壁画都显得不老,不若流亡者搁置在地上的书皮随着他的移动而日渐腐朽了。

　　你的异地流亡者情人出城去了,出城前他倾其全身力量和你交欢缠绵,流亡者如刀使力导入,你如被阉割的小羊,顿然瓦解成碎片。你企图弥合之前碎裂的身体感受,像墙上磁砖拼贴成一个完整的图案,但好像再也无法拼完整了,你彻底流失了自己,流失的碎片慢慢地化为粉末,你看见这样的未来。你将怀着流亡者的子嗣去寻找流亡者,怀着流动的胎体去寻找一个可能生还于战场的父亲。

就像自己当年失去父亲一样，你知道你在今天的交合之后就不再是年轻了，你即将成为一个拥有年轻之名却无比苍老的母亲。

流动的胎体会流泪，你知道。但你不打算告诉革命者，你知道就是他知道了他也还是要赴战场，他生来是为了革命的，为了献祭理想的光，而你好像生来是为了长途跋涉来和他在一起。

36

疼痛让你想哭，也让你躺在床上不想动。脑子很紧，四处想要流窜的意识撞着你的心门。心门被弹开，像血瀑。在遥远的岛屿故里，你生来就有被凌虐的感情，父是你际遇的凌虐者，你一生的流离早已启程。

但你不知道为何长大后你要还被爱情凌虐。

你是那么害怕感情的凌虐，那是何等的精神凌虐，那种精神的凌虐让你逃无可逃地无法呼吸。但那种凌虐似乎又带着快感，有点像是小时候没什么太多食物可吃，任何食物总是彻底被吃到尽空。你想起虎姑常递给你们凤梨的心，凤梨心粗粗的，常让幼小的你们吃得一口血淋淋，但吃的时候还是笑着的。

爱总是饱满如排山倒海，恨也总是如海啸焚风掠境。你愈是怕却愈老是遇到。你带着被凌虐的身心，凌虐的印痕只在梦里了，还有偶尔残存在闪过的眼神里，除此并看不出来。

黄昏之前的白日像是释放了所有的光与热，你等着凉飕飕的风灌进空无的时光。黄昏前，你的妈妈（那时她还没改嫁）总是在后院拔毛杀鸡，鸡血答答答地流在缺角的碗内，等着和白米做鸡血糕。鸡血糕，贫瘠里的甜美食物，带点残酷却很本质的生活样貌。碗缺角，被父摔在桌上造成裂痕，你家的碗盘都缺角，爱恨的刻痕。就像你的门牙也撞缺了一小角，暴力的遗迹。

多少黑暗的日子，你以右手食指为器，以左手掌面为唇，以棉被作为他者肉身，以大脑想象铺成的刺激光体，如此才度过黄昏来前的黑暗。在感情的失守寒穴里有一种温暖的刺激幻觉。即使幻觉一旦飞离，悲伤也旋即溃堤。

岛上第一道东北季风袭来，是你离开老家进入异乡流荡城市的季节。岛上已冷，而异乡的热与冷以黄昏时光分隔两岸。

37

你听说岛屿男人即将结婚,男人有钱不怕没婚盟。即使又老又残,但男人常以为那是爱情。你还听说父亲提前出狱了,且和你的室友同学结了婚,同学成继母。

你庆幸你在异乡不用面对。

你知道你可以借梦进入父亲的生活,但你知道你对岛屿男友即将一无所知。你不知道父亲这些年是如何度过监狱的日夜,关于他在监狱多年黑暗时光的性欲底层你无从得知,你只有在他刚入狱前去和他会过面。

但你意感一旦他出狱,他会很快找到女人,他一向不陌生女人,即使睽违经年,那是他的本能,事实如此。

一如你身旁的陌生者,一个流亡者即使在昏睡时也还是继续分泌着如兽的气味,野兽安息在一座潮湿封闭的断裂之城。市集的人们在等待雨季结束,旅馆的人在等待雨季结束,革命者在等待雨季结束,拾荒者在等待雨季结束,露宿街头者在等待雨季结束。

整座城市的旅馆空荡荡的,夏末的雨季又热又湿,入夜却又是又冷又湿。

雨季,让如兽的气味浓烈,在你周边游移飘忽,若即若离的肉味与雄性激素体味一直都不愿对你发出告别的声音,他们不愿离去却又不愿意一起把你带走。

你和男人同醒在一张床的日子少得可怜,但是同时在不同的床震动的日子却不少。

你以为你将注定要和许多女子一样在这座陌生的城市孤单地睡着,孤单地醒来。但这回你的注定来得慢些,虽然你从童年就已经出现了孤独的感伤裂缝。你父亲说的,这是感伤裂缝,在他发出第一颗子弹时他就看见了那个深沉下陷的感情裂缝。无以返转的孤寂宿命,但父亲痛击了宿命,他出狱后竟有了第二个人生,也许他把宿命转嫁给另一个女人。

唯独雨季可以短暂让男人栖息在你的港湾,雨季搁浅了他的行脚。在这座城市的雨季里,你总是和流亡者混在一起。

芸芸众生在夜里焚烧取暖,在草篷仰望天空,期待雨季停时,只有你害怕雨季消失。雨季消失,男人消失,就像落魄大团圆,你竟期待这已造成城市伤害的雨季永不消失。

雨季终结，流亡者即将翻山越岭归乡，雨将被血取代。

你看见异乡流亡者即将步入岛屿父亲的歧路荆棘。

而你的父即将步入结婚圣殿，开辟他的二度花园。

38

母亲不上床，你也不上床。因为若妈妈不上床睡觉，而你先睡的话，这就意味着你要和爸爸同床而睡了，而你总是早熟地害怕一个男人睡在你旁边，即使是你的爸爸。

有一回你被一种像狂风在吹的浓稠呼吸声吵醒，你不敢张开眼，后来实在是好奇压过了畏惧，你忍不住地拉开眼皮的一条缝，当下你的眼睛如色盲，无法辨色只能辨形。两团影子交叠，蝶变在深夜。

后来你听虎姑母说妈妈生病了。

长大后才知道那不是生病，她是去拿掉小孩。

这一天清晨，雨季终于停了，蓝天如婴儿瞳孔。你看见离别，你望着异乡男人离去的背影，年轻男人的身影消失在薄雾里，那样俊美，那样绝望，那样杀气，那样不回头……你摸着肚皮，心想你也该处决小孩了吗？

你不想再次覆辙命运，让一个即将无父的孩子降世。

但你只是这么想，你的故事还在路上。

【编号4：舒蓝曦】

如鹿渴慕溪水

39

渴望，不再见到自己的父亲。

即使这种渴望如刀刃深切着。

父亲的缺离，如一座隔绝陆地与岛屿的海洋，你此刻在陆地，确信不会见到父亲，除非在梦里。如果你学会控制梦，你希望不要见到父亲。但这是谎言，因为你想梦见父亲，梦里的父亲有你的理想投射，一座平静的海，不属于任何逃离者。走过这段不再有父亲尾随的旅程，但你以为的安然并没有来到，你才明白渡海者留恋陆地，逃离者其实是渴望者，背对者其实是相思者。无母的你们逃离父亲，没有人为你们送行，也没有人接住你们身体的坠落。

坠落父土或沉沦母海，你迷惘。

你的身旁躺着当年被父亲称为美国狗的男人。父亲从监狱写信来说出狱的日子，你就等待成年，好往美国狗的怀抱寻去。你想他自己当年出不了国就这样咒骂他人，而你在父亲出狱几年后复制了姐姐菲亚的路径，你也彻底成为女渡海者，背乡人，一生不再受雇任何人。

起先你对男人随口说出自己的家族历史时，内心感到奇异，因为对你而言，你没有历史，也没人对你提起。没有人会想要提起杀人犯父亲的历史，没有人会告诉你关于弃女而去的母亲历史。你没有历史，但有过去。

要把童年根深蒂固的影像与想法去除是很难的。你痛恨父亲，但又渴望有个父亲。

你睡在男人的枕上就会梦见父亲，因而你不想离开他，这是你的秘密。枕上遗留的都是看不见的金色细丝毛。不若你的发，色重而长，触目皆惊心。

时光一去经年，再传来父亲的消息是父亡，黑衣少年乱棒弑父。

父亲生前是一组编号，父亲死后也是一组编号。监狱和宝塔，尽头相同，一条死路。活着的父亲是死了，死了的父亲还没复活。就像不再拨打或不被接听的号码，只成了数字，这是父亲写的，因为你和姐姐从很久以前就都不再接听父亲的电话，父亲在墙上曾写下这一句话。

父亲的遗物里有一本日记，死囚的日记，那是他当年以为自己会被判死刑时所写的日记，但大半都是他读书的节录。"悲剧的诞生——出自艺术家和作家的灵魂篇：思想家以及艺术家，将其较好的自我逃入了作品中，当他看到他的肉体和精神渐渐被时间磨损毁坏时，便感觉到一种近乎恶意的快乐，犹如他躲在角落里看一个贼撬他的钱柜，而他知道钱柜是空的，所有的财宝已经安全转移。"父亲抄录的字迹铿锵有力，对比他的人生显得如此坚毅，他个人即是悲剧的诞生。

男人其实不是父亲口中的美国狗，男人是西班牙人。他们在巴塞罗纳相遇，高第建筑下，走出一个深邃的男子。

那张脸瞬间就把你打回童年。你和姐姐菲亚及表妹小娜去寻母的慢车之旅。

三貂岭，圣地亚哥。

西班牙舰队，母亲。

母亲和一个矿场领班结婚，在矿场入口就交代警卫，不想见到她们了，请回吧。

你们三个女孩安静地离去。没有眼泪，只有沉默。同样的慢车来得很慢很慢，你们在车站风中瑟缩一团，用刚毅的眼神抵御着软弱的侵袭。

你们落寞地回到虎姑母暂时落脚淡水河边打工的家，天色已经晚了，虎姑母大声骂着你们，袂去做鸡啊，袂去呼郎干啊，亲像汝无积德老爸啊，猾这呢晚才回来（疯到这么晚才回来），为何不归去死在外面卡快活……如刀语言，任谁都受不了。有一回风寒感冒，虎姑母听见擤鼻涕声又开骂，系脱裤臭鸡掰去寒到喔，哪不归去脱裤乎郎干，感冒免开钱喔？你听了这些侮辱性的字眼后，泪终于夺了出来，闷在棉被里哭泣着，晚饭也不吃，直到虎姑母拿着衣架掀开棉被打你的腿。直到有一回表妹感冒了，虎姑母对自己亲生的女儿也如是开骂时，你才有了点释怀，但心头还是恨得牙痒痒的，恨不得早点飞离这个漫飞着语言与肢体暴力的恶窟。每天不是干就是冲啥，不是臭鸡掰就是卵葩，你到了国外，很多年后才明白那是他们工人苦痛人生里所能运用的最大畅快，无关语言的本身。

那年头你和表妹是家里的跑腿，被叫去柑仔店买的东西不外是味增、酱油、盐巴、花生油、味素、鸡蛋、面线、米酒。偶尔被唤去买汽水，你和表妹一路都兴高采烈的，有一回还因为太兴奋了，竟把汽水打破了。两人在街上晃，不敢回家，直到姑母寻来，一路被掐着耳朵回家，用衣架打，罚跪，家常便饭。

这些滋味如此遥远，滋味就像心里的那些苦楚，也成了过去。现在你的口中滋味尽是些起司、培根、面包、奶油、红酒。

40

在台北，你们不聊身世。即使不经意聊起也都以谎言搪塞。你不想让人知道你无父无母，你寄人篱下，你宁可自己是粒石头。

在未渡海前，十九岁的你爱上了仇家之子。你父杀了另一个儿子的父。你说你心里爱着仇家的儿子,你被姑母狠狠地打,骂着你们都起秋(发春)啦,忙着鸡掰给查埔郎干啊。你蒙上耳朵,抵挡姑母如刀之语。

你总是被虎姑母叨说没女人家款,你总是两腿大张地蹲在门槛上吃着大片西瓜,红色如血水般的汁液浓稠地沿着嘴角和手腕流淌,你吃得淅沥呼噜的,呸呸呸地连番吐出西瓜小黑籽,大有一切无人管你的撒野姿态,这是你想要的一种野性。住虎姑母家时,你常这样随性,学吃槟榔、抽烟、咬甘蔗、吐痰,像乞丐般地跨坐在门槛扒饭。

41

十九岁,你返回父亲之乡。

东北季风送来一股奇怪的气味,你依味闻去,田沟里一只得了皮肤病的狗儿几乎是毛发落尽般地颓唐于泥地上,身未死,却已布满尸臭。

你看见父亲的未来,你感到恐惧与感伤。

被命运挫伤的人,浸满血色的夕阳老是挂在天边与屋角一隅,像是等着刮人记忆的疼痛色调。

至西螺车站前,你特意绕去童年父亲带你和姐姐来过的浊水溪河口。小村的灌溉水渠在连连大雨后,漫至河岸,流向让稻苗发烂的田。这圳水曾让云林彰化两边打了起来,你的父因之打死了人,打死了隔壁也姓舒的人家,同是衍功派的人家,你在此遇见仇家之子,同年纪的感同身受,俊美异常,但仇家之子只能是乡下人,他不想离开原乡,他的俊美将很快苍老。

当时你们那么年轻的对望,其实谁都不敢开口,唯恐开口世界就崩裂,你只敢在心底叛逆,其实你什么也不敢,爱上仇家之子只是一种故意,并非真实发生。眺望溪口和悲伤的稻田后,你前往车站,听虎姑母说父亲曾在台西客运当过车掌(乘务员),那个还有男性车掌的古老年代,你想去瞧瞧。

台西客运依然是赭黄色配着墨绿色的车身,二十几年都还是老样子的车站,洗石子地板和木椅,小磁砖上沾满了污渍。车站一角卖茶叶蛋和糖果饼干的妇人都像是发黄的报纸了,老了。迟暮者转动着缓慢停滞的鹅黄眼珠子正看向你来。你许久未归乡,成了自己出生地的异乡客。车站周围是老街,老师傅正在糊着往生的灵厝,他的徒弟坐在竹藤板凳上扎着小纸人,年纪看起来比你都大些,但一脸一身的结实,话虽如此,他的手艺却十分的细,小不及巴掌大的纸人在他灵巧一扎下就是个活生生的胎灵胎现。你有兴味地看着活人巧夺天工地为死人准备送行,但即将渡海他乡的你,无人送行,你好想买个小纸人旅途作伴。

42

你回到阿公三贵的家,客厅挂着一张旧照片,到底多旧了,没有人去追查过它的年代,似乎这个家族的人没有人愿意眷顾历史。你听说那张老照片里的年轻女子是虎姑母和父亲的亲生母亲。你记得童年时看过回娘家的虎姑母常把那老照片自墙上拿上拿下地端看个不停,叹声连连。

那是一个很美丽的女人,如果不是早死,虎姑母和父亲的命运将改写。虎姑母常哀叹说,你们别怪你父亲逞凶斗狠,没有母亲的孩子,只能如此来保护自己的自尊。

像刨了层亮度的爱,无可替代的思念,很凶很烈的虎姑母其实是好人,你知道。

你在离乡前回小村闲晃,你试着任意搭上一班未知旅程的台西客运,一路随着车子愈开愈荒凉,以为是到了穷乡僻壤之地,但见路旁小孩的脸被海峡吹来的风刮得红通通的。

你在午后仅三两老人搭乘的客运上打了盹。

你在摇晃的旅途里梦见到父亲未来的死讯,出现在天黑后的父亲亡魂,他巨大的身影直接穿过木门,影子弹撞上了木门,黑夜里,发出像白蚁把头对着地面,喀喀喀的敲击声。又好似沙子群飞落至纸面的细琐声音。

醒来,出狱的父亲还在,不仅还活着,且已结婚,他找到你,拉你去把眉上的痣点掉,说那是凶厄之痣,但你气愤的是父亲,草莽的父亲在夜市随意就找摊贩来帮你点痣,这让你的脸自此留下一道疤。

舒家后院,有父亲栽下的芭蕉,傍晚在风中扇动着雨露,油绿的叶脉一派冰凉。听说性情如此暴烈的父亲却爱芭蕉树和夜合花,一个是因其形状,一个是因遐想之美。但未杀人前的父亲其实最早给过你和姐姐美好的形象,父女在收割的稻田上打棒球,父亲在他最喜欢的书房教你们识字,写得一手好字的父亲用同样一双好手开了枪。写字读诗与扣扳机杀人的是同样一双手。

你记得书房有他终年抽烟的气味,他一早咳的痰每每有如黑烟。书被风吹开了,飞出了里面夹的纸张。没有邮戳的手札,缺乏递送者的关注,就只是喃喃自语。那是父亲形象最好的年代,也是曾经给过你们短暂幸福的年代。

你和姐姐菲亚不同,你喜欢收到父亲的信,姐姐只拆不读,你是清晰地读着,父亲的狱中信简,有的是写给你们的,但那么深的文字谁看得懂,你们只是看着,根本读不懂。父亲其实是写给他自己的,笔迹俊俏潇洒,唯独字迹连结的是你心中年轻的父,还没失手的父,仍掌握着生命的美好。

43

我的美丽的孩子们:

我们这个时代的绝境是难以绝处逢生的,因为曲折跌宕、离情试炼还不到连根拔起的地步,还没有能力把自己推向更广阔的世界与无尽的黑暗冷湿。

而我也该吃药了,我的体力又开始不听使唤。狱中湿冷,宛如冰棺地冢,把你们拥入梦境才能化解那袭击的孤冷。

我失眠,和主辩论。你不要试探我,我说什么就是什么。耶稣上了试探山,被魔鬼三次试探的故事。"撒旦,你走吧,我只信奉我的主。"如果你是我的主,那么我那曲曲折折的角落,主的光芒理应探照得到才对。然而我只见那曲折的幽暗。你们要注意不要因为好奇而尝试当魔鬼的滋味。

我很好,不知道你们姐妹在虎妹姑母家好不好,要听虎姑母的话,她从你们外公的手中将你们抢回,这恩情你们一生也难以报答,何况在如此贫困里,她有四个孩子又多养了你们两个。

如今的我,就像一头被逼入黑洞的大野兽,喘息渐定,心念渐静,转而睁大眼睛往洞外瞧去。我在平静地等待,我不陷入希望之网的束缚,我只等待着天亮,准备纵身而出。我无意去抓住些什么,只是善尽人生的本分和情爱的缘分,而我已摆好了随时舍身的姿态。

如果能和你们像以前一样野游,千山共行,千念同享,那自是快乐中更添美妙的。

天气冷了,父亲要入睡了。

监狱很冷很冷,监狱关不住冷风,监狱关住了我的才华,我的文字在此是只能写信给你们了。代问候虎妹一家人。虎妹是不是更老了？少妇的她应该已被生活折磨成不堪的样子，我已看见。所以你们要听话，要乖。

父亲想念你们，即使隔着无情的围墙。

父　义孝狱中笔

44

你对爱扭曲，变形。父亲信简，多年后重新来到了你手里，但这安慰太稀奇。你怕虎姑母，怕她的棍子与暴力的语言。你是很想记住父亲的好，但父亲的好是早已成为云烟的过去，入狱的父，离开的母是你此刻与后来的巨大黑影噩梦。这噩梦如何才能解脱，年轻的你所能想的只有远去他乡，投靠唯一的亲人，你们这对苦情姐妹花。你将飞抵另一个地方，姐姐会去接你，你和她将重逢，你准备告诉她，父亲娶了她的室友同学，同学成继母，姐姐庆幸自己早去他乡，没有目睹就可以佯装不存在。

你在离乡前还有能力偷偷返到出生地凭吊，以诀别的心情，再看一眼仇家的儿子。心爱的人将离去，你犹仍眷恋不舍，姐姐说你总是瞻前顾后。

离开只是离开你熟悉的身外，但离开却离不掉你心的思念。（很多年后，你看见父亲死亡的照片，收到父亲遗言：一切势将要灰飞烟灭，掷于荒野；唯一的例外是，掬一把骨灰，递给我的爱：菲亚与蓝曦，要亲手把信件和我的骨灰交给她们，一丝一些都好，就是交给她们，她们就知道父亲不是无情人。"交给她们！"父亲咽下这句话时，气已断了，听说眼睛还睁得亮亮的，"交给她们！"这句话就像是一个有如"阿门"般之同等重要的临终偈语。你父亲年轻的再婚妻子在父亲的丧事结束后，突然把所有高跟鞋的鞋跟都敲断，她在夜里发出尖叫，把敲断的鞋跟发狠地往墙上丢，"你就这样离去，你了解我这几年又是怎么过的吗？"这真是宿命且愚蠢的折磨。她好似把她一生的无名火燃尽，也把癫狂全给泻尽了般。她丢完鞋跟后，她呆坐了一晌。然后缓缓起身到浴室，在镜子前卸着彩妆。溶解的油在她的脸上扩散，油料和着颜彩，朵朵开向一个迷魅的后花园。）

45

　　你覆辙姐姐，成了女渡海者，也是单程票之旅。你在父亲娶了姐姐的同学后，你在那一刻举行着自己原生家庭的感情告别式。你也上路，复制姐姐。

　　你搬离了住了多年的家，虎姑母的那个家，比灵骨塔还阴冷。你看到虎姑母坐在阴幽处，她忽然说，查某都是留不住的，你们比父亲还浪荡。

　　虎姑母家的窗台前盆栽里的花都枯了，叶子萎了。虎姑母也老了，以惊人似的昙花消陨速度谢去。虎姑母以她那高八度似割玻璃的声音转化成喑哑的嗓调，她说你要自由飞，我知影你的鬼心思，你要走就好好走吧，自己的女儿也四界趴趴走，何况是别人家的女儿，哪里留得住，都是白白饲养的。

　　那一刻你仿佛看到借天使之手击打埃及法老王的摩西，附灵在虎姑母的身上，虎姑母也有软弱与慈悲之时。

　　你拖着一个大皮箱和一只装满书的小皮箱，站在门口看着虎姑母。突然知道，这女人丧失力气后所呈现的落寞。你心里好想拥抱她，可惜你怯懦，这造成你离乡前的遗憾，毕竟虎姑母是养母，可怜的姑母啊。你看见她把一生的精力全拿来对付生活，肩挑天公降诸于穷人的重重担子，她没有自己，她眼里只有孩子和钞票。

　　至于你自己的母亲呢？你想改嫁的母亲反而不如姑母，母亲不愿看你们长大，她有了自己的二度婚姻就不愿再见你们，但你后来想也许母亲是慈悲的吧。

　　生活的快乐在虎姑母的身上已有渐行渐远的姿态。你记得曾经在电视上看到一头因难产而死的母象，一旁目睹过程的公象，自此不吃不喝，绝食而亡的景象。

　　你当时认为，那就是爱的表达。爱的表达还包括，未犯案的父亲在你童年里有过那么几年的时间，在你临睡前，总是念书给你听。常常你看见他自言自语地念着，不论你有无反应。念书的第一晚，他还没念完第一章就打了瞌睡，书皮斜斜地倚在他多肉的大腿上。窗外的美好小村落，曾经在灯光雾蒙明灭里，宛如天使降灵大会，一切只因你的父亲还在身旁。

46

　　在台西客运上。

你像是一名站在无法靠岸却又停摆搁浅在甲板上的小船，看着孤寂旅路的一片茫然汪洋，一种希望却又隐含毁灭的甲板，联系着舟子和石砌的岸边。父亲宛如艺术家达文西以坐姿向上帝临终忏悔之姿，父亲此生的残缺要靠再次结婚才能弥补缺憾，就好像达文西要借助上帝的垂眼以抚平艺术之未竟。

　　而你却只能靠自己。

　　你在世间的血缘联系，只剩姐姐了。

　　二十世纪听说社会上的家庭人数将锐减，人被寂寞和孤寂重担压得对生活厌烦。脆弱的人们再也承受不起灾难，承受不起诺言。你把意识拉回了父亲的小村，客运上贴着一张发黄的老地图，也许这张图在少年父亲当车掌时也对望过？但一张无法指引旅人的地图算不算是一张地图，就像一个不在儿女身旁的父亲能称为父亲吗？

　　你想着人生地图与父女的地图，这像是两张没有重叠的平行画面。

　　人生天涯海角，颇有烽火连天的孤独味道，曲曲折折，织满交欢的絮语；任何小岛，偏远小村，情深俪影总想办法寻去。而父女的地图，却是天伦的正派感，光亮，平铺直叙的，然一旦失去，就难再修复，除非死亡。

　　你现下才知道父亲入狱前曾向往渡海留学，地球仪是他的最爱，但父亲哪里也没去，除了台北除了岛屿南方的一些荒凉小村之外，父亲哪里也去不了。

　　但你和早已出发上路的姐姐却是天涯海角任意漂流。你们不需要地球仪，你们自己就是地球仪。

47

　　君父的城邦，竟是如此的陌生。秘密情园的路径像是热带雨林的气息，嗅得到气味，却难以嗅出气味搀杂的正确成份和所在。

　　父亲杀人成为舒家浩劫，家庭地貌自此一去千里。

　　当你去海边时，雨忽然说来就来，一时雨丝潇潇，交杂着燥热的气流，大陆高压和太平洋暖流在城中激战，互不相上下，形成了对峙，锋面滞留，雨季初初形成，一股怪异的霉味随着风游移鼻息和肌肤方寸间。

　　雨过天霁，你在溪口眺海处读着发黄的父亲狱中信简，唯独你还愿意了解关于父亲的过去，这是父亲写给母亲之静的信，请姑母代转交的，但姑母丢给了你，姑母说，文字很危险。

我的静：

如果，你问我移动的滋味，我将如何言说，一个向往移动却被强迫滞留的人。

我是被上了脚链的天使。

我的爱在哪，我的人就在哪。这是少年时代我本来所以为的，那时我连跷课去基隆港边看国民军队下岸都很激情，我想我就是太容易激动了，这激动把我的手杀向另一个人，沾满宿命的血腥。

现在我想说的是爱如果使人的眼界目盲，那爱的依存是什么？那是何等局限之爱。我们的爱有时尽，但却是各自拥有的时空，偶尔交汇也是灵光一闪。这样的爱情令人慌。我知道我不配谈爱说情。

但这是我的最后一封信，我知道你要求去。

我们这一代的人都缺乏一种绝境，没有这个，那就换另一个，总是有替代的，所以缺乏刻骨，缺乏铭心。

你的求去将是我生命的第二次绝境。

一直觉得男生可以比女生来得纯粹，利落。女人有太多的阴幽面和条件式的想望依恋。你的求去就是条件，你和我谈条件，你太小看我了，我绝对不要孩子跟你走，让孩子有了继父，这对还活着的我是一种羞辱，我不让你这样羞辱我，何况我爱你。你的爱就因为我的双手沾满血腥而消失，你的爱太有条件了，你是个不带种的女人（但或许你比我还带种）。

女生的纯粹常常是不得不然地自欺欺人，并非真的对爱情磊落，女人的爱情条件不比男人少。

对我而言，静止比移动更艰难，不爱比爱还要艰困。

……义孝

48

你见到渔村前方有风霜凝结的老人之脸，荒凉小村的老厝墙瓦长满了生命力旺盛的野草。

你就这样四处走着，在离乡前，为了适应你日后更将剧烈的荒芜感。

你准备好好生活下来。

你不打算再知道父亲与母亲的未来事。（虽然你已梦见父亲之死，被棒球棍击至头壳裂开的父亲，倒在血泊里。）

你将轻盈。

即使天空片刻就被雨给泞老了，即使天空老是黑皱着脸。即使雨来了又下了，即使总以为放晴了雨却又来了，且大雨将狂袭这城，狂风过后，天色幽冥。

但你无惧，在虎姑母终于把父亲的信简给你之后，你发现原来你有爱。

你知道，这将是个很特别的夏天，它将借着回忆的手，苍哑地揭橥小村小镇那掩埋在时光厚尘的爱。恨原来是以爱为包装的变形礼物，生前人们以恨相见，死后却以爱的面目相知。

你看见姐姐，她在前方，她牵着一个小小孩，混血美丽的小孩，无父之子。

所幸还有女人，寂寞者需要作伴取暖。

【编号5：渡海新娘们】

失语新娘的夜哀愁

49

江西新娘，女孩来自乡下，第二春可。

赣台会，真的是赣到台湾了，男人涎沫四散。

你都戴墨镜耕田了，还有什么不可能。

一边的水塔水泥表面被喷着"协助离婚"，一边却被喷着"江西新娘"。时间并不远，就在二十一世纪还常见到这样的字眼。越南新娘，十八万包办，字眼也仍熟悉。

你们是广义印象里的外籍新娘，进口新娘，你们是婚姻商品，从低度开发嫁到高度开发国家的新娘。你环视这座荒芜小村小镇，不觉此地有何高度开发之感。

你的老公在小镇上开钟表店兼卖乐透,有点小儿麻痹,四十二岁还是王老五,他花了三十五万包办费,把你娶来这里。

你觉得自己还算幸运,你的另一个同乡好友阿娇的老公却是智能有些障碍的男人,同样的过程,阿娇却凄惨,先被公公强暴了。因为老公智障,公公替儿子去越南时就已经在旅馆睡过阿娇这个媳妇了。来台湾,公公对儿子说,你憨啊,脚跨过去就有孩子啦,公公示范,阿娇的孩子不知要叫这男人阿公还是阿爸,还是阿公爸。

你们都年轻,二十二岁,却是贫穷老家的老小姐了。

未婚的男人纷纷渡海寻妻,一旦选定,从此男人不再渡海,而女人则成了彻底的渡海者。

男人看了上百个女人,你想如果一个男人在看过上百个女人后却挑中了自己,那么这也是注定的缘分了。母亲抱着你痛哭,在你穿着白亮如雪的新娘服时,你看起来很悲伤,母亲却更悲伤,在你上了轿车前,母亲喊说着,我死了记得回家来拜我!母亲好像不是参加你的婚礼而是参加你的葬礼。

是葬礼,你穿着白纱,看见自己的未来即将葬送在他乡,遥远而陌生的岛屿,你将失去前生的一切依靠,语言文化服装土地植物气味……失去母亲看顾你的眼神,母亲没有别的东西送你,只有送你不舍的眼神,化为魂魄都要绕着你的关爱与伤心的眼神。母亲的背影渐渐缩成一个小点,离开者身影都是逐渐化为灰尘般的点,不若抵达者是逐渐显影,逐渐放大在视野里。你在原乡母亲眼里逐渐消失,你在原乡婆婆眼里将逐渐放大。婆婆在沙尘暴里迎着你下车,那天从浊水溪沙床狂飞上岸的沙尘遮蔽了婆婆与你的身影,你的瞳孔被沙尘刺痛着,忽然就流下了泪,想起母亲,母亲的泪。

那个等待被拣选的日子已经在你踏上台湾土地的那一刻成为永恒的历史了。

那么经典的外来新娘史,如幽冥之花,悄然而卑下。

50

最早你只是想来台湾做看护,一名中介男人来到你的小村,告诉你可以到台湾当看护,一年有一亿两千万越盾,一亿多耶,那是你梦里没想过的数字。中介暗示你未婚,还不如嫁给台湾郎。你没意会过来,当晚和母亲喜孜孜地想着你到台湾工作的美梦,但你太瘦了,做看护一定被刷下来。母亲灵光一闪,从门后拿了一块原本系牛的大锁铁块,要你绑在裤头上,以防三十八公斤体重太轻而不被挑中。但你仍没到台湾当看护,你才初到胡志明市,就被满街台商气氛吸引,而你果然去面试看护时立即就被淘汰,面试者笑说,你干巴巴的,连杀鸡的力都没有。

胡志明市阮红桃街上,婚姻中介的牵猴人日日在街上游晃,短短一条街里有八九家中介公司,中介的是男女的一生与幻象的幸福。你当不成看护后,你不想回到小村了,你怕见到母亲病容与愁苦的削瘦神色,老是哀戚的脸。你想一定要攒钱回家才行,于是你和大多数女人一样也来到了这条街,你在不被媒人挑中时,就在街上的临时成衣厂车衫,两年内,你也见过上百个男人,就在两年期满你要下放到工厂时,一个男人选了你,你当时对着因为脚有点小跛而几乎要撞到中介公司办公桌的男人也许正好起了一个善意而温暖的微笑,因此被选上,这是你想的。因为听中介媒人说,男人挑了很久,抱怨说越南女人都不笑啊,既然那么怨恨自己站在那里被挑选,那为何不走?媒人给了男子一个坏脸色,那意思是说你以为你是帅哥啊。你听了笑了,因为一个同情的微笑,却被男人挑中。你当时为何微笑,你脑海里其实浮现的是腿伤的父亲,一拐一拐的父亲,自此暴怒的君父,成了眺望黄昏的一个剪影。

一个微笑,让你在中介的期限内终结成衣的工作。被选中后,你开始准备文件、身体检查和学新的语言,中文。两个月速成班,远赴异乡当新妇,一本《越南新娘学国语》被你摸得纸页都破了边。胡志明市大雨过后,午后时光,许多女人的白薄纱都湿透了,女人排着队,等着背乡旅路,等着在一座岛屿生下混血的孩子。

村书记说,你想嫁台湾?

是啊。

口气好像整个岛屿都归你一人。

临行前你写信告诉弟妹,姐姐要搭飞机了。

抵台后,你在老公的钟表行门口挂起"专修指甲",一个一百元。孩子很快就像下蛋,一个个地跑出来吓人。你本以为结婚难,后来才知结婚容易,生活难。你去参加台湾媳妇识字班与台湾媳妇生活专修班,频频抱着电视节目看,一句一句地学着语言,后来生活情况才渐好些,但只要旁人一听你的腔调,有的女人忍不住将鄙夷神色抛向你，这时你就会告诉自己，我可是撑起整个娘家支柱的女人，你们能吗？云嘉平原上的稻田常让你想起故乡梯田，被地雷轰成残废的父亲，流泪的母亲，还小的弟妹。屋后窗外的稻田，抚慰你的心。

新郎年纪不得大于新娘父亲。

这个规定让阮氏娥你笑很久，父亲刚好只比丈夫大一岁，丈夫说好险啊。

你尚未归化这座岛屿，因为财力不够，没有钱没有身分，你宁愿将钱寄给越南的家，至于身份，反正你是在先生店里摆摊，也不外出，归化再说吧。

直到有一回你的公公提起往昔在牛墟挑牛的过程时，你边干笑着，才想起当年你被许多陌生男子挑的过程，你想自己不就是牛吗？牛墟婚姻市场。

假结婚真卖淫。你从电视机飘来的声音里，笑了。以前电视是你的语言与文化习俗老师，现在你只当作耳边风和无聊时看着听着。其实我是真结婚假卖淫，你在日记本自嘲地写着。结婚是真的，抛不掉的，但床上那件事啊，绝对是以假代真的，你对这个词笑着。一周性行为几次？床上采什么姿势？老公内裤穿什么颜色？警察蔑视地盘问你的姐妹们。男人内裤不是黑色就是白色，还会有什么颜色，前天和你诉苦的油车新娘愤怨又带点玩笑地说着以前被盘查的问题。

当时屋后的窗户开着，在午后车衣服的空档，你们望着水稻田风光，想着陷落在黑暗里的君父，母亲凹陷的眼窝，被太阳晒伤的孩子，绿色梯田，开在地里的慈悲莲花，湄公河海岸，香茅柠檬草河粉……你们喝起了一杯越式咖啡，那独特的豆蔻香味，很快地就安抚了你们的相思。你们缺席的少女梦，直接跳到少妇的人生里，你们常以这味道召魂。

不论婚盟或不婚盟，都得以劳力来换取生存。

你们远离家乡，老远来到这座有着极度偏见的不友善城市。你们洗碗，倒垃圾，照顾老人，残障……甚至可能被主人虐待或者殴打性侵。

这叫洗衣机，这叫保险套，这叫吸尘器……离开家乡前，你们学着一些中文用语。你们做的工作像一群人形木偶，你们生活在自己的圈子里，却和台北没有什么互动关系。你们离乡背井，没想到来到陌生城市又住回了贫民窟，你们是有钱人家的仆人女佣。或者是劳工穷人家的妻子，陌生之妻。

你叫什么名字？我爱你，你爱我吗？

你是阮氏娥，你不再相信爱。

51

你来到尖厝仓,照顾廖花叶。你在胡志明市时是住在湄公河畔附近,曾经在医院当清洁工,后来自行去学了些护理而成了看顾工。但看顾工没什么钱,年轻的身体偶尔也被旅社的老板相中而游说你陪旅客睡,夜资足以让你乡下的阿爸有钱看病,但还不够盖房子。十七岁就开始流连湄公河畔寻找要带你走的人,现在终于机会来到。

白色越南传统长衫成了箱底衣,你换上运动衣,你的衣服都是一件一百元。

你和尖厝仓的阮氏凤与印尼新娘处得不错,印尼新娘是村中快乐人阿龙的太太,阿龙太太最怕遇见阿龙弟弟锺南,猪贩的锺南味道,吓死这女人了,后来这女人却不知去向,而你也在期满后辗转其他家庭多年,送终几个老人后,你终于也被送回湄公河畔。你平时要帮忙挖竹笋,背后得背蚊香,台湾黑蚊子好可怕,冬笋皮有细毛也让你害怕,你总是被蛰到痛得想骂这是什么鬼地方!

偷杀狗,北越河内狗肉店,你们记得在原乡里穷到什么都入腹。有人相信每个月的十五号以后才吃,生意不好吃狗肉补运,生意好吃狗肉庆祝,可怜狗仔。

你听见锺家咏美看着电视新闻播报越妇杀夫时,咏美惊叫着天寿啊,阮是巴望尪婿对阮走到白头,这些查某团却希望尪紧死!时代不同啰!

52

车子往山林斜坡开去,夏日芒果澄黄如满月,橘红如艳阳,到处写着歪扭字眼的"售蜂王乳"的广告,之后见到"越南文化村",一个头戴斗笠的姑娘招牌被放在村字的下方。俨然外人一入山村即感到此地似乎集结着许多外籍新娘。新娘的命运,一张漂浮的床到了午夜悠悠荡荡,摆荡在性欲与金钱的两端,黑夜拥抱的是混杂着奇异哀伤的闪烁磷火。

你见到匍匐在枕头和床单的女人,在血染的土地上爬动,你们从原乡长途跋涉至异地,你们失语,失去一切,你们被岛屿人的目光鄙视,你们的时间被用尽,你们常心力交瘁。

你见到湄公河畔的潮汐,在满亮的银月拖曳下,如一尾尾发着灿光的女人,等待着上岸被交配,女人在此穷国成了感情的两栖动物,既要照顾南岛的家,又要照顾原生老母亲的家。

男女的身体是岛与船，葡萄紫的岛屿和黑金似的海水，倾斜前进的风帆，暗夜的海，进行合法的性杀戮。

外籍新娘的床，你们可能血泪斑斑，可能激情舒爽，也可能欢喜甜蜜到天明。一张异地的新娘床，是你们生命无以言说的漂浮象征，是无尽的一千零一夜，然阿拉丁神灯已然失效，不知能否再为汝辈差遣？又或女人自己得是阿拉丁且又是神灯呢？是物也是人，在人间也能有神迹。如此你们才能走过悲剧。

暗夜里，无数的你们念头纷纷闪过，质疑来到这岛屿是否是走对的一步棋？

唯独习惯的是岛屿的热，因为你的原乡只有两个季节，热与更热两种季节。

【编号6：阮氏凤】

鱼露之乡　伤痕之河

53

你来到尖厝仑。阿凤你嫁给锺南后，锺南已经不再卖猪肉了。

你听过丈夫锺南说起半夜两点进养猪场，抓住待宰猪仔，在摇晃的灯泡下，长刀一插就射入猪喉，接着刮猪毛，切割，清腹内。你在生产前做了个噩梦，你梦见一只喉上还插着一把刀的猪仔四处嚎叫狂奔。你吓醒，发现羊水破了，疼痛难耐，叫醒锺南，奔至医院。婴儿采倒踏莲花姿势降世的，婴儿以脚伸出子宫，双脚先吐出产道，像鸭子似地划水，探着这个娑婆世界的温度，这可让你吃足了当母亲的苦头。

你常听乡村老妇开玩笑说嫁给杀猪㨃，吃不空。她听了总是起了一身鸡皮疙瘩，那个恐怖的梦，千万别再来。

阮氏凤，你将带着一身杀猪的臊腥气味回到胡志明市。

返乡前，你去镇上的农会超市采买物品，在柜台结账时，差点没被人笑死。

阿凤，你买这么多卫生棉干嘛，你有那么多屁股啊。

我要带回老家啊，你说。

农会超市柜台结账的人就别有含意地低语道，你可别一去不回啊。

　　你听了怒目以对，心想这些人都这样狗眼看人低，锺南爱我，我也爱锺南啊。拎着袋子走出超市时，你戴上安全帽，跨上小绵羊，骑着骑着，心就放下了。你想也莫怪人家会这样想，你的妯娌不就落跑了，现下不知流落何方，到处传言她在茶室玩十八招。

　　你的妯娌即阿龙的印尼太太，她在逃离锺家前，唯一说过话的人就是你，但你当时听不出逃亡意涵，只想她压力太大了。阿龙是村中快乐人，他的印尼太太就成了村中悲伤人。婆婆蔡瓜瘫在床上不能动时，空团仔阿龙就陷入无人愿管的境地了，他喜欢火，有人笑说他是火星来的人，更有村人第一次听到火龙果的名字就笑说是阿龙投胎的。他有过拿打火机烧房子的纪录，还好烧的是废弃的猪寮，要不锺流一生累积的财富就会化为云烟。稻埕前大厅里的一座关公像也被他烧得胡子去了一半，公公锺流骂说，你这憨孽子连关公你也敢烧，无惊伊拿大刀剉你。阿龙还是笑着，打火机没了，奇异的火光世界消失了，阿龙仅有的智商也似乎日渐被莫名的事物抽走了，他整日拿着他小时候坐过的一把矮凳，肥大屁股往凳上一坐，就恍如黏住似的，他可以一坐万年，万年一坐，在屋前发呆，从日出望到日落。那矮凳木材吸了他不爱洗澡的气味，他的印尼太太每回被锺流逼着去喂食阿龙时，总是心不甘情不愿地嚷嚷鬼叫着。后来有家人发现原来阿龙裤底都是屎。印尼太太日日要小心看顾阿龙，免得让他有机可玩任何火而引爆瓦斯。

　　再也受不了了，印尼太太对你说的最后一句话。（村中快乐人龙仔晚年的生命里来了个陌生女子，一个女外劳受雇来为他洗澡。空团仔哪懂得洗澡，有人笑说。空团仔阿龙和异乡女子就这样一生连结，和许多老人一样，异乡渡海女子抚慰了他们，或者虐待了他们，但总之，女渡海者，你们已是飘在岛上的一股巨大阴风。）

54

　　这天，你回到家后，煮了饭，安顿了家小，整理了物品，阿南明午会载你去机场。时间好快，阿南不卖猪都七八年了，怪的是身上还是有股猪肉的骚味，当年常引得阿龙的印尼太太行经其身旁时很不给面子地掩鼻而过，偶尔没预防地在走道相逢时也常吓得像是见到鬼似的。

　　猪是卡到你喔,自己都叫得像是刣猪的,锺流常叨念印尼媳妇。你每回听了想笑又觉得不好意思,你的老公身上有猪味,也许是印尼女人的错觉,都不卖猪肉那么久了啊。夜晚你望着这安静的小村,胡思乱想也许这印尼女人搞不好再也受不了的是和他们同住屋檐下的锺南身上猪味,印尼女人的这种奇异的心理苦楚定然是很多人不了解的,嫁给痴呆丈夫,公公锺流又常有风流事,空间又到处飘着锺南带回来的长年猪臊味,你这样一想,忽然就有了同理的悲哀感。

　　你在即将离开二仑的夜晚,一个人失眠地望着小村之夜,你从来没有好好看这些年的自己以及这块异乡土地。你的越南姐妹来到这里有千百种理由,但你的理由是爱,没有人提过的爱,在你身上最见不到的拉扯力量。

　　记得刚来到这里时,你有一种失望感,和你家乡的贫穷寂寥相似的感觉在你心里萌生,一直到孩子生了,根生的感情与亲切感日渐发芽。你以浊水溪代替湄公河,你以荔枝芒果代替榴莲红毛丹,你以乌龙茶代替咖啡,你以三合院代替有屋脚的茅房,你以运动服代替白棉衫,你以东北季风代替南风,你以利落短发代替长发,你以小绵羊代替脚踏车,你以小黄代替三轮车,你以塑胶品代替手工织品……唯一不能取代的是鱼露,再好的西螺酱油也绝不能取代这个乡愁圣品。

　　你以为自己逐渐将海的那一岸忘了,忘了屋子里的贫穷与溽热,忘了母亲生养过多干涸干瘪的乳房,忘了被太阳晒伤的哀愁眼睛,忘了父亲身上那难以忍受的病体酸腐气味,忘了棕榈椰子橡胶,忘了焦味似的炊烟黄昏,忘了香茅热辣酸汤,忘了地雷炸开的无腿伤童,忘了街角和金发男子议价的妓女,忘了在黑暗咖啡馆空转的留声机,忘了旅馆交欢的异乡男女,忘了无天无夜的工厂机械生产线,忘了午后将你的贴身白棉衫淋湿的大雨,忘了在法式别墅露台盯着你瞧的异乡人,忘了你的青春寂寞,忘了你的祖国悲惨历史,忘了追逐你们的美国大兵,忘了枪杀你们的共产同胞,忘了断腿断手的男女,忘了游手好闲的男人,忘了布满黄尘的大路,忘了三轮车与人争道的虎口,忘了苍蝇与牛粪的气味,忘了死去家人的静穆村落,忘了美而忧伤的绿色稻田,忘了有人朝你喊西贡姑娘,忘了等候嫁到台湾的移民长长队伍,忘了入关时的种种身家扣问,忘了第一眼见到村民的鄙夷与戏弄眼神,忘了违法躲在暗处打工被剥削的同乡女子,忘了夜晚独自一人面对镜子矫正口音咬到舌头的痛……你走进一个奇怪的世界，这个世界有钱人奢华，没钱人只有粗泥墙与铁皮顶，你的世界维持着三合院的古老风景，但这个看起来也极其落后和贫穷的新天新地对你有意义起初只因为锺南，后来只因为孩子。

你集着一身的女性屈辱与勋章。

直到前几天你去西螺镇上的成衣连锁店采购返乡礼物，你买到了 Made in Vietnam 时，你忽然有了深深的挫败与乡愁感。

尤其这一夜，你以为所有的遗忘却瞬间全忆起了。在起雾的夜晚你扇着从家乡带来的棕榈扇子，昏然迷失在你自己内在的暗室迷雾里，往事如黑森林，浓在一块。你忽悠想起十八岁时的生日黄昏，忧伤而沉默的母亲和你静静地坐在廊下，吹着从棕榈园和咖啡园袭来的凉风，风里有股尼古丁似的腥气。母亲望着前方，空洞的眼神忽然有了些光，她从瘦削的手上拿下一只戒指，不起眼的戒指，母亲转头望着你，开口了她一生少见的几句话，母亲说这是阿嬷的遗物，现在换我给你，现在你的一生可以自己作主了。隔天你就决定要前往胡志明市，母亲的话给了你可以依赖的现实，你第一次从贫穷村落里接触了未来的可能。

55

此刻，你意识到了你这一生从来没有为自己活过，好像你没有自己的眼睛，你脸上长的是别人的眼睛似的，你很少说自己想要什么，你像一头牛，被际遇的主人催着往前，即使遇见锺南你也还不懂得什么是爱，你只是直觉地感觉锺南是个好人，但他也不知道要带你前往的岛屿如何描述。如果提早知道是落脚在这样荒凉偏僻的小村，还要来吗？你不知道。此刻你在夜里无眠，扇着风，听到锺南的鼾声如雷，孩子的呼吸节奏有韵律，你想这小村从来没这么热过啊，那么可想而知的家乡将是更热更热了。

接着你又意识到，从你订机票决定返乡探亲以来，你遗忘的前生世界又都悄悄回来了，遥远而荒凉，奇异而原始，傍晚血红的油棕，在稻田上轻轻驻足的白鹭鸶，披头散发的干瘦少女顶着竹篮，水滴滴答答，如雾的炊烟在棕榈林里腾空飘上天际，斑驳的大佛立在肃穆的小庭院里。

往昔像慢动作地滑过阮氏凤你失眠的这一夜，像未分类的垃圾堆，你逐渐进入这稀少人烟的村落梦乡，做着无人知晓的梦，发往家乡的汽笛声响，满载着水果与青春正艳的多情女，即将青春熄灯的远行姑娘。

【编号 7 : 锺小娜】

不彻底的女渡海者

　　你想飞走，当生活失去着力点时，当生活无法写下来时，当哀乐无法定住你不断倾斜的飞扬双脚。你想离开，此去天涯。你听见植物在说话时，那种带着夏日着火的声音，喜洋洋的生命。你想飞走，掏空可以掏空的孤独。

　　这日你从一座佛寺醒来，清晨独步回家。想起曾经当庙公的父亲若隐，你见到"若隐"竟变成一个建案的名字，但父亲从来没有自己的房子，直到他死亡。他有了阴宅，父亲很适合阴宅，他很安静。他生前顾着孤魂野鬼，他的背后是神秘的一堆无主魂。他喜欢喝他的米酒头配花生，看着落日一丁点地落在前方的稻穗，他失意的人生就此失意了下去。他曾说那些鬼很凶，不过人更凶。清明节你祭父。肖像被烧在白色磁砖上，湿气使他的容颜有了皱纹。杂草盖过了他，在镰刀逐渐劈下时，他的脸才慢慢出现，随着你对他的失忆而逐渐被你记起他曾是一个父亲，你的父亲，沉默却没有力量的父亲。他或许已经投胎，看着你在他的坟前如此虔诚而动容？父亲说不要火化我，他要回到他一生耕种的土地上。

　　你窝在岛屿男人身边时，你的母亲一个人在祖坟上祭祖，请出了祖父父亲……你的母亲不喜欢你的祖母。所以她只请出她想请出的祖灵。你听她说，你们这些女孩子都留不住了，祖先只剩下我一个老查某在拜。她买了祭品，牲礼，冥纸，水果，蜡烛，摘了许多野花……她骑单车，来到田边坟地。当时她没找到她的女儿，也没找着菲亚和蓝曦这两个死查某囡仔，她不知道这些女孩都在逸乐。前方是乡下的一座新起的灵骨塔，火焰映着南方的绿色稻田。母亲虎妹以前老对你说烧冥纸时要记得边烧时边说要烧给谁的，否则死去的祖先那么多，会搞不清楚。你忽然闪过一念，父亲坟墓旁边是个和其同年过世的女亡者，名唤周觅娘，你想生前父亲寂寞，死后父亲也许并不寂寞。虽然这块土地，到处都有死亡的角落，到处都有伤心的影子。

清晨你从佛寺回家。有一只夏日的苍蝇飞过，且死亡。它也是一件独一无二的作品。当你无力表达生命这一切时，苍蝇成了一种见证。以父之名，在夏日微风的窗台，种上几盆植物。夏日就端然穿越了春天，来到了眼前。你在日记上写，生活没有值得写下来的，但也一切都值得写下来。百年一日，一日百年。

你是如此地不喜欢热夏。你只好种上植物佯装清凉。但你总是舍一执一。

你即将启航，你将跟随两岁时家里多了两双筷子的美丽少女的后尘而去，你叫她们姐姐，这两个姐姐，母亲说是她们带坏了小孩。

这两个姐姐夺了你原本以为自己可以一辈子在锺家当独生女的希望。母亲是这么地介绍姐姐给你：叫阿姐，你大舅查某囝飞呀和懒尸。

你对大舅舅是有印象的，你还知道自己这个带有西洋味的怪名昵称是大舅舅取的。舅舅喜欢洋名字，后来你才知道大表姐叫菲亚，小表姐叫蓝曦。

你母亲还是无法接受自己的女儿叫什么"泥那"之类的难听名字，尽管当时大舅不断地游说这个名字来源及其独特性，但还是没能登记在户口名簿。

离乡前，你想到妈祖婆前烧点香。童年家里若有吃不尽的零食通常都是拜妈祖婆的赏赐，新街四妈宫是平时你妈走动祈福的庙宇；若是祭祀大事，你妈都会和一群阿姨们到北港朝天宫卦香。返家后你见母亲因众香云集以至于背后薄纱衣裳被香烧得一个个小洞。母亲只有这时候大方，她见到衣服破洞，却不心疼，直说这是妈祖临幸，有保佑啰。就像印度人希望恒河泛滥家里，淹水的房子是湿婆神的加持。若面对苦难都如此，苦难就都转化了。

你喜欢这时候的母亲，大器。

你知道离开岛屿，你会想念母亲的好。

母亲那种不顾一切的好，以惊人力量在生活的人。

你想起小时候老宅的天花板上常有仙尪（尪：此处意为神明），你学母亲叫壁虎为仙尪。

仙尪，到处都有啊，它们是老房子天花板的主人，这没什么好怕的，以前妈妈作囡仔时村人还吃过炸仙尪呢，吃起来就像现在的盐酥鸡。

你的母亲虎妹，你离乡时想她，你返乡时她想你。

是母亲，让你做不得一个彻底的女渡海者，不能和老祖宗锺郎一样在异地蔓延子嗣。但你有文字，让你母亲敬畏的文字，来到了你的手里、心里，换文字害怕你，因为你将不断蔓延文字的子嗣，无远弗届。

女渡海者众，不亚于男渡海的老祖上们。

你喜欢数字七，以七为隐喻，记号的终站。你知道，女渡海者终将晃动世界的爱情板块。

卷·叁　查某世纪

从夕霞走来，

这一切存在过……

从夕霞走来，这一切存在过

　　生活慢慢走着，年迈女巫自历史的暗处行来，女人悄悄彼此互诉，嘀咕着被遗忘的时光。

　　在这些说不出四书五经、大道理的女性日常生活里，生命激情的能量来源或许难可言说。

　　这些针线分明的绣片碎花，飘着胭脂香粉的梳妆台，却仿佛隐藏着一套专属于女人神秘的传承系统，隐约显现着充满奥义的人生符码。

　　女人的小宇宙，在每一张脸孔的眼睛里，看见名之为"你我她"的日夜时光里，闪烁着生命哀愁与际遇的荒谬，隐喻的吉光片羽。

　　虚实交错，百年女人的沧桑碎片，局部凝视。

二〇一一

　　那年代结婚前要为自己准备将来的产仔装，一种黑布裙，另外还裁制了煮饭裙。但产仔装你一天也没穿过，你常想自己是断翅的蝴蝶，因为不孕，成了悲哀查某，男人遂堂皇可再另娶她人。你的卵子不发光，青春期之前能展翅高飞的卵子都早已随着红血排出了，剩下的都有气无力。男人横冲直撞的鞭毛虫仿佛抵达了你的废墟荒原，顿时不知所为何来，也不知何去何从地感到悲哀。爆裂的百万卵子自此无声无息，成了你午夜的寂寞姿态。注生娘娘也不知拜了几回，连婆婆都骂你是个连孵臭蛋都不会的查某。她叫你去养鸡，好让另一个女人坐月子吃麻油鸡，她的奶水喷出如涌泉。你唯一的子宫圣战是比她们都活得久，虽然结局也不怎么光彩，但至少你有机会诉说。只是百年人瑞和世纪相逢，结局和脆弱蝴蝶一样不祥。你坐着轮椅被推出来不久之后就受了风寒，你看见自己的死亡与新生。轮椅被装饰得很像是花轿子，可惜你已不是花嫁娘，你风烛残年。你成了无齿女，牙脱齿落，那年头整座村庄都没有牙科，一台烧牙齿机器可买一甲（计量单位，约 0.97 公顷）地。你到现在都还记得牙痛时光，阿母将你欲落未落的牙齿悬上丝线系在房门上，牙落时刻，尽是标志成长或者衰老。

　　可怕的逢整数纪念日又来了。建国百年，中华民国一百年，你记得可怕的千禧年。两千年,疯狂的两千年,追逐第一道日出。这庸俗的"百"字也包括你自己,你竟这样就活过百年,还被某个陌生女人写进岛屿百年物语,你想这根本是一个大而无当的包装。会动辄喊出百年者,其实很孤单啊,所以动辄以"百"来壮大自己,百年家族、百年沧桑、百年荒芜、百年孤寂、百年世纪、百年老店、百年百画……岛屿百年甚比千年,女伶在百年的老唱盘里兜转花腔:"大千世界,恍如一叹",大伙充耳不闻,哈哈大笑,继续卡拉OK。竖起耳膜聆听的是你,你听见屋顶的蛙虫声,你知道某一年这个家族将分崩离析,这间屋子将大卸八块,被时间大水化为废墟。祖上的百年老厝将再度还原成木屑、石灰、泥砖、米糠壳、竹管……想起这一生,实在真粗做。

提早看见老屋将毁的你在那时还是个初老之人,抱着领养女儿生的孙子亲了又亲,说伊会呷百岁,说伊会呷土豆呷老老。养女留下孙子给你,她自己却死在手术台,那年头还是有许多女人为了生子而亡,这让你很感叹、很孤单、很无助。口湖村里的万善祠每年办赦罪月前,总是会通知你,希望你捐点钱为孩子超度。你总是拿着那张要捐钱的粉红色单子发怔,不知如何捐起,当一个人什么都没有,只剩下一条命时。

孤单的岛屿百年,只有岛屿人还在用的年历,数字将往上跳至一〇〇。你将看到很多和你当年一样要当花嫁女的女人抢当百年好合里的其一,或者忍着肚痛或剖腹抢生一月一日的宝宝。你不知这有何意义?在你的眼里看尽生死无常,你只剩下一个"人瑞"的称号,却无瑞气可言的生命。你这个百年人瑞将再度从幽黯的屋宇被推至门外,你那凹陷的瞳孔干涸如浊水溪,水床成了沙床,灰黩沙尘刺得肌肤与眼睛疼痛,你想这些环绕你的人究竟在变什么把戏?为什么有人在你如鸡皮的胸口上塞红包?只剩一层干皮的肌肤无法承受红包的重量,唰的几声,飘飞的红包四散,许多孩子争相抢着,老村民看着这一幕都笑了,拉开的口腔如躲了时间野兽,蛀掉的牙齿凿刻了穷乡僻壤的生活实相。

你忽然想起以前也有个倒楣的百年人瑞,他被从床上推到西螺大桥,这参加开通大典的百年人瑞隔天就受风寒死了,他象征的瑞相与长寿并没有给这座小镇带来如何的百年繁华。这些"百"之纪念,都是为了分食预算大饼而衍生的抽象概念,而不是从土地里缓慢长出的东西,什么百年一遇、百年好合、百庄齐鸣、百花大奖、百世一回、寻百宝箱、百庄工艺、百世传家、百态人生、百画传习、百道佳肴、百校青年、百庄艺旅、百项达人、百事可乐、百战百胜、百万大明星……民国百年，只有这座岛屿还在用的年份，百年遍地。唯独百日咳、百废待举等负面百字不见，而百年老厝禁不起台风塌成一片，你的百年记忆早已幻灭。和儿孙拍照，应媒体说的是金玉满堂。照片登出来了，你坐在中间，上百个陌生人环绕在你的四周，都是你不认识的人，你不知道他们为何要环绕在自己周边，你想难道是要等着我分糖果吗？还是等着乡公所发送的面纸和洗面皂？

你想这个百年的国家是否也该要包大人了？台上这些口沫横飞的大人有一天也会需要包大人吧。包大人让你有点尊严些，你想起做囡仔时，常夜里尿尿，棉被总是湿了，被母亲打得淤青凝血，说是这样你才会记得。但你不记得，你去上公学校的第一天就看见水沿着大腿滴滴答答地落下，椅子下一滩水。忽然有人尖叫，报告老师，有人偷尿尿。接下来就忘了，你想看到老师走来应该是自己先吓到晕厥过去了吧。现在你胯下的"包大人"是卫生所送了好几箱来作为你的百年赠礼。你讷讷地接过，忽然镁光灯一闪，你想这真是让人害羞的礼物。

现在伟大的包大人正包着你滴滴答答如雨落不停的破瓦之地，失禁之处，如岛屿的反潮日。包大人正摩挲着你疲倦的阴蒂，百年来空虚的隧道，已成鹅肝色了吧，你从不敢看那个黑色地带，你想那里应该会像是卤味里的海带豆干吧。你这无子子宫在梦中却是房客满溢，梦中从这个逃生口吐出过许多薄膜般的天使，你不记得漂浮在水里孩子的脸了，你看着自己把他们埋在会开花的树下，有的埋在田边。梦醒，你看见下体流血，他们消失了。每个孩子的脸都遗忘了，包大人正摩挲着你的胯下，胯下好痒，但你连搔痒的力气与姿势都没有，你闻到那尿臊味伴随着风沙袭来。乡下有野孩子叫你"老拎脯"，你的胸部垂扁如晒干的柚子皮，两片布袋垂吊着两粒干葡萄。

残忍却口吐真实的孩子。

乡公所为了让你活过民国百年，才好端出去做"活体"展示，因而假好心地派一个年轻志工来照顾你的三餐，以及帮你沐浴等事。年轻女生在水盆里放着温水，脱去你的衣服，将你的手抹上肥皂，手温暖而光滑地抚摸过你的胸部，你的下体，你那仅剩下枯骨的肉体。你闻到年轻女子胸前的香气，这让你想起自己也曾年轻过啊。然而你现在却只是一个被推出来展示的百年人瑞，老人只有这时候才有用处，不然这岛屿最厌恶历尽风霜的陈年老物了。但被推出来展示的百年人瑞都没有什么好结局，你记得西螺大桥开通大典时，隔壁人家的百年老翁也被官方推上桥上，那日风大，桥上到处都是人，人瑞看见七爷八爷时，像是个孩子似的有着惊恐的表情,回家就病倒,不久百年人生随之闭幕。很多人说他是受了风寒,也有人说恐怕是恍然把七爷八爷看成是要来抓他的黑白无常吧。

你立在风中,没有看见什么,你看起来极为清醒。只是你知道这是回光返照,你也将不久于人世,只有那些白目记者不断地要对着你说呷百岁,这百岁分明又是对着中华民国而说的。其实你已经失去好几年的光阴,你并不满百啊,早在你视为己出的养子因八七水灾往生后,你的年龄就在那一刻停顿了。

养子死的好惨,被水泡得跟猪头一样。阿嬷,你说什么我听不清楚?一个叫你阿嬷的陌生人,手持麦克风。一个女生到了一个年纪就有了新的称谓,阿妹、小姐、查某人、牵手、太太、阿依、阿妈、阿祖、阿太⋯⋯未亡人⋯⋯未亡人也将亡,长寿的婆婆,守着荒凉的小屋,干枯的眼睛如井,穿越多少世纪的阴风。

百年有何开心之喜?你那空洞的眼神牢盯着角落里的蛾不断地吐出卵,激烈地吐着卵,然后静静地臣服在时光之盒。你看见你的子宫,悲哀的卵子,上百万的卵子,如你的世纪,尽是悲哀,清朝人日本人国民党民进党⋯⋯吵吵闹闹,莫怪你耳根先衰,继之眼闭身毁。

你不懂为什么百货公司挤满了人,而自己的生活却空荡荡的。受够周年庆,你从没去过,你不知道为何为了一个塑胶袋可以排几个小时的队伍,几个小时对你而言,像是好几年似的。下午的女志工帮你修指甲时,把电视转得好大声,女志工挥舞着指甲刀,边喷口水说,百货公司物件贵松松喔。雪肌精植村秀香奈儿香华天艳色唇笔猫眼睫毛膏⋯⋯你的耳里如鼓乱弹着声音。

你很庆幸自己已被时光遗弃,如斯再无挣扎。

你坐在椅子上打瞌睡时,脸上的那只黑洞张得老大,像是万圣节的骷髅头。那只黑洞通往的感官世界都已枯花萎叶。你闻到一股奇异的臭味,比自己脸上那只黑洞上通往的器官隧道更臭的气味,你寻气味寻去,在气味之上竟是母亲,母亲头上的花冠已然凋萎,发出腐臭。母亲曾经是上过马偕淡水牛津女学堂的聪慧女子,她在眼前。你们都老了,母亲像是一张矮小的凳子,她笑着说等你好多年了啊,没想到你活这么久,久到母亲都当完天人的日子。天人五衰,其衰之一就是腐臭,你知道闻到这个味道就知道不久将死,几个活得很老很老的女人也要来了,你们一起等待新生。

你从打盹的梦中醒来。阖上黑洞，酸腐之气在唇上溢出。你微笑着迎接这腐臭，腐臭飘散，烈火焰焰，快者七日，慢者四十九，又是新生，又是悲哀降世。

谁要百年？你不要。你宁可老天爷还你那间百年老厝。

电视播出埃及艳后伊莉莎白·太热（泰勒）过世了，你在西螺戏院看过她的电影，伊莉莎白·太热那么美艳，紫罗兰的瞳孔，令你艳羡的八度婚姻。

然你已预见自己的死亡，你脸烧耳烧，以此为有事前兆。百年酷寒，烟火四起，震耳欲聋，死鸟死鱼，你熟悉的日语第二个故乡世纪大地震，震得你魂飞四散，热泪盈眶。死讯将至，无常已抵达。

一〇〇不就是一吗？你想一就是孤单，一就是无法成双。一〇〇就是一，又是下一个轮回在等着。百年神话，在这神话里，你即将告别这座岛屿。一九四五你看过乌云之花，广岛之恋。二〇一一你目睹黑雨之花，福岛之殇。这活了百年的人间，绝望而空虚，你感到空荡荡，和世界打成一片，也如此之难，如此之易。临终前你的画面是一片花海，你被推去台北看了花博，人好多啊，你看着很高兴，你听多桑以前说"入门见佛，出门见众生"这就是最好的风水。那一刻你笑了起来，感到这世界有花园真好（只是不要挤爆了），回程有人送你花的种籽，要你挑向日葵、大波斯、鼠尾草、时钟花、薰衣草或玫瑰，你挑了时钟花，你已看见自己的死亡，你在后院种下时钟花，让自己在人世的时钟延续下去。

你没熬过百年强烈三月雪，合欢山积雪二十公分，你在梦中见到羽毛，轻盈的你，裸身如洁白天使，即使满身皱纹。你走过不孕之悲与寂寞之苦的百年。

二〇一〇

这是明媚时刻，小镇令人不安。你整理了一下碎花衣裳，洗去衣上沾的泥巴和腐叶，你眯着眼望着农田，你的眼睛长年承受阳光倒影，日益白内障的目光是作为一个女农的代价，看出去的风光带着白，如雾中风景。这片雾中风景，已然被怪手碾过，伤痕累累。前方小路两旁围起一座座小土堆，垂头的稻，丧气的你，你低身望着泥土里尸横遍野的虫尸蛙体，这伤心的气味正弥漫着你的心。老屋赤裸的石灰墙映出一片起伏不平的丑陋阴影，不平整的土地，落入不可靠人的手里，无耻之徒都穿得极体面，索讨新天新地者，只猛咬新世界的财富果实，却丢弃旧世界的良心种籽。

　　七十三岁的你望着夫妻努力撑过的苦，但却撑不过这回的蛮横。你无法理解你缴税的政府可以公然粗暴？对着生养人的稻穗。你那天望着怪手碾过的稻穗伤心，你还想去田里拿锄头和雨鞋，但连这个也不被允许，警察将你阻绝在耕耘一生的田之外。你这双手养孩子，养天养地，但却养不起自己的余生。你只是一个嫁鸡随鸡的作铲郎（农民），没有田，没有地，你也没了自己。你认为电视那些人的嘴脸不配来分配你的田地归处，这些秃鹰啊，难道不用到天公那里报到？天公就准许蛮横怪手碾过喂养人肚的稻？你想起老伴，你还是少女时就认识老伴，淡然庄稼人，朴实的人，从没想到变卖什么，因为双手双脚皲裂的作铲郎就是以田为家，连脸都长得像一张沟渠遍布的水稻田，想到伤心处，你落泪了。你老了，也瘦了许多，脸上手臂上大腿上尽是劳动者的伤痕，被阳光晒伤的松塌塌皮肤如过熟的橘子，橘之皮肉看似要分家，而你也即将离开心爱的家，你面对从未有过的困境，既悲戚又悲壮，你仅简单地想，也许这是让官方可以见到问题严重性的方式。初夏热气扑面，你脸上的悲戚里躲藏着一抹对往昔美好的微笑。农药是杀虫的，你却往嘴里倒，你杀了自己，以如此孤寂的抗议之姿。

　　岛屿的恶意，无处不在。

　　门外选举造势晚会正开始着，喧哗声一波波地传入你的耳膜，你感到十分刺耳。你成了一张肖像，人生自此不再立体。你躺在那里几日了，没什么人闻问，你高估那些秃鹰的良知，你忘了良知在这岛屿连称重都嫌麻烦。电视不断追逐着什么补教人生，你的人生在荧幕论秒计，很快地，怪手会在无人再关注时，再度压稻毁穗，柔软麦穗将挤压成一张梵谷的脸，如战时被强行推入土坑的姣好尸体。天色渐渐暗了下来，离去的道士，拆空的白布，萎去的花圈。你看着生活过的这片景色，整齐井然，如庙宇大雄宝殿之庄严，如冷刀般的小溪，流过翩翩竹林。你看见往昔的自己在火炉里丢手上几把稻草，稻米还魂的炊烟，它们飘忽地燃起，静静地升上天空，拖长，漫开，俯瞰田地，在树林上方停驻如云朵。暮色往昔的这份温柔，让你的心揪着，但你发现你已经不属于那里了。

　　岛屿的善意，随处可见。

　　一种隐密似的少数社群团结将你和他们牢牢紧聚一起，形成一种枪口对外的抗压家庭，但眼见怪手堂皇碾过土地，如战争坦克车轧过胸膛时，你还是选择独自"单挑"这个假面社会。谴责还可忍受，冷漠就让你厌畏了。对未来生活的丧失，强大了你的勇气与孤独，这种壮大的孤立性，超越了官方无耻之徒的那种卑鄙，因此你轻易地打败了他们，以一种意志赴死，深深打击了媚俗者，虽然结果仍令人怅然，人遗忘的速度与对事情的热度超越了你所能想象的。你以奇异意志赴死之姿和你一生劳动的姿态让人无法连在一起，人们叫你"阿嬷"，好像阿嬷就是含饴弄孙，阿嬷就是黑暗角落的一抹阴影而已，哪有阿嬷具有如此坚决姿态的，没人见过，没人见过这样的阿嬷。以死明志，以死护田。

你选择一个人在野地游荡，远离地平线温暖的人间灯火与闪烁的金银，除了尊严，你不再盼望任何东西了。你将沾满稻谷气味的古老肉身置之度外，你此刻庄严，然岛屿易忘。在绿地背景前一张迷惘的老脸，似乎在叹息。望你早归，田的呼唤。春风吹不断，新近下了雨，天空弹了雷声，来日稻香谷肥，空气中植物的香气依然，田等着你，踩踏它，踩出柔韧，挤出坚强。黑夜来了，真正的孤寂深渊来到，鸟鸣声、蟋蟀声和窸窣逃窜的声音都静了下来。谁能忽视植物的韧性，你们比动物来得柔顺，也比动物来得具有杀伤力，缓慢的，极其缓慢的……

好年冬不再，恶寒已遍地。一个女农阿嬷如你，孤寂而悲壮。岛民健忘，文字不忘。

二〇〇九

购物频道每天都在放送补品和内衣内裤，或者减肥与微整形，产品琳琅满目，从算命到旅游，从瘦身到钻石，不小心转到这些频道总会被尖锐的女人声音刺醒。我偶尔想昏睡时，就转到这些频道像看疯戏的心情来让自己醒转。

今天几个女孩在我面前嚷着，牛眼般大的眼睛，一整排眼睫毛像是椰叶随风扇动，听说光是台湾女孩子每年就要消耗一千万片假睫毛，还有抛弃型隐形眼镜。女孩们金光闪闪，香气浓烈，肌肤吹弹可破，仿如蛋壳。我量着她们的腰身，边想着都二十二吋了，还嚷嚷着什么太胖，那我这个胖中年妇女岂不成了"卡门"一族了。女孩直对我说我的脸上那块灰黑色的胎记可以去雷射，可以打肉毒杆菌、玻尿酸、电波拉皮、微波拉皮……女孩叽叽喳喳，波来波去。我问她们怎么现在女孩子腰都可以这么细，胸前还能波涛汹涌，我学着水果报纸说着，边量着她们的胸围。其中一个在我耳根咬着,都是假奶啦。一对假奶换来好几个LV皮包当然值得,另外一个接着说,苏姐你干嘛要当黄脸婆啊。我拉着尺,用粉笔划着衣服,我笑说胸部那么大要干嘛?成天埋在成衣堆里,怎出得了门。

苏姐啊,你怎么会去学做裳?我耸耸肩,众女孩的腰看起来都像随时会被折断似的,你想这样的女生布料可真省啊。隔几日后,我边车着衣服,边无聊地看着电视新闻。画面里的女孩们可让我吓出一身冷汗。夜里两车对撞,疑似司机酒驾,四个女生命丧黄泉。我的脚停在踏板上,手里修改的衣服悬着。

这些衣服将不会有人领回了。穿过的衣裳依稀可以闻到女生的香气,我猛然一闻,黑色的胎记贴着布料,心里感到十分难过。

我不知道该怎么把衣服送回主人手里,但我确信我不需要整形与丰胸的。

男人和孩子都不知去哪野游了。女人呢?我继续车着衣服,即使失去主人,我仍有义务把它完成。

二〇八

没读过书的萧张翠碧从来不知道什么叫瘾君子,她也没抽过烟,不知道饭后一根烟快乐似神仙是什么境界。但她有大半的人生都在种烟叶,熏烟叶。她就像种可可树或咖啡树的非洲工人,一生不知巧克力的滋味亦不知什么叫卡布基诺。当年她只知道熏好的烟叶可以换钱,钱可以买食物,一家人可以维生。

萧张翠碧和丈夫萧南在云林古坑大埔村种植烟叶,昔日他们在每年稻田收割后的休耕空档约八、九月时节,向公卖局申请烟苗。在春耕来临前完成烟叶采收,之后就是熏烟叶,在简陋的烘焙室常常被熏得两眼昏花。

仔细看驼背的身影,依稀可见往昔的姣好胸线,脸庞仍极典雅,娇小的翠碧阿嬷年轻时无疑是个美丽的南方小姑娘。我心想是个严重"缺钙"的阿嬷,但她缺的又何只是钙。

翠碧阿嬷一直住在大埔,她对世界的记忆还停留在烟楼年代,因住偏远山城,从小目睹父母生病延迟治疗的画面,在她心灵烙下身苦的感受,她对许多远离她生命的亲人有无限追念。

她不知道大埔村将因为她而留名于云林的社区历史,这眼前重新整建的美丽古朴烟楼,是大埔村民送给她的一个礼物。昔日她总是对村人说,大埔烟楼不能全垮啊，她的亡夫萧南临终之眼是环顾这栋用竹管厝盖成的烟楼，在阴暗的矮厝里，萧南对翠碧说起去日诚然苦多，但这种苦也可以转变成一种对往昔生活的印证，其遗言是"一定要保留烟楼"。于是这间半垮的烟楼没有被怪手推倒销毁，村人深受这美丽动人爱情的感染，他们知道这仅存的烟楼将见证一段大埔生活史的刻痕、一个肺腑的爱情印记。

在翠碧的瞳孔里，萧南成了她最悠远的往事回想曲，他和她一生都在稻田和烟叶的两端里劳动。俩人身影在绿色里移动，默默地不发一语。那种对艰苦生活的不弃，对彼此的坚贞互持，在当代或许成了遥远传说。

二〇七

流感年代。

流感流行时，你想起少女时参加过合唱团，那时有瘟疫时就会去献唱。你还记得当年的保安宫保生大帝会在流行性感冒期间出巡，你总是在合唱群里。

你是民国三十年出生的，从小送给别人当养女，还好不是当童养媳。这不太一样，因为你是老大，父亲心想你是家里的老大，送给别人倒不是因为家里穷，而是因为舅妈生不出孩子。以后再生就有了，所以就把你过继给舅舅。亲生的那边在你之后生的却都是男孩，竟再也没有生过女儿，父亲就很哀怨将你这孤查某囡（独女）送给别人。生父常喝醉酒时嚷嚷着要用所有家里的金子去把你换回来，你的弟弟们听了就很紧张，唯恐生父真的把家里的金矿给挖走了。

你是幸运的养女，你有两个爸爸两个妈妈。

你七岁就会游泳了，割稻的夏天，你就跳下沟里玩水。小学时还曾到虎尾溪游泳。你改写了保守村落的女人样子。

你会玩又会读书，后来读完女中就没再读了。毕业后去邮政局做了点事半年嫁人，结婚后就没再出门工作。先生是读台大的，村人都笑他呆大的。你曾经跟随先生去泰国经商，看准岛屿将来会需要"冷气机"，你觉得先生疯了，谁会买冷气机？

你觉得自己很幸运，孩提时你替阿公阿嬷准备鸦片卷烟和吸吗啡，还帮阿嬷解开缠脚布，帮阿嬷剪脚指甲，你过过老派生活，活到当代，你还会用伊妹儿，吃姐妹会，出国玩拍照都是用数位相机。

383

呷到老还是会失眠，孙女说因为你是双鱼座的，属于敏感型。啊，双鱼座，我从来不知道我是鱼，难怪我这么会游泳，你笑答，一口牙齿银灿灿的。

二〇六

你在黑暗里，我看见你的隐居历历如岛屿洪患刻痕。换做今日时光，我可以学你吗？就是可以，我去哪隐居？一个失婚者如我还有什么？

我打手机给你后，便眺望起前方的太平洋波涛，唰忽唰忽的白浪里我瞥见你的黑衣身影。我站在一个高的坡度上见你朝我爬上迎来。

你带引我先散散步，不要急着述说故事。

关于你自己，你说你是可以断然不受外界事物而影响情绪的，即使浮现起过往人事，你也没有什么经典不经典的，你认为因为一切的后来发生，其实都是人潜藏的有机意识作祟，根本是有所为而为的。你离开一个婚姻，借着一个戏剧化的告别演出，来表示从今而后你那断然离去的决心。青春期到三十岁的动荡不安，三十岁到四十岁的幽闭，四十岁后的安静与不断出土，我看你的生活痕迹如此绝然历历。每一回离开一处，就是再喜欢的东西也不带走，尔后，你天涯海角，到哪永远都是一个包包。

感情一旦生变，一切事物都无法带走。男人是不得不，你是自己可以果决，结果一样，过程层次却大大不同。

失婚者未必失昏，台湾离婚率节节攀高，我在其中。

女人的白纱穿了又脱了。

二〇五

黄昏小街，商家捻亮灯泡，准备营生。

许多人看起来像是从正午的热气里重新复苏过来似的，他们趿着拖鞋，穿着简单的汗衫，从静谧得近乎死寂的屋宇往山丘下行去。这时女学生高金虹也从灰朴墙面上挂着一块不抢眼的"伯特利圣经书院"招牌里穿出。她刚刚才结束和院长的对谈，她对院长说想要辍学，因为要嫁人了。"伯特利"是神的殿也是天的门之意，十几岁的少女在这里获得了知识、技艺、家政与安慰。

院长十分不舍，觉得女学生的这项提议着实伤了她的心，但她又不愿让学生察觉到她的失望，毕竟她也年轻过，也曾十分迫切地想要离开这座死寂的山城。女院长望着女学生的背影，不禁也想起自己的一生，也曾经在俗世和神界挣扎过，最后她选择了缺乏资源的山城，在山城奉献了她毕生的岁月。她眼见着许多女生被送走或者被卖掉的残酷事实，她想只有教育可以从根上改变她的女孩们。但她发觉她改变不了际遇，女孩子们一受到外界的激荡诱惑，一心就想奔离山城了。这里当年还是蛮荒粗砺之地，祖灵之光黯淡，她必须挨家挨户劝大人让女孩子就学才能一年收到那么几个稀有学生，但往往女学生也待不了太久，能念完三年的更是区区可数。

最近她察觉到山区里躲来了一个陌生的平地人，他一看就是属于她上帝国度的人，她知道这个人的品行，就只是凭她和其对望的一眼。他看起来大约小自己十来岁吧，她不知道为何这样一个看起来斯文且对人有礼可亲的人会窝藏在这座死寂的山城？她用窝藏二字，因为她常见到村民张金火偷偷用竹篮送东西给他，也见到这不识字的张金火竟然每天都在篮子里搁着一份报纸。另外她也见到这人一天到晚不是在踱步沉思就是窝在茅屋廊下静坐，宛若在听天籁虫鸣或雨声。偶尔他会来到书院，带着一些他约略不要的旧书或者报纸，许多男孩绕着他，要他说书里面的故事。女孩不好意思靠近他，则偷偷在群聚里咬耳朵。学校正好欠师资，她这个院长也就任由这平地人在此说故事。

高金虹即伊娜，她是其中最活泼的女孩，很快地她烦腻了女生无聊的咬耳朵后，她也围在圈圈里听这陌生平地人说故事了。莫斯科在哪？她问。男人抬头往声源处望去，见到自己的身影映在一双深如湖泊的瞳光里，轮廓深邃美丽的少女正大胆地迎向自己的目光。他深感一股温暖后，接着用树枝画出几大洲，告诉他们世界是圆的。

高金虹听了内心澎湃激动莫名，她想走出这狭小的山城，封闭无风的小城。男人把她介绍给哥哥长子，他要上山来送他御寒冬衣的幺弟把金虹的照片带回家里，以牵引一条姻缘。就这样，十七岁的山女金虹要离家了。山里的女孩说金虹要嫁有钱人，听得金虹家里老母亲很不悦。不是每个母亲都爱钱啊，我觉得你应该听罗院长的话，把最后一年的书读完，去社会走走，再决定要不要嫁人。一想到从她的家走到学校上课得走八个小时的山路，金虹就决定不再如此过日子。罗院长不语，她看着自己的书院也不过就是一片茅草和一间三合院小屋，三个姐妹修女两个义工教友，此地这样贫瘠，有什么理由吸引金虹留下呢？

罗院长，她再次来到院长的门口。

叫我罗传道吧，一切荣耀都是归主圣名，院长对她说。最后院长惋惜地同意她下山嫁人，但要记得无论发生什么事都要带着主的力量。金虹在锺家历经惊涛骇浪，她景仰的男人消失了，钟歇已无声，他把她叫下山，却一个人走了。公公锺鼓出狱眼睛瞎了，世界暗了，婆婆变得怪里怪气，丈夫却不事生产且外遇……这世界变化多端，人来来去去，只有她依然是她。中年时她很后悔过去没有待在山上传教，感情上她是输家，真的是如母亲所言嫁人嫁歹命的。晚年她得一个人在黄昏市场守着一篮菜卖着，一把菜十元，寒风里她蹲着，手里持着十字架，浑身都像发光体，一座玫瑰岩。

卖菜也可以传道，金虹卖菜时总不忘度人，她一生以生命传道，度过无数的孤苦年月，许多锺家先人都比她早一步往生了，但她总感惭愧，因为她觉得能度到天主怀抱的乡民竟是这么少。晚年，她常坐在轮椅上仍四处走动，在医院里传福音。整座灰涩病房，因她的信心与歌声，似乎也就少了些人间苦痛。连生病都是在想着他人，这就是神的女儿，上帝的羔羊。她是锺家少见的十字印记，她常怀念起当年那个逃亡者，那个把她带下山的男人。她自此不曾再见过他，男人被枪决了，她记得她给过他一条十字架项链。男人还给她说，我整个人已是十字架了。

天主教来台上百年了。这一年，金虹走完她的人生。她是一个奇特的印记，在那样古早的年代里独树一格，在锺家历史里亦然。

二〇四

千人牵手。

她自从先生死后从来没有握过任何一个男人的手，更别说和一个陌生男人手牵手，她想我都忘了我和那个陌生男子牵手多久？总之像是一个世纪似的。要不是因为支持阿扁，我怎么会来到这个客家庄，还害羞地和一个陌生男子手牵手，像有一搭没一搭地读小学时，也常遇到跳土风舞时的害羞模样，我总是和班上最瘦小的男孩配对，因为我也瘦小。女人过了一个年龄就发福了，说起我曾经瘦小，小娜听了好像以为我说的是冷笑话。

我很怕饿，一旦饿了就会脸变屎色，给别人难看。

这千人牵手，好歹也给每个人一个便当吃。

很多在政党造势的人想的竟然是一个卑微的便当。

二〇〇三

我听着梅艳芳的女人花，在前往寂寞屠宰场的路上。

我戴上口罩，骑摩托车将前往之地，我称为寂寞屠宰场，一座医院。

我带着衣物，院方交代的，说进去后不知何时才能出来。

SARS 流行，戴口罩的我变美了，遮住了抽烟过多的一口黑牙。

我看见封锁的现场，被阻绝的医院，一点也不和平。

医院窗户吊挂着自裁者，就像童年我看见乡下的死猫挂在树上。

梅艳芳过世，我连带想起可怜的阿嬷，子宫颈癌夺走了她们，糜烂的悲伤子宫。我翻开报纸看到耸动的字眼：花莲有无子宫村，发现当地老年妇女的子宫几乎全被当地某医师切除殆尽。我想起母亲，一生极其忙碌的子宫，孩子的宫殿倾颓，许多房客崩塌了子宫的良善基地。

二〇〇二

你生平第一次走进美术馆时，你的心跳像是初嫁女，那对你是很奇特的经验，你看着门票上印的画，听导览员说票上的画是陈澄波。你不知谁是陈澄波，你想到的是自己欠栽培的人生。

十三岁就去学裁缝，你手艺好，很快就会拆衣打板制衣，每一件衣服都像是艺术品，但你只是个做衫女。你学东西快，成衣兴起，量身订制衣不再，你随着丈夫在师大夜市卖盐酥鸡，本来做衫的手变成每日剁鸡去骨。你特制的胡椒粉让刚起锅的盐酥鸡香到几里外都知名，每日盐酥鸡卖到手软，一日收入可以到三万多元。然而身体也因此败坏了，甲状腺问题让你的脸变大，脖子变粗，眼睛突出。最后盐酥鸡摊不得不收起来，你又回到做衫世界，你要丈夫去学正流行的民俗疗法。

回到做衫女,你想起你喜爱的艺术,你常往莺歌看陶艺,往美术馆看画。大女儿永远是那个年代被忽略的牺牲者,但你可不想再被自己牺牲了。

一个醒转的女人,让人敬畏。

二〇〇一

"壹"是伟大的,壹是一切,壹是尸体与裸体,壹把你读过的新闻伦理全打败。

你作为一个狗仔的女友,起初是蛮刺激的事,比如帮忙摄影狗仔男友伪装成快递或是打扫妇人,你还陪着男友深入险境,准备接应狗仔男友落跑。狗仔男友化身成第三性,化身成黑道,化身成富商去大陆吃婴胎补身……守在旅馆暗处,守在名人出入口,随时有近乎情报人员的缉察系统,看见可疑名人车牌都可以随时查询。后来你的狗仔男友却和采访对象发生感情,这让你也成了狗仔。

这是一个错乱年代之始。

二〇〇〇

千禧年第一道日出。

总统阿扁当选,在中山足球场之夜,许多人都疯狂了。阿莲千禧年跑去日本,她的外婆是日本人,是日据时代在日本和番政策下,嫁给原住民的日本女人,外婆死于雾社事件,这一直是阿莲心中的痛。所以阿莲对日本一直有好感。

阿莲作客白老,她从JR札幌站搭乘特急列车,再从札幌站前搭乘公车到白老。

沿途的房舍变得较灰矮,景观稍感荒凉时,当地人指着路上的房子说,这些建筑都是日本政府替原住民兴建,以前他们也过得较清苦,但现在一般都不错。有些房舍已颇有别墅的气派。当地人还告诉阿莲,爱奴的意思就是人,人族敬天尊物,火、水、风、雷有自然神,熊、狐狸、鸟枭是动物神,蘑菇、艾嵩等是植物神,锅碗瓢盆是物神,还有山神、湖神等;因为相对这些神,所以把自己叫做人。阿莲进入爱奴村,挂在竹条上的一尾尾鲑鱼,还风干,鱼鳞片灰蓝地衬着被剖开肚皮的红,白雪堆得老高,空气极为清爽。几个穿着传统原住民服饰的女人在旁边踩着摇摆的细碎步，她刻意趋前一瞧，当然没有什么文身了，那是以前的传统。但见她们脸白泡泡的，鼻子确实大了些，一脸笑意。立在茅屋门口，用手比着请进。入屋，榻榻米上方有个凹陷地，星火红光嗤嗤剥响，烧着炭火，暖烘烘的。爱奴女人们于是绕着炭火，开始吹起一种竹制类口琴的乐器，跳起传统歌舞。导游特别叮咛，等会酋长出来，可不能拍照。"酋长是非常有威严的，可不是用来观光宣传的。"

作为有原住民血缘的阿莲而言，听来心却很痛。

千禧年的第一道日出，阿莲看到了自己的身世源头。

一九九九

后倾城之恋，被翻转的记忆。

说我是因为九·二一才结婚的并不为过。

之后我才明白以前读的《倾城之恋》根本就是罗曼史的变形，一座城市的倾颓成就了我和我的男友步入礼堂。一场九·二一大地震成全了我们再聚，再聚的念头起于我在大地震隔日突然想起此旧爱在台中工作，翻出旧电话打了去，电话接通竟就是他，自此又接续了姻缘。

九·二一拆散许多人，但也姻缘促成许多人。但百年一震的奇遇却抵不上日后生活的杯盘狼藉。我想我的这场婚礼和那一场大地震一样，是一开始就倾斜了。我想婚礼的必然仪式最后还真是只落得个仪式。一场九·二一，让我们这对大学校友又再度重逢，而彼此已经历经多场恋爱，遂以为这是一种天意的成全。

小心命运的暗示，暗示常朝相反方向而去。

快乐一天，辛苦一生。婚姻的圣殿顿成爱情绝迹的荒场。

新娘成母亲，女儿面世，新的挣扎新的辛苦旋即来报到。

我畏惧九·二一。

我的后倾城之恋，没有范柳原，没有白流苏。

一九九八

女子阿红杀夫案轰动家乡新竹，乡下每个人都说阿红很乖啊，怎么会呢？

她雇用了六名杀手，在四个月内动用了各种方式弑夫，车祸、纵火、砍杀其夫，她还创下台湾第一次用眼镜蛇的毒液注射被害人体内的谋杀方式。

最难以相信的是她的老公竟然侥幸逃过六次，最后是第七次日红才如愿。

谋杀亲夫的廖日红被叛无期徒刑，确定在监狱中度过她的下半辈子。

车祸时老公只受轻伤；第二次请人再撞，这回是重伤，老公经送医后挽回性命；第三次阿红教唆人用火烧，将老公灌醉后在其住处泼洒汽油并点火焚烧，结果老公被救出，虽烧伤且引发败血症，但仍侥幸逃过一死；第四次由阿红把安眠药掺进酒里来灌醉老公，再雇请杀手兄弟等人携刀将其砍杀，老公被路人发现送医仍获救。第五次阿红到万华蛇店买了眼镜蛇的毒液，用针筒注入老公体内，结果因毒液遇到空气转变成蛋白质，老公仅受到皮肤肿大的轻伤；第六次阿红将除草剂装在胶囊内，佯装是药丸喂老公服用，但因老公刚好胃痛拒吃而没有得逞；第七次则是将老公灌醉载到新竹的竹林桥下打成了重伤，这一次她的老公终于被殴打兼被烧死。

黑寡妇阿红，人闻其名变色。但奇的是，历经那么多次的鬼门关，她的老公竟浑然不觉幕后杀手就是他的老婆。那是怎么样的死去再复活？连阿红都觉得奇怪，甚至激发了她的可怕魔性，她竟是非成功不可。最毒女人心，许多人都这么想着。最后阿红杀夫的离奇过程，变成民间剧场，成了《玫瑰瞳铃眼》，真实的恐怖人生，成了洒狗血的电视剧。

这一年，立法院通过《家庭暴力防治法》。

一九九七

香港回归，她也回归了，回归她自己的世界，女人小小世界的大大宇宙，她开始重拾画笔。她的回归和许多人不一样，无关身份与认同。

一九九六

台湾总统直选，对岸炮口对台湾，台湾上了纽约时报头条。她在纽约街头逸乐，有人问她担不担心台湾祖国命运时，她忽然感到自己是不知亡国恨的商女。

当美国舰队飞抵基隆时，老阿嬷打开海港窗户，她想起童年追着阿兜仔索讨一块美金的往事。

彭婉如命案。张爱玲过世。黄姓女军官企图自杀，抗议军中长官对其性侵犯且军中知悉却漠视的态度。女人的事，被遗忘得快。

许多年轻女生在山上集体剃度，她们剃度时可能还不知戒律，如知戒，是否还剃得下去？女生家属上山抗议。

一九九五

闰八月，你是在这一年的这一个月结婚的。
但台海战争却没有来，而你和老公的床上战争却才开始。
直到你们听到电视上传来邓丽君过世消息，忽然你们两个都安静下来。
我只在乎你，甜蜜蜜，但愿人长久。
云林褒忠出生的邓丽君也是云林姑娘，你说。
听邓丽君柔美的歌，战火顿时烟消云散。歌可抚慰人心，你想着小邓。

一九九四

新光摩天大楼新五十一层高的展望台上，有些人俯瞰这岛这城，物质给了他们慰藉。新世界新台北，幸福列车要开了。

那时还没有人听过家暴法这个词，夫妻冤家吵来闹去，从门脚口打到灶脚前，寻常画面。所以当她们打开电视听到新闻播出杀夫案时，她们吓得心都要跳出来似的。

一九九三

妇女团体声援邓如雯，她因长期遭受家庭暴力，最后杀夫。末了她竟让台湾成为亚洲第一个有家庭暴力防治法及民法保护令的国家。报纸登出警方记载的事件过程如下，其情节有如小说，也可说是因果警世录，很像庙前放的小书《地狱游记》：邓如雯的老公林阿棋原本是和经营槟榔摊的邓母发生关系长达一年，后来又强要了日渐出落美丽的邓家女儿邓如雯。林阿棋酒后常对邓如雯冷嘲热讽，并恫吓要杀害她及娘家家人，又无缘无故常动手殴打邓如雯。这一日林阿棋在晚上入了卧房睡觉，邓如雯取出铁锤及水果刀各一把，于当晚九点趁林阿棋熟睡之际，先持铁锤猛击林阿棋头部（铁锤竟因此还被打断），再持水果刀猛刺其头部、左肩、背部、左下肢等处，导致林阿棋头部、左肩、背部受伤九处，左下肢大、小腿部受伤六处，并因左胸伤及肺脏出血过多而当场死亡。邓如雯将林阿棋扶正盖被，冷静地洗去双手血迹，瞬间有感人生苦痛而欲割腕自杀时，却传来孩子的哭声，她才从死亡中惊醒，想起自己对小孩还有责任，遂丢下刀子，放弃自杀念头。然后邓如雯打电话给亲戚，请他们替她自首报案。

一开始报纸仅以小篇幅报导，社会以为这只是一个悲惨妇女不堪长期受暴而杀夫的寻常案件，因此未对此案予以关注。在妇女团体等社会团体声援上诉，要求仿照美国罗瑞娜阉夫案，因而让邓如雯有机会受精神鉴定，三军总医院精神科出具邓女案发时精神极度耗弱的鉴定证明，法官认定符合精神耗弱条件，改判有期徒刑三年六个月。

这一年世界妇女高峰会议在台北举行，社会开始正视家庭暴力问题。

一九九二

避孕药琳琅满目，以前没有这些药时，你听母亲说还曾异想天开想过用"衣架"往子宫掏去，或自行喝药流掉。

母亲晚年总是懊恼以前去堕胎。以前常常病子，以为有个儿子就够了，结果儿子却是爱男人的。做母亲的知道了谁不难受，这辈子林家无后了，你老爸老是在我耳边叹着气，谁会知道往后余生事。

一九九一

在深夜里，她醒来，那种声音如同潮夕般地在耳旁起伏着。

那天下午接近傍晚时分，从广播和电视新闻里传来的消息都是扣问三毛怎么会在手术成功后却厌世自杀？四十八岁，还年轻啊。

越接近晚上，城内各处都有感性的孤独灵魂在低低啜泣。许多女孩子在单身女子合租的公寓里，熄了大灯，点上烛光，播放着三毛所写的专辑"回声"，任齐豫和潘越云的歌声空荡荡地缭绕在那个鬼魅的空间里。

关于三毛,是流浪的封印。

女孩们的童年几乎是每个同学家的书柜都有那么几本关于三毛的流浪书,在那么封闭的年代,那些拓印着"撒哈拉"如此异国情调的地理符号,说来简直是一场阅读的奇幻之境。女孩子记得小学还曾被大哥带去听女作家流浪归来的演讲,挤在黑压压的人潮大厅,只听见纤细而带点神经质的麦克风声音传进女孩的脑波,于今想来恍然是一场又一场的流浪者布道大会。

三毛在当年如流浪之神,有个性而棱角分明的女郎纷纷仿效穿起波西米亚衣裳,长花裙下系着绑皮绳的夹脚鞋,华丽刺绣,宽松游牧民族棉麻连身衣,长发、皮靴、叮叮咚咚的手环与晃啊晃的大耳环……长大女孩旅行他乡时,身处杂沓如迷宫的非洲市集,在漫天无边无际的孤独旷野,当她骑着骆驼循着撒哈拉沙漠前进时,她忽然想起童年的幻想之境原来就是如此啊。但斯人已杳,徒人独恋。

一九九〇

日本女学生井口真理子来到台湾自助旅行,却踏上死亡之旅。她搭车到高雄火车站就此人间蒸发,伤心的日本母亲特别从日本到台湾寻找爱女的下落。

单身女子到异乡旅行魂断梦碎,以此为最。很多女人遂不敢再单独上路,恐惧成了扼杀一个人旅行探索的元凶。

恐惧担心让人找到了不再流浪旅行的好借口。

一九八九

那一年我走在马克斯广场,准备参与柏林围墙倒塌。那时有一个男人望着我的眼睛,他说他没见过这么悲伤的眼睛。

我因为这句话而爱上他。

我捡了一块砖,纪念这面墙与我年轻的柏林之行。

我的德国男友来台湾,落脚师大路学中文和气功。女人知道她的天敌是谁,这种天生的敏锐让我去他的住处抓猴。金发外国阿兜仔到台湾人人都变得炙手可热,这让我简直抓狂。柏林围墙筑墙时,我们都还没出生,东西柏林以树墙圈之,以绝往来,四日围成,成了泪水的柏林围墙。长一百六十五公里,高三米多,漫长的墙身有铁丝网、木桩、磐石,当然还有重兵站哨,逾越墙者,可是格杀勿论。

德国男友来台湾后,我们角色对调,我成了不再具有特色的黑发东方女,他成了人人注目的金发白人。

在坟场酒吧里,处处是媚外的年轻女子,她们个个都比我漂亮艳魅。

但她们都没有悲伤的眼睛。

在岛屿,没有人欣赏我的悲伤之眼。

一九八八

电视上小蒋过世,这回电视没有变成黑白,但许多人身上的衣服开始转黑白。

同年,有个梦里回旋的女人在舞台上表演最后一幕时裸体,遭禁。

你想起葬礼,廖氏查某的葬礼。

你清楚记得她的名字叫廖对,那是你从她葬礼高悬的白布条读到的字。你跟着一大群人穿过小水沟蔬菜田,走进木麻黄小径,龙眼芒果正在枝头结得果实累累,苍蝇嗡嗡在麻孝衣里盘旋。阿嬷的墓碑上却刻着张对。生廖死张,有人对你解释。你不懂,你盯着她的照片,脸上有几颗如行星的小痣,这些小痣阻碍了她成为大美人,你觉得惋惜。母亲对你咬耳根说,那不是痣,是苍蝇屎。以前乡下囝仔都睡在廊下板凳摇椅,苍蝇就来放屎。你听了噗嗤一笑,在葬礼沉闷的空气上,你这一笑,所有的人都从日头炽热里松了口气,于是纷纷听见一开罐的哗剥响,可乐七喜密鲁……

你清楚记得另一个阿嬷她的名字叫廖伴,那也是你从她葬礼高悬的白布条读到的字。伴嬷如伴虎,乡人都知伊系脾气古怪的查某,常抓着扫帚打人的阿嬷。传说她很会存钱,粮仓都是金银财宝,所以只要有陌生人靠近她的粮仓她就会飞起毛腿打人。她死后,儿孙们走进粮仓,将覆盖上面的一捆捆陈年稻草移除。里面什么金银财宝也没有,只有干的腊肉香肠,和一些干笋丝……饿怕的老人,守着粮仓,难怪每个靠近粮仓者都成了老鼠。但你清楚记得她曾经悄悄地招手要你走近她，她的上下颚不断地一开一张着，无牙的黑洞企图吞噬着干硬腊肉，她的嘴角都是泡沫。她剥了一块干肉给你，手指放到嘴边说，嘘，乖乖呷，无通乎人知喔。你将干肉藏在枕头下，没多久干肉就消失了，你怀疑有人来偷吃。阿嬷听了说，你真讨债喔，是老鼠呷去啦，饲老鼠咬布袋，她那一副可惜的模样，让你在丧礼高挂的肖像里看见往事这一幕。

你清楚记得还有个阿嬷叫廖嫌，那也是你从她丧礼高悬的白布条读到的字。她和其他查某一样，活着时没人想过她们也有名字的。嫌，父母嫌弃又生女儿？嫌，嫌弃这世上的一切？廖嫌阿嬷终生都挂着鄙夷或冷漠的表情，对于她不喜或者厌恶的人事。许多人看见白布条书写着廖氏嫌时都恍然大悟，觉得她的名字和她生前常挂在脸上的神情很吻合。媳妇也是这一刻经过女儿的解释才知道她的名字"嫌"的意思，阮是乎伊嫌到臭头……这个媳妇是廖嫌此生嫌弃对象的集大成者，没人知道为什么。媳妇知道，因为自己就像她的翻版。她讨厌自己，讨厌和她这么相像的查某竟和她住在同一个屋檐下。

一九八七

她们叫"拉一把"，拉谁一把，当然是拉女人一把（这社会推女人一把的人可多了），聚着聚着，话题就成了骂前夫大会，这使得后来有人戏言，前妻是世界上最可怕的动物。拉你一把，推你一把，都是女人。

一个女记者要去采访这个协会的施教主，但她发现她得先经济独立，不然施教主可会看不起她呢。女人要有钱，还要有一个属于自己的房间或者得长出一对可以飞翔的翅膀。

一九八六

陈甜咽下最后一口气前，她看着这座磁砖寺院，慈云寺围墙外是车水马龙的环河南路，现下好安静啊。她看见自己年轻的身影旁伴着一个穿唐装的英俊男人，炯炯有神的大眼，高大而英气。她想着蒋渭水，她的伴侣，缘分浅薄的夫妻。

她在慈云寺一待竟已五十五年忽过，从三十二岁开始至今，她想着自己今年应该是八十七岁了，如果蒋先生活到现在，台湾的命运不知会如何？她常觉得惋惜，不是对自己的爱惋惜，而是惋惜了一个人才的消殒。

这位蒋夫人没有野心更没有光环，她只是青灯古佛，本来无一物，何处惹尘埃，她拒绝前来采访她的人。

她成了奇女子。

一九八五

艺霞歌舞剧团要来的消息，随着卡车传进许多炽热的耳朵里。

公演是人山人海，一票难求，一张票要一两百元，对许多村民可不便宜。但那种吸引力，谁都难以拒绝。超人气年代，艺霞日演三场，热门时多了下午场，连午间都是大客满，那种华丽的歌舞，成了许多女人入晚的美梦幻想，许多人都想嫁给舞台上的男子，她们不知道这些舞台上的小生啊可都是女身呢。

她对于艺霞歌舞剧团要收山感到不舍，她到现在都还留着当年看舞团的票根呢。那场古装大戏《吕布与貂蝉》是她的最爱，其中有一幕火烧阁楼，在灯光音效和烈火中，没想到原本应该垮掉翻下的木板机关景片却故障了，华丽的阁楼桥段就这样地烧完了，看得她很惆怅，那时艺霞歌舞剧团比现在的金光布袋戏还让她着迷啊。小咪、小燕、淑芬、嘉玲、小芬等霞女是她心中自少女时代就喜爱的大明星，她边车衣服时总边哼着她们唱的戏。然而老戏院关了，艺霞散去，在她的心中，艺霞是华丽年代的梦幻尽头。

一九八四

这是她们跳的最后一场秀。身材姣好的她在台上扭腰摆臀，俗艳歌声中她的衣服越来越少，只剩下薄薄的蕾丝细纱，最后光着胴体上场，台下猪哥全都骚动起来。牛肉场今夜关门，艳舞女郎都在后台卸着妆，她们感到日后生活就心慌慌。牛肉场没有牛肉，牛肉就是有肉，露肉，跳艳舞的色情场所台语转音成牛肉场。不过内行的人都知道这牛肉场其实是"站岗的警察离开"或是"警察来了"的暗语。

那个每次从早场时间就拎着便当来到现场报到的老人来到后台，老人递了一朵玫瑰给她，艳舞女郎掉下了一滴泪来。她想，如果是一个红包该多好啊。

一九八三

　　她总是觉得这世界只有买房才能保值,只有房子才是不动产,什么爱情,什么孩子,都是会变化的。那年代预售屋工地四处兴起,巨幅看板有三楼高,展现各种风格勾画着新楼公寓未来模样。其实她没钱买房,但她喜欢去逛样品屋,去工地招待所喝茶。华丽的夹板建构装修的工地里设有招待办公厅,样品屋总是给她很多幻想。业务员对她说,小姐,明年房子就会动工,半年一载的,你就可以让全家有新房了。

　　她的老公也喜欢去看预售屋,但他去工地不是看房子而是看秀。过气艺人歌后、悲情王子、演歌女、名伶、港台脱星、肉弹、女王蜂……在工地闲晃,他的老公幻想自己是大地主,但回头一见她手里拿着一堆广告单,他就醒了过来,他只不过是骑机车的水电工。

一九八二

　　她来到台湾土地银行办劳工低率贷款,她回家后才知道那间位于罗斯福路的土地银行即是轰动的李师科土银抢案现场。她看着电视播出李师科的样子,她顿时看见一个老兵孤寂的哀愁。

　　路上有人在讨论李师科,说他把钱给了干女儿,说他对政府忿忿不平,她想这个老兵真是孤单。

一九八一

　　她是受人瞩目的变性人,男性的身体里藏有一颗女人的心。

　　他爱洋娃娃,爱口红,爱高跟鞋,但不幸的是他不是女人,他得去当兵,这简直是羊入虎口,屡遭学长的集体性侵。怪胎、异类、娘娘腔、人妖、不男不女……她的身上有太多被言语和身体羞辱的印记。但她要向上帝在"他"身上开的玩笑抗议,她要索回失落的女身,找回这个失落的女身,"他"必须消失,消失那个部位,消失那个粗犷,重新找回她的女性身体。

一九八〇

　　她以前善烹饪，晚年却吃斋念佛。

　　她老想起以前在厨房里把活鱼摔昏再大油炸煮的恐怖画面，还有往鸡颈一刺放血的腥红，各种残忍的事她都在厨艺里展现过。

　　晚年，为了昔日三寸舌根的造作，她现在日日吃斋念佛。

　　还为军队老公吃斋念佛，老公在军中吃狗肉，还吃养过有取名字的狗肉，她每回想到就愈害怕，木鱼也就愈敲愈大声了。

一九七九

　　陈香梅在来来百货公司办签书会。

　　往事知多少，一千个春天，她与陈纳德的异国恋情故事。演陈香梅的女星宋岗陵是许多女人喜爱的样子，异国恋情给了许多一生没有到过异地的女子幻想，但她们看着连续剧就满足了。

一九七八

　　村长来为盖庙募款，留下一本经书给你。

　　在《长寿经》当中，普光如来为颠倒女人说法："你今天能诚心地在我面前忏悔，我将为你说长寿经，让你免去被无常鬼擒拿入地狱受苦。当知在未来世中，五浊恶世混乱时，众生造下诸种重罪，如杀父、害母、用毒药杀胎、破坏佛寺塔、出佛身血、破坏和合僧团……等等五逆重罪，若能受持此经，书写读诵，皆能消罪而且死后可升梵天。"

　　你捐了母亲留下的大笔余钱给寺里，后代子孙将在庙的龙柱上发现祖母的芳名。

一九七七

　　她决定嫁到口湖乡，成为汪洋中的一条船故事的女主角。

她也成了云林口湖乡女性传奇。

一九七六

彩色照相机已经出现多年了。当你第一次听见比基尼时，还以为是一个外国人的名字。新的发明让女人开始目不转睛，你想要穿比基尼泳装，拍张彩色照。但又想摆脱色情的联想，百货公司的柜姐告诉你选择水滴型罩杯即可，因为水滴型款式的包覆性较强；这样还可以避免胸前皱褶与花样太过复杂的款式，也能淡化胸部被盯着看的聚焦点。柜姐又教你要想呈现修长腿部线条的话，可以选择高开叉的泳裤。但你发现自己长年穿的内裤松紧带早已在股沟附近形成了深深印子，穿开叉太高的底裤会暴露这个缺点。

你要穿比基尼前，应该要先换内裤，柜姐说。你第一次发现穿内裤是这么有学问。巷口那个挂着"束腹奶罩订做"的阿嬷却从来没教你这些知识。

一九七五

唱国歌的孩子常把国歌"三民主义，吾党所宗"唱成"憨眠出去，稳当弄死"。
来后山躲债的西部人已经慢慢在此建立起家园。
她的先生每天在后山海岸公路勘查地形，却不勘查她，不勘查她的身体。
最后她的老公死在一场爆炸公路山洞的意外里。
那个年代，守寡的女人不稀奇，到处有伤心人。

一九七四

阿珠回家后劈头就朝母亲嚷着要杀猪，要杀猪了。在厨房洗米的母亲听了想这疯孩子，猪圈的猪还小，杀什么猪。然后就看着从房门走出的阿珠抱着她的心爱塑胶猪，里面的铜板撞得叮当叮当响，真是悦耳的声音啊，母亲想。

你杀猪又要拿去冬令救济了，这样以后你下半年的书本费又不够了喔。母亲提醒她。没啦，我是要存进阿母的邮局户头，学校老师说只要存一百元硬币到邮局，就可以获得幸运券一张，"头奖是大同彩色电视机喔！"母亲同意她杀猪，散在饭桌上的铜板闪亮如星，母亲拭着湿手后，帮阿珠数硬币。灯泡下，她们的瞳孔里映着铜板的折光，阿珠第一次觉得母亲的眼睛水灵，好美。两百二十八元，我们可以有两张幸运券了，然后用二十元再买新猪回来，用八元当钱母，存进另一条猪里。阿珠听了尖叫起来，母女两人仿佛已经中了大奖似的神情。

杀猪隔日，她们抱着铜板走到邮局，发现邮局大排长龙，邮务士经过她们身边时说着这下国家就不会有硬币荒了。她们不懂什么是硬币荒，她们只是牢牢盯着展示的电视机头奖图片，好像她们已经是幸运的得主了。

握有幸运券后，母女对日子都有了一种期待。

有一天，一个小偷却趁她们这对孤母寡女上台北时，偷偷撬开了门行窃，在面对家徒四壁的房子，心里正在烦燥时，小偷发现了一只猪，摇一摇，却只有几个铜板，他又开了缝纫机上的抽屉，只见一些钮扣剪刀碎布，在底层里躺着两张幸运券，小偷想没有钱，就顺手偷了幸运券。

发现幸运券被偷后，母亲要阿珠认命，没关系啦，你看至少现在我们邮局里有两百元喔。阿珠很生气，但一肚子气就在时光里逐渐消失了。直到有一天，她放学经过邮局，正好看见一个人抱着一台电视机从邮局走出，电视机的纸箱上还贴着红色闪亮的金字："头奖"，她冲进邮局，望着邮局公告的幸运券号码，她心里尖声一叫，这不是我的幸运券吗？

她冲出邮局，却不见那个拎着电视机的人了。

半年后，她和母亲去跳蚤市场寻宝，发现有个老头在卖着家电，其中有一台电视机贴着"头奖"，她摇晃着母亲的手要母亲看那台电视机。母亲弯身问小贩，请问这电视机怎么来的？老头说去收货时上头就贴了个头奖的字，应该是抽到的人为了转现金卖掉了吧。

阿珠问母亲要不要把电视机买回家？

母亲摇头，不能花钱买这些东西，除非是免费的，既然无缘，就算了。

母亲拎起阿珠的手往前走，阿珠一直回头望着电视机，她好想要这台电视机，她想怎么会无缘呢？明明又遇见了啊。

一九七三

　　看似连绵无尽的防风林之后是海，无边大海，吞噬了苏银花一生的目光，也吞噬了她一生的所爱。或许那时候她还不懂什么是一生所爱，但她知道失去他，注定一生漂流，一生艰苦，她流的泪水早已还诸海神，但海神并不还她夫婿。

　　丈夫成仔挂在大厅的肖像还停留在三十岁，一九七三年是一个伤心的年份，她不知道生命可以这样伤心，哭嚎可以这样催人心肝夺人心魄，她用尽了吃奶力气朝着大海浮上来的那个不再说话的男人哭天抢地着。但她的哭声不仅被稀释在海涛的声浪里，还掩埋在十八个妇人的集体哭声里。悲伤的原来不只她一个人，还有十八条讨海壮汉的妻子也同样在夕阳下声嘶力竭，直到她们的身影被旁人拉开，直到这一切往事逐渐硬化，人们再也不愿提起。

　　这座不太被岛屿人知晓的广沟村，位在云林四湖乡，靠海小村落，讨海人的脸孔被阳光熏得乌黑发亮，然而仔细盯着他们的瞳孔，却发现当他们提及往事时泪水总是打转在眼窝里。

　　他记得这一年，小学五年级的某日早晨，背着书包独自一人走在通往学校的小径，海边寂寥空旷，冷风飕飕地穿越防风林，冷到背脊心里了。这海风的冷是他熟悉的，但他不明白的是这晨光为何如此静悄悄，平常小村落总是热闹营生，但这晨日却死寂一片，甚至隐隐地他听见了从许多窗户缝隙渗透而出的悲怆之音。在他童蒙的心里，并不能解这悲哀的深度，但他感觉有什么事发生了。当日午后他放学回到家里，大人告知他昨夜千涛浪卷走了十八条壮汉。有一两位从海难里逃脱的男人事后说梦见海神要他们赶紧回家别上船，才得以报信回来。

　　从此倚窗望海的妇人增多了，也有妇人从此搬离广沟村。但苏银花一直都不想离开这片荒涩的海域，她知道搬离此村只是身体的移动，她的心并无法得到抚慰，她的记忆依然无法解套。

　　时光移往经年，但伤心的往事却还没翻页。

　　之后——

　　(小五生男孩已成了后中年男子，他吃过这些伤心妇人的奶水，他看过太多沧桑。在他长长的睫毛下，吸纳着整座海洋的美丽与苍凉。他总想着，广沟村的人不该畏惧看海啊，海洋是他们的母体，海神喂养他们。

　　就这样，他亲手打造了"望夕堡"，他用重达百斤的水泥抵抗海风，那几乎要卷走一切的强烈海风必须以巨大重量才能承载亭台座椅等建筑物，他也重新植栽许多防风植物，让风景不再如此荒凉。他明白际遇只是历史幽魂的回返，作为海洋之子其实毋须恐惧，因为他们的先祖也经历过海难或者渡海艰难，这一切的发生，都不是独一的。

大雨连霄，竟日不停，他的先祖所居地竹达寮也遭海水淹没侵蚀，而迫使他们往后退移，来到了现在的广沟村。同时他们勤练拳术打击拼庄与海盗，顺武堂红色旗帜高高悬挂，男人女人国术都很了得，一展利落身手像是海风般习以为常，也多少都能把脉治病。）

苏银花没了男人后，她得自立更生，她在广沟村繁衍的子嗣已逐渐可减她忧愁。广沟村的木麻黄之后是绿油油的稻田，虽有弃海归田的庄稼人，但绝大部分的广沟人都无法弃离海洋，这从只要进入广沟村就闻到浓浓的虾干味即知。剑虾晒成了虾干，溢着浓浓气味，从那气味像是可以呼唤整座海洋，被阳光熏干的虾子有如丰收的寓言，也可说是海神给予广沟人的生存回馈。黄昏里，苏银花的身上弥漫着一股虾干味，她头戴着花巾斗笠，关节疼痛步履艰难地登上望夕堡，整座广沟村的小丘制高点。她的目光如往昔般穿越稻田，穿越木麻黄，一路抵达了海洋。伤心海洋悠悠荡荡，海风伴随着防风林，汨汨传来海潮音与如笛声般催魂的慢板之歌。

二十九岁后银花再也没有男人，她不记得男人的气味了。但她拥有这座岛屿西边渔村的气味，最撩拨也最辽阔的海洋气味，埋藏与蕴含着她年轻男人腐朽的生锈肉身。她成了广沟村望夕堡的美丽雕像。我一直记得她的身影，一张濒临毁灭的脸，是岛屿西边讨海人家女人的小小缩影，她静静地坐在望夕堡，身后有几个被海风刮得脸蛋红彤彤的小孩。她没听见孩子的笑声，她等着夕阳晚霞烘染其身，好移除内心的冷漠阴霾。登望夕堡，醉心的夕阳弥漫，汹涌的海洋舞踏，它吞噬了整座村庄女人的爱情梦幻。许多怀念海或者畏惧海的旅人都从银花的眼睛里看见了海的倒影，也看见了岛屿被遗忘的故事。

因为望夕堡，银花的海洋故事得以匍匐上岸。

一九七二

你们每天晚上八点一到，就守着电视为了看"西螺七剑"。以西螺七崁武功为经纬发展出的精彩剧情,以头崁廖锦堂、二崁蔡清标、三崁张大海、四崁施翠莲、五崁简阿七、六崁李英杰、尾崁锺荣财七个姓氏的英雄人物串联登场。这档戏一演就演了七个月之久,创下空前纪录。

你第一次看得懂电视剧,心里很高兴终于可以听台语,看得懂了。不过你知道西螺七崁其实都是诏安客。能过西螺溪,无法过虎尾溪,这里有三"头":拳头、戏矼头(布袋戏)和舞狮头。你常听阿公说在清朝时,土匪常到西螺一带打劫,因此西螺廖姓人士才延聘同为诏安邑的福建武师阿善师到广兴开设振兴社,建武馆传授武术,保家保产。

诏安客习武盛,拳术了得可拼庄可抵土匪。土匪无法越过虎尾溪。你看着西螺七崁,总想起晨间阿公打拳的帅劲身影。

一九七一

许多当年说要嫁给杨丽花的少女已蜕变成女人时,她们发现原来杨丽花是个女人,她们都非常失落。这一年台湾开始从黑白迈入彩色,她们的世界终于有了色彩。女人盯着第一出彩色电视歌仔戏《相思曲》日日吟唱,日后,以杨丽花为核心的台视歌仔戏团就是她们的戏神。

一九七〇

当时她并不知道自己会成为后来的副总统。

但她知道新女性时代必须来临。她主张"先做人,再做男人或女人。"

人是什么?她这个已经先变成女人的人,也还在摸索。

一九六九

她出生的这一年,实施了九年国民义务教育。母亲没什么感觉,反正读册总是好事,何况还是政府义务要给孩子教育,这真好,这孩子将来好命啊,她想。有邻人说不是文昌带命的吧,你看她抓周就抓毛笔。

母亲说如果毛笔是金子打造的就好了。日后这娃儿的德智体群里,唯独体育差、跳箱、平衡木、单杠，样样不行。害羞身体，因为体育服，母亲不给买。贫穷母亲叨念学校恶质爱钱，制服、军训卡其服、校服、体育服，细琐真多啊。

头顶西瓜皮，后颈露出绿色的一块小山丘，这娃儿未来将加入这般模样的行列。

一九六八

亚洲羚羊纪政参加墨西哥奥运，代表中华民国夺得田径女子八十公尺跨栏铜牌，这是中华民国女运动员在奥运会上夺得的第一枚奖牌，新闻播报着喜事。许多人站在商家的电视机前看着，有人忽然觉得让女孩子去运动也不错呢，听说学校训练时还给三餐，且有机会出国比赛得冠军。

一九六七

十六岁过世的阿彩托梦给父母，她要讨个嫁，要家人找其生前恋人，要他娶其神主牌或纸身。

于是阿彩生前的男友就迎娶了因故过世的这个恋人，结果竟是姐妹同嫁一夫，且死者成为正室。许多村人到现在都还记得阿彩这个冥妻纸身先下车，且还用米筛遮阳，所有的迎娶仪式都一样。自此，阿彩才没再托梦。但她的姐姐却和老公睡的床中间必须摆着她生前的一套衣服，若任意拿掉即当夜噩梦不断。

桌顶没栽老姑婆，阿彩的父母知道后叹了口气。

一九六六

她手中的爱国奖券成了财富幻想。

她在里长开的西药房骑楼和一堆邻人聊着天，为了对奖时刻，他们都在谈不爱国了，买这么多期都杠龟。她在生孩子时，朋友凑了钱，合买第一张初发行的爱国奖券来为她的孩子添喜。孩子是财星降世，虽然不是大奖，但也让她中了可以花用三年的奶粉钱和尿布钱。孩子是奖券养的，大家见到她的孩子时总是这样说笑。那时候米一公斤才五角两分，她的老公在糖厂当技工薪水才六十三元，那张爱国奖券让她的孩子养得白白胖胖的。

自此她就迷上了买爱国奖券。

然而幸运很少再来敲门，但执迷不悟的心却生了根。

一九六五

她十六岁那年，第一次在画家张义雄面前解衣的那一刻开始，她就成了台湾第一个人体模特儿，时间九年。她的一生，充满戏剧性，中日混血儿，可惜日籍父亲在她小时候就离开了，父亲缺席，她不仅缺乏父爱，且缺钱。只好国小毕业后就去工作，到纱厂去当了一名小女工。她总是想如果那时候家里经济好些，那么人生就会海阔天空。加上生错时代，在那个连女孩子裙子穿短一点就会被议论纷纷的年代，她当人体模特儿简直是不得了的事。因为她住的附近紧邻师大艺术系，所以有许多青年学生和她做朋友，她也跟着去写生、看画，艺术青年朋友打开了她的眼界；她不想只当一名女工，加上家里也需要接济，就这样她走进画室。终究褪下了衣裳，成为画家笔下的艺术品。

那天，回到家，她累瘫床上，她知道外界如剑的眼光将要扫射而来了。裸裎时，她面对穿衣服的画家，她也逐渐体悟到自己绝对不会只是一个人体模特儿，她告诉自己我要成为创作的参与者。如果没有遇见师大学生，她可能还是一个女工，搞不好嫁给暴发户，也许会有钱，但却没有成为她自己。

一九六四

爱情教主写了长篇小说《窗外》，成了许多国高中学生去租书店借书的最爱。从一九六三年《窗外》问世，爱情教主日后出版了四十多部长篇小说，言情小说的最大孵梦者。许多女工都幻想会遇到有钱的白马王子，但她们终其一生都在打卡和计件论酬里度过青春。有钱的白马王子或者会吟诗的王子从没现身。

一九六三

凌波和乐蒂合演的梁山伯与祝英台，让她看了六遍还不腻，看一回哭一回，只差没变成蝴蝶。

一九六二

　　她手中到现在还握着父亲买的"救助大陆逃奔自由祖国难胞奖券"，她常就着窗前的鱼肚白发着怔，这一张一百元的奖券几乎是父亲的三分之一薪水，父亲二话不说就买了，但父亲去了哪？

　　她当时还不认识蒋宋美龄，也不知什么是中华妇女反共抗俄联合会，她以为抗俄是抗恶，那是当然要的。问母亲，她两眼空洞说不知，她成天发着愁，面对父亲无缘无故的失踪。奖券对奖那天她很兴奋地跑到村长家等待开奖消息，然而她的希望落空，奖券只是一张纸，父亲交给她的一张纸，临别的希望，想要给全家的虚拟财富。

　　父亲被枪决的消息终于还是传来了。

　　她的母亲揉了她手里的那张奖券，只淡淡说着，明天我们要去把父亲接回家。这一年对一个还是孩子的她是一个交错着希望与失望的悲伤世界，一个失父的家。隔日，她背着书包上学，学校老师在台上激昂地对他们说要发起救济，解救苦难同胞，老师挥舞着报纸上的照片，要同学们传阅，那是一些大陆饥民投奔香港的狂潮照片，报纸标题她认得的字是："五月"。她将标题字抄下来，回去问了母亲，母亲缝补着衣服说："五月逃亡潮"，然后母亲停下缝补的动作，抬头瞪着她，要她别看报纸了，"都没有好事。"接着又说，"好事也轮不到我们。"

　　母亲要她安安静静读好书就好了。自此她成了一个沉默的孩子，且从此不相信任何政府发行的奖券。

一九六一

　　这一年的十月，中华商场国货推广中心揭幕，成为台北当时最繁华的商场。随着西门町的全盛时期，它成为耀眼的明星。

　　阿花每回来台北就要来逛中华商场，中华商场整齐罗列的钢筋水泥时髦建筑，让阿花看得心里很刺激。乡下孩子在火车进入台北车站前，早已将脸贴在玻璃窗上，雀跃地指指点点，望着这台北的物质橱窗。

中华商场，物质满满，每个人都在这里流连忘返，可惜却独缺钞票。

阿花每叵逛完中华商场就发誓自己要在台北赚钱，出头天。

一九六〇

我是金马号小姐，也就是随车服务啦。今年公路局推出高级对号座巴士"金马号"，公路局招募了二十位金马号小姐，我考上这个工作跟选美几乎没有两样，事前我有仪态训练，每天在头顶上顶着报纸走路，要走一直线且报纸不能掉才行。很多女生可都抢着当金马号小姐，不过身高首先要过关，一六三公分以上，我姐姐就很扼腕。考试还要上台表演、演讲、走台步。

车上有茶水，还有电风扇，有时髦的录放音机可播放歌曲。金马小姐的工作不外就是吹哨子、送茶水、发报纸、协助司机倒车靠站等，最重要的是在车上服务，"天上飞的是中华，地上跑的是金马"，当金马小姐可让我在家乡很风光，有一次遇到叔公搭到我的车，他不断称赞我呢。有时遇到年节尖峰，遇到乘客内急大嚷大叫着，我就要赶紧请司机临时停车，有时还得撑两把伞，好让乘客在路边就地解决。那时候我们这些金马号小姐下班后最大的乐趣就是开玩笑互问，喂，你今天有几个人要方便？

"高雄就要到了，谢谢您今天的搭乘！"我用温柔的声音透过麦克风传送，睡着的人全醒过来了。

蓝色窄裙制服、戴着船形帽、背黑色肩包，这些都是我被注目的打扮。当时我返乡都会刻意穿金马号的服装回家，那时候啊，全村的男女老少就好像在看新娘似的，都跑出来看我呢。

我感觉我在走台步，虽然家乡的风沙很大。

一九五九

捧着从香港寄来的《未央歌》，许多外省妈妈都有了青春回顾的安慰。当年她们那么仓促地离开大学城，在阅读里，她们仿佛弥补了时间的裂缝。她点蜡烛读《未央歌》。八七水灾，她隔天才知道她那么清闲地读着小说，外界已经变了天，外界已经成了水中之岛。

一九五八

　　阿路和阿来，两个人都是从小失去母亲。

　　父亲只有阿来你一个女儿，孤查某，遂招赘。你五岁没母亲，阿公养大。父亲组戏班缺头手，老公给老师府招，第一胎抽猪母税，姓陈，第二胎才姓李。两男两女，刚好各姓一半。阿来从出生到现在都一直住在大龙峒的老师府。你也是读大龙峒公小学，毕业后去摘玉兰花卖，还去织布会社做过织棉布的工作，织药用棉，十七岁就和阿路结婚。

　　中年时你去学诵经。有记者来采访你，问你有种过菜吗？

　　你笑说要种眠床底吗？（哪里有地可种啊）现在你是死守老师府里年岁最高的，每个人经过你的房子都会打声招呼，反正都是后生晚辈，都有远近亲戚关系，他们都叫唤你一声祖婆。你没想到的是到老了还得租屋，许多人都看过你刨木头棒子，说是给偶戏用，你还雕刻了自己的父亲，一个木偶。你说自己没学过这些雕刻手艺，可以说是完全基于本能，血液基因的遗传。

　　你后来不太想提到搬布袋戏的老公阿路，你只记得他小时候也是个可怜囝仔，孤子一人，阿路因为孤子所以才被阿来父亲招赘。说起来你是那个年代极少数"招赘老公"的时髦女人呢。

一九五七

　　这一年是你的关键年，已然三十六岁的你跑去学中文，从注音符号学起，且开始写中文诗，受日本教育的你认为"与其写一千首日文诗，不如写一首让下一代儿女能看懂的中文诗"，因此你克服语言障碍，写了一首又一首的诗，诗采风庶民日常，每个琐事所见皆美。（你最后竟至出版了四本印有"陈秀喜"之名的现代诗集，还得了个响亮名号：台湾第一位女诗人。）

　　你洗刷自己一身旧社会的痕迹：一个旧社会的媳妇，备受婆婆虐待，初老时丈夫且外遇，你勇敢与之离婚，然后隐居关子岭。你是自己笔下的玉兰花，坚忍却香气恒久，诗的香气渲染着每一个读诗人的心与感官。

一九五六

　　这里四处飘香,穷得很有滋味。杭州胡姥姥的宁波年糕、四川赵妈妈的麻辣鸭血、东北刘太太的白菜锅与饺子……不必知道吃饭时间,气味自然会告知这五湖四海里哪家厨房端出什么菜色,每个孩子都是好鼻师。眷村男人都在外,女人撑起半边天,眷村妇女必须情同姐妹否则度不了余生,互相帮忙接生,照顾孩子,一起将客厅当工厂,拿手工回来做,好贴补家用,每场婚丧喜庆大伙都是亲眷似的一起欢乐与哭泣。

　　唯独不适应的是落脚岛屿的热,她们感到这气候真是野啊,但热归热,喜爱的旗袍装扮可不能省。苦闷时,就打打卫生麻将吧,或者听听平剧(即京剧,北平时旧称)看电影。她们老想着,很快就会回家了吧,很快就会离开竹篱笆的生活了。

一九五五

　　你在菜市场摆摊,两张板凳、一个盒子和镜子就够了。盒子里只有一条细棉线和一块白粉,这样就够谋生了。一条细线和一块白粉,就可以将女生的脸上杂毛、粉刺和角质层除去,顿时脸光滑细致。首先呢,你用白粉涂在客人的脸上让白粉来吸收脸上分泌的油脂,这样细棉线才容易抓紧汗毛,接着你再用一条细棉线,两条线交叉使力,形成"又"字形,一端含在口中,由左右手拉扯到另外两端,三股拉扯力就可以将细毛连根拔除了。

　　挽面还可以挽出好运气,新娘结婚前必挽面,这叫开脸,因为查某脸上光亮就会旺夫家。还有运气差者挽面后会要求你涂上"红朱砂",需要财库者涂鼻子,需要功名者涂颧骨,需要桃花者涂眼眉上,需要老运者涂下巴,结果有一个人要你涂全脸,你叨叨说着,做人不要太贪啊。

一九五四

　　玫瑰、茉莉多种花香精,加上酒精调制成的花露水是你的新宠,出门前你会在手绢上喷一些花露水,你的阿嬷则不习惯那野味,阿嬷还是习惯顺手摘株茉莉花插在发上,天然尚好,阿嬷说。但你还是喜欢时尚的明星花露水。这可是你花钱从百货柜内买来的顶级香水呢,镇上杂货铺也贴着海报,上头印着"我最喜欢用明星花露水洗澡、洗脸。用点明星花露水,使我周身芬芳,久久不散""越陈越香"。一滴明星花露水,周遭的人顿时都能闻到这浓烈气味,阿母对你说你喷这么野的香味是要去给查埔郎吃啊。

阿母都用樟脑丸,整个衣橱都是那个味道。阿母每年穿的冬季大衣,衣料吸满一季的樟脑,这成了你想念母亲的独特气味。

一九五三

白色恐怖,成为寡妇者的梦魇。她日日梦见无人去收尸的丈夫住在万应庙里,和一堆尸骨混在一起,她醒来泪流满面,看见丈夫胸膛有个被子弹穿过的窟窿,不断溢出黑血,他的双手被钉上钉子,推倒在草堆里。她的丈夫是校长,她隔壁也住了个寡妇,先生是医生。她的后面也住了一个寡妇,先生是律师……她们集体都做着噩梦。

可怕的白色,盘绕一生的愁苦与噤声。

一九五二

她偷偷在厨房哭泣。

收到辗转从香港偷转来的信,信里写着父亲在北京已被打成右派,因为有你这个女儿在台湾为政府做事。父亲被判刑苦役与劳改,被打个半死的父亲,身体与心灵都遭受剧烈折磨,从一个她印象中的热血教授竟变得思想近乎空壳的无用者。父亲写,我是风中之烛了,像一只被掏空的葫芦在水上载浮载沉,看来父女要重逢是身后事了。

一九五一

她到现在都还想看这出舞台剧,那是作家张文环写的《阉鸡》小说所改编成的舞台剧,那是她看的第一出舞台剧。

小说里的女主人翁月里被闯入车鼓阵的兄长强行拉走,舞台上不断传来

"淫妇"的叫骂声。

灯暗,这淫妇叫声,犹然留在观众的耳膜里。永乐座的这出戏,残留在她当年的幸福流光里(她没想到未久台湾光复,她竟然看不到戏了)。

一九五〇

你抱着孩子,手牵着另一个可以走路的小男孩,母子三人走了很远的路去镇上的牛奶站领牛奶,然后再到公所领面粉。你听见镇上的店家男人在谈着美国第七舰队来到台湾,韩战爆发啰,美国人袂来保护台湾。孩子哭闹不休,你安慰着他很快就有牛奶喝了。

美国大兵已经来到耶稣庙了,你感到很安心,不会饥饿明天就有希望。

一九四九

你的夫婿被他的好友以两万元代价卖给了死神,这死神伪装成政府或者伟人。提报一个人是匪谍有两万元,当时一个日夜无休的医生一个月仅八百元,但只要嘴巴吐出一个名字,跟监一个人的生活,即能换取一家饱足粮柴终年。

一九四八

白色,成为恐惧颜色之始。这一年,无父无母的苦命女廖琼枝"绑给戏班"学戏,三年四个月值五百五十元,每一毛钱都入了别人的口袋,却成就了日后她成为"台湾第一苦旦"的不朽基础。苦命也能磨出成就,她成了标杆。

一九四七

一个卖烟妇人,没想到自己会成为台湾人幻灭之始,一根烟,打破了和平祖国的美好想象。

她无意间却成了改写历史的人。她只是一个卖烟妇,可怜的卖烟妇林江迈。警察在大稻埕太平町天马茶房前,发现卖烟的她,查缉员没收她所有贩卖香烟和身上所有的钱财。

　　她一想到被没收的所有财产，想到家中可怜的孩儿，她顿时跪地求饶，希望至少警察可以还她缴税过的公烟，然而这查缉员却坚持全部都要没收。这时林江迈只好不断缠住他，使得查缉员非常不耐烦，加上来看纷扰的民众围观愈来愈多，这让查缉员紧张极了，又加上彼此语言不通，更增查缉员烦躁，忽然间她被查缉员以枪托击伤了头部，瞬间血流如注。围观民众看见这个情形，愤怒情绪被点燃，团团将查缉员包围，这时其中的查缉员傅学通逃到永乐町开枪示警时，却又不幸击伤了在自家门口看热闹的市民，"出人命啦！"民众逐渐失去理性，愤怒加深。随后这个查缉员逃到永乐町派出所，再转到警察总局，激愤群众的情绪已然点燃，他们晚上包围了这一带，市民见蛮横警员滥开枪伤及无辜，但民众却又得不到答复，就这样情绪一发不可收拾，竟演变成大屠杀。

　　一个卖烟妇人无意中改变了不可逆转的历史，且让尔后的每一年都得让岛屿人悲伤一次与吵闹一回。

一九四六

　　她的心在徘徊，回到日本或是留在台湾？丈夫施干去年已到天国去了，独留她这个乞丐之母与一间乞食寮。

　　同时在去或留之间徘徊的还有无数的男男女女。

　　同为日本女子，在嘉南大圳，外代树徘徊多日。

　　自此她们都是住在边境的人。日本归不得，台湾留不起。

　　最后她们都彻底留在这座酷热之岛。

　　外代树情奔乌山头水库，和丈夫八田与一合而为一。

　　从清水照子易名为施照子的她也决定长留乞食寮，为了延伸丈夫的大爱。爱爱寮，是爱的永恒。嘉南大圳是爱的悲剧。

　　乞食寮成了养老院。爱，无边界，在荒年已被实现。

一九四五

　　苦死之爱。

你用日本人送的梳子梳着长长的干涩黑发，镜中的你美丽如初春。"苦死"，他说。梳子的日文发音听来像是"苦死"，你听了心惊胆战，唯恐不祥。然而这樟木雕成的梳子如此典雅美丽，仿佛有了梳子，头发就会永恒发亮。你接过苦死，这苦死之爱，无言无语。这把梳子用发黄的时光打造，他的梳子梳着你的发丝，你感觉生命已然缠绕。

天皇玉音放送，送你梳子的男人成了战败者。最后一夜，你偷偷来到他的宿舍，年轻老师的宿舍空荡荡的，打包后的几个布袋就放置门口，像是逃难者。他坐在床沿，静静地流泪。你褪去外衣，向他走去，年轻的你任性地以为苦死也是美的。

你们第一次听到"中华民国"这个国号，感到十分陌生且敬畏。一个叫蒋中正的伟人以德报怨，你的老师成了日俘，被送到高雄战俘管理处。你找到日籍老师时，你见到他在港口修复船只，也看见他那双写粉笔的手在种菜、养猪、做鞋袜。老师把零用金给你，要你回家。你偷偷用了那笔钱在港口附近巷子向一个需要钱与照顾的瞎眼老太婆租了小房间，你在老太婆午睡时悄悄爬上黑瓦屋顶，极目眺望着迷蒙雾里的战俘。一到假日你就又跑去探监。台湾人笑你，没有国格。半年后，老师被遣返回日本的那一天终于到来，你丢下老太婆，直奔港口。

送君千里，千里之外，海洋婆娑。你在港口挥舞梳子，甲板上起了大雾，你逐渐看不见大船。慢车折返途中，你听见有人嚷着号外号外，船中弹爆炸了。你手掌紧握着梳子，直到梳子把你的手掌刮出了血痕。然后你安静地梳着长发，像在车厢里一坐万年的女鬼，缓缓地梳着流年。他还在，你感觉到了，梳子吸着你的发，油光光的。你拥有苦死，沉默的时光之爱。

一九四四

抱着婴孩的千代在港口看着大船即将吞没她的丈夫武雄，他说是男子汉的都应该为天皇上战场，怎么好眼见友人都去打仗了，而自己却在儿女私情里苟活，他眯眼看着远方，海雾弥漫，鱼虾干尸飘来死亡气味。原住民血统的长长睫毛让她感觉前方闪着阴影，她清楚听见丈夫说，何况日本就是父亲，为父亲打仗是儿子的义务。这时，千代她怀中的新生儿忽然大哭了，她遂停止眼前的告别心情，轻轻地哄摇着婴孩，待孩儿不哭了，她自己却流了一脸的泪。港口的男子汉都为天皇活，暗室的女人该为谁活？眼见大船启锚，海洋分离了恋人家小，海洋成了堪难眺望的风景。她和送行的女人们纷纷离岸，啜泣声伴着海风刺着耳膜，千代胸口感到闷滞，仿佛这是一场诀别。

她偶尔会想着丈夫去了哪？打仗不就是你死我亡？她不懂为什么男人这么爱打仗。武雄有机会穿她临别时赶制给他的新衣吗？正当想时，村长的自行车转到了她的窗前，他从窗边丢话给千代说，武雄好像到了婆罗洲，你请放心，好好照顾囝仔吧。她没听过这个地方，她边听着日本 NHK 广播电台的主题曲，边缝着给婆婆和孩子的新年新裳，婚前才去学的制衣手艺还常常在恍神时被针扎到。她想这真是好奇怪的地名啊，像是住着一群阿婆似的孤单之地。但自从送别后她的胸痛就不曾好过，有如一块大石压着，那么真切的闷感，却又遍寻不着是哪里不舒服。

新年穿新衣时，村长又出现在她的窗前，村长没有开口，眼神才和千代对上时，千代就知道了，她闪着泪光将指头放在唇边，嘘！她弯身对村长说我知道，新年时节，别说不吉词的话。

傍晚，她煮好饭菜，趁四下无人时躲在棉被里终于哭了出来。

她把武雄出征前在相馆拍的唯一照片拿出来端详，这照片得好好保存，将来孩子只能以此指认父亲的曾经存在。

父亲，一个父亲会要了儿子的命，这是什么样的父亲？她想着武雄在港口时的告别语，充满着对君父城邦的眷恋与尊崇。但这父亲是谁？她不识。没有道德的父亲，让孩子失去了父亲的父亲，如何受到尊敬？她有太多的疑惑，以及太多午夜里孤寂的自问自答。她想起在公学校时自己是如何在校长指挥下全体遥拜着皇宫，高唱君之代国歌，仰望红色太阳爬升，然后默诵历代天皇姓名。幼时仰望巨大的父亲，她以为只是装装样子就好，却不知原来青梅竹马的武雄就是从那时候即认真地看待"这个父亲"。他头也不回地离岸，父亲胜过妻小，打仗胜过爱情，这是千代一直无法理解的心结。

她的眼泪不是为武雄流，头也不回的男子汉自有他该承担的际遇或者命运，她的眼泪是为自己流，为一种说不尽的哀感而流。

一九四三

　　多情害惨了她啊！很多人闻讯不舍。

　　纯纯的爱，是时代的悲剧，纯纯在灌了唱片后，她有了点积蓄和高知名度，于是在台北后火车站新舞台的斜对面开了一间吃茶店。一位来店里喝咖啡的台大学生和她产生爱的火花，但两人背景相差甚远，男方父母反对下终究是姻缘梦断。

　　后来一位来店消费的日本人白鸟先生和纯纯相爱结婚，这个婚姻是一条险路，但当时谁知道呢。快乐短暂，痛苦漫长。很多人都说，这纯纯啊，一遇到爱情就飞蛾扑火。装有一只义眼的纯纯其实是有点自卑的，于是在爱里她总是付出所有，仿佛少了个人意志似的爱，遇到善男可以善终，遇到恶男也只能跟随。

　　这白鸟先生婚后却吃定纯纯，好吃懒做，且染肺痨。当时染上肺痨是绝症，且有传染致死病原。纯纯妈妈多次要她以事业身体为重，离开白鸟，但死心眼的纯纯想自己收入丰，不在意丈夫吃她睡她，且她天真地想自己细心照料夫婿，也许病情有奇迹。但死别还是来到，痴情善良的她，竟在夫婿断气时，顿时忘了危险地以亲吻来作为告别。当时肺痨者断气后，得煎一个如太阳般的荷包蛋盖住死者口鼻，这时纯纯照民间习俗拿起锅铲，敲蛋时手都在发抖，当她将蛋放在先生嘴巴上时，她禁不住地放声嚎哭了。

　　白鸟飞走，纯纯发病，也染肺痨。她离开古美唱片，到日东成了临时歌手。再度唱《送君曲》，然时局动荡、物资缺乏、工作不稳，纯纯身体加速败坏。这一年一月八日，纯纯闭了双眼，不再凝视这愁苦的人间，灿烂却多舛，纯纯芳龄二十九，却像是九十二岁似的苍老，一朵哀愁的雨夜花。

　　花落土花落土，有谁人可看顾。无情风雨误阮前途，花蕊凋落欲如何……

　　纯纯的爱，是爱情警世录。

一九四二

　　你结束了十个月的记者生涯，这十个月为你博得了"台湾第一位女记者"的永恒头衔。

　　去年时光，你穿着一身白西装套装，里面搭着红色上衣，头戴宽边帽子，你意气风发地以如此的装扮出现在"台湾日日新"的编辑室,你对负责人西川满说你进入报社唯一的要求是要和日本人的薪水相同。你的随身皮夹里放着五岁时与母亲牵手合影的照片,你对着影中的母亲说女儿千鹤做到了。女记者的头衔与和日本人同等的薪水让其他日籍女记者为此和你冷战甚久。

你遇见日本男同事,这种电流般的吸引力冲不过民族情感的挣扎,曾让你体会了初恋的苦涩滋味。

你采访了台湾人的生活,你让妇女版有了朝气,有了台湾味。

一九四一

大甲帽洪鸯走了,许多人都怀念着阿嬷的巧手,这双巧手首创了大甲帽,这大甲帽是女孩手中的金鸡母,也是遮住岛国炽烈阳光的好物。

这一年日本偷袭珍珠港,太平洋战争爆发,许多人戴着大甲帽纷纷走上街头议论着战争,许多人担忧男丁将赴战场,这一年,拆散许多父子母子与爱人。

一九四〇

吕泉生在NHK放送合唱队工作,同时又考取东宝演艺会社新成立的声乐队,重回日本剧场,参加新推出的"舞台秀"表演。和吕泉生同时期在东宝声乐队演出的台湾人,除了文坛才子吕赫若外,还有同样是东洋音乐学校毕业的蔡香吟。吕泉生在东宝声乐队,学习到许多剧场的实务经验,包括编、作曲的技巧及舞台表演的艺术,大大丰富了吕泉生的艺术视野与音乐内涵,对他未来音乐观的熔铸,有深远影响。而同期蔡香吟也因此得了"东洋音乐才女"称号。

一九三九

女子文盲还是很多的年代,竟然有台湾女子读到了博士,且这个博士后来被称为嘉义现代妈祖婆。

这一年,当许世贤从九州帝国大学授位医学博士后,她知道她正在改写台湾查某史。

一九三八

　　赌马正时髦，她陪父亲去嘉义，马券价格一圆，那回他们赌樱花赢，赢了彩金五十圆。她记得那是父亲最高兴的一回，他们还去了海水浴场，她常笑儿孙不会游泳，儿孙反驳说根本不准到海边还谈什么海水浴场。她想那时她总喜欢骑旋转木马，陪多桑喝麒麟啤酒，吃亲子丹，打撞球，她爱西方文明。

一九三七

　　中日战争爆发，汉文写作被禁，日语写作抬头。
　　南京大屠杀消息传来，岛屿人们愁眉终日。
　　七七事变，岛屿人心沸腾，但对日本敢怒不敢言。其中礦溪女子施里却公然批评日本军阀制造侵华事端的行止如暴民……女子施里被拘押，这于她已不新鲜，几年前她就被关获救，还被当地庙宇献匾额"泽及黎民"，一介女子，不让须眉。总是不安于室，游走街头，坚决抗日，气魄惊人。

一九三六

　　艺旦们去上国语讲习所学习如何讲阿依乌ㄟ欧。蓬莱叮临济宗传教所的私立乐园国语讲习所挤满了莺莺燕燕，她们拼命地学习日文五十音。
　　莺莺燕燕们很高兴，上课既是免费且还提供纸笔，纸笔是珍贵之物，它象征一种知识权力与认识世界的途径，会讲国语后，她们的客人也就可以增多了。何况眼前的讲师是年轻僧侣释东俊，她们的目光仰慕着他，他就像佛陀的弟子阿难，俊俏秀逸，出类拔萃，年轻女人们都恨不得自己是色诱阿难的摩登伽女。"生在伟大的国家却不知国家的语言，没有比这更羞耻的事，一起拼命学习国语吧。"每日上课都会唱这样的歌曲，艺旦们本以为自己被生家母亲卖掉沦落风尘已是人间最羞耻的事了，没想到还有更羞耻的事是不会说国语。
　　现在她们会说国语了，她们觉得她们的羞耻几乎在口吐标准国语时就瞬间全消失了。同时间感到羞耻少了些的女生还有被称为番地女孩的女生们，她们在进行为期十天的番地女子家政讲习会里上着课，从训诂、礼仪、裁缝到卫生，她们开始进入文明的驯化。她们学习文明后始发现"番"这个字的鄙夷，于是也间接让教育她们的当局决定日后不再称"番"，而改称为"社"，且公告奖励洗澡好习惯条款，常沐浴洗澡者可获得当局致赠民生物资。花莲凤林女孩就因勤洗澡（虽然社人怀疑怎么检验洗澡多寡）而获赠昂贵稀有的咸鲑鱼一尾。凤林女孩散着肥皂水的香气，手里拎着一尾咸鲑鱼，走在返家的山径小路时，许多人都从茅草屋里步出交头耳语着，洗澡这么好啊。也有人只闻到咸鲑鱼的腥味而未闻女孩香气地说怎么这女孩愈洗愈臭啊。

一九三五

留日钢琴家高慈美让许多人第一次听见钢琴的美妙声音。返国参加赈灾义捐音乐会的她在弹钢琴的现场，看见以两大桶冰块充当冷气设备时，她的眼眶红了，从小生活在父亲名医的贵族优渥之下，她却懂得人间疾苦，因为音乐人有着最敏感的心。

这年台湾中部发生大地震，伤亡惨重，于是高慈美返台以钢琴奏出生命礼赞。这个义举，成了台湾音乐史上美丽的一页。善女子恒在。

一九三四

画出"合奏"胶彩画的陈进才二十七岁即入围了日本帝展，美人吹笛，美人弹月琴，工笔细致，她如武士精神般地专注在绘画里。另一个女学生，走到医学之路，医学和艺术一样，都是极其精致的。

这一年，女学生十七岁只身拎着行李来到东京圣路加女子专门学院，自此她的美丽之手将和米开朗基罗的创世纪一般，这双手捧过许多血淋淋的小小肉身，她的耳朵将聆听许多肉身在人间发出的第一声哀歌。产房是很臭的，女人的屎尿和胎衣顺着生命的窄窄隧道狂泻而出，她开始明白来到东京圣路加的意义。

然而许多当地女子却朝和她迎生的相反路径行去，她们走向爱情，挖掘了自身墓穴，准备埋藏失望，并迎接自己的死亡。

她自此对自己的生命有信心，但对爱情没有信心。

从此，她接生了很多非爱情下的产物，但却是活生生的小肉身，她聆听太多生命的第一道哭声，她拍打过太多的小屁股，这些投胎的小可怜，每个都得叫她一声产婆啊。

一九三三

林是好，唱出了《月夜愁》，岛屿几代人的愁。

一九三二

第一首台语流行歌曲诞生了，《桃花泣血记》带着中国血缘与中国歌星阮玲玉的海报来台宣传，迷倒了岛屿的人，终于在阿本仔的天空里飘来一朵祖国的花。而且这花还是标榜自由恋爱，让许多男女的心都昂扬起来。《桃花泣血记》歌词娓娓道出男主角与女主角在吃人礼教之下所受的苦与委屈，一时间青年男女无不共鸣，泪洒黑暗的戏院里。

台湾古伦美亚唱片贩卖株式会社老板柏野正次郎，看到台语歌曲唱片背后勃发的广大市场，为了符合时代新潮流，决意不再走歌仔戏、南管、北管、正音、采茶等老路，因此这《桃花泣血记》就成了台湾第一首台语流行歌曲了。时髦的男女一时之间闻到了自由恋爱空气的味道，然而那只是味道，距离自由恋爱，还有很长的路要走。

一九三一

初子穿着毛织和服，上有绢染腰带，鹅蛋脸的肤色如早春，她面对石川巡查，毫无畏惧，她宁静而哀戚的美丽样子让人对她抱以敬意。怀有身孕的她回娘家，再上山后，一切都成灰，一族二十命已全走上黄泉路，独留她一人。花冈山上已无二郎，最后一面是二郎送她到荷歌溪，他在溪岸上对着苍穹低语，此地是你我的永别之岸了。

她的夫躺在荷歌溪，密密林带处处流着祖灵的血泪，而日本人则以此地是小小的富士山。荷歌溪山林里某座绝命森林横尸遍野，森林里倒下了两百九十六具肉身，如猫尸挂在大树枝干的亦有两百九十多具，众多妇女带着孩子上吊辞世，如此可以减少吃掉有限的粮食，也让男人们能够无后顾之忧地继续抗日，其中包括她的最爱与族人。她晚年常想着二郎的悲剧，堪难忍受啊，他怎么能够看着所有的族人全部上吊呢？那都是所亲所爱之人啊，他且一一帮他们的脸盖上白布，以防不能成为善灵。"赛德克的泰雅人祖先啊，祖先您从波索康夫尼（PosoKofuni）的巨木中诞生，请让我们在面对死亡的煎熬时，让我们回归您的身旁，让我们的灵魂回归祖灵。"她听见森林的头颅回音。

"要尽可能地活下去。"二郎诀别语，"我等必须离开这世间。"他写在墙上的遗言。"达猎都奴是坏人，我们只能一死。"头目掉下泪来，喝了离别酒。达猎都奴——日本人，他们反对猎首级，最后也以首级来作为奖赏。头目的头值一百圆，蕃妇三十圆。她被叫成蕃妇，她想儿童的头值二十圆，好廉价啊。娥宾·塔达欧、高彩云、娥宾、彩云、初子，这些名字都是她。她的悲剧就是美丽而孤独。父死，夫缢，族人颠沛流离，她受尽屈辱，日日以芋头果腹，日本人用鄙夷的眼神扫射她。日后她随着两百九十八名残存族人走了一天的山路才来到川中岛，浮肿的双脚，临盆的肚子在六日后终于生出极度营养不良个头瘦小的男婴，安安静静掺着血的一张老脸，男婴不哭，母亲拍打二十多分钟，终于微弱的哭声如哀切的钟声传来。

要尽可能地活下去，因此她的故事被流传了下来，一个巨大的悲剧，无人能解的哀伤，一页默默行过的女史诗。

一九三〇

如果那一天那个多嘴且轻薄的年轻巡查没有看见她裙下的那抹红，是否这十六岁的生命不会以如此和世界决裂的方式结束青春年华？

信子被发现时，脸受重击，脑出血及多处骨折。在南方澳开杂货铺的父亲等不到信子归来，他去了苏澳的警察科询问在那里当接线生的孩子怎么还没回家？警察科的人说，下午三点多她就说因疟疾不适先告退了。隔日，在苏澳的一处山涯边，发现了信子的鞋子，铝制便当盒。

办公室的人回忆当日下午信子工作的情景，有人忆起当日一直坐着工作的信子忽然站起，某年轻巡查见到信子裙上的一抹红血，嘲笑她来了红潮，许多人随着年轻巡查的轻浮声音都将目光转至信子的裙背，那一抹月经的红拓在裙上像是港湾的落日。信子面对这样的讪笑,她有那么一刻几乎无法移动脚步,她的脸可能比裙布上那么刺眼的红还要红吧,来初潮她不知如何是好。她感到极度情绪低落,她没办法抬头,她以为这是最大的屈辱。她想无法再待在办公室了,低语身体不适要请假就如丧犬般地落荒逃走。一路上她都觉得所有的人都在盯着她那片刺眼的腥红看着,这拓在裙布上的红意味着她的粗心,或者贫穷,或者没有母爱的教导。她伤心羞愧欲死,怕明天还要回到办公室,怕这世间可怕的目光,心情低荡至希望自己从此消失。岸边的海湾灯火逐渐亮起时,她从岸边一跃而下,她想不用去面对明天了。

她傻,但她走不出那目光的杀伤力。年轻巡查知道因为他的一抹轻薄讪笑竟导致一个年轻少女的羞辱之死后,年轻巡查自此闭上了嘴,他沉默,几乎在日后成了一个哑巴。

月经杀人,红血刺目,未开化年代,少女之死,死得奇冤。港湾夜里鬼火飘向杂货铺,她的父亲日日痛哭,没有母亲教信子成长的落红,没有人为女儿缝月经棉布,红血挽歌,无母的孤寂,让她拓上殖民长官抛向她的语言屈辱。

一九二九

喜事男女主角没出现,因为他们昨夜被铐上脚镣手铐,关进了台中监狱,没有行大礼的革命夫妻,却在牢狱里度了十七天的蜜月之旅,用想象来度过人生重要的时光。叶陶入狱,心很笃定。就像当年读公学校时,她就把裹脚布往海里丢去,她天不怕地不怕,就怕当不了自己,她要当一个新女性,不要那又臭又长的老太婆裹脚布来绊住她的未来人生。十七天后,他们才磕头行大礼,自此生命线绑在一块。往后不是同时入狱,就是老公入狱,由她挑起家计重担。农民组合的解散,曾让夫妇俩在高雄卖起童装来,那时常常没吃的,衣服自然也生意不佳。拾薪变卖度日,这种日子让他们更靠近苦难者的辛酸。借贷租地开辟首阳农场,恶土恶地也会有流奶与蜜。三次的牢狱就像闭关一样,她依然直挺挺地看着未来的路。人称她鲈鳗查某,她总是笑,她知道这是土话里的女英雄,大家都叫她叶陶兄呢,多气派啊。虽说老伴常吃掉她的名气,但她明白女性的光芒总是照射得十分缓慢,况且她本不为人间名望的光芒而来,她是为黑暗而来。在其六十五年的人生走到尽头时,她知道妇女与农民革命之路漫长,

421

然未竟之路，后代女性会接下去的。(一九六九年的盛夏时光，在几度昏沉里她听见农场的蝉声齐唱，她看见盛夏之死，她以临终之眼，恍然已瞥见未来女人将在台湾文学点燃的光了，这光既微小又壮阔，像夏蝉嘶鸣，热情而喧哗，女族的未来之世。)

一九二八

一对英国籍的传教士兰大卫与梅监雾夫妇爱福尔摩沙，他们将生命贡献在此，竟成了彰化的先生公与先生妈。梅监雾的爱，让我提笔时都手颤，这样的爱巨大，为了一个陌生人竟至割肤救人。这一年，一个就读埤子墘公学校的十三岁学生周金耀罹患了腿部溃伤，伤口发烂已延至一台余尺，有并发骨膜骨髓炎的致命危险，加上周生家境不好，长期身体虚弱，已无法再从中割其皮肉填补伤口了。人称兰夫人的梅监雾于是捐出她的皮肉，由医生老公兰大卫割下右大腿上的四片皮肉，移补至周生身上。这爱这样大，他们是传教士但却做到佛教所言之"无缘大慈，同体大悲"之无分别心。

兰医馆最后成了今日的彰化基督教医院。

(以前每回阿嬷生病都是送到彰化基督教医院，而我总是在那里遥想兰大卫夫妇，尤其是盯着梅监雾女士的照片良久，仿佛要吸纳她的善良与大爱之气。)

一九二七

你去蜂蜜工场做过事，分装蜂蜜的作业员。你常想当时那个老板真的是赚死了，一罐蜂蜜掺四倍的糖，却佯装整罐都是蜂蜜。哪有那么多纯蜂蜜，你想。但你常挖些蜂蜜回家，掺上冰水后就可以做枝仔冰了。后来你也学着自己做过蜜，将买来的蜜在自家分装（用绍兴酒空瓶），不过你说你卖的绝对是货真价实的蜂蜜啦，不掺糖。一罐蜂蜜一百元，有钱人吃的。后来收起蜂蜜生意，以前的蜂蜜老板叫黑道来修理你。于是有人介绍你去西螺农校开福利社，一年后又转去虎尾女中开了三年的福利社。你喜欢学校，你一直以自己没有读完高中而懊恼。从福利社退下来时你已五十五岁了，儿子都念大学了。你说之后其实也没退，因为开始帮忙带孙子，现有九个孙子，最大的女儿都已经五十六岁了，最小的儿子也有四十四岁了。

你在困苦中栽培六个小孩都至少读到大学。在晚年，有一天你看到一出日剧，你才想起你曾有个阿本仔名，你叫卡加客。你记得有个邻村的舒家同学叫妖死客。你记得那些青春，但你红颜已老。短暂的红颜，如伤歌，夜歌。你这辈子不懂什么是欲望的颜色，但你懂忧伤，在很晚很晚的晚年，面对空空然的化妆台，你想起纵身一跃溪水时的那尾冰凉的水蛇缠绕腰身，你的脚踝如是柔软地踢着，游着，你以为溪的出口是海，你会成为美人鱼。

但你没有，你成天站着、嘶吼着、叫嚣着。你是乡下柑仔店的阿姨。

一九二六

牛仔裤本来是钮扣的，到了这一年，Lee 制作了第一条使用拉链的牛仔裤。当时 Lee 的牛仔裤可都是女装裤，这一款在前方装有拉链的裤子在当时很轰动。上海来的她很快就去买了一条穿，她走在路上闻到解放的自由气息，紧身的牛仔裤衬托出的好身材，让许多三轮车夫都差点腿软呢。

一九二五

你的美丽女儿去台北当了剃头小姐，很风光地回到家乡。指甲艳丽地掐进古老木头，一抹蚁灰跟着成屑飞出。传说她跟一个开电子工厂的男人相逗（姘头）。情妇对你是新的行业，高竞争、高淘汰的物种竞争，你不懂。你只知道带着金钱回乡下要给你盖新房子的查某囡，你已经快不记得她离家前的样子了。

从查某囡仔手中接过钞票时，你觉得很惶恐。你忙去捻香祭祖，三跪九叩，期望能为查某囡仔赎罪。

一九二四

坑坑巴巴的脸孔，被叫麻脸，不能见阳光的人，只能过着月光生活。

戴仁寿夫人是他们的安慰，是他们的太阳。他们知道这伟大的女渡海者为了专注将爱贡献天主与岛民竟把自己的子宫给切除了。（没有避孕药的年代，女人得割除孕育孩子的宫殿，这让他们听来十分惊吓，当然知道这事时他们都已经是老人了。）

一九二三

大稻埕迎神赛会，江山楼楼主吴江山请连雅堂设计了诗艺阁，美丽女子争奇斗艳，游行花车行经大稻埕时，每个人都挤在骑楼与路上，窗口与门口，目不暇接地盯着游行花车。花车正要前往抵台巡视的日本皇储裕仁下榻的旅店，诗艺阁与大稻埕及艋舺阵头要一起表演，好让皇储裕仁开怀观赏。故事是连雅堂构思，诗艺阁表演了"贤王课耕"与"仙人泛舟"等戏码。

我在其中，那时候的我啊，一身公主装，蕾丝边花装饰整件衣裳，手里撑着像法国油画里面才有的阳伞，以灯泡饰月，锣鼓喧天，背景布幕华丽闪亮，如金光霹雳。皇帝的儿子要来，我们要唱歌跳舞给他听。舞台下的观众纱帽蓝衣，也有赤脚挑夫和妇孺婴孩，全盯着我们这些妙龄女郎，这是我感到荣耀之事。但回家后，我被多桑打了一记耳光，他说要我永远记得自己是唐山查某。（没想到二十多年后，多桑最疼爱的幺儿却以日本眷属身份为祖国打圣战出征，且自此一去不回了。）

一九二二

你说你的母亲在这一年生下你时已是三十九岁的老蚌了，老蚌生珠。一九二二年生出了你这个命很硬的查某。你，林家老三，林家当时生有五女五男，四个女的送人养，只有你是唯一留下来的女儿。当时女儿送人的条件是，要还四个媳妇回来给林家，四个媳妇送做堆。你说乡下生活歹过，人丁繁多却只靠父亲一人在西螺工厂做事，一人赚的钱刚好还上个月借的米钱。你从十五岁起就开始做事，一直做到五十五岁，之后也帮忙带孙子，可以说是大半辈子都在工作。

十六岁在西螺戏院收票验票，因戏院人来人往较复杂，查埔店员和女生交来交去。后来又去烟厂做了些年。当时戏院老有混混出入，你得拿着手电筒查看戏票，抓到没买票的就要他们补票，遇到同村的熟面孔就给他们免费混过去。反正戏院也不是你开的,偷渡几个人有什么关系。被发现后,你因此丢了头路。你后来去学了珠算六个月,考试通过,于是去糖厂当助理会计,一个月就有四十圆,你好开心,去做了件旗袍,在镜子前照啊照的。母亲见了就说,发春啊。

你二十二岁结婚,算是刚刚好要嫁人的不大不小姑娘了。(你深刻记得了二二八,因为本来二月要文定,遇到二二八延到八月,八月时没钱结婚,又延到十月。一九四七年,二二八当时阿兵哥,被叫作土匪兵,一群一群地走过。扛着一锅一棉被。四处占民社空地,连祖祠庙宇都被一群人占过许久。)

以前哪个家里有未嫁的媒人婆就会四界牵,听说当时的大厝头家有三四个未娶,媒人婆就来说看你要哪一个?有人介绍锺家某房的远亲,你的父母就去影一下,却接连三次都没看成,父母请人掷筊,连三下都是圣筊,遂说可能就是了。第四次又再影一下,却远远的,只感觉到这个人不太高,稍稍缘投。你是第一代职业妇女,自己在糖厂也工作了多年,这些年当然有遇过喜欢的男人,但当时社会风气保守,男女授受不亲,谁敢有私交啊,贞节要留给别人探听啊。所以结婚事还是给父母做决定,这种际遇连神也不知道结局吧,你对于将来要过一生的人很忐忑,你怕嫁到麻子,但结婚前仅得轮廓,压根儿不知对方长的是圆或扁。所幸父母去影了一下后,颇满意,直对你说放心,阿母难道会出卖自己的女儿。你见了夫婿,没有长麻脸,声音好听,人也健壮,有好头路,你烧香谢了菩萨恩赐这场"盲婚"。结婚后你照顾孩子只得辞去糖厂的助理会计,小姐已经变太太,那年头女人没得选,结婚生子就注定要被头家熄头路。

你的婆婆有缠脚,你得帮婆婆洗脚,缠脚布真的很臭。不过阿嬷缠脚的脚肉倒是很柔软。

结婚后的第二年你即开始生子,每两年一胎,共生六个,三男三女,等于有十二年都在怀孕。以前的人不拍照是因为听说摄影会被影煞到,会不能生。但你的孩子却是一个个地吐出来。为了生计你将西螺的大厅隔出一半来,你开了间童玩柑仔店,然后跟会,顾囡仔,日子忙得不可开交,也不知什么是快乐或悲伤。

一九二一

基隆港上出现许多背着相机与引颈企盼的人,他们都举目望向海洋上逐渐

425

航向基隆港的船，这艘船里正载着从日本东京女子医科大学学成归国的蔡阿信，台湾阿信，正沸腾着热血望向她的出生地，彼时她不知道有朝一日她也会再次远离这座岛屿，航向海洋的另一块陆地，且终生漂泊他方。

万绿丛中一点红，斗大的报纸出现在隔日。成了名人的她连穿的衣服都有人模仿，而她则想赶紧贡献所长。

经蒋渭水的媒说，台湾阿信和当年在日本台湾同学会就认识的华英结婚。（蒋渭水过世后，华英失志，开始和酒肉朋友度日，被耻笑是在家帮老婆的男人，且受到日本警察不断跟踪，远赴大陆结识京剧花旦，自此阿信就又成了单身女人。收起医院和产婆学校，她经由日本前往美国。她在海上，思忆起二十二岁时在基隆港走下船时的光景，十七年的光阴已然飞逝。她又再次上路，且一上路就是八年。一九四一年阿信受加拿大基督长老会妇女传教协会之邀，她想最多做完访问就要回家了，后来太平洋战争爆发让她返台因而受阻，她到圣文生医院工作，接着前往日侨集中营担任驻营医师，熟悉的日本人脸孔，骄傲的脸孔现在却变成受难者。直到二战结束，时间已走到一九四六了。隔年，二二八事件导致阿信的失望，她与吉卜生牧师医生结婚后的第四年，一九五三年从此成了彻底的异乡人。别人渡海来台，阿信是渡海离台。她的船只和别的船只往不同的方向驶进港湾。她抵达了新大陆，但心中总是想着岛屿。尤其是一九二一年的基隆港，镁光灯朝着自己发射，每一个闪灯都是为了台湾第一位女医师而慕名地按下快门。）

但这些都如此久远了。

她想起前半生，她的前半生是属于岛，属于这块岛的所有幸与不幸。五岁父亲过世，她被母亲送给牧师（她想自己和牧师是多么无缘与有缘啊），但她不要当童养媳，她无法待在陌生的家庭，无法远离自己的母亲。她身无分文，决定走回家，她记性好，早就在母亲送她到大龙峒时就记住了回家的路线。从大龙峒走回艋舺家，一个五岁的孩子可以走那么远的路，回到家时着实把母亲给吓了一大跳。当晚，她觉得好幸福，终于又见到母亲了。走这么远的路却没有打消母亲想把她送给牧师当童养媳的念头，一个古早母亲没了丈夫，母亲的忧愁她不懂。她又被送回大龙峒，且故意走了不同的路，好让她遗忘来时路，但她仍下决心再走回家。这回母亲没再被她脏兮兮地出现在门口吓到，但领养的牧师倒是吓到了，为这样的五岁女孩的毅力与聪颖吓到，而决定放弃领养。

她在海上,想起岛屿童年往事,想起母亲。岛上正风声鹤唳,当年有多少产婆从她的手中了解接生一个生命的专业过程,当年有许多赤贫的妇女生完孩子后还收到她送的婴儿衫衣与鹰牌炼乳,但这座岛已不属于她了,这岛已成了伤心地,但她想至少还有爱,船冒着烟,把她载往遥远的他乡。(吉卜生握着她的手,她深情地望向蓝眼珠,她知道前方是她终老魂埋之国,前方港湾是开拓者马偕医师的国度。马偕魂埋岛屿,而她将死在加国。她看见自己和马偕的命运对调,同是医师,但爱的引力与归属不同。)

一九二〇

林歌子渡海来台,背负着日本基督教妇女矫风会的任务,开始她在台的矫风事业,禁酒、废娼是主要矫正的事,她发配传单,催生九月一日是无酒之日,她演讲、讲习、慰问、奔走……保护救济妇女,转介职业,寻宿泊之所。然而,酒色财气,欲望萌生仍是岛屿处处。

一九一九

住淡水的商人之女林屏第一次随着父母去刚开场的淡水高尔夫球场时,她觉得一群人如蚂蚁在山坡上移动很有趣,手中的小白球散落山坡,如可爱的雪球,她第一次听见叫杆弟的职业。父亲问她要不要参加俱乐部。那时入会金五十圆,后来她才知道这笔钱可是一般中下阶层公教人员的两个半月薪水。

父亲叫这运动是狗路福,Golufu。她是当年迷上狗路福的第一位小女生,挥杆的姿态极美,有如挥舞的不是球杆,而是舞动风、舞动树、舞动整个世界。

一九一八

这一年,你十七岁,年纪轻轻却已沧桑,你历经了卖身安葬父母,当人童养媳,备受了苦毒,还当人侍妾。这一年,你随丈夫渡海至青岛,你第一次深受共产主义思想的洗礼。你渴望知识,渴望力量。这一年是你的关键年,你不再是一个默默无名的女子,你成了前卫者,改写自己的命运。

你叫谢雪红，岛屿发亮的传奇名字。（但当时你并不知，更不知会经历被捕，坐牢，赴莫斯科，积极投入农民协会，最后竟至逃亡他乡，在大陆继续领导台共，一九七〇年客死北京，你成了一个奇女子，生命在你的手里翻了好几番。）

这一年，连雅堂写下《台湾通史》序。

这一年，蔡惠如、林幼春和林献堂创立"台湾文社规则"。

这一年，你看见了农民的希望，闻到了社会改革的空气。

一九一七

你第一次拥有牙刷和软管状牙膏，这对你很新奇，疼你的妗婆买给你当生日礼物的。

以前你都是用树枝刷牙，还有用你的手指刷。资生堂齿刷子，你看着包装念着。妗婆还告诉你，台北有个叫马偕的博士，古早前为台湾人拔了两万多颗牙齿。你的想象里感到阴森森的，许多牙齿如家中收成的玉米粒，在月光下发亮。你刷着牙，不禁打起冷颤。妗婆又在背后新奇地说，台北啊什么都有，洋伞香水冷霜皮鞋洋装和服发油……每个女生都水，你长大也要到大都市，不要当庄脚人。

你转头见到在梳头的妗婆样子好时髦啊，身上飘着资生堂的香味，你在妗婆的体香和牙膏香气里一夜好眠，这是你和台北文明的第一次接触。

一九一六

昭和三年，她出生。

这一年是一九一六年，你说，还用手指比了比，有点怀疑自己有没有说错。

陈老太太二十四岁从新庄有钱人家嫁到已经没落的大户人家，结婚之初很不习惯，因陈家二媳是童养媳，和婆婆熟悉要好，不若她是个外人。

陈老太太气质闺秀、贵气，结婚后常窝在房里读租来的日本小说。聘金他们娘家没收，嫁妆却给了三十箱，共花了六百圆（当时公务员薪水一个月不过三十圆）。当时她穿着橘色洋装、白色披纱，坐黑头车来到了陈家。三天后才请客，六天后回娘家。陪嫁者一直陪她住了六天，才和她一起回娘家。她是好命的女儿，女人不一定是苦的。

一九一五

　　女放足男断发。女子有了天足，加入生产。保甲一户一户盘查看有无未解者，天足会成员，解缠足运动，救了很多女人，她们终于可以跑步，行走外界了，女人的脚终于重新又长回了身上。

一九一四

　　这年日人铺设阿里山森林铁路，车载着桧木，经山中人家时，许多人都闻到那奇异神秘的木香，这条铁路载着神木尸体，对许多人而言这条铁路是神木的尽头。女人的床畔多了男人从森林带回的神圣木香。

一九一三

　　女子被浪荡子骗财骗色的故事，古今没断过，乡里害怕的林投姐即是。说书人对着在书院里听讲的孩子们说鬼故事，小孩都凝神专心听讲。
　　台南禾寮港，从禾寮港一直走，据说是林投姐人生命运的悲惨故事起点。早嫁林投姐，伊尪行船犯强风，死在海上，留下大批遗产。二十岁林投姐带着孩子阿龙守寡，伊尪朋友堆里有一个浪荡子，看伊年轻守寡，又有美色与钱财，于是花言巧语后，林投姐就和伊在一起，日后浪荡子散尽其财产后又爱上别的女人，（唉呀！老故事嘛，有女生听了在心里说着），林投姐悲伤地在林投树下自缢，变成鬼……
　　说书人简单说着，每个孩子都哀叹起来，有的还忙问，后来呢？后来呢？这时书院先生正好归返上汉文课，听见说书人讲林投姐故事，笑说这些囝仔晚上可能不敢走林投树林了。

一九一二

　　抓老鼠卖，她如猫，总是抓得最多。
　　许多人家初见电灯，感动流泪，以为这光是来自上帝。

女子很害羞，忽然看见了身体，看见了睡了一辈子的男人清楚的长相。

照过来，照过来，对面的女子照过来。

一九一一

街上到处可见巡警用剪刀剪去女人的长衫裙。

许多女子像是从属品地活着。

女人的逝水年华，望着淡海，悠悠流淌，低低切切。直到她们遇见了一个马偕博士，已来台近二十年的洋人教士让她们进了学堂，教她们种甘蓝菜、番茄、敏豆、花椰菜、胡萝卜，她们有了知识与爱情，还懂得为植物命名。

她们之中有人改了姓，自此这座岛屿后代就有了"偕"姓，启拓着岛史的绮丽印记，连结一个遥远的旅行者、圣者……

【后记】

重返我心中的岛屿野性
——织就三部曲"百衲被"

第三部曲《伤歌行》终于响起,三部曲皆备,三本百万字,此为一个写作阶段的实践。

二〇〇六年交出《艳歌行》作品后,我没料到我的生活顿入黑暗,没想到有那么多的生活难题正在迎接着我去面对,故写作时间开始大量受到现实倾轧而无法聚焦写作,于是从二〇〇四年开始写第一部曲,至二〇一一年完成第三部曲,前后共七年。三部曲以锺小娜开场,以锺小娜收尾。

前面的一、二部曲《艳歌行》与《短歌行》出版后,有许多许多的声音,褒贬都有,得奖与落寞皆备,但我欣慰的是,我只想完成自己想完成的样貌,在这一点上,这三部曲非常一致地呈现了我想要的样子,或许不够完美,但整体而言是我想要呈现的"百姓史""小说百货"样貌。假使这三部曲没有写就,我就不可能再往下一步走,这对我个人而言是一个很重要的写作历程。

常有人问我这三部曲从《艳歌行》、《短歌行》到《伤歌行》为何里面的人物总是非常的多,且以"拼贴"为叙述的结构,拼贴出许多人生里的各种错综之当代现实。问者有所不知,我着墨家乡锺舒(苏)廖百姓的"生命关键时间点",我常想他们在那个关键点可以按下其他可能的选择键吗?拼贴或许在长篇小说叙述上有其阅读的零碎,但拼出每个碎片来成为完整,一直是我想贯彻此三部曲的叙述主调。其实"拼贴"还不足以诠释精准,真正小说展现的样貌应该是说:我写这三部曲用的是"橱窗式百货公司"写法,一间一间的橱窗玻璃屋,串连起时光走廊,展演各自的感情风暴、命运风情与心底风光。每一个人都是一个专柜,每间楼层都错落着"不同品牌(名字)"的际遇内里,读者"逛来逛去",喜欢停下流连,不喜也可换至另一个专柜。每间专柜连通但又独立。每个"人物"所代表的专柜都可以是小说的起点和终点,可以出出入入浏览一间又一间的专柜。

也就是说,在这么多小老百姓里,每个老百姓是主角也都不是主角,际遇才是主角,这是百姓史小说,也是众多人物拼成的"百衲被",人性百货行。

作者在兹念兹的东西,会不断地重返笔端。我以为我们所认为的"原地"其实从来都不是"原地",每一次作者再次书写她笔尖的魅影,纵使角色相同、事件相似,但每一回所勾勒的内蕴或抵达之谜总是不同。

那如何定义我心中的这三部曲?

我会说,这三部曲是重返我心中的岛屿野性。

身体的野性《艳歌行》。

土地的野性《短歌行》。

感情的野性《伤歌行》。

遮蔽的天空

遮蔽的天空,受伤的土地,财团的金钱只是路过这里,却留下苦难与伤害,我沿路走在麦寮等地,闻着气味,看着乌云,望着矮厝门口沧桑的老人,无知的孩子,浮在岸边的鱼尸……当一个作家的笔墨要戳进这片南方被漠视十多年的底层现实时,我不知道"她"的心是否能承受这样的重?这在这本小说里还没办法呈现,因为这伤还不是我现在关注的。文明究竟是什么?许多商业经济的思考是以为"金钱""换地"即可"收买"人的记忆,然而如果乡愁可以随时替置,如果环境可以随时污染,那么文学也将丧失了某些力量,因为许多小说的花朵是从庶民生活的野地绽放而开的,文学人若把眼睛蒙起来,那么就像搞政治的人把耳朵关起来一样。媒体总是一时的,激情也是一时的,但文学的书写有机会留下刻痕,所以我想把这些土地的殇与感情的伤写进《伤歌行》里。岛屿二部曲《短歌行》已然写了南方土地在时空演变下的"迷路亚当们",关于他们的罪与欲。《伤歌行》想把这种无以言喻的"伤"埋得更深,写得更广,且以"伤心的夏娃们"为叙述主角,这些女人啊,她们是无名小卒,但却无法不逼视她们,她们是我血液的一部分,我是她们,她们也是我,很凶、很暴烈、很苍凉、很细致、很激情、很萧条、很沉默、很壮烈、很温柔……女人是岛,新的诺亚方舟,只载爱与理解,而男人是海洋,是撞击女岛的潮浪……正在发生的事还是少谈为妙,但为土地之殇,六轻还是写了些。

这岛屿三部曲是一个写作的个人体验,叨叨絮絮,有人或为不耐,有人勉我务必裁减,但"繁琐缠绕"正是我这三部曲对"史"的诠释方式。且很少人指出我小说里的意图与隐喻(后面收录的翻译家上田哲二的看法有稍微带到我小说的隐喻，可能因为作为一个翻译我作品的译者他有必要深切了解之故）。这三部曲里有大量的名字大都具有双关语隐喻，举例来说《短歌行》里最后一章被土石流吞没的绍安，其实是客家"诏安"的拟仿，我失去诏安客家母语犹如被土石流吞噬的肉身，一种缴械。小说里有非常多的这种隐喻，但不知历史者就难以知悉。

这三部曲有我想表达的样貌，有点类似织布过程。每个人都各有喜欢的样貌，有人喜爱简洁，有人喜爱层层叠叠，有人喜爱混搭，有人喜欢不工整，有人喜欢魔幻，有人喜欢现实。而我的制衣过程是不先打版，也不先预期，我想把散落的每一块碎片缝补起来，成为一件或许不怎么赏心悦目或带点失序却很个人化的一种样貌，所以这是我长篇小说的"百衲被"。这三部曲想避开早期我熟悉的文字感，在三部曲里改以一种较为"拗口"兼具台语的混交语言，甚至带点瑕疵的"耸"笔触为特色写作，或是带点散漫的姿态，一路排开堆叠的沿街橱窗来铺展小说结构，至少在这三部曲里是这样的。

写毕三部曲，我知道我离真正的目标还有很长的一段路要走，我也发现每一次试图贴近它时，它总是退回它的遥远海岸线。

它只静静地让我成为一个自我的发现者而已。

另外，我想再次言说，这三部曲一直被误读：它不是大河小说，也不是什么个人家族史。百年只是一种说法，一种时代背景而已。这比较像是属于岛屿式的伤心小说、招魂小说、回顾小说、百姓小说，这也是个人的小溪小说。

写毕岛屿"行"者系列三部曲，也许以后会写"不行"三部曲，什么是不行，就是各种被绑住的人，被各式各样困住的人，当然现在只是说说好玩而已。

我庆幸在此变动微利时代，我一直都能写作，且渐向日本专业作家的写作精神看齐（虽说是专业写作但却是业余报酬），持续写，且尽可能每年都有作品问世。重之后轻，轻之后重，生中求熟，熟中求生，如此生活，如是写作，让写作和自我合而为一。

写作是我人生一开始就喜欢的地方，我总是在生活节节败退时仍保有这块小小的心田，持续耕耘着，歉收丰收皆然。

写作是甜蜜的折磨。

【附录】

锺文音岛屿二部曲《短歌行》评介
去日苦多的百姓史书写——怅青春之短,为土地与亡灵的深情弹奏
文　上田哲二　《短歌行》日译者,慈济大学东语系助理教授

　　《短歌行》是一本非常难以简化述说的小说,因为此小说并不具备主轴核心的那种写实故事,小说是由许多"片段"故事再"拼贴"成一张全图,小说很像一幅织锦图,每一个碎片都为了组装成一张魔幻地毯。小说没有真正的主要故事,但却也说了许多无尽的故事。故事不是小说的重点,小说人物的心灵所思所想毋宁才是小说的图像,历史只是背景衬图,"直写人物心灵细节"与"关键事件的凝视"是小说家锺文音三部曲的主要叙事基调。

　　作家锺文音自言《短歌行》:"不是我写它,这是一出老天爷早已写好的戏。"意思是"命运与际遇"是在小说人物背后"兴风作浪"的主要推手。于是革命者锺声魂断台北跑马町,想成为诗人的理想者舒义孝却成了杀人犯,小说有非常多人物在面对同一段历史纠葛之下却发展出各自的际遇。

　　《短歌行》小说分成三大卷:卷壹——他无法安眠的时代,卷贰——没有影子的你,卷叁——我猪牛变色。每大卷里,再切割细分成许多小单元故事。卷壹主要人物是被枪决于白色恐怖的锺家爱子锺声,与活到二十一世纪搭过高铁的锺家最末长辈屘叔公:锺流。以此两个人物为主轴,穿插带出整个百年家族的苍衰与新生,最后看似毁灭,其实是新生。

　　小说并不采传统的"单一人物说到底"的叙述手法,而是以"多声"人物为说故事的手法。有点像是"全景"书写"办案"手法,让每个牵涉历史时空的人物都有机会"叙述"一段。在篇章的分段上则又带着古典性,采类似"章回"小说的曲目,每一单元都各有"人物开场"。此为这本小说的主要内容架构大纲。

　　《短歌行》小说初始是二次大战末期,台湾小镇西螺的市井人生表面平静,但人心实则暗潮汹涌,士绅耆老在茶房聊着许多往事,锺渔观和诗会友人一起品茶,感到人生去日苦多。大伙恭喜他在日本留学的三子锺声即将学成返国并举行婚礼。锺声和咏美的婚礼为小镇小村带来一丝的喜气,犹如乌云破日,抚慰了枯竭的心。他们没有料到的是,锺声的这场婚礼将是小镇最后的一场华丽

喜宴,日后他们的人生将进入黑暗期。锺声婚礼次日,玉音放送,无预警地日本战败了,他兴奋地在屋顶上架起天线,放送"我的祖国"等古典音乐,许多村民都聚集在屋瓦下,感受回归祖国的灵光时刻。

锺家隔壁的舒家义孝也正带着妹妹来到了锺家广场,他听见这美妙的西方音乐时,心里涌起对西方文明的无限向往。义孝竟翘课去基隆迎接回归祖国的军人,然而他失望了,他看见破铜烂铁毫无纪律的一群军人涌向港口。而锺渔观则在台北松山机场迎接这些祖国军人,回乡的渔观却因北上染了病,未久过世,三子锺声伤心欲绝。他面对祖国来的强权,于是和一群知识分子向往社会主义的均富理念,筹组地下组织,未久被跟监,他逃往山上,被捕,旋即送往台北跑马町枪决。因为革命,左翼理想,使得锺声踏上了改变他一生的旅程,许多人因他的牵连也遭枪决或送往绿岛监禁,锺家自此多了许多寡妇,村人噤声,面对通货膨胀民不聊生,失亲的无言之苦与贫穷的悲哀种种,此是小说悲剧始。

百年台湾,南北差距,传染病与贫穷交替,台风与地震之殇,感情与失亲之恸,却让许多村民坚强地活下来了,这些村人以小说里的重要人物锺家幺子锺流为此代表,他在十八岁时自愿征召赴南洋打圣战,其实内心是想证明自己长大了,战后他回到家里,正巧遇到父亲渔观的丧礼,但因传染病而被隔离一段时间,之后他也因哥哥锺声的政治迫害而遭到监禁四年。但锺流遇到这些灾难却都挺了下来,不仅成为锺家最后的耆老,也活到了二十一世纪,见证了台湾的经济发展,还至大陆娶了大陆女人,搭过高铁列车环游台湾,锺流是这本小说的主要贯穿时空的人物,他代表着"妥协",这种妥协者隐喻着在复杂的台湾政局下才能活得好。

小说(卷壹)以第三者"他"作为小说的叙述角度,小说人物非常多,锺文音以"历史办案"手法来写小说,也就是说西螺镇二仑乡的每个"历史小人物"都能上场说段话。这种写法是从未有过的小说视野,因而小说虽然以锺声和锺流兄弟为主轴,但主轴之下不断地生出插曲,这些小人物插曲是为了让台湾历史有"百姓史"的味道,让这些湮灭在历史的回音有机会再现。小镇小村的许多人活着但却被过去的悲剧鬼魅缠绕着心,他们为了遗忘,因此延伸各种形态的生活方式,有人彻底离开家乡,像后代锺若隐一家人。有人死守家园(但却暗夜哭泣或者沉默终日),像寡妇咏美和花叶等。了解越多小说人物,就越靠近造成他们悲剧命运的成因,成因有来自历史,有来自大自然的反扑。小说不断地提及"台风""地震""土石流"对台湾的灾难和"政治迫害"相等,不容忽视的岛屿未来,但台湾人却任其发生,只为经济追求。小说(卷壹)结尾有个大隐喻:大自然的灾害迫使台湾人提早面对生离死别,然而历史殷鉴不远,人遗忘的速度却太快……小说家所述所言,如镜子,借由一个台湾浊水溪锺姓与舒姓家族,照映出台湾近代百年之殇,青春之"短",种种哀愁,述说不尽。

小说(卷贰)以第二人称"你"为叙述观点,以锺家隔壁的舒家长子舒义孝为主要书写。"舒"在台湾的发音和"输"一样,隐喻着舒家即是"输家"之意。舒家如何成了彻底的输家,小说故事在卷壹就提及舒家父亲三贵的少年时期,从他如何随着父亲和哥哥来到台湾开垦,但他却不断地成了际遇的输家,竟因好赌还卖妻卖女,他可说是小说里"沉沦者"的代表。锺流是"妥协者",舒三贵是"沉沦者",但这位沉沦者仍有人性的动容处,那就是他对长子舒义孝的爱。卷贰主要描写因为争夺灌溉稻米的水源,而意外枪杀了人的舒义孝被关。村里的人都知道舒义孝是为了护卫被欺负的父亲三贵才枪杀了人,故三贵也非常自责,他常换搭多班公车去探望义孝,也常在黄昏面对一片金黄稻田时想着这人生究竟是怎么回事?为何一步步地让人偏离了轨道,种下再也无法回返的错误。"农夫不就是要种田吗?"三贵哀戚地望着田,心情不好时就往赌桌上去。小说赋予这对父子最大的同情,作者隐隐地想要说的是人性的黑暗堕落都是被"形塑"的,其实每个人都有他的生命灵光时刻。流传几代的鲜血斗争,一代又一代地不曾改变的"输家"命运,在舒家长女虎妹身上产生了变化,《短歌行》因为着重的是男性书写,小说在女性部分仅轻轻带过,但小说已经隐隐透露下一部曲《伤歌行》的部分人物况味了。虎妹害怕自己也将无法逃离输家诅咒,她催促着锺若隐离开南方,"到台北"是当时每个人的向往。她不愿成为下一个际遇的牺牲者,她渴望"移动",她要到大城市打拼,她不愿她的孩子在这样充满死亡阴影的小村长大,她将从注定的舒家悲剧中把自己拯救出来。(注:女性的心事扩大书写在锺文音的台湾岛屿第三部曲《伤歌行》,《短歌行》的女性多只是惊鸿一瞥。)

小说(卷叁)以"我"为主要叙述观点,上场主要人物"刘雨树",在小说里他是象征历史重要"大和解者"的隐喻人物。原来刘雨树原姓"林",是台湾虎尾糖厂的厨师之子,因为家贫又子多,遂将刚出生未久的刘雨树送给虎尾糖厂经理，经理姓刘，来自一九四九移至台湾的外省权贵。刘雨树从小都被人戏谑叫"外省猪"，被叫"外省猪"多年的他，末了才发现自己竟是道道地地的"台湾牛"（当时台湾本省与外省人都以牛和猪互相取笑对方，故猪牛变色），出生于一九五六年左右的刘雨树象征夹杂在上一代与下一代的知识青年，他拥有外省与本省的双重背景，他活过台湾贫穷年代，却也成为当代台湾最重要的电脑精英主力象征人物。小说结尾安排锺家小女儿锺小娜（这位人物也是作者锺文音贯穿台湾三部曲的人物，锺小娜具有历史串场效果，具有"说书人"和"听众"的双重意义）和刘雨树暧昧地见面，彼此似乎有情，但碍于年纪等隔阂，只能情愫暗流。刘雨树和锺小娜的故事段落，意味着小说家对于台湾的希望书写，时间会弥补伤痕，但人活着要有智慧。

　　本书结构繁复，人物众多，情节插曲横生，乱中有序，引人入胜，结合百年历史伤痕与当代流变，台湾人历经的"历史杂交"远胜于许多民族，台湾人发现自己口口说的"纯正"血统，根本早就不纯正，许多人有荷兰人的蓝眼珠白皮肤，许多人有日系血缘，许多人更是具有平埔血统，一九四九年之后，本省女人嫁给外省人更如雨后春笋，虽然是历史之迫，但却也造就了往后的血缘复杂现实，谁还能说自己是纯正的？小说提及了两岸现况，台湾人到上海滩营生谈恋爱，小说也述及南洋，外籍新娘势不可挡，于此之时，做为一个台湾人的世界观何在？书写台湾人不能仅以单一角度来书写了，必须以一个更高更广阔的视野来重塑台湾人的肖像。当一个台湾人发现自己的人生竟然与百年前的历史故事密不可分，当一个台湾人发现自己的人生与日本（台湾到处都有日本殖民遗迹）和大陆（血缘早已难以解析单独成份）纠缠不清时，百年后的新时代应该要读的小说就是锺文音这样的小说，因为她的辽阔视野是从历史下手，但却超越历史狭仄观点，且超度了历史幽魂，从而小说有了新的生命。

　　小说总字数大约三十万多字，原本岛屿百年三部曲的写作计划是以"年代"来作分割，但作家锺文音在漫长的写作时空里发现，笔下人物甚多，近几年发生的事也往往在过去的事件即有"预言"或"寓言"的揭露，为了让新旧时空有交错对照，让时空呈现纵深对比，因而锺文音决定不以年代来切割三部曲，而改以"女性"和"男性"作为划分。当然，以性别作为叙述的切割，并无法真正划开男调或女腔，只能说主要人物的轴线是采"男性叙述"，小说里当然还是有许多女性人物叙述，毕竟这是以家族兴衰幻灭为基底的小说，一个家族必然牵涉许多成员与历史背景。因此《短歌行》副标是——男声之都。之后的第三部曲《伤歌行》副标是——女腔之城。不同的性别，一起发声，各自表述着同一个历史时空与事件，将呈现出不同的关注面与心理。

钟文音自承："我真正想呈现的是人之处境，至于历史事件只是背景，或者该说我关注更多的是际遇与人面临际遇的选择。"

这是十分具有宏观与人性关怀视野的台湾当代小说，由台湾中生代女作家重新诠释台湾复杂交错的历史时空格外具有不凡意义，这意味着台湾一九六六年之后出生的中壮辈作家已经走向更大格局的小说书写，同时也意味着这群受西方与旅行启蒙的时代已经走入另一个"回归己身，凝视内我"的广义岛屿家族史的书写了，一个个体称出了集体重量，此即文学意义。

受西方文明与旅行启蒙洗礼的这一群世代在台湾女性作家群象里以"钟文音"为当代最具代表与重要人物之一，她正处在创作的成熟期，走出年轻时的青涩迷惘与长年不断旅行的心情动荡，她重新将笔墨碇锚在自己的岛屿海洋，勾出血痕是为了彻底治疗伤害，凝视际遇是为了替小人物打一场时间的胜诉，书写历史是想再次缝合台湾几代人因血缘复杂所致的误解裂缝。

钟文音的生命经验有长达十多年在国外文化的旅行学习上，她近几年回到台湾，长居她眷恋深爱的台湾，其书写格外经过世界文化与艺术的淬炼，因而小说更具有开阔的世界观视野，一种"混血"的地理情调屡见。于此之时，钟文音这位崛起于九十年代的小说家也已然迈入成熟，她的台湾岛屿百年书写衔接了台湾上下时代，其小说书写具有强烈个人的女性气味与阴柔特质，加上开阔的旅行与人性视野，故伤而不悲，具有十足的个人魅力与强烈风格。《短歌行》虽然以老旧的历史为开场，但其结构与语言却有"实验性"，以"你""我""他"三种叙述腔调为历史人物发音，同时在小说语言与对话上常注入当代流行语，企图以"语言的杂交"来说明"血统的杂交"，这种写法其实很危险，但却也说明作家不拘泥于成就的自我成长企图。钟文音的文学语言曾被台湾重要小说家骆以军认为是最能承接上一世代如朱天文等作家的接班者（联合报书评《艳歌行》一文）。这在她十多年前的短篇小说《一天两个人》和长篇小说《女岛纪行》和多本散文著作里已然被证明其书写之中文魅力。但她在此三部曲里，尤其在这本《短歌行》里却企图打破原有的古典中文风格，她放弃自己擅长的书写，反而走"语言杂交、转音变形"险峰，书里出现大量的台语、客语、日语、英语与原住民语等音译的语言，读来有趣但也着实替作者的勇敢实验捏了把汗……

  小说的第一部曲《艳歌行》是锺文音书写一九八九至二〇〇六的台北青春艳曲，这本小说被台湾评论家范铭如誉为新一代的台北"风月宝鉴"，腐朽的色欲风月浸透纸页。此是锺文音展开台湾岛屿书写的第一部曲。接下来的第二部曲即《短歌行》，作为一个读者，我非常期待三部曲能一并读之。锺文音说，三部曲可以拆开单独读之，也可以连贯读，因为年代重叠比较多的关系，所以《短歌行》和《伤歌行》的相关细节比较有连贯，可一并读之。我在此向读者们郑重推荐锺文音这位台湾重要作家以及其优秀作品。

  （编注）：这是上田哲二先生为了翻译《短歌行》而替日本出版社撰写的推荐文。因为日本人不认识锺文音与其作品之故，故推荐文带有"导读"与"简介"文本的角度。

著作权登记图字：01-2012-2547

图书在版编目（CIP）数据

伤歌行/锺文音著．——北京：新星出版社，2013.4
ISBN 978-7-5133-1150-2

Ⅰ．①伤… Ⅱ．①锺… Ⅲ．①长篇小说-中国-当代 Ⅳ．①I247.5

中国版本图书馆CIP数据核字（2013）第058851号

版权声明

本书经由大田出版有限公司独家授权，限在中国大陆地区发行。非经书面同意，不得以任何形式任意复制、转载。

伤歌行

锺文音 著

策划编辑：姜　淮
责任编辑：汪　欣
特约编辑：东　洋
责任印制：韦　舰
装帧设计：@broussaille 私制

出版发行：新星出版社
出 版 人：谢　刚
社　　址：北京市西城区车公庄大街丙3号楼　　100044
网　　址：www.newstarpress.com
电　　话：010-88310888
传　　真：010-65270449
法律顾问：北京市大成律师事务所

读者服务：010-88310800　　service@newstarpress.com
邮购地址：北京市西城区车公庄大街丙3号楼　　100044

印　刷	北京佳顺印务有限公司
开　本	660mm×970mm　　1/16
印　张	28.25
字　数	351千字
版　次	2013年4月第一版 2013年4月第一次印刷
书　号	ISBN 978-7-5133-1150-2
定　价	38.00元

版权专有，侵权必究；如有质量问题，请与出版社联系调换。